ジェラール・ルタイユール　広野和美　河野彩 訳

パリとカフェの歴史

Gérard Letailleur

Histoire insolite des cafés parisiens

パリとカフェの歴史

目次

散歩好きのセンチメンタルな我が息子、ギヨームへ、
パリのカフェについて記したこの本を捧げる。
カフェは、人が大勢ひしめきあっている世界、
騒々しく、目まぐるしく変化し、さまざまなスタイル、さまざまな顔つきの、
まったく違うタイプの人間がぶつかり合う世界。
そこでは、誰もが認める有名人だけでなく、
甘美な夢をみるボヘミアンたち、日の目をみることのない詩人たち、
名もなき俳優たち、不幸な画家たち、色っぽい娘たち、
いわゆる社会改革者たち、あらゆるタイプの野心家たちに出会うだろう。
彼らのたったひとつの共通点、それは、ある日、
カフェの敷居をまたいだということ。

序文

ジャン・ピア

この愉快な歴史を読み進めるうちに、フランス人の生活は、政治であれ、社会であれ、芸術であれ、そのあり様、発展、良識のほとんどが、カフェに足しげく通うことを介して培われてきたのだという思いを強くする。カフェの数やカフェの運命に左右されてきたのだと。そうではないだろうか？　それは読者が判断することだろう……。

ルイ十二世の治世の〈タベルヌ・ド・ランジュ〉から第四共和政時代に親しまれ、現在もその名を馳せる〈カフェ・ド・フロール〉まで、タベルヌ〈サン＝ニコラ〉からカフェ〈ドゥ・マゴ〉まで、オーベルジュ〈トロワ・クロワッサン〉からカフェ〈スフレ〉あるいは〈ラ・スルス〉、〈ヴォルテール〉、そして俳優たちにとって非常に大切な〈プロコープ〉に至るまで、長い年月をかけて辿るこの長いプロムナードを続けるうちに、あらゆる人物と遭遇する（アンリ四世を刺殺したラヴァイヤックや大泥棒カルトゥーシュにも出会う！）。このプロムナードを通して、知性や風情、滑稽さ、そして怒りについてさえも議論し合うパリジャンのエスプリをあらゆる角度から、最も良い場所で観察できる。

学生、芸術家、作家、「政治家」、ジャーナリスト、ゴシップ記者たちが、少なくとも彼らの考え方や彼らの挑戦が、世論を引っ張り、紛糾させ、形成してきた時々の記憶を呼び覚まさせてくれる。あたかも、パリは正に「ヨーロッパのカフェ」であることを証明するかのように！

居酒屋《タベルヌ》、キャバレー、大衆酒場《エスタミネ》、ブラスリーあるいはビストロと呼ばれるこれらの場所には、そのひとつひとつに語るべきひとつあるいは複数の物語がある。パリには、それほどまでに豊かな過去と多様性があるのだ！

愉快な話が満載のこの「滑稽な歴史書」は、バーチャルが現実に取って代わることの多い二十一世紀の今は、もはや、カフェという「文化的スペース」に長々と居座ってはいられないことも教えてくれている。しかし、カフェの壁を掻き落としてみれば、文化を築いた古い石の数々、文化に息を吹き込んだエスプリが現れるだろう……。

この本が誘ってくれるように、幸せな結論をノストラダムスに委ねよう……。

パリが滅びない限り
陽気な世界は滅びないだろう

かの預言者たる詩人は明言してはいないが、パリでこの陽気さがまだ見られる場所、そして心地よいオアシスとなる場所、それはカフェであるに違いないだろう……。

はじめに

キャバレーは庶民の議会だ
オノレ・ド・バルザック、『人間喜劇、農民』、第十二章

パリを知るにはいろいろな方法がある。時代を経る中で数々の政変や心ない者たちによる破壊行為に晒されたとは言え、多くの神聖な石碑や豊かさの溢れるパリは、訪れる者の情熱を決して削ぎはしない。パリのどんな建物も一度は大きな出来事を目撃したり、あるいはその舞台になったことがある。たとえそれが、王や皇帝の行列、暴徒の群れ、革命記念日の仮装行列などがワイワイ、ガヤガヤ大騒ぎをしながら通り過ぎるのを大きく開いた十字窓から眺めたに過ぎないとしても。

これほどの興奮とインスピレーションに満ち溢れているのだから、作家や芸術家たちがこの古い都市を競って褒めそやすのはきわめて自然なことだ。せかせかと落ち着きなく動き回ったり、気楽に構えたり、それでも何かあれば果敢に立ち向かっていくパリの民衆の姿が、ドラマチックな、あるいはメランコリックな、また滑稽で温かく、ときには中世の詩のように心を和ます瞑想的な物語の中に描かれている。残念ながら、何であろうと時の歩みを止めることはできない。すべては一瞬にして消え失せ、切なくはかない。思い出の扉はやがて閉じられ、色あせた幻影をもう一度見たいという思いの中で、私たちは孤児のように取り残される。

だが、その時、その場所の力強さに目を向けないで、どうして、パリを、その動乱の時代を、激動の社会を、その歓喜の瞬間を理解することができるだろう？　その意味では、過ぎ去った時代の人々をよみがえらせる楽しくも独創的な方法がひとつある。それは、《おしゃべりをする店》の歴史をひも解くことだ。かつてパリのカフェはそう呼ばれていた。人々は暇さえあればカフェに集い、たわいのない雑談をしたり、批評し合ったり、喧嘩したりしながら、しばし世直しをするような気分になったり、あるいは単に自分の存在を主張したりしていたのだ。

　カフェがこの上もなく楽しく活気あふれる会話の場、口角泡を飛び交わす議論の場、激しくやり合う喧嘩の場としての役割を果たしていたのは疑うべくもない。カフェが最も重宝がられた時代のその多様な姿を思い起こせば、カフェの風俗史の最も刺激的な場面に関わる面白おかしい逸話や忘れ去られた人物が、風情あふれる絵画のようにつぎつぎと目の前に現れる。

　時代によって、居酒屋《タベルヌ》、キャバレー、大衆酒場《エスタミネ》、カフェ、ブラスリーと呼び名は違っても、カフェは社会の縮図そのものだ。なぜならカフェは、人生のあらゆるテーマについて自由で率直な言葉を交わすのが大好きなフランス人の嗜好を満たしてくれる場所なのだから。

　一八三〇年代の情景を思いおこしてみよう。「今、権力は誰のものだと思う？　国王？　貴族院？　それとも下院？　とんでもない！　誰よりも権力を握っているのは、冷たいココアを出す店、ビリヤードのできる店、つまり、大通りのカフェさ。

　裁判の最終決着をつけるのは誰？　破毀院？

――カフェだよ。

文学について、いちばんの権威者は誰？　アカデミー？　それとも『ジュルナル・デ・デバ』［一七八九～一九四四年まで発行された新聞」？

——とんでもない。カフェだよ、やっぱりカフェさ！」[1]

その昔、カエサルの時代、ケルト人が住むガリアの境界付近に、川に囲まれたいくつかの島から成る小さなオッピドム（集落）があった。それらの島々にはわらぶき屋根の小屋がひしめき合っていた。その中の最も大きな島はまるで錨をおろした船のように見える。

アレシアの戦いでガリアを完全征服したローマは、その島をルテティアと名づけた。それは多分、「水に囲まれた居住地」という意味のケルト語「ルトゥシェジ（loutouchezi）」に由来しているのだろう。ローマに占領される直前まで、そこには小部族のパリシイ人がセノネス族の保護の下でかろうじて生き延びていた。

パリシイ人はどこから来たのだろう？　歴史家たちもその点についてはいまだに曖昧で、憶測の域を出ていない。「パリシイ族」という民族名は、トロイアの王子パリスやユダヤ人の王イエス、あるいはエジプト神話の女神イシスに関係があるのだろうか？　曖昧な問に対する答えはやはり曖昧だ。

しかし、一九九一年から十九九二年にかけてベルシー地区で行われた大掛かりな発掘事業の結果、ケルト人がこの地に侵入するずっと前、今から六千年以上も前にすでにパリシイ族がここに住んでいたことが初めて確認された。そこには少し前まで、水深八メートルのセーヌ川の支流が流れており、その川底に柵に囲まれた村の遺跡が埋もれていた。コナラの幹をくりぬいた小舟や陶器、テラコッタ製の小さな女性像、柄つきの瓶、パン皿、鉢、杓子、磨いた石膏製の臼とローラー、斧、鹿の角を削って穴をあけたハンマー、釣り鉤、パンチ、墓など、日常生活に使われていたと思われる品々、要するに、工芸品や食器、道具、祭祀用具など、そこで活気に溢れた生活が営まれていた証拠が数多く掘り出されたのだ。

さて、ルテティアに話を戻そう。それから四千年以上の年月を経たローマ帝国の初代皇帝アウグストゥスの時代、ルテティアを取り囲むように流れる川は当時セカナ川と呼ばれていたが、いつしかセーヌ川という名称で呼ばれるようになった。そのセーヌ川を見下ろす小高い丘には、高い木々の生い茂る森が広がっていた。しかし、森を縁取る広大な沼地に沿って生える木々は徐々に枯れ果て、姿を消していく。それが紀元前一世紀頃のパリの姿である。古代ローマの歴史家テイトゥス・リウィウス（紀元前五九頃～一七）が古代パリシイ人の風習についてほんの少し明らかにしている。「この地の住民は横柄で、自尊心が強く、怒りっぽく、無駄な争いごとに明け暮れている。鋭敏な知性と感情の持ち主だが、深く考えようとはせず一貫性がない。騒動や戦争、きらびやかな装身具にばかり関心を向ける。戦士は赤褐色の髪を伸ばし、女は厚化粧をして金のネックレスを仰々しく首にぶら下げている。クラミュスという短めの縞模様のマントやサグムという派手な色の長いマントを互いに品評し合っている。水玉や花柄の赤紫色のチュニックを好んで身につけている」

「戦士が何よりも大切にしていたのは、戦闘用の斧や狩猟用ナイフ、火を噴く投槍、そしてヘラジカあるいは野牛といった猛獣の大きな角を頭に載せ、羽根飾りをつけたヘルメットだ。戦いが始まると、衣服は邪魔だとばかりに脱ぎ捨て、武具だけを身につけて敵を追いかける姿を目にすることがよくある」[2]。パリシイ人は迷信深いことも分かっている。集落の住民は商売の神メルクリウスや戦争の神カミュルなど自分たちを救ってくれると信じる神々に畏敬の念を抱いていた。一七一一年にノートル＝ダム大聖堂の内陣で第二代ローマ皇帝ティベリウスの治世の遺構だと思われる長方形のブロックが見つかっているが、これはメルクリウスを祀った祭壇である。

ローマ帝国の影響を受け、船頭や漁師が多く暮らしていたこの大きな集落はしだいに整備された都市へと変貌し、そこかしこに居酒屋が登場し、セルヴォワーズと呼ばれていたビールをセステルス（古代ローマの銀貨）と交換していたことは想像に難くない。

やがて古代ローマが分裂し、ローマ皇帝による統率がなくなると、ガリア人は怠惰になり、北から蛮族が続々と押し寄せるようになった。この頃、キリスト教を信じる民族が初めてガリアにやってきた。ローマに征服されてから四世紀の後、ルテティアはパリと呼ばれるようになっていたが、そこには、まだ煙突も窓もない木の板か柳の蔓で設えた丸い平屋建ての住居しかなかった。しかし、パリの守護聖人と言われた聖ジュヌヴィエーヴやローマが立ち去った後にガリアを征服したフランク王国の初代国王クローヴィスとその妻クロティルドの信奉するキリスト教が広まるにつれ、壮大な建造物が次々に建造されるようになった。その中には、聖使徒神殿（サント＝ジュヌヴィエーヴ）、サン・ヴァンサン大修道院（サン＝ジェルマン＝デ＝プレ）などがある。ガリア人は、街の北にある丘を軍神マルスの山と呼んでいたが、やがて初期キリスト教徒の庇護の下、聖ドニの殉教を記念して殉教者（マルティール）の山と呼ぶようになった。それが現在のモンマルトルである。当時は小高い丘陵で、すそ野は草原で覆われ、そこかしこから泉の水が湧き出ていたが、その頂きは土の姿をむき出しにしていた。それはまるで巨大モグラが平原の下から持ち上げた巨大な土と岩の塊のようだった。

キリスト教の聖人伝集『レゲンダ・アウレア（黄金伝説）[3]』によると、アテネで聖ポーロから洗礼を受けた聖ディオニュシウス（聖ドニ）は紀元一世紀末、パリシイ人をキリスト教に改宗させるためにローマから派遣された。その後、仲間の伝道者エレウテルスとルスティクスともどもローマ総督の命令で逮捕され、投獄された。十月のある寒く霧の深い朝、三人はメルクリウス神殿が聳え立つモンマルトルの丘に連れて行かれ、処刑された。その神殿の円柱は今もサン・ピエール礼拝堂の円柱として使用されている。こうして、モンマルトルに続く道はこの日の悲劇を記念して「マルティール（殉教者）通り」と名づけられた。聖ドニと二人の同僚の首が斬り落とされたのは、ちょうど現在のアントワネット通りの辺りである。

敬虔なドニ司教は、驚く群衆を前に、白いひげが伸びた自分の斬り落とされた首を両手で持ち上げて井戸でそれを洗うと、北に向かって六マイルほど歩き続けたといわれている。カトゥラという熱心な信奉者が、力尽きたドニ司教を待ち受け、その場に葬った。その場所にはドニ司教を記念して大聖堂が建てられた。殉教者の赤い血は、後年、銀色の船が停泊するセーヌ川の青とアンリ四世の白い羽根飾りと共に、パリの象徴であるトリコロール（三色旗）の色として使用されることになる。

たとえ権力が一時的にメロビング朝の手中に落ちたとしても、精神面における権力は、フランク王国の権力者らを神への畏敬の念で支配し、パリを黎明期の教会の保護下に置いた司教が握っていた。墓石の上には、雄牛の頭部やバッカスの絵に代わり、キリストを象徴するXとPを重ねたモノグラムが刻まれるようになった。モノグラムは象徴的にアルファ（α）とオメガ（Ω）の間に置かれている。これは、いつであれ、どこであれ、初めから終わりまで永遠の存在たる新しい権力者であることを示す神秘的なエンブレムとなっている。ガロ・ロマン時代には、多くの王の側近たちや、投槍や鉄製の闘争用斧をこれ見よがしに身につけたフランク族の年老いた隊長たちが、武具師、機織職人、詩集職人、金銀細工師などさまざまな職人らを引き連れてパリに押し寄せるようになった。その頃からルテティアはパリシイ族の名前をとってパリと呼ばれるようになる。

四五一年、パリはフン族の激しい攻撃に遭うが、聖ジュヌヴィエーヴの深い信仰によって守り抜かれたと伝えられている。その後、八八五年から八八六年にかけてパリはノルマン人の急襲に苦しむが、十三カ月間の抵抗の末、窮地を切り抜けた。こうして、パリがセーヌ川両岸へ拡張することを妨げる者はいなくなった。九八七年、フランス国王となったユーグ・カペーがパリを首都に定めると、パリは拡大され、切れ目のない要塞で囲まれる。一一七〇年、ルイ七世は、当時、重要な役割を担っていた水運業組合に対し、コルベイユからマントまでの河川輸送の独占を認める。パリは水上輸送によって豊かになった。帆船の絵と「*Fluctuat nec mergitur*（たゆたえども沈まず）」という標語が書かれたパリの紋章は、今もそのことを思い起こさせる。右岸では商業が活発になり、左岸は学問・文化の街として繁栄した。一二三七年、サント＝ジュヌヴィエーヴの丘にヨーロッパで最初の大学のひとつ、ソルボンヌが創設される。

シテ島にノートル＝ダム大聖堂が建設されると、ゴシック芸術が広まり、その周辺には聖王ルイ（ルイ九世）の命を受けて建設されたサント＝シャペル教会を初め、サン＝ジャック＝ド＝ラ＝ブッシュリ教会、サン・ジェルヴェ教会、サン・セヴェラン教会など人目を惹きつける荘厳な教会が次々と建設された。十四世紀には、シャルル五世が右岸に六つの門を備える新しい城壁を建造し、ルーヴル城塞を拡大して自らの住まいとなる宮殿に改築した。しかし十五世紀になると古い宮殿は姿を消す。ルーヴル宮殿が再び新しくなった姿を見せたのはその一世紀後のフランソワ一世の治世になってからだ。シャルル五世の治世に七万人だったパリの人口は、フランソワ一世の時代には三十万人になった。そして十八世紀初頭には六十万人に膨れ上がり、パリは、古代ローマ時代のように芸術や学問が発展し、ヨーロッパで最も大きく、きらびやかで活気に溢れた都市になる。貴族やブルジョワが集まるフォーブール・サン＝ジェルマンやフォーブール・サン・トノレといった新しい街区《カルティエ》が誕生し、有名な建築家たちは王の眼鏡にかなう美しい装飾を施した建築物のために腕を競い合った。

パリはもちろんのことフランスは、さまざまな文明のるつぼである。フランスには、アジアの平原やギリシャの島々、ラテンの沼地、スカンジナビアのフィヨルド、ゲルマンの森など、地形も気候もまったく異なる土地からやってきた人々が暮らしている。フランスの地理的状況を見ればその理由は容易に理解できるだろう。ヨーロッパ半島の端に位置し、古代文明の発祥の地である地中海と大西洋に挟まれた温暖な気候、肥沃な土地に恵まれた西洋の庭とも言えるフランスは、常に他国の人々の羨望の的となり、多くの侵略者の餌食になってきたからだ。パリジャンは自分の中に多様性という果実を持っており、そのことが時に分裂の原因にもなってきた。権力と序列を重んじるかと思えば、簡単に無秩序と不服従に変貌する。国家に反抗的であるかと思えば、隷属的にもなる。自由、気まま、特権、優遇を手に入れることも好きだ。パリジャンは自らの運命を信じている。だから、国家が何度破滅しようとも、その後で、再出発に必要なエネルギーを見出すことができるのだ。十九世紀の作家ジュール・ジャナンは次のように記している。[4]「パリは一人一人のものであると同時に、すべての人のものだ。ここで生まれた者はほとんどいないが、誰もがここに立ち寄る。でも、誰もここに留まろうとはしない」。

パリの先人たちは自分たちの要塞を絶えずより良くしようと努めてきた。この街に新しい民族がやってくるたびに、ひとつの塔が、ひとつの砦が、ひとつの城壁が新たに造られた。どの塔にも濠があり、どの濠にも武装した兵士が身構えていた。城壁の中では、数え切れないほどの人々が行き交い、ぶつかり合い、入り交じっていたため、彼らを監視するのは容易ではなかった。監視塔の上から見えるのは、木彫りのハトや尖った屋根、大小さまざまな尖塔、風見鳥、東屋、そしてところどころ黄色くなった黒っぽい苔に覆われたスレート板の壊れかかったいくつかの角灯だ。中央には、荒廃した家々や不格好な丸太橋、せり出してゆがんだ危なっかしい橋梁の下で、セーヌ川が見え隠れしている。危険は城壁の外からしかやってこない。さまざまな奇妙な出来事がそのことを証明している。

パリのアルスナル図書館には、フィリップ四世（端麗王）の治世に初めて編纂された初期の「年鑑」が収蔵されているが、当時の風習を知る上で貴重な資料になっている。この年鑑によれば、最も凶悪な犯罪は想像もつかない類のものだった。一三八七年に起こったある事件がそのことを如実に示している。[5] それは次のようのものだ。「シテ島のマルムーセ通りに住む一人の床屋が、パテが美味しいと評判のパティスリ［菓子屋］の隣に店を構えていた。ある日、床屋の店の前で騒ぎが起こった。グレートデーン犬がキャンキャンとけたたましく鳴き叫び、その飼い主のドイツ人学生が前々日から行方不明だと言うのだ。警官が捜査を始め、血痕を見つけた。床屋が客の喉を掻き切っては、隣と共有する酒蔵に遺体を隠していたことが判明した。なんとパティスリがパテを作るために毎日刻んでいたのは、その肉だったのだ！」

日中、犯罪者がグレーヴ広場を引きずり回され、モンフォーコンの絞首台に吊るされる。刑の執行を知らせる鐘が鳴ると、薄暗い家々の中や空気の淀んだ通り、袋小路、三叉路、迷宮、十字路、広場に弔鐘が鳴り響く。モンフォーコンの大きな絞首台は、現在のビュット＝ショーモン公園からそう遠くないところに設置されていたが、絞首刑が執行された後、しばらく犯罪者が吊るされたままになっていることもあった。余談だが、多くの言語学者の話では、死刑執行場は高台にあることが多いことから、絞首台（gibet）という言葉はアラビア語で「山」という意味の《djebel》が起源だということだ。

当時、受刑者はまず両手を縛られ、顔を晒したまま、シャトレの裁判所から絞首台まで三キロメートル半の上り道を徒歩でいかなければならなかった。絞首台に到着した時、絞首用のロープがボロボロにほどけていれば、あるいは妻が最後の瞬間に夫のために一瞬の刑の猶予を要求すれば、しばしの間、刑を免れることができた。裁判にかけられた一人のならず者が、女性代訴人の余りの醜悪さに恐れをなし、死刑執行人に向かって「早く吊るしてくれ、お願いだ！」と叫んだという話がある。[6]

夜になると、暗闇の中を敢えて絞首台まで行き、奇妙な儀式に没頭する者たちがいた。吊るされたままの絞首刑者の下に生えている何やら薄気味の悪い植物を摘むのが目的なのだ。それは絞首刑者と地面とのおぞましい交わりによって生まれた生命だと言い伝えられているマンドレイクという有毒植物だ。秘伝を授けられた者だけが、この地獄の花を思いのままに操る方法を心得ていると思われていた。

この常軌を逸した狂気の秘儀に参加するためには、憲兵隊はもちろんのこと、セーヌ川を泳いでパリに入ってくる狼にも気をつける必要があった。肉好きのこの獣は、首を落とされた死骸や、飢えや疫病で死んでいった者たちの死骸を求めてやって来るからだ。『シャルル七世の日記』にこんなことが書かれている。「九月の最後の週、王と同様、狼の一団もパリにいた。飢えた狼どもは、男や女、子供の肉を執拗に追い求めてモンマルトルとサン・タントワーヌ門の間をうろつき回り、結局、大人や子供合わせて十四人もの人間を噛み殺し、食べ尽くした[7]」

教会でさえ、黒魔術の儀式や略奪、山賊行為、風俗の乱れ、奇行交じりの淫らな行為を取り締まるのは容易でなかったことだろう。こうして何世紀も経る間に、パリの人々はどんなことにも驚いたり、感動したり、ましてや恐れたりすることがほとんどなくなった。パリの人々にとって、目新しいことなどほとんどないのだから。相場師はどうかって？ 十四世紀に、レ・アール（中央市場）のさらし台で死刑執行人が相場師の腕や足を切り落としていたことをパリ市民は知っている。貨幣の切り下げはどうだろう？ 一三〇六年に、両替のシーソーゲームが暴動に発展したことがあった。三スーの価値があったトゥール銀貨が一スーの値打ちしかなくなることにパリ市民は憤慨した。群衆は、「アロー！ アロー！ アロー！」とわめきながら王が滞在するテンプル騎士団の本拠地、タンプル塔に押しかけた。これは「アロン！（そんな、馬鹿な！）」の変形である。思わず、そんな造語が口をついて出てきてしまったに違いない。

物価高は？　一三五〇年代に入ると、ペストの流行による人口減少によって労働力不足に陥り、物価が二倍に跳ね上がった。そのため王は、働かない者に労働を強い、万一、働かない者には真っ赤に焼けた鉄の烙印を押し、追放するという王令を出した。では、洪水は？　昔からパリは洪水の被害にしばしば遭っている。現在、パリ東駅がある辺りまで浸水することも稀ではなかった。きらびやかな装いは？　フィリップ端麗王はその風習を遺憾に思い、豪華で奇抜な服装を禁止する措置を取ったほどである。

パリの歴史は縦横に走る街路に刻まれている。街路の名前はそこをぶらつく者にとって、ときに謎めいて見える。実を言うと、昔の街路の名前は、人に名前がつけられるのと同じリズムで、非常にゆっくりとしたペースでつけられていた。私たちの祖先が道路に名前をつけ始めたのは、道路の数が余りにも多くなり、区別がつかなくなったからだ。

最初は、良いとか悪いといった基本的な特徴で名前がつけられた。つまり、ヌーヴ（新しい）通り、ドロワット（右）通り、グラン＝リュー（大通り）、パヴェ（石畳）通り、バース（低い）通り、トルトゥ（鳩）通りといった具合だ。ときには、その道路の様子から感じる恐怖や嫌悪感を表した名前になることもある。例えば、ヴィド＝グッセ（スリ通り）、ティール＝シャップ（コート剝ぎ通り）、トルー＝ピュネ（臭い穴通り）、パッサージュ・ダンフェール（地獄通り）などがある。

また、その土地を所有する富豪の名前がつけられる場合もある。例えば、ヴィヴィエンヌ通り（ヴィヴィアン家の所有地）、ジュアン＝エヴルー通り、ルラン＝ラヴニール通り、フォー＝ニコラ＝アロード門など、あるいは当時の有名人の名前がつけられた通りもある。例えば、ブーダン通り、シャロンヌ通り、ティソン通り、ボワーニュ通り、ジョフロワ＝ランジュヴァン通り、パン＝モレ通り、コカトリックス通り、バルベット通りなどなど。プラ＝デタン通り、ポ＝ド＝フェール通り、シュヴァル＝ブラン通りなど老舗の名前がついた通りには、その老舗が店を構えていた。シェルシュ＝ミディ通りには非常に有名なミディという老舗があり、ある人が十四時間もその店を探しまわっていたことからついた名前だという［「シェルシュ」はフランス語で「探す」という意味］。

時代を経るにつれ、繰り返し口にされていたこれらの街路の名前は、次第にその様相や意味が変わってくる。ジュヌール（断食）通りは、その名前から想像されるような宗教的な集団が非常に厳しい断食をする場所ではない。ごく普通の球戯場《ジュ・ド・ポーム》に続く通りだ［ジュ・ド・ポームは手のひらで球を打ちあうテニスの前身と言われる球戯］。球戯（ジュ）は、その頃は「ジュ・ヌッフ（新しい遊び）」とも呼ばれていた。言い継がれていくうちに、たまたま「ジュヌー」となり、さらには「ジュヌール（断食）」と変化していったのだろう。オ・フェール（鉄）通りは、初めは「ドュ・フェール」つまり「麦わら」通りだった。グルネタ通りは、当初、ダルヌ＝エタ（最後のステップ）通りと呼ばれていた。グルニエ＝サン＝ラザール通りは資産家のグルニエ・ド・サン＝ラザールの名前に由来している。フィリップ端麗王の治世からあるタシュリ通りには、アタシャー、つまり留め金屋が軒を並べていたという……。ピソ＝サン＝マルタン通りがフォンテーヌ通りになったからと言って、さほどおかしくもないが……［「ピソ（*pissot*）」はロバや鳥の「おしっこ」で、フォンテーヌは「泉」］。

セーヌ川に面した道路の出口に川を横切るための渡し船（bac）があれば、その道路が「バック（Bac）通り」と呼ばれるようになるのは、しごく当然のことではなかろうか？　セーヌ川に架かるプティ＝ポン橋に続く通りでは、年中、曲芸師が芸を披露していたため、いつしか、やじ馬たちがその場所を「ジョングラー（曲芸師）通り」と呼ぶようになった。貧しい曲芸師たちは、プティ＝ポン橋を渡るとき、「猿回し」芸を披露すれば、つまり、彼ら流のサービスをすれば、通行税の支払いを免除されていた。時代がさらに進むと、通りや大通り、広場、アーケード、袋小路に科学者や軍人、政治家、作家、探検者の名前がつけられるようになった。それは、まるで、そうした有名人たちの評判をはかる物差しであるかのようだった。

第一章　カフェの前身――居酒屋《タベルヌ》、大衆酒場《エスタミネ》、キャバレー

私の名づけ親、それは酒の神バッカス
私は、ブドウ棚の下で、《瓶の子供》という
その名を授かった。
この世に生を受けるとすぐ、
聖なる果汁の
洗礼を受けた。
わが父は水差し、
わが母は壺、
わが祖父はパイント。

ルイ十一世の治世の民謡の一節、カペルによる音写

トゥールのグレゴリウスと呼ばれる年代記作家の作品に次のような話がある。曰く、三七一年のある日、ひとりの貧しい漁師がその日も一匹も釣れなかったことを嘆き、自分のために神にとりなしてほしいと聖マルティヌスに熱心に懇願した。その熱意に心を動かされた聖マルティヌスは神にとりなしの祈りを捧げた。すると、漁師がひと網投げた途端、二十リーブルもの重さの魚が一匹、網に引っ掛かった「一リーブルは当時、約五百グラム」。漁師は喜び勇んで、すぐ近くの大衆酒場《エスタミネ》に行き、魚をワインの瓶と交換した。今日、カウンター

で飲まれる小さなサイズのワインのことを「ポワッソン」と言ったり、小さな樽のことを「ポワンソン」と言ったりするのは、この逸話の魚［*poisson*（ポワッソン）］に由来すると言われている。

漁師が自分の祈りのとりなしをしてもらう守護聖人に聖マルティヌスを選んだのには理由がないわけではない。酒飲みたちの守護聖人である聖マルティヌスはすぐに酔っぱらうともっぱらの評判だった。そこから、十六世紀に次のような有名な言い回しがある。「聖マルティヌスはワインをたっぷり飲んでは、水車に水を流す」

十世紀には「ただでごちそうを食べる、あるいは、無銭飲食する」ことを「聖マルティヌス・ホテルがある」と言っていた。パリでは、ガリア人の飲んでいたアルコール度数の強いセルヴォワーズに始まり、今日でもある種の居酒屋《タベルヌ》で扱っている酸味の強いピケット（安物ワイン）に至るまで、いつの時代も、酒が好んで飲まれてきた。六世紀にはすでに、ガリア出身の有名な吟遊詩人タリエシンが、ガリアの聖職者たちの俗悪な習慣を嘆き、次のように非難している。聖職者たちは日がなキャバレーで歌って過ごし、時間を無駄に浪費し、人を欺き、堕落しているとして、「夜は酔いつぶれ、昼間は眠っている。ものぐさな聖職者らは一日中何もしない。教会を毛嫌いし、居酒屋に入り浸っている［…］[1]」

居酒屋には、さまざまな人々が出入りしていた。巡礼者、ならず者や売春婦、音楽家やミンストレル（宮廷音楽家、詩人）らが入り交じって踊り、小話に節をつけて歌っている。その中を大道薬売りが練り歩き、愛嬌を振りまいたり、汚い言葉を浴びせかけながら、魚や媚薬、煎じ薬を売り、聖職者らは寛大に罪を許して回っていた。

ランスの聖人伝研究家フロドアール（八九三〜九六六）が、クローヴィスがカトリックに改宗した際の洗礼式について、次のような不思議な記述を残している。「レミギウス司教が祝福し、国王クローヴィスに差し出したワインの瓶の中身は決して飲み尽くされることも少なくなることもなかった。それどころか、王がワインを飲むたびに、不思議なことに、ワインの瓶はまたすぐ一杯に満たされるのだった。ところが、畏敬の念もなく教会の中で売られるワインの瓶は、あたかもどこかの大衆酒場でもあるかのように、すぐに空になってしまうのだった」[2]。この記述から、クローヴィスの時代にはすでに居酒屋ではもちろんのこと、教会の門の前で、さらには教会の中でも酒が飲まれていたことが分かる。

レミギウス司教は司教区内で居酒屋を開くこと、とくに、教会の境内でワインを売ることを固く禁じた。カロリング朝の初期に施行されていた法律集を見ると、アルコール飲料は酒屋で売られていたことが分かる。「クリスマスの日、判事は、販売できる農作物、ブドウ、販売用ワイン、キイチゴ酒、ヴァン・キュイ〔ブドウ汁を煮詰め、ブランデーと香料をくわえたもの〕、メダム（ハチミツ水のようなもの）、ビール[3]を知らせてくれることになっている」。

教会は、何とかして聖職者の酒に対する嗜好を抑えようとさまざまな対策を講じていた。たとえば、八四七年の公会議では、酒を飲んで酔っ払う習慣のあるすべての聖職者に四十日間の禁欲の罰を科すことが決議された。一方、一般信徒の場合は、三十日間、ラード、ビール、ワインを断つだけで良かった。安食堂《ガルゴート》や地下酒場《カヴォー》、賭博場、立飲み酒場《ビュヴェット》、居酒屋、キャバレーで修道士や役人、傭兵が一緒に酒を飲んでいるのを見るのは実際、珍しいことではなかった。

数世紀を経た後も、こうした風習はほとんど変わっていない。十三世紀の詩人リュトブフは、地方から出てきた若い《学生》たちが放蕩三昧の生活に引きずり込まれていくさまを詩に書いている。

ある貧しい農家の息子が

勉学のためにパリにいくことになった［…］
そしてついに、パリに着いた
なすべきことをするために［…］
通りを眺むれば
美しい女が暇をもてあましている
いたるところを歩いて回り、いたるところで遊びほうける
金は底をつき、服は擦り切れる［…］
禁欲のシャツの代わりに鎖帷子《くさりかたびら》を身につけて、
飲んだ挙句に喧嘩沙汰[4]

ソルボンヌ大学を創設したのは、アルデンヌ県のルテルに近いソルボンに生まれ、後に聖王ルイ（ルイ九世）の礼拝堂付き司祭となったロベール（一二〇一～七四）である。当時はここで、文学、科学、法律、医学、理論学、弁論学、教会法の七教科を学ぶことができた。

パリは、あらゆるところから学生が押し寄せる知識の中心地だった。ほとんどの学生はカルティエ・ラタンのみすぼらしい旅籠にぎゅうぎゅう詰めに押し込まれて暮らしていた。こうした若者の中には、狭くて薄汚い部屋にいるのを嫌い、サン＝ジャック通りにある居酒屋のたばこの煙が立ち込める屋根の下に自分の居場所を見出している者も少なくなかった。十三世末頃のサン＝ジャック通りの様相は今とはまったく違う。当時もすでに人々でごった返してはいたが、庭園や畑、ブドウ園の間から頂きが見える「山」に向かってなだらかな坂が続いていた。城門の前には、ガチョウの群れや豚小屋、積み重ねられた堆肥、

圧縮機などでごたごたしている。その光景は魅力的とはとても言えないものだった。学生たちがキャバレーで陽気なパリの雰囲気を求めるのも無理からぬことだった。

しかし聖王ルイは居酒屋の誘惑に対抗する断固たる措置を取る必要があった。居酒屋では、サン＝シュルピスやクロワ＝ルージュなど名高いブドウ園の良質のワインがグラスになみなみと注がれ、ほんの少し料金を弾むだけで美味しいパテが供され、笑ったり、踊ったり、人それぞれのやり方で楽しんでいる。一二五四年十二月、聖王ルイは、酒の勢いによるひっきりなしのばか騒ぎや、それにつきものの喧嘩沙汰に歯止めをかけるため、宿泊施設やキャバレーに泊まる権利を旅行者だけに限定する次のような王令を出した。「同様に、頻繁に旅する者、または、市内にいかなる住まいも持たない者でない限り、何人も居酒屋に滞在することは許されない」

王は、最も弱い立場の者たち、とりわけ、パリの寄宿学校《コレージュ》や大学で学ぶ二万人にも上る外国人学生を酒の弊害から守りたかったのだ。彼らはバシュリエ（騎士候補）や学士、博士になってアリストテレスについて論じたり、教会法に通じたりすることを夢見て、パリの寄宿学校や大学に入るために各地からやってくるのだから。

確かに居酒屋やキャバレーの店主には悪い評判がつきまとっているが、それは何よりも、どんなごろつき店主でも、教会に納める十分の一税や当時「ブッション」と呼ばれていた居酒屋に課せられる税金を支払わなければならない瞬間から逃げ出す抜け道ができていたからだ。居酒屋の主人たちは、自分が属する教区の大小の修道院に「*buffetagium*（ビュフェタジウム）」、つまり一般に「ブッション」と呼ばれていた「ワイン販売税」を支払う。しかし、「シャントラージュ」を払いさえすれば、つまり、教会のブドウ園から仕入れる樽当たり一ドゥニエ（一スーの十二分の一）の袖の下を支払いさえすれば、誰でも公然と税逃れが許されたのだ。諺にも「パリで居酒屋の主人になりたければ、王に袖の下を支払いさえすればよい」とある。

ビールについては、税金の取り立てがどんどん厳しくなっていった。金儲け主義と不正行為から消費者を守り、国が利益を得るために、厳しい品質保証が要求された。国はビール業者に重い税を課し、不正な儲けを取り締まることに努めた。当時、パリの商人頭だったエティエンヌ・ボワローの著した「職業台帳」には、一二六八年にルイ九世が定めたパリのビール醸造業者の身分規定が記載されており、そのことが裏付けされている。

「パリでビール醸造業者になるには、その道の熟練者が善意と誠意をもって定めた製法と慣例に従って仕事をしなければならない。その製法と慣例について王は次のように定めている……」

「ビール醸造業者は、ビールの材料として水と大麦またはメテイユ（小麦とライ麦を混ぜたもの）の粒しか使用してはならない。それ以外のもの、たとえば、からしの実あるいは松ヤニの塊などを混ぜて偽造した者は、王に対しパリの通貨二十スーの罰金を支払わされ、使用した原材料はすべて没収される」

「その道の熟練者は、こうしたものはすべて、頭にも身体にも、健康な人にも病人にも害を与えると断言している」

その頃、パリ北東のサンリスの国王代官やシャンパーニュ地方やブリー地方の河川湖沼・森林監視人の生活を描いたレー（中世の短い物語詩）やバラード、ロンデル（定型詩）を数多く作った詩人ユスターシュ・デシャン（一三四〇〜一四〇四）は、アルコール飲料の偽物に注意を促す詩を書いている。

ワインを飲むなら、薄赤色のヒポクラース［ヒポクラース・クラレはハチミツや香辛料を混ぜたワイン］と

グルナッシュ・ワインにご用心、
安物の赤いワインは、知っての通り、トラブルのもと
二日酔いに苦しむことになる
頭はグラグラ、胸はヒリヒリ
内臓も膀胱も
腎臓さえもやられてしまう
結石や胆石のせいで

　こうした警告にもかかわらず、王の命令を無視して、人々は相変わらずキャバレーや居酒屋に押し寄せていた。一三五〇年二月二十七日に、消灯を知らせるノートル＝ダム大聖堂の鐘が鳴った後は客を店に入れてはならないという店主に対する命令が下されたが、この命令も守られてはいなかった。この時代の作家ギルベール・ド・メッツは、『*Description de Paris*（ありのままのパリ）』という書物を著したことで知られているが、その本によると、パリには当時、ワインを出す居酒屋が四千軒以上あり、毎日、およそ七百樽の酒樽が空になったということだ。当時のある聖職者は次のように記している。

酒を飲みに居酒屋に行けば、
ワインもあればパンもある
おまけに暖炉も、気持ちの良い寝床まである
グラスや壺、銀のカップ、食器など

ぶつかり合う音で騒々しい
店を出れば、ふらふらしながら、
陽気にふざけ合い、
梨の種よりも大粒の
涙を浮かべて、笑い転げる
なんと大げさな、酒を飲んだだけと言うのに！[6]

十五世紀の詩人フランソワ・ヴィヨンの作品『遺言書』には、十五世紀に繁盛した幾つかの大衆酒場の名前が挙げられており、後世にその名を残すことになった。例えば、ジュイヴリ通りの〈キャトル・フィス・エイモン〉、グレーヴ広場の〈グラン・ゴデ〉、ボードワイエ広場の〈シャッス〉、サン・タントワーヌ通りの〈クロス〉、アルプ通りの〈シュヴァル・ブラン〉、サン・ジャック通りの〈ムール〉などだ。店の名前が駄洒落や語呂合わせ、言葉遊びでつけられていたために忘れられずにいる酒場もある。たとえば、〈オ・ボン・コワン〉（うまい酒コーナー）、〈オ・ピュイ・サン・ヴァン〉〔「ワインのない井戸」という意味だが、発音は「一二〇の井戸」と聞こえる〕、〈オ・サンジュ・アン・バチスト〉〔「下着を着たサル」という意味だが、「サン・ジャン・バティスト（洗礼者ヨハネ）」と同じ発音〕などだ。

一三二五年、シャルル四世端麗王は、宿屋の主人が客を殺害するのを思い留まらせるために、宿屋で命を落とした客の持ち物を自分の懐に入れた主人に「隠し持っていたものを三倍にして返す」ことを義務づける王令を出した。キャバレーでは、おぞましい事件が頻繁に起こるようになり、法律はどんどん厳しくなっていく。十五世紀初めには、法律によって、宿屋の主人は宿泊客をきちんと記録することが課せられた。しかも、一四一〇年に職業台帳にある四千軒の居酒屋のうち、パリでアルコールの販売が許可された居酒屋はたったの六十軒だった。一四一五年には、サルビアやローズマリーの香りをつけたワインを販売するキャバレーはいずれも他と区別するために、それまで認められていたわら束の看板に代わって、樽の輪っかの看板を掲げることが法律で定められた。

居酒屋の常連の中には、後々までその才能が語り継がれている者もいた。フランソワ・ヴィヨンがその最たるものだが、貧しい哀れな学生だったヴィヨンは、一四六三年のある晩、ジュイヴリ通りで〈ポム・ド・パン〉という看板を掲げるロバン・トュルジの居酒屋で水差し二杯のワインを飲みほした後、姿をくらましてしまった。ヴィヨンは、支払いをしないで酒を飲んだことが何度もあり、その巧妙な手口を詩に書いている。

聞いてくれよ、我らがフランソワは、
二つの大きな木製の水差しを手にすると、
言ったもんさ、ワインを手にいれる
うまい裏技を見せてやろうと、
ひとつの水差しにただの水を入れると、
居酒屋〈ポム・ド・パン〉にやってきた、
二つとも空っぽのようなふりをして、
美味いワインはあるかと言いながら、注文すると、
ひとつの水差しに、極上中の極上ワイン

ベニョーの高級白ワインを満たしてくれた、
我らがフランソワは二つの水差しを取ると、
すぐに、互いにぶつけ合った
何やらべらべらしゃべりながら、

それからおもむろに店主に言った。
だんな、一体これはどんなワインなんだい？
店主は言う、ベニョーの白ワインですよ。
下げろ、下げろ、こんなもの
ちっとも美味くないじゃないか！
これはいったい何だ？　冗談なのか？
すぐに俺の水差しを空にしてくれ、
俺はボーヌのワインを注文したんだぜ
最高のやつだ。別のワインじゃ、絶対だめだ
こう言いながら、こっそりと
水で満たした水差しとワインの入った水差しを
すり替えた
こうして、ワインを手に入れるのさ[7]

ラブレーは、長い間、ヴィヨンに倣って、「〈ポム・ド・パン〉や〈カステル〉、〈マドレーヌ〉、〈ミュール〉といった有名な居酒屋」で「インコのように庶民を見下すイチジク野郎の教皇や僧侶たち、ピノ・ワインをちびちびと飲みながら、女たちをからかって喜んでいる悪魔のような判事や権力者ども」をこっぴどくこき下ろし、涙を誘うより笑いを誘う方がずっと良いからと、笑いを提供していた。ラブレーのそんな姿は、有名な『パンタグリュエル』第二の書の六章を読むと想像できるような気がする。同時代の詩人ロンサールやマロ、そしてプレイヤード派の仲間たちも、楽しみを求めてこうした場所にしばしば出入りしていた。年代記作家フロワサールが全四巻からなる中世の年代記を残しているおかげで、他にも、当時のキャバレーの名前を知ることができる。たとえば、〈シャトー・フェテュ〉、〈クロワ＝ドール〉、〈オテル・デュ・リオン・ダルジャン〉などがある。

パリでは、鋭い声で叫び、耳をつんざく騒音を立てながら行商人たちが練り歩いている光景がいたるところで見られる。海水魚を売る魚屋がタラやニシンが新鮮だと勧めれば、淡水魚を売る魚屋はパリ近郊のボンディ森の湖沼で釣ってきたばかりの魚を自慢する。「クルミ油にブドウ汁、マスタード入りビネガーはいらんかねー！」という声がこちらで聞こえるかと思えば、あちらでは「イグサのランプ芯に外国製の石鹸だよ！」と叫んでいる。クジャク売りはクジャクさながらの金切り声を上げ、ガチョウ売りはガチョウのように騒ぎ立てる。「塩漬け肉に生の肉、壺入りのハチミツに温かいピューレ、豆の煮込み、エタンプ産のエシャロット、卵一ダースにオルレアン産のクレッソンもあるよー！」とわめく声も聞こえる。かと思えば、果物売りがカルヴィル種リンゴやサン＝リユー産の梨、ササゲ豆の質の良さを言い立てる。そんな中、ワイン売りはピケット酒を六ドゥニエで、良質のワインは一パイント当たり三スーで売っている。

こうした雑踏のざわめきは、消灯を告げる夜八時の鐘が鳴るとやっとおさまる。街灯が消えると、行商人たちの声は消え失せ、通りはもぬけの殻になる。とは言え、すべての人々がいなくなるわけではない。これからは娼婦たちの出番だ。マリオンとかマルゴーとかトマシーヌといった名前で呼ばれる娼婦たちは、ミシェル＝ル＝コント通りの〈コキーユ〉、ボーブール通りの〈モリネ〉、ボードワイエ門そばの〈ブルス〉といった居酒屋に出入りする。娼婦は、一四二〇年の法律[8]によって「裏返しにしたケープを肩にかけ、衣服の裾を長くたらし、金色のベルトを締め、帽子をかぶり、かぶり物には花を挿す」と定められていた。

　ジャネット・ラ・フローリと呼ばれた名の売れた娼婦は、リスの毛皮のついたブルーのウールのマントを羽織り、銀色の大きな鋲を打ち付けたバックルつきのベルトを締めている。フランソワ・ヴィヨンは何人もの娼婦と顔見知りだった。そして彼女らをその特徴からつけたあだ名で呼んでいた。たとえば、矛槍のように大きなアルバルディエール、鎖飾りが可愛いフェロニエール、華やかな下着のランジェール、ペタンコ靴のシャンデリエール、腸詰屋の別嬪娘ソルシエール、色白の靴屋の娘サヴェティエール、つづれ織りが似合うギユメット、兜屋の可愛いオーミエール、袋が好きなカトリーヌなど。

　一方、「品行方正な」人々はとっくに我が家に戻っている。彼らは早寝早起きだ。明かりと言えば太陽しか見たことがない。しかも、同業組合の規約によって、明るさが足りないロウソクやシャンデリアなどの人工照明の下で働くことが禁じられていた。効率を気にしないで完璧な作業をすることが好まれていたのだ。

*

十五世紀には、パリはセーヌ右岸の東側城壁からサン＝タントワーヌ＝デシャン修道院［パリ南東部。現在の十二区］に至るまでブドウの木が生い茂っていた。サン＝タントワーヌ門とタンプル門の間の土を掘って作られた公共ゴミ捨て場の前には圧搾機が置かれていた。ブドウはクルティーユ地区やクリニャンクール地区、モンマルトル地区で栽培されていた。パリの周辺は、数え切れないほどのブドウの品種ごとのブドウ畑で土地が区切られていた。シャイヨーのワインは特に評判が高い。少し後のことだが、イングランドのエドワード四世が急死したのは、ルイ十一世から贈られたワインを飲み過ぎたからだという噂が流れたとか？パリのブドウ栽培人は同業組合を作って団結していた。一四六七年六月二十四日、ブドウ園の主人たちは「ブドウの手入れや作業の監視が行き届かないために、むちゃくちゃな栽培が行われている」と君主に訴えた。そこで国王はこの弊害を正すため、同業組合に対し、毎年、四人の信頼できる人物を選び、彼らにすべてのブドウ園を訪れて栽培状況を点検させ、誤った栽培方法や不手際が確認された場合には訴える権利を与えた。

パリ市民は誰もがこのヴァロワ朝の王、ルイ十一世の比類ない采配を称賛している。ルイ十一世は政治的手腕を発揮する術を心得ていた。うまく欺くためには譲歩も厭わず、一旦与えた領土を取り戻し、敵の友を金で買い、調印した条約を反故にし、親戚筋を犠牲にし、王国を拡大するために自分の娘たちを結婚させ、イングランド王に年金を支給してなだめ、取引をし、買収し、裏切り者は投獄するか自分が考案した「鉄の檻」に閉じ込める、あるいは首を斬り、財産を没収する。こうしてルイ十一世は、長い年月をかけてブルゴーニュ、ピカルディー、メーヌ、アンジュー、ルシヨン、セルダーニュを取り戻したのだ。

居酒屋では、人気歌手が匂いのきついゴダール（ビールの一種）や酸味の強いデスペンス（りんごやプラムのジュース）をがぶ飲みしながら、君主の偉業を称えて歌う。とりわけ、ボンタンの名で知られるオーセールの教会参事会員、陽気なロジェール・ド・コリリが作曲したバラードは、しばしばキャバレーでユーモアたっぷりに歌われていた。

かつて私は、どんな時でも、いつも神に
素っ気ない短い祈りを、仰々しく捧げていた
私がいたのは洞窟でも洞穴でもない
まじめに居酒屋に足を運んでいたのさ

ついてきたければ、ついておいで
わが名はボンタン、ご覧のように
仲間たちと連れ立って、河岸一帯を

にぎやかに飲みあるく……
さあ、目覚めの一杯で
たちまち身体はピンピンだ

いいかい仲間よ、今日はよく聞け
まずい酒を飲みたくなければ、
修道院の中庭のブドウ棚の下で

グラスの取っ手を引っ張るんだ……[9]

また、十六世紀の司祭で風刺作家のアルテュ・デジレのように、酒飲みたちにキャバレーの汚い手口を警告する者もいた。

彼らのやり口をよく見れば
店の酒瓶や酒壺はどれもこれも
へこんだり、ゆがんだりしているのが分かるはずだ
それは、得意客や酔っぱらいから金をくすねるためだ。
こうしたことはすべて手際よくやってのける
酒がたくさん入らないように
容器はどれも底上げされている

万一、店主に向かって文句を言ったり、怒鳴り散らしたりすれば、
いやおうなしに、一杯か二杯分を余計に支払わされる。
あらゆる商売のうちでも
居酒屋の主人ほど
いかさまに長けた
立派なペテン師はいない[10]

キャバレーの女主人とて、決して正直でも誠実でもない。それは、ある詩の一節からも伺える。

居酒屋の扉が開く
きれいに梳いた髪の毛を
束ねた女主人が
わら束と看板を掲げる
［わら束は当時、居酒屋の象徴として看板と共に掲げられていた］
すると突然、大急ぎで

われ先にと、男どもが店に入る
女主人の愛を求めて。
男どもはどいつもこいつも
まっ赤になって酔いつぶれる
ただ金だけが、彼女のもとに残される……[11]

キャバレーは流行の波に乗り、年を経るにつれて賑わいを増していった。詩人たちは足しげくキャバレーに通い、つい長々と芸術論議に耽ってしまう。ジョアサン・デュ・ベレーを初め、ポンチュス・ド・ティヤール、ピエール・ド・ロンサール、エティエンヌ・ジョデル、ジャン＝アントワーヌ・ド・バイフ、レミ・ベロー、ジャック・ペルティエ・デュ・マンなどプレイヤード派の詩人らは消灯の鐘が鳴るのも気に掛けず、この創造的な集いに参加していた。クレマン・マロは、四旬節［復活祭前四十日間］に飽食をしたという咎で追いやられた牢獄から出てきたことを祝ってテーブルを囲む仲間たちに向かい、なぜレトリック派の影響から抜け出すべきであるかを熱く語っていた。

旅行者たちがパリを訪れることにどれほど憧れを抱き、熱中していたか想像する必要がある。当時、パリに滞在することは、それだけで故郷で有名になるほどの偉業と言っても良く、生涯で二度とないような出来事だった。そのため、故郷の人々を仰天させる土産話ができるよう、滞在中にパリのすべてを見て回る必要があった。買い物をし、「医者」に診てもらい、かねてから非常に絶品だと聞いているパリ界隈に豊かに実る禁断の木の実をこっそり食べ……。パリにこれほど多くの宿屋や貸し部屋、居酒屋、キャバレー、肉屋、ロティスリ［焼肉屋］、パティスリがあるのはそのためだ。こうした商売人や外国人が賃貸料を支えているのだ。家具付きの貸し部屋は、小さな部屋から貴族の城館に至るまで広く利用されていた。貴族の城館は領主の留守を守る番人が日割りあるいは月単位で貸している。

ラッパのファンファーレが鳴り、合図の叫び声が聞こえると、祭りの日だということが分かる。人々は仕事をやめ、いそいそと祝いのかがり火をたき、街は特別な日の賑わいに満たされる。パレードの一行がリボンをなびかせて通りを練り歩く。鐘の音があちらこちらから鳴り響き、宮殿の時計つきカリヨンの音色と混ざり合って壮大な音楽が奏でられる。かがり火が家々の前でひときわ明るく輝き始める頃、通りにはテーブルが設えられ、この満ち足りた行事を神に感謝し、神の祝福を願い、農作物の十分な収穫を祈り、あるいは冒瀆が招いた神の怒りを遠ざけるための聖体行列の準備が整えられる。通りは歓喜の声で満ち溢れる。それは、遠からず終焉の運命にある騎士道の最後の情熱を騎馬槍試合や馬上試合にかける声であったり、聖ヨハネの火祭りに夢中になる歓声だったり、あるいはまた、灰の水曜日（四旬節の初日）に行われるシャトレの騎馬行列、タンブリンを打ち鳴らしながら群衆を集めて披露する手品師や曲芸師の見世物に興じる声のこともある。

ところが、当時非常に流行したイタリア風の仮装舞踏会では厳しい監視の目が光っていた。仮装を隠れみのにした乱痴気騒ぎが起こりやすいからだ。高等法院はそうした騒ぎを警戒して取締りを強化した。実際に、小教区内の祭りで庶民が踊りに興じていると、仮面をつけ仮装したならず者たちが武器を持ち、突入してきて、女性を誘拐したり、殺人を犯したりする事件が頻繁に起こったからだった。中には、大胆不敵にも、色とりどりの奇妙な衣装を身につけ、馬に乗ってやって来たかと思えば、突然向きを変え、卵や砂や小麦粉を投げつけ、棒で殴りかかって来る者たちもいた。庶民は祭りに浮かれる余り、心配事も忘れてしまう。詩人ロンサールは、一五五九年、アンリ二世の娘と妹が同時に結婚することになったとき、君主の宮殿からノートル＝ダム大聖堂に続く路上で婚礼の行列を眺めていた。

［…］民衆は下方から、
腕を振り、頭を押し合い、
こちらへ、あちらへと、
まるで海の波のうねりのよう
風が優しくそよぐたび、ブロンドの侍女たちの姿は
麦の穂が揺らぐかのよう[12]

その頃、いわゆる「経済のルネッサンス」が興り、経済活動が活発になった。人口は増加し、耕作地の拡大に押されて森林は後退し、さまざまな産業が興った。リヨンではベルベットが織られ、フォンテーヌブローではタペストリーが綴られ、サン＝ジェルマン＝アン＝レイではガラス工の親方がその芸術的な技を競い、ドゥルダンでは絹の下着、オルレアンではラシャ織物などさまざまな産業が発展した。

しかし、馬上槍試合の最中に槍の破片がアンリ二世の目を貫いた事件は、堅牢な宮廷を揺るがせるに十分だった。宮廷に不満を持つ新教派の者たちが声を上げるようになる。王室を巡る対立は一触即発の情勢だった。教皇権はアヴィニョンとの分裂から完全に抜け出てはいなかった。和解を図った寛容令はかえってプロヴァンスの民衆を激昂させた。

当時、ヨーロッパの北部一帯に新教の波が押し寄せていた。イングランドではジョン・ウイクリフが、ボヘミアではヤン・フスが、ドイツではマルティン・ルターが、スイスではツウィングリが、そしてフランスのピカルディーでは、後にジュネーブで運動を展開するカルヴァンが宗教改革の烽火《のろし》を上げた。ローマ教会は、カトリックの一体化を図るために宗教会議を開催するが、これは十八年間も続くことになる。一五六二年、カトリック派の首領であったギーズ公がヴァシーで礼拝をしていたユグノー派の信者らを虐殺したことが火に油を注ぐ結果となった。宗教の対立による内戦が一気に広がり、陰謀や虐殺、乱闘が各地で頻発した。アドレ男爵（フランソワ・ボーモン）率いるプロテスタント軍とモンリュック率いるカトリック軍がにらみ合い、強奪、暗殺、果し合い、略奪が日常茶飯事だった。こうして王家は分裂する。

パリでは、一五七二年八月二十四日、すなわちサン・バルテルミーの日にプロテスタントに対する残虐行為が頂点に達した。シャルル九世が母后カトリーヌ・ド・メディシスに背中を押され、新教徒らの虐殺を命令したのだ。サン＝ジェルマン＝ロクセロワ教会の早朝の鐘の音を合図に、コリニー提督を初め、プロテスタントの中心的人物や三千人以上の市民が虐殺された。アンリ・ド・ナヴァールとコンデ公アンリ一世はカトリックに改宗することを条件に、最後の瞬間に惨殺を免れた。

その十六年後の一五八八年十二月、カトリック同盟（リーグ）の盟主ギーズ公がアンリ三世の腹心貴族によって暗殺された。一五七五年にシャルル九世の跡を継いだアンリ三世は、カトリック同盟の勢力に押されて一時、身を隠していたのだが、ユグノー貴族に報復させたのだ。しかし、アンリ三世はその数カ月後、今度は自分が錯乱した僧侶の短剣の一撃によって倒れることになる。それは、僧侶が鞘を抜いた剣を手にしているのに王が気づいたその瞬間の出来事だった！　その後、正当な王位継承者、アンリ・ド・ナヴァールは王国の平定に乗り出した。このヴァロア家の新教徒の王は、ほどなく、パリの城壁内では王はカトリック教徒でなければ受け入れられないことを悟る。パリこそミサを捧げるにふさわしい都市ではなかろうか？　そう宣言してカトリックに改宗した。アンリ・ド・ナヴァールはシャルトル大聖堂で聖別され、戴冠を受けた。まだカトリック同盟の勢力下にあったランスに赴くことはできなかったのだ［本来、歴代国王の戴冠式は、クローヴィスが洗礼を受けたランスのノードル＝ダム大聖堂で執り行われる慣例だった］。パリはついにアンリ四世に門を開き、彼の「白い羽根飾り」の下に結集した。

*

宗教戦争が長引く中にあっても、居酒屋は路頭に迷うことはなかった。どんな世の中でも、喉の渇く者はいるのだから。居酒屋には、スペイン人やフランス王に傭兵として仕えていたスイス人たち、カトリック同盟に雇われていたドイツ人騎士、そしてピレネー山中のベアルン地方の出身者らが集っていた。店主たちは、ワインを不正に手に入れたり、ワインに混ぜ物をしたりと、利益を上げるためにどんな汚い手を使うことも厭わなかった。一五一三年頃にポワチエに生まれ、ブロクールの領主をしていた作家のギヨーム・ブシェは、逸話や辛辣な省察をまとめた著書『*Soiré*（夕べ）』の中で、「酒蔵に井戸水を混ぜるだけでなく、ワインに味をつけようとして、南仏の麦畑で育つアブラナの種、硫黄、沸騰した海水、ハチミツ、松やに、牛乳や石灰、砂、卵など、身体に重大な害を及ぼすものを酒樽に入れている」と、居酒屋の店主たちを非難している。[13]

それでもこのような偽装は、当時、絶えず裁判沙汰になっていた殺人や売春、あらゆる種類の闇取引、横領、違法な賭け事といった忌まわしい犯罪に比べたら、ごく軽い不正にすぎない。ユシェット通りは当時、パリで最も評判の良い通りのひとつだった。狭い通りに立ち並ぶ家々の上には、支柱に吊るされた木板や鉄板にノミで彫り込んだものや、絵を描いたものなどさまざまな看板が風にはためき、空を彩っている。それらの看板の中には、ルイ十一世の治世に神聖ローマ帝国のマクシミリアン皇帝やスペイン王の使者たちを迎え入れた〈タベルヌ・ド・ランジュ〉や〈ル・ボン・オワイエ〉、後に厄介な客、有名な大泥棒カルトゥーシュを迎えることになるタベルヌ〈サン＝ニコラ〉などの看板があった。

中には、あらゆる国からやってくるならず者のたまり場となっている居酒屋もあり、そこでは、やくざ者や山師らが徒党を組み、仲間を集めて悪だくみの相談をしている。著述家でもあったブラントーム司祭は、こうしたならず者たちの様子を次のように記している。「たちの悪い悪党どもの持ち物はほとんどが法の目をかすめて手に入れたもので、薄汚れたひげは伸ばし放題、肩に百合の花の刻印を残し、そぎ落とされた耳を長い逆立った髪で隠している姿は、ことさら見る者を怖がらせていた」。[14]

この怪しげな世界に共通しているのは、何といっても、ヨーロッパ中で評判の美味しい食事が豊富なことだろう。十六世紀末に、騎士マリーニは回想録にこう書いている。「パリの通りで目にするのは、賭け事、ダンス、祭り、おしゃべり、仮装行列、そしてうまい食事だ。一日に殺す家畜の量は、自然が一年間に恵んでくれる量をはるかに超えている。昼も夜も、串さしの去勢鶏、羊や豚の背肉が地獄の業火で炙られている」[15]。

アンリ四世はキャバレーがお気に入りだった。自分の施政に対する庶民の意見を聞くためだと称し、従者も連れずにお忍びでキャバレーに出没した。王が最も熱心に通ったキャバレーは、一五八二年にトゥルネル河岸通り十五番地に店を構えた〈ラ・トゥール・ダルジャン〉だ。このキャバレーでフォークが初めて使われたと言い伝えられている。この店がラ・トール・ジャルダン（銀の塔）と呼ばれるのは、そのファサードの砂岩が輝いて見えるからだ。約四世紀後の現在も、世界中の美食家たちがこの場所に食事にやって来る。

カトリック教徒もプロテスタントも、「王の豹変」［王権を回復するためにカトリックに改宗したことやナントの勅令で信仰の自由を認めたこと］に疑心暗鬼の念を抱いていたために、王に対する陰謀が幾度となく企てられた。陰謀に成功したのはカトリックだった。一六一〇年の復活祭の日、一人の奇妙な男がサン＝トノレ門近くのオーベルジュ［宿泊設備を備えたレストラン］〈トロワ・クロワッサン〉から短剣を盗み出した。その名をフランソワ・ラヴァイヤックという。元学校教師でフイヤン会の元修道士だったラヴァイヤックは、この武器で国王を殺害しようと、その機会をうかがっていた。しかし、ある考えから、その日に殺人を犯すことはやめ、計画は五月十四日に実行された。

アンリ四世が命を落としたとき、ルイ十三世はまだ九歳だったため、母后マリー・ド・メディシスが摂政となることが認められた。マリーはコンチーニを「フランスの元帥」に任命し、二人は結託して権力を握った。ルイ十三世が実質的な国王となるのは、一六一七年にこの腹黒いフィレンツェ人を暗殺させ、母をブロワ城に幽閉した後のことだった。

　この間も、パリは、整然と立ち並ぶ堂々たる家並みの美しさに心を打たれた旅行者の関心を惹きつけ続けていた。パリを称賛する声は尽きることがない。イングランドの大法官でダラムの司教でもあるリチャード・デ・バリーはパリのことを「地上の天国」だと言っていた。あるドイツの情熱家はこう書いている。「イタリアやドイツやその他の国々の都市を見たことがあるからと言って、そんなことはたいしたことではないが、パリに行ったことがあると言える男はたいしたものだ！」[16]。心のすさんだ者が、パリで「恥ずべき汚れた娼婦」にしか目を向けないとしても、ほとんどの人はパリに大きな憧れを抱いている。外交官バソンピエールはマリー・ド・メディシスに「私はパリが好きです。外国に行きたいと思ったことなど一度もありません！」[17]と言った。音楽家のガンテも一六四三年に同じ意味のことを言っている。「女性がパリに粗末な家を持ち、男性がパリに穴倉を持っているなら、二人はしごく幸せだ！」[18]

　夜になると、パリの通りは、家々の角に吊るされたガラス張りのランタンから漏れる薄明りのなか、パリジャンや地方から出てきた人々、外国人でひしめき合う。ランタンの中のロウソクの芯が燃え尽きる頃、つまり夜中の二時頃には通りは真っ暗になる。人々は暗くなる前にオーベルジュやレストラン、安食堂、パティスリ、キャバレーを探して歩く。そうした場所では、何時であろうと肉や魚、野菜、甘いもの、果物、美味しいワインなど、なんでも望むものが食べられる。自分の懐具合に合った料理を出す評判の流行りの店で夕食を楽しむのだ。店主の名前がそのまま店の名前となっているレストラン〈ラ・ボワスリエール〉には大地主や貴族、宮廷人、だて男たちが集まり、一人で最低でも十トゥール・リーブルは使う。〈コワフィエ〉はそれほど財布が膨らんでいなくとも気軽に入れる。ここでは、六ピストル出せば［一ピストルは十リーブル］、評判の郷土料理「ベアティーユ」[19]のパテが食べられる。テュイルリー庭園のテラスには、かつて修道騎士スヴレの侍従だった店主のルナールのアイディアで甘い逢引にふさわしいエレガントな装飾が設えてある。ある晩、ボーフォール公が宰相マザランの支持者が集まっているところに襲いかかり、テーブルをひっくり返し、彼らの頭に荷物を叩きつけたのは、このルナールの店でのことだった。

〈ボワスリエール〉や、モリエールの友人の詩人ボワローが詩に詠んだ〈ブッサンゴー〉で食事をするには大枚をはたく必要があるが、モリエールは、ボン・ザンファン通りにあるその名も〈ボン・ザンファン〉という店の方が気に入っていた。あちこちに点在するもう少し控えめなオーベルジュは、美味しいもの好きを惹きつける。たとえば、ドーフィン通りの〈ホテル・アンジュー〉やサン＝マルタン通りの〈プレソワール＝ドール〉なら二十スーもあれば十分だ。またモンマルトル通りの〈ホテル・マントゥー〉、ゲネゴー通りの〈ホテル・フランス〉では四十スーでちゃんとした夕食が食べられる。ボーブルグ通りの〈トワソン〉はどんなに高くても二十スーで足りる。他にもサン＝トノレ通りの〈ジュスト・プリ〉や〈サンジュ・ド・ラ・クロワ〉などなど枚挙にいとまがない。密かに寛げる場所を求めるカップルを辻馬車が連れてくるのは〈ムラン・ド・ジャヴェル〉だ。

オーベルジュでは食事を楽しむだけではない。予約もしないで、飲みにだけ来る客も少なくない。タベルヌではもっぱら酒を出す。つまり、グラスに「なみなみと注ぐ」ための壺入りワインを供するが、キャバレーでは、テーブルにクロスを掛け、ナプキンを置いて食事も供する。タベルヌもキャバレーも、こまごまとした厳しい規定があるにもかかわらず、酔っぱらいどもが年中、騒動を起こすと、聖職者の非難の的になっていた。収税官はこの業者に鋭い目を光らせていた。タベルヌやキャバレーの店主は「ブッション税」と呼ばれる税金を支払っていたが、次第にこの言葉がタベルヌそのものを指すようになった。常連はブッションからブッションへと梯子をする。

有名なキャバレーを幾つか挙げてみよう。サン＝ジャン墓地の近くにある〈クロワ・ブランシュ〉、サン＝タントワーヌ通りの教会参事会会館のそばの〈ル・プティ・サン＝タントワーヌ〉、サン＝トゥスタッシュ通りの〈ル・コルミエ〉、シテ島のジュイヴリ通り、ノートル＝ダム門そばの〈ラ・ポム・ド・パン〉などがある。〈シャペル〉は、〈マルタン〉やサン＝ジャン墓地のそばの〈トルシュ〉、そして〈ラミー〉や〈トロワ・キュイエール〉と並ぶ詩人たち行きつけの店だ。〈ラ・ビュット・サン＝ロック〉は三流詩人や寄せ芸人たちのたまり場になっている。当時の詩人テオフィル・ド・ヴィオー（一五九〇〜一六二六）はユシェット通りの〈プティ・モール〉で、後に物議を醸すことになる『*Parnasse satirique*（風刺詩パルナス）』を作った。

パレ＝ロワイヤル劇場の役者たちが〈ボン・ザンファン〉に集まると店主のベルジュラックが喜んで迎える。一方、オテル・ド・ブルゴーニュ劇団の役者たちは〈ライヤック〉に集うことが多かったが、たまに〈トロワ・マイエ〉や〈アンジュ、ドゥ・フザン〉で両劇団の役者たちが鉢合わせすることもあった。フランシスコ会の修道士やドミニコ会の修道士、ケレスティヌス会の修道士、カプチン会の修道士など僧侶たちは〈リッシュ・ラブロール〉、〈ラ・タブル・ロラン〉、〈トレイリ・ヴェール〉などに顔を出している。ある三流詩人が、彼らの様子を大げさに揶揄した詩を詠んでいる。

カプチン風に飲むとは
ちびちびと飲むこと
ケレスティヌス風に飲むとは、
気前よく飲むこと

ドミニコ風に飲むとは、
ボトルからボトルへと飲み次ぐこと、
でも、フランシスコ風に飲むとは、
ワインセラーごと飲み干すこと[20]

詩人のヴァンサン・ヴォワチュール（一五九七～一六四八）とサン＝タマン（一五九四～一六六一）はバール＝ドュ＝ベック通りの〈レペ・ロワイヤル〉で酔いつぶれ、サン＝トゥスタッシュ通りの〈ル・コルミエ〉で騒ぎの種をまき散らし、パ＝ド＝ラ＝ミュル通りの〈ラ・コワフィエ〉では罵倒し合いながら、美食にふけるのが常だった。『*Historiette*（逸話集）』の著者タルマン・デ・レオー（一六一九～一六九〇）によれば、〈ラ・コワフィエ〉の「女主人」は、当時初めて、一人分あるいは一食分を定価で提供していたため、食いしん坊は誰でもこの店が好きだったという。クロード・ル・プティはその著書、『*l'ode à la louange de tous les cabarets de Paris*（パリのすべてのキャバレーに捧げる抒情詩）』（一六二七）の中で、この手ごろな食堂の主人に忘れがたい詩を捧げている。

ラ・コワフィエは私の心を離さない
私の目を喜ばせてくれるのは、ただあの店のみ
わが愛は永遠だ
かくも素晴らしい対象を見つめるのは、
彼女と共に床につくためにあらず、

彼女の差し出すワインを飲むためなり[21]

サン＝タマンは永遠の酒飲みの名にふさわしく、〈プティ・モール〉で浴びるように酒を飲んだ挙句に、息を引き取った。ボーブルグ通りの〈トワソン〉、サン＝トーマ＝ドュ＝ルーヴル通りの〈ラ・ギャレール〉、〈ル・シャペル〉、〈レーグル・ロワイヤル〉、〈ル・プティ・ヴォワザン〉、〈ル・サン＝マルタン〉、〈ラ・モンターニュ〉、〈レシャルプ・ブランシュ〉、テンプル騎士団の教会中庭にある〈ル・シェーヌ・ヴェール〉、〈ル・ソレイユ〉、サン＝ドニ通りの〈ラ・クロワ・ド・フェール〉、そして、アレクサンドル・デュマ（一八〇二〜一八七〇）がその著書『三銃士』の中で描写したオーベルジュ、マゼ通りの〈シュヴァル・ブラン〉も忘れてはならない。銃士たちの四輪馬車はここからオルレアンに向かって出発したのだ。こうした店の看板は色とりどりでそれは風情のあるものだった。

弁護士たちは宮殿近くの〈ル・プティ・ディアブル〉の常連で、弁護士の卵たちが向かうのは〈ラ・テット・ノワール〉だ。そこには、彼らの上客になりそうだと思われるサント＝シャペルの聖歌隊員らがよく来ているからだ。大学の人間はモーベール広場の〈ラ・コルヌ〉がお気に入りだ。

タベルヌは、何度かの王令によってその利益を抑えるよう強いられたとは言え、相変わらず繁盛していた。国王はタベルヌの店主に対し、婚礼や祭りの際に、一人当たり三エキュ［一エキュ銀貨は三リーブル］以上取ってはならないという命令を下した。タベルヌの店主たちは確かに、根拠もなく値段を吊り上げるのが常だったが、客の方も不正直や反抗ぶりを発揮しないわけではないことは、『*Histoire du poète Sibus*（詩人シビューの物語）』の著者がポン＝ヌフ橋の上でお笑いを演じる大道芸人の口を通して言わせた、辛辣なモノローグによく表れている。

「ある日曜日、ミサの後でタベルヌに行くとします。

——やあ、おかみさん。

とあなたは言います。

——うまいワインを一杯もらえるかい？

——もちろんですとも、旦那さん方、幾らのにしますか？　六スー？　それとも、八スー？

——六でも八でも、おなじようなもんだろう！

——ピエール、こちらの旦那さん方にワインを出してやっておくれ、極上のをね。早く！　急いでね！

——やれやれ、これで良し！

あなた方はテーブルにつき、クルトンをつまみます。それから女主人にこう言います。

——おかみさん、水を少しくださいい。のどが渇いたもんでね。何しろ、泉のワインしか飲まない奴がいるもんで！

もちろん！　そう言っておいて、ワインが運ばれてきたら、それを飲み、飲んだ後で、その容器に水を入れるのです。それからギャルソンに言います。

——なんてこった？　腐ったワインを出しやがって！　他のワインを持ってこい！

——旦那さん、これは最上級のワインですよ！

——何だって、この野郎？　そんなはずはないぞ！　嘘だと思ったら、この中を見ろ！　それでも信じないっていうのかい？

さて、瓶の中に水が入っているのを見た気の毒なギャルソンは、それを取り下げ、代わりに上等のワインを持ってきた。主人はだまされたのさ！」[22]

ポン・ヌフは、大市さながらに、いつも騒々しい群衆でごった返している。欄干沿いに軒を並べる店々には何でもある。くじ引き用の回転台は一リヤール銅貨［一リヤールは三ドゥニエ］で二回まわせる。そうして、笛やお面、太鼓、鏡、櫛、羽根つきの帽子などをもらっていく。古本屋もそこかしこに目につく。すでに一六二九年には二十八軒の古本屋があった。棚に並んでいるのは、本屋に置かれていた古い雑誌や図書館の蔵書の中から買い取った雑多な本だ。また、歌や漫談で社会を風刺する寄せ芸人の他にも、大道薬売り、歯抜き屋、八スーでどんな厄介な病気も一日で治して見せると啖呵を切る硬膏や軟膏を売る薬屋など、そこかしこで見世物が繰り広げられている。アントワーヌ・ド・ロンビスは、こうした光景を『*Voyage à Paris*（パリへの旅）』の中で次のように描写している。「歯を丈夫にする薬だと言いながら何やら怪しげな薬を売っている者の口の中には歯が一本しかない。かと思えば、目ははっきり見えるようになり、歯はすっかり新しくなると言って、若返ったり、顔がきれいになるという石の粉をしきりに勧める者もいる。おまけに、木製の義足まで売っている」

橋の上では、こうした商売人らが巧みに言葉を操り、でたらめな口上を並べ立てている。信じやすい群衆のおかげで、すこぶる口がうまければ年に千リーブルも稼ぐ。

人々は、こうした気晴らしを求めたり、モダンなキャバレーで一杯やるためだけに、パリの城門から城門へと渡り歩く。シャイヨ宮殿の河岸側にある〈メゾン・ド・ルージュ〉はいつも大入り満員だ。一六二六年五月、パリに戻ったリシュリューはここに宿泊した。パリ郊外ヴァンセンヌでは〈ラ・ピソット〉、サン＝クルーでは〈ラ・ドュリエ〉が評判だった。店主のドュリエ夫人は、元従軍商人の有名な未亡人で、美しい植え込みの庭に園亭を設けてもてなした。ルイ十三世の弟のオルレアン公ガストンは、ここで放蕩の限りを尽くし、女主人の供するワインを浴びるように飲んだ後に、取り巻き連中と共に陽気な小歌を大声で歌ったものだった。

ワインは私を喜ばせ、私はワインを慈しむ、
ワインは、私の悲しみを遠ざけ、
私の心を目覚めさせてくれる、
私たちは互いに同じように愛し合う
私がまず手に取り、それから私が捉えられる
まず私が思いを寄せ、それからワインが私の心を占領する。[23]

ドュリエ夫人の評判が高いのは、キャバレーの女主人としての技量の高さだけによるものではない。元帥でアラスの総督でもあったサン゠プロイユとの悲劇に終わった愛の物語に多くの人々が称賛と尊敬の念を抱いたからだ。二人の関係は、サン゠プロイユがリシュリューに対立するサン゠マールの支援をするようになるまで二十年間続いた。サン゠プロイユはサン゠マールと共にスペインの支援を受けてリシュリュー暗殺の陰謀を企てる。しかし、この陰謀は露見してサン゠プロイユは逮捕され、アミアン広場で斬首刑に処せられた。死刑執行の場に来たドュリエ夫人は、不幸な恋人の斬り落とされた首を拾い上げ、死体防腐処理人のところに持って行き、聖なる教会の習わしに則って埋葬した。この話は伝説となっている。妻のいる男性との悲運の愛を臆することなく示し、リシュリューに対する憎悪の念をむき出しにするこの女性に多くの人々が心を打たれた。しかし、ドュリエ夫人は枢機卿に敵対する人々を公然と支援する

ことで勇気を奮い立たせていたことは認めなければならない。

と言うのも、貴族の中には、情け容赦のないリシュリューの首を自分たちの手で斬り落とそうと立ち上がる者たちがいたからだ。シャレー伯、フランソワ・オーギュスト・ド・トゥー、モンモランシー公アンリ二世、サン＝マール、もサン＝プロイユ同様、断頭台に消えた。ルイ十三世は、一人の主人のみを認めるという宰相の姿勢を支持していた。オルレアン公ガストンだけは、あらゆる君主に対する陰謀に加担したにもかかわらず、処刑は免れた。王は実の弟を処刑させる命令を下すことができなかったのだ。ドュリエ夫人はそのことを喜んだ。そのおかげで、彼女は最良の客の一人を失わずに済んだのだから。

*

確かにパリではフランス的エスプリが輝いていたが、パリそのものは衛生面で決して美しいとは言えなかった。ほとんどの通りに歩道はなく、石畳が敷かれている通りは稀だった。まして排水溝などないに等しい。通りは汚れ、ごみや汚物が散乱し、動物やその排泄物にまみれていた。住民は荒壁土の家に押し込められ、その家は狭い通路にはみ出し、通路には強盗が出没して危険きわまりない。七人から八人の家族がつましく暮らすあばら家は三十平米を超えるものはほとんどなく、ペストや赤痢、天然痘があっという間に蔓延した。反対に、ハンセン病は減少する傾向にあった。

日曜日になると、パリ市民は郊外のヴォジラール地区のタベルヌや、ゴブラン村のビエーヴル川沿岸に並ぶ安酒屋《ガンゲット》で気晴らしをしたり、あるいは、ムードンやリュエイユのブドウ園に沿って、きれいな空気を楽しみながら散策するのが常だった。ハンターたちはもっと自然が豊かなブーローニュの森に行けば、鹿たちを狙い撃つことができる。彼らの銃は旧式のマスケット銃より便利なもので、銃身に装てんするのは同じだが、石が火薬を発火させるため、火縄に点火する必要がなかった。楡《にれ》の並木が四列に並ぶクール＝ラ＝レーヌ（女王大通り）では、恋人たちが逢瀬のひとときを楽しんでいる。時折、たいまつを手にした従者らに囲まれた四輪馬車が行き交う。そうした場所では、さまざまな娯楽が繰り広げられていた。適当な場所に芝居小屋が設置された。夏には、劇団員が通りに舞台を組み立て、フロリドールやモリエール、ドリモンと言った劇作家の作品を演じる。冬になると、舞台はオーベルジュや球技場《ジュ・ド・ポーム》に移された。

　アルマン・ジャン・デュ・プレシー、すなわちリシュリュー枢機卿は一六四二年十二月四日に世を去った。リシュリューの死後、ルイ十三世もさほど長く生き延びはしなかった。一六四三年五月十四日、ルイ十三世は、まだ幼い息子を王座に残して息を引き取った。経験の薄いアンヌ・ドートリッシュが摂政となり、彼女は亡きリシュリュー枢機卿が太鼓判を押していたイタリア人聖職者ジュール・マザランを重用した。

　領主たちの中には、今こそ、カペー家の子孫であるスペインの援軍を得て王家を終焉させる時機の到来だと判断した者たちがいた。しかし、たちまち技量を発揮し始めた教皇軍の元士官ジュール・マザランの政治手腕を計算に入れていなかった。マザラン枢機卿は陰謀や謀反は断じて打ち砕くという強い態度で臨み、イギリスの司法官を真似て税金の採択権を主張して君主の権限を制限しようとする高等法院の法官らを容赦なく逮捕させた。マザランは君主体制が敵対集団や反乱分子に左右されることのないよう、強い国家を宣言するために戦った。それが自分にとっての重要問題だったからだ。マザランのそんな姿勢に対抗して、民衆はバリケードを築き、武器を手にした。キャバレーや大衆酒場はドアを固く閉じた。宮廷は窮地に陥ったかに見えた。ところが、その直後、マザランは王妃と共にサン＝ジェルマンに避難し、コンデ公にパリに戻るよう指示したのだった。これがフロンドの乱である。そんなわけで、タベルヌは、マザランの側に立つものであれ、突如、反旗を翻したコンデ公を支持するものであれ、機会さえあればすぐに長剣を抜く覚悟を決めた羽根飾りをつけた大勢の剣士でごった返していた。劇作家エドモン・ロスタン（一八六八〜一九一八）は、その戯曲の中で、長鼻のあだ名で呼ばれる剣裁きの早い、ガスコン青年隊のシラノ・ド・ベルジュラックという登場人物を通して、こうした威勢の良い剣士の姿を不滅のものとした。本物のシラノは『月世界旅行記』の著者であり、テュイルリー庭園そばの〈キャバレー・ルナール〉や、〈レ・トロワ・ポン〉あるいは〈ベル・エール〉に頻繁に出入りしては、陰謀や謀反の計画を立てていたということだ。一六五一年、追い詰められたマザランはついにパリを退去した。まだごく若かったルイ十四世は反抗勢力に敢然と立ち向かい、君主体制を立て直し、「大国」との戦争に乗り出し、領土を拡大した。

キャバレーは活気を取り戻した。ユーモアが再び花開き、人々はたわいもないことに面白がった。例えば、宮廷の新しいファッション、とりわけ、ひげを剃り、有名なカツラ師ビネのアトリエで作られた長い巻き毛のカツラをつけたルイ王の着飾ったさまを笑いの種にした。あんな滑稽なかつらを受け継ぐのに、どれほど多くの大金がつぎ込まれたことだろう！　オーベルジュの多くは、想像力だけで描かれたと思われる奇妙な絵が描かれた大きな独特の看板を掲げていた。看板を描く画家たちは、他の画家に比べて高い評価を得ていなかったのは確かである。そもそも質の悪いカンバスでは看板しか描けないだろう。しかし、先に名前を挙げたキャバレーの中には、有名な画家が手掛けた看板を掲げる店があった。そのキャバレーの店主は、ある画家に、つけを清算する代わりに看板を描いてくれと頼んだのだ。その客こそ、かの有名なカラヴァッジョに他ならない。

そういうわけで、パリの通りには素朴な、あるいは皮肉に満ちた物語を思いおこさせる、けばけばしく塗りたくり凝ったデザインの看板や鉄製の剣柄の飾りが溢れていた。聖母マリア、天使、聖人たちが星や動物たち、あらゆる職業を象徴する道具類と軒を並べている。さまざまな動物たちが、さまざまな種類の十字架や王冠、盾と向き合っている。何はともあれ、古代ギリシャ時代に遡る伝統にしたがって、マッカサの看板は相変わらず、その店がキャバレーであることを示していた。

　看板は、一種の楽しくも趣のある信仰の表明であるが、ある人々にとっては、宗教的題材に対する個人的な好みにそぐわないものもある。「アブラハムの試練」［神がアブラハムに一人息子イサクを犠牲として捧げるよう命じた旧約聖書の物語］や「大天使ミカエル」が看板に描かれているのもしばしば目にするが、「三人の王」［新約聖書に登場する、東方の国々からイエスの誕生を祝いにやってきた三人の博士のこと］ほど広く用いられているシンボルは他にない。この旅行者たちが描かれた看板は、その宿にさまざまな外国人が泊まっていることを示唆するメリットがあるからだ。この時代の劇作家ブルソーは趣味の悪い絵の「スキャンダル」について手紙の中で憤慨している。「看板に鹿（*cerf*）と山（*mont*）を描いて、説教（*sermon*）とかけるくだらない駄洒落をやっているキャバレー店主には、大枚の罰金を科すべきではないでしょうか？　これでは、飲んべえどもに、毎日説教を聞きに行く、あるいは説教を聞いて来た、と言いつくろわせることになりますよ！[24]［「鹿（*cerf*）」は「セール」と発音し、「山（*mont*）」は「モン」と発音する。続けて発音すると「説教（*sermon*）」の発音「セルモン」と同じに聞こえる］」。

　タベルヌの店主のふるまいも非の打ちどころがないわけではない。財務総監ジャン＝バティスト・コルベールは、「ワインの小売り業者が酒蔵の囲いを下げて、ワインが豊富にある時期にどんどん売り続け、ワインが不足する時期により高い値段で売ることを防ぐため、キャバレーおよびビールを壺で売る店は、万聖節（十一月一日）以降は午後の六時に、復活節以降は午後九時に店を閉めること[25]」という命令を下した［中世のワインの小売店では、酒蔵の外に格子が設けられ、客は格子の穴から水差しを差し出すと、そこにワインをついでもらう仕組みになっていた］。さらに、タベルヌに対しては「白ワインに赤いヴェルメイユ・ワインを混ぜるなどのワインの混合を禁止し、また、量の不正を避けるためにワインの小売りは瓶でなく、壺または錫製のパイント容器で行うこと」という規則も定められた。

詩人らはそうした決まりにほとんど無頓着だった。有名な劇作家ジャン・ラシーヌは、サン＝ジャン墓地の近くのベルタン未亡人が経営する〈ムトン・ブラン〉で、法律に詳しい批評家ニコラ・ボワローや弁護士のブリアックの助言を受けながら、『裁判きちがい』を執筆していた。ラシーヌは気ままな生活を愛していた。ジャン・ド・ラ・シャペル、ボワロー、ラ・フォンテーヌ、セヴィニエ（セヴィニエ侯爵夫人の息子）、アントワーヌ・フュティエールといった当時の文学者たちや、ヴィヴォンヌやナンテュイエを初めとする裕福な宮廷貴族らと共に、キャバレーに足しげく通い、テーブルを囲んで楽しい語らいに耽っていた。キャバレーは昼も夜も賑わいの絶えない憩いの場だった。そこでは、ホカというマザランの時代にフランスに入ってきたビリビ（ロトの一種）に似た賭け事が好んで行われていた。ときには、モリエールが友人たちに自分の作品『人間嫌い』を朗読するのが聞こえてくることもある。それから三世紀の後、〈ムトン・ブラン〉の相続書類の中の、さまざまな証書の原本や財産目録に交じって埃をかぶった十七世紀の裁判書類の束の中から、黄ばんだ紙を綴じた一冊のノートが見つかった。そこには店主自身の手による面白い作品が記されていた。そこに登場する人物は、このキャバレーのテーブルを囲んで共に語り合うボワロー、モリエール、ラシーヌに他ならない。それは、『裁判きちがい』の最初の上演に触発されてできた作品だった。また別のキャバレー〈ラ・ポム・ド・パン〉では、文学論争の種となるソネットやマドリガルばかり書いているヴァンサン・ヴォワチュールが、ある晩、作家のサン＝タマンに無理やりグラス一杯の水を飲ませていた！　サン＝タマンは自らの死を望んでいたのだ！　サン＝サマンはグラスを持ち上げ、それが水だと分かると一口飲み、それから顔をゆがませ、大きなうめき声を上げると、その苦痛は終わりを遂げた。

こうしたキャバレーでは、客たちは「ヨブ派」と「ウラニア派」に分かれて文学論争に興じていた。この文学論争は、「ウラニアのソネット」を創作したヴォワチュールのファンと「ヨブのソネットを創作したアイザック・ド・バンスラードのファンとの間の論争で、文学好きな貴族社会が二つに割れていた［ウラニアは天文を司る女神、男性の同性愛者の女神と言われる。ヨブは旧約聖書のヨブ記に出てくる人物で、サタンの与える過酷な試練に最後まで耐えて信仰を堅持した］。これら二つの奇妙な詩は、言語学者らを青ざめさせたが、くだらない話題や学者ぶった態度を敵視するモリエールやボワローは面白がっていた。彼らは、粗暴な兵隊言葉（がらの悪い兵士が使う隠語）を使ったこの種のソネットを声高に読みながら、宮廷の文法学者らを面白半分に揶揄する。セヴィニエ侯爵夫人は、『セヴィニエ侯爵夫人の手紙』の中で、こうした魅力的な集い、夜食、ふざけ合いがどんなに楽しいものであるかを語っている。そこで飲まれているのはワインだけだと書いているが、実際は、こうした場所では、砂糖で甘みを加えたサクランボのブランデーなど淡色のリキュールや果物のコンフィも味わっていた。蒸留法に精通していることで知られる酢の醸造業者がレモンやオレンジ、スグリ、イチゴ、桃、アプリコットなどを混ぜたブランデーを味わう喜びを食通たちに教えていたのだ。当時は、蒸留酒製造者がソースや辛子や酢の製造者と同じ同業組合に属していた時代だった。

詩人や作家、劇作家たちは暖房のない粗末な造りの家に住んでいることが多く、自分の部屋で一人、寒さに震えながら風邪をひきそうになるのを避けるために、安らげる場所といえばキャバレーしかなかった。彼らはキャバレーに集まっては楽しい会話を交わし、自分たちのおしゃべりに酔いしれて庶民の楽しみに耽っていた。サン＝タマンの友人である詩人のシャルル・ヴィヨン・ダリブレイは大衆酒場や「たばこ臭い酒場」をこよなく愛し、キャバレー〈プティ・モール〉の上にある家具付きの部屋を借りていた。この部屋にいれば、足で床を叩きさえすれば、胸元に小瓶をいくつか抱えた給仕女が目の前に現れるのだから。

我が部屋には、おおいなる利点がある
嵐のせいで、ひどい寒気に襲われたり、
余りの寒さに、火のそばを離れられなくとも、
床を数回叩きさえすれば、一杯の酒が飲めるのだ[26]

幸運の女神が振り向いてくれなければ、酒場が多く立ち並ぶクルティーユ地区やポルシュロン地区に赴き、煙の立ち込めるカフェのホールに閉じこもる。そこでは、いたずら好きの男女の一団が、水差しに入ったワインを飲みながらワイワイ騒いでいる。このような騒々しい中で、一体どんな哲学が語られるというのだろう？

もう少し後に現れるカフェは、美しい家具が置かれ、暖房の効いた清潔なサロンがある、哲学談義に花を咲かせるには格好の場所となった。そこで供されるモカという苦い飲み物が、やがて作家や詩人たちの創造力を掻き立てるようになる。数年後、ジャーナリストで医師のテオフラスト・ルノードは、カフェの大理石のテーブルの上に置かれた湯気の立ったコーヒーカップを前に、今日の新聞の前身となる『ガゼット』の第一ページを執筆したのだ。

第二章　ルイ十四世、コーヒーに出会う

さあ、おいで、聖なる命の飲み物、さあ、おいで、私に息を吹き込んでおくれ
おまえの芳しい香りを感じると、
たちまち、お前の芳香のぬくもりが心に染み入り、
私の五感は目覚める。動揺も、混乱もなく
私の思考は大きく波うち、走りだす
ひと口ひと口味わうごとに、才気がみなぎり
太陽の光が口の中に広がるかのよう……
ジャック・ドリル、『コーヒーに捧げるオード』

一六六九年十一月、ルイ十四世はヴェルサイユで、皇帝メフメト四世の全権大使として遣わされたソリマン・ムスタファ・ラカに接見した。トルコから来た使者一行のもの珍しさは筆舌に尽くしがたいものだった。彼らに割当てられた部屋は、普段置かれている肘掛椅子や腰掛が取り除かれ、東洋風の装飾が施された。ふわふわの分厚いじゅうたんが何枚も敷き詰められ、床には数枚のクッションが置かれている。トルコ人はクッションの上に胡坐をかいて座る。客人が来ると、奴隷たちが焦げたような匂いのする黒く苦い液体を満たしたカップを運んできて、金色のフリンジに縁取られたテーブルクロスの上に置く。それが、「カ

ワ」と呼ばれるトルコ人の好む飲み物だ。

このとき初めてコーヒーが正式にフランスに持ち込まれたのだ。コーヒーについては、トルコで広まる以前、十五世紀初めにすでにイエメンで飲まれていたこと以外、ほとんど何も知られていなかった。コーヒーは、豆の品種の名前にもなっている、紅海に面したイエメンの港町モカを経由して大量に運ばれていた。コーヒーは仲買人に運ばれてモカやバイトルファキーフの港を出発した後、メッカを治めるシャリフ国の港、ジッダの方角に舵を切り、スエズまで向かう。そこからはラクダの隊商がカイロ、イスタンブールへと運んでいった。ヴェルサイユの貴族たちのサロンでは、この「アラビアの飲み物」の起源に関する逸話がひとしきり話題に上った。それはこういうものだ。

「あるアラビア人のヤギ飼いが、ある天気の良い日にヤギたちを牧草に連れて行くことにした。牧草でヤギを放し、ひと寝入りしていたところ、突然、ザワザワと何かが激しく揺れる音に驚いて男は目を覚ました。見ると、ヤギたちの様子が尋常でない。ほどなく男はヤギたちが何をしているのか理解する。野生のサクランボのような実のなっている灌木の枝を夢中になってかじっているのだ。男は、その実の作用を試してみようと思った。いくつか実を摘んで家に帰ると、水に入れて茹で、煎じた液体を飲んでみた。するとその晩、一睡もできなかった[1]」

実際には、フランスでコーヒーについて最初の記録があるのは一六四三年に遡る。その頃、レヴァント地方（現在の中近東辺り）出身のある男がコーヒーを広めようとしたが、徒労に終わった。プティ＝シャトレ（小城塞）のそば、サン＝ジャック通りからプティ＝ポン橋まで続くパッサージュ（アーケード街）に店を構え、「レヴァントの豆」をパリの人々に広めようと苦心したが、結局、破産してしまった。その後、外国の商人たちがコーヒーを大袋で売りに来るようになり、実業家のジャン・ド・テヴノも旅先からコーヒーを持ち帰った。しかし、いずれの場合も概して評判は良くなかった。一六六〇年、マザランは、この苦い飲み物をうまく調合できると評判のモールというホテルの支配人からコーヒーの味を教えられて以来、コーヒーに対する嗜好を隠さなかった。リシュリュー枢機卿に仕えたグラモン元帥もモカに興味を示し、召使のアンドレ・サルヴァトールが腕を振るって淹れたコーヒーを味わっていた。

金持ちが新しいものにすぐ飛びつくように、コーヒーを飲む場所がカフェと呼ばれるようになるのに時間はかからなかったようだ。一六七二年、マリバンとパスカルという二人のアルメニア人がサン＝ジェルマンの大市でコーヒーのデモンストレーションをしようと思い立ち、砂糖菓子の出店が並ぶ一角に、コンスタンチノープルの「コーヒーの店」の雰囲気そのままの飾りつけをした店を出した。

ルイ十一世がサン＝ジェルマン＝デ＝プレ修道院の僧侶たちに認めたこの大市が開設されたのは、一四八二年のことだった。この大市はすぐに特別な意味を持つようになる。商業的意味合いだけでなく、パリジャンの生活になくてはならない集いの場となり、街ぐるみの行事となっていった。この大市は、十七世紀にはナヴァール邸の庭園跡地で開かれ、二月三日に始まり復活祭の頃まで続いた。控え壁が打ち付けられた石造りのどっしりとした長方形の建物が大市を見下ろしている。建物に覆いかぶさる屋根には二つの屋根窓のついた非常に高い切妻壁の屋根裏部屋と、その間に横一列に並ぶ五つの屋根裏部屋がある。庭園には九つの並木道があり、全部で二十四の区画に分かれ、百四十の出店が貸し出し用に提供されていた。大道芸人や商人はそれを舞台や店にして使うのだ。何本もの黒く曲がりくねった通りが大市を囲む広場に通じている。たとえば、現在のサン＝シュルピス通りに当たるアヴォーグル通り、ギサルド通り、ビュシ通り、トルノン通り、クール＝ヴォラン通り、キャトル＝ヴァン通り、プランセス通りなどである。それらの通りでは、二輪馬車や四輪馬車が、御者の怒鳴り声や舗石の隙間の上で車軸がきしむ音を響かせながら、ひっきりなしに往来している。

大市が始まると、群衆はさまざまな見世物に目を奪われる。小さな子供たちは人形師が巧みに操るマリオネット［操り人形］の舞台の前に群がる。何本かの紐を単純な操作で動かす舞台装置の中を、多少とも申し分のない登場人物が頬をピンクに染めた子供たちの前に次々と登場する。たとえばギヨームは、ツンととんがった鼻、キラキラした目の賢そうな顔をしたパリのいたずらっ子で、ずうずうしく、遠慮するということがない。ボードリュッシュ爺さんは金持ちで理屈っぽく愚痴っぽい老人で、いつもしたたかで人を馬鹿にしてばかりいる。戦闘用の二角帽をかぶり、もじゃもじゃひげを生やした憲兵は用心深くて不器用だ。判事は角帽をかぶり、白い胸飾りのついた黒い服を着ている。悪魔は真っ赤な衣装に身を包んで、ピッチフォークを手にしており、黒いしかめっ面には二つの角がついている。ドュコルドン夫人は怒ったような目つきの門番で、真っ赤な紅をさしている。ミシェルばあさんはお人好しで信じやすく涙もろい老婦人で、いつも飼い猫の姿を探している。卑劣なリュスチュクリュがその猫をあの手この手で虐めようと狙っているからだ。

大人たちは、道化師で俳優のゴーティエ＝ギャルギーユ（一五八一～一六三三）の語りを聞きに押し合いへし合い集まってくる。この道化師は突飛な服装をし、二人の仲間、タルリュパンとグロー＝ギヨームを従えて卑猥な歌を朗々と歌う。披露するきわどい笑い話は、大胆で稀に見る創造性に溢れたものや、宮廷のお偉方や貴族、聖職者らをからかったり嘲笑したりするものなど、いつも自分で創作する。彼の歌は、誰も容赦はしなかった。

別の区画では、舞台の上で俳優たちが娯楽劇を即興で演じ、一度きりの束の間のファンタジーで観客たちを喜ばせている。大抵の場合、芝居は一幕で終わり、権力者の機嫌を損なわないよう気を使い、調子の良い、あっけらかんとしたものが多い。役者たちは、観客を啞然とさせるほど明るく気楽に演じることが多かった。彼らは金持ちになるために演じているのではなく、生活のために演じているのだ。演劇は文学の中でも、金儲けから最も遠い芸術である。娯楽劇の内容は、ときに日々の出来事からインスピレーションを得ることがあった。トマ・コルネイユ（一六二五～一七〇九）の『*La Deninaresse*（魔術師）』も明らかに、当時、世間を騒がせた毒殺事件を想起させるものだ。

サン゠ジェルマンの大市には特殊な品々を扱う区画がいくつかあった。ポルトガル人の出す店では、漆器やアンバーグリス、繊細な磁器など中国から輸入したさまざまな品が並んでいる。その他にも金銀細工商、小間物商、小鳥商、羊皮紙商などの店が軒を連ね、辺りには太鼓や鳥笛、フルート、たて笛、ミュゼット（小型のオーボエ）、オーボエ、トランペット、鈴のついたタンブリン、コルネットなどの音がそれは賑やかに入り交じり、口上屋は大げさに呼び込みをしている。フランソワ・コルテ（一六二八～一六八〇？）はその作品『*Tracas de Paris*（パリの気苦労）』にこう書いている「街中が、買い物をするためというより、楽しむためにやって来る人でごった返している。抜け目なく立ち回る恋人たち、最高にお洒落をしたきれいな娘たち、巧妙な詐欺師らがひっきりなしに大挙してやって来る。盗みにしても、情事にしても、この街では思いもよらないことが起こるのだ。かつては国王がここを何度も訪れたが、もはや来ることはないだろう」[2]。

並木道に沿って歩くと、あらゆるものが目に入り、どれもこれも気をそそるものばかりだ。カンテラ、帽子、カツラ、武器、骨董品、楽器、香水、レース、時計、彫刻の置物、油絵、水彩画などなど。チョコレート菓子やボンボンのような口慰み菓子は甘い物が好きな食いしん坊を呼び込んでいる。あちらで近衛兵士の衣装を着けたサルがメヌエットを踊っているかと思えば、こちらでは、ウサギがたばこの煙をくゆらせながら、箱を叩いている。

　アラベスク模様の鏡板が飾られた大衆酒場の小屋では、二スーで買える「カヴェ」と呼ばれるコーヒーのカップを手にした客でにぎわっていた。店の入り口では、大道芸人ジャン・ジランがリヨンの薬売りの効能書をヒントにしたパンフレットを配っている。そのパンフレットには、「カップから沸き立つ湯気は目ヤニや耳鳴りの予防に良く、肺をむしばむ息切れや風邪、脾臓の痛みに非常によく効き、寄生虫予防にもなる。食べ過ぎ飲み過ぎの後に飲めば、驚くほどすっきりする。果物を食べ過ぎた人にはこれほど良いものは他にない」[3]と書かれている。

　飲み物は磁器のポットに入れて出される。輝きのある真っ白なポットに施されている七宝細工は称賛の的だ。軽くて、透き通るような色、金属のような音がするこのカップで飲む液体はすこぶる美味で、このカップは一体何でできているだろうと互いに言い合っている。高い縁なし帽をかぶり、アルメニアの民族衣装をまとった給仕たちがいることも驚きだった。大市でのコーヒーのデモンストレーションは大成功だった。この店のあるじは大市が終わると、エコール河岸通りに店を構える決心をした。

　コーヒーはまた、論争の種にもなった。コーヒーが広まり始めた頃、医師たちはこんなに危険な飲み物を平気で飲めば、さまざまな病に襲われると警告した。一六七九年に発表された『コーヒーの飲用はマルセイユの住民に害を及ぼすか否か』というタイトルの格調高い論文の中で、一人の医師がこの新しい飲み物は万病の元だと言い切り、また別の医師は、その黒い色が顔色を悪くし、コレラに罹る可能性があると非難している。セヴィニエ侯爵夫人はコーヒーについて「貴女が信じている、コーヒーに害があるという噂はまったくの嘘です」[4]と娘に書いている。

　一方で、一六七一年に『コーヒー、紅茶、ココアの飲用について』という小論文を著したギランは、その素晴らしさを次のように強調している。「コーヒーはアラビアの砂漠だけで育つ果実で、そこからさまざまな国々に運ばれた。それは素晴らしいもので、寒けや汗ばみをやわらげ、ガスの汚臭を消し、肝臓を強め、浄化作用があるために浮腫性疾患の症状をやわらげ、瘤や悪血の予防に効く。また、心臓の機能を高め、その鼓動を正常にし、胃痛をやわらげ、食欲不振を軽減する。また同様に、頭が冷えたり汗ばんだり、頭が重いなど脳の不調にも効果がある［…］体調がすぐれない人が数日間コーヒーを毎日飲めば、こうした効果が現れるだろう。ときどきコーヒーを飲むべきだ」[5]

ルイ十四世の弟オルレアン公の未亡人であるパラティーヌ侯女は、ドイツ人らしい厳しさで、妹に次のような手紙を送っている。「貴女がコーヒーをいつも飲んでいると聞いて、残念に思います。世界中でこれほど健康に良くないものはありません。重い病の原因になるからとコーヒーを飲むのをやめた人を何人も知っています。クリスティアン・ビルケンフェルト侯爵の娘ハーナウ皇女は、コーヒーを飲んだ後にひどく苦しんで死にました。彼女の死後、コーヒーのせいで胃の中に約百個もの小さな腫瘍ができていたことが分かったのです。この話を貴女が教訓としてくれることを願います」[6]。

ところが、ちょうど同じ頃、パラティーヌ侯女があまりに頻繁にドイツ料理のザワークラウトを食べることに宮廷中の人々が驚いていることなど当人は一向に気に留めていなかった。また、『*Nouveaux mémoires du marquis Philippe de Dangeau*（フィリップ・ド・ジョー侯爵の新回想録）』の注解には、一七〇八年に、フランドル地方の貴族モンベロンという食事療法で生計を立てているある種の医者が、自分のための食事療法としてコーヒーを多飲したために健康を損ねたという話をして、注意を促している。そして、奇妙なことに、「挙句の果てに、彼は手に癌ができて、そのために死に至った」[7]と、付け加えている。

そんなことはどうでもよい！　とにかく、この苦い飲み物とこれを味わう場所は成功を収め、王令によってパリに蒸留酒製造販売業者《リモナディエ》の組合が正式に設置され、一六七六年には同業組合となったほどである［それまでは酢醸造業者などの組合に入っていた］。ところが、ルイ十四世はこの新しい飲み物を好まず、憩いのための城として愛したマルリー城に招く客人にコーヒーを出すことさえ拒絶した。それは、一リーブル（約五百グラム）で四十フランもするコーヒーは高すぎるという理由からだった。

　身体に良くないと断じる者たちがいる一方で、コーヒーを珍重がる者たちもいた。リヨンのある医者は次のように断言している。「コーヒーには身体に非常に良い特性がある。腎臓を広げ、疲労を回復し、体温を維持し、胃腸の通りを良くし、腸内発酵を正常にして下痢を改善し、過水症や腎結石、痛風を予防し、ヒポコンドリー（心気症）や壊血病を治癒し、あらゆる肺の病気を快方に向かわせる。声をしっかりさせ、熱を下げ、偏頭痛を改善し、太りすぎややせ過ぎを改善する……」[8]。彼にとって、コーヒーは正に万能薬のようだ。

　医師の同業組合の中では、全体としてはむしろ中立的な立場だったものの、さまざまな受け止め方がある中で、教会はコーヒーに良い印象を持っていた。この飲み物は、多くの罪の源である熱病を鎮めるという噂がないのなら、パリジャンをもっと高潔な人間にするという噂はないのだろうか？　コーヒーは市民の間に広まるのはゆっくりだった。しかし、予想に反して、パリではカフェの数は増える一方だった。ルイ十四世が崩御した時には、カフェの数は三百軒を下らなかった！

第三章　摂政時代からフランス革命まで
――政争の渦中にあったカフェ

何らかの功績や才能のある外国人は
誰であれ、パリにやって来た。当時のパリは、
ガリアーニが言うように、ヨーロッパの中の
カフェのようなものだった。

モルレ神父、『回想録』

多くの歴史家は、本当の意味で十八世紀が始まったのは、当然のごとく、一七一五年十一月一日、午前八時十五分だと考えている。それは、七十二年間も王座に就き、五十四年の長きにわたって国を統治し、七十七歳まで生きた世界で最も偉大な国王、ルイ十四世が息を引き取った瞬間である。

国王が崩御すると、オルレアン公フィリップは直ちに議会を招集した。ルイ十四世の血を引く王族や公爵、側近らはテュイルリー宮に居を移した。フィリップは彼らを前にして、自分には摂政になる権限があると主張する。オルレアン公は、ルイ十四世の遺言の真の意図に逆らって自分の考える内容にねじ曲げる手助けをしてくれるよう、「建言権を持つ高等法院の法官」らに頼み込んだ。議会ではすぐに喝采の叫びが上がり、亡き君主の最後の意志は、文書館の床に投げ捨てられた一枚の羊皮紙にすぎなくなった。

オルレアン公フィリップは、国家を救済するために財政の立て直しが必要なことは分かっていた。ただ

不幸なことに、スコットランド人の実業家ジョン・ローの理論が功を奏すると信じてしまった。そのローは、一七二〇年、フランス経済を大混乱に陥れたのである。商業の流通は麻痺し、工事は停止され、金、銀、食料品はかつてないほど少数の金持ちに買い占められた。状況が悪化の一途を辿る中で、プロヴァンス地方やファングドック地方でペストが蔓延した。

政治的、社会的、経済的な数々の不安が再燃したこの数年の間に、ランベール夫人、タンサン夫人、ドゥファン夫人、ジョフラン夫人などのサークルや文学サロンだけでなく、カフェでも思想や意見が自由に交わされるようになる。こうしてカフェは正真正銘の社交の場となった。カフェに集う人々の服装は一層、豪華になったが、ゆったりしたものではなかった。男性も女性も顔に白粉を塗って化粧をし、目鼻立ちをぼやけさせているため、年齢がよく分からなかった。女性は髪を短くして、上品にカールさせていたが、腰にはイギリスやドイツから持ち込まれた、その名も「パニエ（かご）」というペチコートを身につけていた。ウエストは「コルセット」で締めつけられ、呼吸するのも苦しく、胸は押しつぶされていた。女性たちは自室に戻れば、こうしたものを脱ぎ捨てて、ローマ帝国時代の美女たちの「風のような織物」を思い起こさせる「ネグリジェ（部屋着）」に身を包んだ。

歴史家ジャック＝アントワーヌ・ドュロール（一七五五～一八三五）は、その著書『*Curiosités de Paris*（パリの珍風景）』の中でこう書いている。「外国人にとって、念入りに装飾を施したカフェほど便利で満足感に浸れるものは他にない。カフェでは、感謝の意を表する必要もなく、政治や文学のニュースを読んだり、善良な人々とおしゃべりに興じたり、冬にはただで暖を取り、夏にはわずかな費用で喉を潤し、ときには、噂好きな人々の興味をそそる会話に耳を澄まし、会話に加わり、カフェの店主の機嫌を損ねる心配なく自由に意見を述べることができるのだから」

一七一八年、ドイツ人のヨアヒム＝クリストフ・ネーマイツは『パリ滞在記』の中で、旅行好きのヴァルデック侯国の皇太子にパリについて指南をしている。少し詳しく取り上げてみよう。

パリにはカフェが数え切れないほどあり、ひとつの通りに十や十二、あるいはそれ以上のカフェがあります。それらの中には、王族や王宮の高官が何度も訪れたことのある非常に有名なカフェもあります。［…］オペラ座やコメディ＝フランセーズ近辺のカフェには、舞台を見る前や見た後に、何百人もの客が好奇心にかられてカフェにやって来ます。ドーフィーヌ通りにある〈ラ・ヴォーヴ・ロラン〉は「知識人のカフェ」と言われています。そこでは、特定の人々が集まり、あらゆる種類の興味深い知的な話題が交わされています。『*Les Campagnes du roi de Suè*（スウェーデン国王の遠征）』を著した有名な言語学者のグリマレがこの集まりを主宰していました。ポン＝ヌフ橋の出口の左側にある〈ポワンセ〉でも似たような集まりが開かれています。パリには他にも、ルイエ通りに文学について論じる学者たちの集まりが持たれているカフェがあり、そのカフェは〈カフェ・サバン（学者カフェ）〉と呼ばれています。また、ジャーナリストたちが集まるカフェもあり、そこでは、新聞が取り上げている政治問題について、さまざまな新聞を比較しながら議論されています。[2]

ネーマイツが語っている〈カフェ・ド・ラ・ヴォーヴ・ロラン〉は、何といっても文学サークルだ。詩人クレビヨン、幾何学者ソーラン、常連の劇作家ボワンダン、詩人のロワとドーシェ、アラァレイ神父、歌手のロシュブリュンヌ、バレエの名手ペクール（一六五三～一七二九）、そして気まぐれ屋がその辺りから連れてきたちょっとした教養人らがこのカフェに集まってくる。

論争好きな劇作家で詩人のジャン＝バティスト・ルソー（一六七一〜一七四一）は、エスプリも、創意工夫もない『カフェ』[3]というタイトルの三流喜劇をこのカフェで書き上げた。ある批判精神旺盛な若い将校は、彼に次のようなエピグラム（風刺詩）を捧げている。

カフェはいつも我々を刺激し、目覚めさせるもの
親愛なるルソー殿、ここにいる誰もがウトウトしてしまうとは
一体どんな惨めな努力をしているのでしょう？
あなたの『カフェ』だけは、眠くなるのですから[4]

何度も同じような攻撃をしている身として、ルソーは〈ラ・ヴォーヴ・ロラン〉の常連の嫌味も我慢するつもりなのだろう！

こうした雰囲気のこのカフェでは、しばしば騒動が持ち上がる。ある晩、ルソーがペクールについてのとんでもないエピグラムを発表したため、ペクールが杖でルソーを脅した。もし、この罪人が許しを請わなかったなら、ペクールは容赦なくルソーを叩きのめしたことだろう。ルソーにはこうした悪い癖がある。しかも、ルソーは人を槍玉に挙げた詩のせいで追放罪を科せられたことさえあるのだ。ルソーはウイーンに逃れ、その後、ブリュッセルで人生を終えることになった。いたずら心とエスプリに富んだ優れた文体の風俗小説の作家で『*Diable boiteux*（足をひきずる悪魔）』の著者であるルサージュ（一六六八〜一七四七）は、当時の「おしゃべりの店」について少し触れている。

> あらゆる種類の人々が出たり入ったりしている。その中には、貴族もいれば平民もいる。立派な大人もいれば、賢そうな人、あるいは間抜けのように見えるごく普通の人々もいて、正に雑多な顔ぶれだが、同じような知的レベルの者同士が集まって語り合っている。［…］この斬新な場所にやってくれば、立派な人物と知り合いになり、友情を交わすことができるかもしれないが、そんなことはめったにない。なぜなら、カフェの友達と話すのは、僧侶や役者と話しているようなものだからだ。つまり、カフェにたまたま集まっているだけで、出会っても愛し合いもしないし、別れを惜しむこともしない。[5]

この頃のパリには、今では想像もつかないほど多くのカフェがあった。しかし、都市の美化を定めた王令はまだ目に見える効果を出していない。ほとんどの通りは舗装されてなく、汚臭を放つドブが流れ、物売りや靴直し、古道具屋、代書人などの露店が通路を塞ぎ、流行の先端であるカフェときわめて奇妙な対照をなしていた。カフェに辿り着くのは、ときに奇跡のようなものだった。

というのも、カフェに行くには徒歩で自由に歩き回ることができないため、輿《こし》や椅子駕籠《かご》で運んでもらったり、ヴィザヴィ（向き合った二つの座席がある小さな車）やゴンドラ（四輪の上に置かれた小舟）、サボー（浴槽の形をした一種の手押し車）で引いてもらったりするしかなかったからだ。ところが、通りでは、犬の毛刈り屋やレモネード売り、靴磨きやかつら師などさまざまな職人が路上を塞ぎ、駕籠かきや人力車夫たちは絶えず通りの真ん中で足止めを食らっていた。しかも、路上職人たちは自分の職業を示す旗を手にしたり、面白い看板を掲げたりしている。オルレアン公ルイ・フィリップ（後のフィリップ・エガリテ〉がパレ・ロワイヤルに回廊を設置したとき、そこにいくつか新しいカフェが開店した。回廊に並ぶブティックには、高級で格調の高い商品が工夫を凝らして陳列され、店から店へと見て回りやすくなっている。

有名な画家たちには看板の注文が殺到した。アントワーヌ・ヴァトーは画商ジェルサンの店の看板を、シャルダンはある外科医兼理髪店の看板を描き、コシャンの息子は宝石店〈ストラス〉の看板を彫刻し、ショファールは時計店〈ドーシアック〉の「蝶」の形の看板を作り、ジャン＝ミシェル・モローは仕立屋〈ショモー〉の看板を彫った。エイザーは時計技師マニーの店のショーウィンドウに特徴のある球体や羅針盤を置き、これらを「愛の戯れと優雅な花々」で取り囲んで楽しんだ。貝殻や小石をモチーフにしたロカイユ様式や美しい花輪飾り、エレガントな巻葉装飾を生み出したのはこうした芸術家たちである。

流行っているブティックの賑わいは束の間のものが多かったが、そのそばには、通りあるいは通路に面して小さな扉があるカフェが次々と店を出した。

カフェの多くは、オーベルジュやロティスリ、そして悪党どもがたむろする何軒かのタピ＝フラン〈いかがわしい酒場〉があるパリの中でも最も興味をそそられる一角にある。そこに行くには何本もの錯綜する路地を横切らなければならない。路地では、家々の隅に置かれたマリア像が格子越しに柔和な面持ちで見張りをしている。日が暮れると、熱心な信徒らがマリア像の足元の常夜灯に明かりを灯して回る。この穏やかで敬虔な明かりは、常に模範的な光景ばかりを照らしていたわけではない。恐ろしい事件を照らしたこともあった。実際、一七二〇年三月二十日の金曜日、カンポワ通り五四番地のキャバレー〈エペ・ド・ボワ〉で恐ろしい事件が起きた。このキャバレーは、当時、「ミシシッピヤン」というあだ名で呼ばれていたミシシッピ会社の金持ちの株主たちがよく顔を出すキャバレーだった。この事件が起こる一年前にジョン・ローがこの通りに銀行を設置して以来、投機家たちが大挙してここにやって来るようになったのだ。こうした成金の一人、ラクロワという仲買人が、その晩、三人の人物と会っていた。その三人とは、ドイツのある領邦君主の弟でルイ十五世の摂政オルレアン公フィリップの親戚でもあるホルン伯爵、イタリアのピエモンテ出身のミルという名前の貴族、そしてベルギー、トゥルネー出身の銀行家の息子レスタンだ。

会談が終わると、レスタンが通りで見張りをしている間にホルンとミルはラクロワを殺害した。叫び声を聞きつけたキャバレーの使用人は会談が行われていた部屋のドアを開けて惨状を発見する。使用人はドアを閉めて鍵をかけ、客たちに事態を知らせて回った。ミルは窓を乗り越えヴニーズ通りの方に姿をくらまそうとしたが、ほどなく、後を追って逃げてきたホルンと共に逮捕される。犯人たちは、事前に殺害計画を練っていたという理由から、車刑に処せられることになった［車刑は、受刑者は四肢、胸を鉄棒で折られたうえで、宙づりの車に縛られ、息絶えるまで放置される］。

ホルン伯爵はドイツ皇族の親戚の一員であり、摂政とも幾らか親戚づきあいがあるのだからと、彼に不名誉で残酷な死刑を科すのは容赦して欲しいと、ミルはオルレアン公に懇願した。すると、摂政は二人にこう答えた。「私に悪い血が流れているなら、その血を抜き取らせよう！」[6]　一週間後、ミルとホルンはグレーヴ広場で車刑に処せられた。

翌年、人々の記憶に焼きつく事件がまた起きた。現在のオベルカンフ通りに当たるオート＝ボルヌ通りにある〈ピストレ〉という名前のキャバレーで、名の知れた泥棒ルイ・ドミニク・カルトゥシューが逮捕されたのだ。カルトゥーシュは仲間三人とこの辺りを自分の縄張りにしていた。

彼らは長い間、パリや郊外を恐怖に陥れる悪党仲間と手を組み、警察の目を逃れてきた。逮捕される三カ月前には、大胆にもオペラ座に顔をさらしたまま現れたのだ。しかし、ある朝早く、彼の部屋のドアが崩れかかり、屈強な肩によってぶち壊された。カルトゥシューは瞬く間に、下着のまま縄で縛られ、武器を取る暇もなかった。彼もまた車刑に処せられたのである。

摂政時代の安酒場をいくつか見てみよう。王族や公爵、侯爵、金持ちのブルジョワたちはヴェルサイユの豪華なサロンよりパリの居酒屋や大衆酒場に好んで出入りしていた。フランス中世研究家で文献学者のフランシスク・ミシェル（一八〇九〜一八八七）は、「豪華絢爛さにうんざりした彼らは肩の張らない雰囲気の中で羽を伸ばしたがっているようだ」と書いている。シャンソン喫茶やコンサート喫茶が現れたのは、ちょうどこの頃のことだったが、このアイディアは決して新しいものではなかった。一七四三年に出版された『大市の見世物の歴史』[7]という書物によれば、一六八〇年にはすでに、あるカフェの店主が店内でパレードや寸劇を見せるために役者に店を開放しようと思いついたということだ。飲食代は見世物の代金を払うだけでよかった。しかし不幸なことに、ある晩、一人の客が飲み物の中にロウソクの燃えかすが入っていることに気がついた。以来、この店は「ロウソクの燃えカスのカフェ」というあだ名がついてしまった！　このカフェは「店を畳む」しかなかったものの、このアイディアは評判が良く、以来、演芸喫茶は増える一方だった。

カフェの優雅な雰囲気は、キャバレーに立ち込める雰囲気とは対照的だった。モカを飲むカフェでは、繊細な風味が醸し出す精気が話に興じる人々の脳を高揚させ、混乱することもなく知性を活気づける。カフェでは、客がテーブルを囲み、風味のある飲み物やロソリ[8]、冷たいフルーツジュース、花のエッセンス風味のレモネードなど洒落たカクテルを飲みながら、会話を弾ませ、その日の出来事をたずね合い、才気をひけらかし、詩を創り、『コーヒー・カンタータ』を歌う。

コーヒーよ、美味なワインを生み出すどんなブドウ畑も
お前の香りが掻き立てる高揚感に無関心でいられようか？
お前の広大な帝国には
バッカスに似つかわしくない場所がある。
私の心をうっとりとさせる、好ましい液体
お前の魅力のおかげで、楽しい日々は一層楽しくなる

お前のやさしい助けのおかげで、眠気はふっとぶ
お前は、眠りが人生から盗み取った瞬間を取り戻してくれる［…］
コーヒーよ、瓶に入った液体の
致命的な毒とお前は闘う
お前はブドウ棚の神から
お前の魅力に目覚めた酒飲みを奪い取り、
理性の神のもとに戻す。

（作詞：フュゼリエ、作曲：ベルニエ）[9]

一七三〇年頃に流行の波に乗ったカフェの中のひとつ、〈カフェ・ド・パルナス〉について語ろう。その看板には東洋を思わせるエキゾチックな装飾が施されている。それを見ると、コーヒーは当時、トルコの流儀で飲まなければならなかったことが分かる。膨らみのあるズボンをはき、頭には房飾りのついたト

ルコ帽をかぶった給仕が、背の高い磁器の容器に苦い液体を入れて恭しく運んでくる。しかしコーヒーの成功は、コーヒーを供する店の敷居を飛び超えてしまった。次第に、家庭の寛いだ雰囲気の中でコーヒーを嗜むのが当世風になる。個人の屋敷の一室に街のカフェのようにデラックスなテーブルを置き、鏡を掛け、召使にはアルメニア風の衣装を身につけさせた。こうして各自が自宅でコーヒーを楽しむようになったのである。ミルクを入れたコーヒーがフランスの朝食になった。夕食の後にも家族や客人にコーヒーを勧めるようになる。王宮の軍隊でもこの習慣が取り入れられ、遠征によって、コーヒーは戦場でも知れ渡るようになった。かくしてコーヒーは至るところに広まった。

*

パリの最も古いカルティエのひとつにある〈プロコープ〉は、紛れもなく、パリに創られた最初のカフェである。薄汚い家々が立ち並ぶ込み入った通りを横切ったところにあるこのカフェには、オーベルジュやロティスリ、賭博場あるいはその他の楽しみを求めてこの界隈にやって来る雑多な男たちがたむろしている。情事に耽るための部屋や夜が更けてから人が訪れる密室もあった。警官がいつも見張っている。カフェの中は豪華な装飾が施されている。壁には一面にタピスリーや絵画、鏡が張りめぐらされ、大理石のテーブルが置かれ、天井からクリスタルのシャンデリアが吊るされている。

広い扉の前に四輪馬車が列をなして停まり、中から、ペチコートで膨らませたドレスを身にまとい、高く結い上げた髪に粉を振ったうっとりするような美女たちが姿を現す。彼女たちは室内に入るわけではない。テラスに沿って置かれたテーブルの前に腰を下ろし、アイスクリームやココアを注文するだけで満足していた。室内には、絹の衣服を着た一団が我先にと入っていく。その中には小さなケープを肩に掛け、剣を手にした気取った神父や、ポケットを本や原稿で膨らませた文学者たちもいる。室内はさまざまな声や身振りが入り交じり、ザワザワとしている。

このカフェの創設者であるフランソワ・プロコープは、本当の名前はフランチェスコ・プロコピオ・ディ・コルテッリと言い、一六七〇年にシチリアから財を成そうとパリにやってきた。当時パリでは、クレタ島出身の足の不自由なキャンディオとレヴァント地方出身のジョセフがコーヒー売りとして有名だったが、プロコープもこの二人と同じように、ささやかな行商から始めたのだ。

プロコープが他のコーヒー売りと違っていたのは、カップや用具一式を並べた屋台の後ろに立ち、手には水を貯めた小型の給水器とコーヒーポットにかぶせる保温カバーを持っていたことだ。水運び屋や箒《ほうき》売り、満タンにした樽を載せた手押し車を押している酢の販売人、くず鉄回収屋、街燈の点燈夫、絵画商など、パリの通りを行き交う行商人たちの間を縫って、プロコープは舗装の上をガタガタと屋台を引きながらブルジョワたちが住むアパートの部屋や屋敷まで温かいコーヒーを運び、一杯につき四スーで売っていた。しばらくの間、プロコープは、サン＝ジェルマン大市でやじ馬たちにオスマン帝国の「カワ」を紹介していた二人のアルメニア人商人パスカルとマリバンの手伝いをしていたが、一六七五年にトゥルノン通りに、自分の店〈プロコープ〉を開き、独立した。

一六八四年、プロコープはフォセ＝サン＝ジェルマン通りに店を移した。そこはちょうどエトワール球戯場の真向かいで、ジュ・ド・ポームで汗を流した者たちや隣接するプレ＝ゾ＝クレール草原で決闘を終えた者たちが通った浴場施設の跡地だった。大きな窓ガラスがはめ込まれた枠が幾つも並ぶこの古い建物のファサードには、「ここは、文字通り、ひげを剃り、風呂やサウナに入るところ」という文字が書かれている。サン・シュエール・ド・トュラン（トリノの聖骸布）という看板を掲げたこのサウナでは、清潔好きな客に十分に熱くしたリネンを渡し、イタリア音楽を流しながら昼食をサービスするだけではなかった。店の名前からは謹厳な場所のように思われるが、ここには家具付きの部屋があり、殿方を歓待しようと待ち構えている遊女がいると言われている。

しかし、サウナはえてして世間の評判が悪く、梅毒を広めると非難された。「不本意な」妊娠をした女性や娘たちは、その原因を蒸気や放埒者たちが落とした垢で汚れた湯のせいにした。こうして浴場施設は廃れ、ある者にとっての不幸な結末が、新たに、他の者に幸福をもたらした。サウナは死に、カフェが生まれたのだ！

チャンスはそれだけに留まらなかった。五年後、このカフェの向かいに王立劇団（コメディー＝フランセーズ）が引っ越してきた。マザラン寄宿学校の厳格なジャンセニストたちの抗議でマザリーヌ通りを追われたこの劇団は、長年、新しい拠点を探しており、やむなくフォセ＝サン＝ジェルマン通りのエトワール球戯場のホールを拠点にすることにしたのである［マザラン寄宿学校はマザラン枢機卿の遺言によって、遺産を基金として設立された研究機関。正式名はコレージュ・ド・キャトル・ナシオン。現在はフランス学士院になっている］。劇団はここに金色に輝く豪華な広い劇場を設置した。劇場内には三列の桟敷席があり、天井の中央からはキラキラ輝くシャンデリアの輪が吊り下げられている。不幸にしてシャンデリアの下の座席に座ることになった観客はもちろん安い料金で観劇できるのだが、ろうが滴り落ちてくるので、その下を通って劇場を出るのにひと苦労する。

そんな観客たちを「シャンデリアの騎士」などと呼んでからかう者もいた。

〈プロコープ〉の真向かいにあるこの劇場では、一世紀もの間、モリエールを初めコルネイユ、ラシーヌ、ルニャール、ダンクール、ルサージュ、ヴォルテール、マリヴォーらの作品が上演されていた。この劇団は一七七〇年までここを拠点としていたが、その後は、アントワーヌ＝ジャン・グロがアトリエとして使用するようになった。と言うのは、劇場の歴史について時代を遡ると、パリでは、サン＝ジェルマン・デ・プレが常にフランスの最先端の舞台を演じる場であったからだ。

しばらくの間、〈プロコープ〉は繁盛した。思いがけず多くの客が店を訪れるようになり、店の金庫番は笑いが止まらなかった。通りに面した新しい立派な劇場の白いファサードの上部には、三角形のペディメントがとりつけられ、門に向かって急ぐ人々の流れを女神ミネルバが静かに見つめている。

フランスの紋章が彫り込まれている装飾額には、「国王陛下が管理する王の俳優たちの館」という劇団名が記されている。この名称は誰もが気に入らなかった。宮廷付きの神父ラ・トゥールはこれに異を唱え、「劇団は、不品行で卑劣極まりなく、軽蔑すべき者たちの集団でしかなく、戯曲は、滑稽さ、情熱、悪事の寄せ集めに過ぎないのだから、劇団の正面入り口に「国王陛下が管理する王の俳優たちの館」と掲げるのはおかしい。我慢ならない！」[10]と書いている。モリエールは作品の中でこうした反発を厳しく非難しているが、芝居の愛好家たちはこのような反発などものともせずに、相変わらず劇場に押しかけ、通りはさまざまな色の羽根飾りをつけた帽子のうごめきで埋め尽くされていた。その集団は、やがて芝居の幕が下りれば、〈プロコープ〉に押し寄せる。したがってこのカフェは、芝居の脈拍に呼応し、芝居が成功すれば繁盛し、評判が悪ければ閑散とするといった具合に、劇場のリズムで活気を呈するのだった。店主の子供たちは、盆に載せたコーヒーを客のところまで運ぶ手伝いをしながら、おしゃべり好きの噂話を聞き、テーブルの間を走り回り、客たちを楽しませながら成長していった。客は子供たちを「小さなギャルソン（男の子）！」と呼び、成長するにつれて「ギャルソン！」と呼ぶようになった。これが今日も給仕の呼び名として残っている。

今や、〈プロコープ〉は芸術家や俳優、音楽家らが集まり寛ぐ場となっている。コメディ＝フランセーズは、ベルクール、二人のポワッソン、グランヴァル、二人のキノー、ル・カン、プレヴィル、モレ、マドモワゼル・ダンジュヴィル、ルクヴルール、ゴッサン、クレロン、演出家サンヴァル、デュメニルらの活躍によってヨーロッパ第一の劇団になった。劇場に近いという地の利を得て、〈プロコープ〉には、こけら落としの日から多くの客が訪れるようになったが、その多くは知識人たちだった。劇作家のボワンダン（一六七五～一七五一）、文学者でもあるテラソン神父、作家で歴史家のドュクロ、歴史家のフレーレ、作家のマルモンテル（一七二三～一七九九）、作家のラ・モリエール騎士、ラ・ファイエ大尉、文法学者のドュマラセらが出入りし、顔を合わせることもあった。

ここでは、あらゆることが話題に上った。まるで雑踏の中にいるようなざわめきの中、時折、ドュクロの大きな声がひときわ高く響きわたる。誰かが何かについて意見を述べれば直ちに反論してやろうとばかりに、だれもが耳をそばだてて待ち構えている。間違ったことを誰かが言おうものなら、それこそ我が意を得たりと言わんばかりにやり込める。さまざまな意見が奇妙で騒々しいダンスを踊っているようにからみ合う。マルモンテルとボワンダンはある特殊な言語について意見が一致し、新しい語彙を作り合って楽しんでいる。例えば、魂は「*Margot*（マルゴー）」、自由は「*Jeanneton*（ジャンヌトン）」、そして神は「*M.de l'Etre*（私はある氏）」といった具合だ［旧約聖書の出エジプト記の中で、神が「私はあるという者である」と言ったと書かれている］。二人はこのような造語で会話をする。

ある晩、一人の男がボワンダンに声をかけた。「ボワンダンさん、敢えてお尋ねしますが、非常にしばしば間違った行動をし、あなたがそのことを不満に思っている『私はある』氏とはいったい誰のことでしょうか？」と。

「それは警察のスパイですよ！」[11]とボワンダンは答えた。ボワンダンの支持者たちは皆、質問した男の前で大笑いした。

ルサージュは、カフェの片隅でラッパ型補聴器を手にしていた。知性に富んだ人物の話しか聞きたくないからだ。彼のテーブルには、文学者や学者、芸術家たちが同席している。例えば、美しい女神たちを描いた画家フランソワ・ブーシェ、彫刻家ルモワーヌ、版画家ピエール・コシャン、そしてマルモンテルが散々悪口を言っているケイリュス伯爵らがテーブルを囲んでいる。ときにはジョフランもこの仲間に加わるが、彼は食事をするためにしか口を開かない。夫人のサロンは評判が良いのだが。あるいたずら好きがジョフランに『ラバ爺さんの旅行』の第一巻を何度も貸すことを思いついた。ジョフランはそのたびに再読した。

「この本、どう思いますか？」と誰かが尋ねると、ジョフランはこう答えた。

「とても面白い。だが、著者は同じことを何度も繰り返していますね……」[12]

ところで、ジョフランはよく友人の弁護士タイユファァーを連れてきた。この弁護士は、食事の間に何かを尋ねられると、相手を面白がらせる気の利いた話をしてみせる。彼の面白おかしい独白が始まると誰もが雑談をやめてしまうほどだ。この弁護士はしぐさや表情を巧みに使いこなし、また、重要な社会的義務を素直に果たすという興味深い考えを持っている。つまり、彼には、毎年、彼に一人の子供を与える夫人がいて、タイユファァーはそのことを、社会に負債を返すと言っている。

ある晩、タイユファァーはジョフランに、彼の妻が弱って寝てばかりいることを知っているにもかかわらず「奥さんは元気かい？」と尋ねた。

「彼女の召使が言うには、私の土産にひどく感動しているのだが、言葉の使い方が分からなくなってしまったようだ」[13]とジョフランは答えた。

『博物誌』の著者ビュフォン（一七〇七～一七八八）は、エスプリの利いた言葉の使い方で異彩を放ち、ダランベール、ディニ・ディドロ（一七一三～一七八四）、コンディヤックなど彼に出会ったことのある有名人も羨むほどだった。彼らはビュフォンのことを《レトリック使い》、《フレーズの魔術師》、さらには《いかさま師》とまで評している。

ある晩、ネッケル夫人［ルイ十六世の治世で財務総監を務めたジャック・ネッケルの妻で、文学をたしなみサロンの主催者でもある］がビュフォンに時間を尋ねたところ、「時計は持ったことがないのです」とビュフォンはブルゴーニュ訛りで答えた。

「そうだと思っていましたわ。あなたはブリデーヌ神父の追随者のようですもの。『何時ですか?』とお尋ねすれば、『永遠です』とお答えになるに違いありませんわ」[14]［ブリデーヌ神父は当時の熱心な宣教師で、力強く大胆な説教をすることで有名で信奉者が多かった］。

面倒な質問にも気安く調子を合わせるビュフォンは、呆れるほどの善意をもって答える。相手にどれほど才気があるか確かめるかのように、「そんな質問をして私を困らせるなんて、私は誰も馬鹿だなんて思ったことはないのですよ」[15]と断言する。

『博物誌』によってビュフォンが手にした二十万エキュほどの著作権料は、羨望と敵対心を掻き立てた。売れっ子のヴォルテール（一六九四～一七七八）でさえ数ある代表作による収入は一万エキュに満たない。そんなヴォルテールはビュフォンの「あぶく銭」について大いに毒づいた。ビュフォンは、〈プロコープ〉で和解した際に、気の利いた言葉でやり返した。ヴォルテールが彼のことを第二のアルキメデスと呼んでいたため、ビュフォンは、ヴォルテールのことを第二のヴォルテールとは決して言わないと答えたのだ。

科学啓蒙書『世界の複数性についての対話』を著したことで有名なフォントネル（一六五七～一七五七）のテーブルを見てみよう。シャンソン作家のシャルル・コレ（一七〇九～一七八三）によれば、フォントネルは生涯、アスパラガスのオイル漬けと白砂糖をまぶしたイチゴにしか情熱を示さなかったということだが、フォントネルを囲むテーブルでは、例えば、ある日、メーヌ侯爵夫人のサロンで彼が発した言葉のように、彼の知性溢れる言葉を反芻して楽しんでいる。メーヌ侯爵夫妻の住むソー城では、客があらゆる種類の遊びに興じていた。そのひとつは質問ゲームだ。ある人が「館の女主人と振り子時計の違いは何？」と尋ねると、「一方は時間を知らせ、もう一方はそれを忘れさせる」[16]と答えた。一瞬、会話は地獄と悪魔の方に向かった。そこでフォントネルは得意の機転を利かせた。「殿方たち、そんな悪口を言うのはやめましょう。そんなことを言うのは、多分、どうしようもない実業家（*homme d'affaire*）ですよ！」［*affaire* は「ビジネス」という意味だが、「色事」という意味があるため、「実業家」と「色事の好きな男」と両方の意味にかけている］。

喝采を前に、フォントネルは、はやし立てる連中を静かにさせるため、こう言った。「諸君、それぞれ異なる宗教を主張する人々に、たがいに愛し合うことを強いれば、あらゆる宗教を破壊することになりますよ」。彼のそばに座っていたヴォルテールは、それを聞いてこう付け加えずにはいられなかった。「最後のジャンセニストの腸で、最後のイエズス会修道士の首を絞めるという真面目で控えめな提案をすれば、幾らか和解に導くことができるのではなかろうか？[17]」

また別のテーブルでは、医者のルーとボルデン、化学者のリュエルとその弟子でモンテスキューの息子の家庭教師をしているダルセが、ディドロの発言に対し、共通の敵、つまり神をこぞってやり込めようと、それぞれ自説を展開している。神に対する攻撃が一通り終わると、ナポリ大使館の書記官で、論争に参加するのがまんざら嫌いでもないガリアーニ神父が、神の擁護者として口を開いた。「哲学者の皆さん、あなた方は度が過ぎます。まず言いたいのは、もし私が教皇なら、あなた方を宗教裁判にかけるでしょう。そして、もし私がフランス国王なら、バスティーユ牢獄に送り込むでしょう。しかし、幸いなことに、私は教皇でも国王でもありません。来週の木曜日にまたここに来ますから、今日、私があなた方の話を忍耐強く聞いたように、あなた方も私の話を聞いてください」

約束の日、〈プロコープ〉で夕食を取り、コーヒーを飲んだ後、神父は、暑かったために片方の手でかつらを摑み、もう一方の手を振りながら、自分の考えを述べ始めた。「皆さん、今、あなた方の中で、世界はサイコロゲームのような偶然の作品であると、最も強く確信している人が、三つのサイコロで賭けゲームをしていると仮定します——私は賭博場でのことではなく、パリの最も美しい店でのことを言っているのですが——そしてまた、サイコロを一回、二回、三回あるいは四回投げて、遂に、いつも六のぞろ目を出す対抗者がいると仮定します。ゲームがいつまでも続けば、わが友ディドローは、そのうちに金がなくなり、臆面もなく、間違いなくこう言うでしょう。『このサイコロはインチキだ。罠に嵌ったんだ！』と。さあ、哲学者よ！　どうですか？　サイコロを十回振ろうと十二回振ろうと、それはダイスカップから出てくるのだから、あなたに六フラン損させるように、巧みな操作、仕組んだ組み合わせ、うまく練られた悪だくみの結果だと、あなたは断固として思うでしょう。しかし、この宇宙で、何千倍も難しく、何千倍も複雑で、何千倍も素晴らしく、何千倍も有益な組み合わせの極めて奇跡的なひとつの数を見て、自然のサイコロもインチキだ、天国にはあなたをひっかけて面白がる偉大なペテン師がいるなどと疑ったりはしないでしょう？[18]　[…]」。百科全書の編纂者たちは、〈プロコープ〉に何度やってきても、善良な神父の信仰を打ち砕くことはできなかった。

『百科全書』も、〈プロコープ〉でディドロとダランベール（一七一七〜一七八三）が議論を重ねた末に出来上がったものだった。『百科全書』の初版が社会的に成功したのは、ダランベールの代数、力学あるいは自然科学の知識だけによるものではなかった。ダランベールには模倣という驚くべき才能があったのだ！　ダランベールのことを好ましく思っていなかった著述家のジャンリス夫人（一七四六～一八三〇）は彼について次のように記している。「ダランベールは醜い顔をしています。騒々しく、耳をつんざくような甲高い声で、いつもつまらない話をしていました。私は彼が大嫌いです」[19]

ダランベールはディドロと驚くほど対照的だ。細い目、先端がツンと尖った大きな鼻、細身のこの小さな男ほど活動的な人間はいないだろう。飾り気のないモノトーンの服装でたいていは袋状のシンプルなカツラをつけ、リボンを結んでいる。

ディドロはむしろ平凡に見えるが、唇を細く開けた辛辣さを含んだ微笑みにその知性が強調されている。ある日、ディドロと同じテーブルに座っていた文学者でもあるヴォワスノン神父がディドロに語りかけた。

「ブーローニュの司教になるかどうか決めたのは私自身です」

「おそらく、ブーローニュの森の！」[20]ディドロは間髪を入れずに繰り返した［ヴォワスノン神父は、ブーローニュ司教区の助任司祭だったが、司教の死亡に伴い、信徒たちはヴォワスノンが司教になることを望んだ。しかし、文学に打ち込みたい彼はそれを望んでいなかった］。

ディドロはダランベールより冷静だ。広く高い額、この上なく穏やかで輝く目、いたずらっぽさと善良さが交互に現れる魅力的な口で、ディドロは力強く、堂々と語りかける。本当の自分自身に戻るのは、自分の考えに没頭しているときだけなのだ。よく知られているように、ディドロはラングルの刃物屋の息子として生まれ、イエズス会の寄宿学校で学んだ。ある晩、ディドロの父親は、ダランベールから息子の成功の祝辞を述べられ、こう返した。「あいつが有名になって嬉しいですよ。でもあいつが、わしの作ったランセット（手術用のメスの一種）をどれだけ飲み込んだと思います？」[21]

夏になると、〈プロコープ〉の扉は開け放しになり、客は、幕間に飲み物を飲みに立ち寄った王立劇団の観客たちとも会話を交わす。冬には、壁の隙間に目張りをする。立派な紳士たちも閉め切った部屋では噂話や陰口に花を咲かせる。立ち上がったり、大げさな身振り手振りをつけて信じがたいほどの大騒ぎをする。カフェの店主は、とびきり爽やかな飲み物を客に供して、客の渇きを癒す術を心得ている。たとえば、フランジパーヌ（アーモンドクリーム）入りドリンク、竜涎香風味のレモネード、砂糖漬けのくるみ入りブランデー、スペイン女王の水、ヴィーナス・オイル（ナデシコと砂糖とバニラで味付けしたシナモン水の甘いミックスジュース）、オレンジの花のクリーム、ヒポクラース（しょうが、シナモン、ナツメグ、クローヴを絶妙に混ぜた香料を長期間漬け込んだ甘いワイン）などその種類はバラエティーに富んでいる。

それはちょうど、ヴォルテールが社交界から激しい非難を浴びている頃だった。彼が〈プロコープ〉に入ってくるなり、ざわめきが起こった。常連客は身構える。すでに睨みつける者がいた。平凡な作家のリノーだ。驚くことはない。ヴォルテールは、つい最近、彼についてこう書いたのだから。「リノーは毎日、作品を書こうともしないで劇場に芝居を見に行ってばかりいる。何の値打ちもない一幕を書くのに二年もかかったくせに、劇場や〈プロコープ〉に出入りする自分はひとかどの人物だと思っている」。

ヴォルテールは見事なタペストリーとヴェネチアンガラスの鏡が張りめぐらされた壁の前を通る。鏡には、ロウソクの明かりに照らされて燦然と輝く天井から吊るされたクリスタルのシャンデリアが映っている。『カンディード』の著者ヴォルテールは、テーブルでウトウトしているように見える腹の出た大柄のジャーナリスト、エリー・フレロン（一七一八～一七七六）に頭で挨拶する仕草をした。ヴォルテールの目には、この批評家の頰が怒りで真っ赤に燃え上がっているように見えた。ヴォルテールは先ごろ、風刺詩『*Le puvre Diable*（哀れな悪魔）[22]』の中で、フレロンに四行詩を捧げて、笑いものにしたばかりだったのだ。

ある夏の日、小さな谷間で、
ヘビがジャン・フレロンを刺した
どうなったと思いますか？
やられたのはヘビの方でした。

ヴォルテールは彼を無視して、〈カヴォー〉のメンバーであるシャンソン作家パナールにいたずらっぽく目くばせした。〈カヴォー〉はシャルル・コレとクレビヨン父子が率いるクラブの名称で、このクラブでは詩人や作家らが集まって陽気で風刺のきいた詩や歌を作って楽しんでいる。ヴォルテールは顔なじみの大柄で不格好な男に気がついた。アレクシス・ピロン（一六八九～一七七三）だ。ピロンはおどけた仕草でおかしな歌を即興で歌い、友人たちと囲んでいるテーブルを賑わしている。ヴォルテールは、実際は、失敗に終わったピロンの最新作の悲劇『グスタフ・ヴァーサ』を皮肉交じりに賞賛した。さて、どうなることだろう？　どちらかが一言でも発しようものなら、二人の間に険悪なムードが広がり、すぐにでも決闘に発展しそうな喧嘩が勃発するのは間違いない。ところが、両者の知性はそうした幼稚な反応よりも一枚上だった。二人の勝負は見ている者たちを感心させた。ピロンは決してお人好しではないが、ヴォルテールを面白がらせる当意即妙の応答をしさえすれば、それで満足だった。ヴォルテールはそれを楽しまなかったわけではない。それどころか、ヴォルテールはピロンの応答を聞いて、数行の詩[23]を思いついた。

ピロンがオリンピアに向かって
憎悪の気持ちを吐き出すとき、

人間嫌いのルソーが
理屈をこね回すとき、
プロコープの主人は言う
さあ、コーヒーをどうぞ……

ピロンは有名なニコラ・フレーレと時おり会話を交わしている。フレーレ（一六八八～一七四九）は年代学者、地理学者、神話学者、文献学者、哲学者として名を馳せていた。ブーガンヴィル（一七二二～一七六三）によれば、「フレーレは、フランス、イタリア、イギリス、スペインの古代から現代に至るまでのあらゆる戯曲の内容を覚えている。少し前の時代のスペインの劇作家ロペ・デ・ベガのある作品の分析を即座にやってのけたのだから、コルネイユの悲劇の分析だって簡単にやってのけるだろう。さらに驚くべきことに、古代のギリシャ人やローマ人、ケルト人、中国人、ペルー人が自分たちと同時代の同郷人かと思うほど、それぞれの時代の文学的、政治的逸話を語ることができる[24]」

先にその名前を挙げたシャルル＝フランソワ・パナール（一六八九～一七六五）は、とくにヴォードヴィル（軽喜歌劇）や喜劇、オペラを得意とする才気溢れた人物で、〈プロコープ〉に頻繁に顔を出す客だが、カフェの世界には手厳しい。おそらく、カフェのことを知りすぎているからだろう。

彼はカフェについて次のような数行の詩を書いている。

カフェ
それは、凡人の目を魅了する

山のような知識のくずが
溢れている場所だ。
サロンの中は大理石が輝き、
シャンデリアに照らされ、

あちこちに鏡がある。
大入り満員で大儲け
商品なんかほとんどいらない
幾らかの苦い液体があれば十分だ
起きたばかりのブルジョワが
いつものように朝食を取りに来る
文学者らは大抵はつけで飲む。
そこでは始終、馬鹿げた演説や
退屈な話をするのが聞こえる。

才気あふれる人々だらけだが
ときに、そんなそぶりはほとんど見せない。
暖炉のそばで、ウトウトしながら
無為に過ごす時間を楽しみ、

安物の衣服は煤《すす》まみれだ。
気難しく辛辣な批評家は
大臣であろうと敬意は払わず、
誰かれ構わず中傷する。
意見が合わない知識人らは、
自分の意見を主張して
うんざりするほど大騒ぎする。
根拠のない理論を組み立て、
何かが起これば論じあい
何かが書かれればあらを探す。[25]

反乱と動揺が続いた数年間、〈プロコープ〉はかつてないほど「王の俳優」たちのたまり場となった。その中には、ル・カン、モレ、ブリザール、ドーベルヴァルらの顔が見える。この仲間の女王はマドモワゼル・クレロンだ。ここでは、カッセルの戦いの勝利者であるブロイ公と彼女との恋愛沙汰を巡って面白おかしい論評が繰り広げられる。ある晩、彼らはカフェのテーブルを囲んで、演劇界の人物をまな板に載せて巧妙に料理した風刺詩『演劇愛好家の信条』を大きな声で唱和した。

われは、全能の父、演劇と哲学の創り主なるヴォルテールを信ず。
われは、そのひとり子、われらの主、アルプを信ず
主はコント伯爵によりて宿り、ル・カンより生まれ、
サルティーヌ氏のもとに苦しみを受け
ビセートル病院に入れられ、独房に下り、
三カ月目に死人のうちよりよみがえり、
舞台に上り、
全能の父なるヴォルテールの右に座したまえり
かしこより来たりて、生ける者と死ねる者とを裁きたまわん
われはル・カンを信ず、聖なるファン協会、
ダルジャンタル氏［ヴォルテールの友人］の聖なる友情、
『スキタイ人』のよみがえり
サン＝ランベール氏の崇高な悟り
ヴェストリ夫人の底なしの深淵さを信ず。
アーメン！[26]
［キリスト教の「使徒信条」を真似た風刺詩］

雑誌『メルキュール』で批評欄を担当していたラ・アルプ（一七三九〜一八〇三）は、恩人であるアルクール寄宿学校の校長を風刺する詩を書いたため、パリ警視総監サルティーヌの命令でビセートル病院

［精神障害者の病院］に入れられたこと、そしてヴォルテールの戯曲「スキタイ人」が一七六七年三月二十六日にテアートル＝フランセ（コメディ＝フランセーズ）で初演された際には不評に終わり、作家は復活祭が終わった後に、再演を望んでいたこと、また、ローズ・ヴェストリ（一七四三〜一八〇四）は俳優の家系に生まれ、十八世紀の最も優れた悲劇女優であることに言及しておこう。

ときおり、俳優たちの輪に一人の愉快な男が加わっている。昼間は植民地局長としてもったいぶった態度を示すドュ・ブックだ。夜になると、ガラッと態度を変えて才気あふれる言葉を操る。会話の中で、『箴言集』で有名なラ・ロシュフコー流に格言の形で自分の考えを述べては喜んでいる。例えば、こんな具合だ。「女性を迎えるとき、そのあるがままの姿が見えない。しかし、別れるときは、あるがままの姿が見える」[27]。ある晩、ドュ・ブックは重農主義者のテュルゴーを大っぴらに嘲笑した。時の財務総監は、穀物を海外に輸出することを許可した後、その措置に反対する者らが暴動を起こしたことに仰天した様子だった。「おそらく、民衆はまだ十分な自由を与えられていないからだろう」とテュルゴーは考えた。これに対し、ドュ・ブックはこうやり返したのだ。「奴は、二十回も採血して、病人を死なせかけた医者のようなものだ。しかも、それを見て奴は、『採血量が足りないと言ったのに』と叫ぶんだ。そしてこう付け加えた。『経済学者らの書物の巻頭には「病人は間もなく死ぬだろう、しかし、手術は見事である」と銘句を入れるに違いない』[28]」

カフェでのこうした会話は往々にして俳優たちの間で喧嘩にまで発展する。ときに、俳優間だけでなく劇団間の本物の対立の様相を帯びることもあった。それは決して目新しいことではない。サン＝ジェルマンの大市が栄えていた頃から、ニコレ座やタバラン座のような、あらゆるジャンルの芝居を上演する大道劇団は組織的な劇団と絶えず衝突していた。彼らが演じる邪魔をするために、乱暴者に芝居小屋の舞台を壊しに行かせたりさえするのだ。もっともそれは、大道劇団が苦境を脱するために子供に演技をさせたり、木製の操り人形を作ったりしているからだったのだが……。

ヴォルテールこと、フランソワ＝マリー・アルエには文学の偽りの栄光を非難させておいて、ひとまず、左岸を去り、風に吹かれて歌う歌手の前に立ち尽くす野次馬の一団や秘薬の小瓶を売る大道薬売りと共にポン＝ヌフを渡り、サン＝トノレ通りの方に足を向けてみよう。そこには、〈プロコープ〉のライバル店〈カフェ・ド・ラ・レジャンス〉がある。時刻は午後の五時。鏡とシャンデリアが目にまぶしい静寂の中、かすかな物音がする。〈ラ・レジャンス〉はチェスの愛好家が集う場だ。チェスボードは時間単位で貸し出される。その晩、支配人はボードの両側にロウソクを立てたからという理由で追加料金を請求した。ここでは、有名なプレイヤー同士で頭を使ったゲームが繰り広げられる。勝者には妙なあだ名がつけられる。たとえば、「鋭敏なフィリドール」とか「屈強なマイヨー」「奥の深いレガル」といった具合だ。そこかしこで、チェスをしながら会話が交わされている。ダランベールが大きく角ばった鼻を下に向けたまま、シャンフォールと話をしている。この、どこか白けた様子の人間嫌いのボヘミアンは、アルトワ伯爵（後のシャルル十世）の朗読係とエリザベート夫人（ルイ十六世の妹）の秘書を務めている。二人から遠くないところには、がっちりとした首の古代ローマの弁士のような風情の男がいる。ディドロだ。「天気が良かろうと、悪かろうと、午後の五時頃にパレ＝ロワイヤルを散歩するのが私の日課だ。［…］寒すぎるとき、あるいは雨が降っているときは、〈カフェ・ド・ラ・レジャンス〉に避難する。そこで、チェスに興じる人を見るのが好きだ[29]」とディドロは書いている。

別のテーブルでは、二人の人物が言葉を交わしている。一人は時代遅れのブルーの粗野な服装をし、留め金のない短靴をはき、髪の毛は首のところで波打ち、善良そうだが目はキリッとして賢そうな男だ。この男こそアメリカ人のベンジャミン・フランクリンで、彼はどこへ行っても引っ張りだこだった。もう一人は、彫りが深く、不安げな目つきをし、頭には毛皮の縁なし帽をかぶったアルメニア人風の服装の男だ。それはジャン＝ジャック・ルソーで、すでに自分のことなど忘れられるのではないかという幻想に取りつかれている。ルソーはぜひとも誰かに話しかけて欲しく、毎日、〈カフェ・ド・ラ・レジャンス〉にやって来る。ところが、すでにいくつかの作品で名を馳せていたルソーを鏡越しに見ようと人々が店の前に集まって来ると、この奇妙な男は怒りに震えて、慌てて身を隠すのだった。

このように〈カフェ・ド・ラ・レジャンス〉は、十八世紀の間ずっと、めったにお目にかかれないような客たちを迎えることになる。例えば、一七八七年には、艶のない青白い顔をした瘦せこけた砲兵隊士官がよく一人でテーブルに座っていた。誰もこの男に注意を払うものはいなかった。堅苦しい態度で雑誌『メルキュール・ド・フランス』を読み、いつか自分の詩が掲載されるのを望んでいるロベスピエールという名前の地方出身の弁護士でさえ、注意を払わなかった。だが、その軍人こそイタリアのロンバルディア出身のレティツィア・ラモリノの二番目の息子、小ブオナパルテだ。チェスの専門誌の一八四六年の記事に次のような記述がある。「まだ数年前のこと、カフェの主人は、常連の有名人がいつものように座っているテーブルを指しながら、ジャン・ジャックさんに給仕しろ、ヴォルテールさんに給仕しろ、とギャルソンたちに自慢げに言うのだった[30]」。

ビュシ交差点にある総菜屋〈ランデル〉での〈カヴォー〉クラブのディナーは、また別の高名な文学者たちが集まる場所だった。〈カヴォー〉クラブの集まりは一七三三年に始まった。その年、八人の仲間が定期的に仲間の一人、ガレの家に集まることを決めた。ガレはトリュアンドリ通りに店を構える食料品雑貨商で、余暇に詩を楽しんでいる男だ。他の七人は、ピロン、コレ、クレビヨン父子、フュゼリエ、ドュクロ、パナールである。しばらくすると、この詩人たちにさらに別の八人の芸術家が加わるようになった。哲学者のエルヴェシウス、作家のモンクリフ、詩人の善良なベルナール（ピエール・ジョセフ・ベルナール）そして音楽家のジャン・フィリップ・ラモーという面々だ。これだけの人数が集まるにはガレの店は手狭だったため、どこか別の場所を探さざるを得なくなり、ある日、〈ランデル〉に移った。以来、彼らは月に二回、ここに集まっている。

〈カヴォー〉クラブの初めてのディナーは、クレビヨンの司会で進められた。会食者はそれぞれ、エピグラムやちょっとした歌の一節、皮肉の利いた言葉を披露することになっている。笑いを取れなかった者は誰であれ、屈辱的な罰、例えば、列席者がワイワイとからかう中で水を一杯飲むといったような罰を受ける。大体、十四時半頃にテーブルにつき始め、店を出るのは真夜中になる。そこでは、常に気の利いたユーモアがなければならない。ときには、語らいの中から思いがけないアイディアが生まれることもある。ある晩、善良なベルナールが、いっしょにオペラを創ろうとラモーに提案した。ラモーの『カストールとポリュックス』はこうして仲間と共に編み出された作品である。

ヴォルテールがこの会合に招かれたとき、才気溢れる相手を当意即妙な受け答えでうるさく責め立てるのがうまいピロンとの間で激しい激論の応酬があった。

この文学クラブはフランス流のエスプリを磨くことを目的にしている。クラブ設立者たちの周りには、シャンソン作家のラブリュエールやラヌー、テノール歌手のジェヨット、画家のブーシェらが集まってくる。

革命が勃発するまで、彼らはここで『かわいそうなジャック』や『愛の喜び』、『私の可愛いミュゼット』といった歌の作曲現場に立ち会いながら、踊ったり、音楽を聞いたりして時間を過ごした。周囲はこの会合に好意的だった。この場所は特別で、当時としては珍しく、十分な照明に恵まれていた。その点について、俳優のメイヤー・ド・サン＝ポールは次のように記している。「このカフェは夜でもカンケ灯（オイルランプの一種）のおかげで非常に明るい。ランプはクリスタルの広口瓶に入れられ、広口瓶は輪になった花飾りの台に支えられている。この明かりは非常に強烈だが、それだけにカフェのギャルソンたちはランプを慎重に取り扱う必要があった」。やがて、恐怖政治の下で、狂気の時代が巻き起こしたさまざまな出来事のせいで有名人の客は遠ざかり、この場所は賑わいを失っていく。軽快な詩は、『カルマニョール』や『ラ・マルセイエーズ』、『サ・イラ（うまくいくさ）』といった重々しい歌にとって代わった。〈カヴォー〉の常連の一人、ブルゴーニュ出身のアレクシス・ピロンは大変な人気者だった。楽天家のこの知性溢れる詩人は今日、不当に忘れられている。一七二二年に大市の舞台で彼の『道化ドカリヨン』という三幕の一人芝居が上演されて以来、その名前が知られるようになった。数多くの、しかもしばしばきわどい言葉を用いたシャンソンや風刺詩、エピグラムを作っていたため、友人しかいないというわけではなく、敵もいた。その筆頭がルイ十五世で、ルイ十五世はピロンをアカデミー・フランセーズの会員に選定する承認を拒否した。ピロンは自分の墓碑銘を作って自らを慰めた。

ピロンここに眠る、何ものにもあらず
アカデミー会員ですらない

ピロンとカフェの世界との結びつきに触れているよく知られた歌[31]がある。

ピロンよ、お前の才気が好きだ
お前は『作詞狂』を書いたが、
それはカヴォーのおかげ

お前を舞台に上げるため
ワインがお前のヒポクレネの泉となり、
樽がお前のペガサスになった。
［ヒポクレネは、ペガサスが天空に飛び立つときに岩を足で蹴った跡にできた泉］

この逸話が示すように、ピロンは最後までユーモアのセンスを失わなかった。視力を失った晩年のある夕べ、姪を伴ってテュイルリー庭園を散歩していた。彼のそばを通る人は誰もが笑いを禁じ得なかった。その原因は彼の衣服の乱れにあった。姪がそのことに気がついた。

「叔父さま、みんなが私たちを見ていますわ。あそこをお隠しになって!」

「ああ、お前」ピロンは答えた。「もう長いこと、わしのあそこは物笑いの種でしかないのだよ!」[32]

それから時代が進んだ一七九七年、一人のシャンソン作家が失われた栄華を取り戻したい一心で、〈カヴォー〉クラブとその賑わいの再建を試みる。その名をマルク・アントワーヌ・デゾイエールという。この男は元は神学生で、シャンソン作家になるにはまったく役に立たない学問を学んでいた。彼の両親は息子を司祭職に就かせるつもりだったのだ。しかし息子は、神学校では信仰について考察するよりも、ヴォードヴィルの歌の一節を口ずさんで過ごすことのほうが多かった。使命感がないことを見て取った神学校の教師は、すぐに彼を世俗社会に戻した。数年後、マルク・アントワーヌ・デゾジエールは〈カヴォー〉を再建し、主宰する。よく知られている子供の歌、『*Bon Voyage M.dumollet*（ドュモレおじさん、良い旅を）』や『*Complainte de Fualdès*（フュアルデスの嘆き）』、『パンパン』、そしてオッフェンバッハのオペレッタ『ドゥニ夫妻』が生まれたのは、この新生〈カヴォー〉のおかげである。デゾジエールは抒情詩人でシャンソン作家のベランジェのデビューを祝し、一八一五年、ヴォードヴィル座の運営を引き受けることになる。

　歴史家のギュスターヴ・ボール（一八五二〜一九三四）によれば[33]、パリでのフリーメイソンの最初のロッジ、サン＝トーマ＝オ＝ルイ＝ダルジャンは一七三二年に〈ランデル〉で集会を開いている。どの集会もまず《食卓ロッジ》から始まる。これは会員にとって参入儀式と同じくらい重要なものだ。会員の中には、この〈共にする食事〉で度を超す食欲を示す者もいた。《食卓ロッジ》の儀式の様子がギユマン・ド・サン＝ヴィクトワールの著書に描かれている。

　室内に入るかなり大きなテーブルを蹄鉄の形に並べ、会食者は全員テーブルの外側に座る。《崇高なる親方》は常に、東側のテーブルの中央に座り、その右手に《演説者》が座る。《監督官》たちは西側テーブルの両端に座る。《親方》たちは、《訪問者》に上席を譲る配慮をしながら、南側に座る。新入会者は北側に座ることが義務づけられ、同伴者は北側の空いている席に就く。〈食卓〉に必要なテーブルウェアはすべて三列に平行に並べられる。つまり、皿類は一列目に、ボトルやグラスは二列目に、大皿や燭台は三列目に並べられる。

　食事の儀式の間は特殊な言葉が用いられる。グラスは《大砲》と呼ばれ、ボトルは《大樽》、赤ワインは《赤い火薬》、白ワインは《強力な火薬》、パンは《加工の石》、料理は《材料》、ロウソクは《星》、皿は《屋根瓦》、ナイフは《剣》、塩は《砂》といった具合だ。
《崇高なる親方》が「大砲に火薬を詰めろ！」と大声で命令する、
「右手に武器を！」（列席者は手にグラスを持つ）
「武器を掲げろ！」（グラスを自分の胸の位置まで上げる）
「構えて！」（グラスを口元に持っていく）
「撃て！　しっかり撃て！　完璧に撃て！」（三回で飲み干す。グラスを空にしないのは無作法と見なされた）

次に、《崇高なる親方》はこう命令する。

「武器を前に！」


列席者はグラスを左胸のところに持って行き、次に右胸に持って行き、最後に顔の高さまで持ち上げ、三角形を形作る仕草をする。これを三回行ってから、三拍子でグラスをテーブルに置く。一拍目で左よりに持ってゆき、二拍目で並行に動かして右よりに、最後にテーブルにしっかりと置く。手の中に握りこぶしを三回打ちつけながら、「万歳！」と三回叫ぶ。

〈崇高なる親方〉はまず、国王の健康を祝して乾杯する。そのときまで離れたところにいた王の全権大使が、手に剣を持ち、〈崇高なる親方〉の前に名乗り出て、「王の代理の親方」として感謝の意を表する。次に、国王への忠誠を誓う言葉を述べた後、東側のテーブルの《発言者》のそばの席に就く。

それから、《崇高なる親方》、《監督官》たち、《高位者》たち、《訪問者》たち、ロッジの会員たち、新入会員、王妃、王家の人々、ナポリのカロリーヌ王妃、グランド・ロッジ会長、そして少なくとも臣民がこの食卓に敬意を表している諸外国の君主らに敬意を表して杯が交わされる。[34]　さまざまな料理が供される間に何度もフリーメイソンの歌が歌われる。それらの歌は言葉や理念をそのままにメロディーは当世風に編曲されている。

*

さて、野次馬たちといっしょにもう少し先、すでに人気の高い通りとなっているタンプル大通り《ブルヴァール》まで足を伸ばしてみよう。ニコレ座やオーディナ座の客寄せ芝居を楽しんだ後、野次馬たちは〈カフェ・トュルク〉にやってくる。東洋風の建物のせいで実にエキゾチックな雰囲気を醸し出している。建物上部の胴蛇腹の一方には黒地に金の〈カフェ・トュルク〉という文字が浮き上がり、もう一方には何やらアラビア文字が書かれた上に水ギセルをくゆらしながら座っているトルコ人の肖像画が描かれている。店の正面入り口はなかなか洒落ている。開口部は小さな柱に囲まれ、基礎部分はグリーンの花こう岩、ブロンズの葉や羽根の飾りのついた大理石のコーニスが扉やガラス窓の周りを取り囲んでいる。エジプトの寺院のように、どの柱の上にも蓮の葉の形の柱頭がついている。人々はアイスクリームを食べにこの店にやってきて、客を楽しませに来たハーディ・ガーディ（鍵盤付き撥弦楽器）弾きのファンションの弾き語りに耳を傾けたり、ノミの調教や軽業、その店の花形役者の芝居を見たりして時間を過ごす。テラスの前には、「ガラクタ屋[35]」などの行商人たちが歌を口ずさみながら、テーブルについている客たちに、「ガラクタ品」を勧めている。

ちょっとした小物はいかが
何でも安くしておきますよ

別嬪さんには象牙の櫛
殿方には角の櫛
お嬢さんがたには房飾りや
きれいな飾り箱
新曲用の鳥笛もあるよ
ずっと前からパリで売ってます
ちょっとした小物はいかが
何でも安くしておきますよ。

もう一度セーヌ川の方に戻ろう。現在、「ルーヴル・デ・ザンキテール（ルーヴル骨董品街）のある場所に〈カフェ・ミリテール〉がある。一七六二年にシャルロット&アンリ＝アレクサンドル・ゴドー夫妻がここに店を構えた。有名な建築家のクロード＝ニコラ・ルドゥーによる見事な内装で、開店するとたちまちパリで最も美しいカフェのひとつとして知られるようになったが、第二帝政時代にオスマンのパリ大改造によって壊されることになる。このカフェでは、オーストリア継承戦争の際のフォントノワの戦い（一七四五）や七年戦争中のクロステル・カンペンの戦い（一七六〇）に従軍した退役軍人らがモカやチェリーワインを飲んでいる。彼らはそこで、戦闘中も礼儀をわきまえる、いわゆる「レースを身にまとった」戦争の交戦現場や戦略について懐かしそうに語り合う。

ジャーナリストのフレロンは記事[36]の中で〈カフェ・ミリテール〉の内装の素晴らしさを次のように賞賛している。「ここに入った途端に、設計者の創意に富んだ考えが手に取るように分かった。戦いを終えた兵士たちが疲れを癒しにこの場所に来て、槍を抜いて一カ所に集め、勝利の月桂樹でそれらを結び、その上に鉄兜をかぶせる絵のような光景を思い浮かべたに違いない。そうして、十二本の凱旋記念柱が鏡のマジックで、カフェ全体にどこまでも広がっているように見える効果を生みだしている。装飾の鉄兜は入念に選択され、絶妙なコントラストを見せている。英雄や古代の神々などさまざまな図柄でそれぞれが特徴あるものになっている。軍旗を飾ったトロフィー、戦利品、王冠などとの組み合わせが見事で、見事に設えられた休息の場がこれらの装飾を引き立たせている。[…]」。頭上の天井には、この場にふさわしい銘句が天井の大半を占めるほど大きく書かれている。『*Hic virtus bellica gaudet*（ここは戦士の武勇を称える場）』

*

商人たちは〈カフェ・ミリテール〉には見向きもしないで、いつも、サン゠トノレ通りの〈カフェ・ドュ・プロフェット・エリ〉にやって来るが、チェスやチェッカーの愛好家はエコール河岸通りの〈パルナス〉あるいは、かつてポン神父やラ・ファイエ元大佐、経済学者のムロン、数学者のニコルやモーペルテュイ、ソランらも通ったマヌーリが経営する昔ながらの〈カフェ・グラド〉にやって来る。マヌーリは、『ポーランド風チェッカーについてのエッセー』を書いて、自分の店がどれほど教養人にふさわしい店であるかを自慢している。若い学士たちはバール゠ドュ゠ベック通りとサン゠メリー通りの角にある昔ながらのキャバレー〈レペ・ロワイヤル〉で自分たちが議会に受け入れられたことを祝っている。彼らがどれほど、そのことにはしゃいでいるか、神にしか分からない。当時よく言われたように、「ひびの入った脳のカリヨン」のように大騒ぎしながら食事をしている。

ここでの中心人物の一人は、郵便局の出納係長をしているビヤードだ。この男は、数百万の詐欺破産をやっておきながら、職場とキャバレーと教会を行き来している。グリムは彼についてこう語っている。ある日、このおかしな男が聖餐の食卓にやってきて、聖餐に与ろうと、聖餐の食卓を見つめている。ミサを捧げていた司祭は、すでにブドウ酒がなくなり、小さなパンしかなかったため、ビヤードに言った。「あなたが来るとは思わなかったので、あるだけのもので我慢してください[37]」。〈レペ・ロワイヤル〉のビヤードのテーブルには、友人のドュクロも同席している。二人は自由思想家たちが熱く語る意見に影響され幾分、反骨精神に染まっていた。ある晩、ドュクロは、報復を恐れて、話題を変えたいと考えた。それはちょうど、パリの宮廷の新しい寵児となった若い象がパリに来たばかりの頃だった。そこでドュクロは提案した。「諸君、象の話をしましょう。象は、この時期、危険を感じないで語ることのできる注目すべきたったひとつの動物です[38]」。夏の間、二人の仲間はディドロ、作家のマルモンテル、ジャーナリストのシュアール、モルレらと共に週に二回、パリ近郊のセーヴルにあるキャバレー〈ボール・ド・ドー〉に顔を出していた。船でセーヌ川を下り、マトロット（淡水魚のワイン煮）を食べた後、騒々しい男たちだと思わせるために、およそ哲学とは程遠い話を語り合いながら、そぞろ歩きを楽しんだ。それはちょうど、自分の話に耳を傾けている人々に、「田舎に種痘を広めるために、天然痘の種と種痘用の針を手に、辺りを歩き回っているのだ[39]」と明言しているガッティのようだった。

パリに初めてレストランが誕生したのは一七七四年のことで、以来、レストランは非常に大きな社会現象となった。それまでは、主にロティスリが決まった時間にそれほど手の込んでいない食事を供している程度だった。ブーランジェという人物がプレッショール通りに新しいタイプの店を開いた。そこでは、当時は富裕層の特権だったどんなごちそうも、少なくともほとんどのごちそうを食べることができた。扉の上には、聖書の言葉をもじって次のように書かれている。「*Venite ad me omnes qui stomacho laboratis et ego vos restaurabo*（空腹に苦しんでいる者は、私のもとに来なさい。休ませてあげよう）」〔聖書では「疲れた者、重荷を負う者は、だれでも私のもとに来なさい。休ませてあげよう」〕。この標語が〈レストラン〉という言葉の語源になったと思われる〔restaurer は回復させるの意味〕。その数年後の第一帝政時代には、パリのグランド・メゾン（高級レストラン）の評判は、「十七世紀および十八世紀がヨーロッパにおける文学の繁栄をもたらしたように、パリのグランド・メゾンはヨーロッパにおける料理の繁栄をもたらした。つまりグランド・メゾンはフランス料理を世界に広めた」とウージェンウ・ブリフォーがその著書『*Paris à table*（パリの食卓）[40]』で書いたほどである。

　高級レストランにはすべてが揃っている。テーブルには大小のスープ用スプーン、煮込み料理用スプーン、タンブラー、エッグスタンド、椀、辛子入れ、塩入れ、平らな皿、丸皿、燭台などの銀食器が並べられる。昼食には、現代の朝食に相当するのだが、コーヒー、ココア、シロップ、パンとバター、果物などが供される。夕食は、いわゆる現代の昼食で、ほとんどいつも変化がなくスープと粥だ。しかし、夜の九時頃、待ちに待った夜食の時間になる。夜食は時には三回のサービスがある。一七四九年に著された『*La Science du maître d'hôtel-cuisinier, avec des observations sur la connaissance et les propriétés des aliments*（ホテルの料理人の科学、その知識および食品の特性に関する観察[41]）』という書物には、レストランで出される料理の種類について次のような記述がある。「秋と冬の夜食には、まず、サント＝ムヌー風羊のクォーターと四種類のアントレ（カルディナル風若鶏、ヤマウズラの温かいパテ、ハトのタマネギ網脂包み焼き添え、トゥルトー蟹の灰蒸し）、そして四種類のオードーヴル（羊の脳みその蒸し焼き、仔牛の小さなグルナダン、子羊のコートレットの紙包み焼き、カモのフィレ肉）。第二のサービスには、ハムの串焼き、四種類のメイン料理（コー産の鶏肉、コシギ肉、野生のカモ、キジ）と四種類のサラダに二種類のソースが供される。第三のサービスでは、九種類のアントルメ（骨付きハム、オムレツのフュメ、牡蠣のオーブン焼きハーブ添え、チーズのエカルラート風、トリュフのミニッツ、ジャムのタルト、カットしたベニェ、クリームのスペインワイン添え、マジパンのロースト……）が供される。もちろん、一握りの特権階級の過食のせいで他の大多数の者たちが飢えに苦しんでいると大げさに糾弾する革命家たちによって広まった先入観とは裏腹に、レストランに来る客は供されるたびに、ほんの数皿の料理に口をつけるだけで、ほとんどは手つかずのままだった。

非常に豪華な食物が豊富に供されたが、それほど高価ではなく、意外に安かった。四十スー出せば、ポタージュ、ウナギ、エンドウ豆、ハト、若鶏、仔牛のコートレット、クッキー、魚、アプリコット、プラムに白パンと良質のワイン、グラス一杯のリキュールを食べることができた。安いレストランの大テーブルでは、一人当たり三十スー出せば十皿のサービスが二回とデザートとワインが食べられる。『近代の料理人』[42]という書物が出ると、家庭で英国風の〈ビーフステーキ〉や羊、子羊、鹿のローストといった料理を出す風潮が生まれた。宮廷料理人のルバは、その著書『楽しい饗宴』[43]の中で自分のレシピを詩で表現している。

十八世紀は、普及し始めた食堂で会話を弾ませながら（それも非常に軽い話題が多かった）、手の込んだ料理を楽しむ上質で肩の凝らない夜食の黄金時代だった。料理人の中には英雄さえもいた。オランダ人から香辛料を奪うために片腕を失ったという地方行政官ポワーヴルの冒険話からそのことがうかがい知れる。パーティーが大好きな最愛王（ルイ十五世）の治世には、刺激的だと評される料理がもてはやされた。例えば、セロリのポタージュ、トリプルバニラを添えた竜涎香風味のココア、そして当時流行った（当世風の最高級）トリュフなどだ。ルイ十五世は念入りにとろ火でじっくり煮込んだ料理が好みだった。宮廷では、王が愛人たちの館の狭い部屋で、自分でコーヒーを淹れ、がぶ飲みすることが話題に上った。金曜日のディナーは、王の食事風景を見ることが許された民衆の前で、王がナイフの一振りであっという間に器用に殻つき卵の殻を破る様を賞賛するのが習わしとなっていた。また、王がコーヒーを飲みほした後、カップの底にたまっているコーヒーの搾りかすが形作る模様や形から将来を「占う」のを楽しんでいることも良く話題に上っていた。それは、ライプチヒで一七四二年に出版直後から爆発的に売れている『コーヒーカップ占い』という本の影響だった。この本によると、搾りかすが丸い形になっていれば愛情を意味し、白く残った線は移動、十字の形は死が近いことを意味しているということだ。ルイ十五世がサン＝ジェルマン伯爵と固い友情を結んでいたことを考えれば、王がこのたわいない遊びに夢中になっていたのは驚くに値しない。

ルイ十五世の治世はやがて変調をきたす。趣味や慣習が重んじられ過ぎた反動から、束縛されない快楽が求められるようになる。劇場では流行作家によるあけすけな笑いを誘う寄せ芝居が上演され、風俗喜劇が猥雑好きな客を呼び寄せる。巷ではグレクールやブッフラーの軽妙な詩やマザンラックの洒落た言葉、コデルロス・ド・ラクロの『*Les Baisers de Dorat*（ドラの接吻）』や『危険な関係』が好んで読まれる。婦人たちは、エシェル（段々のリボン飾り）のついたコルセットのリボンの結び目から胸元をちらつかせる挑発的なブラウスを身につけている。髪の毛には雲のような粉をふりかけ、目の輝きを目立たせている。茶目っ気のある仕草をし、顔のつけぼくろには明確な意味が込められている。たとえば、ほくろが頬の真ん中にあれば恋心、鼻の上なら無遠慮、目じりなら情熱、唇のそばなら浮気心、吹き出物の上なら隠し事と言った塩梅だ。男性に対する嫌悪感と軽蔑をあからさまに示して男性を近づけず、レスボス島で思いがけない魅力に満ちた喜びに浸る女性もいた［古代ギリシャ時代の女流詩人で、同性愛者と見なされているサッフォーがレスボス島の出身であったことから、女性同性愛者のことをレスビアンと言うようになった］。

当時、サッフォー流の愛が非常に流行し、同調者が集まるクラブができたほどだった。モダンなカフェに集まっていた男性不要党は、それを機にウェスタ神殿さながらになり、その中でも、シャイヨーにある有名なカフェーキャバレー〈メゾン・ルージュ〉は女性同士の喜びを求める人々を受け入れていることで有名だった［ウェスタ神殿は、火を司る処女神ウェスタの神殿で処女の巫女たちが仕えている］。他にも似たような愛の思想の持ち主たちが思わせぶりな名前の秘密の団体を創設した。例えば、フェリシテ（至福）会、モマン（ひととき）・クラブ、アンチファソニエ（反気取り）の会、アフロディテの会などがあった。

同じような行為に魅了されている男性について、ユーモア作家らは彼らに「柵の引き抜き人」とか「*bougres*（野郎）」をアナグラムにした「*ebugors*（エブゴール）」というあだ名をつけている。髪の毛を三つ編みにしたり、束ねたり、カールした大きな男性用かつらの上に小さな二角帽がのっている姿を思い出して、どうして笑わずにいられようか？　宗教的なタガが外れ、めまいがするような社会は、行き当たりばったり新しいものに飛びつき、自分を見失ってしまう。

そうした中で、カフェは宮廷に不満を抱える者たちが集まる場となっていった。セバスチャン・メルシエ（一七四〇～一八一四）はカフェを「暇人の常設避難所であり貧乏人の安息の場」であると見ている。メルシエはカフェが好きではなかった。彼の著書『タブロー・ド・パリ』から引用した文章を読むとそのことがよく分かる。

暇人たちは、冬には、自分の家の薪を節約するために、カフェに来て暖を取る。そうしたカフェの幾つかでは文芸品評会が開かれる。戯曲作品を批評し、作品のランクをつけ、評価する。これから世に出ようとしている詩人たちはいつも最も騒々しく、批判されて文壇を追い立てられた者たちは決まって皮肉を述べ立てる。どのカフェでも退屈な雑談ばかりが繰り返され、新聞に載った話題が延々と論じ続けられる。パリジャンの信じやすさときたら、目も当てられない。書かれていることを鵜呑みにし、何度も欺かれながら、官報を読み返す。［…］昔の人々はキャバレーに通っていたが、彼らはそこで上機嫌に振るまっていたと言われている。それに引きかえ、我々はもうカフェに行こうとはほとんど思わない。そこで飲む黒い液体は、我々の父親たちを酔いつぶれさせた強いワインよりも身体に悪い。おまけに、鏡の張りめぐらされたサロンには辛辣さと悲しみがみなぎり、いたるところから苛立った声が聞こえる。この違いを生みだしているのはこの新しい飲み物ではなかろうか？　概して、カフェで飲むコーヒーは苦く、焦げた匂いが強すぎる。レモネードは危険で、リキュールは健康に悪い。だが、お人好しのパリジャンは、外見だけで判断し、何でも飲み、何でも食べ、何でも飲み込む[44]。

モンテスキューは、その著書『ペルシャ人の手紙[45]』の中で、カフェの中で繰り広げられる、時折、激しい応酬が混じる会話（おそらく、フランス人の気質による）の様子をユスベクの口を通して描写している。外国人はあらゆる種類の議論や口論の場に好んでやって来る。そもそも、モンテスキューもその場を訪れるに似つかわしくないわけはない。召使たちについて語ったと言われる言葉（「召使は時々ねじを巻き直すほうが良い時計のようなものだ[46]」）とは裏腹に、きわめて穏やかな性質だが、非常に強いガスコーニュ訛りの甲高い声の持ち主だ。偏狭で臆病者で、どこかしらぼーっとした風貌が不器用な印象を与えている。妥協を許さない聴衆を前にすると、彼の当意即妙さは姿を消したかのように、のろく、ぎこちなく見える。しかし、〈プロコープ〉のように寛いだ気分になれるところでは、独創性の溢れるエスプリが存分に発揮される。揶揄を含んだ応酬をすることもある。一人のうっとうしい男がカフェでありもしない冒険話をしているとき、モンテスキューはニヤニヤしながらそれを聞いていた。「この話が本当でなければ、私の命を上げますよ！」と息巻く男にモンテスキューは即座に答えた。「分かりました。ここにいる皆さん方は友情を捨てません」[47]。

＊

レチフ・ド・ラ・ブルトンヌ（一七三四～一八〇九）は、自分のことを〈夜の観察者ミミズク〉と称しているように、一七六〇年頃から、夜になるとパリの通り、中でも、サン＝ルイ島の通りをぶらつくようになった。おそらく警察から派遣されてのことだろう。たちの悪い喧嘩から簡単に逃げ出すことができるのはそのためのようだ。いずれにせよ、その作品『パリの夜』は当時の風俗を見事に描写している。ブルトンヌは二十年間、毎朝、前の晩に通りやカフェで見たことを記録し続けた。しばらく彼の夜の彷徨について行き、彼と共にエコール広場のサン＝ジェルマン＝ロクセロワ教会のすぐそばにあるカフェの中に入ってみよう。

よく観察すると[…]このカフェに集う人間は四つの人種に分けられることが分かった。チェッカーをしに来る者、チェスをしに来る者、通りすがりの者、そして常連だ。一番多いのはチェッカー愛好家だ。チェス愛好家は〈カフェ・ド・ラ・レジャンス〉の屑で、ほとんど評価されていない。通りすがりの者には三種類の人種がいる。用を足しにやって来る外国人。暖を取るため、あるいはチェッカーをしているのを見に来て、特に何をするわけでもない者たち。それから、誰かを騙そうと手ぐすねを引いているペテン師どもだ。最後に常連客は、ゲームをするわけでも「数え切れないほどの種類がある」新聞を読むわけでもない。ストーブを囲んで互いに談笑し、そのうち、眠り込んでしまう。この大勢いる暇人たちも三つのグループに分けられる。そのひとつは、昼食党（現代の朝食）あるいはコーヒー党で、彼らは晩には何も注文しないか、せいぜいアンダイユ酒をほんの一杯飲むだけだが、毎朝、食事をしにやって来るか、夕食後にブラック・コーヒーを飲みに来る。それから、おしゃべり党は晩にだけやって来て、必ず何かと注文する。そして乞食どもだ。彼らは哀れな奴らだが、むしろほとんどがずる賢い。お人好しの金持ちにすり寄って、機嫌を取り、おべっかを言って褒めそやす。金持ちは何やら取り出して、この寄生虫にコーヒーかバヴァロワーズ〔紅茶に卵黄、キルシュ酒、牛乳などを加えた飲み物〕をおごってやる。哀れな男は決まって、ブラック・コーヒーは身体に良くありませんからと言ってミルクを入れさせ、パンまで要求する。さらには五〜六杯のコーヒーと小さなパンをもう少し、ある日はバヴァロワーズを、別の日にはハーフボトルのシードルかビールをねだり、また別の日には、この哀れな男は腹一杯になっている。[48]

パレ＝ロワイヤルの〈カフェ・ドュ・カヴォー〉を訪れたある日の記述は、現代でもよく経験する出来事を思い浮かべずにはいられない。

ある晩、私が〈カヴォー〉の前を通ったとき、中からドュ・アモーヌフが出てきた。そして私に声をかけた。

「やあ、ちょっと入ってごらん、この闇投機の巣窟に。見慣れない男たちがいるよ。君がいつも避けてきた連中さ」。

「僕以外の誰かがすでに書いてるさ。他人の後に、何のために、もっと下手な絵を描けっていうんだい?」と私は答えた。

「いいから、入ってみろよ。レンブラントはラファエロやルーベンスがもう描いているからと言って同じ題材を描かないかい? とにかく、見て来いよ!」

そこで私は中に入った。ホールの片隅に人がかたまって、低い声でぶつぶつ言いながら輪になって何かに没頭しているように見えた。別の片隅に、何も見ていないし、何も聞いていないようなふりをしながら、彼らを密かに観察している男たちがいる。

「こっちはスパイで、あっちが相場師だよ」とドュ・アモーヌフが教えてくれた。

「でも、あっちの連中は何も会話はしていないだろう。僕には何も聞こえないよ!」と私は友に言った。

するとと彼は連中の中の一人に近づいて、

「夜の観察者に少し種明かしをしてもらえませんか、投機売買の秘密の」と話しかけた。

「いいですとも、もう私はあきらめましたから。金のかかる馬鹿げた賭けですよ。駆け引きがうまくいけば儲かりますが、確かなものは何もありません。イギリスのように、証券取引所の職員が、手形の値を吊り上げるために誰でも利用できる本当の情報や嘘の情報を活用するのとは違うのです。イギリスの投機売買はそういった手形に限られます。しかし、手形には決められた固定価額があります。したがって購入者は、フランスの相場師が対象とするような危険な橋を渡ることはないのです。フランスの相場師は、値が下がった後で、同じ種類の手形を買い占めるために卑劣な手を使うのです。彼らはその手形を安く手に入れ、同時にその買い占めた、まだ珍しくない手形で取引をします。期限が来た時には、もうその手形はなくなっています。しかし、相場師たちはそれを要求し、無理やり自分の利益に繰り入れようとします。この罠を編み出す資本家たちは悪党の集団で、示し合わせ、協力し合って、敢えて彼らと勝負をしようとする銀行家や商人たちを破産に追いやっているのです。そういうわけで、特定の人々の巨大な儲けが合法的かどうか判断してください。法外な利益は、賭けと言うより、明らかに窃盗です。［…］さらに言うなら、この無価値な賭けは、富を動かすだけで、何も生み出しません。御覧なさい、痛ましいほど没頭しているあの人たちを。価値のないものに全幅の価値を与え、そのことに気がつきもしないで奮闘しているのです。勝負に自分の身分を賭けるランスクネやフェロー、ブレランに夢中になる人々と同じです[49]［ランスクネ、フェロー、ブレランは当時流行した賭けゲーム］。

*

パリに革命の嵐が吹き荒れても、カフェのサロンは姿を消すことはなかった。それは、一種の結社となっていた。パレ＝ロワイヤルのアーケードの下にあるカフェというカフェは、政治熱に取りつかれた神経質で興奮した群衆に占領された。一七八六年の年鑑には、パレ＝ロワイヤル界隈だけでも途方もない数のレストランやカフェ、ホテルが列挙されている。たとえば、最も評判の高いレストラン〈ラバリエール〉、〈ラ・ヴォーヴィリエ〉、〈ラ・タベルヌ・アングレーズ〉、〈ラ・グロット・フラマンド〉、そして、ホテルは〈ホテル・ド・ミラン〉、〈ホテル・ド・ボージョレ〉、〈ホテル・ド・ヴァロワ〉、〈ホテル・ド・サン＝ジェームス〉、〈ホテル・ド・パンシエーヴ〉、〈ホテル・ドルレアン〉、カフェは〈カフェ・ド・フォワ〉、〈カフェ・デュ・カヴォー〉、〈カフェ・デ・ヴァリエテ〉、〈カフェ・メカニーク〉などなど……。

　その頃、パレ＝ロワイヤル界隈は二流作家や、エレガントな女性たち、外国人役人、究極のなまけ者など雑多な人々で賑わっていた。クラコヴィの木[50]の下にも、カフェのテラスや室内にも、いわゆる「新聞屋」たちがたむろしている。パレ＝ロワイヤルの当主である狡猾で扇動的なオルレアン公ルイ・フィリップ（一七七三～一八五〇）は、「新聞屋」たちが主導する陰謀や反体制思想が高まるのを後押しした。カフェのテーブルは演台と化し、即席の弁士が自分たちの発議に群衆を賛同させようと長広舌を振るう。しかし内容のほとんどは馬鹿げた縄張り根性むき出しのものだった。一七八九年七月十二日、〈カフェ・ド・フォワ〉で、名の知れた弁護士、カミーユ・デムーランが拳銃を手にしてテーブルのひとつによじ登り、叫んだ。「ネッケルが罷免されたのは、我ら愛国者がサン・バルテルミの二の舞に遭う前兆だ。今夜、スイスとドイツの部隊が我々を虐殺するためにシャン＝ド＝マルスから攻め入るだろう！　取るべき策はただひとつ。今すぐ武器を取ろう！[51]」

　民衆はクルティウス美術館に押しかけ、財務長官ネッケルの代わりに、ロウ製のネッケルの胸像とオルレアン公の胸像を肩に掲げ、勝利の凱旋行進をする。七月二十二日、民衆が行進しながら振り回している槍の先には、ある男の生首が突き刺さっていた。ネッケルの後任になるとの噂があり、民衆の怒りを買っていたフーロンの首だ。二年後、〈カフェ・ド・フォワ〉には重いステッキを手に黒いケープを羽織った王政主義者《ミュスカダン》たちが陣取っていた。ところが、一七九一年七月のある日、ジロンド党員らが彼らを追い出し、ネズの実を燃やして室内を清め、戸口に三色記章を立てた。しかし翌日、王政主義者たちが、奪われた自分たちの陣地を取り戻そうと大挙して戻り、乳香を焚いた。誰かの首がパリの通りを引きずり回されるたびに、どこから引っ張られてきたかはすぐ分かる。政治結社の党員や娼婦の場合は、王の処刑に賛成したオルレアン公の宮殿の屋根の下、パレ＝ロワイヤルが出発点だ。フーロンの首は別として、警察長官ベルティエやマリー・アントワネットに最後まで誠意を尽くした女官長ランバル公妃の首もここを通った。ある日、一台の死刑囚護送馬車がここを通った。馬車はしばし、宮殿の前に停まる。群衆は死刑場に引かれて行く囚人たちの中にオルレアン公の姿を認めた。馬車がオルレアン公に自分の住まいの見納めをさせている間、群衆は罵声を浴びせかける。しかし、オルレアン公は肩をすぼめて呟いた。「連中は私に拍手を送ってくれている！[52]」

建築家ジャック・ルメルシエがリシュリュー枢機卿のためにこの宮殿を建てた時には、まさか、このような光景が繰り広げられることになるとは夢も思わなかったことだろう。この地がパレ＝ロワイヤル（「王の」宮殿）と呼ばれるようになったのは、一六四三年にアンヌ・ドートリッシュとその息子のルイ十四世が移り住んでからのことで、もとはリシュリュー枢機卿の住まいだった。時代が下り、オルレアン公ルイ・フィリップがここに住むようになると、宮殿は歓楽街へと変貌する。一七七一年から一七七二年にかけての冬の間、仕事をするために真昼間からここにやって来る「娼婦たち」はこの庭園から追い出された。しかし、しばらくすると、彼女たちは一人、二人と戻ってきて、破廉恥な行為を以前より大っぴらに、思いのままに再開していた。ある時、彼女たちを二度と戻って来なくさせるよう新たな出来事が起こった。ある晩、その地の所有者である（オルレアン公になる前の）シャルトル公が庭園を散歩していた。ひとりの娼婦のそばを通ると、彼女の方を振り向いて、叫んだ。「おやまあ！　何てみっともないんだ！」。自尊心をひどく傷つけられた女は黙ってはいなかった。「あら！　あなたの宮殿にはもっとみっともないのがいっぱいいますわ！[53]」

この尊厳を欠いた言葉はすべての娼婦に衝撃を与え、以来、彼女たちはこの庭園に姿を見せなくなった。

もっとも他のタイプの娘たち、「オペラの娘たち」とか妾とか、「上品なスタイル」の娘たちと呼ばれる娘たちは別だ。この決定に落胆した者も少なからずいた。と言うのも、こうした「娼婦」たちの中には、非常に美しく、身なりも良く男性の目を楽しませ、惹きつけている娘もいたからだ。

アーチや錨型の装飾、突き出し部分、金のつけ柱などで装飾されたパレ＝ロワイヤルの建物にはいくつかの回廊がある。そのひとつ、モンパンシエ回廊の一階には一七八七年に創業したカフェ兼アイスクリーム店の老舗〈コラッジア〉がある。ここはジャコバン党員たちの根城になっていた。革命の指導者コロー・デルボワはここでバラスやシャボー、メルラン・ド・シオンヴィルに出会っている。一方、ボナパルトや彼の友人の俳優カルマは二階にある（*pince-c* などの）賭博場の常連だった。〈カフェ・ド・リセ〉のそばに、ローマ出身の男が〈カフェ・ド・ミル・コロンヌ〉という店を新しく開いた。このカフェを訪れた客は店主の妻の美しさに驚嘆し、「美しいリモナディエール」と呼び、ひそかに恋心を抱く若者もいた［リモナディエールはフランス語で「カフェの女主人」という意味］。そんな若者たちの中には、後に文学の世界で見事に名を上げることになる人物がいた。ワルター・スコットだ。ナポレオンの百日天下の後、このカフェは王党派のたまり場になる。

一七八四年、〈カフェ・ド・フォワ〉はリシュリュー通りからパレ＝ロワイヤルのアーケードに移転してきた。初めのうちは、司祭や芸術家、知的な女性たちが顔を出していた。しかし、革命騒動で世の中が混乱してくると、ジャコバン党員やミュスカダンと呼ばれる粋な格好をした王政主義者たちの姿しか見られなくなる。王党派の新聞を焼き捨てる者がいるかと思えば、教皇の人形を堂々と燃やす者がいる。いたるところで、激論が最高潮に達していた。十四軒のレストラン、二十九軒のカフェ、十七軒のビリヤード場、十八軒の賭博場が闘志に燃えるパリジャンを迎え入れ、アパルトマンの窓や路地では、若い女性の一団が見張り役を務めていた。王党派はボージョレ回廊にある〈カフェ・ド・シャルトル〉に集まっていた。このカフェは後に有名な高級レストラン〈グラン・ヴェフール〉に生まれ変わる。その上階はバラスが女優で劇場経営者のモンタンシエから借りているアパルトマンで、彼はここで陰謀を練っていた。モンタンシエ劇場は公演のたびに満席になっていた。また、〈ル・ヴェリー〉は初めて固定価格を設定したことで有名だ。フランスがプロイセンに敗れた翌日、カフェを訪れたプロイセンの将校にギャルソンが《おまる》に入れたコーヒーを出したのはこのカフェである。一方、ドイツ人はフランス人が口をつけたことのないカップにコーヒーを入れてくれと注文をつけた。

一八〇六年八月二十二日の夕暮れ時に、ある不幸な事件が起こったのもこのカフェのテラスだった。その日、小柄な一人の老人がテーブルについていた。アイスクリームを食べながらテラスの前を通りすぎる可愛い女の子たちの品評でもするように通りを眺めていた。少し離れたところで、あばずれ女が叫んでいる「お菓子売りのマドレーヌよ、でき立てのホヤホヤのお菓子はいかが！」

おまけに、その女は売っている菓子に自分の名前をつけていた。若い女の子たちは次々と通り過ぎ、老人はいたずらっぽい目つきで眺めている。自分だって無謀な若い頃は、あんな女の子の一人や二人は愛したことがあったではないか？　かの有名なバレリーナ、マリー＝マドレーヌ・ギマールの愛人ではなかったか？　そして自分が描いたあらゆるモデルたち、ぴちぴちとした肉づきの魅力的なブロンド娘たちを愛したではないか？　昔のことを懐かしく思い起こしながら、この老人はアイスクリームのスプーンを口元に持っていった。そのとき突然、老人の頭が肩の上に傾いた。どの作品にも軽快で鮮やかな筆遣いを見事なまでに使いこなした稀有の画家ジャン・オノレ・フラゴナールは、口元に笑みを浮かべたまま息を引き取った。一七八六年、このカフェからそう遠くないところに開店した〈カフェ・デ・トロワ・フレール〉では、一人当たり三十六スーで食事ができる。お金をあまり持っていなかったボナパルトはこのカフェにバラスを招待している。

一七七四年、その名もキュイジニエという一人のリモナディエ（蒸留酒製造業者）が〈カフェ・デュ・カヴォー〉を創業した。そのなかにはパレ＝ロワイヤルの小さな大砲が収められている。グルックのファンとピッチーニのファンがこのカフェにやってきては互いに批判し合っている。グルックは、一七七四年にはすでにオペラ座で脚光を浴びていた。グルックに歌の指導を受けていたマリー・アントワネット王妃はイタリア人作曲家のピッチーニに対抗してグルックを支援していた。対立する二つの音楽愛好家グループは〈カヴォー〉で睨みあった。作曲家のメユール、ピアニストのボイエルデュー、詩人のアンドレ・シェニエ、俳優のタルマ、画家のダヴィッド、女優のモンタンシエらもこのカフェによく顔を出した。このカフェでは、ハラハラするような展開を見せた恋愛沙汰があった。グルックの歌劇『イフィゲニア』を演じ終えたオペラ歌手マドモワゼル・ボーメニルがオペラ座のプルミエール・ダンスーズであるマドモワゼル・テオドールに決闘を申し込んだのだ。立会人の交渉が行われた。一方の立会人はマドモワゼル・フェルとマドモワゼル・シャルモワが、もう一方の立会人はマドモワゼル・ギマールとマドモワゼル・ジェスランになった。決闘は拳銃で、服装は婦人騎手の服装と決まった。朝露に濡れた草地で、二人が決闘を始めた丁度そのとき、オペラ座のオーケストラ指揮者のレイが二人の女闘士の間に割り入った。レイは二人に平和に解決し、和解するよう説得する。二人は拒絶した。だが、賢明なレイには考えがあった。話し合いをしている間、拳銃を草の上に置くように促したのだ。二人が決闘を再開しようとしたとき、火薬は湿っていたために点火しなかった。こうして全員が仲直りした。

統領政府の時期に、キュイジニエは統領の一人、カンバセレスの計らいで、庭のパラソルを広げた場所にロトンド（円形建物）を立てる許可を得た。そうすれば客は庭にいながら雨風を避けることができるからだ。ロトンドを設置した店主は、店の名前を変える決心をした。以来、〈カフェ・ドゥ・カヴォー〉は〈カフェ・ド・ラ・ロトンド〉になった。

そこからほど近いところの地下に、〈カフェ・デ・ザヴォーグル（盲人カフェ）〉がある。このカフェは、当初はサン・キュロットと呼ばれる下層市民たちがよく通った音楽に溢れるカフェである。カウンターの上には「ここでは市民であることを誇り、階級の別なく君僕で話し、たばこを吸う」という文字が見える。四人の眼の見えない楽士で構成されるオーケストラが客の談笑の伴奏をしている。楽士たちの目が見えないことが幸いして、放縦な遊びにはしゃぐ客も後ろ指を指されることがない。

ヴァロワ回廊では、一七八五年に開店した〈カフェ・メカニーク（機械仕掛けカフェ）〉がいつも賑わいを見せていた。このカフェのユニークな点は、客の視界に入らない人がサービスすることである。各テーブルの真ん中に注文の品が運ばれてくるリフトが備え付けられ、注文は空洞になったテーブルの脚のひとつから伝えられる。しかし、このカフェは革命の間に立ち行かなくなった。この回廊の地下にある〈カフェ・フェヴリエ〉も忘れてはならない。ルイ十六世の死刑が執行される数時間前、王の処刑に賛成票を投じた国民公会議員のル・ペルティエ・ド・サン＝ファルジョーは、ここでパリ近衛隊の衛兵に暗殺された。

一七九三年は恐怖政治の反動が表面化した年で、パレ＝ロワイヤルは王党派のたまり場になってしまったと市民は嘆いた。実際、革命暦熱月《テルミドール》九日のクーデターの後、パレ＝ロワイヤルでは王政主義者たちが太いステッキを振りかざし、メルヴェイユーズ（粋な女）たちの賞賛のまなざしを受けながら、テロリスト狩りをやってのけた。メルヴェイユーズと呼ばれる女性たちは、いつも肌が透けて見えるガーゼの衣装を身にまとっている。その後、彼らが集まるカフェは〈フェヴィリエ〉に代わって〈カフェ・ボレル〉になった。このカフェの所有者ボレルは、得意の腹話術を使ってカフェの雰囲気を和やかにしていた。薔薇や竜涎香、じゃ香、ジャスミンなどのエッセンスを売る香水専門店、ファッション・ブティック、そして、十オーヌ［一オーヌは四フィート］もの長さのリボンをあしらった女性が喜びそうな大きなブーケを買っていく客が出入りする花屋などが立ち並ぶ中に、〈カフェ・ド・ラ・グロット・フラマンド〉があるが、このカフェは静かで落ち着いた雰囲気なのが評判で、実業家たちがよく商談に利用している。客はここで、さまざまな秘め事、作り話や本当の話、空想や真実を語り合っている。

どのカフェにも豪華な雰囲気が漂っている。客はカフェにいると、小ざっぱりとした自分の家で寛いでいるような気分になっているに違いない。〈カヴォー〉の大理石のテーブルには、モンゴルフィエ兄弟が発明した熱気球の飛行の様子が描かれ、金の文字で「ここの食器は銀、カップは磁器」と彫り込まれている。しかし、銀は割れないだけでなく魔除けでもあり、銀の所有欲は高まる一方だった。抜け目のない客は、アイスクリームについてくる小さなスプーンと銀メッキしただけのスプーンを堂々と取り換えていく。〈カフェ・ド・フォワ〉もこのような詐欺的行為の被害を免れはしなかった。〈カフェ・ド・フォワ〉ではサービスを終えた後で、銀食器の数を何度も何度も数えていた。

〈カフェ・アレクサンドル〉に置かれている振り子時計は、それぞれ百リーブル、〈アントワーヌ・コファン〉のところの振り子時計はそれぞれ二百リーブルすると推定されている。つまり、店の評価額の十パーセントもするのだ。客がここに来ると、誰もが自分の時計の時間合わせをしている。

＊

十八世紀末に、人々の心に火を点けたのは政治だけではなかった。賭博熱が異常な高まりを見せ、賭博熱に侵された者たちは禁止令をものともせず、見つかれば追放の罰が科せられるにもかかわらず闇賭博場がいくつも組織されていた。このはやり熱は通りから通りへと広まっていった。そのひとつに、「バンカー」と複数のプレイヤーとの間でするビリビという賭博がある。これは、番号を打った七十個のマスがあり、参加者はそれにお金を賭けるゲームだ。バンカーはひとつの数字を引き、当てた者に六十四回まで賭金を支払い、それ以外の賭金はすべて回収する。参加者は血眼になって賭けにのめり込む。パリには四千軒以上の賭博場が作られ、カフェの地下に賭博場があることも少なくなく、良心のかけらもない店主はいとも簡単に私腹を肥やしていった。

革命の嵐が吹き荒れるパリの賭博場では、ブレード入りの緑色のベルベットで覆われたテーブルの上でバカラやトランテ・キャラント、ブレラン、ホイスト、バセット、ピケなどの激烈な勝負が繰り広げられていたが、ヴェルサイユでは、哀れなルイ十六世が宮廷に蔓延するこの熱狂を何とかして阻止しようとしていた。国王は賭け事が大嫌いなのだ。大損することにも、インチキ行為にも我慢がならず、相手のカードが映るくらいたばこ入れをピカピカに磨いてあったとか、ある女性の背中に頭髪がひっついていたとか、宮廷の中の誰彼が不正行為をしているという報告を受けると烈火のごとくに怒るのだった。一方巷では、国王が死刑台に送ろうと考えているこうした宮廷人を真似て、評判の良いカフェでも極めて低俗なキャバレーでも、庶民が賭け事に熱を上げている。過剰なまでに没頭し、正気を失い、挙句の果てに破産してしまう。そのような中で、君主体制は財政的にも政治的に揺らぎはじめ、フランスは今にも内戦に突入しそうな状況だった。

こうした不安定な社会にあっても、多くのフランス人は素朴な楽しみを取り戻そうとする気持ちを失いはしなかった。都会でも田舎でも、いたるところで大衆受けするシャンソンが盛んに歌われていた。歴史を振り返って見ると、この最も混乱していた時代こそ、社会の空気とは裏腹に、詩に対する関心が高まっていた時代でもあったことが分かる。例えば、何百人もの人間をギロチン台に送ってきたロベスピエールは、好んでパストラール（牧歌）をたくさん作っている。詩人で俳優のファーブル・デグランティーヌは、子供が列を組んで踊る歌『*Il pleut, il pleut, bergère*（雨だね、雨が降ってるね、私の可愛い人）』[54]を作詞しながら、プティ・トリアノン宮殿の王妃の村里で農婦のような格好をして寛いでいるマリー・アントワネットの姿を思い浮かべていたのだろうか？　彼は間もなく起こる大事件や、この詩句に描かれている嵐よりもっと恐ろしい嵐のことを予測していたのだろうか？

穏やかに生活することは、家柄や富に恵まれた社会層だけの特権ではない。貴族も金融業者もブルジョワも農民も、ほとんどの教科書がそうではないとどんなに主張しているとしても、それなりの満足感を抱いて生きていたのである。パリは相変わらず、あらゆる人々の関心を惹きつけ、あらゆる好奇心、地方の人間や外国の高官らの欲望を掻き立てていた。パリは発展し、さまざまな建築物を建て続ける。約三十年の間に、一万軒の家が新築され、整備された街区が次々と現れた。セーヌ川左岸には、テアートル＝フランセの新しい劇場となったオデオン座のそばに幾つかの通りが作られている。西側には、ロワイヤル通りの均一な建物群が並んでいる。庶民は東側に住み、ブルジョワらは好みによってさまざまで、司法官はマレー地区やサン＝ルイ島、サン＝タンドレ＝デ＝ザール地区に住んでいる。商店はポン＝ヌフ橋やパレ＝ロワイヤルの辺りに集中している。貴族はフォーブール・サン＝ジェルマンやシャン＝ゼリゼ近辺、あるいはルイ十四世広場（コンコルド広場）に住まいを持っていた。

パリはゆっくりとしたリズムで動く。朝の七時、四輪馬車はほとんど見かけない。自分の女や、すでに小じわの目立つ小間使いのところに泊まった庭師が、朝になって空っぽのかごを手に自分の菜園に戻るところに出くわすくらいだ。九時頃になると、ジレを着たカフェのギャルソンたちが家具付き部屋にコーヒーやババヴァロワーズを運んでいく。そんなギャルソンは頭のてっぺんからつま先まで「粉まみれの」かつら師たちとすれ違う。その姿はまるでフライ用に粉をまぶしたタラ（フランス語で「メルラン」）のようだと、かつら師たちはメルランと揶揄して呼ばれていた。このメルランたちは一方の手にはかつら、もう一方の手にはカール用の鉄のこてを持ち、あらゆる方向に走っていく。十時になると、黒い法衣の一団が宮殿やシャトレ裁判所へと向かう。

正午は相場師や両替師が証券取引所に急ぐ時間だが、暇人たちはパレ＝ロワイヤルの方にのろのろと歩いていく。午後二時、すべてが動き出す。辻馬車がレストランやモダンなカフェに向かって競うように走っていく。午後三時、通りにはほとんど人がいない。誰もが夕食（現代の昼食）を取っている時間だ。だが、静けさは長くは続かない。午後五時、再び喧騒が始まる。通りは人ごみで溢れ、馬車はあらゆる方向に走り、見世物を横に見ながら散歩道を進んでいく。カフェは客でごった返す。午後七時、静寂が戻る。労働者や職人たちは家路につく。午後九時頃、街は再び騒々しくなる。観劇に行く人々の行列だ。一七六〇年に、ブルジョワ＝ド＝シャトーブランが発明したオイルランプと反射鏡を組み合わせた街灯が設置されて以来、パリの通りはずっと明るくなった。午後十一時、辺り一帯が静寂に包まれる。人々は夜食を終え、カフェは三流詩人や暇人を追い出す。

真夜中頃、馬車は賭け事をしない人々を家に送り届ける。午前一時になると、大勢の農民が自分の農場で収穫した果物や野菜や花を抱えて卸売市場に向かう。卸売市場では魚屋や他の小売商たちに出会う。午前六時、パリ北東の穀倉地帯、ゴネスからやって来るパン屋たちが大量のパンを売り始める。彼らは持ってきたパンをすべて売り切らないと帰れない。それから労働者が仕事に出かける時間になる。彼らは起きるとすぐ作業場に向かうのだ。中には、女性たちが通りの角に立って売っているカフェオレの匂いに誘われて、土の壺に二スーを投げ入れてカフェオレを受け取る者もいる。

誰もがいつも通りに自分の流儀で生活している。貴族は屋敷の前にスイス人傭兵を警護に立たせているが、ブルジョワは門番しか雇えない。門番小屋は門扉のすぐそばだ。門番は同時に代書人であったり、仕立屋だったり、靴職人だったりする。つまり兼業である。門番の特別な仕事のひとつは、訪問客が訪れると、訪問先の主が住むアパルトマンの階の数だけ口笛を吹くことだ。そうすることで、客を迎える準備ができるというわけだ。

この頃、〈プロコープ〉にはルジャンドル、カミーユ・デムーラン、ファーブル・デグランティーヌ、ビヨー・ヴァレンヌ、マラー、ダントンなど革命指導者たちが入り浸っていた。ここで奸計を練っていたのだ。彼らは正に騒乱のプロである。民衆を洗脳し、暴動へ団結させる手法を競い合う。彼らは権力を得るためでさえも、少しは暴動が必要であることをよく知っていた。そうすれば、武器の力を試し、ブルジョワジーを結集させ、警官隊の能力を測り、民衆の熱狂度を知ることができる。その後で、解散し、散らばってゆき、逮捕し、殺害し、互いに殺し合う。一七九二年六月二十日、国王を糾弾する一団が〈プロコープ〉を出発し、テュイルリー宮殿に向かった。

男女の一団が、それぞれブラウスやフロックコートを身にまとい、サーベルや二股槍、長柄の鎌に突き刺した帽子を手にして歌い、叫び、手を振りながら、デモ行進の後についていく。

時を前後してこのカフェでは、ボーマルシェがオデオン座で上演された『フィガロの結婚』についての世間の最初の反応を心配しながら待っていた。この作品は、当初、王の批判を受け、ボーマルシェは三日間投獄される羽目にあっている。別のテーブルには、有能な医師ギヨタンがいる。この医師はこのカフェで、強情な思想家たちに苦痛を味わわせることなく、より確実にあの世に送る良い方法がないものかと考えを巡らしていたのだ。そしてついに、巨大な葉巻切りを改良すれば良いのだと思いついた。反体制派の連中は〈プロコープ〉からそう遠くないユシェット通り五番地で密談することもあった。そこは、一七七二年にはテンプル騎士団や薔薇十字団の先鋭らが集会を開いていた場所である。地下に上下につながる二つのホールがあり、一方はシャトレに続く地下道、もう一方はサン＝セヴラン教会の回廊の地下道に通じ、静かに密談するにはもってこいの場所だった。

〈カヴォー・デュ・テロール〉という看板を掲げたこのカフェでは、一七八九年、モンターニュ派やコルドリエ・クラブの熱血漢たちが頭を寄せ合っていた。マラーやダントン、ロベスピエール、サン＝ジュストらは、互いに殺し合いをするようになる前には、ここで共に世の中を立て直そうとしていたのだ。彼らはここで、罪を犯したわけでもない反対派を数時間以内に死刑執行することを決めたが、刑は執行されないまま、その遺体は一番下の部屋にある目が眩むほど深い井戸の底に消え失せた。二世紀足らずの後、この場所は〈カヴォー・ド・ラ・ユシェット〉と名前が変わり、ジャズ・オーケストラがアメリカの音楽を演奏している。

多くの首を斬り落としながら、社会を立て直そうともがく者たちがいたり、苦痛なしに首を斬り落とす方法を開発する者がいる中で、神は、フォークで人を幸せにすることのできる並外れた才能の持ち主たちを地上に送ることも忘れなかった。そんな中の一人、料理の世界で大きな栄誉を手にした人物が、一七八四年、バック通りのどこかで生まれた。この男の子には二十四人もの兄弟がおり、両親はこの子を育てることができなかった。仕事ができる年齢になるとすぐ、同情した一人の菓子職人が助手として雇ってくれた。マリー＝アントワーヌという名前のこの青年の才能に気づいたロベールは、彼を弟子にする。

その後、この若者はレストラン〈ラ・ギピエール〉の見習いコックの資格を得る。この高名な料理人ラ・ギピエールが、ナポレオンがロシア遠征から撤退する途中で、毛皮の帽子をかぶり、足が凍えた姿で亡くなったことは今も語り草になっている。一八〇〇年、十六歳になった青年は、当時、外相だったタレーランの屋敷の台所裏で皿洗いをしたり、野菜の皮むきをしていたが、やがてタレーランだけでなく、ロシア皇帝やオーストリア皇帝の《王の食卓》のシェフにまで上り詰める。また、料理技法に関する多くの書物も表した。マリー＝アントワーヌは、人生の最後に、かつての雇い主に捧げた『回想録』を出版し、その題辞に次のように記している。「起きてください、偉大なる師よ。聞いてください。あなたの賛美者、あなたの弟子の声を。あなたの並外れた才能があなたに憎しみと迫害をもたらしたとは……。アー、偉大なるラ・ギピエール、あなたの忠実な弟子が公表する賛辞を受けてください。私はあなたの思い出に私の最も良き作品を贈呈します。この本によって、十九世紀の料理技法の優雅さと豪華さが将来、証明されるでしょう！[55]」

貧しい家庭で育ちながら才能と発想力に溢れるこの男は、イギリスの摂政皇太子からロシア皇帝アレクサンドル一世に至るまで、ヨーロッパのあらゆる王国や帝国の食卓を次々と任されてきたが、一八三三年に亡くなる直前、自分の最も素晴らしい作品は、ほんの二リヤール銅貨（三ドゥニエに相当）で買え、通りで子供たちが大口を開けてかじりついている《シュークリーム》だと言っていた。この華麗なる料理人マリー＝アントワーヌは、アントナン・カレームと呼ばれている。[56]

革命期のパリは、混沌とした中で民衆による騒動が増すばかりで、喧騒が静まるのは夜中のほんのわずかな時間しかない。それでも、パリは世界のあらゆる国々の生きた手本だった。文化を学ぶために、いたるところから人の波が押し寄せる。エスプリは街中を駆け巡り、科学は速足で歩いていく……。ある教授は古代ローマの詩人ウェルギリウスの詩を一週間かけて取り組むかと思えば、ある教師は一時間で人体のメカニズムを説明してみせる。芝居には相変わらず大きな関心が寄せられている。芝居はこの国の大いなる喜び、大いなる誇りである。パリには自由意志がない。自由なのは一階の平土間席……あるいは〈カフェ・プロコープ〉の中だけだ！

ファッションは、フランス語そのものと同じくらいに人気があり、世界的な評判を得ている。ヴィヴィエンヌ通りに並ぶファッション・ブティックのショーウィンドウは、フランスの偉大な詩人たちのこの上なく美しい詩句が人の心に響くのと同じように、人の心を揺さぶっている。縁なし帽、花、ベルト、帽子、リボンの結び目、フワフワの羽根飾り、ドレス、靴などが国境を越えるのは武器が国境を越えるよりも早い。職業ごとにその旗印があり、職業組合ごとに合言葉があるように、どんな人間にも、その人に似合う服装、ふさわしい仕草、ふさわしい特徴がある。旅人たちはそれぞれ、徴税請負人が費用を負担して建てた四十五の市門をくぐって市内に入っていく。それぞれの懐具合に応じて、可能な地区に宿を取る。例えば、フォーブール・デュ・ルール、ブランシュ通り、マルティール市門、ベルヴィル、サン＝マルタン大通りに、あるいは、最も裕福な者たちはセーヌ川に浮かぶ島々に泊まる。多くの旅人は、大いに歩き、大いに夢を見て、より良い運命を願いながら、パリの千百九の通り、百二十の袋小路、十三の「囲い地」、八十二のパッサージュ（アーケード）、七十四の広場、五百五十のホテルを知り尽くすようになる。モラリストのシャンフォール（一七四〇～一七九四）は、「パリ、それは、夕食をするには十三スーが必要で、空気を吸うのに四フラン、ちょっとぜいたくな日用品を買うのに百ルイ金貨が、ぜいたくな日用品だけを買うのに四百ルイ金貨が必要な奇妙なところである[57]」と書いている［一ルイ金貨は二十四リーブル］。

《おしゃべりをする店》の世界では好奇心を掻き立てる逸話に事欠かないが、一七八〇年にマタールなる人物がヴィエット大通りに開いた〈カフェ・ド・レトワール〉について触れないわけにはいかないだろう。このキャバレー店主は収入を補う一風変わった方法を見つけた。ユダヤ人コミュニティーに対して、店の奥に広がる広大な庭にユダヤ人の遺体を埋葬することを許可し、大人の遺体は一体につき五十リーブル、子供の遺体は二十リーブルの手数料を取ったのだ。しかし、革命暦九年風月《ヴァントーズ》にセーヌ県知事ニコラ・フロショが、ユダヤ人とプロテスタントにもカトリックと同じ墓地に埋葬する権利を与える省令を出したために、この行為は終わりを告げた。この話を聞けば、第二帝政時代に実施された大規模な道路工事の間に、急ごしらえの古い墓地から遺骨の山が掘り出された理由が分かるだろう。

古くなったカフェは少しずつ快適さが失われていく。陽気な笑いを誘う愉快な面々も、甘い言葉を囁く粋な司祭もそこにはもういない。十八世紀初頭の優雅な雰囲気は徐々に消え失せ、交わされる会話は政治の話にとって代わった。熱を帯びた目つきをし、なにやら企んでいる顔つきで激しくやり合う。一七七四年にルイ十五世が世を去った時には、すでに人びとの心に革命の精神が宿っていた。

百科全書派の学者たちは、もっと前から「伝統」に対抗する「理性」の十字軍を先導して、地ならしをしていた。

ルイ十六世は、若くして即位した頃、後に間接的にルイ十六世の失脚の原因をもたらすことになる哲学者たちの生徒でもあり、友人でもあった。

宮廷の要人や政府の高官の失態が、そこかしこで物笑いの種にされた。どんなに小さな出来事もカフェでは細かい尾ひれがついて吹聴される。例えば、「十二月二十四日の夜、財務総監ド・カロンヌは、ぐっすり眠っていたベッドの天蓋が不意に身体の上に崩れ落ちて飛び起きた。ド・カロンヌはとっさに誰かが自分を殺しに来たのだと思った。幸い、何の怪我もなく、恐怖を抱いただけで済んだ。こうしてド・カロンヌは二度も血の気が引く思いをしたのである」[58]。

その反面、その頃ちょうど、反乱の烽火を上げる国民の共感を得ることのできた唯一の人物がパリで、カフェに、宮廷に、ヴェルサイユに顔を出し、注目を集めていた。ベンジャミン・フランクリンだ。フランクリンの語り口は熱烈な喝采を巻き起こし、絶大な人気を得た。茶色のウールの服装で、丸い帽子を脇に挟み、白い長靴下をはき、膨らみのない頭髪には粉も振らず、鼻には眼鏡をかけている。このような「アメリカの田舎者」風のいで立ちで宮廷に顔を出す気さくな態度が人々に称賛された。スパンコールが散りばめられ、刺繍で飾り立てた服装を身につけ、髪には粉や香水を振りまいている宮廷人の服装とまったく対照的な素朴な服装がどんな効果をもたらすのか想像もできない。ある晩、〈プロコープ〉で、アメリカ独立の熱烈な支持者がフランクリンに語りかけた。

「はっきり言いますと、ムッシュー、これは、アメリカが今、我々に見せてくれている盛大で素晴らしいスペクタクルに他なりません！」

「そうですとも」、フィラデルフィア出身の博士は控えめに答えた。「しかし、観客は料金を払ってくれません！」[59]

フランスはアメリカ独立戦争のために莫大な費用を支出したが、それが財政的に厳しい年に、どれほどの見返りがあるか分かっていた。ルイ十六世はアメリカの反乱を支持し、イギリス帝国をことごとく壊滅させたが、国の財政状態は悪化した。

ところで、男性であれ女性であれ、その人の行きつけのカフェが分かれば、その人物がどんな考えの持ち主か簡単に判断できる。と言うのも、その頃はすでに、女性にカフェへの出入りが禁じられてはいなかったからだ。民兵の妻が夫に連れられて来ても、誰も驚きはしない。そういうわけで、今や、パレ＝ロワイヤルはモンターニュ派やジロンド派の革命闘士の議論の場となっている。プロヴァンスの貴族、フェリエール侯爵がそのことを次のように明かしている。「パレ＝ロワイヤルのカフェでは、最近の国民の士気の高まりが手に取るように分かる。市民は、すべてを聞き、すべてを知りたいという好奇心と情報交換の必要性から、ここに大挙してやって来る。ある者は、三部会で議論すべきだと自信に満ちた調子で断言する憲法案を示し、別の者は同じような内容の文書を朗々と朗読する。また、大臣や貴族、聖職者に対する憤りをぶちまけながら、自分の意見をまとめている者もいる。また一方では、テーブルの上によじ登り、議決権は身分ごとにでなく頭割りにするべきだと言い重要な問題を論じたり、あるいは実現不可能な統治計画を提案したりする者がいる。どの弁者の周りにも多かれ少なかれ、耳を傾け、うなずいたり、批判したりする聴衆がいる[60]」。

　やはりパレ＝ロワイヤルの〈カフェ・コラッツァ〉では、コロー・デルボワの主導でジャコバン派の集会が開かれている。彼らはジロンド派を追放する五月三十一日の計画を練っていた。嘲弄し、叫び、テーブルの上に乗って大声で演説し、問責動議を提案し、敵対者を死刑にしろと叫びながら告発する。その一方で、アンクロワイヤーブルやメルヴェイユーズ、ミュスカダンたちの風変わりな格好を冷評するのだった。アンクロワイヤーブルと呼ばれるのは奇抜な格好をした王党派の青年たちで、ことさら凝った奇妙な身なりをしている［何かといえばすぐ「アンクロワイヤーブル（信じられない）」と連発することからこの名がつけられた］。メルヴェイユーズと呼ばれる女性たちは古代ギリシャ・ローマ時代の服装を真似た突飛な化粧をしている。ミュスカダンはじゃ香（ミュスク）の香水を身体中に振りまき、長く波打つ髪には粉を振りかけ、大きな眼鏡を掛け、太いネクタイをし、タイツをはき、ステッキを手にしている。ステッキはジャコバン派の連中に仕返しをするためなのである。

〈カフェ・ヴァロワ〉には「アンキュラーブル（不治の人々）」と呼ばれる君主制支持者が集まり、〈カフェ・

ド・シャルトル〉には「砲兵」たちが集まっている。パッサージュ・デュ・ペロンの角にある〈カヴォー〉は全国から集まった「連盟兵」を迎え入れ、テュイルリー宮殿そばの〈カフェ・オットー〉は編み物女工たちのたまり場だ。トゥルノン通りの〈カフェ・デ・ザール〉では極右派、セーヴル通りの〈カフェ・ド・ラ・ヴィクトワール〉では穏健派が頭を突き合わせている。パリのカフェは今や、興奮と錯乱の支配する王国の中で激動する小さな首都と化した。あらゆる風聞がカフェに寄せられ、あらゆるニュースがカフェで増幅される。いたるところで陰謀が企てられる。どのカフェも、それぞれひとつの党派に与している。ダントン派はサン＝タントワーヌ門近くのカフェで気勢を上げ、マラー派はタンプル大通りのほとんどのカフェ、例えば〈カフェ・クレテ〉、〈カフェ・ド・ランビギュー＝コミック〉、〈カフェ・ノルマン〉、〈カフェ・トュルク〉〈カフェ・ヨン〉、〈カフェ・ガリオット〉、〈カドラン・ブルー〉に陣取った。サン＝シュルピス教会の向かいに立飲み酒場《ビュヴェット》を併設したダンスホール〈ゼフィール〉が店を構えている。その入り口には、コウモリの広げた翼の上に横たわる死人の頭部の彫刻が置かれている。コウモリは首から下げた二つの骨と、空っぽの砂壺を守っているかのようだ。上部には碑文が刻まれている。

Hic resquiescant beatam spem expectantes.
（「良き希望を待ち望みつつ、ここに眠る」）

何も驚くことはない。ダンスホール〈ゼフィール〉のある場所は、昔は墓地だった。墓石が取り除かれていないため、客は墓の上でタンスをしているのだ！　このダンスホールは統領政府時代、スキャンダルの報告を受けたボナパルトが閉鎖命令を出し、店は閉められた。

革命熱に浮かされたパリでは、午後の四時になると、平和主義者たちはまた何か痛ましいニュースが飛び込んで気はしないかと気をもみ始める。どの店も正面の扉を押し開ける。日が暮れると、松明《たいまつ》や、敵の顔をかたどった人形や敵を象徴する人形を突き刺した竿を手にした一団が列をなして進んでいく。パレ＝ロワイヤルの〈カフェ・メカニーク〉のオーナーは数人の客が『サ・イラ（うまくいくさ）』を歌うのを邪魔しようとして砂をかけられた。〈プロコープ〉では、その頃はクサンの後を継いでゾッピが経営していたので、〈カフェ・ゾッピ〉と名前を変えていたが、サン・キュロットの指導者ジャック・エベールが発行する危険な新聞『デュシェーヌ親父』が回覧されていた。エベールは間もなくロベスピエールに逮捕され、一七九四年三月二十四日、ギロチンにかけられることになる。急進派たちを厄介払いしようとした店主に災いあれ！　一七八九年から、カミーユ・デムーラン、マラー、ダントン、ファーブル・デグランティーヌ、そしてジュリアンといった連中がここで落ち合っていた。ジュリアンは、バイエルンのイリュミナティ会員の象徴に似せた自由の象徴であるフリジア帽（赤い縁なし帽）をかぶるべき市民の代表である。マラーが執筆した『人民の友』という新聞はヴィエイユ＝コメディ通りの新聞社から発行されている。マラーは一日の大半を〈プロコープ〉で過ごすか、扇動的な攻撃文を執筆し、それを印刷することに費やしている。彼の書く文章は非常に過激だが、その身なりも相当ひどいものだった。いつもボロボロのジャケットをだらしなく羽織り、頭には汚れたハンカチーフを巻き、泥まみれの紐靴で排水溝に沿った道路をパタパタと歩く。ダントンと同じテーブルでコルドリエ・クラブに行く前にちょっとした打ち合わせをしている。ダントンは眉をしかめ、怒りをぶちまけながらテーブルを拳で叩きつけ、そのたびにテーブルの上のスプーンや砂糖挟みが飛び跳ねる。しかし、ロベスピエールはマラーとは対照的で、〈プロコープ〉で「同志」に会うときは非の打ちどころのない服装でやって来る。この若い弁護士は頭を髪粉で真っ白にし、糊の利いた真っ白の上質なシャツの上に、ブレードの縁飾りのついた淡い色のモスリンのジレを着て、汚れひとつないレースの胸飾りをつけている。身なりはこれほど対照的ではあるが、マラーとロベスピエールには共通点がある。それは二人とも神経質で落ち着きがないことだ。ロベスピエールの絹の衣服とマラーの継当てのあるジャケットが同じリズムで揺れ動くのはよくあることだ。

パリは炎上している。暴徒は火を点け、盗みをし、破壊する。強盗はこの混乱を利用する。もはや誰が治安を守り、誰が破壊しているのかさえ分からない。海外に亡命した者の所有地は没収され、修道会は撤廃され、聖職者の資産は国有化された。修道院や教会、修道院付属の寄宿学校の維持に用いられていた収入はなくなった。また、病院を存続させるための税金が撤廃された。国王は逮捕され、投獄され、死刑の判決が下される。穏健派、優柔不断な者、臆病者は排除された。誰もが疑われた。ジロンド派はフイヤン派を批判し、コルドリエ派はジロンド派を、モンターニュ派はコルドリエ派を、アンラジェと呼ばれる最も過激な者たちはモンターニュ派を攻撃する。ダントンは牢獄に拘留された者たちを虐殺し、マラーは二千人の頭部を要求し、ロベスピエールは恐怖政治を主導した。この激しい嵐に抵抗できる術は何もないように思われた。

離婚の制度を定めた一七九二年九月二十日の政令は一七九四年に国民公会で改正され、さらに離婚がしやすくなって、離婚する夫婦が増大した。一七九三年末にはパリだけで五九九四組の離婚が成立している。その結果、革命暦五年（一七九六年九月二十二日から一七九七年九月二十一日まで）には捨て子の数がパリで四千人、他のすべての県を合わせると四万四千人に上った。同時に、「夫婦の日」が花月《フロレアール》十日、「孝行の日」が雨月《プリュヴィオーズ》十六日と定められ、盛大な祝祭が開かれるようになった。カフェでテーブルからテーブルへと回覧される新聞は、ピューリタニズムの傾向の強い新聞でなくとも、「若い娘たちのお気に入りの」わいせつな本が外国の悪趣味を広めていると苦言を呈している。革命暦七年牧月《プレリアール》のある報告書には、翻訳するのがためらわれるような乱暴な言葉でそうした本の紹介をし、「もはや風紀など皆無だ！」と断じている。

当時の風紀の乱れは、セバスチャン・メルシエの著作からも読み取ることができる。「毎日、二十三の劇場、千八百のダンスホールがその扉を開いている。それが夜の娯楽の場だ。［…］久しい前から、下着は身体の自然なラインを損ねるだけだと取り払われ［…］、腰回りにぴったり張りつく肌色の絹のコルセットはもはや秘められた肉体を想像させるどころか、すべてを見せつけている。これがいわゆる野性的なファッションなのだ。女性は、厳しい冬の間も、氷霧が吹こうが雪が降ろうが、こうした格好をしている。［…］私の住む地区では、破壊された教会や、まだ取り除かれていない墓石の転がる舗道など恐怖政治の最も悲惨な光景を思い出させる場所で、人々が躊躇いもせずに踊っている。その足元には死者の名前が刻まれた墓石があることなど気にもかけずに、廃墟を踏んでいることすら忘れている」[61]。

一七九四年にタンプル監獄の境内に立飲み酒場を開いたルフェーヴル爺さんのように、意外な場所に店を構えるようになったカフェが幾つかある。立飲み酒場〈ルフェーヴル〉では客足が途絶えることがなかった。客は主に、まだ幼いかわいそうな王太子を監視するために毎日派遣される国民軍の八つの師団の民兵たちだ。その他の客は、生き残っている王家の家族について兵士たちが話しているのを冷やかし半分で聞いている。

テーブルの水差しに入れられた水を飲むくらいなら、どんなにまずくても安物のピケット酒を飲む方がましだ。なぜなら、水差しの水はセーヌ川から直に汲んできた水なのだからだ。しかし、今なら、その水を見ただけで飲むのを思い留まるが、当時は、セーヌの水を称える賛歌が主張しているように、今とはまったく違っていた。「セーヌ川の水が恒常的に健康に良いことは化学的実験によっても数世紀にわたる素晴らしい経験によっても証明されている。セーヌ川の水にはあらゆる好ましい特性がある［…］我々の考えを改めさせるため行われた化学的実験によって、濁ってまずそうに見えても、目に見えない不純物が隠れているある種の透明な水より、大抵は、セーヌ川の水の方が優れている。［…］また、スイスの岩からほとばしり出るどんな澄み切った水よりも、流水として優れている。セーヌ川の水は不当に非難されてきた。［…］この川に流れ落ちる下水の光景が批判を生んでいるのだ。人々は水や空気や川の流れがあらゆるものを再生していることを知らないだけである。繰り返すが、少し濁った水の方が、澄み切った水より価値があるのだ[62]」。

貴族のグランド・メゾンが次々と店を畳んだため、シェフたちは自分の力で店を構え、ロティスリや総菜屋としてその腕を活用する他に道はなかった。なかでも、舌の肥えた貴族のために、その城館で腕を振るっていた、メオ、ローズ、ノーデ、ヴェリー、ロベール、ルガックらは革命後、新しい客のためにその才能を発揮することになる。パリは革命によって、兵士、役人、議員、実業家たちで構成される新しい世界に生まれ変わった。人々はレストランで夜食を取るのが習慣となり、あらゆる値段、あらゆる嗜好に対応できるレストランが必要になった。勢い、それぞれのレストランが得意料理を打ち出し、住み分けが進んだ。

当時、最も有名なカフェ・レストランのひとつに、ドゥアルムがグラン＝ゾーギュスタン通りに開いた不滅のレストラン〈ル・マルミット〉がある。ここは低価格でのサービスが特徴だ。厨房では、驚くほど大量の鶏肉をブイヨンでコトコトと煮込んでいる深鍋がいつも火の上で沸騰している。時間と共にうま味が増してくる。ほとんど四六時中厨房にいるドゥアルムは、注文を聞くと、このうま味の詰まった大鍋から煮込んだ鶏を取り出し、客はこれに粗塩を振ってほおばる。

　当時、料理人という職業は少しずつ変化していた。食通たちを驚かせたり、満足させるために、また、食い意地の張った客の要望に応えるために、独創性を競い合った。そんな中で、アルプ通りに新しくできた総菜屋〈ルブラン〉が評判になったのには、それなりの理由がある。この店のパテやハムはフランス中に知れ渡った。西のブレストから南のマルセイユに至るまで、あらゆる地から注文を受け、発送される。店の中は一階から屋根裏までバイヨンヌ産のハムで溢れかえっている。最も軽い包みは二十リーブルに満たないが、梁も桁も食品で膨らんだ包みの山の下にすっかり隠れてしまっている。

　女性にも金にも美味しい食事にも興味がないロベスピエールが権勢をふるう中で、ぜいたくなグラン・キュイジーヌは、公式には一時的に非難の対象となったが、豪華な夜食の習慣を受け継いだタレーランやバラスには密かに重宝がられた。そうした豪華なレストランでは、ミュスカダンや胸元をぎりぎりまで大きく開けたメルヴェイユーズの姿が目を引いた。王家の元特別大使、プロヴァンス伯閣下（後のルイ十八世）の元料理長は、一七九二年に高級レストランの最も優れたシェフに選ばれた。その名前をボーヴィリエという。彼はそれより前に、リシュリュー通り二六番地に〈グランド・タベルヌ・ド・ロンドル〉を開店した。法律家ブリア゠サヴァラン（一七五五〜一八二六）はその著書『美味礼賛』の中でこの料理人について詳しく述べている。「彼は十四年以上、パリで最も有名なレストランのシェフだった。何と言っても、そのレストランには、エレガントなサロン、正装をしたギャルソン、手入れの行き届いた地下酒場、そして最高の調理場がある。何人かの料理人が彼と張り合おうとしたが、決して劣勢になることなく、挑戦者を迎え撃つことができる。なぜなら彼は、ほんの数歩進むだけで新しい技量を磨くことができるからだ。一八一四年、そして一八一五年にパリが外国軍に立て続けに占拠されたとき、彼のレストランの前には絶えず、あらゆる国の車が止まっていた。ボーヴィリエは外国部隊のあらゆるシェフと交流し、仕事上必要であるだけに、あらゆる言語を使いこなすようになっていた」[63]。王党派も革命派も、ボナパルト派が現れるまでは、次々と彼のレストランにやってきた。

一方、メオは、支配階級が失墜する前の一七八八年、ヴァロワ通りにカフェを開いた。そのカフェには当時最も著名な面々が顔を揃えている。この店のワインリストはたちまち有名になった。二十八種類の赤ワイン、二十七種類の白ワイン、そして十七種類のリキュールが揃っている。サロンのひとつには浴槽が置かれ、特定の客がそれをワインで満たす……、それから、経験豊かな女マッサージ師が数人でその道楽者にせっせとマッサージをする。これはさぞ、「元気づけられる」ことだろう。

カフェやキャバレー、小規模なレストランは、この混乱の数年間でアルブル通りからカデ通りまで、そしてプロヴァンス通りからモンマルトルの下までに広がるいわゆる「ポルシュロン」街区にも次々と姿を現した。有名なジャン・ランポノーは、キャバレー〈タンブール・ロワイヤル〉を息子に譲った後、ベルヴィルのトリニテ・ド・ラ・グランド・パント教会の中庭の近くに新たな店〈キャバレー・ド・ラ・グランド・パント〉を開いた。どのレストランにもそれぞれ得意料理がある。カフェ＝キャバレーでは〈ルーアン・ド・セリ〉のパテや〈アミアン・ダントワーヌ・ド・グラン〉のパテ、南仏フレジュス産のアンチョビ、ケルシー地方やドーフィネ地方のアカアシイワシャコとご当地ワインなどがお勧めだ。〈ペリグー・ド・ラフォン〉のパテ、〈グルネイ〉のバター・クッキー、リシュリュー通りの〈ルゲ〉の温かい牛肉のパテ、〈トゥタン〉のレバー・トゥルトも評判だった。グルネタ通りの〈シャポー＝ルージュ〉ホテルにある〈シェ・ゴスロー〉では、ピシヴィエールのピスタチオ入りクッキーの人気が高い。〈シェ・ラ〉では、美食家たちがボルドーのクラクラン（カリカリ音のする菓子）、シャンティー・クリームのパニエ、ビスキュイ・ア・ラ・レーヌをこぞって注文する。〈プラール〉のジャガイモやレネットリンゴのクッキー、コック通りの〈フィネ〉のオレンジの花のクリーム入りビスケット、〈オフロワ〉のマドレーヌ風ガトーなどは誰もが褒めそやす。客は懐具合に応じて、ヴォーヌワインやオルレアン・ワイン、ランゴン・ワインの赤や白を飲む。幾らか裕福な食通はシャセーニュであれ、トカイであれ、トゥーロンのミュスカ・ルージュであれ、飲むものにはこだわらない。食事は普通、リキュールで終わる。例えば、オレンジの花のクリーム、シナモン・クリーム、フィレンツェ産レモン・クリーム、インドの香木のクレオール風リキュール、ボローニュ産ロソリのリキュール、三色のフランス風リキュールなど。

郷土料理はどこでも大歓迎された。こうして、サン＝タンヌ通りとルーヴォワ通りが交差する角に〈フレール・プロヴァンソー〉が店を構えることになった。サン＝タンヌ通りはかつてヴィヨンが好んだ通りで、当時はまだ昔の趣の残る風情のある傾斜したパッサージュで、思いがけないところでくねくねと曲がり、道の両側は、長い年月を経て腐食し黒ずみ、苔やカビが生え、ところどころに開いた穴から水がしみ出ている高く出っ張った壁に囲まれた古いあばら家が立ち並んでいた。日が暮れると、誰かがほの暗い明かりを灯す。この道は少し前になくなり、今は畑と地面になっている。〈フレール・プロヴァンソー〉では、秘伝のタラのブランダードやブイヤベースが食通たちに振る舞われる。プロヴァンス出身の議員たちがミディ先鋒を懐かしみながら、マルセイユから取り寄せたスズキやオリーブに舌鼓を打っている。

また、有名人の常連客が多いことでよく知られているレストランもある。サン＝トノレ市場のそば、ゴンブスト通り六番地（革命期にはコルドリエ＝サン＝トノレ通りと呼ばれていた）に、立法議会の中心人物たちが入り浸るカフェがある。それは、ビカールと呼ばれていたデヴィーニュとかいう人物が取り仕切る〈ルレ・ド・ラ・ベル・オロール〉だ。熱月《テルミドール》九日の明け方、隣にあるジャコバンクラブが根拠地としている厳めしい巨大な建物から出てきたサン゠ジュストがカフェにやって来て、シュレーヌ産ルジャングラール・ワインを一杯注文した。ゆっくりとワインを味わいながら朝の静けさに浸り、サン゠ジュストは自分のことをよく知る店主に楽しそうに話しかけていた。しかし、サン゠ジュストの姿を国民公会で再び見ることはないだろう……。数時間後、彼は、ロベスピエールと共に護送馬車の中にいたのだから。これから二人は、犯した罪の報いを受けに連れて行かれるのだ。

運命は、ときに天使のような若い女性の姿で現れる。一七九三年七月十一日、ヴィユー゠オーギュスタン通り一九番地のカフェ－ホテル〈プロヴィダンス〉の門の前に一台の乗合馬車が停まった。召使たちは、荷物を持ち上げやすいように、ホテルの塀の上に並ぶ鉄製の欄干のついたギャラリーの上で足を踏ん張り、馬車の屋根から差し出されるトランクや綱で縛った包みを器用に引きよせる。そのそばで、ホテルの主人は縁なし帽を手に、エプロンをたくし上げてサービスをする。骨と皮ばかりの犬の一団が忙しく立ち働くコック見習いにすり寄ってクンクンと匂いを嗅ぎまわっている。犬たちは、その痩せこけた姿と吠え声から察するに、この食物の豊富な場所で肉を与えられるどころか、一撃を食らってばかりいるようだ。絶えず鳴り響く皿や鍋のぶつかり合う音が、いっときの犬の吠え声や馬がひづめを打ち鳴らす音、馬丁の怒鳴り声と混ざり合い、騒音は一段と増す。旅行者の中にノルマンディー地方アルジャンタンから来た若い女がいる。二日間の旅路だった。疲れ切っていた女は寝床の準備を頼む。グロリエ夫人の経営するこのホテルのボーイがベッドを整えている間、女は「小柄なマラー」のことを尋ねた。

「それで、その男のことどう思って？」

「もちろん、革命支持派は彼のことをとても尊敬していますよ。でも、貴族は憎んでいます」とボーイは答える。[64]

翌日、女は辻馬車の御者から、「人民の友」の発行元の住所がコルドリエ通り十八番地の建物の二階であることを聞いた。女はそこを二回訪れる。一回目は小間使いの女に追い返された。小間使いの女の話では、マラーは重い病のために誰とも面会できないというのだ。二回目は同じ日の午後七時半ごろにやって来た。マラーの忠実な仲間カテリーヌ・エヴローがとうとう女を部屋に通した。マラーは浴室で、汚れたシーツと一枚の板をかぶせた浴槽に下半身を伸ばして横たわり、その板の上で何かを書いていた。女がカーンの様子を知らせると、マラーはジロンド党員たちの様子を知りたがった。マラーらに対する陰謀が企てられていると聞いたマラーは、「心配ないよ。数日後には彼らはみんなパリでギロチンにかけられるさ！」[65]と言葉を継いだ。

と、そのとき、この若い女はスカーフの下に隠し持っていたナイフを掴み、マラーを一突きに刺した。血にまみれたマラーが助けを求めている間、女はじっと立ち尽くしたまま、静かに自分の犯行の結果を眺めていた。女は、すぐに駆けつけた警察官に連行され、テアートル＝フランセ地区《セクション》の警察署で取り調べを受ける。所持品は、トランクの鍵、銀製の指ぬき、糸玉、シャグリーン革製ナイフの鞘、銀貨が五十リーブル、アシニャ紙幣が百二十リーブル、金時計、出生証明書抄本だった。女の名前はシャルロット・コルデー。こうして、カフェ＝ホテル〈プロヴィダンス〉は客を一人失った。

流血騒動は後を絶たず、新聞のゴシップ欄やカフェの会話には事欠かなかった。その中でも最も恐ろしい事件を紹介しよう。リヨンの郵便馬車が襲撃され、数人の護衛担当官が殺害された事件だ。革命暦四年花月八日（一七九六年四月二十七日）、一台の財務省の運搬車が四人の憲兵に護衛され、サン＝マルタン通り三二六番地のカフェ＝ホテル〈プラ・エタン〉の中庭に入ってきた。この中庭は郵便局の中庭でもあった。運搬車は、間もなく出発するリヨンの郵便馬車に横付けした。財務省の運搬車は、革のシートで覆われ、三頭の馬が牽く長くて頑丈な二輪馬車だ。中にはベルトで支えられたベンチが二つあるのが見える。

アシニャ紙幣で七千リーブルと手紙の袋が入った箱を輸送車から郵便馬車に移す作業が始まった。一人の男が〈プラ・エタン〉で食事を大急ぎで済ませてやって来た。エクスコフォンという名前で、郵便物の護送を担当する「郵便配達夫」だ。彼は先ほどまで、ドルゴフという若い女性と昼食を取っていた。輸送車のそばで、御者のナントーが馬に頭絡《とうらく》をつけ終えたところだった。御者は、赤いズボン、ブレードの入ったブルーのジャケット、金ボタンのジレ、鹿革のキュロット、騎手用のブーツといった、それなりの身なりをしている。

カフェから男がもう一人出てきた。丸い帽子を目の上まで下ろし、まっすぐナントーに近づく。歳は五十がらみ、身長は五フィート三インチほど（一メートル三十）で、日焼けした顔、赤いフロックコートからサーベルがはみ出している。男は御者に一リュー（約四キロ）につき十二スーと決まっているリヨンまでの運賃を差し出し、「ご一緒できて光栄です」と穏やかに言った。

いよいよ出発の時間だ。エクスコフォンと乗客はベンチによじ登り、御者はいつものように「梶棒がつけられた」左側の馬にまたがる。鞭《むち》の音が勢いよく鳴り響く。重い馬車がゆっくりと動きだし、中庭を出て、大通りに入り、サン＝タントワーヌ門の方に進む。最初の宿駅、リューサンに向かういつも通りの道だ。リューサンの次はムランまで旅は続く。ところがリヨンの郵便馬車はどこにも停まらなかった。これが、恐ろしい「リヨンの郵便馬車事件」の始まりだ。殺人が起こり、莫大な金額が盗まれ、容疑者たちは逮捕されてギロチンにかけられた。容疑者のうち、ルシュルクという者だけは無実だと強く叫んだが、この男が犯行に手を貸したかどうか、いまだに分からない。

第四章　ナポレオン時代、そして……

——カフェ、政治の場からスペクタクルの場へ

革命暦四年霧月《ブリュメール》五日（一七九五年十月二十七日）以降、カフェでは、国民公会に代わり革命暦三年（一七九四年九月二十二日〜一七九五年九月二十一日）の憲法に基づいて新たに組織された総裁政府に対して乾杯するようになった。カフェの数は急激に増え、客層も変化した。政治家に代わって軍人が姿を見せるようになり、また、外国人が大勢やって来るようになった。パレ＝ロワイヤルにあるカフェは相変わらず人気があり、さまざまな社会層の市民たちが出入りしている。〈カフェ・ド・シャルトル〉では、十時頃に事務職員や役人たちが昼食を取る。〈カフェ・ランバン〉は正午から午後三時の時間帯も空くことがない。〈カヴォー〉には、午後七時を過ぎると、アイスクリーム・パンチを求める客がやって来る。その後で人に会うために行くのは〈カフェ・ド・フォワ〉だ。〈カフェ・ド・ランピール〉や〈カフェ・リヨネ〉は夜中から朝の二時まで客が溢れている。概して、パレ＝ロワイヤルの回廊にあるカフェには、午前中は芸術家や作家、音楽家が出入りし、夜になると将校たちが訪れる。時間に関係なくやって来るのは、美味しいチョコレートが目当ての客だ。パリは以前より穏やかな足取りで歩んでいる。人々はもはや駆けずりまわることはない。もはやライバルの失墜や友の死を企んだりはしない。その日の出来事を語ら

いながら、静かにコーヒーを飲む。不安におびえることなく街を往来できる日常を取り戻したのだ。パリでは、革命によって四輪馬車が一掃され、代わってさまざまな形の馬車が舗道を走るようになった。それらの中には、ほら貝を思わせるような形をしたものもあった。それは《ウィスキ》という名前の幌つきの小型四輪馬車で、後部に幌のついた座席にはアンクロワイヤーブルやアンコンスヴァーブル［アンクロワイヤーブルと同様に何かといえば、*inconcevable*（考えられない）と口走る凝った身なりの男たち］と呼ばれる気障な男たちや、スリットの入ったドレスに身を包み、レースのヴェールの下から胸を透けて見せているメルヴェイユーズたちが、当時の表現を借りれば、「自分たちの魅力を見せつける」ように気取って座り、前方の一段高い御者席で英国紳士風のコスチュームを身につけた若い御者が馬を走らせている。

　今までになく豪華さが顕示されるようになった。辻馬車が増えすぎて通りを塞ぐようになったため、馬車中央会社は辻馬車にそれぞれ停まる場所を割当てた。

　洒落者たちやダンス・ショーが好きなパリジャンは、パリのはずれに新しくできた公園、例えば、サン＝ラザール通りのティヴォリ公園やクリシー通のラヌラグ公園にあるカフェ、あるいは旧エリゼ＝ブルボン宮殿の中にアイスクリーム店主のヴェロニが建てたシャンティー小屋などに憩いを求めてやって来る。こうしたカフェでは、客は紅茶やココア、バヴァロワーズ、パンチ、冷たいリキュール、イタリア風フール・グラセ（糖衣をつけた焼き菓子）、アイスクリーム、シャーベット、ムース、レモン・リキュール、ビールなどに舌鼓を打ちながら、花火師ルッジエリが打ち上げる花火のきらめきを楽しみ、オーケストラの音楽に心を和ませた後、ぶらんこや羽根突き、輪遊び［吊り下げた輪を走る馬の上から槍で突く遊び］などさまざまな外遊びに興じる。

〈プロコープ〉にはミュスカダンたちが客として戻ってきた。彼らはロベスピエールが処刑されて以来、それほど危険な人物ではなくなった。プロコープの常連客は、革命家たちからミュスカダンにとって代わったのだ。誰もが一目置くタレーランはテーブルに座っているだけで、時代遅れのひだで膨らんだ裾の長いドレスに身体を押し込んでいるお洒落な女工たちをときめかせている。タレーランはここでボナパルト将軍に出会っている。ボナパルトははき古したキュロットに古びたフロックコート、大きすぎるブーツという出で立ちで、ここで誰かと交流を結びたいと願いながらも、いつになく打ち沈み、むっつりしていた。現役将校のリストから外され、職務を解任されたばかりだったのだ。俸給もなく、仕事もなく、その日食べる物もなかった。彼は、国民公会総司令官のバラスにこう言ったかもしれない。「俸給はいくらでも良いですから、雇ってください。仕事が与えられないのなら、コンスタンチノープルに砲兵として雇ってもらうよう頼みます」[1]。

〈プロコープ〉の平穏が乱されるような出来事、あるいは少なくとも常連客の間で議論が巻き起こるような出来事もあった。そのひとつに、一七九四年八月十八日から十九日にかけて、サン＝ジェルマン＝デプレ大修道院の中にある火薬工場のひとつが爆発して大火事になり、修道院の図書館が全焼してしまう出来事があった。その二年後には、マルセイユから総裁政府の支持者に喧嘩を売ろうとする輩が繰り返し押しかけてくるようになった。

警察の手入れが入ることもあった。一七九七年九月四日（実　月《フリュクティドール》十八日）の夜、砲兵隊二隊がポン＝ヌフにやって来た。発砲があり、窓ガラスが割れ、あたりは騒然とする。大砲や銃剣を携えた騎手が大挙して王党派狩りにやって来たのだ。市民は、革命時の最悪の状況に戻るのではないかと不安になる。

しかしこの時期、〈プロコープ〉には衰退の兆しが現れていた。経営不振に陥り、もはやそこから抜け出せなくなりそうだった。〈プロコープ〉で開かれていた「政治サロン」は「知性のサロン」から引き継がれたものだが、今ではドミノやビリヤードの遊技場と化している。一八〇六年、当時の店主ゾッピはオデオン座の気高い精神にふさわしい文学サロンを創設して、店に利益を取り戻そうと試みるが、十八世紀に経験したような大きな成功を見るには至らなかった。次第にサロンの空気は変化し、気まずくなるような話題を避けながら、小声で会話が交わされるようになる。一七九八年から一七九九年にかけてボナパルトがエジプトに遠征している間、総裁政府は世論や軍の信頼を失っていった。

　エジプトから帰還したボナパルトは、霧月《ブリュメール》十八日（一七九九年十一月九日）にクーデターを起こして総裁政府を倒し、権力の座に就く。ナポレオンは、このクーデターを画策したシェイエスと共に、いわゆる革命暦七年の憲法に基づく統領政府を組織した。フランスを壮大なヴィジョンを掲げる帝政へと導く移行期間の始まりである。ナポレオンは後年、「これはパリを正真正銘のヨーロッパの首都にするという私の夢への第一歩です。私は、パリを二百万人、三百万人、四百万人もの人口を抱える、これまで見たこともないような驚くほど巨大な都市にしたいと、ずっと夢見てきたのです[2]」と語っている。

　どのカフェでも次々と事件が起こる。パレ＝ロワイヤルでは、先見の明がある一人の実業家が、当時流行していた懐古趣味におもねて〈カフェ・エジプシアン〉を開いた。そこでは、円柱や厳めしい彫像、何となくメンフィスの宮殿を思わせる聖獣トキのブロンズ像などが客の目を引きつけている。その隣には〈カフェ・ドュ・カヴォー〉がある。そこでは当時流行りのアトラクションが行われていたことから、常連客はこのカフェを「野蛮人のカフェ」と呼んでいた。木の柵で塞がれた洞窟の中で、一人の男が、しかめっ面をして飛び跳ねながら、周りに置かれたティンパニーやバスクの太鼓を力任せに叩いて、鋭い調子っぱずれの音を出している。客たちはえぐみのあるビールを味わい、硬い焼き菓子をつまみながらそのアトラクションを楽しんでいる。くだんの野蛮人と言うのは、ロベスピエールの元御者だったとか。

ガラスのアーケードの下には改装された〈カフェ・デ・ヴァリエテ〉がある。カフェの経営を任された店主は切り離されてはいるが通路でつながっている二つの広い地下酒場《カヴォー》を造った。それぞれのカヴォーに小さな舞台があり、入れ替わり立ち替わりさまざまな出し物が披露される。このカフェを訪れるのはプチブルジョワから工員、兵士、使用人、大きく丸いボンネットをかぶりウールのスカートをはいた女性までその客層は幅広い。ここでは一幕もののヴォードヴィル（軽喜歌劇）が演じられる。観客はテーブルの周りに座って飲んだり食べたりしながら俳優の演技に耳を傾ける。カヴォーの中は耐え難いほどの熱気に包まれて息苦しいほどだが、客足が途絶えることはなく、誰もがショーを楽しんでいる。そんな中でも警官が目を光らせている。さもないと、このような場所はすぐに強盗や扇動者たちのたまり場になるからだ。政府は、こうしたショーを小説を読むことと同じように奨励している。ショーに危険は微塵もなく、パリ市民は舞台を見たり、あるいは単に本を読んだりすることに喜びを見出していた。秩序と安全が戻るにつれて、革命期にはほとんど満足にできなかった読書熱が高まっていった。人々は読書に耽るようになり、それに伴い作家の数も増えていった。日に四冊も読む人もいたということだ。

しかし、時の政治体制にすべての国民が満足していたわけではない。革命暦九年雪月《ニヴォーズ》三日、つまり一八〇〇年十二月二十四日、〈カフェ・ダポロン〉は恐ろしい爆風に吹き飛ばされた。建物や馬車の残骸が積み重なった下には、バラバラの死体が散乱している。カフェは、爆発の衝撃で顔をゆがませ、衣服が吹き飛んでしまった生存者が絶望のあまりわめきながら彷徨う殺伐とした場所と化した。テロである。このカフェはサン＝ニケーズ通りの老舗ホテル〈ロングヴィル〉のそばにある。このホテルの初期の建物はカルーゼル広場に面した岬のような形をしていた。第一統領ナポレオンはその晩、ロワ通りのオペラ座にハイドンのオラトリオ『天地創造』を聞きに行くところだった。

仕掛け爆弾が爆発したとき、レジェールの妻が経営する〈カフェ・ダポロン〉には二十数人の客がいた。全員が爆風で飛ばされ、バラバラになって床に倒れた。十字窓のガラス、建物の骨組み、屋根瓦、店の正面、壁石、窓枠などがすべてそこら中に砕け散り、恐ろしい喧騒の中に落ちてくる。ボナパルトには途方もない運がついていた。ナポレオンの馬車はからくも難を逃れることができたのだ。どうやって巻き込まれないで済んだのか誰も知らないのだが……。爆発が起こったとき、馬車は正にテアートル＝フランセに到着するところだった。このテロによって王党派が一斉に強制連行され、実行犯は逮捕された。

信じられないほどの幸運が第一統領を捕らえて離さなかった。一八〇四年五月十八日、裁判所ではカルノーが、元老院ではグレゴワールが自由の没収に強く抗議し反対したにもかかわらず、議会ははナポレオンに皇帝の栄誉を授けた。以来、ナポレオンは自分の周りにブルボン王朝のように廷臣を侍らせ、膨大な世襲特権を有する帝国の貴族階級を組織した。一八〇四年十二月二日、ナポレオンは教皇により聖別された。元ナポレオン将軍がこのような栄光を手に入れ、皇帝の冠を自らの手で頭に載せる日が来ることを予言できた神託はほとんどいなかっただろう。皇帝は新たな征服を通して、毒舌家たちの口を封じ、公的な場所に多くのスパイを送って自らの地位を維持しようと努めた。非常に用心深いナポレオンは、元の国民公会議員らのたまり場だったカフェのリストを作らせた。どのカフェでも、耳をそばだてている警官に疑いを抱かせる可能性のある会話が避けられるようになった。ところが、ボナパルトはロシア戦役でみじめな敗退を余儀なくされ、フランス大陸軍の生き残り兵と共にパリに戻った。ドイツはこの好機を逃さず、ナポレオンに対して蜂起した。一八一三年、ライプチヒで反仏同盟軍に敗北を喫した皇帝は、フランス本土での勝利を取り戻そうとするも、一八一四年三月三十一日、パリが陥落するのを避けることができなかった。四月三日、元老院は手のひらを返したようにナポレオンを裏切る。ナポレオンはフォンテーヌブロー宮殿で退位し、エルバ島に身を引いた。一八一五年三月一日、ナポレオンは隠退生活を断ち切る決心をして南仏の港ゴルフ＝ジュアンに上陸し、パリに入る。ルイ十八世はすでに脱出していた。しかしナポレオンの百日天下はワーテルローに結集したヨーロッパ連合軍を前にあえなく撃沈した。

ある者の不幸が別の者を幸福にするのは、いつの世も同じである。カフェの店主たちは両手をたたいて喜んだ。ナポレオンの失脚は商売には好都合なのである。外国人や軍人、市民が再びカフェに押し寄せるようになる。安酒場の主人たちは金貨を手に入れる。総菜屋〈スーロン〉は、サン＝ドゥニ市門そば、ラ・シャペルにある店の入り口に皮肉と偽善を込めた言葉を彫り込んだボードを置いて、ナポレオンの失脚を喜んでいる。「我が国民の幸福のため、降伏によってフランス人は一人の父を取り戻した」。

パリのカフェでは、皇帝は「赤ら顔の小人」に見放されたのだという話でもちきりだった。ナポレオンが赤ら顔の小人ノーム（地上の精）のイメージと結びつけられるのは初めてのことではない。伝説によれば、ピラミッドの戦いの前日、一人の赤ら顔の男とボナパルト将軍の間である協定が結ばれたということである。想像上のさまざまな出来事が描かれているある絵画の中にも、この世の偉人たちは決して忘れることはなかった。そこかしこで語られる妄想は、『ある老兵士が納屋の中で語り、バルザック[3]が記録した皇帝の物語』という興味深い本に基づいている。著者によれば、「赤ら顔の小人」は自分が庇護するナポレオンに何度も会いにやって来て言葉を交わしたという。例えば、シリアに、モーセの山（シナイ山）に、ブリュメール十八日のクーデターの日に、マレンゴに、そして戴冠式の日にも……。この赤ら顔の小人の策略はもちろん伝説だが、この人物はおそらく単なる悪魔という空想上の人物ではないだろう。世論を将来の体制転覆へ導くために、王党派の一味がこの男を華やかなパリから引っ張り出したということはないのだろうか？　この仮説はありそうなことだ。何よりも、帝政下の警察がこの奇妙な噂を吹聴したことが明らかになった相当数の市民を投獄したことを見ると、警察はこの噂を長い間、認めていたということになる。

一八一五年から始まった議会制君主政は、政治的には不安定な状態だったが、ヨーロッパ諸国との間で長く平和が続いたことが幸いし、フランスに物質的な繁栄をもたらした。知的な言葉や風刺詩に辛辣なトーンが溢れてはいるものの、アンシャンレジーム時代の洒落た調子を取り戻したように思われた。あらゆることが起こり、あらゆることが知識人の間で話題に上った。そうした中で、帝政時代を懐かしみ、ナポレオンの再度の帰還を望んだ者がいたとしても不思議なことではなかった。やがて、陰謀を企てる者が現れる……。

パレ＝ロワイヤルのカフェは、再び、帝政時代の元士官たちが集まって陰謀を企てるアジトになった。元士官たちは、仲間のふりをして入り込んでいるスパイがいないかと警戒する。往来では、痛ましい姿をさらした大陸軍の生存兵に出会うことも稀ではない。彼らは裏地がはみ出したへこんだ帽子をかぶり、擦り切れたボロボロのフロックコートとズボン姿でふらふらと歩いている。袖のウール地からは肘が突き出し、ズボンからは裸の膝がのぞいている。ブーツときたら、かかとが残っているだけで、ぼろ布で包んだ足の上にかけた紐で括り付けているありさまだ。顔つきだけはまだ威厳を保っているが、皇帝の帰還を望みながら、ヨレヨレの軍服の下で背中を丸めて一歩一歩足を踏みしめている。王の近衛兵が現れたのは、どこかで喧嘩が起こり、決闘に発展したからだろう。カインの絵画『カフェ・ド・ラ・ロトンドでの乱闘』に、ちょうどそんな緊張の場面が描かれている。パレ＝ロワイヤルでは、テュイルリー庭園と同じように、小さな東屋でこうした政略に燃える者たちに喉を潤すものを供している。カフェの客が読んでいる新聞を見れば、その政治傾向を推し量ることができる。例えば、物憂げな様子のブルボン家嫡系の支持者は愛読紙の『コティディエンヌ』を読んで慰めを見出し、『ラ・フランス』紙に共感を覚える。不機嫌そうな面持ちの革命派は『レフォルマトール』紙を広げている。一方、実利主義のドクトリネール［ギゾーを中心とする穏健な立憲王党派］は、株投機のチャンスを推し量りながら『ジュルナル・デ・デバ』紙の記事を読んで考え込んでいる。

一八一七年七月十七日、リシュリュー通りに〈カフェ・ド・ロリンピック〉が開店することを報じたのは、この『ジュルナル・デ・デバ』紙である。この通りにはカフェがひときわ多い。このカフェは地下通路から入る。カフェ〈ヴィユー・カロン〉は、良心的な料金で客を船で対岸まで運んでくれる。地獄に流れていると言われる火の川の河岸住民よろしく、赤と黒の服に身を包む男が、ビール好きやたばこの常習者、名もなくつまらない連中を薄暗い洞窟に案内する。水仙の花の冠を頭にのせた女神ペルセポネが黒檀の王座に座り、信奉者からの「捧げもの」を受け取る。その返礼として、「幸運者たち」は運命の女神フォルトゥーナに魅力的な木立の中へと導かれる。青春の美の女神へべたちや美少年の酌人ガニュメデスたちが列をなしてアイスクリームや冷たいリキュールを運んでくる。高い柱につながれた戦車の形をしたカウンターで輝くばかりのヴィーナスが弱き人間が差し出す金やお世辞を慇懃に受け取る。優雅な賛歌の女神ポュヒュムニアが音楽サロンを司り、陽気な舞踊の女神テルプシコラがアポロンの役割を演じている。客の奪い合いが、こうしたなりふり構わぬサービスに発展しているのだ。パリではどのカフェの店主も不安を抱えていた。〈カフェ・アルディ〉は震え、〈カフェ・トルトーニ〉は恐怖に凍え、〈ラ・ベル・リモナルディエール〉は何本もの円柱で支えられているにもかかわらず、足元がぐらついている。

この頃、フランスは二つの陣営に分かれ、私生活でも公共の場でも、ちょっとしたことで敵対心をむき出しにしていた。いわゆる「皇帝派」あるいは「ボナパルト派」の人間は、カフェ〈グロー＝カイユー〉にたむろする外国人兵士を「敵」とか「連合軍」と呼び、予備役［王政復古で休職させられたナポレオン帝政期の軍人］のフロックコートや襟に百合の花が刺繍されたオーストリア風の制服を身につけ、〈カフェ・ランブラン〉に出入りしたり、〈カフェ・ド・ヴァロワ〉に入り浸り、奈落の淵に沈んでいる連中だ。やるせない思いを抱える予備役の一団はパレ＝ロワイヤルを密会の場にしている。軍の階級を取り上げられ、武器を持たない身ではあるが、勇壮な士官たちは、コーヒーカップの前で苛立つ気持ちを抑え、反撃の機会をうかがっている。耳に入るどんな些細な言葉であろうと、馬鹿げた睨みあいの視線であろうと、軽率な仕草、誰かが読んだという新聞記事のタイトル、あらゆることが、たちまち決闘の口実になる。

つまらないことのために果し状を送り合い、剣に手を置き、事件にけりをつけるため、急いでパレ＝ロワイヤルを挟む二つの通り、モンパンシエ通りあるいはヴァロワ通りに駆けつける。自宅の窓がモンパンシエ通りに面しているある商人は、一八一五年から一八二〇年にかけて、剣のぶつかる音や死にゆく者の断末魔の喘ぎ声が混ざり合う騒音で百回も起こされたと嘆いている。睨みあいの続くこれらの二つのカフェでは、いつでも使用できるように、戦闘用の剣がカウンターの下に置かれている。剣が必要になれば、ギャルソンに頼むだけでよい。ギャルソンはこう答えるに違いない。「さあ、ムシュー、ここにあります！」。

しかし、大部分のパリ市民は平穏と休息を求めている。四半世紀もの間、騒乱のただ中に置かれた国民は、今、再び、回復に向かってゆったりとした生活を送り始めているのだ。だから市民は、殺し合いをするよりも、カフェのテーブルでディアボロやシグソーパズル、古典的なドミノに興じ、勝った負けたと言い合う方を好んだ。急激に蔓延した賭博熱を鎮めることができるものは何もないようだ。本屋の店頭には、賭博熱がもたらす破綻について諭す教訓的な四行詩が刻まれたリトグラフが掲げてあるが、効きめはない。

この洞窟には三つの扉がある

希望の扉、狂気の扉、そして死の扉である。
客は第一の門から入り、
他の二つの門から出る！[4]

一八一二年から一八二五年にかけて、パリジャンはエレガンスに気を配り、「社交界」で目立つことに執着し、今日では想像できないくらい自分を美しく見せることにこだわっていた。朝起きるとすぐ、「透かし模様と房飾りのついた黒い」絹の長靴下の刺繍ができるだけ目立つように、脚をピンクに染める。次に、フランス製シャツよりもシワになりにくい背中ボタンの「イギリス風」シャツを手早く着る。カージミア織のキュロットに、いわゆるペーズリー柄のパルメット模様の金糸刺繍が入った光沢のある白いリボンのサスペンダーをつける。それから、レースの胸飾りに筒ひだをつけ、バティスト地のネクタイを首に三周させて結び、金の紐を通した時計をぶら下げる。そしてやっと、キルティングした白いジレとテールコートを羽織り、白またはブルーのモロッコ革の裏地のついた丸い帽子をかぶる。仕上げに、紺色の手袋をはめる。社交界の人間はこんな風に飾り立ててサロンやカフェに出入りするのだ。

エレガンスを誇る連中は皆、同じ穴のむじなだ。帽子は毎回取り換えなければならない。ある日は、柳のようにしなやかに垂れ下がる五～六枚の羽根のついた白い麦わら帽子、別の日には、スコットランド製タフタとそのタフタの色と同じ五～六色の華やかな五～六本のバラの花のブーケをつけた黄色い麦わら帽でなくてはならない。また別の日には、緑色の裏地のついた白い帽子、あるいはまた、頭にアジサイの花を三つつけるという示し合わせがあったりする……。翌月には花やリボンや羽根を取り去り、星をちりばめた翼に取り換える、などなど。帝政が崩壊したばかりで、古い体質の君主政が、再び失墜する前にもう一度復活するために立ち上がろうとしていた頃、パリの社交界は、こんな風にくだらないことに神経をすり減らしていたのである。しかし、政治に無関心で、砲撃音が鳴り響く中でさえたわごとばかりを言い募る伊達男のエレガンスを妨げるものは何もなかった。

ルイ十八世の治世の最初の数年間、パレ＝ロワイヤルでは二つのカフェが特に評判が高かった。それは〈カフェ・ド・フォワ〉と〈カフェ・デュ・カヴォー〉だ。〈カフェ・ド・フォワ〉には、これまでに、何とかして常連客を奪おうと攻勢をかける敵やライバル店がたくさんあった。ライバルが消え去り闇に葬られた今、更に活気づき繁盛しているこの有名なカフェは、やはり、相応に高級感の溢れた居心地のよい場所で、店主夫婦も使用人も洗練された丁重さでふるまい、サービスは早く正確で、あらゆるものを最高の形で提供できるよう心掛けている。こうしたことが人を惹きつけるこつであり、このカフェが繁栄する理由なのだ。〈カフェ・デュ・カヴォー〉はパレ＝ロワイヤルで最も古いカフェのひとつであり、最も美しく、最も常連客の多いカフェのひとつで、人気があるのは当然のことだ。このカフェには十七世紀から十八世紀にかけての有名な音楽家たち、リュリーやグルック、フィリドール、サッキーニ、ピッチーニの胸像が飾ってある。エルムノンヴィルの風景を描いた数点の見事な絵画がカフェの威厳を引き立てている。夏になると、常連客は庭にある優雅な東屋で、すぐそばの池の噴水に冷やされた空気を吸い、パレ＝ロワイヤルの回廊を眺めながら穏やかなひと時を楽しむ。一八一九年、この二つのカフェは評判の良いカフェ三百四十軒の仲間入りをした。この三百四十軒のカフェのうち十三軒は『パリのモード年鑑』によって「楽しい夕べ」が過ごせるカフェに選ばれている。

一八一五年六月はパリのカフェの歴史にとって記念すべき年である。カフェに初めてテラス席が出現したのだ。この「驚くべき業」をやってのけたのは、セリュッティ通りとペルティエ通りの間の大通りのひとつにある〈トルトーニ〉というカフェだ。この店のアイスクリームは評判で、室内はいつも満員だったため、店主は入り口の前に数脚のスツールを置いた。驚いた近くのライバル店はすぐにこれを真似し、テブー通りとエルダー通りの間にある大通りの、馬車が通らない歩道に椅子を置くことを思いついた。日が暮れると、店のそばの並木にカンテラを吊るした。この思いつきは大成功で、洒落者たちや着飾った貴婦人たちがわざわざこのテラス席を選ぶようになったほどだった。パリのこの一角はしばらく「パニュルジュ大通り」という名前で呼ばれていた。ペルティエ通りとモンマルトル通りの交差点にも椅子が並べられていたが、ここにはまだカンテラが吊るされていなかった。それが、物見高い人々が始終やって来る「薄暗い大通り」である。車道の反対側には相変わらずブルジョワや元兵士、商人、工員たちがやって来る。そこでは、子供たちが椅子の周りで遊び、女性は地味なショールを肩にかけ、羽根のない帽子をかぶり、つま先の透かしかがりのない靴下をはいている。そこは、善良な人々が集まる「静かな大通り」だ。東洋を懐かしむ人々はもう少し離れたサン＝ドニ大通りの有名な〈カフェ・デ・モレスク〉にやって来る。このカフェの内装は十八世紀風の建物によくマッチしている。

ロンドンから伝わった足首のところでボタンで留めるズボンのような最新のファッションを誇るダンディーな若者がパレ＝ロワイヤルの並木道を行き交うようになったのもこの頃のことである。彼らは〈カフェ・デ・ゼトランジエ〉に行っては、ゼルミールとかズルベ、ゾライド、ゾベイド、ズィチュルべといった可愛い名前で呼ばれるチェルケス（コーカサス北部）の民族衣装を着たウエイトレスたちに言い寄っている。

一八一九年、プロスペール・ペロリエがサン＝ジャック通り一七五番地にキャバレー〈アカデミー〉を開いた。「アカデミー・フランセーズ」をもじったこのキャバレー、いわゆる〈アカデミー・ペロリエ〉または〈アカデミー・デ・トノー（樽アカデミー）〉には酒樽が四十個並んでいるが、それはアカデミー・フランセーズの定員が四十人であることを象徴している。アカデミー会員の誰か一人が死亡すると、もちろん、ひとつの樽を空にして、祝杯をあげ、みんなで飲み干し、次の選挙で新会員が選ばれるまで、その樽は空のままにしておかれる。ペロリエの初期のメンバーには、画家のギュスターヴ・クールベ（一八一九～一八七七）、デブロス、シャントルイユ、詩人・小説家のアンリ・ミュルジェール（一八二二～一八六一）、詩人のテオドール・ド・バンヴィル、シャルル・ボードレール、テオフィル・ゴーティエ、アレクサンドル・デュマ、ナダールの名前で知られる写真家のフェリックス・トゥールナションらがいた。少し後になると、ジャーナリストで政治家のラウル・リゴー（一八四一～一八七一）、詩人のポール・ヴェルレーヌやアルチュール・ランボーそしてアナトール・フランスらが顔を見せるようになる。

オ・フェーヴ通りのキャバレー〈ラパン・ブラン〉には惨めな雰囲気が漂っている。苦境のどん底に陥り、落書きで汚されたファサード、木枠が虫食いだらけの扉、曇った円窓を面白がっている風でさえある。低い入り口の上には黄ばんだグリーンの看板が垂れ下がっている。長い廊下の先にマントルピースのあるメインホールがある。その先は漆喰壁の小さな部屋に続いている。そこは固い土の床で、常連客が陣取る一種のサロンのようになっている。

部屋の中は、ワインやビール、ブランデー、たばこなどが入り交じった匂いで喉がむせる。たばこの煙がもうもうと立ち込め、むんむんとした空気の中、シャンデリアの明かりに照らされた植物も息苦しそうだ。絵柄の皿が並ぶ食器棚には黄緑色とショッキングピンクの紙製の飾りカーテンがかかっている。客たちはワイングラスを前に語り合っている。鏡に映るシルエットはロウソクの明かりに照らされて揺らいで見える。会話は弾んだり、途切れたり、ときには、かみ合わなかったりする。陽気にからかい合う笑い声が小さな波のようにさざめき流れる中、ときおり、誰かがテーブルを拳で叩き、テーブルの上の瓶がぶつかる音と共に怒鳴る声が響く。このような荒っぽくて頑固な連中のエネルギーは発散されるやいなや、大きな笑い声、親し気な突っ込み、美味しい料理を囲む賑わいにかき消される。

誰もがワインに、歌に、冗談に酔いしれる。いつまでも引きずり、まとわりつき、深みにはまりそうな感情むき出しの不平も、互いに笑顔で聞き流す。革命の歌を歌い、希望を追い求めるために流血も厭わない乱暴な夢を大声でわめき散らす。《学士院》というあだ名がつけられた奥のホールでは、美しい言葉を追求する「ソルボンヌの教授連」がヨモギの緑となみなみと注がれたアブサン（薬草系リキュール）のグリーンとアカデミー会員の緑色の礼服の緑を比較している。つまり、「樽がずらりと並べられ、蒸留器から出る強烈な香りが立ち込め、グラス一杯の酒が三スーで飲め、自由思想の雰囲気の中で、格の低い教授たちや、名もない詩人、ワイシャツを着ていない学者たち、ペンを持たないジャーナリストたちが、これから書くつもりのことを話しにやってくる」[5]。このカフェもアカデミー・ペロリエと似たり寄ったりである。有名な人物が足しげく訪れることもあった。政治家アドルフ・ティエールはここで下賤な者たちと安っぽい皮肉を言い合うことも厭わなかった。この種のカフェにはまた別のグループも訪れる。こうした「陽気にふざけ合う」連中の集まりには生きる喜びを意味するような名前がつけられている。例えば、ブドウ園の友達、バッカスの子供たち、楽天家たち、円卓からの独立派、音頭取りなど。第二帝政の時代になると、自由な風の吹くあけっぴろげなこうした戯れの夕べは、認可していない集会だとして課税されたため、これらの集まりは次第に姿を消す。こうして、別の場所が人気のある交流の場として繁栄することになる。それがコンサート喫茶である。

同じ頃、メーヌ通りのそば、ブールの風車から遠くないところにあるキャバレー〈メール・サゲ〉では陽気な男たちの一団を迎え入れていた。歌手でギタリストのエドゥアール・ドンヴ、シャンソン作家のオーギュスト・アレ、有名なビリウーなど当時、評判を呼んだ多くのスターがこのカフェから誕生した。カフェには、そのカフェがあるカルティエに関わりのある名前がついている例がよくある。例えば、一八一九年にパレ・ド・ジュスティス（裁判所）広場に店を構えた〈テミス〉という名前のカフェは、ギリシャ神話の宇宙を司るウラノスの娘、司法の女神テミスに由来している。

テブー通りの角にある〈カフェ・ド・パリ〉には、この界隈の心地よさに惹かれてやって来るさまざまな客が訪れる。またここでは、主に元兵士たちの集まりである「プティ・セルクル」を初めさまざまなクラブの会合が持たれていた。どちらかと言えばやせ形で、髪の毛は薄く、立派なひげをたくわえ、ブルーの窮屈そうなフロックコートのボタンを少し外して中の白い薄いジレをちらつかせている男がよくこのカフェに立ち寄り、大通りの様子を眺めている。大通りでは、学生の腕の中に消えてゆくお洒落な女工から、いつも宝石店〈メゾン・ドール〉の前で馬車を一晩中待たせていることで有名なエレガントな女性に至るまで、さまざまなパリ市民が絶えず快楽を追い求めている。その時代は、仮装したシカール[6]やクルティーユ下り［酒場の多いクルティーユ地区からパリ市中に向かって繰り出す仮装行列］、飾り牛の行列がしばしば大通りに繰り出していた。モダンなカフェは、次第に増えてきた新興ブルジョワジーや金利生活者たちが出入りする場所となった。彼らは、ある意味でアンシャンレジームの王侯貴族に取って代わったのだ。金利生活者は非常に貴重なひとつの社会層となり、適齢期の娘を持つ父親たちや彼らを思う存分からかってやろうと企んでいる当時のユーモア作家たちの格好の標的となった。

劇作家ウジェーヌ・ラビッシュ（一八一五〜一八八八）の喜劇『*Un chapeau de paille d'Italie*（イタリアの麦わら帽子）』の中では、主要な登場人物の一人が将来の義理の父親に娘を嫁にほしいと頼みに来て、こう言う。

「お義父さん、僕には二十三フランの金利収入があります」

「出ていけ」と将来の義理の父親はきっぱりと答える。

「一日に二十三フランですよ」と若い求婚者が説明すると

「まあ、座れ」[7]相手は急に態度をやわらげた。

作家リュドヴィク・アレヴィ（一八三四〜一九〇八）が枢機卿の家族の行動を揶揄した傑作『*Famille Cardinal*（枢機卿の家族）』を忘れてはならない。枢機卿夫妻は自分たちの美しい娘の一人をイタリア人の年老いた侯爵に嫁がせるのが得策だと判断し、その侯爵の善意によって約束された六千フランの年金でどれほど悠々と暮らしたかが描かれている。年金生活者の生活水準は当然のことながら、同等の収入がある勤労ブルジョワジーの生活水準と変わらない。しかし、働いているブルジョワジーはその時間の大部分を事務所や商談の場や工場で過ごしているが、年金生活者は旅行したり、桟敷席で観劇したり、舞台裏に顔を出したり、世界中を渡り歩いたり、貯金をしたり、大作家たちの作品の題材が転がっている大通りやサロンで気取った調子で長広舌を振るったりしているのだ。

何の衝突もなくブルボン家が復位し、パリは、ブルボン朝による君主政の再興に向かってそれなりに歩みを進める。王を殺害した国民公会議員たちは亡命し、百日天下の主な責任者たちは処刑され、その一方で一八二〇年二月十三日、ベリー公（ルイ十八世の弟、アルトワ伯の次男）が暗殺された……。人々は、ポール＝ルイ・クーリエ（一七七二〜一八二五）の風刺文を喜んで読み、シャンソン作家ベランジェ（一七八〇〜一八五七）の『*Le Roi d'Yvetot*（イヴトーの王様）』、『*Le Dieu des pauvres gens*（貧しい者たちの神）』、『*Le Sacre de Charles le Simple*（シャルル単純王の戴冠）』、『*Le Vieux Sergent*（老伍長）』などの反教権主義的な風刺シャンソンを聞いて楽しんでいる。リシュリュー通りとサン＝トノレ通りが交差する角にある〈カフェ・デュ・ロワ〉は、当時、最も流行っていたカフェのひとつで、ジャーナリストや著名な作家が出入りしていた。あまり裕福でなく、借金すら抱えているこうした客は、大して注文もしないで執筆に励んでいる。このカフェは時の有名人が集まる文学クラブになっていた。今では忘れ去られてしまった作家エマニュエル・テオロン（一七八七～一八四一）は大きな原稿用紙を抱えて、最新作を仕上げるためにここにやって来る。青白い顔のテオロンが頬を火照らせ、にこやかな視線を投げかける先には、ヴォードヴィルやシャンソンで成功を収めているロシュフォールが詩人ラファルジュとドミノゲームに熱中している。

コメディ＝フランセーズの有名な準座員タルマ（一七六三～一八二六）は、リハーサルの合間を縫ってはこのカフェにやって来て、いつもの席に座り、『舞台芸術』の原稿に最後の手を入れる。ゆったりとしたフロックコートに身を包み、つばの広い帽子をかぶったタルマの隣のテーブルでは、アレクサンドル・デュマがポケットから十スーを取り出し、蒸留酒のリキュール代として四スー、砂糖代として六スーを支払っている。〈カフェ・デュ・ロワ〉には風変わりなボヘミアンもやって来る。例えば、プリヴァ・アングルモン（一八一五～一八五九）は書き進めている『*Paris inconnu*（知られざるパリ）』の題材を探すため、奇妙な格好をしていたるところに顔を出す。別のテーブルには、ギュスターヴ・プランシュ（一八〇八～一八五七）が腰を下ろしていることもある。彼はこの時代の最も有名な批評家だが、何とも言えない色合いのコートをだらしなく羽織り、いつもおかしな格好をしていることで有名だ。プランシェはフランソワ・ビュロ（一八〇三～一八七七）と共同で月刊誌『両世界評論』を発行しているが、その独断的で手厳しい筆致は読む者の気を揉ませる。「黄色い手袋」とか「ライオン」と呼ばれたダンディーたちはディヴァンと呼ばれる東洋風カフェがお気に入りだ。この種のカフェではパイプを吸うのはご法度で、客は葉巻か紙巻たばこしか吸わない。常連客はホールの周囲に置かれた長椅子（ディヴァン）でトルコ人のように身を横たえる。そうすることで、東洋にいるような気分に浸っているのだ。インドの舞姫バヤデールがいればこの空想はもっと膨らむに違いない。

オペラ座のほぼ向かい側にあるディヴァン〈ル・ペルティエ〉は「ロマン派たちの〈プロコープ〉」で、当時の最も偉大な作家たちが入り浸っている。テオフィル・ゴーティエは、夜会の締めをするために、いつもの赤いジュストコール（身体にぴったりしたひざ丈のコート）姿で、近衛兵のフェルト帽をかぶった友人たちと連れ立ってこのカフェにやって来る。みんなで最高にロマンチックな飲み物と言われる「シラクサ産ワイン」（実際は甘口のマラガに他ならないのだが）を飲みながら、大声で詩の一節を怒鳴り散らしている。一八三〇年二月二十五日の晩、彼らは興奮のあまり頭に血が上っていた。と言うのも、ヴィクトル・ユゴー（一八〇二〜一八八五）の戯曲『エルナニ』がテアートル＝フランセで初演され、それについて古典主義者とロマン主義者の間で激論が交わされ、激しく罵倒し合ったばかりだったからだ。その日、ユゴーの熱狂的な支持者たち、血気にはやる狂信者たちの一団が劇場のオーケストラ席や平土間席を埋め尽くした。賞賛の叫び声はうなり声に変わる。両陣営の誠実な擁護者たちは悪魔に取りつかれたかのように暴れまわり、足を踏み鳴らし、座席の上で飛び跳ねる。

上の席で誰かが意を決して「外に出ろ！」と叫んだ。怒り狂った熱狂者は「あいつを平土間席に放り出せ！」と言い返す。幸いなことに、おそらく下の階の観客に及ぼす結果を恐れてだろうか、タイミングよく事態は収まった。そんなわけで、その晩、ゴーティエと彼の仲間は感情を落ち着かせるために〈ル・ペルティエ〉にやって来たのだ。よく見ると、ホールの片隅で、真冬だというのに擦り切れた古い半コートを着たロマン派の詩人ジェラール・ド・ネルヴァル（一八〇八〜一八五五）が一人でやせた身体を震わせている。ネルヴァルはこのカフェで、ビールとコニャック、アブサンを混ぜた恐ろしいリキュールを前に陰鬱な面持ちで物思いに耽るアルフレッド・ド・ミュッセ（一八一〇〜一八五七）に何度か出会っている。一方、アレクサンドル・デュマは、おそらく実際には決して経験などしていない冒険物語を途方もない想像力と表情豊かな仕草で語っている。例えば、イタリアのアブルッツォ州で強盗たちから「やあ、デュマさん、こんにちは！」と声を出して挨拶された話とか、アフリカでどうやって人間の肉を食べたかを「それが美味いんだ！」といかにも本当らしく説明する。

デュマは友人たちと連れ立ってくる。その中には、帝政時代の元役人で「簒奪《さんだつ》者」ナポレオンの熱烈な支持者ハレル、女優のマドモワゼル・ジョルジュ、ロックロワ、ベケ、そして若き作家ジュール・ジャナンがいる。ハレルのいかにも不潔な様子はマドモワゼル・ジョルジュの美しさを一層引き立てている。ハレルは豚をペットのように飼っているのだが、その豚にピアフ＝ピアフという名前をつけたのは『三銃士』の著者デュマである。ある日、ハレルがデュマの戯曲『クリスティーヌ』のリハーサル中にデュマに語りかけた滑稽な言葉はみんなの語り草になっている。「分かるかい、俺はあの豚のこと、一緒に寝たいくらい好きなんだ」と言ったのだ。

デュマは答えた。「もちろんさ、俺はちょうど今、あいつに会ってきたばかりなんだが、お前とまったく同じことを言っていたよ」[8]。

大ぼら吹きのデュマは、面白そうに耳を傾ける者たちに、七月革命のいわゆる《栄光の三日間》の最中、ポン・デ・ザールに砲弾の雨が降りしきっていたために、三十六時間も学士院の前に寝そべる四匹のライオン像の後ろで、銃を手にして身動きもせずに隠れていたこと、その後、銃をしかと構えて砲弾の雨の下、どうやって砲兵隊を退けたかを得意そうに語っている。話を聞く者たちはみな、デュマが、何かに向かって、たとえそれが隣にいる者の耳に向かってであろうと、発砲することなどできはしないことを十分に承知しているが、敢えて何も言おうとはしない。そんなことはどうでも良い。偉大な作家に向かって、ダルタニャンでもあるかのような語り口だと非難してはいけない。おそらく砲兵隊は、ライオンのたてがみよりも詩人のボサボサ髪に恐れをなしたのだろう。デュマは友人に語る妄想話の中で、スイスで熊のステーキを食べたとか、ロシアでは狼の足のプーレット風を、コンスタンチノープルでは犬の耳のフリカッセを、エジプトではワニの頭肉のヴィネグレット・ソースを、アフリカではライオンの尻尾のマトロット煮を食べたと豪語し、自分のお気に入りの料理はモンテ・クリスト伯風アンチョビだと勝ち誇ったように言う。そして、それはこんな料理だと言い募る。

「オリーブを一個取り、芯をくり抜き、そこに一片のアンチョビを詰める。次にそのオリーブをヒバリの腹に詰め、そのヒバリをウズラの腹に、そのウズラをキジの腹に、そのキジを七面鳥の腹に、その七面鳥を幼豚の腹に詰める。それを三時間ローストし、全部窓から投げ捨てる、ただし……

――オリーブを除いて？　陽気な仲間の一人が問いかける。

――食いしん坊め！　全部さ、アンチョビを除いて全部！」[9]

この空想話は、人生の大半を食道楽の世界で過ごしてきたジャーナリストで作家のシャルル・モンスレ（一八二五～一八八八）が紹介したもので、一八六五年に出版されたその著書『*Almanach des gourmands*（食道楽年鑑）』からの抜粋である。バルザック（一七九九～一八五〇）も、彼の有名な玉飾りのついた金の握りのステッキで床を叩きつけながら、ディヴァン〈ル・プルティエ〉によく顔を出していた。バルザックは執筆中の小説の登場人物に関する情報を、あたかも新聞が公表したニュースでもあるかのように突然みんなの前で公表する。例えば、「マルセーは大臣になり、リュシアン・ド・リュバンプレは死ぬ」といった具合だ。バルザックはコーヒーを飲むとその味を批評し、それから途方もない想像力を膨らませて、一挙に数百万フラン稼ぐ方法を思いついたんだと、周囲に響き渡るような声で言ってから、隣に座る友人にその考えを話し始める。「世界の中心であるパリのど真ん中にある大通りに、巨大な店、千一夜物語のような奇跡の館、見たこともないようなカフェを開くんだ。カウンターにはジョルジュ・サンドを座らせるのさ。アンリ！　どう思う？　評判になること請け合いだ！　ゴーティエは俺のためにギャルソンの役を買って出てくれるに違いない！　腹に白いエプロンを巻いている彼の姿が想像できるだろう？　大うけするぞ！　俺は、腕にナプキンをかけてすべてを取り仕切り、すべてを整え、すべてを采配するんだ」。さらにバルザックは続ける。「ところで君、まだ何も始まってはいないよ！　これは上演に向けた前置きに過ぎない！　いい思いつきがあるんだ！　何を売ると思う？　俺たちのカフェで、何を出すと思う？　ああ、そうか！　君がそれを聞いているんだったね。君だけでなく世界中の人々が聞いてくるだろう。何を売るかって？　いいかい、両方の耳を大きく開いて聞くんだ！　俺たちの店で出すのは……メリノだ！」バルザックはこの奇妙な言葉を数回繰り返した。それは何が入っている飲み物かと聞けば、肩をすくめてこう言った。「それは何かって？　どうやって作るかって？　メリノと言えばメリノさ。それじゃあ、分からないって？　もちろん、後で分かるさ！　それについて考える時間はいつだってあるさ。俺は知っているのかって？　俺なんかどうでもいいさ！　メリノはメリノだ。だから諸君は承知しない。だから、諸君には分からない。メリノ、メリノ、メリノ！　すべてがそこにある！」[10]

　バルザックが考える理想のカフェを想像してみよう。非常に人通りの多い場所、高級な鏡、装飾が施された柱、そしてまばゆいばかりのシャンデリアがあり、カウンターには、しつこいおしゃべり男を上手にあしらう美しい「女店主」が座っている。客はスツールに座ってテーブルを囲んでいる。数人がチェッカーに没頭している。それを横目でみながら新聞を読んでいる者がいる。腕にナプキンをかけたギャルソンがテーブルからテーブルへと飛び回っている。少し前から、夜になるとロウソクの代わりにガス灯がつくようになった。それが何といっても当時の大きな発明だった。まだすべての地区に必要な配管が設置されてはいなかったため、毎日、夜のためのガスが鉄製の容器で家庭に配達されていた。その容器にねじで管を固定し、ランプにガスを送る。このような照明が新しいカフェの条件のひとつになり、ガス灯のないカフェはなかなか客を引き寄せられないようだ。

ところで、バルザックは自分のカフェでメリノ以外の飲み物も口にするにちがいない。むしろ、貴重な黒い液体の方に夢中になっている。彼はコーヒーに関してはちょっとした通である。複数の小説を並行して執筆していた時期に、毎日、十八時間このカフェに籠りきりで、一日に百杯ものコーヒーをブラックで飲んだことさえあるほどだ。可能な時は、〈カフェ・ヴェリー〉で食事をするのが好きだった。その丸々とした体形を見れば、その食欲がいかほどのものであるか分かると言うものだ。ある晩、バルザックは編集者のヴェルデを食事に「誘った」。ヴェルデは胃痛のために食事制限をしていたのだが、そのときバルザックのもとに運ばれてきたメニューは、ベルギーのオステンド産牡蠣が百個、ノルマンディー産の舌平目が一皿、磯の香りの利いた子羊のコートレットが十二個、鴨のカブ添え一皿、ヤマウズラの雛が二個、野菜に果物、ワインのボトルが数本、コーヒーにリキュールというものだった。結局、支払いをしたのはヴェルデで、当のヴェルデは数皿にほんの少し口をつけただけだった……。金の心配が絶えない中でガルガンチュア並みの食欲を満足させるため、バルザックは巧妙な策を思いつく。自分の小説に行きつけのカフェの名前を出して宣伝するのだ。実際、バルザックは多くの作品の主人公、例えば、リュシアン・ド・リュバンプレ（『幻滅』）やラスティニャック（『ゴリオ爺さん』）、モーフリニューズ夫人（『骨董室』）などが、バルザック自身が特に好きなレストラン〈ロシェ・ド・カンカル〉で夕食を取る様子を描写している。その返礼に、これらのレストランのオーナーは『人間喜劇』の作者を快く迎え入れるのだった。

コーヒーの淹れ方について、バルザックはブリア・サヴァラン（一七五五～一八二六）の著書『美味礼賛』に書かれている助言を参考にしたに違いない。その本には次のような記述がある。「トルコ人はコーヒーを挽くのにミルは使用しない。乳鉢に豆を入れ、すりこ木で砕く。これらの器具は使えば使うほど使い心地が良くなり、高値で売られる。

そこで私は、上質のモカを慎重に炒り、それをきっちり半分ずつに分け、一方はミルで挽き、もう一方はトルコ式に砕く。それから、それぞれの粉でコーヒーを作る。つまり、粉を同量ずつ取り、それぞれに沸騰した同量の湯を注ぐ。いずれもまったく同じことを繰り返す。そしてそのコーヒーを自分で味わい、お偉方にも勧めてみた。みんなの感想はまったく同じで、ミルで挽いた粉で作ったコーヒーより、手で砕いた粉でつくったコーヒーの方が明らかに美味しい[11]」。

この有名な美食家がコーヒーのレシピを紹介していた頃、カペー朝の子孫は権力の座に返り咲くにはどうするのが最も良いか模索していた。祖先たちの王座を顧みるに、古い体質の君主体制では権力を取り戻すのは難しいことがすぐに理解できた。

フランス人は好んで熱弁を振るい、論陣を張ってきた。そうして、ひとつの憲法から別の憲法へ、共和制から独裁政治へ、クーデターから革命へとより良い道を探ってきた。ルイ十八世、そしてシャルル十世はさまざまな法典や、各県、知事たち、そして、自分たちで法律を定めることに慣れた二院制議会に配慮しなければならなかった。そんな中、陰謀を企てる者たちが動き始める。イタリアの「カルボナリ党」をモデルにした秘密結社が幾つも結成された。革命期にあったさまざまなクラブを真似ようとしたのだ。

その頃、流行のカフェで客に人気があったのは「自家製」料理である。これはどういう意味だろうか？　ブリア・サヴァランがけなしたミロントン［残りものの肉にタマネギの薄切りを加えて煮込み、オーブンで表面に焦げ目をつけた料理］やブイイ（ゆで肉）のことだろうか？　それとも台所のフライパンで蒸し焼きにしたジャガイモのこと？　その答えは多分、自家製料理の聖地、ポトフの「サント＝シャペル（聖なる礼拝堂）」たる〈カフェ・ド・ラ・メール・モレル〉に行けば分かるだろう。このカフェはオペラ＝コミック座の隣にあり、ここの自家製パテは、皮肉を込めて「イタリア人のフォアグラ・パテ」と言われている。このカフェでは、画家やトルバドール［抒情詩の今で言うシンガー・ソング・ライター］、音楽家、ジャーナリスト、発明家、あらゆるジャンルの空想家など優れた芸術家たちがひっきりなしに出入りしている。打算深い者や風変わりな者、気まぐれを装ってつましい食事をする者たちが入り交じっている。客は大声でウエイトレスたちの名前を呼ぶ。「トワネット、フランシェット、マルゴトン！」ウエイトレスがやって来ると、美味しそうな料理の名前が並ぶメニューを見ながら注文する。サーモンのエスカロップ、キジの薄切りのトリュフ添え、パイナップルのクーリなど……。注文を聞いたウエイトレスたちは、もう、何もありませんと答える。本当はもともと、そんなものはないのだ。豪華なメニューはすべて単なる見せかけに過ぎない。祈りを捧げれば、あるいは、何か芸を披露すれば、ちょっとした食事が提供される。絶望的にまずいオムレツを食べるために「東洋風シンフォニー」を即興演奏させられた音楽家がいるという話だ。黙っていては何も出されないのが普通で、ひざまずいたり、歌ったり、何か気の利いたことをしゃべる。そうすれば本物の殻つき卵、本物の牛肉、本物のほうれん草を食べることができる。

この界隈の同じように風変わりな店〈ラ・ペルドリクス・アムルーズ〉では、その時々の懐具合やその時々の食料事情に応じて、手に入ったものが提供される。入り口のすぐそばに置かれた錫製のカウンターではグラスワインが出される。詩人や文学者たちは自分の作品が日の目を見る日を心待ちにしながら、ここにやって来る。画家たちは施しを受けに行ったり、政府に絵の注文を頼みに行くより、ここで食事をする方を好む。ここでキジを食べた翌日に、運よく、ラタトゥイユやウサギのワイン煮込みに恵まれるかもしれない。

時期を同じくして、パリに「ターブル・ドート（主人のテーブル）」なるものが出現した。これは、七スーから五十スーで、決まった時間に、望みさえすれば誰でも、大勢で一緒にポトフを食べられるあらゆる場所を指す総称的な名称である。ターブル・ドートには、ときに、あらゆるものがごちゃ混ぜに並ぶこともある。例えば、大きなパテ、山のようなサラダ、四リーブルのパン、二、三ダースのサーディン、三リーブルの重さのグリュイエール・チーズ、テーブルの隅に放り出された数リットルのワインなど。

客が来るたびに、このカフェ－レストランの主人は必要なスペースを雑巾で拭くが、この雑巾が触れたところは却って汚れる始末だ。しかし、わずかな金額で濃厚なスープやフライド・ポテト、水、パンを好きなだけ食べられ、うずく空腹を満たすことができる。一定額以上を払えば、テーブルクロスが敷かれ、ナプキンとフォークが置かれて、出される料理には「キュイジーヌ・ブルジョワーズ」という名前がつく。そうすると、スープはポタージュになり、牛肉のブイイ、あるいはその日の定食、フリカンドー（牛もも肉の煮込み）などが供される。

ドイツにシュークルートがあり、ロシアにはキャビアが、イギリスにはプラム・プディングがあるが、イタリアが誇るのは言うまでもなくパスタだ。パスタの評判は、その産地であるイタリアの評判と切り離すことはできない。言い伝えを信じる限り、この貴重な名物料理を発明したのは古代ローマ人らしい。パスタの種類のひとつマカロニは、ラテン語の *macaro* に由来しているが、これは古代ローマ時代、パン屋が生地を薄く伸ばすのし棒を意味する言葉である。

当時パリでは、イタリア風カフェレストランが流行した。ペルティエ通りの〈ポール・ブロッジ〉、あるいはパッサージュ・デ・パノラマの〈グラツィアーノ〉でイタリア料理を楽しめる。〈グラツィアーノ〉ではマカロニ、ナポリターニ、ヴェルミチェッリ、ラザーニしか出さないが、どれも逸品だ。ロンバルディ家とアブルッツェ家の血が流れているポール・ブロッジは、モルタデッラ（イタリア産の大きなソーセージ）とフリカンドー［仔牛の切り身や魚の切り身の蒸し煮］を組み合わせたこれまでなかったレシピに成功した。ルビーニ（イタリア人のテノール歌手）やラブラーシュ（イタリア人のバス歌手）の歌を聞きに行く前に、ここでタリエリーニなどのパスタを味わう客もいる。また、テノール歌手たちもここで食事をしては、ベルガモ料理やミラノ料理の香りに酔いしれている。

〈グラツィアーノ〉は、おそらく経営者が何度も代わったためだろうが、〈ブロッジ〉の亜流に過ぎない。このカフェが流行ったのは、フランスでロッシーニのオペラと、それを演じる有名なオペラ歌手たちが熱狂的に迎えられた頃のことだ。しかし多くのオペラ歌手たちはフランスを去っていった。バリトン歌手もコントラルト歌手もソプラノ歌手もロンドンへ、ベルリンへ、モスクワへと向かった。それでも、このカフェの店主は相変わらずイタリアへの思いとイタリアの雰囲気たっぷりの自慢料理を提供し続けて、少しでもかつての繁栄を取り戻したいと願いながら、マエストロの新しいオペラが来るのを待ち望んでいる。店主は、極上の乾燥パスタを自分で作り、やはり「自ら手を下して」料理する。自分が考案したオリジナルのレシピを決して変えずに頑なに守り通している。湯気が充満した暑い調理場で、自分が決めた分量で混ぜた粉を大きなこね桶で精力的にかき混ぜる。水で湿らせた特上粉にさまざまな調味料、卵、香辛料を加えるが、その適切な分量は企業秘密のひとつである。もうひとつの企業秘密は打ち砕き方、こね方、プレート上での揉み方だ。次に、パスタの塊をローラーの間に入れて押し、圧縮し、これを穴の開いた別の鋼のプレートに押し入れる。圧力をかけると、長い空洞のチューブがどんどん伸びて出てくる。出てきたパスタをつかみ、長い棒の周りに絡みつかせるように巻いていく。マカロニはローマ帝国の時代から、こうして作られているのだ。

せっかく、〈グラツィアーノ〉のあるパッサージュ・デ・パノラマにいるのだから、手袋専門店や靴専門店の前を通り、文具店〈シュス〉のショーウィンドウを覗いてみよう。筆記用具、道具箱、書見台、名刺入れ、機械仕掛けのスクリーンなど、さまざまなものが並んでいる。ラポストール夫人の店の麦わら帽子と美人の売り子たちを横目で見ながら、〈ラ・メール・ド・ファミーユ〉の店主ミノール夫人に挨拶し、ドイツの家庭料理の店〈マガザン・デュ・マムルーク〉まで足を延ばそう。この店では香水も売っている。オペラグラスを売る小さな店を通り過ぎると、食料品店〈シュヴェ〉からトリュフの良い匂いがしてくる。〈カフェ・モリッツ〉に入り、香り豊かな極上のモカを味わおう。ここを出たら、モンマルトル大通りとの角にある〈カフェ・ヴェロン〉を忘れてはいけない。このカフェから出てくる客はいつも満たされた顔をしている。証券取引所の立会時間の前後になると、このカフェは大勢の仲買人や強気筋、弱気筋でごった返す。

一八二四年、愛想がよく活発な皇太子シャルル十世は、兄のルイ十八世の崩御によって空白となった王座に就いた。シャルルは「何の反省もなく、昔のままの思いを抱いて」帰国した亡命貴族の仲間である。そもそも、即位する前はアルトワ伯の称号で呼ばれ、亡命貴族たちの首領だった。警戒心を何よりも重んじる。カフェでは、折あれば議論を吹っかけようと手ぐすね引いて待ち構えるフランス大陸軍の元士官たちを見かけることも珍しくはなかった。確かに、支持者たちによって再度フランスに呼び戻されたブルボン家は、同盟軍に打ち負かされたナポレオンの軍隊がフランスを守ってくれるとは思えないとばかりに、彼らをさっさと解雇したのだ。そのため、元士官たちは亡命貴族の子息たちにポストを譲る形で予備役に追いやられていた。カフェのギャルソンが髪粉をつけ、短いキュロットに剣をさしていた時代も、帝国の将校たちがアンクロワイヤーブルのような出で立ちでアブサンやコーヒーを飲みに来た時代も遠い昔のことなのだ。

しかし、ルイ十六世の末弟シャルルの王座はすぐにぐらつくことになる。不愉快な友人たちよりも、むしろ不愉快な思い出に傷ついたシャルル十世は、ルイ十八世の定めた憲章と一八三〇年七月二十五日に発布された王令に脅かされていた自由主義派のブルジョワたちと手を携えるには至らなかった。パリは再び、自由主義派の行動を機に蜂起し、百合の紋章の王国を打倒した。ブルジョワジーはオルレアン公を国家の頭に頂くことで状況を救った。

在パリ、オーストリア＝ハンガリー大使館補佐官のロドルフ・アポニー伯爵は、パリの上流社会で評判が良く、ダンスがうまく、非常に紳士的な人物だが、その彼が一八三〇年に書いた非常に興味深い日記があり、その中に、ルイ＝フィリップが王位に就いた最初の一カ月間、外交官たちが宮廷でどんな気持ちで過ごしたか、パリやパリ市民についてどのように感じているかが克明に記されている。「上流社会の人々は、身を潜め、危険を感じればすぐにでもフランスを去る心積りでいた。通りには従者を引き連れた仰々しい行列はなく、彼らは徒歩か辻馬車で出かける。それほど市民のひんしゅくを買うことを恐れているのだ［…］。皇太子たちは反乱兵士たちとは親しくないのだろうか？ 毎日、朝の七時に、オルレアン公（ルイ＝フィリップ国王の長男）がルーヴル宮の前で一介の国民軍砲兵たちと演習をしている姿が見られる。通りや商店でも国民軍の制服姿のオルレアン公をよく見かける。国民軍の兵士たちは彼を友達として、善良な青年としてつき合っている。なんという堕落ぶりだろう！」[12]

一八三一年、政治に対する無関心が蔓延しているようにみえたが、愛国心の高まりだけは別だった。アルジェリアの太守フサイン・パシャはそんな愛国心の犠牲者だ。〈カフェ・デ・ヴァリエテ〉では客たちがフサイン・パシャの降伏を祝って賑わっていた。ある俳優が彼の声を真似てカンカンのメロディーで歌を歌っている。

老いさらばえた太守にとって何たる運命
捕らわれた太守のように逃げ出すとは
しっかりした老太守だったこの私が
今や、いたわられる太守になり果てた[13]

それから数年を経ても、パリのカフェは相変わらず賑わっていた。劇作家、シャンソン作家、詩人たちは〈カフェ・ダニュー〉に足しげくやって来る。ジャーナリストのショードゼーグは、彫刻家のプレオーやクロドンとここで酔いつぶれる。ジャーナリストのリベイロールはたわごとを言い、画家のリクールは詩人で劇作家のバンヴィルと食事をする。ジャン＝ジャック・ルソー通りの〈カフェ・サン＝タニェス〉は革命家たちの隠れ家になっている。後年、一八四八年の二月革命後の臨時政府の政務次官となるフェルディナン・フロコンと将来の警視総監コシディエールはこのカフェで落ち合う。二人は時々、ここからリュクサンブール公園入り口の鉄門の前にある〈カフェ・タブレイ〉に移動する。〈タブレイ〉はある意味、カフェの「両世界評論」である。冬の晩には、バルベー・ドールヴィイ（一八〇八～一八八九）がホールに入っていく姿をよく見かける。ドールヴィイは赤か黒のベルベットの裏地がついた毛織のケープに身をくるみ、帽子のつばを左耳の上で跳ね上げ、太い格子柄のズボンをエナメルのブーツの中に押し込んでいる。『悪魔のような女たち』の著者であるドールヴィイは、テーブルを囲んでいる月刊誌『両世界評論』の共同編集者たちに目もくれない。その中には編集者エミール・モンテギュー（一八二五〜一八九五）もいる。この男は陰気な小男で、何ごとにも、誰にも、自分自身にさえも満足することはなく、けだるそうに黒くくすんだ葉巻を吸っている。ドールヴィイはかつてこの男に自分の小説の雑誌掲載を拒絶されたことがあるのだ。モンテギューや隣のテーブルに座っている同僚のポール・ペレ（一八三〇〜一九〇四）の耳もとに非常に不愉快な言葉を投げつけるドールヴィイにただ一人、話しかけて宥めているのは作家のレイモン・ブラッカー（一八〇〇〜一八七五）だ。

文学者や政治家が集まるカフェでは、その楽しみ方は十人十色だ。テーブルの片隅で仕事に励む者もいれば、社会や人間の将来について楽しそうに語らう者たちもいる。ヴァヴァン通りの〈カフェ・ゲナン〉については、ジュール・ヴァレス（一八三二〜一八八五）の著書にこんな記述がある。「店主は、気の良いラファエロ気取りの画家たちや仕事のない将来のミケランジェロたちに、店の壁一面にパステルや木炭でさっと絵を描かせることを思いついた。カフェ業界のメディチ家にもたとえられる店主は、この商売で一儲けした。カフェは薄汚く騒々しいが、陽気な雰囲気で活気に溢れている。壁には常連客の似顔絵が描かれている。[…]出入りする客層はよく入れ替わる。労働者はちょっと立ち寄るだけだが、ここでゆっくり酒を飲む客は、壁の絵は凝りすぎているのに、蒸留酒にはアルコール分がちょっと足りないと感じている」[14]。

残念なことに、こうした店のすべてが同じように手入れが行き届いているわけではない。とりわけ夜中も営業できるキャバレーは、非衛生的であることが多い。そうしたいかがわしい店の多くはワイン販売業者やリキュール販売業者が経営しているのだが、それぞれに特徴があり、それなりに知られ、それなりの常連客がいるものだ。サン＝ドニ通りのポール・ニケの店、〈ラ・ランテルヌ・トリアンギュレール〉もそういった店のひとつである。店内の舗石は道路のものと同じで、フォンテーヌブローの砂岩だ。店内に入るには、入り口から延びる狭くて長く薄暗い通路を進んでいかなければならない。それはちょうど、ウジェーヌ・シュー（一八〇四～一八五七）の新聞小説『パリの秘密』のなかに出てきそうな雰囲気だ。ちょっと中に入ってみよう。秋も終わりに近いある日のたそがれ時、すでに店内は暗く、ほとんど何も見えない。誰かがしわがれた大きな声で、カンケ灯をつけてくれと叫んでいる。常連客はメインホールに入るために、壁沿いに背負いかごや重い荷物を置いていく。メインホールには錫製のカウンターが二つあり、そこでワインやリキュール、一般に「カス・ポワトリンヌ」と呼ばれるフルーツの蒸留酒がばら売りされている。その向かい側の壁際に鉄の支柱で固定されたオーク材のベンチがあり、客たちが座っている。カウンターの前に立っている客の怒鳴り散らす声や口論の声が騒々しく響く中で、座っている客たちは、二回の警官の見回りの合間に一寝入りしようとしているのだ。カウンターの上には重そうな水差しや大きな酒瓶、ワインボトルが所狭しと並んでいるが、そのラベルたるや「デリス・デ・ダーム（淑女の逸楽）」とか「パルフェ・タムール（至上の愛）」など奇妙なものばかりである。

通路はまた別のホールに続いている。そこは談話室で、馴染みの客や古参客専用の場所だ。三台の長いテーブルと木製ベンチが置かれている。漆喰の壁にはさっと色付けされたエッチングが飾られている。この飲み屋の建物は、角がへこみ、あちこちに穴が開き、わけの分からないでっぱりがあるなど欠陥だらけで、それを見るだけでも面白い。ジメジメとかび臭い匂いを含んだムッとする汚臭がそこらじゅうに漂っている。ここには、あらゆる種類のはみ出し者が入れ替わり立ち替わりやって来る。例えば、くず屋、落ちこぼれの詩人や音楽家、市門のヴァイオリン弾き、素行の悪い兵士、けちな泥棒などだ。若い女がテーブルの間をすり抜ける。大きな花で飾った膨らんだスカート、幅の広い黒いベルトをぎゅっと締めつけ、顔には白粉を塗りたくった姿を見れば、その職業が推し測れる。壁際にはピラミッドの形に積み上げた樽が薄暗がりの中でぼんやりと光っている。ここで出される昼食は、古代ローマの美食家ルクルスの食事やトリマルキオの饗宴［古代ローマの生活が描かれ小説『サテュリコン』の中に出てくる成金トリマルキオが催す饗宴］とは程遠いものだ。旧約聖書に書かれている、イサクの長男エサウが狩猟から戻り、空腹のあまりに弟ヤコブの作ったレンズ豆のスープを長男の特権と交換してしまったという話が本当なら、むしろエサウの夕食に近いだろう。運が良ければ、長時間煮込んだ野菜のスープに小さなたまねぎと生煮えの肉が入っていることがある。デザートは大抵、やはり生のリンゴに焦げたジャムだ。ジャムが焦げているのは、へぼコックが鍋からジャムを取り出しながら、美味しそうなところを食べてしまうせいだ。客は、喉の中でジャムをかき混ぜようとむなしく動き回る煙突掃除夫を飲み込んだような気分になる。自分の狭い喉の管から煙突掃除夫が飛び出てきそうで、また煙突掃除夫が歓喜のしるしにサヴォア地方の有名な歌『*Ranz des cheminées*（煙突の行列）』を歌っているのが聞こえるように感じて恐怖を覚える。

　そこで繰り広げられる会話は、こうした雰囲気に似つかわしい。例えば、パリのどこかで起こったばかりのセンセーショナルな出来事が話題に上る。それはこんな話だ。一八二九年一月二十八日、パリのボーモン街道とヴィアルムに通じる街路との交差点にある寂れた大衆酒場〈ラ・クロワ＝ヴェルト〉を営む夫婦が無残に殺害された姿で発見された。ニコラ＝ギヨーム・プリュードムとその妻マリー・デュリューが斧で頭をぶち割られていたのだ。検証の結果、夫はテーブルでウトウトしているところを複数犯に襲われ、突然の一撃を受けてのぞけり、即死したようだ。ところが妻の方は犯人たちともみ合い、長い間、呻き苦しんだ末に死に至ったと見られる。その惨状はぞっとするもので、左手の薬指がずたずたに打ち砕かれ、指輪が引き抜かれていた。犯人たちは、客が途切れてそろそろ店を閉めようと店主夫婦が二人だけになった時を狙って急襲したのだ。犯人グループは脱走囚たちで、すぐに警察に逮捕された。やれやれだ。

さて、勇気を出してフォーブール・ド・ラ・ヴィレットの路地をぶらついてみよう。この辺りにあるのは安酒場やオーベルジュ、殺し屋たちが入り浸る魅力に乏しいキャバレーばかりだ。立派な家々の立ち並ぶ中、いかにもみすぼらしいあばら家が一軒、排水路のそばにポツンと建っている。それが我々が立ち寄ることに決めたラディッグおばさんのキャバレー〈ラ・プロヴィダンス〉である。

建物を取り囲んでいるぬかるみを飛び越え、入り口の扉を開けると、すぐ広いホールがあり、たばこの煙が充満し、汚臭が立ち込める中に五十人ほどの客がせわしなく動き回ったり、叫んだり、踊ったりしている。この雑然とした騒々しさに、今にも爆発しそうなほど燃えたぎっているストーブの火のパチパチと跳ねる音が入り交じっている。常連客の波に押されて、我々は「庭」と呼ばれる場所にたどり着いた。実際は、そこはぬかるみに囲まれた場所で、腐りかかった木製のテーブルが幾つか置かれているが、全部合わせても、客の十分の一くらいしか座れない。この「庭」が炭火の上で地獄の手先どもを煮えたぎらせている巨大な大釜だと想像してみるのも面白い。奥には、古いタペストリーで作った天蓋が張られ、その下にこの不純な寺院のアイドルが鎮座している。それがラディッグおばさんである。汚れた木綿の頭巾をかぶり、ぼろを身にまとい、腕をむき出しにし、ワインのように赤いふてぶてしい目つきを光らせ、しわがれ声で怒鳴り散らしている。男女の区別さえ定かでない。ほら、また誰かを罵倒している。

「ちょっと！　あんた、そこの爺さん！」と彼女が怒鳴る。「飲まないなら、一体ここに何しに来たのさ？」

「見ての通りさ」と相手が答える。

「私のことを、物好きなお人好しだとでも思ってるのかい？」

ヒステリー女は相手の顔めがけてワイングラスを投げつけるが、それはストーブに炭をくべる男の上に飛び散った。罵り合いが、やがて激しい殴り合いのけんかに発展する。周りの客たちは言い合う二人を取り囲み、テーブルの上に乗って喧嘩の成り行きを見守っている。

ひどいとばっちりを受けないうちに、この魔女の店を去り、市街地に戻った方が良さそうだ。市街では河岸通りに沿って人の群れが絶えることがない。と言うのも、この辺りには常設市場があり、古物商や買い物客でごった返しているからだ。ここには有名なタベルヌ〈ル・プティ・ボシュー〉がある。強盗たちが目をつける「タピ＝フラン（いかがわしい酒場）」だ。この店へはスモックと目立たないキャスケット帽という出で立ちで訪れる方が良さそうだ。店は人気のない袋小路にある。入り口は庭に面していて、非常に暗いために隣のカフェが輝いて見えるほどだ。壁際には、血のシミのようにも見える泥の汚れで覆われた板の破片が入り交じる汚らしい芝の束が積み重ねられている。そのそばには、一ダースほどの樽が乱雑に散らばっている。入り口がもうひとつあるが、その扉を開けるには、掛金を持ち上げなければならない。中に入ると広いホールが目に入るが、その奇妙さときたら、ここを設計した建築家は悪夢を見ながら図面を書いたのではなかろうかと思うほどだ。左手の隅には、二つのでっぱりの間に隠れている谷間があり、石段の上にカウンターが、カウンターの上には樽が置かれ、その上に年老いた女性が座っている。女性はこの奇妙な山積みから顔をのぞかせ、騒々しい客たちを見下ろしている。この意地悪そうなしかめ面の女主人は、ワインの染みがついたひだ飾りの頭巾をかぶっている。彼女は、ひと塊になってヒソヒソと話し合っている奇異な一団を見張っているのだ。この一団は地獄からまっすぐ出てきたばかりのような恐ろしい雰囲気を漂わせている。白い木製のどのテーブルにも、グラスと酒瓶が並んでいる。ベンチは大勢の客の重みできしんでいる。室内の空気は、パイプから出る黒い煙と食事をしている客の吐き出す臭い息に覆われ、息ができないほどだ。カンケ灯の明かりは消えかかり、ロウソクは消えてしまっている。この乱れた薄明かりの中で、加熱しすぎたストーブがごうごうと燃えたぎる音が耳に響く。

　余りの暑さに、スモックを脱ぐ者もいれば、シャツのボタンをはずす者もいる。誰もがワインやビール、ジンを飲んでいる。酒瓶はせっ器か鋳鉄製で、タンブラーはノートル＝ダム大聖堂の上から投げても壊れない特殊なガラス製だ。壁は客が描いた幻想的な絵で埋め尽くされている。どの絵もそれぞれに異なる〈ル・プティ・ボシュー〉の情景を表している。今も、二人の芸術家が装飾を描き足しているところだ。彼らの服装は他の客の服装とは対照的だ。一人は油で汚れたフロックコートに穴の開いた帽子という格好で、もう一人は栗色の趣味の悪いジャケットにグレーのベレー帽をかぶっている。安食堂の多くはどれも似たり寄ったりで、学生や金のない労働者を迎え入れている。その結果、オノレ・ドーミエの描画やバルザックの筆跡が永遠に残っているのだ。ソルボンヌ広場の〈フリコトー〉やアルプ通りの〈ヴィオー〉もしかりだ。バルザックは『幻滅』の中でこう語っている。「ここの料理は種類は少ないが、ジャガイモ料理はいつでもある。アイルランドでジャガイモが取れなければ、いたるところでジャガイモが不足するだろう。だが、〈フリコトー〉に来ればジャガイモが食べられる。［…］ここの牛肉料理は絶品だ。［…］大西洋沿岸でタラやサバが大漁なら、〈フリコトー〉のテーブルに活きの良いタラやサバが並ぶことだろう」[15]。

　理性より感情を大切にし、批判的な分析より想像力を重んじるロマン主義が開花すると、カフェは新しい姿を見せるようになる。そんなカフェのひとつ、パッサージュ・ショワズールにある〈カフェ・タルマ〉は有名人や変わり者を惹きつけている。髪の長い芸術家や毛むくじゃらの詩人たちがここに集まるようになった。彼らは、パリのファッションや趣味、風俗について、またその年に起こった馬鹿げた出来事や、誰かれの成功や失敗、作家や俳優を巡るあらゆる騒動について厳しい意見を交わしている。人気作家や、大通りで人だかりを作るきわどい冗談の名手のことを笑いものにしたり、哲学的理論や政治戦略について激論を戦わせたりしながら、今を楽しむことで過去を葬り去っている。

テオフィル・ゴーティエやジェラール・ド・ネルヴァル、その友人たちは、数スーで小キュウリのピクルスを添えたハムやソーセージの盛り合わせを安物の強いブランデーといっしょに味わうことができるブッシュリ通りの〈ラ・ベル・オランプ〉、あるいはセーヌ川沿いの〈カフェ・ドルセー〉の方がお気に入りだ。彼らはこうしたカフェで夜明けまで飲み明かす。ジェラール・ネルヴァルはときに仲間から離れて一人でいることもある。編集者に作品を渡す前は、隅で静かにしていたいからだ。ポケットから小さなインク瓶とペン、メモを書き連ねた紙切れ、数冊の本や小冊子を取り出し、仕事に没頭し始める。原稿や新しい作品はいつも提出する寸前に出来上がるのだ。原稿を編集者に渡すと、サン＝トーマ＝デュ＝ルーヴル通りとオルティ通りの間にあるドワイエンヌ通りの突き当りにある家に戻り、仲間と合流する。彼はここでロマン派の仲間と共同生活をしているのだ。

その頃、パリは非常におぞましい事件に打ち沈んでいた。当時、タンプル通りとヴォルタ通りの間にフェリポー通りという通りがあった。この通りは後にオスマンのパリ大改造でレオミュール通りが開通した後になくなったが、一八三四年十一月末、この通りにある〈カフェ・ド・ラ・パンデュール〉で二人の男が窃盗の計画を立てていた。この計画は、数日後、その頃起こった最悪の事件のひとつとなる殺人事件に発展したのだ。十二月十四日、二人の窃盗犯は、サン＝マルタン通り二七一番地のパッサージュ・デュ・シュヴァル＝ルージュに妻と二人で住んでいるシャルドンという名前の高利貸しの家に忍び込み、半月包丁の一突きでシャルドンを失血死させた。それから妻を殴った末に枕で窒息死させ、現金五百フランを奪って逃走した。二人の殺人者のうちの一人はとりわけ頭の良い男だ。痩せこけて髪は茶色、色黒で、鼻は鷲のくちばしのようで、ギラギラと光る灰色の目をしている。ヴィクトル・ユゴーはその著書『レ・ミゼラブル』の中で「モンパルナス」と言う名前でこの男を登場させている。その名はピエール・フランソワ・ラスネール。革命派のジャーナリストだった時期もあり、たまに詩も書いていた。獄中で執筆した『回想録』の中で、彼は、イタリアでは人を一人虐殺し、リヨンでは通行人から金を盗んだ上にその男を溺死させ、有名な『アドルフ』の著者ベンジャマン・コンスタンの甥を決闘で殺害したことを認めている。もう一人は二十三歳のほっそりとした魅力的な青年で、ラスネールは彼に好感を持っていた。二人とも死刑を宣告され、やがてサン＝ジャック市門に連行される。一八三二年から死刑台がここに移されていた。「さあ、行きましょう」。青ざめ、動揺しながらも、勇気を奮って彼を処刑場に連行しようとしている警察署長アラールにラスネールは言った。「遅かれ早かれ、とにかくあそこに行かなくてはならないのですから。私のように、なんでも楽観的に考えてください！」[16]

それから数年が経ち、パリに「堡塁《ほるい》」が現れる。ルイ＝フィリップの治世の一八四〇年、政府は、パリと市外区を稜堡と堀、斜堤で取り囲む城壁を建造した。

堡塁はパリが攻囲されることを不可能にするものでなければならない。一八四五年に工事が完了した堡塁は全長三十五キロメートル、厚さ六メートルの胸壁、厚み三メートル五十、高さ十メートルの内岸壁、幅十四メートル、深さ八メートルの堀、九十四の稜堡、十七の門、二十三の柵、十二の出入り口、十六の要塞などで構成されていた。この堡塁はすぐ悪い評判が立ち、周辺のカフェには泥棒集団がたむろするようになった。日曜日には、家族連れが散歩したり、澄んだ空気を味わったり、草原で弁当を食べたり、斜面によじ登ったりして楽しんでいるが、平日は、後に「アパッチ」と呼ばれるならず者たちが出没する。彼らは夜になると、強盗を働いたり、仲間同士でけんか騒ぎを起こしたりする。昼間は地元の安酒場でムール貝やフライド・ポテトを食べ、ヴェスペトロやパルフェ・タムールといった甘いリキュール、「バルバドス酒」、「バラ風味のリキキ酒」などを楽しんでいる。シャンソン作家アリスティード・ブリュアン（一八五一～一九二五）[17]のシャンソンによれば、「堡塁の貧乏人」たちは驚くほどのあばら家で暮らし、奇妙な「仕事」を生業にしていた。例えば、入れ墨師、たばこと交換でひげを剃る床屋、カーペットの埃叩き、猫の飼育人（実際は安食堂にウサギを納めている）、くず屋、皮なめし用の犬の糞の回収屋などだ。

カフェでの禁煙は新しいことではない。一八四〇年にはすでに禁煙が強く奨励されたが、それはたばこが健康を害するという理由からではなく、カフェの調度品が傷むと言う理由からだった。店内を飾り立てることに金を使うカフェの店主は、パイプや葉巻の煤で絵画や壁紙、金箔飾りが汚れるのを嫌ったのだ。そのため、喫煙の常習者はカフェを敬遠し、大衆酒場やキャバレーに足を向けるようになった。例えば、イレットの森が広がるラメ通りのキャバレー〈ラ・キューヴ・ランヴェルセ〉では、気兼ねなく心ゆくまでたばこへの情熱を傾けることができる。入り口は、二本のニワトコの木がアーチを形作り、木の格子戸がついている。常連客は、庭に建つ瓦とスレートの屋根の染みの目立つ古い建物に迎え入れられる。装飾品は質素で、床を覆う数台のテーブルは地面に打ち込んだ杭で支えられ、その周りにテーブルと同じように粗末なベンチが置かれている。日曜日には、イレットの森の木陰を楽しむために家族連れがやってきて、散歩したり、人との出会いを楽しんだり、たばこを吸ったり、思いのままに過ごしている！

労働者はまだ田園風景の残るこの場所によくやって来るが、学生や自由思想家たち、あらゆる種類の変わり者たちはドーフィーヌ通りの〈カフェ・マザラン〉の方に好んで足を運ぶ。この通りは長くて広い。

大勢の物好きたちが群れをなして歩き回っている。カフェの扉の前には、女性たちが中に入るために紹介者になってくれる常連客が現れるのを待っている。「あら、ムッシュー、私を紹介してくださらない？」当時、女性は一人で遅い時間にカフェに入ることができなかったのだ。

中に入ると、ほとんど熱帯のような暑さの中、大勢の人々が動き回ったり、大げさな身振り手振りで言葉を交わしている。驚くほど無秩序にさまざまなものが入り交じっている。この喧騒にだんだん慣れてくると、もう少しはっきりとものが見え、音が明瞭に聞こえてくる。向こうの方ではビリヤードのもめ事や卑猥な冗談が飛び交い、こちらの方では社会や芸術、宗教について激しく論じあう声が、互いに他の声に負けじと一層大きくなっていく。客たちのひげ面の口元からは、パイプの煙を通って、素晴らしい理論や熱のこもった演説、奥深い省察の言葉が休みなく出てくる。木のテーブルには、なみなみと酒が注がれたグラスが所狭しと置かれ、その周りを重厚な言葉や詩が波打っている。そこでは、感受性の鋭い者や思慮深い者たちがテーブルを囲んでいる。その多くは不幸の中に身を置く者たちで、自分自身を忘れるため酔いに身を任せているのだ。彼らは笑い、歌い、大きなグラスに入ったビールを飲みながらハムを口に運ぶ。それから外に繰り出し、通りをぶらつき、星を仰ぐ。時の有名人たちは、文芸の庇護者でありカルティエ・ラタンのアンフィトリオンである編集者ピーク・ド・リゼールに倣い、友人の弁護士やジャーナリストとの再会を喜び、互いに挨拶し合っている。たばこの匂いはすぐに広がり、それを喜んで嗅ぐ者もいる。ほとんどのテーブルが客で埋め尽くされている。こちらのテーブルではビールを、あちらのテーブルではワインを、もっと遠くのテーブルではコーヒーやリキュールを飲んでいる。レモネードやバヴァロワーズを飲む者も少しはいるが、アイスクリームは誰も食べない。客層はさまざまだ。新聞を斜め読みする者もいれば、議論する者もいる。この大衆酒場に自分のパイプを置きっぱなしにして、自分のものだと分かるようにパイプに番号をつけている者もいる。ビリヤードやピケット、エカルテに興じる者もいる［ピケット、エカルテはいずれもカードを使った賭けゲーム］。そんなテーブルにはギャルソンがグリーンのクロスで覆われた大きな四角い賭博台を置いておく。客は酒瓶を何本も空にして二回から四回勝負する。

そこにいる常連客を観察しよう。筋肉質のがっちりした体格で、その身体つきを見ただけで、それが誰だか分かる。きちんとした身なりをしているが、ブルーのジャケットと茶色のズボンは清潔には見えない。黒いネクタイを締め、首はまったく見えない。ジャケットは上から下まできちんとボタンがかけられて、ジレはすっかり隠れている。色あせたブーツにテカリのある帽子、濃い頬ひげの生えたにこやかな顔、生き生きとした目つき、明るい顔色、しっかりと持ち上げた頭、その足取りは太鼓が軽やかにリズムを刻んでいるかのようで、多くの女性の目を惹きつけている。長椅子に腰を下ろし、パイプに火を点けると、ビールを一本注文する。隣のテーブルで繰り広げられるドミノの勝負に興味を持ち、横からけしかけ、口をはさんで、相手を苛立たせている。

パリで最も流行っている同じようなスタイルの店は、この他に、イタリアン大通りの大衆酒場〈グラン＝バルコン〉、パレ＝ロワイヤルの〈ブラスリー・アングレーズ〉、サン＝マルタン大通りの〈エスタミネ・フラマン〉、モンマルトル大通り、ヴァリエテ座の近くの〈エスタミネ・ド・パリ〉がある。〈エスタミネ・ド・パリ〉には俳優や芸術家が芝居を終えた後に夜食を取りにやって来る。彼らはここでさまざまな逸話や洒落た言葉を語り合う。モンマルトル大通りは、「一八四八年の革命時に活躍した古参兵」のたまり場で、一八六〇年に徴集された新兵も〈カフェ・オデオン〉や〈カフェ・カオール〉からこの場に結集する。体制の崩壊を予感して、自由主義の政治家たちを尊敬し、自由奔放な文学者たちを軽蔑する若きジャーナリスト、ヴィクトール・ノワールの仲間たちが行き来している。

モンマルトル大通りのさらに先、ポワッソニエール大通りやサン＝ドニ大通りにはシュークルートやビールが人気のドイツ風ブラスリーがたくさんある。夜中から午前一時にかけて、こうした店の前にオペラ座界隈から来た馬車が何台も停まり、素人目には神秘的でさえある美女たちを崇めるために雑多な一団が降りてくる。こうしたブラスリーのひとつの地下酒場では独特のショーに見入る客の熱気が溢れている。ビリヤード用のグリーンの賭博台の上で、ヴィーナスと見まがうばかりの見事な肢体のブロンド娘タータと、象牙のように白い肌のタータに少しも引けを取らない艶のあるシルエット、つまりタータの黒い分身ローラが客に向かって思わせぶりなポーズを取っている。二人は台の上で舞い、シャンパンは杯から溢れ、サタンがすべてを取り仕切る。夜になり、ショーの雲行きが怪しくなる。黒いヴィーナスの信奉者たちはブロンドのヴィーナスの称賛者たちと殴り合いを始める。死者が出るかも知れない。

パリには、その魅力にひかれた奇異な人種がいたるところからやって来る。パリは人々をうっとりさせ、元気づけ、ちょっとしたメキシコ湾流のように人々に有益な熱気を与えて豊かにする［メキシコ湾流は、赤道の北側を西向きに流れる北赤道海流を起源として、カリブ海およびメキシコ湾に入り、フロリダ海峡を通って再び大西洋に流出する暖流で、ヨーロッパを温暖な気候に保つ重要な役割を果たしている］。ジムナーズ座を初め、サン＝マルタン大通りの方に向かって、当時は「犯罪大通り」と呼ばれていたタンプル大通り沿いに多くの劇場が点在するこの地区では、とりわけそうした人々の動きや生活ぶりが観察される。

車道の真ん中にある舗道では、人の波がうごめいている。人々は、そこに漂う空気の生ぬるさに活力を砕かれ、誘惑にそそのかされる。騒々しい楽団の音楽、シンバルの金属的な響き、大音響の歌声の断片、断続的なオルガンの音、僅かに聞こえる野次馬たちの足踏みの音が入り交じり、想像を絶するざわめき、途方もない熱狂的なシンフォニーが鳴り響いている。

喉をからした群衆はそこかしこにあるちょっとしたカフェで喉を潤す。カウンターには、水差しやグラスの間に小さなルーレットが置かれ、客は自分の飲み代を賭けることができる。この小さなルーレットは、罪のない無害なもので、法律家も目をつぶっている。実際、賭け事に課税するという法律は、大抵のカフェのカウンターでは守られている。ところが中には、このルーレットを悪用して、本来の目的を逸脱した、危険な賭けをしているカフェもある。おごりを賭ける代わりに金をかけ、しかも店主が承知の上でやっているのだから、多くの場合、店主はこの即席賭博場の胴元である。この逸脱が常習化し、警察が疑いの目を向けるようになれば捜査の手がおよび、罰せられる。

カフェの外には多様な市民がいる。車道に陰を落としているプラタナスの下やテラスでは、芸術に取りつかれたメロドラマの王、今をときめく劇作家たちが、昼も夜も、心の中で聖なる炎を燃やしている。彼らの勝利が花開けば、喜びに顔を輝かせ、涙する。この大通りの建物はほとんどが互いに背中合わせの劇場で、十八世紀末から続く古い建物ばかりである。人々は見たい演目によって、ゲテ座、フォリ・ドラマティック座、シルク・オランピック座、プティ・ラザリ座、フナンビュール座、デラスマン・コミック座、テアートル・ヒストリック座へと馳せ参じる。フナンビュール座では、パントマイムのショーが見られる。ピエロの生みの親であるデビュロー（父）亡きあと、ファンの心を揺るがしているのは息子のデビュローだ。シルク・オランピック座では、軍人ものが熱狂的な人気を博している。テアートル・ヒストリックでは観客が正統派の戯曲を楽しんでいる。有名な俳優ブッフェは戯曲『ジャック親方』に登場する。プティ・ラザリ座では、『意地悪女と哲学者』とか『ビーフのオイル漬け』など思わせぶりなタイトルの笑劇やパレード、人形劇のような滑稽で意表を突く作品が演じられる。

タルマ亡き後、パリで最も有名な俳優となったのはフレデリック・ルメートル（一八〇〇～一八七六）だ。フレデリックは、その口元を見つめる観衆の注目を一身に集めることができる。どんなに冷めた観衆でも、彼の発するちょっとした言葉、身振り、視線に熱狂する。フレデリックは同時代の人々の滑稽さ、卑劣さ、卑屈さ、偉大さ、悪徳、ナイーブさを見抜き、自分の演じる人物の中でそうした人間性を見事に再現する。一八二三年、フレデリックはアンビギュー劇場で上演された戯曲『オーベルジュ・デ・ザドレ』のロベール・マケール役で大成功を収めた。このオーベルジュは実在する。かつてはサン＝マルタン大通りの風情ある小さなカフェだったが、ある高齢の事業者が奇妙な装飾を施したキャバレーに改装し、二十世紀の転換期にグラン・ギニョール［荒唐無稽な血なまぐさい芝居］の舞台さながらの不気味で陰鬱なキャバレー〈ブリュイアン・アレクサンドル〉となった。照明がほとんどない天井や壁には、殺人場面や殺人者の肖像を描いた悪趣味な絵画が飾られている。夜になるとブリュイアン（人騒がせな）な歌手アレクサンドル（一八六六～一九三一）が歌を披露するこの怪しげなキャバレーの舞台のすぐ隣には、赤く塗られた本物のギロチンが置いてある。アレクサンドルは、猥雑な冗談が好きで偉大な歌手アリスティード・ブリュアン（一八五一～一九二五）を真似た衣装を着て歌うが、実際は、下品なコピーに過ぎない。

ゲテ座では、一八五〇年十一月にフレデリック・ルメートルが、アドルフ・エネリとマルク＝フルニエの共作の五幕の大衆戯曲『道化師』で喝采を浴びた。この作品の大成功はひとえに演技の素晴らしさによるもので、だらしない服装をした飲兵衛でありながら天才的で気前が良く、悲劇的で、舞台の上でも実生活でも羽目を外し、日々、伝説を塗り替えるこの大俳優の才能のなせる業である。彼と女優クラリス・ミロワ（一八二〇～一八七〇）との恋の行方にも好奇の目が向けられていた。フレデリックはクラリスに狂おしいまでに優しく接するかと思えば、ときにはステッキで乱暴に殴りつけるのだ。この界隈は流行の芸術家たちの熱狂的なファンや手厳しい批判者たちのたまり場で、彼らの言いあらそう声や機知にとんだ言葉が飛び交い、椿事が繰り返される。パリジャンの芝居好きは相当なもので、午後三時になると、切符売り場に行列ができ、開演まで列が途絶えることはない。

女たちは最新のファッション、例えば、ハンガリー製のブーツ、クリノリン［スカートを膨らませる下着枠］のない短いスカートなどに身を固めている。裾のながいドレスで優雅に歩くのはもはや流行遅れで、お洒落な女性はひだのないカシミアのピチピチのタイトスカート、それに似合う短めの寸胴のパルトー（ハーフコート）、帽子の代わりにシニョンの周りに白いベールを結ぶ。耳には二つの小さな銀の鈴をつけ、ブーツの上にも同じものをそれぞれつける。動くたびに鈴がゆれて音がし、人の注意を惹きつけるためだ。開演を待つ行列の周りを何人かの行商人が目まぐるしく動いている様子はちょっとした風情を作り出している。

芝居が終わると、犯罪大通りはすっかり暗くなっているが、俳優たちは午前三時までシャトー・ドー広場の噴水の辺りにたむろする。この噴水は今は姿を消し、その場所には共和国を象徴する銅像が聳え立っている。彼らを迎えるカフェは犯罪大通りとフォーブール・デュ・タンプル通りの角にある〈シェ・トゥリュショー〉か〈シェ・ベルトラン〉だ。正装した観客やダンディーたちはデジャゼ劇場のすぐそばの〈カフェ・トュルク〉の方を好む。軒を連ねる劇場の間には、〈カフェ・ヨン〉や〈カフェ・ゴデ〉など新しいカフェが次々と現れた。人々はカフェで笑い、踊り、そして……陰謀を企む。一八三一年五月九日、フォーブール・デュ・タンプル通りの〈カフェ・デ・ヴァンダンジュ・ド・ブルゴーニュ〉で、国家の安全を脅かす陰謀を図ったという咎で投獄されたギニャール、ガルニエ兄弟、カヴェニャックの釈放を祝って国民軍の仲間が酒盛りをしていたとき、その場にいたエヴァリスト・ガロワなる男がナイフを手に「ルイ・フィリップに乾杯！」と叫んで王を威嚇する行動に出た。

タンプル大通りの〈カフェ・トュルク〉の装飾を手掛けたのは並みのデザイナーではない。カウンターであれ、ストーブであれ、立派な大燭台であれ、他所と同じものは何ひとつない。板張りの天井の下では、文学者や芸術家たちがテーブルを囲んでいる。パリで教養あると見なされているあらゆる人物がここにやって来る。奥のホールには見事なビリヤード台が二台あり、腕が良いと評判のプレイヤーたちが対決している。周囲の客は杖に身を任せて、ゲームの成り行きを目で追い、あれやこれやと口出しをする。

政治家やドミノをする客はメインホールの先にある部屋に追いやられている。その他の客はむしろボッグの方を好む。これは、トランプゲームの《二十一》の従兄弟、あるいは《黄色い小人》の兄弟とも言える根気を要するゲームで、参加人数は無限に増やすことができる。何時間も休みなくボッグを続ければ、最も執拗に続けた者の財布に大きな穴が開くことだろう。カウンターに立つマダムの後ろに置かれた裏箔のない鏡がこうしたゲームに興じる客と食事をするだけで帰る客を隔てている。奇抜な格好をした数人が最新流行の帽子「ロビンソン」をこれ見よがしに頭に載せているが、それは、まるで砂糖の塊のてっぺんを切り落したような形をしている。

〈カフェ・トュルク〉は待ち合わせ場所としてよく利用され、多くの芸術家たちがあいさつを交わしている。風景画家のテオドール・ルソー、画家のディアズ・ド・ラ・ペーニャ、ウジェーヌ・ドラクロワ、エルネスト・メソニエ、テオドール・シャセリオー、活躍盛りの若さながら病のため栄光への道の途上で亡くなったアドリヤン・ギニェ（テオフィル・ゴーティエは彼の早い死を惜しんだ）、音楽家のエクトル・ベルリオーズ、ジョルジュ・ビゼー、そして多くの作家や詩人たち、その中にはアンリ・モニエ、アンリ・ミュルジェール、ジェラール・ド・ネルヴァル、ロジェ・ド・ボーヴォワール（一八〇七～一八六六）、そして常に寡黙で物憂げなシャルル・ボードレールなどがいる。

だが、この大通りに惹きつけられていたのは有名人だけではない。一風変わった連中も始終この大通りを行き交っていた。それぞれに、洒落者とか、粋者とか、メルヴェイユーズ、アンクロワイヤーブル、ダンディー、ファッショナブル、黄色い手袋、ライオン、伊達男、ココデ、優男などと呼ばれた者たちが、毎日、毎晩、やって来るのはこのカフェだ。この大通りは、馬車や辻馬車、散歩をする人々、あらゆる社会階級の人々、あらゆる国から来た人々でどこもかしこもごった返し、行き来するのが大変だ。この混雑を解消するには、オスマン男爵とヴォルテール大通りの開通を待つ必要があるようだ。

「犯罪大通り」は、後年、マルセル・カルネ監督が映画『天井桟敷の人々』の中で見事に当時の姿を私たちに見せてくれている。ジャン・コクトーはこう書いている「この街の精神的な雰囲気を生み出している幽霊の生々しい足取りやふるまい、行列の証人であった数々の場所を取り壊すとは残念なことである。しかし、つるはしでは幽霊を打ち負かすことはできない。幽霊たちは牙城を失っても、それを探し求め、私たちの魂を魅惑的な靄で包み込む[18]」。

強烈な刺激を好む者はレ・アール地区のいかがわしいキャバレーで夜の楽しみを追い求める。夜中も門を開けているこうしたキャバレーには、パリの食料を支えている多くの労働者たちや女衒《ぜげん》と手を組む女たちがたむろしている。カンケ灯の揺らめく仄かな明かりに照らされたキャバレーは、フランドルの画家テニールスの描いた居酒屋のような雰囲気だ。ここではあらゆる種類の取引が行われる。平たいつばのキャスケット帽をかぶった人相の悪い男たちの姿がテーブルの周りに見える。そのそばで厚化粧をし、けばけばしい洋服を着た女たちが懸命に媚びを売っている。この種のカフェで最もよく知られているのは〈カヴォー〉で、最も有名なブラスリーは〈ヴァッシュ〉である。

大道商人のグザビエ・ルエル（一八二二〜一九〇〇）が夜になると仲間の露天商たちを引き連れてやって来るのは〈カヴォー〉だ。この頭の良い行動的な商売人は、アルシーヴ通りとリヴォリ通りの辺りで商品の売れ行きが一番よいことに気がつくと、一八五六年にこの二つの通りの角に小さな店を構えた。やがて、グザビエはその才覚を発揮し、徐々にその一画全体を買い占め、ある日、バザール・ド・ロテル・ド・ヴィル（BHV）というデパートを建てた。別のテーブルには、「ひも」と呼ばれる女衒が「売春婦」である自分の女たちと話をしている。彼女たちは、取引に目を光らせる「ひも」の監視の下で、新しい客と一夜を過ごすためにここにいるのだ。ときには、客との諍いがこじれて「ラングで一突き」「ラングは女衒仲間の隠語でナイフの意味」に至ることもある。「傷を負わせたい奴を狙い撃ちすれば、ちゃんと傷つけるのに二度もラングを突きつける必要などないさ」と仲間内で言い合っている。

セーヌ川の左岸では、遊び人たちは広い楽しみの場を二つに区切っている。ひとつは旧カルティエ・ラタンを含むセーヌ川までの旧街区、もうひとつは新街区、つまりサン＝ミシェル大通りだ。カルティエ・ラタンでは、アブサンのことは「ピューレ」、ブランデーのことは「ペトロル（石油）」、ボック・ビールは「ひつぎ」、ビターは「教皇」と言う。これらの言葉は、公安委員会の主導者で後にコミューン評議会の議員となった政治ジャーナリストのラウル・リゴーの豊かな想像力から生まれたものだ。ラウルは一八七一年にヴェルサイユ政府軍の砲弾に倒れた。当時ラウルは、政治仲間の一人のところで女中をしているアルザスの娘に夢中になっていた。彼女とはサン＝セヴラン通りのブラスリー〈マルミット〉で知り合った。このカフェは、パリ・コミューンの間、闘士たちに食料やワインなどの酒類を販売する「ヴィヴァンディエールたちの母」となった。〈マルミット〉はサン＝セヴラン通りの角に店を構えている。スレート板に覆われたファサードの建物で彫刻を施した梁の上に上階が張り出している。通行人はここを通ると、この店の明るくはっきり映る鏡に目を留め、自分の姿をもっとよく見ようと、歩く速度を落とす。とりわけ、若い女性はその場に立ち止まり、自分のコルセットのシルエットを映し、ヘアスタイルに乱れがないか見つめ、自分の豊かな髪の毛が頭の後ろでどのようになっているかを確かめようとする。将来の「ヴィヴァンディエールの母」を必要とする者たちがすでにいるのだ。

作家アンリ・ミュルジェールはその著者『*Scènes de la vie de bohème*（ボヘミアンの生活風景）』の中で、〈カフェ・モミュ〉に入り浸るうちに、そこを自分たちのアトリエにしてしまった芸術家たちの生活風景を描いている。著者自身も印刷する予定の原稿をこのカフェに置いていた。〈モミュ〉はパリの典型的なカフェで、パリに流れ着いたボヘミアンたちを迎え入れている。ミュルジェールにとって、〈モミュ〉はインスピレーションを掻き立てる宝庫だった。画家のクールべやシャンソン作家のピエール・デュポン（一八二一～一八七〇）、デザイナーのエティエンヌ・カルジャ（一八二八～一九〇六）がいつも籠って仕事をしていたカルディエ通りのタベルヌ〈コション・フィデル〉やピガール通りの〈カフェ・グジョン〉も同様だ。また、バティニョール大通りの〈カフェ・ゲルボワ〉はエミール・ゾラ（一八四〇～一九〇二）の幾つかの作品にカフェ〈ボドキン〉という名前で登場している。クールベは、オートフォイユ通りのブラスリー〈アンドレルケレール〉で、写実主義について熱く語り、彼の主義主張に賛同する者たちと共に飲み交わしている。その中には、美術評論家でジャーナリストのジュール・カタニャリー、歴史家で美術評論家のテオフィル・シルヴェストル、作家のシャンフリー、作家のジャン・ワロン、詩人のボードレールらがいた。

一八四八年、長いルイ・フィリップの治世は劇的に終わりを告げた。一八四六年から四七年にかけて経済的・財政的危機が深刻化したことで社会不安が高まった。貴族院を巻き込んだ数々のスキャンダルは体制を失墜させるに十分だった。国民の不満は反体制派を勢いづかせる。反体制派は名の知れたカフェで政治宴会を開き、参加者たちは改革の必要性を声をからして延々と論じ合う。

長い間、この動きに目をつぶっていた国王は、遂に不安を覚え始める。しかし、こうした集会を禁止しようとしたことが却って市民の激情に火をつけた。二月二十三日の夜明け、パリでは冷たい雨が降る中、暴徒集団に対抗すべく国民衛兵隊が出動した。パリ中にバリケードが高く築かれる。暴動を支援する反体制派のメンバーは、衛兵たちに自由を手にするために民衆に合流するよう強く迫った。二日後、君主はその王座を失った。

それでも王は、理由もなく議会の忠誠と自分の能力を過信していた。しかし政府首脳を失うという致命的な矛盾に直面して落胆したルイ・フィリップは、躊躇の中に沈みながらも、遂に退位を受け入れた。王と王妃はルブラン夫妻という名前でパリを去り、イギリスに渡るという希望を持って、惨めな面持ちでノルマンディーの港町オンフルールに向かう。この惨めな逃亡に比べれば、シャルル十世の退位は堂々たるものだった。

絶対君主制と同様に、立憲君主体制は息絶えた。そして共和制が、さらには帝政が復活する。歴史は動きを速める。一八四八年十二月二十日、皇太子ルイ・ナポレオンが共和国大統領に選出された。一八五一年十二月二日、大統領によるクーデターの後、国民議会が解散される。警視総監にマルク・コシディエールが任命された。コシディエールは行動的な男で、オフィスだけでなく司令部や「美味しいブルゴーニュワイン」で有名な〈カフェ・ア・ラ・モデスティ〉、あるいは、ベルシー門の近く、ジャーナリストのルイ・ヴォイヨ（一八一三〜一八八三）の母親ヴォイヨ夫人が経営する似たようなカフェ〈ソレイユ・ドール〉にもしばしば顔を出す。

ルイ・ナポレオンはアウステルリッツの戦いの記念日を彼なりのやり方で祝った［十二月二日は、四十六年前の一八〇五年十二月二日、オーストリア領アウステルリッツでナポレオン・ボナパルト率いるフランス軍がロシア・オーストリア連合軍を破った記念の日］。これに抵抗する集会が十二月二日の翌日からいくつか組織される。コット通りとサント＝マルギュリット通りの角に初めて急ごしらえのバリケードが築かれた。そこを通った一台の大きな二輪馬車、二台の小さな馬車、一台の乗合馬車が次々に止められ、馬が外され、車がひっくり返される。数百人の兵士が通りの両端に集まる。反乱者らは軍の部隊に向けて砲撃を始める。一人の兵士が銃弾に倒れ、致命的な傷を受けた。間もなく、バリケードの上に立ったままでいたボーダンなる男が即死し、崩れ落ちた。バリケードは別の場所にも築かれた。こうしてルイ・ナポレオンの独裁に反対する暴動が始まる。ヴィクトル・ユゴーは左派の急進共和党員の友人ショルシェール、アラゴー、ブリヴ、ショッフール、シャラモール、ミシェル・ド・ブルジュらと結集した。この仲間との集会の後、ユゴーは民衆に呼びかける次のような文章を起草し、すぐにパリの至るところに貼って歩いた。

共和国万歳！
憲法万歳！
普通選挙万歳！
ルイ・ナポレオンは裏切り者！
彼は憲法に違反し、
法律を無視した。

今や、我ら国民は永久に
普通選挙を手中に収める
我ら国民は、普通選挙を取り戻すのに、いかなる皇太子も必要としない
我らは反逆者を罰するべきだ
国民よ、その義務を果たそうではないか！[19]

しかし、大多数の国民は誰も罰する気持ちにならなかった。それどころか、この国の頭《かしら》となった新しいナポレオンは、フランスの歴史に一定の豊かな時間を再びもたらした。そして国民は彼に国の統治を任せたのだ。ユゴーは亡命する。一時的に扉を閉ざしたり、暴徒らに占拠されたりしていた大通りのカフェは順調なリズムを取り戻す。こうして第二帝政が始まった。一八五二年十一月、ルイ・ナポレオンは正式にフランス皇帝の地位に就く。この夢想家のカエサルは、ハプスブルグ家のくびきを引きずるイタリアやドイツを奪取し、ポーランド人、オーストリアのスラブ人、ハンガリー人、ローマ人、アイルランド人などのナショナリズム運動に介入するなど、自分の夢の実現を目指すチャンスを手にした。

＊

新しい皇帝とセーヌ県知事ジョルジュ・ウジェーヌ・オスマンによって、パリの衛生管理と治安維持のため、また経済を活性化し、パリの威光を維持するためにも必要であるという理由から、その歴史上最大の改造工事が実施された。古い街区が取り壊されることを嘆くのは、確かに、無駄で大人げないことだ。それでも、この大改造が行われる前は、パリには世界中で最も素晴らしい歴史遺産が多くあり、冒険や幸福感を求めて多くの人々が押し寄せ、歩き回っていたことを思い起こさずにはいられない。

昔のパリには、どの家にもさまざまな亡霊がつきまとっていた。本のページをめくるように、過去の名残を辿りながら通りを歩いたものだった。どの家の門柱の陰にも思い出が潜んでいた。これらの石の証人たちはいずれも、心の奥にパリの抒情詩を抱いている。だから、旧レ・アール界隈、とりわけ、古くはエコルシュリ（と殺場）通りと呼ばれ、その後テューリ通りと名前が変わり、そして当時はヴィエイユ＝ランテルヌ通りと呼ばれていた辺りの佇まいは、この通りがなくなる前のしばらくの間、昔のままの風情が残っていた。シャトレ広場にほど近いこの通りの一八五五年一月二十五日当時の様子を思い浮かべてみよう。道路わきの下水道には、ひどい汚臭がすることで有名な排水溝に食用の動物を捌いた血が流れ込んでいる。この通りは途中で道路の高さが変わるため、真ん中で区切られ、踊り場のある階段で二つの区間がつながっていた。低い方のヴォー広場からやって来る通行人の目の下には、低い方の通り、その泥まみれの下水道、いつも陽が当たらないためにジメジメして暗くシミで汚れた家々、階段とその周囲など、昔のこの通りの名前「皮剝ぎ人」の名にふさわしい不気味な光景が広がっている。高い方の通りには、低い方の通りを見下ろすように木製の支柱が建てられ、怪しげな家へと誘っている。何のための家であるかは疑うべくもない。扉の上に掲げられたカンテラには、「夜、泊まれます」と書かれているのだから。飲んで寝るためのこのカフェは、軒を並べる両隣の家々と同じように、下の通りに入り口と頑丈な格子で補強された一階の窓がある。その近くには、壁に挟まれた狭くて薄暗く、不潔な、ところどころに屋根のあるアーケードがセーヌ川まで急な坂となって続いている。一八五五年一月二十六日の午前七時、野菜売りたちが詩人ジェラール・ド・ネルヴァルの死体を発見したのはこの場所である。ネルヴァルは、頭には帽子をかぶり、折りたたんだ足を地面につけ、女性用エプロンのブルーの紐で首を絞められた状態で、この安酒場の格子にぶら下がっていた。果たして、犯罪なのか自殺なのか？　この疑問は未だに解決されていない。芸術にのめり込み、気ままな生活に憧れたこの才能豊かな詩人の突飛で風代わりな人生における、これが最終幕である。

この界隈に出没する学生たちの中に、〈カフェ・ヴォルテール〉や〈カフェ・プロコープ〉での夕べに加わっていた若い男がいた。その学生は誰かが一言でも発すれば、椅子から飛び上がらんばかりの激烈さで滔々と語り出す。その男こそ、後に国防政府の中心人物となるレオン・ガンベッタ（一八三八～一八八二）である。彼はすぐ近くトゥルノン通りの小さな部屋に住んでいる。あるクリスマスの晩、ガンベッタが〈プロコープ〉に入ると、フーケ、パトレル、ジュール・ヴァレスが同じテーブルを囲んでいた。ガンベッタは彼らのそばを通りながら、頭に帽子を載せたまま、率直にこう言った「みなさん、すみません。挨拶できないのです、帽子の中に腸詰があるもので！」[20]

元気旺盛な者たちは次第にカフェのホールでは満足し切れなくなる。ジョルジュ・ド・ウィッサン（一八八六～一九六三）がその著書「*Paris d'autrefois*（かつてのパリ）」の中で語っている逸話がそのことをよく示している。

「ある晩、彼は、当時美術大臣だったモーリス・リシャールの家で友人の優秀なジャーナリスト、スピュラーと夕食を共にした。食事が終わると、リシャール夫人がスピュラーに一杯のコーヒーを勧めた。

――ありがとうございます。でもマザの方が良かったんですが

――あら、ごめんなさい。でも、マザって何ですの？

――〈プロコープ〉の思い出ですよ、奥さん！　マザは、ビールジョッキに入れたコーヒーのことです。

――なぜジョッキに入れますの？

――ジョッキの方がずっとたくさん入るし、それで同じ値段なんですよ！」[21]

ガンベッタはあらゆるタイプのカフェを知っている。議員に選出されると、〈カフェ・マドリード〉に行くのはやめて、もっぱら〈カフェ・リッシュ〉に顔を出すようになった。コミューンが鎮圧された後、スペインのサン＝セバスチャンから戻ると、夜に地下酒場〈フロンタン〉で飲んだ後、〈カフェ・カーディ

ナル〉で軽くビールをひっかける。食事はシャン＝ゼリゼのレストラン〈ルドワイヤン〉で取る。すでに言及した〈カフェ・リッシュ〉の客には政治家やブルジョワ、オペラ座の俳優たちが多く訪れるが、一八五四年にペルティエ通りとロッシーニ通りの間に店を構えた〈ル・プティ・リッシュ〉の方は、開店するとすぐ、馬車の御者やすぐそばにあるオペラ座の裏方や従業員、身分の低い市民のたまり場となった。このカフェは一八七三年十月二十八日から二十九日にかけての夜中に起こった火事で焼け落ちてしまった。この火事によってペルティエ通りの大半の建物が消滅したのだ。ところが、〈ル・プティ・リッシュ〉はベナールというヴーヴレ出身の心優しく知的な人物の尽力で一八八〇年に再建される。

カードゲームの愛好家はむしろサン＝ルイ島のドゥー・ポン通りに向かう。そこではスリソー親爺が経営する、その名も〈キャバレー・スリソー〉がある。ハツカネズミという意味のこのグロテスクな苗字は、実際はずんぐりとして背が低く、赤ら顔の陽気なこの男にまったく似つかわしくない。近ごろ大分薄く、白くなったように見える頭に散らばるメッシュの白髪を除いて、小さなネズミを思わせるようなものは一見して何もない。身に着けているズボン、ジレ、かかとまで届く裾の長い上着はハツカネズミとは程遠い印象を与えている。このカラフルな三つ揃えには白だけが含まれていないが、厚手の生地のシャツのプリーツにちゃんと白が使われている。彼のキャバレーは、パリで流行し始めた新しいカードゲーム「ベット・オンブレ」ができる場所として知られている。これは、ホイストのように四人でプレイするゲームで、ベリー地方が発祥地らしいが、「ボストン」に似ている。愛好家の中には、一八四八年の革命によって心を傷つけられ、死ぬための最後の奮起を待つしかないブルジョワジーの生き残りの姿も見える。

いたるところで土地が収用され、建物が解体され、掘削工事、建築、塗装、道路の拡張が行われた。道路の往来を改善するために、多くの街区、通り、大通りが取り壊され、広い空が現れ、そして整備された。

カフェもその動きに追随する。カフェのホールはより広く、見た目にも気持ちの上でもより快適で、より楽しい場となった。壁には大きな鏡が一面に張り巡らされ、陽の光やシャンデリア、燭台の明かりを照り返している。調理場にはあらゆる種類の珍しい調理器具が並んでいる。例えば、ロースト用回転器、焼き串、火消し壺、石炭サーバー、火挟み、鉄製の棚、水切り桶、肉切台、乳鉢、篩《ふるい》、タンク、肉切り包丁、かまど用銅板、湯煎鍋、陶器の皿、テリーヌ型、菓子の焼き型、アイスクリーム型、チーズ型、アイスクリームフリーザー、アイスクリーム調理用スプーンなどなど。主人はピカピカのカウンターの中で、コーヒー・ミルや酒瓶、さまざまな色のグラスに囲まれ、得意満面の笑顔で座っている。

〈カフェ・ド・ラ・レジャンス〉はオスマン男爵による大改造の最初の工事着工に伴って立ち退き、一八五九年にサン＝トノレ通りに新たに居を定めた。このカフェは、ひと昔前にディドロやルソー、ボナパルト、そして三年前に亡くなったアルフレッド・ド・ミュッセが通っていた頃のカフェとは、もはや何の関係もない。過ぎ去りし時代の生存者らは死によって消し去られた。あるいは、間もなく消し去られる。フランス海軍将校だったラ・ブールドネも有名なチェス・プレイヤーのデシャペルも詩人のサン＝タマンも……。新しい〈カフェ・ド・ラ・レジャンス〉の中は四つに区切られている。テラスには近隣のホテルからひと息入れに来た外国人たちが座っている。左側のホールには、ダブルの白牌よりも白い髪のドミノのプレイヤーたちの姿が見える。右側のホールはカウンターのあるホールで、ビリヤードやチェスの愛好家たちがゲームに興じている。そしてホイストとルビコン［カードゲーム、ピケの簡略形］のプレイヤーは二階のホールに閉じこもる。〈ラ・レジャンス〉の「レジャンス」とは摂政のことだが、このカフェの摂政役の名前はカタランという。カタランは家族の協力を得て、昔からのこのカフェの伝統を永続させようと努めている。

顧客の中核を占めるのは、昔と変わらず、何といってもチェスの愛好家たちだ。朝の六時から、〈カフェ・ド・ラ・レジャンス〉はよそ者が入り込めない正真正銘の聖域となる。テーブルというテーブルは、ボナパルトが第一統領になる以前から愛用していたという証にその名前が刻まれているテーブルから、部屋の四隅の最も薄暗い角に置かれているテーブルに至るまで、いずれも前日からすでに確保されている。

国際トーナメントで輝かしい成績を収めたことで有名なポーランド人ローゼンタール、乗馬教師の息子のボーシェとその友人のセガンの姿が見える。仕事は競売士で趣味はチェスというシャスレイが彫刻家のルカンスとフローリュ通りの印刷屋のラユールと連れ立って現れた。他のメンバーはすでに定位置についている。その顔触れは、テアートル＝フランセの俳優モーバンとジョリエ、彼らの熱心な生徒であるアンリ・ド・ボルニエ、モリエールの多くの作品で名声を博した俳優のプロヴォー、作家のデュポン・ヴェルノン、あらゆることに情熱を傾ける「長髪のムネ」、ティロン、ギャロー、そしてチェスの熱心な戦略家である国民議会議長のグレヴィといったところだ。駒が静かに歩を進めている間に、そのそばではサイコロがダイスカップの中で大きな音を立てている。これを操るのは元大臣ビヨーの甥ラヌー、元士官のクーロン、詩人ヴィニョンたちだ。誰もがその場の魔力にとりつかれている。ある晩、一台の乗合馬車が〈カフェ・ド・ラ・レジャンス〉の店頭に突っ込んだ。辺り一帯に激震が走る。それでも、ゲームのプレイヤーたちは平然とゲームを続けていた。

ヴィクトル・バルタールがレ・アール（パリ中央市場）を建築し、シャルル・ガルニエはオペラ座を設計し、ヴィオレ＝ル＝デュクはノートル＝ダム大聖堂の修復に取り組み、ダヴィオ、アルファン、バリエ＝デシャンはビュット＝ショーモン庭園やモンスリ公園をはじめ数々の造園工事を実施した。周辺区域をパリ市内に組入れて市の境界を城壁の外に広げることが決定された。その結果、パリの面積は三千五百ヘクタールから七千ヘクタールに拡大された。こうしてパリの様相は一変する。数々の政令によって、環状鉄道が敷設され、ブーローニュの森がパリの管轄下に置かれ、パリを美しく清潔な都市にするために多くの通りが開通した。現在も、その配置は数世紀前の当時とほとんど変わっていない。無秩序に発展してきたために曲がりくねり、往来の流れが滞っていたパリは、均斉美と見通しの良さにこだわった皇帝の指揮の下で、風と光をたっぷり浴びる開放的な街に生まれ変わった。体制に反対する者たちは、批判の矛先をこの大改造に向けた。一八六八年、弁護士ジュール・フェリー（一八三二〜一八九三）は体制を批判した有名な著書『*Les Comptes fantastiques d'Haussmann*（オスマンの幻想物語）』を出版する。共和派議員たちは古いパリを破壊したと政府を非難した。一八七〇年、遂に彼らはオスマンの首を取ることになる。不興を買い、屈服せざるを得なかったセーヌ県知事は、それでも、後世の人々は自分の業績をもっと高く評価してくれるに違いないと信じていたが、一八九一年にこの世を去り、誰からも忘れ去られる。

経済面については、第二帝政ではアングロ＝サクソン系の経済学者らやイギリスでの生活が長かったナポレオンの推奨する自由経済が推進された。しかし結果は期待外れだった。製品が急速に増加したのに、支払い能力は思うように伸びず、賃金が低下した。製糸工場や織物工場では雇い主が労働者に仕事量を増やすよう求める一方で、十分な賃金を支払わない。労働者に一日十三時間もの労働を強いるありさまだ。競争力を高めるために、女性や子供を雇用する。低賃金政策によってプロレタリアートが続々と誕生する。産業資本主義によって大富豪と極貧の二極化が生じた。家内工場で職人の傑作が生まれる穏やかな時代はどこに行ったのだろう？　ところが、一八六四年、政府は労働者の団結権を認めた。以来、労働組合は旧来の徒弟制度を刷新する。

社会主義運動が活動を始めたが、その最初の代表者や支援者は経済学者シモンド・ド・シスモンディ

（一七七三～一八四二）や元レジティミスト（正統王朝主義者）のルイ・ブラン（一八一一～一八八二）、トスカーナの大物フィリッポ・ブオナロッティー（一七六一～一八三七）、ミハイル・バクーニン（一八一四～一八七六）などのように、紛れもない貴族に他ならない。別の考え方を提唱する者たちもいた。例えば空想社会主義者シャルル・フーリエ（一七七二～一八三七）はファランステールという生活共同体の構想をまとめ、アナーキストのプルードン（一八〇九～一八六五）は財産は窃盗であると糾弾して、問題の鍵を物々交換に求めているが、カール・マルクス（一八一八～一八八三）の定義するドイツ社会主義の前に屈服する。増大する一方の不満分子は、進歩の敵であり、庶民全体に利益をもたらす活動の恩恵を認めないエゴイストで気難しい人間だと見なされる。そこで彼らは政府のことを冗談交じりに「第二悪政」と呼んだ［第二悪政（*second tant pire*）は「スゴン・タンピール」と発音するが、これは、第二帝政（*second Empire*）の発音「スゴンダンピール」をもじっている］。

この頃、伝統的なカフェとレストランの中間という新しい形を取るカフェが少しずつ現れ始める。こうしたカフェは「ブイヨン」と呼ばれるようになった。今日、「ブイヨン」という言葉はネガティブなイメージになっている。例えば、「ブイヨンを飲む」は、水泳などで水を飲んでしまったときなどに使われ、味も色もないスープを飲んだという意味だが、商売で大損したという意味もある。「十一時のブイヨン」を飲めば、多分、命は助からないだろう……「毒入り飲み物」という意味なのだから。

ところが、一八六〇年にピエール＝ルイ・デュヴァルという肉屋が「ブイヨン」という言葉にまったく違う意味を与えた。彼のブイヨンは一種の完璧な食事であり、金が余りない客を大満足させる肉や野菜がたっぷり入ったグラタン・スープだ。この料理は大当たりした。労働者や事務職員は日中の仕事の前後に、オペラ並木通り《アヴニュー》に立ち寄る。そこでは〈ブイヨン・デュヴァル〉が彼らを待ち受け、どこにも負けない値段でブイヨンを出してくれる。店の評判が広まるにつれ、少しずつ客層がブルジョワ化してきた。そのことを好ましく思わない客もいた。一八九三年、アナーキストのレオシエが一人の客を刺殺した。かわいそうな犠牲者はセルビアの大使で、パリッとしたジャケットにアクセサリーをつけて洒落こんでいたというだけの理由で刺されたのだった。一八九六年、フォーブール＝モンマルトル通り七番地に〈デュヴァル〉のライバル店が開店した。カミーユ＆エドゥアール・シャルティエ兄弟が采配を振るうこの店の名前は二人の苗字そのままだ。〈ブイヨン・シャルティエ〉の成功はきわめて単純なアイディアによるものだ。それは、目の眩むようなガラス張りの天井からぶら下がる豪華なシャンデリア、トゥエ製の豪華な調度品、壁にかけられた銅製の荷物かごのあるブルジョワ的な雰囲気の中にプロレタリアートを迎え入れ、ブイヨンを供するというものだ。シャルティエ兄弟はこのブラスリーだけでなく、立て続けに開いた他の二つの店でも、陶芸家ルイ・トゥレゼル（一八六八～一九一二）に壁の装飾を任せている。ひとつは現在は〈ブイヨン・ラシーヌ〉と名前を変えた〈グラン・ブイヨン・カミーユ・シャルティエ〉、もうひとつは現在は〈モンパルナス一九〇〇〉となっている〈グラン・ブイヨン・エドゥアール・シャルティ〉である。エドゥアールは一九〇一年にモンパルナス大通り五九番地に自分の店を構えた。そこは常に祭りのような雰囲気で、パリジャンだけでなく外国人も大勢訪れた。

カミーユ・シャルティエがラシーヌ通り三番地に〈グラン・ブイヨン〉を開店させたのは一九〇五年のことで、建築家ジャン＝ミシェル・ブヴィエの設計によるアール・ヌーヴォー調の内装で、客を大いに喜ばせるために、鏡板の間に飾られたトゥレゼルの作による陶製のタチアオイとアイリスが無限に映し出される鏡の魔術が巧妙に仕組まれている。シャルティエ兄弟はこれらの店の利益を活用して、サン＝ジェルマン大通り一四二番地にあった菓子店を「ブイヨン」に改修してその勢力を拡大した。陶器類やヌイユ様式の鏡版、大理石のテーブル、電動ピアノ、朝顔つきの蓄音機が自慢のこの店〈ブイヨン・ヴァジュナンド〉は一九二三年まで営業を続けるが、その年以降、シャルティエ兄弟は次第にブイヨンを飲み始める、つまり、事業が傾き始めた。

〈ブイヨン・ヴァジュナンド〉の冒険は、この兄弟から営業権を買い取ったルジェオなる人物によって、その後も続くことになる。

一八六〇年、ピエール＝ルイ・デュヴァルが新しいアイディアを生み出していた頃、マザリーヌ通り六六番地の元乳製品店の跡にカフェ〈ラ・プティット・ヴァッシュ〉が開店した。階下のホールは狭く、ガス灯で照らされ、客は二十二スーで美味しい食事ができる。ここには、探検家や地理学者、ジャーナリスト、芸術家たちが集まって来る。一八七四年には探検家のピエール・サヴォルニャン・ド・ブラザ（一八五二～一九〇五）が足しげくここにやって来た。彼はこの店で、三十四歳の若さにもかかわらず、すでに五年間もサハラで探検をしてきたというアンリ・デュヴェイリエ、アマゾン探検で有名なジュール・クレヴォー、そしてポルトガル人の探検家アレクサンドル・アルベール・ド・ラ・ロッシュ・ド・セルパ・ピントに出会っている。セルパ・ピントは、地理学協会の事務局長ド・モノワールの温かい支援を受けて、アフリカに渡り、アンゴラからモザンビークまで探検する準備をしている。夏になると、彼らは暑さを避けるため、カフェの前に停車している幌つき馬車「ヴィクトリア」を見つけ、御者が店内で食事をしている間、その中で過ごす。彼らは、馬車の中でコーヒーを飲み、たばこを吸いながら、驚いて眺める通行人を尻目に議論に花を咲かせる。通行人はこの洒落た格好の風変わりな美食家たちが、後に世間の知識を覆すことになるとは思いもよらない。他にも、このカフェの常連にはデュトルイユ・ド・ランやボンヴァロー、クランペル、マルシュ、コンピエーニュ、バレイらがいることを付け加えておこう。

〈ラ・プティット・ヴァッシュ〉を去って「パッサージュ・デ・ヴァッシュ」まで、つまりサン＝ジェルマン界隈を去って、モンパルナスまで足を伸ばそう。一八四九年以降、現在はポワンソー通りと呼ばれているパッサージュ・デ・ヴァッシュのそばに、カデ親爺の〈ラ・カリフォルニー〉があるが、ここは特に人気の高いキャバレーだ。このキャバレーはあらゆる種類のならず者たちのたまり場である。木製のテーブルと椅子が置かれた一種の巨大な倉庫のような店内に、くず屋、浮浪者、ボヘミアンたちがひしめいている。テーブルウェア、皿、錫製のタンプラーは、用心のため、鉄の小さな鎖でテーブルに固定されている。足が不自由なことから「足をひきずる叔母さん」というあだ名で呼ばれているカデ夫人は、夫のそばでサービスがちゃんと行き届いているか気を配っている。八スーで自家製のピケット・ワインがたっぷりかかった厚切りの肉が食べられる。〈カリフォルニー〉では、一年に三千樽以上のワインが消費される。誰からも一目置かれていたカデ親爺はやがて十四区の市長となり、その生涯を終えた。

デパール通りの角、モンパルナス駅のそばにある〈カフェ・ラヴニュー〉に夜の十一時から夜中にかけて行くのに、どうして辻馬車に乗らないでいられるだろう？　ここは古くからある落ち着いたカフェである。左側のホールには半円形のカウンターがあり、数本のブロンズの女像柱の間にテーブルが置かれている。中央のホールには小さな花壇に花が丁寧に生けられ、田園風の雰囲気を醸し出している。この界隈は、その格好もふるまいもいかにもブルターニュ人らしい元老院議員スビグーの根城だ。彼はよく司祭たちと昼食を共にしているが、その帽子やブルターニュ独特の上着、紫色のベルトで黒いズボンを腰の辺りでぎゅっと締めているその服装から、すぐにスビグーの姿は見分けがつく。食事がすむと、上着の左ポケットの奥を探り、たばこのかけらがのぞいているくたびれたたばこ入れとパイプを取り出す。パイプに火をつけ、一心に火皿から煙をふかせている。他のテーブルには、イセエビに目がない政治家ジャンヴィエ・ド・ラ・モット、フィレ肉のトリュフ添えとシャトー＝ラフィット・ワインの瓶を前にひっきりなしに駄洒落を飛ばしている政治家ド・ティランクール、言語学者のフィラレット・シャスル、そして好奇心溢れる文芸評論家のサント・ブーヴが彼の秘書であり、遺言執行人であり、原稿と小さな家の相続人でもある風変わりなトゥルバといっしょにいる。

何不自由のない若者はヴォジラール通りとヴォルテール通りの角、当時「ペイ・ラタン（ラテン地方）」と呼ばれていた街区にある〈カフェ・コルネイユ〉に行くのを好む。ここは裕福な学生が始終やって来る場所のひとつだ。このカフェに通うために、彼らは仕立の名人デュソトワの店で仕立てた服に身を包み、エナメルのボタンブーツをはき、いつも真新しい手袋をはめ、時計の鎖をこれ見よがしにジレにつける。口に葉巻をくわえ、どれだけ借金があるかを自慢したり、女性の貞節など重要でないと豪語したり、政治について語り合ったりしている。

彼らは〈カフェ・コルネイユ〉で食前酒を飲んだ後、ヴォルテール通りとバック通りの角にある〈カフェ・ド・ラ・フレガート〉で食事をする。このカフェに移動する道すがら、荒れた海の波に押し流されるかのように大急ぎで通り過ぎる不思議な一団とすれ違う。彼らは皆、破れた帽子をかぶり赤銅色のフロックコートを着ていた。

この界隈には、心優しく、思慮深い、ときに不幸な人々がたむろし、自分自身を忘れ去るために酔いの中に身を投じている。スモックにキャスケット帽という姿で歩道に立っているこの男もその一人だ。赤ら顔で、鼻には点々と赤いそばかすがあるその男は、どうやら伝道の旅をしてきたように見える。ポケットから古びた角《つの》製の嗅ぎたばこケースを取り出すと、穏やかな笑みを浮かべて、舗道の上で馬のリズムに合わせてのろのろと乗合馬車を進める御者にひとつまみ差し出している。

学生たちは彼には目もくれずに、そこを通りすぎる。早く〈フレガート〉のテラスに座りたいのだ。座る場所があると良いのだが。ここは有名なカフェだが、間もなく浴場に改装されることになっている。客たちは交わす話題に事欠かない。ナポレオン三世は大衆の意見を聞かないことを非難する一方で、労働者の団結権を認めたことは称賛する。しかし、全体としては皇帝に対する不信感が優勢を占めている。というのも、皇后のためにビアリッツに離宮を建てたり、異母弟のモルニーがドーヴィルを開発して立派な競馬場を建設するのを容認したりしたことが示すように、皇帝は身内を喜ばせることに心を砕く一方で、体制支持派にも社会改革派にも良い顔をしようとしているからだ。

サン＝ミシェル通りとエコール通りの角にある〈カフェ・スフレ〉はオスマンのパリ大改造が実施される前、客のほとんどが学生だったホテルの名前がそのまま残されている。一八四八年、六月蜂起の際に最初の引き金がひかれたのはこの場所だった。今では静寂を取り戻している。ここに来る学生たちは穏やかで、熱心に雑誌『両世界評論』を読んでいる者たちの邪魔をしたりはしない。騒々しい客は中二階に上がっていく。そこでは、ビリヤードに熱中する理工科専門学校の学生たちが「フォークッション」や「ドローショット効果」に歓声を上げている。〈スフレ〉の階下では、別の常連がトルコ人のコミュニティーに参加している。一八六九年、トルコで評価の高い新聞『*Hurryiete*（自由）』と『*Ittihad*（平等）』の編集長をしているジャーナリストで作家のケマル・ベイはよくこのカフェで記事を執筆していた。彼は時折このカフェで、死刑の宣告を受けて故国を追放され、パリに亡命していたムハンマド・ベイに会っている。ムハンマド・ベイはイスラム教徒ではあるが、コニャックを飲むとコーランの掟など簡単に忘れてしまう。一八七一年末に恩赦を受けるが、後に反体制派に近すぎるという理由で、ボスポラス海峡沿岸の町に軟禁されることになる。

こうしたトルコ人はみなナポレオン三世や帝国軍の打倒を謀る運動を手本にしている。社会主義者ギュスターヴ・フルーランス（一八三八〜一八七一）の情熱が彼らを熱狂させる。彼らの多くはサン＝セヴラン通りやサン＝ミシェル大通り近辺の家具付きアパルトマンで暮らしている。ある日、彼らは、コンスタンチノープルでオスマン帝国の皇帝アブデュルアズィズが失脚したことを知らせる第一報を〈カフェ・スフレ〉で受け取った。皇帝の失脚をもたらした革命的思想はこのカフェで生まれたのである。

リュクサンブール公園の門と直角に接するフルーリュス通りの角にあるその名も〈カフェ・ド・フルーリュス〉では、画家や作家たちの姿をよく見かける。〈フルーリュス〉の「創業時からの客」であるトゥールムーシュ、アモン、ジェローム、アシャール、ナゾンは、一八五七年頃、ここでボードリーを介して画家のピクーや建築家のガルニエ、彫刻家のファルギエールと顔見知りになった。「画家たちのホール」には、コローの風景画、ブルトンの牧草に寝そべる羊飼いの女の絵、ナゾンのビリヤード台の上に横たわる裸婦の絵などが飾られている。コローは、金曜日の晩に「道化師の夕食」と称する夕食会をここで主宰している。この夕食会ではデザートを楽しみながら宝くじが行われるのが常だった。彫刻家のプレオーも昼食を取りにここによく顔を出す。彼は気まぐれなことで有名だ。普段は利発なこの男は、注文したコートレットが焼き過ぎていたり、生煮えだったりすると、たちまち気難しい男になり、誰彼かまわず口論をふっかけた。反論する相手に「柱頭の中の毒グモ」がいると責め立てる。

〈カフェ・ド・フルーリュス〉のテラスには多くの有名人の姿が見える。例えば、明るい笑い声をテーブルからテーブルへと響かせている女優のジョルジェット・オリヴィエ、ジャーナリストで風刺小説やファンタジー小説も書くエドモン・アブー、そして、ペルタン、ピカール、マニャン、エノンのようなフランスを帝国から解放することを夢見る「陰謀家」たち。その頃はすでに年老いて弱っていたミュルジェールは午後にやってきて、テーブルに座り、その著書『ボヘミアンの生活風景』をアルジェリアで映画化するために彼の話を聞きたがっている男と話をしている。

夜になると、ミュルジェールはドーフィーヌ通りの〈カフェ・ベルジュ〉に向かう。このカフェでは、誰もが「ミュゼット」調の恋愛歌をあらゆる調子で歌い、ボードレールの『死骸』を朗読する。夜中の一時になると、テーブルの上には湯気の立った熱々のオニオン・スープやチーズ・スープが現れ、客のへこんだ胃を満たしてくれる。ここは、世間のひんしゅくを買っているジャーナリストのプリヴァ・ダングルモンの縄張りだ。この男は、すぐ近くのサン＝タンドレ＝デ＝ザール通りに住んでいるが、お金がなくてポタージュの匂いを嗅ぐだけで我慢しているような女子学生たちをいとも簡単に見つけては、彼女らを連れ歩く。「ステッキの先にサーディンをぶら下げて散歩すれば、彼女たちが動くハーレムになってついてくるのさ[22]」と自慢する。

夜にこのタベルヌにやって来る常連客は、ビールかアブサンをほんの一杯しか飲まなくても、ベッド代わりになるベンチがあるだけで十分満足している。しかし、上機嫌でカフェに入ったとしても、時間が経つにつれて気分が変化することもある。ある晩、ここで喧嘩沙汰が起こり、それがナイフによる殺傷事件に発展した。以来、〈カフェ・ベルジュ〉は警察の命令で夜間の営業が禁止になった。

エコール＝ド＝メドシーヌ通りの角には〈カフェ・ド・ローロップ〉がある。ここでは、バンヴィル、ナダール、ヴィテュ、シャンフルーリたちが楽しそうに言葉を交わしている。ミュルジェールの『ボヘミアンの生活風景』には、この大衆酒場の中二階のテーブルでの様子が特に詳しく描かれている。アルシッド・デュソリエやアルフォンス・ドーデー、ポール・アレーヌなど文学界の新顔がこのカフェを占領しつつあった。残念なことに、このカフェはほどなく閉店し、この場所はフランネルの衣類や木綿のボンネットの専門店となっている。ここから少し先のオデオン十字路に面したところに〈カフェ・モリエール〉がある。ここは、法律の学校を抜け出してきた伊達男たちのたまり場だ。彼らの中にはクレマンソーや後のギリシャのサロニカ領事ジュール・ムランがいる。〈カフェ・モリエール〉はやがて外科器具製作所に取って代わられる。

オデオン通りの突き当りには〈カフェ・ヴォルテール〉が今も存続している。〈カフェ・ヴォルテール〉のカシミール＝ドゥラヴィーニュ通りに面したホールはパリ大学ソルボンヌ校やエコール・ノルマルの学生や教授たちの休息の場で、エコール・ノルマルの学長デジレ・ニザールは、眼鏡を鼻に軽くひっかけ、黒の上着に明るいグレーのズボン、光沢のある上質のブーツという姿でここに入り浸っている。彼は哲学教授のセセやいつかアカデミー会員になるという野心に燃える作家のカロと昼食を共にしている。こうした黒あるいは白いネクタイを締めた鋭い目つきの学者たちの中に、編集者のシャルパンティエの姿が見える。この男は詩の出版でひと財産築いたことを自慢しており、『両世界評論』に対抗する雑誌『*Magasin de librairie*（本屋の雑誌）』を創刊しようと目論んでいる。その雑誌の出版が実現した暁には大した評判を呼ぶだろうとジャーナリストの友人テリオンに吹聴している。四角い顔のテリオンは、ハーフコートの襟元で反りかえっている帽子の下は、すでに白髪の交じったもじゃもじゃ頭で、鼻に眼鏡をひっかけ、ひげの下の分厚い唇からはひっきりなしに言葉が押し出され、その足は疲れることを知らない。彼はカルティエ・ラタンの典型的な人物で、友人のジュール・ヴァレスと連れ立ってこのカフェにしばしば顔を出す。〈カフェ・ヴォルテール〉の二階では、空になったコーヒーカップを前にカードゲーム「ポリニャック」に熱中している一団がいる。このゲームの名前はシャルル十世の時代の首相の名前に由来している。南仏出身のペポーという青年が優勢に立っている。彼は後に第三共和国の政府要人の一人になる。

ある晩、ポリニャックで敗れた一人が苛立って叫んだ。「ペポーの奴、いつも勝ちやがる！」

「まったくだ、でもガンベッタが〈プロコープ〉からやって来て、〈ヴォルテール〉でトップに立とうとする時はいつも負けてばかりさ」と別のプレイヤーが答える![23]

ベンチにはリュクサンブールのオフィスから出てきたばかりの詩人アルベール・メラが座っている。彼はここで、執筆中の作品に手を入れた後で、オデオンから乗合馬車アンペリアルに乗って旧ブランシュ門まで行くつもりなのだ。ときおり、高踏派の詩人ヴァラドと冗談を言い合っている。額に垂れ下がった黒くふさふさした長髪で半分隠れた青白いやせた顔の中で目だけがギラギラと光っている。

二人のところに弁護士のエルゼアール・ボニエが近づいてきた。にこやかな表情をした青い目、豊かな髪をした馬面の弁護士は、ピエール・エルセアールというペンネームで作品を残した今は亡きオルトランの孫で、〈カフェ・ヴォルテール〉の詩人仲間の中心人物の一人であり、友人の批評家エミール・ブレモンはその詩を高く評価している。数年後の二十世紀初頭になると、〈カフェ・ヴォルテール〉はオデオン座の役者たちが別館のように使用するようになる。オデオン座の舞台監督は、最初の台本の読み合わせをこのカフェの二階ホールで取り仕切るのが習慣となっていた。このいわゆる「本読み」は芝居を作り上げる上で最も重要なステップだ。つまり、俳優たちが一堂に会し、互いに自分の役のセリフを読み合い、互いにセリフを検討し合い、誤りを修正し、削除する箇所を決定し、追加するセリフを確認する。一八七〇年のパリ攻囲戦の間の出来事を描いたギュスターヴ・ジェフロワ（一八五五〜一九二六）の『*Apprentie*（徒弟）』を有名なアンドレ・アントワーヌ（一八五八〜一九四三）が演出したときも、このカフェで本読みが行われ、その舞台は大喝采を浴びた。

オプセルヴァトワール（天文台）交差点からセーヌ川に至る通りには飲食店が数え切れないほどある。しかし、ありきたりの立飲み酒場は敢えて数に入れずに、その時代をときめく文学者や芸術家が集まる店だけを念頭に入れるなら、とりわけ注目に値する店は十本の指で数えられる程度に過ぎない。

十九世紀の半ばには、ブラスリー〈メディシス〉を除いて、足しげく通いたくなる品の良い店は〈カフェ・デュ・シャレ〉くらいだ。このカフェは、国立高等鉱業学校とカルポーの噴水（オプセルヴァトワールの噴水）の間にあるリュクサンブール公園の空き地にある。グリーンに塗られたこの建物には小さなホールが二つと一段下がった庭があり、少し先には天文台がある。この庭では、夏になると暑い日差しを遮る大きな木々の下で、球戯に興じる人々の姿を見ることがある。

店主のケスラーは、オスマン男爵が挫折した土地投機計画を利用して、隣接する土地のひとつを低価格で借り受け、競売で購入したヴァンセンヌの別荘をサン＝ミシェル大通りに移し、そこに新たに〈カフェ・デュ・シャルレ〉を開いた。こうして古い建物は新しい建物に姿を変えた。ケスラーはその土地の木々が生い茂る下に、遊戯場を作り直し、シーソーやブランコ、その他の娯楽遊具を備えた。夜になると、若い音楽家たちがやってきて、画家や彫刻家らが囲むテーブルの周りを歩きながらヴァイオリンを奏でる。この光景を見た店主は、音楽家たちとオーケストラ演奏の契約をすることを思いついた。板で檀を作り、椅子を置けば、コンサートを催す準備は万端だ。

コンサートの間も、カフェの中では常連客がドミノ牌をかき混ぜている。その中で、風景画家のフランソワ＝ルイ・フランセの姿が特に目につく。黒のフェルト帽の下から爽やかな眼つきをした晴れやかな顔がのぞいている。栗色のベルベットの上着の下のジレの襟元からピンクのウールのシャツが膨らみを見せ、ジャケットの袖からはまくり上げたシャツの袖口がはみ出している。その向かいに座っているのは画家のランヴィエだ。白髪交じりのふさふさの髪の毛、伸ばしたひげ、鋭い目つきのランヴィエは、大きなセイヨウ桜の木でできた長いチューブのクンマー・パイプ（海泡石パイプ）を口にくわえている。そのテーブルでドミノを楽しんでいるもう一人は、黒髪を額の上に垂らした若い画家ジャムス・ベルトランに他ならない。

その傍らでは、カタルーニャの彫刻家オリヴァが夕食を終えたところだ。オリヴァもドミノに嵌っている。彼は、いつも彫刻家のコルディエとドミノの腕を競い合う。コルディエはエキゾチックな人物像を彫るのがうまいことで定評がある。ドミノよりビリヤードの方に興味があるなら、サン＝ミシェル通りを少し下って、〈カフェ・デュ・ミュゼ・ド・クリュニー〉に行く方が良いだろう。このカフェの室内装飾はグラン・ブルヴァール［マドレーヌ寺院からレピュブリック広場に至る街区］のブラスリーを思わせる。階下の二つのホールのうち、一方は飲む客のためで、もう一方は食事をする客のためのホールだ。中二階はビリヤードをする客となじみ客のグループ専用で、その中には、医師で政治家のドクター・デュプレの姿がある。彼は近年、パリ議会議員選挙に何度か立候補している。右耳の方に帽子を傾け、子供のようないたずらっぽい顔をしながら、次から次へと風刺歌を披露している。

ルーヴル河岸通りとエコール広場の角には、〈カフェ・マヌリー〉が以前の〈カフェ・グラド〉の厳粛な趣を引き継いでいる。分厚い大理石でできた黒いテーブルは熱のこもったドミノの対決にうってつけだ。鏡が張りめぐらされたホール、マホガニーのカウンター、銅の柱頭を掲げる柱が十八世紀の豪華な雰囲気を漂わせている。

正午ごろ、目も眩むほどの真っ白なダマスク織のテーブルクロスの上でいくつものグラスがきらめいている。〈マヌリー〉の常連客には弁護士や代訴人が多い。彼らはここで白ワインを嗜み、シェフの自慢料理に舌鼓を打つ。先ごろ国会議員に選出されたガティノー弁護士は、真っ先に「マヌリー風」フィレ肉のリンゴ添えを注文する。夏には、この界隈の年老いた卸売商たちが紅茶かコーヒーを飲みに決まった時間にやって来る。彼らも法律関係者と同様に、この店の常連だ。「気障な若者」や「高級娼婦」たちはこの種のカフェは敬遠する。こうした連中がポン＝ヌフを渡るのは、〈ラ・クロズリ・デ・リラ〉で食事をするときか、モロー叔母さんの有名なプルーンを味わいにキャバレー〈メール・モロー〉に行くときぐらいだろう。

赤々と燃える楽明るい炎の陰に少なからぬ苦悩が隠されているパリの地獄。そんな地獄のひとつは〈カフェ・デ・マルティール（殉教者のカフェ）〉であることは間違いない。ここでもまた、ミュルジェールが夕べの集いを盛り上げている。オーク材のテーブルの上にビールジョッキが重ねて置かれている。これはギャルソンのバティストが、大盛のシュークルートの匂いをプンプンさせ、広いホールを小走りで回りながら運んで配っていったものだ。フォーブール・モンマルトルのこのカフェでは、昼食や夕食の前に、規則正しく「アブサンの時間」を告げる振り子時計の音が鳴り響く。文学者協会の創設者デノワイヤーは、広い額と首まで伸ばした長い髪が目を引くシャンソン作家ピエール・デュポンと、同じくシャンソン作家のギュスターヴ・マテューと共に二階の決まったテーブルについている。『*Aventure de Robert-Robert*（ロベール＝ロベールの冒険）』の著者デノワイヤーは、赤毛が僅かに残っている小さな頭を、まるで奇跡のように、なんとか肩で支えている華奢な身体つきからは想像もつかないような低く力強い声で、離れたところにいるアルフレッド・ドゥルヴォー、アメデ・ロラン、シャルル・バタイユ、ドュ・ボワに挨拶している。彼らはこのカフェが〈カフェ・ラシーヌ〉だったころからの常連なのだ。

〈カフェ・デ・マルティール〉にやって来る若者たちは、自分を詩人や画家、劇作家、小説評論家として認めてもらうのが目的のようだ。そのため、ここは、近い将来出版されるかもしれない、あるいは決して出版されることのない作品が山と積まれた図書館のような様相を呈している。黒いベルベットの帽子をかぶり、大きなショールをひらつかせ、手袋をはめた気障な男たちが、こうした作家の卵たちを連れて来ては、彼らのタフタの胸飾りに平気で泥を塗るようなことを言ってのける。いつも閉まっている二階の大きな窓、黒檀の欄干に金色の壺が飾られているきらびやかな階段、テラスのある小さなホールが特徴のこの店には、あけっぴろげな陽気さが売りの典型的なパリジャンが次から次へと訪れる。その一人に、何ともおかしく奇想天外なジャーナリストで作家のギシャルデがいる。彼はたった一人で『*revue Beaux-Arts*（美術誌）』を編集し、出版しているのだが、あらゆる有名人と親密な関係だと公言してはばからない。会話の最中に、突然、こんなことを言う。

「そういえば、何年か前にアルフォンスに会ったよ……」

「アルフォンスだって！　どのアルフォンスだい？」とそれを聞いていた客の一人が尋ねた。するとギシャルデはあからさまに軽蔑する目つきで言い返す。

「アルフォンスは一人しかいないだろう、ラマルティーヌに決まっているさ！[24]」

彼はミュッセのことを必ず「この哀れなアルフレッド」と呼ぶ。「緑の目をした妖精（アブサンのこと）」がギシャルデを天国に連れて去った。死の床で、苦しそうに何やら呟いた後、最後の呻きのように、よく聞き取れない声を発した。「アブ……アブ……！」医者は罪の赦し（アブソリューシオン）を願ったのかと思った［*absolution*（アブソリューシオン）は臨終の床で司祭が神に捧げる罪の赦しを請う祈り］。本当は、最後のアブサンを要求したのだ。

〈カフェ・デ・マルティール〉の数百メートル先、ピガール広場にある〈カフェ・ド・ラ・ベル・プル〉は夜食の時間になるとホールが満席になる。一階のホールは、賑やかな会話と熱狂した議論でなんと騒々しいことだろう！　テオドール・ド・バンヴィルが、ボードレールや店の主人の冷たい視線を受けているカチュール・マンデス、有名人に囲まれて嬉しそうにはしゃいでいる若いブロンドの青年アレクサンドルを食事に招いている。シャンパンの栓が飛ぶ乾いた音とはじける笑いの合間に、店の小さな舞台の上で、女性歌手が田園風ロンドの甘く素朴なメロディーを歌いだし、熱気のこもった雰囲気の中に新鮮な驚きが広がる。続いて、道化役者ポトゥレルが友人のデトゥッシュとテーブルの客を前にパントマイムのレパートリーを披露する。ポトゥレルの身体はそれだけで十分に滑稽だ。ずんぐりした背格好に、丸い大きな顔、狭い額、とろんとした灰色の目、フォックス＝テリエのような鼻をしたポトゥレルがちょっとしたジェスチャーをするだけで、どっと笑いが巻き起こる。彼らの「雇い主」であるいかさま師のマランクールがホールの奥で二人を見つめている。この男は、もともと若く見えるふさふさの髪の毛、剃りたての顔、もじゃもじゃのひげ、長い堂々としたフロックコート、黒いズボン、エナメルのブーツという格好で、アマチュア画家のように見える。〈カフェ・ド・ラ・ベル・プル〉の常連客は多彩な顔ぶれだが、ほどなく破産という暗礁に乗り上げる。詩人のビュロはこのカフェの最後の客の一人で、すでに競売にかけられているたったひとつ残っている大理石のテーブルで、アレクサンドルと店の主人と共に最後のボックを飲んでいる。

一八六〇年、モンマルトル通りの〈カフェ・デ・ヴァリエテ〉ではすでにひとつの世代が一掃された。このカフェには、ひと昔前の冒険が入り交じり、想像を絶するような人物が織りなすヴォードヴィルのような、あるいはパレードのような馬鹿げた陽気な伝説がある。

常連客は午後五時から七時の間にやって来る。ほとんどの客は階下のホールにいる。劇作家のランベール・ティブー（一八二七〜一八六七）が有名な劇作家クルティーヌの父親で『*Les Deux Aveugles*（二人の盲人）』の作者であるジュール・モワノー（一八一五〜一八九五）と語らいながら店に入ってきた。そのすぐ後ろから俳優のバッシュがついてくる。バッシュは恐ろしく大柄な男で、その目つきはナイフの刃のように鋭くまるで悪党のようだが、白いネクタイに黒い上着、ボタンホールに小さな葉飾りをあしらって洒落こんでいる。テーブルに着くや否や、ファンの輪に取り囲まれたバッシュは、彼らをどっと笑わせている。いつもどんな手を使って劇場の支配人アンスローに一杯食わせているかを話しているのだ。

シャンソンの作詞家ロジェ・ド・ボーヴォワールは、自分が巻きこまれた訴訟にどれほどの時間を費やしたかを小詩で描写している。その詩では自分を取り調べたすべての法曹界の人間のポートレートを嫌味を込めて表現している。ボーヴォワールは、ティブーと二人で〈ヴァリエテ〉でヴォードヴィル劇場の支配人ミロン・ティボドーについての愉快な小詩を即興で作った。

細いズボンに
エナメルのブーツをはき……

このカフェには、雑誌『ディオゲネス』の執筆者たちもやって来る。この陽気なチームを毒気のあるユーモアで率いるのはカルジャだ。ある晩、このカフェの向かいにあるホテルの夕食の時間を知らせる鐘の音を聞いたある客があれは何の鐘かと尋ねると、カルジャはまじめな顔をして「あれは出港する蒸気船の汽笛の音ですよ！」と答えた。

この風変わりな連中のメンバーには、固い絆で結ばれたリオネ兄弟や、艶のない縮れ毛の頬骨の目立つあばたのある顔にひげをわずかに伸ばし、キラキラした目で、たまに軽喜劇も書くが、いつもは『シャリヴァリ』紙のゴシップ記事を書いているジャーナリストのロシュフォールがいる。その他、シャルル・アセリノー、イポリット・バブー、モンセウレ、ヴィリエ・ド・リスル＝アダムらがいたことも忘れてはならない。

カウンターの後ろに座る店主は何度も交代した。創業者のアルブイの後を引き継いだのはラルマンで、その後、プロヴァンスの銀行家アムランが常連の文学者たちに黄金郷エルドラドを提供したいという思いでこの店を買い取った。アムランは店の三階にペンと原稿用紙をふんだんに用意した机を置き、執筆や連絡のための部屋に改造しようとしたのだ。しかし、その夢は実現しなかった。それは、たいしたことではない。とにかく、カチュール・マンデス、バンヴィル、ボードレールなど常連の詩人集団は文学運動「パルナス」を立ち上げた。ところが、アムランの体調が悪化し、悲しいことに、ヴァンヴェールの精神病院でその生涯を閉じたのだ。詩人仲間は散らばっていった。それから〈カフェ・デ・ヴァリエテ〉は疲れた酒飲みたちが立ち寄る場所に過ぎなくなった。

スクリブ通りとカプシーヌ大通りの角にある〈タベルヌ・アメリケーヌ〉を知らない人が当時いただろうか？　その不気味な噂は遠くオペラ座界隈まで広まっていたのだから。アングロ＝サクソン人が経営するこのタベルヌは怪しげな連中を呼び寄せている。この店には入り口が二ヵ所ある。ひとつは大通りに面した入り口で賭博をする客のための入り口、もうひとつはスクリブ通りに面した入り口で、こちらはいわゆる「ギリシャ人」用の入り口だ。ちなみに、「ギリシャ人」というのは、当時、パリで使われていた俗語で、賭博で巧妙ないかさまをする人のことを意味する。ここのテーブルは、あらゆる賭け事のためにあらかじめ割当てられている。午前一時から三時まではルーレットの赤黒賭けが執拗に繰り広げられる。テーブルには金貨が山と積まれている。いざという時にはベルが鳴り、憲兵隊が到着する前に逃げるよう勝負に熱中する者たちに警告する。〈タベルヌ・アメリケーヌ〉はまっとうな社会に反抗する者たちの巣窟なのだ。

冷やかすような目つきで見つめる店主の前ではエカルテが行われている。店主はムッシュー・ピープルという名前で、外国人だからと、この種の店の経営に関する法律にはまったく疎いふりをしている。実のところは、彼は密かにヨーロッパのあらゆるごろつき連中と関わりを持ち、賭博や売春斡旋の世界を取り仕切っているのだ。仲間のブリニエール男爵は夜に出没する賭博師で、さまざまな競技に精通したスポーツマンで根っからのドン・ジュアンだ。髪をカールさせ、ネクタイを締め、香水の匂いを振りまき、コルセットをつけ、指にはダイヤモンドをちりばめたキラキラ輝く指輪を幾つもはめ、口元には絶えず笑みを浮かべ、客に愛想の良い言葉をかけてテーブルを盛り上げながら、慎重に、ごっそりと金目のものを奪うのだ。

第二帝政が終わろうとする数年の間に、珍しい移動手段が登場し、早速、好みのカフェに行こうとする者たちが利用するようになった。言語学者エミール・リトレ（一八〇一～一八八一）は、一八七三年、この移動手段を「二輪の上に置かれた木馬の一種で、その上でバランスを取り、足で推進運動をする」[25]と定義している。これがペダル式自転車「グラン・ビー」である。これは前輪が大きすぎるために危険であると見なされ、すぐに、この難点を修正した安定した自転車に取って代わった。自転車の値段は「グラン・ビー」とさほど変わらないことから、たちまち広く普及し、愛好家が集まってクラブが作られるようになった。一八七六年十二月三十日、レンヌ通りの〈カフェ・ヴェルサンジェトリクス〉でアンリ・パジがパリ自転車連盟を立ち上げる。

一八八一年二月六日、二十五キロ以上もあるこの重い乗り物の成功を受けて、ルーヴル百貨店［現在のルーヴル骨董品街の場所］の近く、マレンゴ通りにあるその名も〈カフェ・マレンゴ〉において、フランス自転車連盟の設立が宣言され、これが現在の自転車競技連盟の土台となっている。当時「プティット・レーヌ（小さな王女）」と呼ばれた自転車を一般大衆に広めることに貢献した人物が二人いる。その一人は、エレガンスの覇者、ファッションの王たるサガン皇太子で、彼は一八九〇年、頑なに人の意見を受け入れようとしない頑固者たちの心を動かし、流行に乗りやすい群衆に興味を持たせるために、何度も自転車でブーローニュの森を駆け巡った。もう一人はジャーナリストのピエール・ジファールで、彼は『プティ・ジュルナル』紙にこの「鋼の仔馬」の良さを強調する熱のこもった記事を書いた。やがてユゼス公爵が主宰する「オムニオム」という自転車サークルが設立されると、著名人が次々に入会した。ブーローニュの森はたちまち自転車愛好家のホームグランドとなる。トリスタン・ベルナール、アンリ・バタイユ、ジュール・ルナール、オクターブ・ミルボー、ポール・アダム、ジュール・ルメートルなど多くの文学者が並木道で自転車を乗り回し、湖巡りをする姿がよく見られた。

歴史的に見ると、パリでは治安の良くない場所は中世の頃から変わっていない。そうした場所は加速度的に増える一方だった。コミューン時代のフィーユ・ディユー通りのような通りは、これらの通りがフランソワ一世の城壁とルイ十三世の城壁の間に挟まれていた頃と変わらない。プラートル通り、モービュエ通り、ヴニーズ通り、エチューブ通りには娼婦の家が集まっている。数世紀前から、これらの通りには淫売窟や危険な場所がかたまっている。ルーヴル宮の近くのランパール通りは、フェーヴ通り、ボルド・エ・ティールシャップ通り（現在はサン＝ジュリアン＝ル＝ポーヴル通りと改名）、ファアール通り、アングレ通りと並んで、風俗営業店が多いことで知られている。

近代的なカフェが流行る一方で、こうした通りには昔ながらのタベルヌがあり、それらのタベルヌには明るい雰囲気の売春宿が併設されていることが多い。すりガラスの窓の外側にグリーンの鎧戸があり、その鎧戸にはルイ十五世スタイルの豪華な枠にはめ込まれた金字の大きな番号が打ちつけられ、周囲のあばら家のみすぼらしい外見と奇妙なコントラストを成している。こうしたタベルヌは、モンソー公園からラ・ヴィレット公園まで、メニルモンタン門からトローヌの裏庭まで、さらには陸軍士官学校まで、きのこのように密生し、ときに泥棒や世界を股にかける殺人者、重罪院の歴史に新たな一ページをくわえる犯罪ヒーローたちの巣窟となっている。こうした極悪人たちは子供時代に「こそ泥」を卒業し、少年刑務所で泥棒の修業をした後、自分の縄張りの人の集まるあらゆるダンスホールに恐怖の種をまきに行くのだ。

ロケット通りやシャラントン通り、とりわけ、サント＝マルギュリット通りやケラー通りの店はいずれも、ワインバーと小さなダンスホールを備えたホテルである。サント＝マルギュリット通りの店のほとんどは、夜は人を泊め、昼間は飲み屋になる。〈シュヴァル・ブラン〉、〈バロー＝ルージュ〉、〈リオン・クロネ〉、〈ヴィエルジュ〉、〈サント＝ジュヌヴィエーヴ〉、〈クロッシュ〉といったホテルが角灯や「夜、泊まれます」というお決まりの看板を掲げている。フィーユ＝ディユー通りと同じように、どの窓からも女たちが顔を出して人が通るのを待ち構え、呼びかけている。労働者やくず屋、娼婦、再犯者がたむろする通りで売春宿やワインバーを管理し、娼婦の家を運営しているのはオーヴェルニュ人だ。ラップ通りからロケット通りに至るまで、〈ロワ・ド・スエード〉のダンスホールから〈メゾン・ブランシュ〉のダンスホールに至るまで、ダンスホールの営業権やアブサンの販売権、ブーレ［オーベルニュ地方の民族舞踊］の権利を握って、取り仕切っているのはオーベルニュ人である。

ロケット通り界隈には小さなダンスホールがいくつかある。そのひとつ、この通りが低くなっているところにある大きなホールに入ってみよう。廊下のほとんどをカウンターが陣取っていて、その向かい側に重いテーブルが数脚と壁に固定された木のベンチがある。これは、酔っぱらった客がテーブルや椅子を投げつけたりしないためだ。オーヴェルニュ人は目を鋭く光らせて客を監視している。ほとんどの客が、犯罪や悪事がはびこる場所の例にもれず、不良少年やスリの見習い、女衒たちなのだから。

有名なダンスホール〈アルドワーズ〉はカンブロンヌ広場の近くにある。その外観はフィーユ＝ディユー通りにある昔ながらのダンスホール〈シアン〉を思わせる。ここではホールに入るのに四スーを支払う。二スーは入場時に預ける道具の前払い金で、残りの二スーはダンスの代金だ。そうすることで、堂々とダンスをすることができる。なぜなら、この奇妙なダンスホールでは、カップルでのダンスの申し込みを石盤に書きつけるからだ。店主は、なかなか支払いをしようとしない客から厳しく取り立てる方法を心得ている。ダンスのスクエアを綱で取り囲み、パートナーと離れたすきに、木の皿を持ってスクエアの中に入り、二スーを請求する。音楽は止まり、金が支払われるまでカドリールは再開されない。

このダンスホールはグルネル地区の娼婦や女衒のためのダンスホールである。労働者は恐ろしくて、なかなか足を踏み入れることはできない。グルネル地区では人間のあらゆる惨めさを目の当たりにする。十三～十四歳の少女が、鉛のような顔色で目ヤニをつけたまま、かすれた声で淫らな言葉を口にし、胸元が大きく開いた油染みのある色あせたドレスを身にまとって、すでにその頽廃ぶりを見せつけている。〈アルドワーズ〉ではダンスをするのに四スー払うが、一方、ギャランド通りの〈シャトー・ルージュ〉や〈ペール・リュネット〉では同じ値段でブランデーやアブサンが飲める。ルフェーヴルという男が創業したキャバレー〈ペール・リュネット〉には、一八四〇年頃にすでに斬新な手口を駆使する泥棒仲間がたむろしていた。この飲み屋のペール・リュネット（めがね親爺）という名称は創業者が愛用していた大きな眼鏡に由来している。後継者のマルタン親爺は、その眼鏡を胸にぶら下げて大切に持ち続けている。この店で酔いつぶれた客は、時々、向かいの建物、旧ホテル＝ディユー病院で最後の夜を過ごすことがあった。そこでは、息を引き取った人の遺体は病院の職員が回収する。引き取る家族が現れなければ、最終的に医学生が解剖することになる。

本物のクール・デ・ミラクル（奇跡の袋小路）は今も存在する［中世のパリで物乞いや泥棒がたむろしていた場所。障害者を装って物乞いをしていた人がここに戻ると奇跡の

〔『ノートルダム・ド・パリ』の登場人物クロパンのこと。奇跡の袋小路の大将〕の奇跡の袋小路はケール広場の裏にある。じょうごの形をしたこの袋小路は、浴場施設と旧修道士会キリスト教学校の建物に囲まれている。一八三〇年代には、フィリップ端麗王（フィリップ四世）の治世に勢いを取り戻したテンプル騎士団の団員たちに使用されていた。彼らはここを、有名な年代記作家の子孫クロード・アンリ・ド・サン＝シモン伯爵（一七六〇〜一八二五）の思想を信奉するサン＝シモン教団のメンバーらと共同で使用していた。その中にはバザール、ルルー、ブランキなどがいた。

ダンスホール〈シアン〉はサント＝フォワ通りとフィーユ・ディユー通りの角にあり、〈アルドワーズ〉と同様に、ぼろをまとった娼婦や、ブラー＝ド＝フェール（鉄腕）、ビビ（ナイフ）、ティール＝オ＝カイユ（娘を引きずること）、ポリーノ、アマラント（ケイトウの花）、サリゴー（卑劣漢）などの名前そのままの、青白い顔色をしたならず者が出入りしている。このあたりの家々の壁は峡谷の坂のように傾き、窓ガラスにはひびが入っている。そこに行くには、排水溝かと見まがうような通りを幾つも横切らなければならない。汚物の匂いが鼻を突き、犯罪の影を感じる。手すりのない、すり減って滑りそうな階段を上った先の二階には、薄暗い部屋とふたのついたトイレが一続きになった「女性」のアパルトマンがあり、そこにたどり着くには上ったり、下りたり、這ったり、踏ん張ったりする必要がある。

フィーユ・ディユー通りと奇跡の袋小路をモントルグイユ通りの方に向かって少し歩くと、大きな車庫が幾つかあり、泥棒どもはここに荷車を入れ、手押し人夫がそれを地方に運んでいく。これらの車庫は昔は大きなレストランの一画だった。ヴェルディエという男が初めて立飲み酒場を開いたのは、ちょうどこの辺りの〈プティ・カロー〉のそばで、それはやがて簡易食堂になり、今ではブラスリーになっている。

中世の頃から、くず屋たちの同業組合はムフタール地区にある。彼らのたまり場はコントルスカルプ広場の近く、セント＝ジュヌヴィエーヴの丘の上だ。その他に彼らを見かける場所と言えば、サン＝クロード小丘、ドゥー＝ムラン門、パッサージュ・トゥルイエ、サンジュ島などである。こうした地区のウサギ小屋のような狭いあばら家に、年齢も国籍もさまざまな人間が男女入り交じってうごめき、気ままに暮らしている。家の中には床のない小部屋が幾つかあるだけで、がらくたを寄せ集めた奇妙な家具が置かれている。くず屋はさまざまな廃棄物を使ってベッドやテーブル、いす、整理箱を作り、レンガや銑鉄の破片を使って工夫を凝らし、フライパンなどをこしらえる。この界隈では何百人という「選り分け屋」が日雇いでごみの選別をしている。

くず屋が権力と正直を尊重している点については定評がある。廃棄物の選別作業をしながら、ごみの中から見つけた貴重品、例えば時計や財布、テーブルウェアなどは警察に届け出る。何かといえば喧嘩をし、気分次第で大騒ぎをし、正直と言うより道徳的なくず屋は、騒々しさ、群衆、歌、喧嘩が大好きだ。彼らは暇があればカフェ－キャバレーや飲み屋に行って楽しみを見つける。そうした場所は「安酒場《ビビンヌ》」と呼ばれる。雑然として、狭く、むさ苦しく、ときには一風変わった、おかしな騒動が持ち上がることもある大衆酒場では、おしゃべりや議論が絶えることがない。安物の合成酒のせいで興奮した「腑抜けの仲間」たちは、ありとあらゆる突飛な作り話をしゃべりまくる。彼らはここで、古くなったパンくず、キャベツの芯、家禽の臓物などを貪り食うが、蒸留酒で満たされた胃にはあまりに貧弱な食事である。

飲食店の店主がこうした客に提供する食べ物は、必ずしも彼らの期待に添うものではない。しかし店主たちを弁護するために、このような不誠実な行為は店主だけの責任ではないことをはっきりさせておこう。なぜなら、食材を飲食店に納める前に、納入業者がどんなことをしているか、参考までに挙げておこう。例えば、乳製品製造業者はクリームの牛乳を少なくして、量を増やすためにかなりの量の水を加える。クリームの不足をごまかすために米や大麦あるいは麩《ふすま》の煎じ汁を加える。栄養分と粘り気は泡立てた卵白、ゼラチンあるいは魚ニカワで代用する。コーヒーを偽造するためのチコリでさえ、濾したカスや蒸留酒製造所の残滓、インク、レンガ、イカの墨、煤《すす》、さらには黒い土などを使って偽物を作るのだ。

チョコレートの調合にカカオが用いられることはめったにない。いんげん豆の粉、ジャガイモのでんぷん、焼いたアーモンド、仔牛あるいは雄羊の油脂、辰砂《しんしゃ》（赤色硫化水銀）またはオークルなどが手元にあれば、これらすべてを糖蜜でつなぎ合わせて、カカオなしで簡単に偽チョコレートを作ってしまう。これにおいしそうなラベルをつければ、誰でもひっかかる。お茶もこうした偽造を免れはしない。お茶は中国からもたらされ、一種の強壮剤、食後酒だ。お茶はたくさん飲まれる。しかし、中国は遠い。ボース［パリ盆地南部の穀倉地帯］はずっと近い。パリから二時間で行ける土地でサンザシやニワトコ、ドッグローズ、トネエリコ、ダムソンプラムがどっさり収穫できる。これらの植物を混ぜた「お茶」にロッグウッドか硫酸銅で黒あるいは緑の色をつける。砂糖や塩、コショーも同様にして偽物がつくられる。砂糖にはでんぷんやチョーク、石膏、砂を混ぜる。塩には軟石膏、ミョウバン、硝酸塩、石膏、そして……砂岩が巧妙に混ぜられる。コショーは用途によって変わる。つまり、そのままの状態のものは麻の実と呼ばれ、ごまかさないでオウムの餌用に量り売りされる。細かく挽いて辛みの利いた香料用に処理されたものは、小袋に入れて小売りし、コショーの原産地であるインドのマラバールから、あるいはカイエンヌ・ペッパーの原産地である仏領ギアナのカイエンヌから来たと思わせる。

ワインはどうかと言えば、原産地呼称のラベルなどにほとんど注意を払わない酒飲みどもを騙すのに役に立たないものがあるだろうか？　ブルゴーニュ産、ボルドー産、ボーヌ産、マコン産、その他のあらゆる特級格付けワインのラベルをつければ、化学の力で、水がワインに変わることに対するあらゆる疑念を拭い去ることができる。リンゴ酒、ペリー酒、アルコール、糖蜜、砂糖、ロッグウッド、ビーツ・ジュース、ネズの実、コリアンダーの実、石膏、チョーク、ミョウバン、リサージ、炭酸カリウム、硫酸鉄、酸化鉛、タンニン酸、酢酸、酒石酸、これらが味気のない、あるいは吐き気を催すような合成酒の主な材料で、こんなものを飲めば、どんなに丈夫な消化器官も痛めつけられることだろう。

十九世紀後半には、呆れたことに、このような不正が常習化されていた。はっきり言うと、ある種の名物料理の中にも絶対に勧められないものがある。例えば、健康を維持したいなら、低級な安食堂でエスカルゴを食べるのは避けた方が良い。理由はいたって簡単だ。豚のすねの骨と同じように、カタツムリの殻はすり減らない。必要に応じて、香辛料（タイム、ローリエ、ニンニク）といっしょに煮た仔牛の肺臓をまだ熱いうちに薄く切り、渦巻の形に巧妙に仕立てたもの、あるいはほとんどは雨上がりの日にパリ市内の墓地で拾ってきたカタツムリ類を殻に詰めるのだから。原産地のエスカルゴはブルゴーニュ産の高級エスカルゴとして総菜屋に転売される。

エスカルゴの殻は、早朝に高級レストランのごみ箱から回収されて安食堂に転売され、安食堂ではこれをきれいに洗って保存する。実際のところ、洗えば殻の内側に塗られたバターが失われるため、安食堂では刻んだパセリを混ぜたマーガリンをたっぷり入れて香りを出す。

安食堂やキャバレー、安酒場はいずれもこうしたエスカルゴを出している。これは正にもうひとつのパンの奇跡だ！［イエスの話を聞きに集まった五千人にも上る群衆に食事を提供するために、手元にあった五個のパンと二匹の魚をイエスが分けると、全員がお腹いっぱいになったという聖書の奇跡の物語と似ているという意味］

安酒場では、くず屋たちは「三スーのアルルカン」を出してもらう。これは、食事の残り物をその場でかき集めた皿で、彼らはそれといっしょに一杯につき一スーのビールを飲む。また、テーブルの周りに三、四人が集まってひとつのパン入りスープを食べることもある。当時、彼らに「一クラン当たり一スーで」

ブイヨンを売って財を成した善良な女性がいた［クランはニシンを量る単位で、約百七十リットル］。この行商料理人はブイヨンを満たした大きな噴霧器のような容器を持ち歩く。ピストンにはいくつかの目盛りの印があり、一スーを受け取ると、一クランの目盛分だけピストンを押す。彼女は「ブイヨンはいかが！　一スーでブイヨン一クランだよ！」と叫びながら、安酒場を渡り歩いたのだ。

サン＝ジャック通りとノワイエ通りの角、一八七〇年の革命の間に破壊されたサン＝イヴ聖堂という小さな礼拝堂の鐘楼に上る階段があった所に、一軒の店がある。この店は、「レストラン・ピエ・ユミッド（濡れた足）」と呼ばれている。なぜなら、雨の中、通りで順番を待たなくてはならないことがよくあるからだ。この店でも、一スーで食べられる料理がある。つまり、一スー払うと、巨大な鍋の中に大きなフォークをひと突きする権利が与えられるのだ。運が良ければ肉を一切れ突き刺すことができるが、そうでなければカブかニンジンの塊一個をしとめることができる。

ムフタール通りからイタリア門にかけて、サン＝ニコラ通りの〈ラ・シャンブル・デ・パリ〉、ラヴァンディエール通りの〈ラ・グランド・ビビンヌ〉、アングレ通りの〈ラ・ビビンヌ・デュ・ペール・リュネット〉など、繁盛している安酒場がいくつかある。〈ラ・グランド・ビビンヌ〉の客の中に、くず屋組合に多大な貢献をした男がいる。名前をビアールという。この二十五歳の元学生は、大学の授業も学生という立場も故郷のことも忘れて、廃品回収行商人、いわゆる「セールスマン」になってしまった。彼の経験に基づく造詣の深さから、くず屋業界の用語は非常に豊富になった。彼は「弁護士」と呼ばれていた。安酒場の中には、見た目が立派で、「鉤竿の騎士」［ごみをかき分けるための鉤竿を持った騎士、つまり、くず屋のこと］たちがたむろする薄汚れた怪しげなあばら家とは一線を画する店もある。例えば、〈トンボー・デュ・ラパン〉、〈ラ・リーブル・パンセ〉、〈ピュール・サン〉といった看板を掲げる店は、外見も店内もピカピカに掃除されている。

くず屋たちが通った一八六〇年代の面影を残す最も興味深い安酒場は〈ラパン・ブラン〉だ。このキャバレーはフェーヴ通り六番地にある。二つの壁に挟まれた路地の奥にぽつんとひとつある扉から入る。庭の奥にある建物の周囲には、挿絵入り新聞から切り抜いたエッチングが張り付けてある傾きかけた低い塀のある貯蔵庫が幾つかある。建物の扉の後ろには、泥で汚れたいくつかの額縁に交じってヴォルテールやモリエール、ジャン＝ジャック・ルソーの石膏製のメダルがある。

ガラス窓のついたドアの向こうには、カウンターの前で飲みたい客のための小さなスペースがある。右側には、たったひとつある十字窓の前にテーブルが並び、いつも青白い顔色の若者たちが陣取っている。彼らはキャスケット帽を斜め後ろにかぶり、パイプを口にくわえ、グラスを手に、ポケットにはナイフを入れている。窓のそばでは、古新聞の上でカードゲームに興じている者たちの傍らで、子供が専用の黒ずんだ板の上に得点を記録している。天井の一方に鉄製の網が間口一杯に張られ、その上に置かれたはく製の動物が客の目の前で揺れている。

店主は歳の割に恰幅のいい大男で、ビーバーの毛皮のハーフコートのボタンを首元まできちんと閉め、嵩《かさ》の低い黒い帽子をかぶり、その広いつばの下に鋭く周囲を観察する射るような厳しい視線を隠している。店主の連れ合いの小柄でひ弱そうな貧弱な老婦人が、大男の夫を手伝い、ホールのサービスを切り盛りしている。彼女は物好きな客にこの店のセーヌ川に通じる地下道を案内し、店主の方は、好奇心丸出しの客を相手に、ウジェーヌ・シューが生み出した架空の人物ブラー＝ド＝フェールがどうやってこの店に逃げ込んできたかを話してチップを受け取っている。同じような魂胆で、アレクサンドル・デュマが産み落としたエドモン・ダンテスが投獄されたイフ城の牢獄に案内することを考えるずる賢い者が早晩、現れることだろう。

〈ラパン・ブラン〉で客が注文するのは、もっぱら出所の怪しいボルドーワインと一杯四スーのビールだ。鋳掛屋や皮なめし工が仕事にありつけたときなどには、気前よく常連客にボトル一本が二十二スーのバティニョール産スパークリングワインが振る舞われ、盛大な酒宴が繰り広げられる。この奇妙な黄金郷では純粋なビーツ・ブランデーが酒宴の王座を占めている。これに取って代わるものはめったにない。常連客はこのブランデーの大ファンなのだ。店主のモーラ親爺は家長として、この店の楽しいこと、苦しいことの一切を取り仕切っている。この一風変わった老人は天性のエスプリの持ち主で、詩人さながらだ。「俺は詩のルールはよく知らないが、綴りは分かるから、韻を踏むことはできるさ」と何気なく言ってのける。例えば、カビの生えた壁に彼が書いたこんな詩がある。

幸せ者のくず屋よ、仲間と一緒に飲んでさえいれば
世界一幸せだと、お前は言う
おんぼろの屋根裏部屋が美しい城館であるかのように、お前は思う
お前は飲んだくれの哲人だ、お前は気づいていないけれど[26]

その他にも、パリにはくず屋たちを客として迎え入れているカフェがある。クリシーにある屋外カフェ、〈バリエール・ド・グルネル〉や〈キャスロール〉がそうだ。何と、ここでは混じりけのないブランデーのエキスを片手鍋にいれて飲むため、客はすぐに酔いが回り、いつの間にか、ときに致命的な嗜眠状態に陥る。

いくらか体力が残っている者は、〈ラパン・ブラン〉の向かいにあるパリ植物園に足を運ぶ。そこには〈カ

フェ・デ・キャトル＝セゾン〈カフェ四季〉〉の堂々たる建物があるが、これはかつて大邸宅だった建物で、ファサードには花の女神フローラ、豊穣の女神ケレス、果実の女神ポモナ、そして年老いた冬の精などの寓話が田園風景の中に大理石やモザイクで描かれている。一世紀前には、そこに、絡み合った四本のセップ茸の上に半分消えかかった文字が書かれた幼稚な判じ絵の鉄製の看板がはためいていた。馴染みの客は五十サンチーム出せば、大きな穴の開いた古い長椅子に座って、かつては優雅で繊細な姿を映し出していたであろうヴェネチアンガラスの鏡に自分の姿を映すことができる。カフェが邸宅になり、邸宅がカフェになる奇妙な時代である！

最後に〈キャバレー・デ・ピエ・ユミッド〈濡れた足〉〉は先に言及した〈レストラン・デ・ピエ・ユミッド〉と同じ系列だが、昔の中央市場〈レ・アール〉の前にあり、この地区で最も古い家々が立ち並ぶ通りにある。出入り口は二つあり、ひとつは中央市場に面し、もうひとつは袋小路に面している。カンケ灯に照らされた細長くて暗く、嫌な臭いが漂うホールはまるで廊下のようだ。くず屋や行商人、中央市場の運搬人たちがカウンターでブランデーを飲みながら、勤務時間になるのを待っている。カウンターとその向かいにある長いベンチの間に排水溝があるため、ホールは二つに区切られている。酒を飲み終えると、客は行商に回る前、あるいは市場での持ち場を決める前に、ひと寝入りする。

この頃、他とは違った趣向を取り入れるカフェもあった。実用と楽しみを兼ね備える場所にしようと思いついた店主たちが現れたのである。つまり、店内でアトラクションを提供するのだ。確かに、「おしゃべりの店」でショーをみせるという考えは決して目新しいものではないが、それが成功したのは帝政時代になってからである。カフェの歴史を思い出すために、数年前に遡ってみよう。シャンソン喫茶の走りは、風情があるものの、今にもぬかるみにはまり込んで消えそうな粗末な立飲み酒場で、そこでは組み立て式の舞台で、兵士たちや子守女たちを前に、さほど有名でもない歌手たちが歌を披露していた。

最初に登場したシャンソン喫茶はタンプル大通りの〈カフェ・ダポロン〉とヴォルテール河岸通りの〈カフェ・デ・ミューズ〉の二つで、とくに〈カフェ・デ・ミューズ〉ではパントマイムや腹話術、奇術のショーが人気を呼んだ。七月王政下、次いで第二帝政下では、評判を上げるために管弦楽の演奏を聴かせるカフェも現れた。一八五二年には、パリに二十数軒のシャンソン喫茶があり、その中には多少とも評判の悪い低級なシャンソン喫茶もあった。なかでも代表的なカフェとしては〈カフェ・カドラン〉、〈カフェ・ド・エピ＝シ〉、〈カフェ・デュ・ソモン〉、そしてパッサージュ・ジェフロワの〈エスタミネ・リリック〉などが挙げられる。デパート〈パレ・ボヌ・ヌーベル〉にある豪華な内装の〈カフェ・ド・フランス〉、巡業の歌手がやって来るシャン＝ゼリゼの〈カフェ・モレル〉、そのすぐそばのアンナ・ピッコロが経営する〈カフェ・デ・ザンバサドゥール〉、そしてボーマルシェ大通り九一番地の〈コンセール・ベランジェ〉も忘れてはならない。〈コンセール・ベランジェ〉では、有名なアミアッティ（一八五一〜一八八九）が木靴に短いペチコート姿で農婦の歌や愛国小歌を披露していた。

このようなカフェの雰囲気はジャーナリストのルイ・ヴォイヨの著書『*Les Odeurs de Paris*（パリの匂い）』に克明に描かれている。

> なんたる光景だろう！　たばこ、蒸留酒、ビール、ガスが入り交じった、なんたる匂いだろう！　たばこの煙が充満するカフェに女性がいるのを私は初めて見た。
>
> ［…］テナー歌手が何やら知らない歌を歌い、次に一人のマドモワゼルが、次いで二人のマドモワゼルが何やら知らない歌を歌った。バリトン歌手が拍手喝采を浴びる。彼は美しい声で、この世にも

なく悲痛な叫びを歌い上げた。それはこんな歌だった。

巣は、やさしい神秘
春が賛美するのは空！
人間に、地上の鳥に、
神はそっと囁く、「巣を作りなさい」と。

《巣》とはとても言い難い、たばこの煙が漂う中で、今のところ酔いしれている人々は、一向に《巣》に戻ろうとはしないで、目を細めて歌に聞きほれている。若い女性は目に涙さえ浮かべ、「上品な」婦人方は指先で《素晴らしい！》と言う仕草をする。そんな光景を見ても、古いパイプ、ガス漏れ、発酵した飲料の匂いが消えるわけではない。結局、つかみどころのない、意味のない悲しみが漂うだけだ。人はこれを憂鬱と呼ぶ。聴衆は一様に不安げな無気力な表情をしている。[27]

ブルジョワは〈コンセール・ベランジェ〉を愛したが、学生はコントルスカルプ＝ドーフィンヌ通りの低級なシャンソン喫茶の方を気に入っていた。

ジャーナリストで作家のアルフレッド・デルヴォー（一八二五〜一八六七）はその著書『*Les Plaisirs de Paris*（パリの快楽）』の中で次のように書いている。

このカフェで歌う芸術家も、この種の他の店の芸術家たちと変わらない。つまり、テノール歌手やバス・バリトン歌手、シャンソン・コミック歌手、プリマドンナ、コントラルト歌手、軽快な歌が得意な女性オペレッタ歌手、女性シャンソン・コミック歌手たちがよそのカフェと同様に、流行の歌や、流行おくれの歌を披露している。例えば、『*Le Lac*（湖）』、『*Les Feuilles mortes*（枯葉）』、『*Les Gendarmes*（憲兵隊）』、『*Ohé ! les p'tits agneaux*（おお、かわいい子羊ちゃん）』、『*Si j'étais petit oiseau*（もしも、私が小鳥なら）』など[28]。

一八五〇年から一八五六年にかけて流行ったシャンソン喫茶は、〈ラ・ブリオッシュ〉の隣の〈カフェ・モカ〉だ。夜になると、ファサードの照明が強盗が出没しそうな暗く狭いリュンヌ通りを明るく照らす。ここでショーを披露するのは店主の妻、美しいマシュー夫人だ。しかし彼女は歌わない。グラスの触れ合う音が響き、たばこの煙が漂う中で女神のような姿態を壇上に横たえるだけだ。他にも急激に流行り出したエスタミネがある。パリという男が経営する〈グラン・コンセール・デ・ザール〉という店で、ここでは、ジャン＝ジョセフ・ブリスという大男がテーブルからテーブルへと巡り歩きながら、その筋骨隆々たる胸を見せては客を驚嘆させている。このショーが有名になり、やがてこの店は〈カフェ・デ・ジェアン（巨人のカフェ）〉と呼ばれるようになったが、一八六三年に火事で焼け落ちた。

一八四〇年頃、一人のストリート歌手（百六十キロもあるために太っちょのフルーリーと呼ばれていた）が、シャンゼリゼ並木通りの〈カフェ・デュ・ミディ〉の前で、樽の上に乗って歌を披露し、通行人の注意を引きつけていた。フルーリーには「男の魚売り」というあだ名がつけられた。それは、彼がリヨン出身で、中央市場で飛び交うあらゆる下品な言葉をちりばめた低俗な歌をリヨンの絹織物工たちの言葉で歌うからだった［市場や通りで魚を売るのは女性と決まっており、彼女たちは下品な口調で大声で叫びながら魚を売っていた］。フルーリーが歌うときは、物憂げな「ギター弾き」ラグランジュが伴奏をする。ラグランジュは自分が作曲した陽気な曲を澄んだ音色で演奏する。この様子を見た隣の〈カフェ・デ・ザンバサドゥール〉の主人は巡業の音楽隊を雇ってみようと思い立つ。一八四三年、〈カフェ・デ・ザンバサドゥール〉は〈コンセール・デ・ザンバサドゥール〉になった。一八四七年、作曲家のヴィクトール・パリゾ、作詞家のアーネスト・ブルジェ、作曲家のポール・アンリオンの三人は、このカフェの経営者を相手取り、自分たちに著作権を支払わないなら、飲食代の支払いを拒否すると訴えた。このスキャンダルは大きな反響を呼び、ＳＡＣＥＭ（音楽著作権協会）が設立されるきっかけとなったのである。

一八五八年、シャン＝ゼリゼの近く、ルドワイヤン広場にアンナ・ピッコロとエドモン・ガスニエ＝デュパルクが〈ロルロージュ〉を開いた。以前からあった同じ名前の質素なカフェを改装したのだ。このシャンソン喫茶は、開店直後から、さまざまなジャンルの素晴らしい歌手たちのショーを催している。例えば、クララ・ラミー、クロード・ブリュネ、「小さなせむし」ことシャイエ、シュザンヌ・ラジエ、デュエム、そして、数年後には有名なイヴェット・ギルベール（一八六五～一九四四）もここで歌っている。

一八六一年、〈パヴィヨン・モレル〉は〈ラルカザール〉の経営者に買い取られ、〈ラルカザール・デテ（夏のアルカザール）〉となった。もとはレ・アール（中央市場）の魚市場に続く通りであったため、現在はフォーブール・ポワソニエール（魚売りフォーブール）となっているヌーヴェル＝フランス車道にあるこのカフェでは、人気アイドル歌手テレサのショーがあるために大賑わいだった。テレサはこのカフェで熱狂的な群衆を前に『*La Femme à barbe*（ひげのある女）』を初めて歌った。彼女の本名はエンマ・ヴァラドンといい、一八三五年生まれで、初めは田舎で恋愛歌を歌っていたが、なかなか芽が出なかった。〈レルドラド〉

で歌い始めた一八六五年から名前が売れ始め、その後、〈ラルカザール〉で大きな評判を呼ぶようになる。パリに出てきた当初は〈カフェ・モカ〉でロイサ・ピュジェ作の恋愛歌を歌う歌手として注目されていた。その後、寄宿学生や行商人、フランス帝国の大佐や将軍にまで上り詰めたアフリカから来た少尉たちを喜ばせるために、淫らなつまらない歌を歌って流行の波に乗った。崇拝の対象を求める兵士たちも、証券取引所の職員たちも、そのハスキーな声と妖艶な腰のひねりに魅了され、テレサはたちまち彼らのアイドルになる。テレサは『回想録』の中で、〈ラルカザール〉の「地獄の桟敷席」について、次のように書いている。

「毎晩、そこに五～六人の若者が陣取って、浴びるように酒を飲み、大量のたばこを吸い、大きな声でくだらないことばかりしゃべっています。

「田舎者は、彼らが上流社会の人間だと思い込んでいます。

「本当は、パッティやブロハン、ラフォンといった人気歌手や女優たちの話やクラブでどれほどの大金を損したかということばかりを話題にする気障なダンディーの仲間に過ぎないのです[29]」。

*

シャンソン喫茶は、グランド・ショミエールの大衆舞踏会に足しげく通っていた気ままなプリンスたちにとって、その頃考え出されたカドリール『嵐のチューリップ』を正式のパーティー以外で、もう一度踊りたいという願いが叶う魅力的な場所となった。

シャンソン喫茶が大成功したことで、多くの音楽家や作詞家が誕生する。純真な恋愛歌を初め、素朴な滑稽歌や写実的あるいは愛国的な叙事詩に至るまで、あらゆるスタイルの歌が作られた。この時代には、エロワ・ウヴラー（父親の方）（一八五五～一九三八）のように歩兵の赤ズボン、ケピ帽、白手袋に赤い鼻で兵隊物のシャンソン・コミックが売りの歌手たち、リベールあるいはアルマン・ベンのような奇抜な格好をした気障な歌手たち、ジェオルジェル、ベラール、ルジャルあるいはメルカディエなど憂鬱そうな目をしたセンチメンタルな歌手たち、また、身体の奇形を売りにして注目を浴びたガリガリに痩せたブリュナン、背中の曲がったギュスターヴ・シャイエ、小人のようなデルファンらのように、滑稽で陳腐なリフレーンでパリのあらゆる現実、「現象」を笑いものにするレアリストの歌手たちなど、多様な歌手が活躍した。女性も後れを取ってはいなかった。マダム・ジュアンナは失恋の歌を歌い、アンナ・ティボーは野原で楽しむ《ままごと》の歌を歌い、マダム・デュパルクはザリガニの歌を歌う。情緒たっぷりに悲しみを表現するウージェニー・ビュッフェのようにシャンソン・レアリストや愛国歌をうたう歌手もいるし、マドモワゼル・ジレットやマドモワゼル・エップ、マドモワゼル・ヴィオレットのように激しく身体をゆすったり、歩き回ったり、飛び跳ねたり、踊ったり、舌を出したりしながら歌う狂乱的な歌手もいる。

その他にも、〈エスタミネ・リリック〉では美人のアニータや美しい歯のニニ、キャラビンヌ、ポピネットらの歌が情熱的な夕べを演出している。またここでは、ダルシエという名前の新人アーティストが一躍人気を博していた。ダルシエは十二歳から教会の聖歌隊員として歌い始め、その後、ピエール・デュポンのポピュラーなシャンソンや社会的テーマのシャンソンを歌う歌手となった。〈エスタミネ・リリック〉と契約を結ぶと、彼はこの店にとってなくてはならない存在となる。パッサージュ・ジュフロワにあるこのエスタミネには、彼の歌を聞こうと客が押し寄せるようになった。彼の歌はホール中を熱狂の渦に巻き込み、涙を誘った。テオフィル・ゴーティエは彼のことを「シャンソンのフレデリック・ルメートル」と呼んでいた。

ベルリオーズは『フィガロ』紙の文化欄に次のように書いている。

音楽を愛し、アルコールやたばこの匂いに酔いしれるのが嫌でなければ、ぜひ、パッサージュ・ジョフロワに行くべきだ。そこには大きなエスタミネがあり、毎晩、二百～三百人の客がパイプをくゆらせている。もうもうと煙が立ち込める中、ホールの一方の端に置かれた小さな舞台の上では、むせるような匂いを放つ靄に隠れて、かすかなピアノの音に合わせ、六～七人の歌手がロマンスやシャンソネット、ノクターン、特徴的なバラードを滔々と歌っている。人々の話し声やカップのぶつかる音、靴の音で、その声はほとんど聞き取れず、歌手が間違った音を出しても誰も気がつかない。

しかし、午後十時頃になれば、客も、たばこの煙も減ってくる。舞台のそばの席が空いていれば、奇妙な男が舞台に登場するのを見ることができるだろう。その男の姿が見えると、ホールは急に静まり返る。パイプを盛んにくゆらしていた客も吸うのをやめ、葉巻の煙を飲み込む。ギャルソンは、まるで岩を転がすのを忘れたシシュフォスのように、ボトルを手にしたまま立ち止まる［シシュフォスはギリシャ神話の英雄。生前に神々を愚弄し続けたために、地獄に落ちた死後、山頂に上げてもすぐに落ちてくる岩を永遠に転がし続けると言う罰を科された］。カウンターのプロセルピナ［ローマ神話の冥界の女王］が一言何か発すると、ホールを歩き回っていた客は突然足が動かなくなり、床にくぎ付けにされる。

さあ、ダルシエのお出ましだ！　その顔つきはすでに、これから歌う陰鬱な、あるいは純朴な、あるいは痛ましい物語の主人公になり切っている。身振り手振りで表現し、歌いながら舞台の上を行き来する。しかし、非常に生気溢れる声で、感情たっぷりと、真に迫る情熱を込めたその歌には、途方もない装飾と思いもかけない音、野性的な叫び、突然の笑い声、なめらかなメロディー、抑え込んだ、優しく甘美な声が入り交じり、聴衆は捉えられ、感動し、動揺し、心から泣きそうになったり、笑いそうになったりする。ダルシエは真の芸術家である。[30]

ダルシエは一回の夜のショーで十フランを受け取る。当時のギャラとしては破格の額だ。それでも、最も貴族的なサロンは言うに及ばず、いたるところから声がかかった。もっとも彼の無骨な態度に上流階級の人々はショックを受けはしたのだが。〈エスタミネ・リリック〉の成功を目の当たりにした多くの同業者がこれに追随する。ロマンス歌曲が大好きな客は、どの店に行くか選りどりみどりの状況だった。

当時パリは、とりわけ虚栄と不安の交錯する時期だった一八六七年に万国博覧会が開催されたこともあり、世界文化の中心だった。皇帝はロシア皇帝やオスマントルコ皇帝、ビスマルク侯爵らの訪問を受ける。これまでテュイルリー宮殿はこれほど愛想よく、常軌を逸したもてなしをしたことはなかった。外国の君主たちは、いっとき尊大さや野望を忘れ、心から楽しんでいる。ナポレオン三世がこうした貴賓を持てなし、市民はシャンソン喫茶でワイワイと楽しんでいる頃、伝統的なカフェにはすきま風が吹いていた。

おそらく、あまりに長生きしすぎているためだろうか？〈プロコープ〉は一種の無気力状態に陥っていた。古くからの常連客だけが、いまだに店の断末魔を乱しにやって来る。ジャーナリストのコキーユはカトリック系新聞『ユニヴェール』の記事を執筆し、詩人のカシミール・ドゥラヴィーニュと本屋のルナールは友人の貨幣彫版師ダンツェルが見守る中でドミノをしている。

ボードレールはそこで物思いに耽っている。擦り切れたフロックコート姿の数人の学士院のメンバーがペンのきしむ音を立てたり、本のページをめくったり、新聞を広げたりしている。一八七二年、〈プロコープ〉は遂にその扉を閉める。カヴォー・クラブの主宰者ウジェーヌ・グランジェはその詩の中で〈プロコープ〉を丁重に葬っている。

おー、死のなんと恐ろしく深いことか！
我々の周りで――ああ、本当に！　驚いたことに
すべてが消え失せ、すべてが崩れ落ち、崩壊する！
これほどに大きなものを失った後の、なんと大きな惨めさ！
金であれ鉛であれ、宮殿であれ露店であれ、
この地上では、脅威を免れることができるものは何もない
泣くがよい、友よ！　競売にかけるために、
古きカフェ・プロコープの扉は閉められたのだ！[31]

第三共和国が到来すると、一八七〇年十一月、政令によって検閲制度が撤廃された。するとたちまち、シャンソン喫茶の舞台ではきわどいショーが繰り広げられるようになる。雑誌『ラ・ルヴュー・イリュストレ』の一八九六年四月一日号にルイ・シュナイダーが書いているように、「シャンソンもシャンソネット（小歌）も、胸元を見せつけることも、衣服を脱ぎ捨てることも、ヌードも、すべてが役所のお墨付き」となった。卑猥な冗談の溢れた悪趣味で下品なショーが飽きもせずに繰り広げられる。舞台では二重の意味を示唆するシャンソンが盛んに歌われる。

ねえ――聞いてよ――言いたいことがあるの

医長は魅力的な男よ
彼はまず、シャツの袖をまくるの
その姿を見ると、初めての恋人のことを思い出すわ
でも、この医長の場合は特別なのよ
彼はすぐに、患部をきちんと見つけることができたわ
彼は、ちゃんと心得ていることが分かったわ、ねえ、あなた。
本当に、自分の仕事のことを、指使いまで[32]。

『彼はフルートをとても上手に吹く』とか、『匙をなげるの？』、『ジュール、あなたの楽器の弾き方を教えて』、『義理の兄弟の楽器』と言ったひどい歌や、次の詩のように韻を踏んだ女性の有頂天の言葉は大目に見よう。

実は私、と赤毛女が言う
いつも黙っているでしょ
なぜって、マナーを心得ているからよ
じっと息をこらしながら
忘れないように、気をつけているのよ
食物を口に入れたまま
おしゃべりするのは

お行儀が悪いってことを……[33]

こうした無作法の横行を前にして、ジュール・シモンは一八七四年二月二日の政令で検閲制度を復活させた。こうして、極端から極端に移行する。作家のマクシム・デュ・カン（一八二二〜一八九四）は次のように記している「すべては政府の方針に縛りつけられている。神を侮辱することを許せば、農村保安官を傷つけることになる。上級行政機関は、宗教、風俗、政治、外国勢力を攻撃から守ることが絶対的義務だと考えている。たとえ危険でなくとも、傷つきやすい人々を過度に刺激するのは無駄なことなのだから」[34]。

あけすけで下品なシャンソンが流行った後には、一時期、さまざまな出来事や戦争、コミューンの影響を受け、復讐心や愛国心に燃えるシャンソンがもてはやされるようになった。市民は英雄的精神をみなぎらせ、祖国に対する愛を高らかに歌う。シャンソン作家のフレデリック・ボワシエールはアルザス・ロレーヌを思いつつ、『*Oiseau qui vient de France*（フランスから来た鳥）』を歌う（この歌は『去年の春のある朝』というタイトルがついている場合もある）。

番人さん、銃を撃たないで！
あれはフランスから来た鳥だから[35]

一八七二年、〈レルドラド〉の指揮者シャルル・マロはガストン・ヴィルメールとリュシアン・デロルメルが作詞した『*Une tombe dans les blés*（麦畑の中の墓）』と言うタイトルの歌に曲をつけた。

敗北したその日のうちに倒れた者が、安らかに
敵に横たわり、いつまでも眠り続けるよう
この墓の周りを飛ぶときには
ハッコウ鳥よ、このうえもなく優しい声で歌っておくれ

ストラスブール大通りの〈ラ・ヴィラ・ジャポネーズ〉では神童たちが喝采を浴びている。その中の一人「プティ・リュシアン」はブルーの衣装にキャスケット帽という出で立ちで、両手をポケットに突っこんだままレアリスティックなリフレインを歌っている。ポケットに突っ込んだ手は、挨拶をするときさえも決して見せない。昼間は染物職人の見習いをしているため、染料で指が汚れているからだ。「プティ・シャルロ」はブリュアンのシャンソンの中から自分のレパートリーを披露する。ある晩、『モンマルトルからグラシエールまで』を歌っていたとき、息子の才能にほとんど無関心な彼の母親が傘でつつきながら息子を舞台から追い立てるという出来事があった。一方、「プティ・モーリス」は、わずかなギャラで陽気であけすけなシャンソンを歌い、聴衆を沸き立たせている。彼は後にモーリス・シュヴァリエという名前で有名になり、元を取り戻すことができた。ヴァリエテ座の近くの〈プティ・カジノ〉でのショーは、当時、最も人気があった。

このキャバレーでは、座席の背もたれにひっかけたギャラリー用の小さなカウンターの上で、サクランボのブランデー漬けを食べることができる。平日の午後は若いアーティストの「デビュー」の場となっている。年金生活を送る高齢の夫婦やあらゆる種類の暇人を前に、経験の浅い歌手たちが先輩歌手を真似て歌っている。彼らは不朽の名作をマイヨール風に、あるいはフラグソン風に、あるいはまたコミックな兵

隊ものの第一人者ポラン風に歌って見せる。例えばこんな歌を。

フィロメーヌにはひげがある
ぼくの大尉にそっくりだ（ポラン）

しかし、土曜日の晩はマンジュエルのような高名なコミック・シャンソン歌手が登場する。マンジュエルは突き出た腹と大げさな話しぶりでホールを埋め尽くす観衆を笑わせる。彼がレヴューで十八番を歌うときは、トランペットの伴奏でコミックな兵隊もののリフレインを声を張り上げて歌いながら、最後には決まってズボンを脱ぎ捨て、水玉模様のパンツの中ではち切れそうな身体を見せて終わる。狂おしいようなくだらない世界で、こんなことを率先して始めた者の一人にレヴァルがいる。レヴァルは一八六九年から〈カフェ・デ・ザンバサドゥール〉で音楽をバックに、『妻のオマールエビ』とか『まるで仔牛のよう』とか『お前は美しい、しかもいい匂いがする』といった思わせぶりなタイトルの一人芝居を始めた。

このジャンルの「大スター」の一人は紛れもなく有名なドゥラネム（一八六九～一九三五）だ。彼は〈エルドラド〉で素晴らしい夕べのひと時を作り出している。はげた頭に水兵帽をのせ、鼻と頬は赤く、唇は白く塗り、上半身を窮屈な上着に押し込んで、チェックのだぶだぶのズボンをはき、足は紐なしの靴の中にすっぽり隠している。ドゥラネム（*Dranem*）は本名アルマン・メナード（*Armand Ménard*）の苗字を逆さにした芸名で、愚かさと猥雑さを売りにしている。『*Pétronille, tu sens la menthe*（ペトゥロニル、お前はミントの香りがする）』や『*J'suis le fils d'un gniaf*（僕は靴屋の息子）』、『*Ah, les p'tits pois, les p'tits pois*（あー、小さな豆たち、豆たち、豆たち）』、そして何よりも、ジュール・コンブとポール・ブリオレの力強い詩にデジレ・ベルニオーが曲をつけた『*Trou de mon quai*（プラットホームの穴）』を歌って成功を収めた。

僕が住む通りにホームがある
そのホームに穴がひとつある
そんなわけで、わざわざ出向く必要もなく
それを眺めることができる
僕の住む通りの
ホームの穴を

ウヴラー（父）の活躍で、「兵隊もの」の全盛期が始まった。不愛想でやせっぽち、ごつごつした腕、サルのようなしかめっ面をして苦悩の表情を作り、一八七〇年当時の軍服姿で歌うこのアーティストは、自作の『*Invalide à la tête de bois*（石頭の傷痍兵）』を歌って喝采を浴びた。息子のガストン・ウヴラー（一八九〇～一九八一）は羽目を外した歌、例えば『*J'ai la rate qui s'dilate*（僕の脾臓は笑っている）』などでシャンソン・コミックの伝統を不滅のものにした。このジャンルで最高の地位を占める歌手の一人は、ポランの名前でフランス中に知られているピエール＝ポール・マルサレス（一八六三～一九二七）だ。黒いブーツ、ちんちくりんのジャケットにケピ帽という出で立ちで、四角いハンカチを始終いじくり回しながら、『*L'Ami bidasse*（兵隊の友よ）』、『*La Petite Tonkinoise*（可愛いトンキン娘）』を歌う。一九〇六年にはヴァンサン・スコットのメロディーにのせた『*Le P'tit Objet*（ちょっとしたもの）』を歌うと、ホール中の客が声を合わせて歌い出すほどだった。

ああ、マドモワゼル・ローズ
ちょっとしたものがあるんだ
君に渡したいちょっとしたものが
ああ、それはきっと、
君を喜ばせるにちがいない（グリエ、ランボー、ボワッシー、クリスティネ、スコット）

その後も、多くのアーティストがこの種のシャンソンを歌い、多かれ少なかれ成功を収めている。例えば、ヴィルベール、デュフローヴ、バッハなど。

一八九五年五月一日、トゥーロンから出てきた二十三歳の青年、フェリックス・マイヨール（一八七二～一九四一）が〈コンセール・パリジャン〉のオーディションを受けに来た。そのとき、上着のボタンホールに挿していた一本のスズランは、その後の長いキャリアを通してずっとマイヨールのシンボルとなっている。〈コンセール・パリジャン〉の店主ドルフォイユは三年間の契約でマイヨールを雇ったが、その間に彼は成功に成功を重ね、彼が歌うシャンソンはことごとく流行の波に乗った。例えば、『*Ah,dis-mois tu !*（あんたと呼んでおくれ！）』、『*Les mains de femme*（女の手）』、『*Le Petit Panier*（小さなかご）』、『*Elle pique à la mécanique*（あの娘は機械のように針を刺す）』、『*La Mattchiche*（マチッシュ）［ブラジルのタンゴ］』、『*Les p'tits gâteaux*（小さな菓子）』、そして、とりわけ人気があったのは『*Viens poupoule*（おいでよ、お前）』だ。

仕事の終わった土曜日の晩

パリの労働者は
妻に言う、ごほうびに
コンサート喫茶に連れて行ってやるよ［…］
おいでよ、お前、おいでよ、お前、おいで！
シャンソンを聞けば
いたずらっ子になるんだ
ああ！［…］（トゥレビスル、クリスティネ、作曲：アドルフ・スパルム）

マイヨールは約五百曲ものシャンソンを歌い、一九三八年まで歌い続け、引退生活を送っていたトゥーロンで一九四二年に亡くなった。

一八九一年にイギリス系ベルギー人の若きアーティスト、ハリー・フラグソン（一八六九～一九一三）がモンマルトルのキャバレー〈キャトル・アーツ〉で歌手としての第一歩を踏み出した。聴衆は、歌手が自分でピアノ伴奏をしながら歌うのを初めて見た。その後、この歌手は〈ユーロペアン〉、〈バタクラン〉、〈コンセール・パリジャン〉、〈オルロージュ〉、〈パリジアナン〉などで次々とその才能を披露する。いつもたばこを吸いながら、大げさすぎない程度に化粧をし、『*La Petite Dame du métro*（地下鉄の小さな婦人）』、『*À la Martinique*（マルティニークの少女に）』、『*Elle est de Marseille*（マルセイユから来た彼女）』、『*La Sérénade du pavé*（舗道のセレナーデ）』などを歌って客を喜ばせる。『*Le Long du Missouri*（ミズリー川に沿って）』、『*Je connais une blonde*（ブロンド娘を知っている）』、『*Reviens, veux-tu ?*（戻ってこないかい？）』のようなセンチメンタルなシャンソンもレパートリーに加えている。

ねえ、戻ってこないかい？
お前がいないと、僕の心はズタズタだ
分かるだろう、どんな女性も
君の代わりに僕の心を満たしてはくれない、愛する人よ（フラグソン、クリスティネ）

一九一三年十二月十三日、フラグソンは自分のアパートの部屋で年老いた父親と喧嘩になった。そしてなんと、父親は息子に三発の銃弾を浴びせたのだ！　父親は息子を殺害した咎で死刑を宣告されたが、刑務所で死んだため、ギロチンにかけられるのを免れた。その後、多くのアーティストがこのコンサート喫茶で大物歌手の後を引き継いでいる。例えば、マックス・ディアリ、ドナ、ベラール、ヘンリー・ディクソン、マルヴァル、ダルヴレなどがいる。こうした人気の舞台の立役者は、贅をつくした豪華な装飾が施されたホールで、酒を飲み、たばこを吸いながら、シャンソンを聞くための代金は払わないで入れるコンサート喫茶だった。

シャンソン喫茶が人気を博していた頃、パリではブラスリー（ビアホール）も繁盛するようになった。ブラスリーが最初に流行ったのは第二帝政の初めだ。その頃すでに、ドイツ人たちが闇世界で恐れられているスパイたちの根城としてブラスリーを利用するようになり、ブラスリーは少しずつ増えていった。そんな中、心を癒す賑やかなカフェのスペクタクルの舞台を照らすフットライトは少しずつ消えはじめ、舞台は闇に覆われてしまった。そして、ナポレオン三世とその権威も地に落ちることになる。

ヴァヴァン通りの〈ブラスリー・マイエール〉は、長い間、その勇壮な外観とカフェの伝統を守り続け、大理石のテーブルを囲む長椅子に座って言葉を交わしながら、一晩中ちびりちびりとビールを飲み続ける「懐の寒い客たち」を相手に、ギャルソンたちはいつも控えめににこやかに接している。そこはテラス席、通りに面した場所で、店の正面は飲み物の跳ね返りが目立たない薄い黄色のガラス壁で、その中央に開いている小さなグリーンのドアから見える店内は極めてシンプルだ。夜になると、楕円形のカンテラがガラス窓に描かれたビール瓶を照らし、その周りの「ブラスリー・マイエール」という文字を浮き上がらせる。店内に入ると、左手に彫刻家ロラールの手による伝説のビール王ガンブリヌスの銅像が誇らしげに鎮座している。壁にはストラスブールの町と大聖堂が描かれたエッチングが架かっている。アルザスの出身者たちは、ここに来ると思い出に囲まれ、故郷に戻ったような気分になる。ここでは、午後十時から真夜中まで、政治や哲学、文学、宗教、芸術などさまざまな議論が激しく交わされる。余りに激しく罵り合い、議論に火花を散らすため、店主が「さあ、ムッシューたち、もういい加減にしてください！」と何度も叫ぶほどである。

このカフェには、決して自分の考えを曲げないテリオン、レジティミスト（正統王朝主義）の信念とカトリックの信仰を公言するブログリ、「反乱者」ジュール・ヴァレス、無政府主義者プルードンの元同志ジョルジュ・デュシェーヌ、『コルマール新聞』と『リヨン新聞』の編集者キッジンガー、彫刻家のドラプランシュとファルギエール、歌手のボネ、そしてテリオンが「ブラスリーのソクラテス」というあだ名をつけた哲学者ビュシェの弟子オットらが出入りしている。しかしそんな賑わいはいつまでも続かない……。一八七〇年九月二日、フランス軍がプロイセン軍に降伏すると、パリを去ってヴェルサイユに向かい、国民軍の兵士らを抹殺した国民議会の不手際が大きな暴動を誘発することになる。

九月四日の日曜日、パリの市民は目覚めると、一枚の張り紙を目にした。そこには、こう書いてあった。「祖国は大きな不幸に見舞われた……パリは今日、防衛体制に入る。皇帝は戦場で捕虜の身となった。政府は、この重大事態を前に必要なあらゆる措置を取る」[36]。同じ日、当時パリとマルセイユの議員だったガンベッタは、政府と協議の上、国民議会で共和国宣言をする。翌日、ガンベッタは「唯一の党派にではなく、全国民に祖国の防衛を呼びかけた。つまり、全力で戦い、フランス国内に侵入する敵軍を国境の外に追い出す必要がある、そのために、一七九二年に第一共和制政府が行ったように、市民を総動員する必要があると訴えた」[37]。しかし、国防政府の首班トロシュ将軍の言葉を借りれば、全力で戦うことは「英雄的な狂気の沙汰」であった。パリは国防政府の要となり、四カ月間ドイツの攻撃に抵抗したが、その間に、寒さは厳しくなり、市内への砲弾が始まり、左派のブランキ派とジャコバン派の間に意見の対立が生じる。ガンベッタはパリを去る決断をした。地方で抵抗軍を組織し、ロワール義勇軍の支援を得て都市を解放したかったのだ。

十月七日の午前十一時頃、モンマルトルの住民は、丘の上から奇妙な気球が上昇していくのに気がついた。ガンベッタとスピュラーが先頭の気球「アルマン＝バルベス」に乗っている。ガンベッタは上昇しながら、「これは多分、僕の最期から二番目のかごだ」[38]と笑って言った。二番目の気球「ジョルジュ＝サンド」には、二人のアメリカ人と政府に任命された副知事が乗っている。午後三時頃、この有名な、そして果敢な気球偵察兵はオワーズ県とソンム県の境界にあるエピノーズ市上空に何とか辿り着く。こうしてガンベッタの空の旅は無事に終わった。

パリでは、労働者層が革命政府パリ・コミューンを組織して権力を握ろうと画策していた。カトリック教会の礼拝堂や司祭館、多くの個人住居に革命派の闘士たちが侵入し、荒らし回り、金品を盗んでいった。占拠した教会ではいくつかのクラブが組織され、毎晩、民衆がやってきては、熱狂する者たちのたわごとや血なまぐさい動議に拍手喝采するのだった。

ところが、教会に対するテロ行為は忘れ去られていたものに日を当てた。革命闘士たちが祭壇の下から若い女性の頭部を見つけ、それはかつての宗教的弾圧の犠牲者だと糾弾した。本当は、それは女性聖人をかたどった蠟人形の頭部で、祭壇には彼女の聖遺物が収められていたのだが、そのことは決して口に出さなかった。プロイセン人の皮肉な目には、パリはジャコバン的精神を取り戻したように映った。パリ・コミューンの闘士たちは革命暦を復活させ、人質を虐殺し、ヴァンドーム広場の円柱を引き倒し、テュイルリー宮殿に火をつけ、ルーヴルとサント＝シャペルさえも破壊しようとした。一方で、フランス銀行やその地下に眠る金貨には手をつけなかった。彼らはマーラーやロベスピエールを信奉し、左官屋の手を借りて、マリアンヌの名前を受け継いだフリジア帽をかぶった大理石や石膏の女性像を共和国の象徴として掲げる。

コミューンは権力と所有権を社会全体の共有にすることを宣言し、同志たちはその約束が実行されることを期待した。国防政府の行政長官ティエールが、国民衛兵によってモンマルトルやベルヴィルに移された大砲を取り戻す決定をした頃、ブランキ派のフェレ、リゴー、デュヴァルやジャコバン派のドレクリューズ、またヴァルランとマロンが主導するインターナショナルのメンバーたちがカルティエ・ラタンに点在するブラスリーに集まっていた。右岸のポワッソニエール大通りや、左岸のサン＝ミシェル大通り（学生はこの通りを「サン＝ミッチ」と呼び、自由思想家たちは単に「ミッチ」と呼ぶ）にあるブラスリーでは、エレガントな服装のヴィヴァンディエールの格好をしたウエイトレスたちが立ち働いている。ブラスリーのウエイトレスはさまざまな国の民族衣装を着て給仕をする。そのため、サン＝ミシェル大通りにはスコットランド女性が、ムシュー＝ル＝プランス通りにはトランステヴェレ（イタリア）の女性が、

〈カフェ・メディチス〉ではスペイン女性が行き来していた。

しかし、その間、ブラスリーでは何が起こっていただろう？　楽しみのために創られた出会いの場所は第二帝政末期に繁栄し、政治家によく利用されていた。一八七〇年九月一日、セダンの戦いでの敗北の後、プロイセン軍やフランス軍の第一軍の兵士たちがブラスリーを即席の集合拠点として利用するようになった。

このことについて、第二帝政下の警察署長が何とも物騒な逸話を記している。「一八七一年に、サン＝ドニに心地よい地下室のあるブラスリーがあった。伝統的なジョッキに注がれたアブサンと女性が大好きな常連客達がここに集まり、音楽を聞きながらビールを飲む。即興で奏でるピアノのメロディーに合わせて、店の女神たちによる生き生きとした絵画を再現したようなショーが繰り広げられる。ドイツ軍に占拠されている間、このブラスリーにはドイツ兵たちが列をなしていた。侵入者たちが居座るこのブラスリーでは、ドイツ兵のスパイク付きヘルメットがずらりと並んでいる。庭の奥には舞台があり、少女たちがオリンポスの女神たちのような古典的なポーズを取っている[39]」。

このブラスリーの近隣の住民は、自然に目に入ってしまうこの無料のヌードショーに憤慨し、不快な気分にならないよう、窓を塞がざるを得ない。それがせめてもの見せかけの意思表示だった。ドイツ兵たちが去った後、サン＝ドニのこのブラスリーの店主は軽罪裁判所に出頭し、わいせつで非愛国的なサービスを提供したことについて反論する必要があるだろう。法廷では、この卑劣な店主が売春斡旋業の役割を熱心に果たしていたことが立証されることだろう。恋の島、シテール島［ギリシャ神話の美と愛の女神アフロディテの生まれた地という伝説がある島］の軍団に加入させられた少女たちは、いずれも二十歳に達していなかった。彼は自分の店以外でも、この未成年少女たちを老人の家に行かせ、老人の熱情を満足させるサービスを行わせていた。こうした厚顔無恥な少女の一人にオランジェがいる。店主の愛人であるこの少女は、青春の女神へべの役割を演じるフロールと呼ばれる少女といっしょにつとめを果たす。ドイツ人将校たちに囲まれて、この二人の若いブラスリー嬢は、シャンパンのグラスを手に仲良くサービスに当たっている。

別のブラスリーには当時の有名人がしばしば訪れていた。ピガール通りのブラスリー〈ル・ラ・モール（死んだネズミ）〉だ。この店は若いブロンド娘が取り仕切っている。知的な美しさを湛えるにこやかな顔立ちは、その肉体美に引けを取らない。ブラスリーのカウンター嬢になる前は絵のモデルをしていた。一八六九年、〈ル・ラ・モール〉が政治家向けのブラスリーに改装した時、カウンター嬢は再び芸術作品のためにポーズを取るようになった。彼女の名前はフィロメーヌという。彼女の前の恋人は、絵を描く技に匹敵する技は世界中にひとつしかなく、それは家賃を払わない技であることを家主に証明する方法を思いついた。彼は家主の愛人であるフィロメーヌと同棲し、フィロメーヌは家主の持つ不動産のひとつの小さなアパートに家具を入れてもらうことに成功した。家主は家賃を払わない恋敵が、自分のアパートの至るところに絵を描いていることを後になるまで知らなかった。

家主は家賃を払わない仕返しとして、画家に退去命令と執達書を送った。しかし翌日、画家は、家主が二重所有者となっている住居で部屋着姿で家主を迎えた。善良なこの家主は、共犯者であるフィロメーヌに嫌気がさした間借人に一杯食わされる。フィロメーヌは声を上げて笑い、自分のお気に入りの画家が退去命令への復讐にいったいどんなことをやってのけたのかを家主に見せた。画家は、その短気なブルジョワ男が自分のことも恋人も許さないだろうと予想して、すべての部屋を、アルコーヴ（ベッドを入れる窪み）に至るまで、フレスコ画で埋め尽くしていたのだ。そのフレスコ画には、小銭入れの形をした愛人の心臓に弓矢を射るキューピッド姿の老齢のドンジュアンが描かれていた。「これが、僕が家賃を払わなかった理由ですよ。私の才能の果実によって、あなた方の放蕩ぶりがエスカレートしないようにしたのです」[40]と憤慨した三流絵描きは叫んだ。

　そうこうするうちに、プロイセン軍はパリから撤退し、パリは本来の表情を取り戻した。通りは再び賑わいを見せ、街並みには以前の風景が見られるようになった。カフェでは以前のように噂話に花が咲く。フランスが被った災難について何かと不満を言い合う。ドイツは勝利を理由にアルザスとロレーヌの一部をフランスからもぎ取った。この二つの地方は、新しいドイツ帝国の領土となることに憤慨し抵抗する。フランス人がライン川流域地方から追い出されるという敗北は一八一五年の第二次パリ講和条約で取り戻したヨーロッパにおける地位を失うことになる。この数年間、プロイセンの占領の後、身内同士の戦いが続き、テュイルリー宮殿、裁判所、市庁舎、会計監査院を初め多くの建物が火災に飲み込まれた。それでも、悪夢の後の廃墟は少しずつ姿を消す。建築家アバディーはモンマルトルに真っ白なサクレ＝クール大聖堂を建て、第三共和政ではオスマンの改革が継続された。区役所、兵舎、学校、病院、郵便局が次々と建てられる。駅舎は拡大され、官公庁は改修され、スタジアムや自転車競技場、映画館、巨大ホテル、豪華な劇場が新築された。なかでも、一八七八年の万国博覧会に備えてトロカデロ（シャイヨー宮）が建設され、多くのブラスリーがここかしこで花開いた。その頃、左岸で最も名の知れたブラスリーは、〈レコセーズ〉、〈ル・ピクラート〉、〈ル・キュジャ〉、〈ル・コッション・マラド（病気の豚）〉、〈ル・ラブレー〉、〈ル・ボック・サクレ〉、〈ラレニエ〉、〈ラ・スルス〉、〈ル・ロシエ〉など枚挙にいとまがない。〈ピクラート〉という店の名前は、この店で大量に出される安物ワイン［俗語で、低級なワインのことを「ピクラート」と言う］に由来しているだけでなく隣の店で扱っている化学物質（ピクリン酸）にも由来している。この化学物質のせいで店主は吹っ飛んだことがあるのだ。〈ル・ボック・サクレ〉はサン＝ミシェル広場の近くにあるフランソワ一世がかって居城としていた建物の一階にある。同じ場所にあるブラスリー〈ラ・サラマンドル〉には、コミューン時代、革命派のグループが集まり、ビールを飲んでは、短いパイプを口に加え、煙が立ち込める中でパリのこれからの姿について思いを巡らせていたものだ。これらのグループは「挑戦的な消防士たち」とか「砲兵隊」と呼ばれていた。カフェ＝タベルヌに何時間も居座る常連客は、一晩で四十杯ものビールを飲む者もいる。「公安委員会」が組織されたのは〈ル・ボック・サクレ〉の幾つものビール樽が横に積まれた茶色い木製テーブルを囲んだ席でのことだった。その後、彼らは市庁舎に押しかけた。「公安委員会」は、激情を焚きつけるためのアブサンの泡の中から突如として現れたものなのだ。

〈ル・コション・マラド（病気の豚）〉の名前は一八六〇年頃によく語られた逸話に由来している。この店のカウンター嬢に憧れて恋心を抱いている多くの客の中に、解剖学的には男だが、まったく違う種類の客がいた。豚だ。店の隣の豚肉加工食品店がその豚を加工して売る代わりに、ペットとして店頭のショーウィンドウに入れて飼っていた。この豚は、この中途半端な自由を良いことに、いつも、向かい合わせのブラスリーのガラス戸の方にすり寄って、匂いを嗅いでいた。そのうち、人間の真似をしてカウンターで立ち働くこの美しいブラスリーの娘の前でため息をつくようになった。その娘は面白がって、会計をする合間にこの豚に肉や砂糖を与えていた。ある日、美しいカウンター嬢がプレーボーイに連れられて姿を消してしまった。カウンターのそばでいつも飛び跳ねていた豚は、彼女に会えない悲しみの余りに衰弱しはじめ、やがて病気になり死んでしまった。その後、〈コション・マラド〉はブラスリー〈ミュルジェール〉となる。

サン＝ミシェル河岸通りには、地下室がある店が幾つもあるが、そこでは、数エキューで娼婦のベールが剝がされる。そこでは、客は歌い、飲み、煙の渦が漂う中、さまざまな方法で楽しんでいる。人を怖がらせるほど醜くても、ここでは女神たちはみんなヴィーナスに見える。ヴィーナスたちは客に愛撫をさせ、もっと金を使うように仕向ける。名も知らぬ相手は無理強いはしない。

同じようなタイプのブラスリー（オーク材のテーブル、樽、髪を大きなリボンで結んだウエイトレスが手にする取っ手つきのジョッキが特徴）の中で、二つの店が特に異彩を放っている。太った女性がカスタネットを打ち鳴らしながら歌うショーが見もののクリュニー劇場にある古典風コンサート喫茶と、スフロ通りにある大きなブラスリーだ。この店には有名なダンスホール〈ビュリエ〉のような装飾が施された舞台があるが、女性たちはアルザス風の衣装ではなく、短いスカートに高いヒールの靴をはき、大きなモミの木の枝に吊るしたジョッキをヒールで引っ掛けて取る。パリの作業場からやって来る娘たちは、こうしたブラスリーでしばらく働いた後、多くの場合、売春の元締めの金づるになる。中には奇跡的にそこから抜け出す娘もいた。エスペランスという名前の少女がそうだ。

その若いブラスリー嬢は他の娘たちに比べて一段と美しかった。顔立ちは優しく、唇は真っ赤で、口よりも大きいかと思えるほど大きな青い目をしている。パステルのように鮮やかなピンク色の頬は桃のようにつやつやしている。長く波打つ髪は春の露のように輝いている。その姿は野バラのように甘美ではかなく見える。触ると壊れそうで、怖くて誰も触れない。わいせつな言葉が飛び交い、むせるようなたばこの煙と、アブサンやブランデーの悪臭が漂う地獄のような日常の中で、彼女の美しさに気がついた良識のある繊細な客は誰しも、この苦難の日々から抜け出すように手を差し伸べる。彼女はその申し出を断りはしない。すぐに救い主が用意してくれた家具に囲まれて身を落ち着ける。が、一カ月後にはその救い主に何も告げずに引っ越してしまう。買ってもらった家具を自分の名前で民間の家具倉庫に預け、エスペランスは家具付き部屋に戻り、救い出してくれた恩人に出会う心配のない別の店でサービス嬢たちの一団に加わる。

以前の生活リズムを取り戻し、そこで別の庇護者を釣り上げる。新しい庇護者は、前の庇護者と同様に、彼女に新しい家具を買い与える。そしてすぐに同じことが繰り返される。お人好しの行動パターンがまた始まる。こうして美しいエスペランスはついにクレリ通りで家具店を開く。他の娘たちはこれほどうまくは立ち回れない。ほとんどの場合、どん底生活から抜け出しても、また元の巣に舞い戻り、何杯かのアブサンを飲んだ挙句に吐き出して、死に至る。〈ミュルジェール〉の昔の女主人ジベルヌもそうだった。彼女は、数年前から悪い噂が立っていたが、ある朝、アングレ通りの排水溝の中で酔いつぶれて死んでいるのを発見された。

歴史はその流れを止めはしない。カウンターのあたりでは、ガンベッタがよく仲間を揶揄して呼んでいたのを真似て、客たちが政治家たちをからかっている。ガンベッタならフロケ首相のことを「クジャクの羽をつけた七面鳥」と言わないだろうか？　アンリ・ブリッソンのことを「中身が空っぽの替襟」だと、ロクロワのことを「ふた吹きで吸い終わるたばこ」だと、ブロワ公のことを「廊下のマキャヴェリ」だと言わないだろうか？　第三共和政の初代大統領ティエールはよく自分のことを「私は、五十年間、雨に打たれ続けてきた古い傘だ」と言い、マク＝マオン元帥に指示を与え続けていた。しかし、ティエールの後を継いだマクマオンは大統領府を追い出され、共和派の隆盛に乗った弁護士ジュール・グレヴィーに取って代わられた。右翼の政治家デルレードが愛国者同盟を結成した頃、数々の騒動が巻き起こった。例えば、深刻な経済恐慌を引き起こしたユニオン・ジェネラル銀行の倒産、国防省のカファレル将軍なる人物がグレヴィ大統領の甥と共謀してレジオンドヌールの取引をしたことが判明した勲章収賄事件などだ。大統領はこの騒動で辞任するはめになる。ジャーナリストで急進派の政治家クレマンソーの厳しい追及を受けたクレヴィの後継者には思いがけない人物が選ばれた。サディ・カルノーだ。その後もパナマ事件やドレフュス事件［一八九四年にユダヤ系だったドレヒュース大尉にスパイ疑惑がかけられた事件。世のなかの反ユダヤ主義を反映していた］が続き、これらの事件の成り行きがカフェの会話を果てしなく弾ませることになる。

第五章　モンマルトル、パリのキャバレー

我々は皆、モンマルトルのてっぺんで暮らしている。まるで人生のように非常に移ろいやすいモンマルトルで。というのも、すべてに別れを告げ、即座に誇りを捨てる勇気がなければ芸術家とはいえない。運命によって印を刻まれた人は苦しむことになるだろう。不幸がその芸術家に魔法をかける。不幸が彼にインスピレーションを与え、最終的には彼の生きる理由になるのである。

フランシス・カルコ『別なる人生の記憶』

いまからおよそ百年前のこと、ある田舎くさい平和な小さい村が驚くような人々の隠れ家になった。故意に目立とうとしているわけではないのに目立ってしまう人々の隠れ家に。城壁の代わりの傾斜した道に守られ、西側は記憶の溜池のように時間がとまっている墓に囲まれたその場所は、数々の戦争や政変や風潮をものともせずに、控えめながら変わることなく存在し続けてきた。その村の名前はモンマルトル。

この丘は軍神マルスの丘《モン・ド・マルス》、ヘルメスの丘《モン・ド・メルキュール》、殉教者の丘《モン・デ・マルティル》など、歴史上さまざまな名前で呼ばれてきた。フランス革命の際に高台の石切場が革命派の隠れ家になっていたことを記念してマラーの丘《モン・マラー》［マラーはフランス革命の大立者の医師・政治家］と呼ばれたこともある。こうした呼び名は、この場所がすでに伝説に登場していた証拠といえる

だろう。聖ドニは現在の〈ムーラン・ド・ラ・ギャレット〉のそばにある噴水で捕らえられた。九七八年には神聖ローマ皇帝オットー二世と六万人の兵がこの丘の上に集まり、パリを占領したユーグ・カペーを脅すために大声で「アレルヤ」を歌った。年代記作者のフロドアールは、モンマルトルの丘の上で竜巻が発生してブドウ畑がだめになってしまった九四四年に、おそろしい悪魔たちが出現したと書き残している。……この「悪魔」とはおそらく典型的な誘惑の悪魔である初期の居酒屋の主を指すと思われる。

十七世紀、ルイ十三世とルイ十四世の治世下で、これらの悪魔は〈リマージュ・サン・アンヌ〉、〈ラ・ヌーヴェル・フランス〉、〈リマージュ・サン・マルタン〉、アベス広場や〈イマージュ・サン・ルイ〉、マルティル道《ショッセ・デ・マルティル》といった看板の下にのさばっていた。劇作家のジャン＝フランソワ・ルニャールは『包括受遺者』を書いた風車の上にあったモンマルトルの家で、グランド・バトゥリエール川［モンマルトルからオペラ座近くを流れていた小川。現在は暗渠化されている］や川の水でできた沼地の魅力には抗いがたいと書いている。

（略）満足げな目で
彼らは広い沼のはるか彼方を歩いている。
私は目に浮かぶそうした場所で
スイバ［湿地に多く生えるタデ科の植物］やレタスが成長しているのを楽しく見ていた（略）。[1]

十八世紀、安食堂の主人たちは罪深い商売をおこなった。当時の店としては、〈ル・シュヴァル・ルージュ〉、〈ラ・グランド・パント〉、〈キャバレー・マニ〉、〈レ・ラ〉、〈リル・ダムール〉、〈ル・カプリス・デ・ダーム〉、〈ル・ベルジェ・ギャラン〉などが挙げられる。おかげで革命前夜には、五十八の建物中二十五軒がキャバレーだった。ちなみにワインや蒸留酒を出すチーズ屋は勘定に入っていない。

一八五二年、作家のジェラール・ド・ネルヴァルはモンマルトルにインスピレーションを得て『散策と回想』という作品を書いた。「かつて山だった側面を飲み込む大津波のように、新しい家が建っていく。（中略）しかしメギの木が紫の花と緋色の実に彩られた厚い緑の生垣に覆われたなだらかな丘はまだ残っている。丘には風車やキャバレーや園亭や田舎風の地上の楽園があり、わらぶきの小屋や納屋や草木の生い茂った庭が並ぶ静かな路地が続いていた。（以下略）[2]」

一八八六年にテオドルス・ファン・ゴッホとフィンセント・ファン・ゴッホ兄弟が住み着いたときのモンマルトルには、まだ薄暗い庭に沿った細い道と丘の頂上まで続く、ところどころ崩れかけたジグザグの壁沿いの道しかなく、丘は粘土質の土が顔を出したむき出しの土に短い草がところどころ生えた場所に過ぎなかった。そこかしこにイラクサとキイチゴとユリの茂みと小さなあばら家があったのが特徴だった。一八九〇年十月、フィンセント・ファン・ゴッホは木造のビリヤード場の庭にイーゼルを置く。ここが、今日ルーヴル美術館に展示されている『ラ・ガンゲット』を描いた場所だ。ガンゲット［ダンスホール］という呼び名は、場末のキャバレーで安く飲めた少し酸っぱいワイン「ガンゲ」に由来する。一八九六年、画家のシュザンヌ・ヴァラドンと、息子で同じく画家のモーリス・ユトリロが、ソル通りとコルト通りの角にあったエリック・サティの家の近くに家を借りる。ヴァラドンたちの隣に住んでいたのは、何を隠そうキャバレー〈ル・ミルリトン〉で人気を得ていた歌手のアリスティード・ブリュアンだった。

モンマルトルはそれほど広くはない。しかし迷路のような地区ならばどこでもそうだろうが、歩いてきた道を反対に戻るだけで新しい景色を見つけることができたし、散歩している活力に溢れた人とすれ違うことができた。すれ違う人のなかには、美術評論家のフェリックス・フェネオン、画家のアンリ・ド・トゥールーズ＝ロートレック、同じく画家のカミーユ・ピサロ、石版画家のシャルル・モラン、印刷屋のオーギュスト・ドゥラートル、霧の城［画家が多く住んでいた建物］を出てトゥルラック通りにあったアトリエへ向かうオーギュスト・ルノワールがいただろう。ルノワールのうしろには、カタツムリを捕まえながら歩く息子のジャン・ルノワール［長じて映画監督となる。代表作『ゲームの規則』］がいた。ルノワールがモンマルトルに住もうと決めたのは、エミール・ゾラの本を出版したジョルジュ・シャルパンティエに会いに行く途中だった。肖像画制作を頼まれてシャルパンティエに会いに行ったルノワールは、『ムーラン・ド・ラ・ギャレットの舞踏会』を描きたくなった。そこで、できる限り風車《ムーラン》［〈ムーラン・ド・ラ・ギャレット〉は当時モンマルトルにあったダンスホールで、入り口に風車が立っていた］の近くに住むことにしたのである。深く刺さったコナラの支柱の上に建てられた風車は、空に向かって羽を伸ばしていた。

　人々がポルカやワルツやシャユーやカドリーユを踊りにやってきたダンスホールの窓からは、でこぼこした風車小屋が大きく見えた。風車には勇壮な伝説が残っている。一八一四年にパリがコサック兵に占領されたとき［同年ナポレオンが敗北し、モンマルトルは外国軍への抵抗運動の中心になった］、一六二一年から創業していた老舗粉屋であるドゥブレー家の四兄弟の末弟が捨て身で抵抗して殺され、風車の翼に打ち付けられたという。ちなみに復古王政期に風車小屋をダンスホールに改装したのはこの男の息子である。

　ルノワールは〈ムーラン・ド・ラ・ギャレット〉へ来る女性に魅了された。作家のジョルジュ・モントルグイユは著書『踊るパリ』のなかで、彼女たちはたいていレースのスカートの下にコルセットも下着もはいていなかったと述べている。「足を上げるときは下着を身につけるのが必須だ。だが彼女たちははいていない。肌着さえ着ているかどうかもあやしい。ストッキングはきちんと結ばず、キュロットもはいていない」[3]

　ルノワールが住んでいた建物は、一六五〇年頃に建てられたモンマルトルで最も古い建物である。

一六八〇年に俳優のクロード・ド・ラ・ローズがここを買った。彼はここで喜劇の脚本を書き、モリエールの演劇を演じた。ローズは『病は気から』［モリエールの喜劇］を演じたあとに死んでいるのだが、奇妙なことに、これはモリエールと同じ死に方だった。ある午後、実際の風車を見ながら描きたいと考えたルノワールは、彼を忠実に援助してくれるリヴィエールの助けを借りて〈ムーラン・ド・ラ・ギャレット〉までキャンバスを運んだ。ルノワールは次のように書いている。「風が吹くと風車の大きな羽がまるで凧のように丘の上を飛んでいってしまいそうだ」

ルノワールは軽やかな光がきらめく『ムーラン・ド・ラ・ギャレットの舞踏会』と同時進行で、『ぶらんこ』と『裸婦像　*le torse d'Anna*（*femme nue*）』を描いている。どちらも女優のジャンヌ・サマリーのタイプの違う肖像画だ。モデル代の代わりに、ルノワールは肖像画にブラシをかけてサマリーに贈っていた。ときどき花束か「ティンパニ」と呼ばれる、赤いリボンのついた流行りの帽子のほうがいいと言われることもあった。ルノワールは大都会の隣にあって風車と路地と、畑も家畜もなくわずかな果樹園とブドウ畑が広がる牧歌的な光景が広がるモンマルトル村を愛していた。夜になると、重い大気に反射した明かりがつくる黄褐色の霧に浮かぶ不思議な星雲のようなパリが足元に広がるのを眺めることもできる。

モンマルトルでは奇妙にも、詩人、彫刻家や画家、カフェ経営者や大衆が混ざり合っていた。バティニョル大通りやクリシー大通りでは、〈ムーラン・ルージュ〉の回転灯が、たむろする遊び人やエレガントな人や娘たちや女衒を照らしだす。シャンソン作家の才能のおかげで「ミュージッククラブ」が瞬く間に広まった。反権威的な詩人は絶えず容赦なく風刺シャンソンをつくり、今日と同じように権力のある人物を揶揄した。政治家や大臣の最近の演説、その身だしなみ、航空機の技術進歩、最近のローマ教皇の回勅［ローマ教皇がカトリック教会の統一見解を知らせるために世界じゅうの司教に送る手紙］、増えている離婚。言葉の達人にかかればそうしたことのすべてが風刺シャンソンになった。十九世紀末、モンマルトルはとりわけ「パリのキャバレー」がある地区として頭角を現しはじめる。丘のふもとのマルティル通りには二軒の店が向かい合って立っていた。キャバレー〈ラ・ベル・プール〉と〈ブラスリー・デ・マルティル〉だ。ゴンクール兄弟が「名もなき偉人の居酒屋兼隠れ家」と評した二軒の店である。だがゴンクール兄弟の言葉は間違っていた。無名ではなく、将来有名になる多くの人物がすでに出没していたのである。

　バティニョル通り九番地にあった〈ル・ゲルボワ〉とピガール広場にあった〈ラ・ヌーヴェル・アテーヌ〉は競い合っていた。ルノワールとエドゥアール・マネとエドガー・ドガはここで長いあいだどんちゃん騒ぎを繰り広げ、彼らが感じた印象を元に創作をおこなう絵画芸術への取り組み方について議論した。それを驚いた様子で眺めていたのは『フィガロ』紙の編集次長だったアルフォンス・デュシェーヌと、連れのジャーナリストのヴェロン（灰色の髪を真ん中あたりでわけていて、ピガール広場から強い風が吹いてもぴくりとも乱れなかった）やアルフレッド・デルヴォーやカスタニャリだ。〈ラ・ヌーヴェル・アテーヌ〉の常連のなかには、からかい好きな版画家で心ゆくまで風刺シャンソンを歌ったアレクシス・ポセイがいる。ウェーブした髪と怒り肩と短い首の持ち主で、鼻の先に眼鏡をのせ、並外れた才能をもつポセイは、寂しい時代のただなかにあっても見事に愉快な雰囲気を醸し出していた。

　夜十一時を過ぎると、〈ラ・レーヌ・ブランシュ〉を追われた愉快な集団の騒ぎを追って、ピガール通りの〈ル・カフェ・ジャン・グジョン〉（〈ブラスリー・フォンテーヌ〉とも呼ばれる）に魔法のように人が訪れた。〈ル・カフェ・ジャン・グジョン〉には詩人のギュスターヴ・マチューやジャーナリストのシャルル・モンスレやエティエンヌ・カルジャや画家のエミール・デュランドーや作家のフェルナン・デノワイエや画家のギュスターヴ・クールベが集った。クールベは仲間に会うためにノートルダム・デ・ロレット通りを登るのもいとわず、カルティエ・ラタンからやってきた。ある晩十二時、常連客がやってきた。オペラ座のオーケストラ指揮者、フランソワ・エンルだ。入って来る前から、窓越しに見える長い口ひげですぐに彼だと分かる。フットライトの明かりで喉が渇いた夜は、小ジョッキのビールで喉をうるおすためにゆっくりと歩いてやってきた。

一八六〇年に坂の中腹のマリー＝アントワネット通り［現在のイヴォンヌ・ル・タック通りにあたる］とアベス通りを通ってモンマルトルを横切って歩いたならば、〈セルジャン〉というカフェを避けては通れない。セルジャンは雰囲気のいい「きちんとした」店で、食前酒ベルモットの時間になるとテラス席にはエッチング画家のエミール・ベナシがよく現れた。背が低くずんぐりして小太りのベナシは、溌剌とした茶色い瞳で短気な性格が表れた額と、いたずらっぽさがきらめく笑顔に皮肉をたたえた口元をしていた。ベナシは「バラのワルツ」を作曲したオリヴィエ・メトラなどの友人たちに囲まれて堂々と座っていた。

〈セルジャン〉の客には版画家や会社員もいれば、サクレクール寺院が建ってモンマルトルの丘が崩れる前にその名残を見ておこうと考える愉快な旅行者など、多種多様だった。そこからほど近いクリシー大通りの角には、昨日の徹夜で疲れた画家が数人座れるひんやりとした椅子があった。その店のカウンターの向こうでは、主人のコケが通りがかりの詩人に次のような示唆的な詩を生み出すインスピレーションを与えていた。

コケは単なる居酒屋の主人ではない
それは皆が認めるところだろう
その名にふさわしく粋な（コケな）男だ

コケは単なる居酒屋の主人ではない
とはいえときどき鼻持ちならないやつだ
自慢げに横柄な態度をとる
コケに欠けているものなどあるだろうか？
その名が歴史に残るために？
この店ではパトリック・ペロケも見かける
コケに欠けているものなどあるだろうか？
モンソー公園から〈ラ・ブール・ノワール〉〔モンマルトルにあるコンサートホール〕まで
ライバル店はキャンキャン吠える犬にすぎない
コケに欠けているものなどあるだろうか？
その名が歴史に残るために？[4]

作家で作曲家のジョセフ・ダルシエが〈カフェ・コケ〉に座っていた。「私のベルトの模造品」や「ブザンソンの御者」という歌で成功した人物である。ダルシエの大衆歌謡は、カフェ・コンセール〔歌や見世物を見せるカフェ〕で非常に好評を博す。彼は自分と同じテーブルについていることを喜ぶ友人に挨拶をした。そのなかには風景画家のカール・ドービニーや静物画を好むプティがいた。〈カフェ・コケ〉の唯一の問題点は〈ラ・レーヌ・ブランシュ〉の客との近所付き合いに耐えなくてはならないということだった。誰もが出入りできたダンスホールの〈ラ・レーヌ・ブランシュ〉には、およそ品位というものがなかったのである。しかし、この不可思議な波に荒らされず、否応のないごたまぜ状態にさらされなかったモンマルトルのカフェなどあっただろうか？

一八六七年、モンマルトル地区の小さな店〈ル・カフェ・ド・ラ・プラス・ピガール〉が芸術的なキャバレーに改装され、新たな根拠地を求めたシャンソニエや音楽家や詩人が集まってくる。改装工事のあいだに、作業員がビールの汲み上げポンプのなかでネズミが一匹死んでいるのを見つけた。新しい主人はこれに着想を得て、店に〈ル・ラ・モール〉［死んだネズミの意］という名前をつけた。天井には画家のレオン・グピルが考えたネズミの絵が描かれ、店はジョゼフ・ファヴロの絵で飾られた。〈ル・ラ・モール〉の一階では飲み物を売っていたが、二階はキャバレー〈ラ・フイーユ・ド・ヴィーニュ〉になっていた。ここはモンマルトルで初めて、定価をつけて夕食を出したカフェだ。〈ル・ラ・モール〉は次第に高い評価を得ていった。

ここにはパトリック・ペロケが通っている。ペロケがいるのは店の宣伝になった。彼は水で薄めないアブサンを飲み、口にパイプをくわえ、彼の話に耳を傾ける人のグラスに唾を飛ばしながら話した。ある晩に何度警告されても悪ふざけをやめない道化役者ポトゥレルが平手打ちを受けたのも〈ル・ラ・モール〉だった。彼は頬をさすりながらドアの近くに立ち、自分を叩いた相手に、笑いを誘う脅し文句を浴びせかけた。

「おい！　旦那、おれを殴ったと自慢しちゃいけませんよ！」

エドガー・ドガは〈ル・ラ・モール〉で友人たちを賑わせた。ドガはベネチア出身のフェデリコ・ザンドメネギ、フィレンツェ出身のディエゴ・マルテッリ、その友人のジュゼッペ・デ・ニッティスなどの若いイタリア人画家に囲まれていた。〈ル・ラ・モール〉は一九〇〇年のパリ万国博覧会のときに栄華の絶頂を迎える。〈ル・ラ・モール〉の向かいにあった〈ラ・ヌーヴェル・アテーヌ〉というカフェにはマネのグループが集まっていた。オペラ座の有名なダンサーを父［ルイ＝スタニスラス・モンジョワ］にもつ画家のアルマン・モンジョワも、フリンジのついたズボンと、スリッパをはいて、脇に紙ばさみをもち、虫に食われた外套を羽織って〈ラ・ヌーヴェル・アテーヌ〉のテラスへやってきた。〈ラ・ヌーヴェル・アテーヌ〉には作家のシャルル・モンスレや、つれない茶髪の女とプラトニックな愛を貫いた「革命家」のウジェーヌ・ラズアや、詩人のマヌエル・ビアンバールが訪れる。ビアンバールは金髪で面白みのない顔をしており、輝きのない青い瞳から「ニュルンベルクのキリスト」と呼ばれた。マランクールと、青みがかった不安げな顔とウェーブし流れに逆らう金髪をした若い音楽家のオリヴィエ・メトラも〈ラ・ヌーヴェル・アテーヌ〉の客だった。

＊

モンマルトルでは、芸術家が楽天的な人生の幸せなひとときを過ごしにやってきた。彼らは作品を生み出すことと、才能のみによって名声を得ることしか考えていなかった。ときはゆっくりと流れた。生活するのにそれほど金がかかるわけではなかったし、また彼らが求めた生活は非常に質素なものだった。

芸術家は信頼あふれる雰囲気のなかで、商人や店の主人の厚意に甘えて暮らしていた。金がないのに債権者相手に支払わなくてはならないときも特別待遇だ。債権者は、まれに返済を待ってくれることもあれば、絵画や彫刻で払うのを認めてくれることもあった。こうした人々は、当時多く生まれたカフェやダンスホールやキャバレーに好んで集まった。とりわけ、トリュデーヌ通りに開店した〈ラ・グランド・パント〉は、芸術家の集合場所になる。〈ラ・グランド・パント〉では、シャンソン作家が心ゆくまで同時代の有名人を痛烈に批判する歌を歌って楽しんだ。よく批判の標的になったのは、ルーヴルデパート

［一八五五年に開店したデパート。ボンマルシェとの競合の末一九七四年に閉店］の経営者であるアルフレッド・ショシャールだ。ショシャールは自分のデパートで買ったブロンズの彫刻像であふれた、ブーローニュの森近くにある庭付きの家に住んでいた。流行りにのるために、彼はこれ見よがしに頬ひげを伸ばしていた。〈ラ・グランド・パント〉にいた風刺家は、「ムッシュー・ショシャールは頬におひげを生やしてる。アンリ三世が恥ずべき死の瞬間に生やしてたおひげといっしょ！」[5]と歌った。

客を集めるために、カフェは想像力と独創性を発揮した。例えば〈タベルヌ・デュ・バーニュ〉では、主人のリスボンヌがウェイターに赤い上衣と黄色いズボンと緑の縁なし帽を着せて、足首に鉄の玉をつけた囚人の服装をさせた。〈ル・タンブラン〉の従業員は、伝統的なイタリアの服を得意げに着ていた。〈ラベイ・ド・テレーム〉［テレームの僧院の意］では、男性の店員は修道服をまとい、女性の店員は白頭巾をつけた修道女に仮装していた。こうした店の常連客は、皆才能ある人々ばかりだった。テーブルには、作家のアルフォンス・アレーや詩人のシャルル・クロや作曲家のポール・デルメとクロード・ドビュッシーや画家のテオフィル・スタンランやシャンソン作家のモーリス・マック＝ナブなどがいた。彼らのあいだで友情が育まれ、議論が勃発する。例えば一八八四年にはロドルフ・サリス［キャバレー〈ル・シャ・ノワール〉の主人］と、「薔薇十字団創立者で美しい在俗修道会の偉大な指導者」であるジョセファン・ペラダン（別名サール・メロダック）のあいだで喧嘩が起こった。

エリック・サティが「レ・オジーヴ」や「サラバンド」三部曲や「ジムノペディ」三部曲を作曲したのは、〈ローベルジュ・デュ・クルー〉と〈ル・シャ・ノワール〉である。あるとき、クールトリーヌは、スイス人のポール・トマシェが経営していた〈ローベルジュ・デュ・クルー〉に、客のばかげ《イディオ》た言動を計測する面白い機械を置いた。その名もイディオメットル。カウンターの上に置かれた機械はゴムチューブで地下室につながっていて、地下室ではクールトリーヌの部下が、肺がはち切れるほどチューブに息を吹き込んでいた。すると、赤い液体がせり上がってきて泡をつくる。イディオメットルに「ばか《イディオ》」と宣告されるまでもなく、イディオメットルの前に立っていた人はからかいの対象になり、悪趣味な冗談で揶揄される。「泡ができているということは、おまえはばかなんだ……」

この頃、細かいチェックのカーテン、梁がむき出しの天井、民芸調の家具、ファイアンス〔マジョリカ陶器、デルフト陶器などの施釉陶器〕の食器、木製の額に入ったデッサンや絵画、農夫の服装をしたウェイターといった田舎風の雰囲気の店が求められた。そして一八八八年に、詩人のジャン・サラザンがマルティル通り七五番地に〈ル・ディヴァン・ジャポネ〉という風刺シャンソンのためのカフェを開く。ここではイヴェット・ギルベール（一八六五～一九四四）が「辻馬車（*Le Fiacre*）」や「下級娼婦（*La Pierreuse*）」や「酔っぱらい（*La Soularde*）」を歌い、ジュール・ジュイが「ラ・グルー（*La Glue*）」を、リシュパンが「乙女（*Les Vierges*）」などの歌を歌った。イヴェット・ギルベールは、この時代を語るうえで最も重要な人物のひとりだ。ジョルジュ・モントルグイユは彼女について次のように書いている。「ギルベールの絶大な人気には、ふたつの理由がある。ひとつは彼女の才能だ。鋭い声、歌に合った衣装、笑いの最終形態である陰鬱でありながらも愉快な雰囲気である。もうひとつの人気の理由は彼女のレパートリーである。まったく雰囲気の違う歌を歌ったり、違うテーマを歌ったりした。彼女は何食わぬ顔で冗談を言う客たちのミューズで、非常に特異で憂鬱な気質を表現する存在でもあった」[6]。第二帝政崩壊後、彼女はシャルル・クロがつくったジュティズム〔十九世紀末の詩人の派閥〕とモンマルトルに暮らすクロの友人たちに霊感を与える存在になっていく。

イヴェット・ギルベールは、あとを継いだ歌手たちに道を開いた。こうした世紀末の珍妙な「ゴミューズ」〔カフェ・コンセールの歌姫〕には、「トンキン地方の女（*La Petite Tonkinoise*）」を初めて歌ったエスター・ルカン、巧妙に陽気さを加えた恋の歌をレパートリーにもつアンナ・ティボー、〈レルドラド〉の女王だったエマ・リベールなどがいる。最初の「ゴミューズ」は〈ラルカザール・ディヴェール〉で誕生した。彼女の名前はアンリエット・ベポワ。珍妙で巨大な帽子と極端に裾がめくれている馬鹿げた衣装。衣装にはスパンコールや刺繍やビーズの装飾がされていた。大胆に反り返った帽子のつば、大きく開いた胸元、透し模様の入ったドレスの裾で奇妙な装いの出来上がりだ。ベポワの次に現れたのは、モントルグイユが「最も高い音階を出すのは下着職人だ」[7]と冷やかしたアンナ・ヘルド、マリー・ヘプス、デュクレルクである。

ウジェーヌ・フジエール、ナヤ、ジャヌ・ダルマ、ビアンカ、アリス・ド・タンデール、イルマ・ラペールなどの「オートゴム」〔カフェ・コンセールやキャバレーで活躍した歌手兼踊り子〕と呼ばれる女性についても触れておこう。奇抜なオートゴムは、のちに「エピルティック」〔寄席芸人〕に取って代わられる。エピルティックは、〈ロルロージュ〉のホールをいとも簡単に満席にしたエドモン・デュフルーヴ〔風刺歌謡作家、歌手〕の妹であるコミカルな女性によって確立されたスタイルだ。彼女の名前はエミリー・ブショー。エミリーは、シドニー・コレットの恋人のウィリー〔本名アンリ・ゴーティエ＝ヴィラール、作家、音楽批評家〕によって「ポレール」と名付けられる。彼女はこの芸名で〈ユーロペアン〉でデビューし、〈レルドラド〉で舞台に立った。そして一八九三年、〈ラ・スカラ〉でアンリ・サイエとファブリス・ルモンの下品で挑発的な曲「タマラブムディエ（*Tha-ma-ra-boum-di-hé*）」を歌って文句のつけようがない大成功を収める。

私はいいおうちで育てられた若い娘
明るくてやさしいお顔
いい教育を受けたのよ

修道女会の寄宿女学校でね
みんなは私をズタズタ女と呼ぶの
書き取り試験のレッスンを
しっかり聞く代わりに私を見てる
だから気取らずに舎監の先生に言うのよ
タ・マ・ラ・ブムディエ（繰り返し）
私が大っ嫌いな寄宿舎
むずかしい文法
タ・マ・ラ・ブムディエ（繰り返し）
ぜんぶ終わりよ、シャユーを踊りましょ
楽しくなるにはそれしかないの（略）

ポレールのファンのひとりで、『夢見る女』の著者であるジャン・ロランは、次のような記述を残している。

　ポレール！　人の心を動かす激しいポレール。知っているだろう、愛らしい女性だ。これ以上ないほどほっそりとしていて、大声を出すには細すぎる。痙攣するまで締められたコルセットのなかで身体が砕けそうで、やせている女性のなかで最も美しい！　カフェ・コンセールの歌手らしい巨大なつばをしたオレンジ色の帽子はアヤメの葉で飾られていた。貪欲で巨大な口、大きな黒い目の下は隈がありやつれて青くなっている。激しいまなざし、夜の色をした乱れ髪。グール［中東の伝説に出てくる女吸血鬼］でありサロメでもあるこの女の顔には、リンの青色と硫黄の黄色と赤胡椒の赤色があった。人の心を動かす激しいポレール！

　彼女の身振りときたらすばらしかった。コーヒーミルも腹踊りも！　裾をからげた黄色いスカートと透し模様入りのストッキングをはいたポレールは、激しく身体を動かしてよじらせ、反り、身をくねらせ踊った……。そして白目をむいて喚き声をあげて恍惚とし……失神する。どんな音楽であろうと、どんな歌詞であろうとそうだったのである。[8]

「ポレール」は演劇に出るためにコンサートをやめ、コレットの小説『クロディーヌ』のクロディーヌ役を演じた。ポレールとコレットのいかがわしい友人関係はコレットの筆を大いに進ませ、スキャンダルを引き起こした「二人のあいだには同性愛の噂があった」。のちにミュージックホールの女王になる若い芸術家のジャンヌ・ブルジョワは、一八九七年から一九〇七年のあいだに〈レルドラド〉でおこなわれたポレールの演技に感銘を受けている。店には舞台に立つジャンヌ・ブルジョワを見たい、ふざけた調子のかすれ声を聞きたいという客が押し寄せた。ポレールの好敵手となったブルジョワは、自分は「本当になりたかった存在」になったと回想録に書いている。彼女はミスタンゲットという名前でパリの寵児になり、トップの座に君臨した。

　一八九三年、ロートレックは〈ディヴァン・ジャポネ〉のポスターを描いた。ポスターの近景で、『ワーグナー評論』著者のエドゥアール・デュジャルダンの近くに座っているのは、〈ムーラン・ルージュ〉の踊り子であるジャヌ・アヴリルだ。奥の方にはトレードマークの黒い手袋をはめたイヴェット・ギルベールが描かれている。その後ときは流れる。新たなカフェやキャバレーができてはつぶれた。反対に灰のなかからよみがえった店もあった。大衆は娯楽を求めてモンマルトルに押し寄せる。人のひしめく通りは芸術家にまたとない画題を与えてくれた。例えばフランシスク・プルボは羽根ペンをせわしなく走らせて、さっと水彩絵の具を塗り、長い描線を描き出した。風でぼさぼさになった髪と反り返った鼻をして膝を擦りむいた少年たちを描いたプルボのイラストは世界中に広まった！〈ムーラン・ルージュ〉のポスターを描いたロートレックがカフェ・コンセールを描いた偉大な画家ならば、プルボはモンマルトルの少年を描いた画家といえるだろう。ジュール・シェレも忘れてはならない。シェレが描いた「シェレット」と呼ばれる女性のポスターは、当時のパリの壁を彩った。彼の作品で最も有名なのは、〈ロルロージュ〉、〈ラルカザール〉、〈レ・ザンバサドゥール〉、〈ラ・テルテュリア〉、〈レ・フォリー・ベルジェール〉のコンサートのポスターだろう。ユイスマンスの言葉を引用すると、「シェレは、非常に底意地が悪く刺激的なおぞましい屑を捨て、そのエキスさえも捨て、水面でぱちぱちと泡立つガスの泡立ちとあぶくだけを、自身が精製したパリのエッセンスに迎え入れた」[9]

もうひとりの偉大な芸術家がモンマルトルの名を後世に伝えている。彼の初期のデッサンは『ジル・ブラ』紙や『ラシエット・オ・ビュール』紙に掲載された。彼の名はテオフィル＝アレクサンドル・スタンラン。彼の痛烈な描線はジャン・リシュパンの『乞食の歌』やジュアン・リクトゥスの『貧民の独り言』の挿絵にもなった。スタンランは歌の挿絵を担当したことでも知られている。例えばアリスティード・ブリュアンの「さむい街角で（*À la Glacière*）」、「黒髪の女（*La Noire*）」、「ベルヴィルにて（*À Belleville*）」、「辻馬車（*Le fiacre*）」、「お嬢さん、聞いてくれ（*Madmoiselle, Écoutez-moi donc*）」をはじめとする数え切れないほどの有名な旋律の曲の表紙を飾った。スタンランはアナトール・フランス［小説家］と同じく「路上の巨匠」と呼ばれた画家だった。

当時モンマルトル地区で最先端の文学カフェは〈ル・シャ・ノワール〉だった。辛辣で非難を交えたユーモアの聖地だった〈ル・シャ・ノワール〉の客たちは、政府や王族や大衆をこき下ろしていた。店の主人であるロドルフ・サリスが面白そうに見つめるなか、ギャルソンたちはアカデミー・フランセーズを揶揄する緑色のヤシの葉の刺繍が入った制服を身につけていた［アカデミー・フランセーズの会員は金と緑で植物の刺繍がされたビロードのジャケットを着るのがならわし］。ここでは風変わりな劇が演じられたり、詩の音読がおこなわれたりした。アンリ・リヴィエール［ポスト印象派の画家］は、〈ル・シャ・ノワール〉で壁に中国風影絵を演じて見せる。壁は即興の舞台となり、その場に応じて「フランス風影絵」も演じられ、神秘的な夜を演出した。ジュール・ルメートルは次のように書いている。「強烈な猫《シャ》、社会派で権威主義の猫、神秘的で陽気であけすけな猫、不吉で恋愛に落ちがちなこの猫は、実にパリらしい猫といえる。フランス国家の猫といってもいい。猫は心地よい混沌状態にある我々のエスプリを独自の方法で表現している」[10]。一八八四年にブリュアンが作曲した〈ル・シャ・ノワール〉を称える歌は、またたくまにパリじゅうに広まった。

〈ル・シャ・ノワール〉の近くで
私は運を試す
月明かりの下
夜のモンマルトルで

あるとき、テオフィル・スタンランは濃いベージュの背景に、横を向いた大きな黒い猫の絵を描いた。サリスはこの黒猫の絵を自分の店のポスターに使うことにした。またある晩、頬ひげを生やし、耳当てのついたハンチングをかぶった招かれざる客たちが、主人のサリスに喧嘩をふっかけにやってきた。サリスは怪我をし、ギャルソンのひとりに助け出される。それだけでなく、常連客が地元のごろつきたちから名指しの攻撃を受けて〈ル・シャ・ノワール〉を逃げ出し、〈ル・シャトー・ルージュ〉や〈レリゼ・モンマルトル〉でホットワインの入ったボウルを囲みに行ってしまうこともよくあった。そのため、サリスは、現在のヴィクトル・マセ通りにあたるラヴァル通り一二番地のより広い土地に店を移すことにした。新しい店は部屋がいくつもつながっていて、堂々とした階段は「大統領用個室《ロージュ・プレジダンスィエル》」に通じていた。

一八八五年五月九日付の〈ル・シャ・ノワール〉が常連客に配っていた新聞『ル・シャ・ノワール』紙［毎週土曜日に出されていたフォリオ版四面の新聞。詩、シャンソン、小説、エッセイなどが載せられた］には次のような意見が載せられている。「一八八五年、五月十五〜二十日、パリの中心たるモンマルトルはある出来事にショックを受けるにちがいない。これは世界の様相を変えてしまいかねない出来事だ。我々は、長いあいだ〈ル・シャ・ノワール〉ここにあり、と言われていたロシュシュアール大通りを去って、ラヴァル通りに移転する。これからは猫のなかの猫であるメグリウー［前述のポスターに描かれた黒猫］にふさわしい宮殿で、栄光あるシャンソンを繰り返し歌うことになる。伝説ある過去をもたないラヴァル通りと背の高い古い風車は、若いミューズたちの新しい風に、陽気そうに翼を震わせるだろう！」

新しい〈ル・シャ・ノワール〉が正式に開店したのは六月二十一日だ。店は建築家のイザベイによって手直しされ改装された、アルフレッド・ステヴァンスの元住居兼アトリエで開店した。引っ越し行列の先頭には音楽家が、そのうしろには金色の〈ル・シャ・ノワール〉の幟を掲げた人がいた。幟には舌の色が異なる砂色の猫と「万歳《モンジョワ》モンマルトル」というスローガンが描かれていた。スイス人傭兵の近くには、肩に十文字槍模様での県知事の制服をこれみよがしに着て、脇に剣を差して仮装したサリスがいた。野次馬と多くの招待客が歓迎するなかで行列のしんがりをつとめたのは〈ル・シャ・ノワール〉の常連客だった。

典型的なモンマルトル人《モンマルトワ》のエスプリを象徴する「シャノワレスク」と呼ばれた常連客の一部に、長いあいだサリスに付き従ってきた「水治療派」〔一八七八年にパリで結成されたデカダン的傾向の文学者の集まり。酒を愛し水を毛嫌いすることから皮肉的にこう名付けられた〕の若い芸術家がいた。水治療派の歴史は一八七八年に遡る。この年に、あるグループがビールを飲みながら最近出版された文学作品について議論をしに、左岸のラシーヌ通りにあった一軒のカフェに集まった。若者たちの名前はエミール・グドー、ジョルジュ・ロラン、リーヴ、アブラム、モーリス・ロリナ。彼らは〈ブラスリー・ブールミッシュ〉で『歩道の花』という詩集を編纂した。グドーは騒がしい音楽がかかっているなかで、モーリス・ロリナの「チーズ屋の美女」「埋葬された生存者」「ギロチンにかけられた男のロンデル」などの陰気な詩に光をあてた。

クジャス通りにあった〈ラ・リーヴ・ゴーシュ〉というカフェで初めて集まった水治療派には、プイプイと呼ばれたアルフレッド・ド・プイフェラ伯爵、シャンソン作家のガストン・ド・コエトゥロゴン、ポール・ムネ〔俳優〕、シャルル・クロがいた。のちにアルフォンス・アレー、フランソワ・コッペ、ギー・ド・モーパッサン、ジャン・モレアス、アンドレ・ジル、マック＝ナブ、ポール・ブルジェ、モーリス・マンドロン、ヴェルレーヌ、ポンション、リシュパン、アンリ・ド・レニエ、スタンラン、ウィレットなどもこれに加わる。

水治療派にはシャルル・クロが作曲した讃歌があった。

水治療派よ、心をこめて歌おう
蒸留酒の高貴なる歌を
朝は白ワインを飲もう
朝以外は赤を！

彼らは週一回の夕食会を開く店をつぎつぎ変えた。クジャス通りからジュシュー通りへ移動し、もう使われていないコンサートホールにできた〈カフェ・ド・レルミタージュ〉や、サン＝ミシェル広場にあった〈ラヴニール〉（のちの〈ル・ソレイユ・ドール〉）で「下僕と羽の夕べ」を開いた。そうした店では学生のユーモアと音楽や詩が混ざり合った。人をたぶらかすエスプリのある伝説的な男、アルチュール・サペックと、彼のテーブルに非常にもったいぶった挨拶をしに来たある男との出会いのような、風変わりで非常識で突飛な話が交わされていた。

ボタンブーツをはき、かなり細身のズボンとぴっちりしたジャケットを着て、とても派手で奇抜なジレから高さのある襟とネクタイが覗いている変わった格好の男を前に、サペックのほうもいつものようにまじめくさった態度ではいられなかった。


「サペックさんですか？」

「そうですが」

「『アンティ＝コンシエルジュ』紙編集長の？」

「ええ、そうですよ」

「私はあなたの新聞の定期購読者ではないし、一度も読んだことがないのですが……」

「そうだとしても驚きませんよ」

「どうしてですか？」

「定期購読者をつのったことがないんでね」

「でも……」
「でも、ではありません。定期購読は新聞の売り上げを下げると考えていますから」[11]

一八六四年に生まれたサペックは本名をウジェーヌ・バタイユという。彼が最初に注目されたのは風刺画家としての才能だった。だが、アンドレ・ジル［風刺画家、イラストレーター］の教え子だったサペックは、音楽や腹話術やパリ知事の顧問などのほかの分野でも活躍する。サペックはサン＝ミシェル大通りにあった〈シェリー・コバー〉というカフェに足繁く通い、多くの時間を過ごした。マラルメやヴィリエ・ド・リラダンやカチュエル・メンデスやフランソワ・コッペやポール・ブルジェも通った店で、店名は英語風だが、フランス風のカフェだった。彼は戯言や冗談や洒落で同時代人を楽しませる。サペックのモノローグのひとつ、『死んだ男』は、のちにコメディ＝フランセーズ［フランスの代表的な劇団］の役者であるエルンスト・コクランによって朗読されている。

水治療派は一八八一年に、トリュデーヌ通りで芸術的なキャバレー〈ラ・グランド・パント〉を営業していたロドルフ・サリスと交友を始める。サリスは自分の店のパーティーを賑やかにするために、彼らに左岸を去って〈ラ・グランド・パント〉へ来るように誘った。だが、皆がこの案に賛成したわけではない。特にこの騒がしいグループのリーダーだったアルフォンス・アレーは、抗議の意味をこめて爆竹を鳴らしてベンガル花火に火をつけた。〈ラ・グランド・パント〉へ行かなかったグループは名前を変える。「粗野派」のちに「ジュティスト」と名乗った彼らは、サン＝ミシェル広場の〈ル・ソレイユ・ドール〉に集った。

彼らは〈ラ・グランド・パント〉から、多くの芸術家で賑わっていたラヴァル通りへ移る前の〈ル・シャ・ノワール〉へ通うようになる。毎日、『クリ・デュ・プープル』紙や『パルティ・ウヴリエ』紙や『ル・パリ』

紙に新しい歌を発表していた作詞家のジュール・ジョワもそのひとりだ。結核に蝕まれていたモーリス・マック＝ナブ、劇作家のレオン・サンロフやジャック・フェルニ、コラムニスト兼シャンソン作家のドミニク・ボノー、気が向いたときに探検に出た俳優のヴァンサン・イスパ……。ショーは夜九時半頃に始まった。まずサリスが三階にあるショーホールのドアを開く。くすんだピンク色のジレを着て、同じ色の鼻をしたアルベール・タンシャンが演奏するメンデルスゾーンの「結婚行進曲」が響くなか、観客は大喜びでホールに殺到した。舞台には次から次へ芸術家が現れる。サンロフは「四人の学生の泣き言」や「雑踏」を演じた。それをアルマン・マッソンが引き継ぎ、次にヴィクトール・マンシー、レ・アール聖歌隊、ジョルジュ・フラジュローユ、ポール・デルメ、「首吊り男」を歌ったマック＝ナブらが続いた。バスク地方の詩人、ジャン・ラモーも舞台に出た。陽気なトリムイラ男爵や、「ガマユ」と「グルネルの恐怖」で人気を得たジュール・ジョワとヴァンサン・イスパもこれに加わった。

　こうした出し物のあいだに、サリスは有名なカランダッシュ［本名はエマニュエル・ポワレ。ロシア生まれのフランス人風刺画家］が描いた短く面白い影絵劇に合わせて、ずば抜けた才気があふれる巧みな宣伝文句を述べた。サリスは息が詰まると、地方に巡業へ出かけた。ある日、彼は駅のホームで豊かな想像力を発揮して一行にこう言った。

「皆、我々は昔からの堕落したカフェ・コンセールに対する大衆の声に応えなくてはならない！　彼らは君たちにそうした腐敗を取り除いてほしいと期待しているのだ。自らの仕事の重要性にふさわしくあれ！　君たちが「選挙人閣下」の前で気品のある男やもめにみられるのは、まったく〈シャ・ノワール〉にはふさわしくない。だからこそ、モンマルトルの帝王である私、サリスが君たちを飾るリボンの山を用意した[12]」。続きは想像できるだろう。唖然とした人々と電車を待っていた旅行者の前で、サリスは芸術家たちに農事功労賞とカンボジアのリボンと流行りのメダイユとベトナムの龍を惜しみなく与えた。彼自身もレジオンドヌール賞の士官結びにしたリボンをつけるのを忘れなかった。ある非社交的な男にあらかじめ警告されていた警察長官は、ありがたいことに「シャノワレスク」ショーの常連客だったので、寛大にもこの違反に目をつぶってくれた。その後も違反罪は効力のないままで、サリスは名目だけの騎士になっていった！　サリスの忠実な信者だったドミニク・ボノーは、回想録[13]にヴァンサン・イスパについて気の利いた言葉をいくつか書き残している。


ある晩、〈ル・シャ・ノワール〉の一階で、証券取引所で愛想のいい詐欺師として不正行為をおこなっていた資本家を見かけたイスパがサリスに尋ねた。

「あのペテン師の横に座っている小さな男の子は誰だ？」

「やつの息子だよ」とサリスは答えた。

「もう大きいな」

「ああ、もうすぐ十二歳だそうだ」

サリスが答えると、イスパは平然とした様子で眺めて言った。「じゃあそろそろ最初の詐欺をする頃だな！」


また別のある日、ピガール広場で、ある男が傘をもって立ち止まりじっとしているイスパを見かけた。人をうんざりさせる無遠慮な言葉で、男はイスパを罵った。

「おいヴァンサン！　何を待ってるんだ？」

嫌な「あごひげ」男から逃れたかったイスパは、黒い雲の浮かんだ空を見上げて答えた。

「雨を待ってるんだ!」

ヴァンサン・イスパのエスプリあふれる毒舌は、モンマルトルではもはや評価されていなかった。肩書きだけの同業者、シャンソン作家もどき、他人の作品を演じているだけの存在とみなされていたうえに、彼が歯医者の仕事もしていたからだ。イスパは予約をした客にしか歌わないシャンソン作家だと言われていた! イスパの話のしめくくりに、才能あるシャンソン作家のZを埋葬した時の話をしよう。Zはシャンソン作家の同業者を、しつこく攻撃したことで知られていた。葬列が出発するとき、進行係は故人の友人に前もって知らせなくてはならないと考えた。墓地に行くために、列は工事中だったマゼンタ大通りとストラスブール大通りを通った。それを見たイスパはこう言った。「ちくしょう、Zのやつがストラスブール大通りを通るなら、あいつはもう二度とやり返してこないだろう」[14]

〈ル・シャ・ノワール〉の柱は、店を訪れた芸術家の才能を物語っている。落書きにまぎれてフランシス・ジャムの詩があったり、モレアスのごく初期の詩が書かれていたりする。サリスの勢いをとめるものは何もなかった。夜になると、アラン・カルデックの交霊術の信者たちさえも〈ル・シャ・ノワール〉にやってきた。作家も政治家もひらめきを得るためにこの店の円卓へやってきた。だが〈ル・シャ・ノワール〉は一八九七年に姿を消す。サリスも同じ年に四十五歳でこの世を去った。サリスいわく、「デカダン派の上流気取りと文学的な豚小屋」のあいだにいい議論を起こせて幸せだったと言っている。閉店後、〈ル・シャ・ノワール〉はテオドール・ボトレルによって〈ル・パシャ・ノワール〉と名を変え、その後はフルシーによって〈ル・トレトー・ド・タバラン〉という店になった。

その後、モンマルトルの丘の頂点に君臨したのは〈ル・シャ・ノワール〉と同じくらい享楽的な〈ル・

ミルリトン〉である。〈ル・ミルリトン〉は歌手のアリスティード・ブリュアンが開いたキャバレーで、一八九五年に最盛期を迎える。一八九五年はモンマルトルの壁に伝説的な服装——幅の広い帽子をはすにかぶり、ロシア風ビロードのキュロットを長いブーツにつっこみ、赤いシャツと黒いベルベッドのジャケットを着た姿——をしたブリュアンの肖像画のポスターが貼られた年でもある。十七歳でアルコール中毒の父親に家を追い出されたブリュアンは、まず北部鉄道会社で配送係として働いた。だが、すぐに歌を作曲しはじめる。彼の曲はまずシャンソン酒場で演奏され、次第に〈レポック〉、〈ロビンソン〉、〈レ・アマンディエ〉、パリ東郊のノジャンにあった〈シエ・ドレル〉や〈ラ・スカラ〉などのカフェ・コンセールで演奏されるようになった。一九二二年にロラン・テラードが書いた『石膏と大理石』には、ブリュアンについて次のような描写が残っている。「背が高く、しなやかで従順。真紅のブラウスに端正な顔立ち、豊かな茶色の髪と丁寧にひげを剃った顔、テノールの鋭い声、生き生きとした顔立ちから発する言葉。これがアリスティード・ブリュアンだ。数ヵ月後には、芸術家や野次馬を含むパリじゅうの人がブリュアンに喝采を送り、彼を愛するようになった[15]」

　大胆だったブリュアンには熱心な……彼の毒のある言葉に惹かれた客がついていた。臆面のない態度と、どっしりとした頑健そうな見た目を兼ね備えた詩人のブリュアンは、金持ちを弾劾しながら少しずつ富を得ていった。晩年は、その金のおかげでガティネ［パリ南方の農業が盛んな地域］で大地主のように暮らしている。ブリュアンは保守系メディアが荒れ狂うほどの混乱を引き起こした。世間はブリュアンを大道芝居小屋のアナーキストで、貧乏人や浮浪者を支持する扇動的な詩人だと考えていた。ブリュアンがいなければ、モンマルトルのエスプリの大半は失われていただろう。彼の友人のクールトリーヌは一八九三年に、ブリュアンをこのように紹介している。「一匹、二匹、三匹の犬にブーツ！　畝織のベロアのズボンと折返しのあるべストと金属製のボタンがついた狩猟ジャケット。五月だというのに赤い襟巻きをして、いつでも赤いシャツを着ている。とっとと失せろと言わんばかりのつばの広い帽子の下には、美しくやわらかい顔が隠れている。不安気な通行人が足を停めて尋ねる。『あの人は誰だ?』『外で涼んでいるあの男かい? あれはモンマルトル、モンマルトルのすべてだよ! アリスティード・ブリュアンさ!』[16]

モンマルトルの夜は、ジュアン・リクトゥスの筆名で後世に名を残したガブリエル・ランドンとブリュアンを結びつけた。フロックコートとシルクの帽子を身につけて黒いひげを生やし、虚ろな声で話す背の高いリクトゥスは、キャバレーで人前に出たがった。からかい好きで無礼者だったリクトゥスは大胆で率直な言葉を掲げて、世界じゅうの貧困を表す術を知っていた。リクトゥスについて、レオン・ドーデは賞賛の言葉を惜しみなく送っている。「ヴィヨン風、ロンサール風、ボードレール風の詩を書くモンマルトルの丘の詩人のすぐれた功績がどうあれ、リクトゥスは分類しようのない別ものの詩人だ。私はジュアン・リクトゥスと彼のふたつの傑作、『貧民の独り言』と『大衆の心』について話をしたい。シャルル・モラスだけが、かつての『レヴュ・アンシクロペディック』誌の記事のひとつで、忘れ去られてしまった、卓越した詩人を正当に評価した。多くのうめき声と低い嘆き声が聞こえ、姿なき断末魔と人知れず自殺した人がいるモンマルトルで、ダンスホールと乱痴気騒ぎと奇妙な騒音がするなかで、パリの裏通りの夕暮れに歌声を添えた詩人を」[17]

モンマルトルは、だんだんと芸術家以外の人も引き寄せるようになる。カフェのカウンターの上部では、寄木細工の壁を飾る鏡が、仲間や愉快な見世物を求めて集まった異様な人々を映し出していた。こうした「大衆」は、選択肢が多すぎて店を決めかねていた。

〈ラ・グランド・パント〉のそばの〈オーベルジュ・デュ・クルー〉では、俳優のジュール・ムソーが彼らを待ち受けていた。ムソーを囲んでいたのは、ジョルジュ・ダコワ、ポール・デルメ［作曲家］、ベルトラン・ミランヴォワ［劇作家、ジャーナリスト］、レオン・ディエルク［詩人］、ジョルジュ・クールトリーヌ、アルフォンス・アレだ。アレはすばらしいコント［駄洒落や韻や風刺を含んだ短編小説］作家でジャーナリストでもあり、『ロルニョン』紙や『ル・ナン・ジョヌ』紙の編集長でもあった。〈カフェ・デュ・デルタ〉に通うものもいた。〈カフェ・デュ・デルタ〉は、シャルル・クロやエミール・グドーやモーリス・プティの隠れ家になっていた店である。プティは廃兵院《オテル・デ・ザンヴァリド》のオルガン奏者で、暇な夜は白い革張りの棺のなかか、ルピック通りを上った先にある小酒場〈テレフォヌ〉で過ごしていた。〈テレフォヌ〉はポール・フォールと、ドーミエとゴヤの弟子のアンドレ・ジルとジャン＝バティスト・カポーの弟子であるジャン＝ルイ・フォランの入店も断らなかった店だ。

モン・スニ通りとサン＝ヴァンサン通りの角にあった〈ル・ラパン・アジル〉［敏捷なウサギの意］では、当時最も高く評価されていた歌のリサイタルがおこなわれていた。〈ル・ラパン・アジル〉というキャバレーには、風刺画家のアンドレ・ジルが描いた片手鍋から飛び出たウサギの看板が掲げられていた。店の名前はジルが看板を描いたあとに、客がドアに描かれた名刺代わりの絵を指差して「見ろ、あそこにジルの絵がある《ラ・パン・ア・ジル》よ！」と言ったからだ。ジルの本名はゴセ・ド・ギーヌという。あるとき、ジルは風刺画家のカムことアメデ・ド・ノエ伯爵に「私だって名前の前に『ド』がついているんですよ！」と話している。

〈ル・ラパン・アジル〉は、もともと〈キャバレー・デ・ザサン〉［殺し屋のキャバレーの意］と呼ばれていた。一八八六年にアデルという元カンカンダンサーが〈キャバレー・デ・ザサン〉を買って〈マ・コンパーニュ〉という店名に変え、カフェ・コンセールにして息を吹き返させた。〈マ・コンパーニュ〉には、ヴェルレーヌやロリナやルノワールやレオン・ブロワやジョルジュ・オリオルが乱痴気騒ぎをしにやってきた。

その後、一九〇三年に〈マ・コンパーニュ〉を買い上げたブリュアンは、店の経営をフレデリック・ジェラール、通称フレデに任せる。キャバレーの主人となったフレデは、もとは縦笛を吹いて客を呼び寄せては、ロバに乗せた魚を売る仕事をしていた。フレデの婿であるピエール・マッコルランの描写によると、彼はブーツをはいて赤い襟巻を「南仏の漁師風」に結んでいたという。フレデはギターを弾きながら古い漁師の歌を歌い、〈ル・ラパン・アジル〉のショーを盛り上げた。〈ル・ラパン・アジル〉の古いテラスのユリの下には、フランシス・カルコをはじめとする詩人たちが創作のインスピレーションを求めてやってきた。ここではのちに世界に広まる詩が誕生する。

木の枝の下で迷う
心地よくいかがわしいキャバレー
日曜日はいつも
客でいっぱいになる[18]

一九一〇年、フレデは店で小さなロバを飼っていた。ロバは庭で静かに暮らしていた。あるとき、常連客のひとりだった小説家のロラン・ドルジュレスが、このロバに絵を描かせようというおかしな考えを思いつく。友人のピカソやマックス・ジャコブやアポリネールも賛同した。そこで彼らはロバのしっぽに絵筆をくくりつけた。人参をたくさんもらったロバのロロは休みなく色を塗り、うしろ半身に固定したキャンバスにとめどなく下手な絵を描いた。愉快な客たちは、慎重を期して隣にいた司法補助吏にできた絵を見てもらった。彼は、「この絵は、ロロの尾の突起が完全に絵の具の壺に浸かったおかげでできたものだな」

と細かく分析した。ドルジュレスは、斬新な宣伝文句を書くために彼の言葉を利用した。「芸術における行き過ぎは力になる……。天才の目をくらませる力に！」[19]

彼らはこの作品に『かくて太陽はアドリア海に沈みぬ』という仮の題名をつけ、「ボロナリ（*Boronali*）」とサインを入れた。ボロナリは、ラ・フォンテーヌ［十七世紀の詩人、寓話作家］が飼っていたアリボロン（*Aliboron*）というロバの名前のアナグラムだ。悪ふざけはまだ終わらなかった。ドルジュレスと仲間たちは、『かくて太陽はアドリア海に沈みぬ』をアンデパンダン展に出品したのである。比類ない傑作を知り尽くした批評家たちは、ロロの作品を例のない独創性と強烈な構成の才能だと評価し、作者の色彩センスを満場一致で称賛した。いかさまが長く続きすぎたと考えたドルジュレスは、巧妙なぺてんの種明かしをしようと決める。新聞に載ったロバの写真は、大騒ぎを引き起こした。パリジャンは、ロロの絵を見にアンデパンダン展の展示会場に押し寄せた。

ぺてんの首謀者のひとりだったマックス・ジャコブは、このあと人生で最も風変わりな経験をする。ある晩、バトー・ラヴォワールの自分の部屋で、ジャコブは天井にキリストが現れるのを見た。バトー・ラヴォワールはラヴィニャン通り一三番地にあり、ファン・グリスやアンドレ・サルモンやファン・ドンゲンやピカソやフェルナンド・オリヴィエやピエール・マッコルランなど、多くの画家や詩人が集まって住んでいた建物だ。それから少し経って、今度は天井ではなくゴーモン座の映画スクリーンにキリストが現れた。混乱したマックス・ジャコブは、映画館を敵視していたモンマルトルの司祭に相談する。

「ではあなたは映画館に行ったわけですね？」司祭は憤慨して言った。

「ええ、イエスさまは映画館には来ないのでしょうか？」[20]ジャコブは尋ねた。

思いがけない司祭の反応に、マックス・ジャコブはカトリックに帰依すると決めたのである。

作家のフランシス・カルコは、〈ル・ラパン・アジル〉の常連客のひとりだった。彼の小説のいたるところに〈ル・ラパン・アジル〉の逸話が書かれている。「夜になるとしょっちゅう、私たちは〈ル・ラパン・アジル〉で、アトリエから遅れてやってくる画家と有名な彫刻家の若い女友達を待っていた。彼女たちは何時間もい続けたこともあった。そのなかのひとり、モンマルトルの暗いヘボ絵描きのモデルだったギャビーが思い出される。

『それで帰ってきたのは最近なのか？　モデルの仕事をふたつしなくてはならないだろう』画家は大声で尋ねた。

『あらまあ！　これからはロダンをけちんぼ《ラダン》と呼ばなきゃいけないわね！　あの人ときたら自分が元気なのを口実に、いままで休憩はなしにしようと言ってきたの。あの人は約束したのよ。いいプレゼントをくれるって』。少女は答えた。

もらったプレゼントとして……彼女は鞄のなかに画家の写りのいい写真を一枚、テーブルの上に出した。我々には理解できない。ギャビーは激怒して続けた。

『これがプレゼントだっていうのよ！　分かる？　どうすればいいの？　彼の写真よ！　しかも献辞つきの！　さぞかしお金をはずんでくれるんでしょうね！』[21]」

不幸なことに、このとき店には気晴らしをしに来ていた旅行者と、下品なスペクタクルに夢中になってモンマルトルに通うパリジャンしかいなかった。モンマルトルの丘には災いの種となる泥棒仲間が集まってきた。カルコの友人で作家のピエール・マッコルランは回想録に〈ル・ラパン・アジル〉の常連客で死亡した人のリストを書き残している[22]。

モン・スニ通りにある測量標の手すりにつながれ膝をついて首を吊った小さなパングワン。サン＝トゥアン門の脇に引っ越した、ナイフの傷で穴だらけのシティアン。拳銃を首に当てて、引き出しのなかの金を探しているように頭を突っ込んでカウンターで死んだヴィクトール。ラヴィニョン広場にあるアトリエで首を吊った、若いドイツ人画家のヴィーゲルス。絶望して我々につきまとったあとで、夜に一生を終えた若者……。この金髪の若者はピエロという名で、飼っていた白い小さな犬をこよなく愛する巧妙な犯罪者だ。彼はポト通りのあたりで、ナイフと拳銃で殺されていた。息尽きる前に、ピエロは自身の名前をサン＝ヴァンサン墓地の古い壁に刻んだ。漆喰に残った引っ掻き傷は、ほかの傷よりも真新しかっただろう。

一九一〇年、フレデは〈ル・ラパン・アジル〉をロロットことマリー・シャントンヌと、彼女の息子のヴィクトールに譲った。しかしヴィクトールは、一九一一年にわずかな金のためにカウンターで殺害される。……ヴィクトールが殺害された数日後に、彼の犬が店にやってきた女衒の男に吠えかかったという逸話が残っている。常連客は、犬が主人を殺した人物を見つけたのだと考えた。客たちに冷ややかな沈黙が広がった。沈黙を打ち破ろうとして、涙で目を濡らしたならず者の客がフレデに言った。「なあフレデ、ギターを弾いてくれ！」

当時、日曜日の午後のモンマルトルでは、ある舞踏会が大衆を熱狂させていた。舞踏会が開かれたのは、十七世紀にモンマルトルを歩いた人たちが一杯ひっかけてガレットを食べていた風車の木陰だった。かつて「粉挽き」と呼ばれていた丘の中腹にある風車で、田舎風だった酒場をドゥブレー家が改装してつくった人気のダンスホール。これが〈ル・ムーラン・ド・ラ・ギャレット〉である。

作家のロドルフ・ダルゼンは、著書『パリの夜』に次のように書き残している。

「広く明るい部屋にはあちこちにベンチが置いてあった。踊るスペースは赤い手すりに囲まれている。奥の手すりの上にはオーケストラがいた。〈ムーラン・ド・ラ・ギャレット〉には、洗濯屋や仕立て職人や金属研磨工や真珠の糸通し職人など、とりわけモンマルトルの労働者が集まった[23]」

彼らのなかには、小遣いを稼ぐために画家のモデルをする人もいた。ロートレックは、ワルツやポルカやマズルカやカドリーユを踊る人のなかから未来のミューズをさがした。〈エリゼ・モンマルトル〉のように、舞台はふらっと訪れた客に取り囲まれていた。母親たちは座って娘を見守り、売春婦の客引きは彼女たちを食い物にしようとしている。周囲に広がる庭には、テーブルやペタンクのコートや射的小屋があった。

〈ムーラン・ド・ラ・ギャレット〉がモンマルトルの活気の象徴だとすれば、ロシュシュアール大通りを下った先にあった〈エリゼ・モンマルトル〉は、歌手のテレザが始めた「カドリーユ」で有名な流行を生み出した店として知られている［カドリーユは現在カンカンと呼ばれているダンスと非常に似たダンスである］。〈ムーラン・ルージュ〉で評判になる前の踊り子のラ・グリュ［大食い女の意］は、ニニ・パット・アン・レール［足上げニニの意］やグリーユ・デグー［下水の格子の意］やメリニットやレイヨン・ドール［太陽の光の意］やヴァランタン・ル・デゾセ［骨なしヴァランタンの意］などの踊り子といっしょに〈エリゼ・モンマルトル〉で「カドリーユ」を身につけた。ブランシュ広場に店を構えた〈ムーラン・ルージュ〉は、多くの人を惹きつける。〈エリゼ・モンマルトル〉では大スターが生まれた。この店のガス灯の光の下でおこなわれた仮装舞踏会が運良く成功したのである。一八八七年五月二十七日の仮装舞踏会ではアドルフ・ヴィレットがピエロに、ロートレックが聖歌隊の少年に、ラウル・ポンションが修道士に、ジャン・ロランがサーカス芸人に、オリヴィエ・メトラがアラブの王子に、カチュエル・メンデスが近衛銃士に、ウィリーはアメリカ人カヌー漕ぎに仮装した。一方舞台ではラ・モーム・クリクリ［コオロギ娘の意］やラ・グリュがレースの雲から足を見せながらカンカンを踊っていた。

実は、カンカンはモンマルトルではなくモンパルナスで生まれたダンスだ。モンパルナスといっても現在のモンパルナスではない。十八世紀末のモンパルナス街区は、まだ人の少ない小さな集落に過ぎなかった。フランス革命の数年前に、ティクソンというイギリス人がハーフティンバー［梁をむき出しにしてそのあいだを煉瓦や石材で埋める構造］造りの農家である田舎風の家《ラ・ショミエール》に住み着いた。彼はモンパルナスに、ウィーンのプラーター公園のようなカフェとメリーゴーラウンドとレストランとダンスホールを兼ねた娯楽施設をつくり経営しようと考え、隣人のフィラールと協力する。この場所は、フィラールの婿にあたるブノワが一八三七年に二人から相続し、元フランス革命の民兵隊選抜隊員のライールという男に売り払った。

この店［〈ラ・グランド・ショミエール〉については第七章で詳しく述べられている］では、一八四五年頃にロベール・マケールやシャユーやカンカンなど、数々のダンスが生まれた。作家のフレデリック・スリエに謳われた店だ。

学生諸君
〈ラ・ショミエール〉へ登ってごらんよ
カンカンと
ロベール・マケールを踊りに（略[24]）

ライールの店は大当たりした。学生と尻軽な女工とブルジョワが、乱痴気騒ぎをしにやってきたのである。有名なローラ・モンテス［本名はエリザス・ギルバート。踊り子、女優。バイエルン王ルートヴィヒ一世の愛人］やバルベスも、ダンスや政治への情熱を分かちあいにやってきた。一方、カンカンは、シャルル・ジドレールとジョセフ・オレールが〈ラ・レーヌ・ブランシュ〉というダンスホールの跡地に建てた店、〈ムーラン・ルージュ〉で大流行した。店は大成功し、ある芸術家の名を不滅にする。ロートレックだ。〈ムーラン・ルージュ〉を描いたポスターのおかげで、ロートレックはあっという間に高い評判を得た。夜になると彼は〈ムーラン・ルージュ〉の専用席に座った。スケッチをして絵を描き、行き交うモデルに色を塗る。ロートレックに描かれた女性には、ジャヌ・アヴリル、シャ＝ユ＝カオ、イヴェット・ギルベール、ルイーズ・ウェーバー（ラ・グリュ）、ラ・ソテレル、アルクアンシエル、ピジョネット、マカロナ、モーム・フロマージュなどがいる……。たくさんの遊具がある庭には、ロバに乗れるコースがあった。五十セント払えば、アラブ人のロバ引きが美しいアマゾネスたちにコースを二周させてくれた。

　一八九二年には、横の小さな舞台に有名な放屁師、ジョゼフ・ヒュジョールのおかしな芸を見て聞くために遊び人の客が集まった。ヒュジョールの芸は、いままでミュージックホールの舞台で上演されたことがないおかしな出し物だった。マルセイユ出身のヒュジョールは、若いときから周囲の空気を吸い込み、自由に長々と放出できたのである。ヒュジョールは赤い衣装を着て舞台で歌い、なんのトリックも秘策も用いずに、流行りのメロディーや自然音を真似した繊細な音をおならで奏でることができた。彼はもともとパン屋で働いていたが、シャンソン作家とパリのジャーナリストによって中継され大成功した。のちに彼は小さな移動式劇場の「ポンパドゥール劇場」をつくり、風の吹くままに田舎を巡業しては予期した通りに大盛況を収める。イヴェット・ギルベールは、自身の回想録にこう書いている。「いちばん笑い声が長く続いていたのも、陽気でヒステリックな騒ぎが起こっていたのも〈ムーラン・ルージュ〉でした[25]」

〈ムーラン・ルージュ〉からそう離れていない場所に、魔法のように店が何軒も現れる。〈キャバレー・デ・ザール〉、〈ラ・ボワット・ア・ミュジク〉、フォンテーヌ通り［パリ二区にあった通り］の〈ル・カフェ・デ・デカダン〉などだ。また、フラグソンやポランの歌とは異なる形の歌も誕生した。もはや人々は卑猥でばかばかしい冗談に頼らなくなった。詩人やシャンソン作家は、貧しい生活からインスピレーションを得るようになった。ロドルフ・サリスの弟のガブリエル・サリスが〈ラ・グランド・パント〉の跡地であるトリュデーヌ通り二八番地に一八九〇年に開いた〈アーヌ・ルージュ〉がとりわけ人を集めた。〈アーヌ・ルージュ〉はヴィレットやマルセル・ルガイ、ポール・デルメやヴィクトール・マンシー、ピエール・トリムイラや画家のジョルジュ・ド・ファンスの協力を得てつくられた店である。ド・ファンスは華やかな作品で〈アーヌ・ルージュ〉を飾った。

一八九六年、〈ル・タンブラン〉があった場所に開店した〈キャッザール〉は、オーギュスト・レーデルによって準備された山車の行列、「ヴァシャルカード」が初めておこなわれたカフェ・キャバレーだ。合唱隊つきの大規模なオーケストラに続いて、行列はコーランクール通りへ進み、クリシー大通り、ロシュシュアール大通り、バティニョル大通りを通った。十九世紀末、ロドルフ・サリスと彼の友人たちにとって、モンマルトルはパリの中心だった。〈ル・シャ・ノワール〉がモンマルトルの頭脳ならば、〈ムーラン・ド・ラ・ギャレット〉はモンマルトルの魂だったといえるだろう。

第六章　黄金時代

――「パリ狂乱の時代」から「第一次世界大戦の勝利」まで

ブルヴァールを消してしまうなんてパリを骨抜きにするようなものだ。日の照りつける砂漠をつくってしまうことになるだろう。

ブルヴァールはパリの心臓と頭脳であるだけでなく、全世界の魂ともいえる。

ブルヴァールなきパリは、死んだに等しい。

アルフレッド・デルヴォー『パリの歓楽』

あるカフェの常連客がこう書いている。「モンマルトルからオペラ座まで続く通りの帯状のアスファルトには、あらゆる人間がひしめいている」。夕刻に葉巻をくゆらせ、アブサンを飲みながら、人通りの多い場所にあるカフェの窓際に座って、目の前を通り過ぎていく人々を眺めるほど楽しい暇つぶしはない。あらゆる人間が行き交い大きな波のようにうねっていく。

ルイ・フィリップを失脚させた革命が勃発した場所であるカプシーヌ大通りや、帝政が興り瓦解した場所であるモンマルトル大通りの景色はこんなものではないだろうか？　ルイ・ヴィヨーのエッセイ、『パリの香り』に登場する「カフェに通う人々のエスプリ」という表現は、ロマン主義が出現して以来こうした通りの主として君臨していた。ロマン主義は十九世紀末の数十年間、カフェとブラスリーで花開いた運動である。

ロマン主義が花開いたのと対照的に、閉店したカフェもあれば、時代に合わせて変化したカフェもあった。イタリアン大通りからは〈カフェ・グラン・バルコン〉が姿を消した。〈グラン・バルコン〉にいた気難しいビール飲みや優雅なビリヤード愛好家たちはよその店へ逃れた。イタリアン大通りとパッサージュ・ド・ロペラ［一九二五年に取り壊された細い道］の角にあり、ジャーナリストやオペラ座の舞台関係者が集っていた〈カフェ・ルブロン〉や〈カフェ・グレトリー〉も閉店した。しかし心配することはない！　エスプリは大通り《ブルヴァール》を駆け巡っていた。

パリの知的活動は午後二時から午前二時のあいだに、ロミュー、作家のウジェーヌ・ヴェロン、写真家のナダール、作家のフェリシアン・マレフィルなどを中心にしたサークル内でおこなわれた。トルコ人に扮したナダールがイタリアン大通りを歩き回っている姿を見ることもあった。花のついた帽子をかぶり空色の服を着た声楽教師と、つばの広いボリバル帽をかぶり緑色のフロックコートを着たポーランド人の男が議論している姿を見かけることもあっただろう。独創性と奇抜さはともに欠かせないものとなる。作家や遊び人や流行に敏感な人がその発信源だった。それぞれが勝手に好きな格好をするようになり、歌手のギュスターヴ・マチューのように爪楊枝をくわえて、ボタンホールにいつもスミレの花を挿しているものもいた。こうした格好は、ブルヴァールや、〈ル・ペルティエ〉、〈ディヴァン・ド・ロペラ〉、〈ラ・メゾン・ドール〉や〈カフェ・カルディナル〉ではよく見られた。

ブルヴァール沿いの大きなカフェの真髄を理解するには、数年ときを遡る必要がある。一八六一年一月、モンマルトル大通りにあった〈カフェ・スウェド〉は、アンリ・ミュルジェールという伝説的な客をひとり失った。彼はよりよいカフェへ行くべく出て行ってしまったのである。〈カフェ・スウェド〉には、語呂合わせの達人であるハンブルジェ、カフェ・コンセール［歌や見世物を見せるカフェ］で音楽を披露するためにいつも連れだっていた歌手のブロンドレと作曲家のボメーヌ、カードさばきで群衆をわかせぺらぺらと口上を述べる手品師のアルフレッド・ド・カストン、劇作家、ヴォードヴィル作家、役者など、ブルヴァールの有名人が多く出入りしていた。午後五時から六時のあいだは、店の主人に「鼻の三人組」と呼ばれたグルニエとヤシントとグランジェが集っていた。ピエール・グルニエはオッフェンバックのオペラ『ジェロルスティン大公妃殿下』のポール王子役を演じ、サルドゥー原作の喜劇『ラバガス』に出演した役者で、オウムのくちばしのような鼻で有名だった。ルイ・ヤシントはパレ＝ロワイヤル劇場の役者で、つばの広いフェルト帽をかぶってもなお隠しきれない特徴的な鼻をしていた。ウジェーヌ・グランジェは劇作家のランベール・シブーストの友人で喜劇役者だった。

〈カフェ・スウェド〉の中二階では、ドイツ語やイディッシュ［おもに東欧のユダヤ人が話していた言葉。ドイツ語の方言にヘブライ語やスラヴ語がまざっている］を耳にすることが多かった。ダイヤモンド商人が交渉の場として使っていたからだ。中二階には一億金フラン近い価値のものがあったのである。二階では、目つきが悪く、青白い顔をして腰の曲がった『私生児』の著者、スールードが、友人のジュール・モワノーとテオドール・バリエールと話し込んでいる。バリエールがチックでたえず顔をゆがめるのを、ほかの二人は嫌そうに眺めていた。

静けさを求める客は〈カフェ・スウェド〉ではなく〈ミュルハウス〉というカフェに集まった。〈ミュルハウス〉はパッサージュ・ジョフロワとモンマルトル大通りに面していた。モンマルトル大通りは夏に気持ちのよい公園へ続いていて、一部屋根のある区間もあったので雨がひどいときの避難場所にもなっていた。おごそかな沈黙のなかで人々はドミノに興じた。二十年以上前から記者や証券取引関係者のあいだでは、〈ミュルハウス〉で朝食をとるのが流行していた。『フィガロ』紙をたちあげたばかりだったドリンジェが出資者のヴィルメッサンと出会ったのもこの店だ。次のような詩で有名な、背が高くすらりとしたくわえたばこの詩人、エミール・エメリが、同じく詩人のロジェ・ド・ボーヴォワールに会ったのもこの店である。

竹馬にまたがった暴君
お前が流させた血が
竹馬の上におまえをつなぎとめることができるとするならば
竹馬から下りることなく血を飲み干すことになるだろう[2]

『ル・ペイ』紙のコラムニストのジョルジュ・メラール、作家のジュール・ノリアック、音楽史や劇場史の研究で有名な音楽家のアルチュール・プガンも〈ミュルハウス〉の常連だった。

一七九八年、イタリアン大通りとタイブー通りの交差点に〈ル・トルトーニ〉というカフェができた。店の名前は、パリに初めてジェラートを広めて財を成したナポリ人のジュゼッペ・トルトーニに由来する。〈トルトーニ〉にはデュマ・フィスとその友人、スティーヴンス、シャルル・ナリー、ギュスターヴ・クローディンが集まった。彼らはサディ＝カルノー(一八八七〜一八九四年在任)、カジミール＝ペリエ(一八九四〜一八九五年在任)、フォール(一八九五〜一八九九年在任)と頻繁に交代した大統領が近年おこなった西アフリカ征服について議論していた。ペルシュ地方出身であまりエレガントでなかった〈トルトーニ〉の主人は、初老のオレリアン・ショール［ジャーナリスト、劇作家］にいい顔をするように心がけていた。ショールは、そのエスプリに満ちた言葉から反響韻のプリンス、むだ話将軍、がらくた名人、ブルヴァールの主などの異名をとっていた。

ある晩、からかわれるのに苛立ちを感じていたショールは、〈トルトーニ〉で哲学者のヴィクトール・クザンと出会う。クザンはショールをあまり評価していなかった。クザンは言った。

「お会いできて光栄です。しかし私はエスプリというものが嫌いでしてな」

「それはよく存じていますとも。あなたの本を読みましたからね」[3]

とショールは答えた。

ブルヴァールのカフェの模範的な常連客だったショールは、しばしばバルタザールという偽名で『ル・ナン・ジョヌ』紙や『ル・ロルニョン』紙などの新聞に寄稿していた。彼は「フィガロ紙の裏側」というコラムを書いている。ショールのテーブルの周りでは、決まって彼のエスプリ溢れる辛辣な言葉や愉快な話が聞こえていた。

あるとき、パリを旅行中だったチャールズ・ディケンズがブルヴァールのカフェでショールに尋ねた。

「どうして皆、私たちのフロックコートの襟を見ていくのですか？」

「ディケンズさん、あの人たちが見ているのは襟じゃないんですよ。ボタン穴を見ているんです。ボタン穴は現代人がいかにうぬぼれているかを見極める方法なんですよ。犬がにおいをかぎあうように、フランス人は互いにボタン穴を見るんです」

実際のところ、皆ショールよりも付き合いや金や名声を重視した。そして彼はひとり寂しくこの世を去った。死ぬ少し前にショールの死期を悟った〈トルトーニ〉の主人が同情して、彼が好んで座っていた円卓を贈っている。ショールはそこで遺言をしたため、最後のアブサンを飲んだ。彼の家政婦の夫で友人だったミドランが、あの世へ旅立てるよう彼の胸に十字架を置いてやった。〈トルトーニ〉はあまり長くは続かなかった。一八九三年六月三十日、主人は建物を靴屋に任せて店を閉じてしまった。〈トルトーニ〉に足しげく通った名だたるパリの著名人のなかには、ビリヤードの名人同士の試合を見るのが好きだった政治家のタレーラン・ペリゴールをはじめ、店を買い上げて別の経営者に贈ろうとしたルイ十八世、ベリー公シャルル＝フェルディナン・ダルトワ暗殺事件の犯人逮捕に尽力したポルミエがいた。美食を追求していた〈トルトーニ〉ではとんでもない高値で料理を出していたので、王族でもあきらめなくてはならないほどだった。

イタリアン大通り二二番地にあった〈トルトーニ〉のすぐ隣である二〇番地には、ルイ・ヴェルディエによって開かれた〈メゾン・ドール〉――〈メゾン・ドレ〉とも呼ばれた――という店があった。十九世紀末に奇抜さを好む金持ちやエスプリに富んだ作家から、会合の場所として非常に高く評価されていた店だ。当時の週刊誌『クリエ・フランセ』には、「メゾン・ドールの絵画、窓ガラス、金、ぜいたくな調度品は人々の目をくらませ、とらえて離さない。円形のモチーフ、格間《ごうま》、壁の台座、彫刻がほどこされた天井板、彫金細工の天井は特にすばらしい」と書かれている。

店が好評だったのは、オーナーのヴェルディエが機転のきく人物だったからでもある。あるとき店に来たロシア大公ウラジーミル・アレクサンドロヴィチはフルーツに七十フランを支払って言った。

「ヴェルディエよ。モントルイユ産の桃は貴重で高いのだな」

「いいえ、貴重なのは大公様のほうですよ」とヴェルディエは答えた。

グラン・ブルヴァールは、わずか百年のあいだにフランス革命、第一帝政、王政復古、第二共和政、ルイ＝ナポレオンによるクーデター、第二帝政、第三共和政を経験する。しかしパリジャンはどんなときでもカフェに集まり、ごちそうを食べて暇をつぶし、ワインを飲み干し、笑い、踊り、ひとときでも悲惨な現実を忘れようとした。いつの時代もカフェ、大衆酒場、レストランに人が絶えることはなかった。芸術家や作家や詩人は、昔と変わらずカフェへ足しげく通って白ワインやストレートのアブサンをふりかけた牡蠣のバスケットに舌鼓を打ちながらおしゃべりに花を咲かせた。アルフレッド・デルヴォーが一八六二年に『カフェについて』というエッセイに書いている「一度ずつ温度計の目盛りが刻まれたデミタスカップを前に座っていた」人が、ブルヴァールのカフェにいったいどれほどいたのだろうか？

　この時代を語るうえで、当時非常に評判が高かった〈ル・カフェ・アングレ〉〔アングレはイギリス風の意〕は避けて通れない。〈カフェ・アングレ〉は、ゴンクール兄弟、エドモン・アボウ、ポール・ド・サン＝ヴィクトール、ルドヴィック・アレヴィ、エクトール・クレミユー、テオドール・バリエールなどの作家が行き交うマリヴォー通りの角にあった。

　風変わりな店名は、店の歴史に由来している。もともと〈カフェ・アングレ〉は、詩人のベランジェに「我らの友、我らの敵」と謳われた王政復古期に栄えたカフェで、ルイ十八世と当時の宮廷で人気だった。イギリスの喫茶店風の外観で、これ見よがしに派手な店構えでもなければ、通りから見えるテラス席もなかった。控えめさこそがエレガンスというわけだ。しかし、カドゥルース公グラモン〔フランス貴族出身の軍人、政治家〕やイギリス皇太子やアルフレッド・ド・ミュッセやジャック・ド・サン＝クリックなど多くの人々のぜいたく趣味の粋を支えていた店としても有名だった。あらゆるエレガンスを隠し持った〈カフェ・アングレ〉は、グラン・セーズという小部屋《キャビネ》で出される夕食でも知られていた〔〈カフェ・アングレ〉の二階には二十二のサロンと常連のための小部屋があった〕。二階のサロンの評判がアメリカまで知れ渡っていたのは、グラン・セーズのおかげだ。グラン・セーズで出される夕食は、第二帝政期の大胆で派手好みなエスプリを象徴している。常連だった作家のフランシス・

シェバスは次のように語っている。

〈カフェ・アングレ〉は非常に独特な、古めかしい店だった。けばけばしい豪華さで通行人の気を引こうとはしない。ルイ＝フィリップ様式のマホガニー家具を置き、高価だが飾り気のないたたずまいを守り続けている。ウェイターはうやうやしく、病み上がりの人のように慎重な動きで柳のバスケットに入った年代もののワインを運んでくる。このカフェは外観で客を集めようとしないところに誇りをもっていた。客を驚かすために莫大な金をかけるなどということはしない。伝説的な評判の小部屋、グラン・セーズでさえ、しがないブルジョワ家庭の居間のような内装だ。金ぴかの飾りを大っぴらにみせびらかし、ぜいたくなエレガンス、月並みな豪華さ、成金趣味の金持ちの道楽といった雰囲気の「豪華な店」が多い昨今、こうした質素ともいえるシンプルさが特別な上品さを感じさせる。豪華を売りにした店には、店独特の哲学がないので人が集まらない。対して〈カフェ・アングレ〉の個性は突出している。かのドストエフスキーに、神が怒りをおさえがたくなったときに雷を落とす地獄の裁判所だと評されるほどの名声があった。狂信的な信仰をもっていたドストエフスキーの非難の対象になるのは、カフェにとって名誉だったのだ。ドストエフスキーが極端な人だったという点はおさえておく必要があるにしても。[4]

あるとき、典型的な洒落者のバルベイ＝ドールヴィイが〈カフェ・アングレ〉に座って、アルチュール・メイエと彼がいつもつれていたプードルを楽しそうに眺めていた。二人の作家は互いを高く評価していた。ドールヴィイは巨匠ともいえる作家で、その視点は主義主張を棒読みで読み上げる群衆に絶大な影響を及ぼし、凌駕した先駆者でもある。対するメイエは才能もなく売れてもいない。『ル・ゴロワ』紙の編集長を務めなくては世に出ることもなかっただろう。メイエがカフェに顔を出すのは昼の十二時以降で、服装は社交界のパーティーにさっきまで出ていたかのような皺だらけの夜会用シャツだった。寂しいふところに応じて百スーでボトル半分のヴィシー水と半熟卵を二つ食べ、手にはずっとフランスの紋章集を握っていた。しかしメイエの大胆さはこれにとどまらない。次のような話が残っている。しがない仕立て職人だった父親が死んだとき、信心深いメイエは、父の遺産相続人筆頭になる自分はパリの名士が集まる葬儀をおこなわなければならないと考えた。人の行為の善悪は評判によって決まることを知っていたメイエは、パリじゅうの名士に葬儀の招待状を送った。しかも葬儀のために三日間だけお洒落な地区にアパルトマンを借りた。アパルトマンにはわざわざ古美術商が画廊から借りた先祖の肖像画と上等の家具が置かれていた。出棺も豪勢にした。遺体安置台の足元では、悲嘆にくれた様子のメイエが気品あふれる物腰で参列客を出迎えた。「ああ哀れな父よ！　見事な美術品も、愛に溢れた家族の肖像画も見ることができないなんて！」

ある晩、ドールヴィイは友人で作家のロジェ・ド・ボーヴォワールに誘われてダッシュ伯爵夫人と〈カフェ・アングレ〉を訪れる。三人は小部屋に座ってボーヴォワールが頼んだザリガニのトリュフのせと、なみなみと注がれたシャンパンという奇抜な赤と黒の料理を味わった。食事が終わるとボーヴォワールは廊下の音に耳をすませた。

「聞こえるかい？　この見事なXの発音。数日前からこの声の主を探していたんだが見つけられなかったんだ。だがこの声の主はひとりではないようだな。ちょっと席を外させてもらうよ。大事な用があるんでね」。そう言うと、ボーヴォワールは大慌てで帽子をかぶって出て行った。

それからしばらくのあいだ、ドールヴィイと伯爵夫人は有意義な議論を続けていた。だが一時間たってもボーヴォワールは戻ってこない。どうしていいか分からず、ドールヴィイはベルを鳴らしてギャルソンを呼んだ。だがギャルソンは「ボーヴォワールさんですか？　あの方でしたら隣の小部屋の方々とだいぶ前に出て行かれましたよ」と答えた。ドールヴィイと伯爵夫人は怒りをあらわに顔を見合わせた。結局、二人はかなりの額を支払わなくてはならなかった。その翌日、ドールヴィイがブルヴァールを歩いていると、なんとむこうからボーヴォワールが近づいてくるではないか！　ボーヴォワールはいつもの勢い込んだ調子で話しはじめた。「友よ！　さぞかし腹を立てているだろうな。だがいままでたくさんの嫌な借金取りにあったが、死ぬ前にいい借金取りにも会いたかったんだ」

当時、オスマンがシャトレ広場にふたつの劇場をつくらせている。オスマンはガブリエル・ダヴィウーという建築家に工事を首尾よく仕切らせて、ふたつの劇場に大小の店舗が入るスペースをつくるよう命じた。そのスペースには小鳥屋や植木屋や釣り道具屋が入った。カフェ用のスペースには、シャトレ劇場の集客に役に立つ店が求められていた。ここの経営を任されたのがプロスペル・ルソー&シー社である。プロスペル・ルソー&シー社は〈ブラスリー・ズィンマー〉を開いた。ズィンマーという名前は東駅近くのサン＝ローラン通りやブロンデル通りなどパリに何軒もブラスリーを開いた店の主人のフィリップ・ズィンマーに由来する。彼はストラスブール近郊の町、ブリュマトの生まれである。〈ブラスリー・ズィンマー〉が成功したのは、パリジャンがビールとザワークラウトに夢中になったからだった。パリジャンは〈ブラスリー・ズィンマー〉のぜいたくな食事に惜しむことなく金を使った。〈ブラスリー・ズィンマー〉の一階ホールの柱に花冠を飾り、天井に花模様を描いた画家もいる。バーカウンターにはチェスやチェッカーやジャケ［十五個ずつの駒を使って二人で戦うボードゲーム］が置いてあり、自由に遊ぶことができた。予期した通り、店はすぐに繁盛しはじめる。まもなく〈ブラスリー・ズィンマー〉には劇場関係者が集まるようになる。一九〇〇年代には、ダンサーのニジンスキー、振付家のディアギレフ、作曲家のシュトラウスやマーラーやドビュッシー、詩人のダンヌンツィオが通った。

一八六一年に建設が決まったもうひとつの劇場、オペラ座（ガルニエ宮）の近くのカフェも賑わった。オペラ座の横には〈バール・ド・ラ・ペ〉（のちの〈カフェ・ド・ラ・ペ〉）というバーができた。夕食前になると、正装をした給仕長がギャルソンに最後の指示をしている。絵の描かれた天井の下に無数の明かりがきらめくこのような店に入って行く見知らぬ人々を、どうしてうらやまずにいられようか。オペラ座のある街区は、一八六〇年頃ナポレオン三世の命でグラン・オテルというホテルが建設されて大きく生まれ変わった街区である。ホテルは実業家のペレイレ兄弟から二十一億金フランの融資を受けて建てられた。敷地面積は八千平方メートル、デザインは建築家のアルフレッド・アルマンが担当した。工事は一八六一年四月五日に着工され、十五ヵ月をかけて完成する。ナポレオン三世は世界に類のない豪華なガラス張りのホテルがある新しいパリを求め、自分の治世の栄光を示したかったのである。当初は「グラン・オテル・ド・ラ・ペ」という名前になるはずだったが、だんだんと「グラン・オテル」と短く呼ばれるようになった。反対に〈バール・ド・ラ・グラン・オテル〉と呼ばれていたバーは〈バール・ド・ラ・ペ〉になった。〈バール・ド・ラ・ペ〉にはモーパッサンやフロベールやゾラなどの有名な作家が通った。ゾラは自身の小説『ナナ』のなかで、グラン・オテルの四〇一号室を主人公ナナの死に場所に選んでいる。「人と話をするのに〈カフェ・ド・ラ・ペ〉ほどいい場所はない。新しいオペラ座の角にあり、建物はナポレオン三世様式で美しく内装も豪華だ。天井には絵画が描かれていて刳形や柱は優美である。すばらしい照明や壁を感じさせない大きな鏡といったら……」

グラン・オテルの初代シェフは、なんとバルザックという名前だった。シェフのバルザックは、『人間喜劇』

の著者のオノレ・ド・バルザックと同名だと自覚していただろう。一八六二年五月五日、オッフェンバック自ら指揮をしたオーケストラ演奏のもとでナポレオン三世妃ウジェニー主催のホテル落成を祝う盛大なパーティーが開かれた。すべてが桁違いに豪勢で、カーヴにはワインが百万本以上入っていたという。その規模、サービス、設備のシステムはまたたくまに世界へ広がり、ホテルの勢いはとどまるところを知らなかった。

人々がどんなに厳しい時代にも順応できたことを証明する話を紹介しよう。プロイセン軍に包囲されて食料不足だった一八七〇年のクリスマスの晩、グラン・オテルではワイン抜きの信じられない料理がふるまわれた。

前菜：雑穀入り馬のコンソメ
メイン：犬のフォアグラ給仕長風
　猫の背肉の薄切りマヨネーズ添え
　きのこ入り猫の赤ワイン煮込み
　ネズミのロベールソース煮
　子ネズミ添え犬のジゴー
副菜：ソースがけベゴニア
デザート：馬の骨髄ソースがけプラムプディング

なんと奇抜な料理だろう！　もちろん、ときがたつにつれて食料不足は解消された。それ以後も〈カフェ・ド・ラ・ペ〉にはフランス旅行中の各国の王族や著名人がジャン＝アンドレ・ボルディのジプシー音楽を楽しみに通ってきては、記憶に残る典型的なパリの情景をうみだした。ガス灯の明かり、洗練された装飾品、サービスの質、オペラ座から近い立地のおかげで、〈カフェ・ド・ラ・ペ〉は常に賑わっていた。音楽家や批評家や詩人や新聞記者やダンサーがここでエスプリと魅力を競い合った。

一八九四年、有名な三人の詩人が〈カフェ・ド・ラ・ペ〉で不思議な詩を書いている。

夜のあいだに散らばった鉄のひげに栄光あれ
広げた腕のなかでその死した毛を狼狽させる
つちふまずの骨が折れ地面に倒れ伏したからだは
広がった砂の金を昇華させた

一行めと四行めはアンドレ・ジッドが、二行めはピエール・ルイスが、三行めはポール・ヴァレリーが詠んだ。彼らは〈カフェ・ド・ラ・ペ〉のなかにカフェの主人がつくった、初の「アメリカ式バーカウンター」に集まった。暖炉の前では、詩人のジャン＝ポール・トゥレが「革の浴槽」と名付けた大きなソファーでくつろいでいた。ほかの部屋では、わずか一フランでシネマトグラフの上映を見ることもできた。

劇場の公演が終わると、世界じゅうの名だたる舞台関係者、作家、芸術家がフォーブール・モンマルトル通りとシャトーダン通りの角にあった居酒屋〈シェ・プセ〉に集まった。公演が終わる時間になると歩道は騒々しい群衆で溢れ、辺りは世界各国から来た人々で埋め尽くされた。車道は当時どんどん技術が発達していた自動車、辻馬車、自転車、箱型馬車でごった返していた。〈シェ・プセ〉の広い室内では鏡に光がきらめき、モザイクガラスや銅製品、陶器、碧玉模様の大理石を映し出している。天井はガラスでできていて、ジュルダンが『アール・アン・デコラシオン』誌に書いた言葉を借りれば、「店の奥には立派な尾羽のカラフルな孔雀の紋章が浮いており、ロビーの片隅には緑色と金色が映し出されている。ここは陰鬱な靄のかかった冬の午後であっても常夏のごとく明るい」

ある女性客は〈シェ・プセ〉を「瓶の底」と呼んだ。この店には、高踏派の詩人であるカチュエル・メンデスのような洗練されたエスプリの持ち主が出入りしていた。この頃、メンデスは純粋な詩から音楽や演劇の世界に活躍の場を移しつつあった。美しい女に囲まれてどっかと腰を下ろしたメンデスのテーブルには、ときおり詩人で劇作家のヴィリエ・ド・リラダンが夕食を食べにやってきた。音楽家のクロード・ドビュッシーやギュスターヴ・シャルパンティエ、俳優で演出家のアンドレ・アントワーヌもジョルジュ・アンセ、ジョルジュ・ポトリッシュ、ピエール・ウォルフ、ポール・アレクシスなどの自由劇場［十九世紀にフランスで始まった演劇運動］の劇作家仲間を連れて〈シェ・プセ〉へやってきた。ユーモアのある毒舌で人気を博した劇作家のジョルジュ・クールトリーヌも〈シェ・プセ〉に出入りしていたようだ。彼の洗練されたユーモアは昨日今日始まったものではない。それを物語る逸話がある。一八七五年にパリ東北の町モーの中学校のある厳格な幾何学教師が、黒板に正三角形をふたつ描いて言った。

「ここに三角形 ABC と A'B'C' がある。三角形 ABC を三角形 A'B'C' に重ねると……」

そのとき、怯えた声でクールトリーヌが言った。

「先生、やめてください！」

「どうした？」

教師が驚いて聞くと、クールトリーヌは言った。「先生、悪いことをしたわけでもない図形を苦しめる権利は先生にありません。卑怯です！　ぼくはこんないじめに加担したくありません」

「出て行けモワノー！」怒った教師は叫んだ。


こうしてモワノーこと、のちのクールトリーヌはすぐに出て行った。彼の小説の登場人物はエスプリあふれる言葉を発し、その人生は生き生きとしている。たとえば『リノット』の主人公のフレデリック・アミエは、バスの停留所でマッチとたばこを売る仕事を拡大させるか、その後百十年の新聞の売上を保証するためにラルース大辞典を新聞の学芸欄に掲載しようとする。


ある晩〈シェ・プセ〉で作家のアルベール・ドゥブーがクールトリーヌにヴェルレーヌを紹介した。ヴェルレーヌがすでにべろべろに酔っ払っていたので、クールトリーヌは辻馬車を呼ぶように勧めた。ヴェルレーヌは立ち上がろうとしたが、足が言うことを聞かない。クールトリーヌは心配して家に帰るように言い、二人はドアをばたんと開けて店から出た。クールトリーヌに支えられたヴェルレーヌは普通の状態ではなかった。酔っ払うと、たいてい意志が弱くなり、思考と感情の動きが鈍くなる。クールトリーヌはしつこく言った。

「もう夜遅いですから、辻馬車を拾ったほうがいいと思いますがね……」

そこに客と御者を乗せた辻馬車が通りかかった。だが御者は二人を見ると急に横柄な態度になり、クールトリーヌが呼んでも答えもしない。数分待っていると別の馬車が駆け足でやってきた。客に気がついて御者が歩道へ馬車を寄せた。客が酔っ払っていると分かり軽蔑した目をした御者を前にして、馬車に乗ろうとしていたヴェルレーヌは自分がフォーブール・サン＝タントワーヌ通りの何番地に住んでいるのか分からなくなってしまった。

クールトリーヌは問いただした。

「ヴェルレーヌさん、がんばるんだ！　思い出して」

「だめだ、すまない」

「うーん、じゃあ考え方を変えてみよう……。消去法だ。住んでいるのは一番地か？」

「違う」

「二番地か？」

「違う」

「じゃあ三番地か？」

「もういいよ……」

実のところ、ヴェルレーヌが住んでいたのは一九五番地だったのである。結局クールトリーヌはヴェルレーヌの自宅の門前まで送っていき管理人に引き渡し、ふたたび馬車に乗り込んだ。すると御者が声をあげた。

「なんてこった！　また乗るんですかい？　金を払ってくださいよ。こちとら乞食を連れ回す以外にやることがあるんですから！」

話は変わるが、詩人のジャン・リシュパンが、作家のフランシス・カルコに次のように打ち明けている。「あらゆる呪われた詩はアブサンから生まれた。アブサンはその害に加えて、感情を吐露し告白し公衆の面前で懺悔したいという欲求を抱かせる。アブサンなしでは人々は自分のためにだけ生き、悪行や弱さや心残りを表現したいという生理的欲求など決して抱きはしないだろう。詩人の個性の真髄は人生をもちくずしたことへの不安から生まれる」[6]

行きつけのカフェに通う有名人が利用したフィアクール［辻馬車］は、一六四〇年にパリに現れた。最初に店のあったサン・フィアークル広場の名前を取って、辻馬車はフィアクールと呼ばれるようになった。一八六〇年頃になると、流しとハイヤーの二種類の辻馬車が登場する。流しの辻馬車には黄色い文字で番号がふられていて、多くの細い通りや主要大通り、セーヌ河岸通り沿い、ブルス広場、バスティーユ広場、パレ＝ロワイヤル広場、サン＝シュルピス広場などに停車場所があった。値段は距離とかかった時間に応じて決められた。インペリアル社の辻馬車は時間が正確だったので、特に好んで使われた。その馬車が流しかどうかは御者の服装を見れば分かる。金ボタンが並んだ青いフロックコート、蠟引きの帽子、赤いベストに白いネクタイ、黄色いズボンが流しの辻馬車の御者の制服だったのである。

反対にハイヤー型辻馬車には赤い番号がふられ、料金は流しよりも高かった。ハイヤー型辻馬車は道に停まって客を待つことはできない。大きな門の下や道沿いの戸を開けっ放しにした納屋に停められていた。大通りでは流しの辻馬車が客をさがしてうろうろとしていた。パリをできるだけ速く快適に見て回りたければ、ハイヤー型辻馬車を週単位で借りればよかった。行きつけのカフェに行くのに乗合馬車を使うという手もあった。乗合馬車は四輪で二頭だての緑と黄と茶色に塗られた大きな馬車で、つめて座ればなかの席に十四〜十六人、天井席に十二人で計二十六〜二十八人が乗れる。前方にいる御者は緑か茶色のカリック［幅の広い襟を重ねたゆったりした外套］を着て、雨に備えてつばの広い帽子をかぶっていた。客を案内したり席料を集めたりして御者の補佐をする乗客係も同乗していた。乗客係はケピ帽［円筒型で上部が水平の帽子］に縁飾り付きのジャケットとだぼっとしたズボンを着ていた。馬車のなかには茶色い安物のウールを張ったシートが横に二列並んでいる。八席は木のひじかけでしきられ、ほかの六席にはしきりがない。あまりに大きな荷物を持ち込むのは禁じられていたものの、肥満体型やクリノリン［鋼や鯨の骨でできたスカートに膨らみをもたせるための枠］を理由に超過料金を取られることはなかった。

クールトリーヌは、カチュエル・メンデスと月のように青白い顔をした気品ある美人の彼の妻、ジャヌ・メンデスと〈シェ・プセ〉でよく会っていた。ジャヌは白粉を厚く塗って仮面のように顔をかためていたので、カチュエルには妻を灯台に見立てて「灯台守」というあだ名がついていた。

あるとき常連客がジャヌに尋ねた。「どうしてそんな化粧をしているんですか？」「夫のカチュエルは女優の化粧を見慣れているから、こんな厚化粧も変に思わないの。それにこのおかげで私が老けても気がつかないわ」

カチュエルはクールトリーヌに心酔していた。クールトリーヌを「我らがモリエール［十七世紀の劇作家。フランス古典喜劇の大成者］！」と呼び、夕食後にモンマルトルの「ねぐら」へ招待することもあった。夫妻は「ねぐら」でクールトリーヌが「民衆の妻ジャンヌ＝マリー」と呼んだ彼の妻と会っている。作品が評価され名声を得ていたにもかかわらず、クールトリーヌは貧乏で、顔は丸々としていたが身体は弱かった。

真夜中近くになると、幽霊のような生気のない男がたびたび〈シェ・プセ〉を訪れた。明け方まで夜通しカフェからカフェを渡り歩く劇作家、ジョルジュ・フェイドーだ。フェイドーは妻と寝るベッドよりもカフェの長椅子のほうが好きだったらしい。彼の妻は肖像画家のカロリュス＝デュランの娘で魅力的な愛らしい女性だったのだが……。フェイドーのヴォードヴィルは人気があり高額の原稿料が入っていたにもかかわらず、飲んだくれで遊び人で色好みだったので常に借金に追われていた。フェイドーはカフェにたむろする人々を観察したり、おしゃべりを聞いたりして時間をつぶすのが好きだった。自分の劇の台詞に役立てていたのだろう。群衆のなかでふたつのタイプの人間が目につく。バーカウンターの女性とギャルソンだ。両者とも画家たちに描かれたことで注目を浴びた。〈トラヴィエス〉のカウンターの女性はうぶな風を装っている。〈ドミエ〉の女はしゃちこ張っている。〈スタンラン〉の女は場末風だ。ギャルソンはだいたいどの店でも高飛車で横柄で傲慢で、手早く金を手に入れようとしている。

隣のテーブルでは、アカデミー・フランセーズで語り継がれている元海軍士官で作家のジュリアン・ヴィオーが注目を集めている。背が低くあだっぽい老婆のように白粉を塗ってアイラインを引きかかとの高い靴をはいたヴィオーは、ピエール・ロティという名前でよく知られている。口を開けばたちまち尊敬と賞賛の念を抱かれる男だった。ロティはエルンスト・ラ・ジュネッスと同席するのもいとわなかった。ラ・ジュネッスは『誰もが知る同時代人の夜と退屈』というパロディー小説の著者で、ひどく気難しく甲高い声をしていた。ひげも髪もぼうぼうで、手にはカラフルな大きい指輪をしていて、おかしな格好から貧しいことがひとめで分かる。ところが彼が死んだとき、マットレスの下から十万フラン分の銀行券が出てきて皆を驚かせた！　彼が住んでいたフィーユ・デュ・カルヴェール大通りのホテルの部屋は、ガラクタであふれていて廃品回収屋のバックヤードのようだった。ラ・ジュネッスはこの部屋に軍服やヘルメットや長剣や短剣やピストルや杖や嗅ぎたばこケースやゴブレットや聖遺物箱を集めていた。彼は遺書代わりに数行メモを残している。「忘却、無関心、憎しみを次々と経験し、あらゆる自然や動物や夕日をこよなく愛し、おおげさな道化師や、腐りかけた過去や、紙テープや紙吹雪などの道具のように見えて、風変わりで奇妙だが愉快でもない。そうしたものが続く限り、続くのだ[7]」

著名な詩人で名声の頂点にあったルコント・ド・リールが、ある晩〈シェ・プセ〉で共通の知り合いを通じてエレーヌ・ヴァカレスコという若い女性と知り合った。彼女の才能はリールの耳にも届いていた。リールは言った。「あなたは見事な詩の暗唱をされるとか！　数行詠んでくれないか？」彼の言葉を額面通り受け取ったヴァカレスコは感動し、リールの叙情劇『アポロニード』をそらんじた。

長いあいだ閉じていた彼女のコルセットから、朝焼けがバラの花を降らせた
きらめくさわやかな空に

「すばらしい。美しい詩だ。もう一度言うが、偉大な詩人の詩だな」とリールは言ったという。〈シェ・プセ〉の主人は、有名な客にはつけ払いも渋らなかったらしい。特にカチュエル・メンデスがそうで、三万フランにのぼったつけの総額に対応するように、遺言を残している。しかしこんな用心は無用だった。メンデスが先に死んだのである。一九〇九年二月のある朝、メンデスはパリ＝サンジェルマンの線路上で死んでいるのが見つかった。夜行列車で帰ってきたメンデスは、乱用していたエーテルのせいで酩酊状態にあった。サンジェルマントンネルに入る前に列車が速度を落としたのを、駅に着いたと勘違いしてドアを開け……空中へ落ちてしまったのだろう。これだけでも事件なのだが、驚いたことに、彼は十年近く前にこの出来事を予言していたのである。メンデスが〈カフェ・アメリカン〉で友人たちと話していたときだった。彼は嫌な夢を見たと言って、次のような話をしている。「夢のなかで自分は列車から落ちて仰向けに倒れていた。そこは月光に照らされた人のいない野原で、自分は血だらけで荒い息をして砂利の上に倒れている。死はゆっくり、刻々と近づいてくる。助けは来ない」。十八歳で故郷のボルドーを去って以来、高踏派を率いたり、二十五歳で同派の詩人テオフィル・ゴーティエの娘と結婚したりと文学の雄弁な庇護者であったメンデスの死とともに、パリの半世紀間の文学活動が終わりを告げた。

美食家に言わせれば、〈シェ・プセ〉の料理は〈ペラール〉の料理にはまったく敵わなかった。〈ペラー

ル〉はイタリアン大通りにあった店だ。優美な内装で、壁は漆で塗ったようにつやがあった。白いナフキン、花の活けられたテーブル、丁寧なサービス、洗練された店構えにひかれて、名だたるパリの著名人が〈ペラール〉にやってくる。イギリス皇太子やアレクセイ・アレクサンドロヴィッチ大公やウラジーミル・アレクサンドロヴィッチ大公など外国の富裕層も訪れた。ジャーナリストのガブリエル・アストリュクは著書『亡霊たちの家』のなかで〈ペラール〉について次のように語っている。

「先ほど出された料理に文句を言っていると、こちらに〈ペラール〉の主人がやってきて耳元でささやいた。『お客様の胃が変化を欲しているいると思いまして。一年も一軒のレストランに通っていればもう充分ですよ。一週間か二週間、ほかの店に行ってごらんなさい。そうして戻ってきたら、私たちの料理がいちばんおいしいと思えるでしょうから[8]』」

〈ペラール〉のチーフソムリエであるエミール・カルムも、エスプリに満ちた店のあり方にふさわしい態度を守っていた。ある晩、客から「チーフソムリエ」と呼びかけられた彼はこう答えた。「この店にはそんな大した職業の者はおりません。ただのしがない人間がいるだけですよ」

一八八九年、ペラールは店で儲けた金を使ってシャンゼリゼ公園にルイ十六世風の東屋を建てる。常連客は我先にここを訪れた。〈ペラール〉のおかげで、イタリアン大通りには繊細なエスプリの持ち主が集まった。モーリス・メーテルリンクもそのひとりだ。彼の隣によくいたのは、同じくベルギーのフランドル地方出身の詩人で青少年文学に霊感をもたらした詩人、エミール・ヴェルハーレンだ。ヴェルハーレンは病弱で熱に浮かされた様子で、近眼の大きな出目に傾いた眼鏡をかけ、灰色の長いあごひげを生やした男だった。絶えず爆弾のごとく詩的な語彙を勢いよく吹き出し、抑圧された力を周囲にぶつけていた。メーテルリンクの取り巻きには、女優で小説家のジョルジェット・ルブランもいた。かの有名なアルセーヌ・

ルパンの生みの親であるモーリス・ルブランの妹だ。彼らはリラダンの詩を崇拝していた。メーテルリンクのエッセイにはこう記されている。「いままで出会った人のなかで、リラダンほどはっきりと天才だと感じさせる人はいなかった。ある晩、九時頃にリラダンがロドルフ・ダルゼン、ピエール・キラール、エフライム・ミカエルなどといっしょに〈ペラール〉へやってきた。私たちはカフェが閉まるまで師のそばに集まり、小さく密やかな声で途切れ途切れにやわらかい調子で師が紡ぐ呪文のような言葉に包まれていた。あんな言葉はほかの誰からも聞いたことがない」。

〈ペラール〉に通ったのは男性だけではない。女性も多く訪れた。長椅子に腰掛けた女性の姿はラ・ガンダラやボルディーニの絵を思わせる。細くくびれた腰、大きく結い上げたシニョン、真珠の「首輪」風ネックレス、金色の豊かな髪の上にはダチョウの羽根飾りがついた帽子をかぶった大胆な美女や娼婦がたむろした。世界じゅうの女性が大きな花をひっくり返した形のレース飾りのついたスカートをはき、とがった艶のある短靴の先を裾から覗かせていた。

〈ペラール〉のテラス席は世界じゅうから来た型通りの服装の客であふれていた。カウンターに座る客は遊びに熱中している。背の高いスツールに座った若者はそれぞれ違う飲み物を飲んでいる。ポーカーや時間がかかる複雑なカード遊びであるペーシェンス［占いの一種］をしているものもいた。彼らは気ままにツキを選んで配り直しては運命に戦いを挑む。こうした暇な人にとっては占いなど、ゆりかごのなかで金を見つけてから死ぬまで心置きなく金を使ううらやましい生活でしかなかった。〈ペラール〉のギャルソンは世界じゅうの言葉のなまりに慣れていた。パリ中心部に来た旅行客は、一日、一週間、一ヵ月と〈ペラール〉に通って至福の味を味わう。店の前には二輪馬車や小型馬車や四輪馬車がやってきては、常連客や天才的なジャーナリストや才能ある演劇関係者を降ろし、フランスのエスプリあふれる典型的な光景を生み出した。彼らはマドレーヌ広場の近くにあった〈シェ・ヴォワザン〉という店に集まる日もあった。お洒落で上品で心地よい〈シェ・ヴォワザン〉も絶えず客であふれる趣味のいい隠れ家的な店だった。〈シェ・ヴォワザン〉の暗く汚い中二階には、優美な第二帝政期の女王、カスティリオーネ伯爵夫人［本名ヴィルジニア・オルドイーニ。ナポレオン三世の愛妾］が住んでいた。彼女は半熟卵が三・五金フランもする〈シェ・ヴォワザン〉の料理を部屋に運ばせていた！　カスティリオーネ伯爵夫人は一八九九年にこの世を去る。

この街区の洒落た店は〈ペラール〉だけではない。例えば『青いアジサイ』の著者である貴族のロベール・ド・モンテスキューが通った〈ブラスリー・ヴェッツェル〉もそのひとつである。ラ・ジュネッスの友人で南米出身の騎士小説作家であるゴメス・カリーリョも〈ブラスリー・ヴェッツェル〉に出入りしていた。ラ・ジュネッスとカリーリョは夜じゅう〈ル・ボルス〉から〈ル・カリサヤ〉まで店をはしごしてまわっていて、〈ブラスリー・ヴェッツェル〉はお決まりの休憩地点だったのだ。ラ・ジュネッスは通りがかりに店にいた『ラ・レヴュ・ブランシュ』誌の同僚に挨拶していた。そのまま『ラ・レヴュ・ブランシュ』誌にいればよかったのだが……。というのもカリーリョは謎多きダンサーで女スパイのマタ・ハリ［オランダ人の踊り子。第一次世界大戦で多くのドイツ人やフランス人兵士を死に至らしめた］のせいで、死後の評判が不当に低くなってしまった。マタ・ハリをフランス当局に引き渡すのに、カリーリョがなんらかの役割を果たしたのではないかという噂があったのである。

マドレーヌ広場をはさんで〈シェ・ヴォワザン〉の向かいにあったのが、選り抜きの演劇関係者がごちそうを楽しんだ〈シェ・デュラン〉だ。〈シェ・デュラン〉では「ごく少量のディナー」を味わうことができた。店は非凡な常連客がいることを誇りに思っていた。例えばアカデミー・フランセーズのメンバーである劇作家のアンリ・メイヤック。彼は〈フォリー・ベルジェール［パリのミュージックホール。有名なスターを数多く輩出した］〉に出演していた高級娼婦、リアーヌ・ド・プジーを連れて、毎日〈シェ・デュラン〉へやってきた。プジーはこれ見よがしに文学論を語り、ついにルーマニア王兼アルバニア王のギカと結婚する。肉屋の息子でエレガントな洒落者作家のアレクサンドル・デュヴァルは、金髪のコーラ・パールとこの店で夕食を共にしていた。パールは飾らない自然体のイギリス人女優で、彫刻のような美貌と不思議な魅力に英語なまりが悪魔的な魅力を加えていた。パールは高級娼婦でもあり、ナポレオン三世の愛人のひとりでもある。デュヴァルは、磨いた靴の下にはいた白いゲートルと金色の手袋とパールグレーのクロンシュタット帽［二十世紀初頭に流行したシルクハットの一種］と下半分だけ剃った頬のひげに身動きできなくなっているように見えた。そのすべてがパールのふんわりとした服装と落ち着いて物怖じしない雰囲気と釣り合っていなかった。パールにはこんな逸話もある。ある晩高級ホテルでおこなわれたパーティーで、制服を着た四人の男にかつがれた大きな銀皿に裸で乗って登場したのである。まじめでうぶなデュヴァルはパールに恋をして……自殺を決意する。だが幸運なことに自殺は失敗に終わった。

ある晩、黒真珠のついた胸当てをつけて〈シェ・デュラン〉へやってきたロシアのアレクセイ・オルロフ皇子は、アルベルト・ムニエと再会する。オルロフ皇子は大量の「酒」を流した戦いの末にパリへやってきた。皇子がサンクトペテルブルクの近衛騎士連隊に、ムニエがベルリンの機甲連隊にいた頃、二人は自分こそヨーロッパ一の酒飲みだと自慢していた。ロシアとドイツの戦線でどちらが真の底なしか決めようという話になる。ドイツは彼らのチャンピオンを送り、ロシアは大のコアントロー好きのオルロフ皇子を送り出す。オルロフは百十二杯まで奮戦した。だがその翌日、気分が悪くてしばらく馬に乗れなかった。結局彼は軍を退官して、多くのロシア貴族と同じように、派手に豪遊しに夜のパリへやってきたのである。

劇作家のトリスタン・ベルナールが座る〈シェ・デュラン〉のテーブルには、エスプリあふれる彼の言葉を聞きたがる芸術家がたくさん集まっていた。批評家のリュシアン・ミュルフェルド、イギリス人作家のポール・アダム、劇作家のフェルナン・ヴァンデレム、ポスター画家のレオネット・カピエッロ。ベルナールの陽気さは苦しい時代と災厄から逃れるのに欠かせない、呪いを回避するのに適した方法だった。店にはベルナールのエスプリあふれる言葉があふれていた。ポール・アダムに「ベルナールさんの最新の劇が見たくてたまりませんよ」と言われると、ベルナールはこう返した。「覚悟していらっしゃい。客は少ないですから」

　ベルナールには、客が来るとその額にキスをして自然とアレクサンドラン［十二音節からなる詩］を口にする癖があった。詩人のフランソワ・コッペと〈シェ・デュラン〉で飲んでいた夜、いつものようにベルナールがアレクサンドランを詠むとコッペは言った。

「ビールの小ジョッキをもうひとつくれ！　話題を変えようじゃないか」

　ベルナール行きつけのカフェはもうひとつあった、ニエル通り三〇番地にあった〈ペトリッサン〉だ。彼の人気作『ル・プティ・カフェ』のモデルでもある。ある晩〈ペトリッサン〉を出たベルナールは、彼がいつも施しをしている乞食を見つけた。乞食に近づいていってポケットから小銭を出して言った。「ドーヴィルへバカンスに出かけてくるよ。だが心配しなくていい。私がいなくなるからといって損をすることはないからね。君もバカンスを過ごす権利がある。さあ、受け取れ。二ヵ月分だ」

　ロワイヤル通りに、燭台に照らされマホガニーと革張りの家具の置かれた店があった。パリの著名人が夕食とダンスを踊りに通った店だ。店の名前は〈マキシム〉。時代遅れのものなどひとつもない、魅力あふれる流行の最先端をいく店だった。〈マキシム〉にはぜいたくななつくりの個室があり、壁は鏡で飾られ床には赤い畝織の絨毯が敷かれていた。申し分のないサービス、オーケストラ、手の込んだ料理、このうえなく貴重なワインがきらめくカーヴ……。

流行りのクチュリエがデザインした衣装を着た女性たちのショーも、客が飽きずに〈マキシム〉に通う理由のひとつだった。〈マキシム〉は多くの噂話や回想録や歌やヴォードヴィルの題材になる。すでに店の歴史は伝説で埋め尽くされている。一八九九年から一九一四年のあいだに店の主を務めたのはユゴーという男だった。彼は『マキシムでの二十年』[10]という興味深い回想録のなかで、異教の神殿たる〈マキシム〉で名を挙げた人物を紹介している。ロシア人亡命貴族のエマニュエル・ガリツィン、作家のジャン・ロラン、フィッツ＝ジェームズ、デュボネ、資産家のマックス・ルボディ、ギリシャ王コンスタンティノス一世、ロシア大公キリル・ウラジーミロヴィチ、ボリス、ミシェル、ニコラ、ドミートリィ、ウラジーミルといった人物が、女優のガブリエル・レジャヌやプジー、踊り子のラ・ベル・オテロやバレリーナのクレオ・ド・メロードやレオ・デ・グレイルスとワルツを踊りにやってきた。〈マキシム〉に通った女性のなかには、有名な金髪のマノン・ロティ、喜劇女優のギルダ・ダーティ、ロスチャイルド男爵夫人とその妹のエヴァ・モレーヌ、のちにコロラド・マンスフェルド王妃となる美女、モルテッリと、彼女の友人のベルタ・フォンタナ、ラビ［ユダヤ教における宗教的指導者］の娘でふくよかなスザンヌ・ド・ベール、ヴェローナ、グリヴォンヌ、ジェーン・ドリアンがいた。ドリアンはある朝友人のショルンヌ公と二人で死んでいるのを発見された。口論の末に愛人をピストルで撃って一発でしとめたパレ・デ・グラスショーホールのプロスケーターだったシュシュや、「パリでいちばん美しい足」の称号をもつジョルジェットも〈マキシム〉に出入りしている。

〈マキシム〉の物語はマキシム・ゲラールに始まる。一八九三年、ゲラールはカフェレストランを開くために、ロワイヤル通り三番地にむこう五十年間安い賃料で小さな土地を借りた。夢に燃えていたゲラールは、社交界に通じたエレガンスの申し子であるアンドレ・ド・フキエールにならって馬車の御者と懇意になった。店名〈マキシム（*Maxim's*）〉は、当時流行していた上流ぶったイギリス趣味を受けて、イギリス風に「's」をつけたゲラールのすばらしい案だった。ゲラールのイギリス嫌いは相当なものだったのだが……。

ほかにもゲラールは、店の前にイギリス風の赤い制服を着た十五歳の少年を置くようにした。これが有名な〈マキシム〉の「ボーイ」の始まりである［一九二三年以来、「マキシムのボーイ」という映画が何度も映画化されている］。〈マキシム〉で始まったパーティーは、オペラ座界隈に場所を移して続くことが多かった。パーティーに行く人々はパリを彩る建物の正面を照らす明かりのもとで、きらびやかなダイヤモンドやガーネットのアクセサリーを意地悪く見せびらかしながらゆっくりと歩き回った。そうした人々は、生地の山から出てきたような姿でじっと一点を見つめるペンキ塗りの木製マネキンが並んだ洋服屋の前で足をとめる。繊細な装飾で客の気を引く工夫のおかげで、洋服屋は娯楽と尽きないおしゃべりの種になった。それから彼らは夜が明けるまで新しいカフェや行ったことのないブラスリーを求めて歩く。この時代を象徴するカフェは、カプシーヌ大通りとスクリブ通りの角にあった〈ル・グラン・カフェ〉だろう。このカフェの地下にあるインドの間で、一八九五年十二月二十八日に世界初のシネマトグラフの商業上映がおこなわれた。入り口では野次馬の群れにビラが配られた。ビラには、「オーギュストとルイ・リュミエール兄弟が発明した機械、シネマトグラフ！　これにかかれば一瞬一瞬を切り取ったネガを並べて、一定期間にレンズの前で起きたすべての動きを映像に記録し等身大で再現できる！　部屋全体を使ってスクリーンに映像を映してみせよう！」と書かれていた。こうして長さ十七メートル、時間にして一、二分のフィルムの映画が十本上映された。フィルムには『工場の出口』、『曲芸』、『金魚釣り』、『ヌーヴィル・シュル・ソーヌ駅への会議委員の到着』、『鍛冶屋』、『庭師』、『赤ん坊の食事』、『シーツへジャンプ』、『コルドリエ広場』、『海』とタイトルがつけられていた。第一回上映会に来た三十数人のなかに、映像に魅せられた青年がひとりいた。彼はのちに語っている。「映画が終わるのを待たずに私はオーギュスト・リュミエールのところへ行ってこの発明を買い取りたいと話しました。一万、二万、いや五万フラン払うからと。財産も家も家族もかけたっていいと言いました。しかしオーギュストは頑固でした。『それはどうも。この発明は売り物ではありません。ですがあなたにとっては破産の種になるでしょうね。最初は無欲に始まった学術的な好奇心がのちに転用されるように、シネマトグラフもじきに金儲けに利用されるようになるでしょう。しかしいまは商業的可能性はないのですよ』と言って断ったのです」[11]

だが青年はあきらめなかった。キネトスコープを使った映写機を手に入れるためにロンドンのロバート・ポールという電気技師のもとを訪ね、映写機のすべての部品を勤め先のロベール＝ウーダン劇場のアトリエで製造した。次に高額で未使用のフィルムを一ケース買い、フィルムに送り穴を開けるために自ら機械にのぼった。すばらしい情熱と創造性とぬきんでた技術力と天才的な器用さをもち、あらゆる作業に精通していたこの青年の名はジョルジュ・メリエス。彼の技術の多くがいまも映画芸術に利用されている。彼は手品のような効果を生み出すために、入れ換え、ぼかし、二重焼付け、オーバーラップ〔ある映像をじょじょに消して、次の映像をじょじょに見せていく技法〕、移動撮影、マスク撮影〔合成画面をつくるために画面の一部を覆って撮る技法〕といった手法を発明し、特殊撮影をおこなった。メリエスはロベール・ウーダンによって生み出された「白魔術」〔ウーダンは明るい照明のもとで手品をおこない、それまでの黒魔術的な手品のイメージを一新した〕から、イリュージョン的技法の大技が特徴的な、成功したシネマへ確実に移行していった。〈グラン・カフェ〉に通った著名人はリュミエール兄弟だけではない。モンマルトルにいた多くの有名人が、さまざまな理由から〈グラン・カフェ〉を訪れた。例えば、クールトリーヌは当時流行りの〈ル・ナポリタン〉

というブラスリーでコートを盗まれたのに腹をたてて〈グラン・カフェ〉へ通うようになった。「私はこれまで〈グラン・カフェ〉に足を踏み入れたことはなかった。だがいまでは毎日友人たちとマニラ葉巻を吸いに行く。こんな風になるとは予想もしなかったよ！」とクールトリーヌは語っている。

　夜になると、オペラ座帰りの客と芝居小屋エルドラド帰りの客とバタクラン劇場でおこなわれたテレサのコンサート帰りの客がカフェで入り交じるようになった。この時代に黄金期を迎えたのが、〈カフェ・ヴィニョン〉と〈フレール・プロヴァンソー〉である。ギャルソンが足音もなく入っていき目を閉じて出てきた特別な小部屋が有名な店だった。パリは狂乱の時代を迎えていた。快楽こそがすべてという時代だ。第二帝政の宮廷と社交界は、パリを激しいうねりに巻き込んでいく。もはやパリを牛耳るのは朝早く起きる人ではなく、夜遅くまで眠らない人たちだった。第三共和政になっても、浮かれ騒ぐ人々は第二帝政時代と変わらなかった。この時代のブルヴァールの有名人といえばネストール・ロックプランだろう。ジャーナリストでのちにオペラ座やヌヴォーテ劇場やポルト・サン・マルタン劇場やヴァリエテ劇場の支配人になった人物だ。彼は日がな一日イタリアン大通りで過ごしていた。朝からブラスリーのテラスに座り、仕事に向かう人の列を眺める。いま目を覚ましたという様子の男女、いたずらっぽい目できょろきょろしながら褒められるのを期待し、かしましい声でしゃべりながら歩く使い走りのすばしこい子どもたち、事務員、工員、辻馬車の喧騒に溺れる人、大きなペルシュロン［ペルシュ地方原産の足の太い大きな馬］に引かれた乗合馬車や通りの音。ロックプランはこうした賑やかな街に酔っていた。

　ある日の真夜中近く、ロックプランはひとりでカフェにいた。ふつう午前五時までは家に帰らないものだと言って家に帰らずに辻馬車を拾い、朝の五時までル・ペルティエ通りからタイブー通りへ、タイブー通りからル・ペルティエ通りへと行ったり来たりしていた。ロックプランは、「新聞記者ならかならず敵がいるものだ。いかなるときでも相手に奇襲させやすくしてはならない」と言って、〈メゾン・ドール〉（この店についてはすでに触れた）のドアの前の席に座った。彼は特に作品を読んでもらいたがって彼の元にやってくる作家を避けていた。ところがモンフォール＝ラモリー［パリの西郊にある町］の自宅で彼が寝ているあいだに、作家のフィリップ＝デュマノワールとポール・シロダンがやってきてしまったことがあった。二人はロックプランをソファーから立たせず、戯曲を三幕読んで聞かせた。しかし三つめの台詞でロックプランは自室に引っ込んでしまった。

この街区には〈カフェ・アングレ〉のように上品さとエレガンスが特徴的なカフェと、グラモン通りの角にあった〈カフェ・アメリカン〉のように待ち合わせにやってくる突飛な格好の娼婦で目立つカフェがあった。そういった娼婦のなかに、有名な「モーム・クルヴェット」がいた。貴族の生まれで社交界で活躍した彼女は、本名をマリー・アゲタンという。宝石と衣装の豪華さで目立つアゲタンは、生活を豊かにしてくれる賭博場の会計係や、多くの上流の人々に生活の面倒を見てもらっていた。だが一八八六年一月十四日にアゲタンの運命は一転する。夜十時頃、アゲタンはアメリカ人とメキシコ人の混血で「アメリカ人」と呼ばれていた身元が定かでない男を、コマルタン通り五二番地の自宅へ連れて行った。そしてその翌朝、化粧をしている途中で首を切られ血の海につかった姿で発見されたのである。犯人は宝石を盗んでいった。数ヵ月後に逮捕された犯人のリンスカという男は死刑判決を受け、一八八六年十二月二十八日にロケット刑務所で処刑されている。

この頃、イタリアン大通りに大きな建物ができた。金融機関の建物としては世界最大のクレディ・リヨネ［現フランス第二位の国立銀行］だ。建物は豪勢にライトアップされ、屋根の上にそびえ空をきりさく光の広告にファサードが照らし出されていた。軍の将校が通っていたカフェの〈ヘルダー〉は、クレディ・リヨネの先にある。

将校たちは将官名簿を暗記していたフェリックスというギャルソンに、いつ自分が昇格するかを問い合わせに〈ヘルダー〉に来た。フェリックスは国防省職員とのパイプを使って、毎日将官名簿を更新していたのである。

夜八時をまわると、〈ヘルダー〉は軍人の店から庶民の店に戻る。二階ではぜいたくで心地よいインテリアのなかで、礼儀をわきまえたギャルソンがサーヴする食事を楽しめた。店は賑やかで、楽しそうな会話が繰り広げられていた。喜劇俳優のリュシアン・ギトリィが仕事を終えて夕食をとっていた晩のこと、男性がひとりギトリィに近づいてきて挨拶をするとなにやらささやいて握手をして去っていった。隣のテーブルに座っていたルネサンス劇場支配人のヘルツは、その光景が気になった。実はヘルツとギトリィは互いをあまりよく思ってはいなかった。その日も、ヘルツは「君が死んでも葬儀には出ない」とギトリィに言われたばかりだったのだ。しかしヘルツはギトリィのテーブルへ行って声をかけた。「失礼、さっき君が話していたのはディブレルじゃないか？」

そう、実は劇場帰りにギトリィの演技を称える言葉をかけてきた男は、パリ地区死刑執行人で「処刑者」と呼ばれるディブレルだったのである。

「ああ、ディブレルだよ。あいつは君のことも話していたぞ」とギトリィは答えた。

「なんて言ったんだ？」

「あのヘルツって人はきっと私に頭を切られるでしょうね、と言っていたよ！」[12]

当時のパリはフランスの中心として君臨し、フランスはとりわけ写真や映画や自動車といった最新の発明技術面で世界の中心として輝いていた。一方、カフェには変わらず政界や文学界や芸術界を彩る才能あふれる人々が出入りしていた。例えば〈ル・カフェ・ド・フォワ〉には、マルヴィル伯爵、ジャンヴィル・

ド・ラ・モット、ルイ・ドカーズ公爵、アルベール・カンブリエル将軍、この店で薔薇十字団をつくったひげの魔術師ジョセフィン・ペラダン、アルフォンス八世〔十二・十三世紀のカスティーリャ王〕に似たスペイン人小説家カルロス・デ・バトルが通っていた。エロチックな版画を収集していた作家のピエール・ルイスが、アカデミー・フランセーズ会員で友人のクレルモン＝ガノーに最近買った版画を自慢したのもこの店だ。隣の席では、客があるカフェを褒め称えていた。一方が評価を確立すればもう一方が評判を落とす。評判を上げるのも下げるのも一言で足りる。十九世紀末には〈カフェ・リッシュ〉が憧れの対象になった。建物正面の広い間口がイタリアン大通りに面し、側面がル・ペルティエ通りに面していたのも店が流行った理由のひとつだ。〈カフェ・リッシュ〉のテラスにはパリジャンが集まっていたので、パリの熱に浮かされた騒ぎに交ざりたい田舎者にとってはパリジャンの「観察場所」でもあった。午後四時になると店は人であふれ、円卓の隅の席も空いていないほどだった。食前酒のベルモットが出る時間になると、支配人がサービスを監視するために席に座っていることもよくあった。フロックコートに磨かれたブーツ、ブーツに裾を入れた明るい色のズボンとパールグレーの手袋と金のリンゴが彫られた繊細で華奢な指輪をつけて部下の一挙一動を観察する。この支配人は「ゴゴ閣下」と呼ばれていた。こんな冗談もできた。「〈カフェ・アルディ〉で夕食を食べるには金持ち《リッシュ》でなくてはならない。〈カフェ・リッシュ〉で夕食を食べるにはとても大胆《アルディ》でなくてはならない」。これはある晩、支配人が近くにあるライバルの〈カフェ・アルディ〉を揶揄して言ったといわれている。〈カフェ・アルディ〉はかつての〈メゾン・ドール〉にあたるイタリアン大通り二〇番地にあった店だ。〈カフェ・アルディ〉にはジャック・オッフェンバック専用の円卓があった。『パリの喜び』、『ラ・ペリコール』、『美しきエレーヌ』を作曲し、ブフ・パリジャン座をつくった偉大な音楽家だ。オッフェンバックがやってきて席に座ると周りにはすぐに人だかりができた。彼は大きな声でギャルソンを呼んでアニスアブサンを頼み、演劇や新聞や楽屋やパーティーでの出来事について語った。人々は恍惚として、自分の言葉に酔いながら面白おかしく話すオッフェンバックの演説に耳を傾けた。あるとき、ジャーナリストが熱心にオッフェンバックの話のメモを取っていた。ちょうどその晩、オッフェンバックは上機嫌だった。彼のテーブルに大喜劇女優のオルタンス・シュネデールがときどき顔を出したからである。シュネデールはパレ＝ロワイヤル劇場と仲違いして、オッフェンバックのブフ・パリジャン劇場で数日間続いた。パレ＝ロワイヤル劇場から帰ったシュネデールとパレ＝ロワイヤル劇場との喧嘩は一八五五年八月三十一日にデビューしなおした女優だ。シュネデールは、荷物をまとめてボルドーの母親のもとに帰ろうと思っていた。しかし夜の九時頃、誰かがシュネデールの家の戸を叩いた。

「誰？」

「オッフェンバックだ」

「シュネデールならいないわ」

「開けてくれ！　君にぴったりの役があるんだ」

「やりたくないわ……」

そしてシュネデールはボルドーへ旅立った。しかししつこいオッフェンバックは短い電報を打った。「いくらだ？」困ったシュネデールは絶対に払わないだろう高額を提示する。「月二千フラン」。オッフェンバックは「交渉成立！」と返信した。こうして彼女はパリに戻り、『美しきエレーヌ』で絶大な人気を得る。生き生きとした姿と巧みな美しい歌声と愛らしい性格は、いたるところでシュネデール旋風を巻き起こした。シュネデールは各国の国王にパリ風の生き方を語って笑わせ活気を与えた。彼女のもとに欠かさず通って噂になった人物のなかにはポルトガル国王、イギリス国王、スウェーデン国王、エジプト国王イスマエル・パシャ、ベルギー国王レオポルド二世などがいる。彼女のファンは、そのはつらつとした奇抜さや優雅な無邪気さや大胆で激しい滑稽な動きや底なしの明るさを褒めそやした。

ヴィルモとヴェロンを連れたオッフェンバックにならって〈カフェ・アルディ〉に通ったのは、新聞小説作家のポンソン・デュ・テライユだ。彼は作品の形が型破りだっただけでなく、非常に速筆だった。一八五八年の時点で彼はすでに七十三本の作品を書いている。冬はパリのブルヴァールで暮らし、夏は妻が所有していたオルレアネ地方のとても立派な邸宅で暮らした。テライユは非常に名の売れた小説家で、大金を稼いでいた。彼が書くと新聞の発行部数が三倍になるほどだった。ブルヴァールを舞台にしたある寸劇の一場面に、変わった人物が登場する。帰りが遅くなったこの人物は「やあすまないね、ボボンヌ。トロンソン・デュ・ポワトライユの新聞小説を読んでいたら遅れてしまった……」と言いながら帰宅する。そこでテライユは寸劇の作者に決闘立会人を送るぞと脅した。すると翌朝、次のように訂正されていた。「ボンボン・デュ・セライユの新聞小説を読んでいたら遅れてしまった……」

ポンソン・デュ・テライユはおとなしく沈黙を貫いていたが、劇制作側の想像力はとどまるところを知らなかった。何回かの興行で「ムトン・デュ・ベルカイユ」だの「ブトン・デュ・ポルタイユ」などとも じられている。その後、ポンソン・デュ・テライユ自身も作品のなかでわざと書き間違いをするようになった。いくつかの作品はブルヴァールにあった〈カフェ・アルディ〉で書かれている。例えば次のようなものだ。

「将軍は腕を組んで新聞を読んでいた」

「彼女は絨毯の上で足を丸くして座っている」

「ところでその晩、日が昇る少し前のいつもの時間に」

「ドアが開くと、侯爵夫人はやっと口を閉じて話しはじめた」

「処刑人が薪に火をつけると、哀れな女の周りに炎が渦を巻いた。一時間後、もはや彼女の姿はなく、煙をはく灰の山しか残っていなかった。にもかかわらず、彼女は死んでいなかった」

高い評価を得ていた〈カフェ・リッシュ〉は、一八九四年にカフェ＝ブラスリーに姿を変える。改装を任されたのは建築家のアルベール・バリュだ。店は見事に変身を遂げる。通りに面したファサードは斬新なデザインだった。白い釉薬をかけた煉瓦の壁、琺瑯がけのタイル、ガラスと施釉の飾り釘、アンティーク調の鉄、大きな羽目板とフリーズ［柱頭の上の水平部分］。当時の風俗を描いたモザイク画はジャン＝ルイ・フォランの手による。モザイク画には、上流階級の生活や見世物や競馬場や音楽劇などの十七場面が描かれていた。連想をかきたてる絵には「自転車乗り」、「行商人」、「すみれ売りの少女」、「ブルヴァールに集う人々」、「パドックの囲い」、「ワルツ」、「雨」、「ジョッキー」といったタイトルが付けられていた。

残念ながら、一八九八年に〈カフェ・リッシュ〉の入っていた建物は大通りを通すために解体され、モザイク画も分解されて競売にかけられてしまった。こうして〈カフェ・リッシュ〉は、〈トルトーニ〉や〈カフェ・アングレ〉と同じく姿を消した。残った〈ル・カフェ・ナポリタン〉（通称ナポ）がパリ文化《パリジアニズム》の中心になっていく。カプシーヌ大通り一番地の〈ナポ〉には毎晩作家やジャーナリストや劇作家が集まって、気の利いた言葉や冗談や表現を戦わせていた。常連客はどんなときも必ず「〈ナポ〉のアペリティフ」を頼んだ。夕方になると〈ナポ〉はすぐに満席になる。客たちはまるで家のようにくつろいでおしゃべりに興じた。哲学、政治、文学、芸術、宗教の議論の旋風も起きた。〈ナポ〉に集まる人々は、絶え間ない喧騒で聞き取るのも難しい討論に身を投じた。ギー・ド・モーパッサンがアブサンを前に短編小説を仕上げるために集中しようとしている。その横のテーブルでは、首どころか顎までボタンのつまったジャケットを着たエルンスト・ラ・ジュネッスが、レオン・ドーデいわく「その怒り肩と場末の商人のような格好」[13]で注目を集めている。カチュエル・メンデスらが主催する「カチュエルの会」のテーブルにはジュール・ルナールやジョルジュ・フェイドーやジョルジュ・クールトリーヌやジャン・モレアスなどの作家が集まっている。モレアスは、自分がなぜ象徴主義のためにデカダン派［十九世紀フランスの文学運動。退廃主義とも呼ばれる十九世紀後期の象徴主義の源流で、初期ロマン派と呼ばれることもある］を拒んだかをあらゆる側面から長々と説明している。「ロマーヌ派」という確固たる運動をうちたてる前のことである［モレアスは象徴主義から離れて一九九一年にこの派をうちたて古典への回帰を目指した］。この高揚の時代、〈カフェ・ナポリタン〉には歴史家や天才魔術師や自由思想家が集まった。冬になると、彼らは大きな鋳物ストーブのそばで夜中まで夕食を楽しんだ。彼らの大半は、席料の安いカウンター席でニッケル製のエスプレッソマシンでいれられたコーヒー付きの質素な夕食しか食べられなかったのだが……。

十九世紀末、ヨーロッパでは大規模な無政府主義《アナーキズム》運動が起こり、権力の象徴を標的にテロを繰り返していた。フランスのアナーキズムは大衆的、知的分野で非常に成功したといえる。地理学者のエリゼ・ルクリュと社会学者のジャン・グラーヴは、「ポジティブな」アナーキズムの定義を確立した。ポジティブなアナーキズムとは、人間を拘束するあらゆるもの（宗教、農地、政府）から個人を解放し、自由なつながりの連合体に基づいた新しい社会をつくろうという考え方だ。「アナーキスト」のなかにはこうした連合体に基づいた無政府状態の案を拒否し、暴力による革命を推し進めるものもいた。彼らに資金提供をするカフェもあった。そんななか、一八九二年四月二日にマジャンタ大通り二二番地にあった〈カフェ・ヴェリー〉で粗塩をふった牛肉と半パイント［約〇・五リットル］の赤ワインを味わっていたラヴァショル［アナーキスト。死刑にされた仲間の復讐のため、事件の担当裁判官と検事の自宅を爆発した罪に問われていた］が逮捕された。ラヴァショルに気がついたのは〈カフェ・ヴェリー〉のギャルソンだった。新聞や雑誌は、主人のヴェリーがどのように店をそっと抜け出して、いちばん近い警察署へラヴァショルが来ていると知らせに走ったかを細かく書き立てた。ヴェリーは話を聞きたがる客にこう語ったという。「分かるだろう？ すごい宣伝効果だよ。ラヴァショルが食事をしていた大理石のテーブルに、やつの名前と逮捕された日を刻んでもらおうかと思ってるんだ！」

しかしラヴァショルの仲間はそんな猶予を与えなかった。四月二十五日、〈カフェ・ヴェリー〉は時限爆弾で吹き飛んでしまったのである。ヴェリーは瓦礫の下敷きになって亡くなった。このテロを実行したとしてテオデュール・ムニエという男が捕まった。終身労働の刑に処されたムニエは、カイエンヌ［現仏領ギアナの町。当時は流刑地だった］で死亡する。代表的なアナーキズムの新聞『アルマナ・デュ・ペールペナール』紙の暦欄には次のような日付が記されている。

「一八九二年四月二十二日：ラヴァショルの訴訟と五月一日［前年のこの日に、パリ北西部のクリシーで政府とアナーキストの銃撃戦があった］を前に、フランス全土でアナーキストへの手入れ
一八九二年四月二十五日：政府の駄馬で頭の悪い犬のエミール・ルーベ［当時のフランス大統領］が『落ち着いてください。アナーキストは全員刑務所のなかにいます』というふざけた声明を発表
一八九二年四月二十六日：昨夜〈カフェ・ヴェリー〉が霞のように地上から消え失せた。こうした現象をヴェリー化と名付けよう」[14]

二年後の一八九四年二月十二日午後九時、サン＝ラザール通りの〈カフェ・テルミヌス〉で悲劇が起こった。パリで当時流行りはじめたジプシー音楽の生演奏が響く店のホールで多くの人がコーヒーや食後酒《ディジェスティフ》を楽しんでいたところに爆弾が投げ込まれたのである。店の客層はプチブル、商人、会社員、貴族階級とさまざまだった。

テロの実行犯は二十一歳のエミール・アンリという青年だった。八時半、アンリは入り口近くの円卓に

座って葉巻を吸いながらビールを飲んでいた。九時になると火のついた葉巻を爆弾の信管のそばに置き、席を立ってさっと出ていった。だがその後店へ戻ってきて、爆弾をオーケストラの方向へ投げた。爆弾は寄木造りの床にめりこんで爆音を響かせ、十七人の怪我人を出す。アンリは逃げようとしたが、ローム通りとイスリー通りの角で捕まった。彼は死刑判決を受けて、一八九四年五月二十一日にギロチンにかけられる。

一八六二年頃にできた〈カフェ・ブヴェ〉またの名を〈カフェ・マドリー〉はまだあまり知られておらず、〈リンゴ・ドール〉の近所の店でしかなかった。しかし数年後には、〈カフェ・デ・ヴァリエテ〉から逃れてきた客が足しげく通ってくるようになる。〈カフェ・マドリー〉は作家や芸術家やジャーナリストにとって特別な出会いの場となる。店のなかには曲がりくねった長い管があり階段を取り巻いていた。その階段を地下へ下りるとビリヤード場があった。ここにはボードレールやバンヴィルやメンデスやリラダンや仰々しくめかしこんだ新人作家が集った。〈カフェ・マドリー〉には政治家も好んで通っている。彼らは縁を折り返したつばの広い帽子の下に、豊かな灰色のあごひげを生やしていたのですぐにそれと分かった。彼らのなかに「Gおじさん《ペール・G》」と呼ばれる人物がいる。常に激しい議論をする準備が整っていて自身の熱を発散するために相手とやりあうが、他人の意見は疑ってかかることが多かったレオン・ガンベッダ［元フランス内務大臣］だ。ガンベッダのそばには、角刈りで意志の強走なジャーナリストのドゥルスクルーズと山型の眉と丸い瞳をした歴史家のテオフィル・シルヴェストルと愛想のないジャーナリストのシャルル・カンタンがいた。

店が空く五時から六時のあいだには、『フィガロ』紙編集次長のアルフォンス・デュシェーヌと『ナン・ジョヌ』紙編集長のカスタナリが、ガネスコ、ラン、スピュレなどのジャーナリストを連れてやってきてはジャケをした。それを楽しそうに眺めていたのが、あくどい老政治家を動揺させる舌鋒鋭い記事を書いていたジャーナリストのアンリ・ロシュフォールだ。〈カフェ・マドリー〉では彼らの声が響きわたっていた。ロシュフォールは一八七一年二月に大胆な呼びかけをしたことで知られている。「彼らは我々の農場を奪い、屋根に穴を開けようとしている。あらゆるものを盗み、銃弾を浴びせて破壊するつもりだ！　それでも、こういう殺人犯やこそ泥の悪行は、どんなに酷くてもフランス軍が犯した悪行の半分でしかない。勝者は、我々が敗者にした態度ほど酷くあたることはない」[15]。ロシュフォールは、ナポレオン三世とその一族を常に取材し続けたことで知られている。彼はナポレオン三世の息子に関する次のような逸話を詳細に記事にしている。

「若いお気楽な皇太子が賞の授与式に出席していたとき、ある人が『ハンブルク銀行が倒産《ソテ》いたしました』と皇太子に報告した。『吹っ飛ん《ソテ》だ？　火薬でか？』皇太子が尋ねると、皇帝が言った。『息子よ、そうではない』『ああ、では私にはどうでもいいことです』」

　ロシュフォールは次のようにまとめている。「なんということだ！　これがこの美しい国を治めていく皇太子なのだ。彼が興味をもつのは火薬だけなのである。こんな調子では、即位式の日に我々に機関銃を向けることになるだろう。あの父にしてこの天使のような息子あり、と言える」[16]

〈カフェ・マドリー〉に座ったロシュフォールのパンチに火をつけたような前髪とフェンシング教師のような白いひげは、年をとってしわしわのやせた雄鶏を思わせる。彼は金茶色の髪を巨大なシニョンに結った姪でのちに妻になる女性を連れて、〈カフェ・マドリー〉に堂々と出入りしていた。彼らとよくいっしょにいたのはくたびれた老人の男女だった。批評家のジュール・ルメートルと、もともとは帝政時代のパリに洗濯女として出てきた社交界で名を馳せたロワーヌ伯爵夫人だった。

〈カフェ・マドリー〉が栄えた時代は多くの歴史的な出来事が起こった時代でもある。一九〇三年には、自転車選手のアンリ・デグランジュと『ロト』紙の記者たちの主導で第一回ツール・ド・フランスがおこなわれた。この頃、〈カフェ・マドリー〉では作家のオクターヴ・ミルボーとアルフレッド・カプスがアペリティフの時間に集まって、週刊誌『レ・グリマス』の編集作業をしていた。

ある日、カフェのテラス席で葬列を見かけた冗談好きのカプスがミルボーに言った。「我々の雑誌の定期購読者でなければいいんだが」。カプスはエスプリだけでなく、惜しみなく寛大な性格でも有名だった。パーティーに出る服装をしているのに少し沈んだ面持ちの男が悩みを話しに来るやいなや、ズボンのポケットに手を突っ込んで金を出すほどだった。ある晩カプスが人に金を渡しているのを見て友人のレオン・ドーデが言った。

「そんなことを続けていると、しまいには気がつかないうちにロスチャイルド家の誰かに千フラン渡すぞ」。すると善人のカプスはこう答えた。

「そう、ロスチャイルド家の男だけが金持ちなんだ。……小金をもっているからな[17]」

当時、ポワッソニエール大通りは劇的な変化を遂げて華やかになり、辻馬車や自動車や互いに顔も知らない人々が常にやってきていた。通りにはレイ書店やフルリ書店と言った書店が多くできはじめ、バルベイ＝ドールヴィイやマキシム・デュ・カンやボードレールやセレスト・モガドールなどの作家が通うようになる。ポワッソニエール大通りの長い歩道は、ナイトホールの〈フォリー・ベルジェール〉やオランピア劇場の軽薄な娼婦の後世代が闊歩した通りとしても知られる。この通りの三二番地にある〈ル・ブレバン〉は避けて通れない重要なカフェだ。夕食の時間になるとフロベール、ゾラ、ドーデ、コッペ、ブルジェが、フロベールの写実主義とテーヌの実証主義の影響を受けた自然主義の教義を話し合った。自然主義は、事象の細かな観察と、個人が世襲制や階級制度の決定論に屈してしまうという経験をもとにした小説を生み出した。ゴンクール兄弟はこの店で自分たちの思想を説く享楽的な夕食会「スパルタの夕べ」を開いている。サント＝ヴーヴもこの店で「ビクシオの夕べ」を開いた。初期のメンバーはエミール・オージエ、デュマ・ペール、エルンスト・メソニエ、ウジェーヌ・ドラクロワ、ヴィクトリアン・サルドゥー、プロスペール・メリメだ。一八九八年のメンバーはレイモン・ポワンカレ、オーギュスト・ガリフェ、エドゥアール・デタイユ、ジュール・クラルティ、ジュール・マスネ、アルベール・ソレル、ウジェーヌ・ヴォギュエだ。デタイユとアルフォンス・ド・ヌーヴィル主催の「リゴベールの夕べ」が開催される夜もあった。彼らはほとんどの時間をナプキンに粗いデッサンを描いて食事の代金にあてるのに追われていた。

　パリの地理的な中心はパレ＝ロワイヤルだったが、早くも一八三〇年の時点で思想的な「パリの心臓部はグラン・ブルヴァールにある」と言われていた。ブルヴァールは、パリに世界じゅうの注目が集まった非常に特徴的な三つの時代を経験している。まずルイ＝フィリップの治世［一八三〇～一八四八年まで続いた七月王政を指す］、次に第二帝政時代［七月王政後、短命に終わった第二共和政のあとの政体。一八五二～一八七〇年］、そして一九〇〇年代まで続いた第三共和政［普仏戦争の最中一八七〇～一九四〇年にナチスに占領されるまで続いた政体］だ。オペラ座に近いショセ＝ダンタン通りは十九世紀末に様変わりする。エスタミネ、キャバレー、小別荘やミュージックホールや尻の軽い女たちが集まる店は、建物は豪華で立派だが下品なダンスホールに姿を変える。ダンスホールにはチェック柄のズボンとボタンブーツと柔らかいフェルトでできたシルクハットを得意げに着こなした実業家や銀行家や投資家が出入りしていた。彼らが通ったカフェやブラスリーは、金持ちの客にふさわしい内装を心がけていた。なかでもモラール夫妻のブラスリーほどぜいたくな内装の店はない。少し回り道をしてモラール夫妻の物語を紹介しよう。一八六七年、モラール夫妻はわずかな金を手に、生まれ故郷のサヴォア地方からパリへやってきた。彼らはサン＝ラザール通りに建設中だった駅の向かいにあった〈ル・ブニャ〉という小さい店を買う。仕事は厳しかった。最初の数年は、モラール夫人がトタン作りのカウンターでワインやビールやアブサンを出し、モラールは毎日炭火で煮炊きして料理を出していた。客はどんどん増えていった。そして店の周りも飛躍的に開発が進む。馬に引かれた二階建て馬車が、開通したての鉄道の駅やオープンしたてのデパートへ人々を運んでくる。当時、サン＝ラザール駅と周辺には一日に五千頭以上の馬が行き交っていた。

一八九五年、モラール夫妻は店を大きくしようと決意する。〈ル・ブニャ〉は建築家のエドゥアール・ニエルマンの力を借りて〈ブラスリー・モラール〉に生まれ変わった。改装は全体に及んだ。金箔を貼ったモザイク画の壁、アッシリア＝バビロニア風スタイルを飾る飾り釘、花をモチーフにした繊細なつくりのガラス屋根、それを支える溝が彫られたエジプト風の鋳鉄の円柱、正統派アール・ヌーヴォー様式の絵が描かれたタイル画……。店の内装はすばらしかった。タイル画の作者は開通したばかりの地下鉄の駅の入り口を手がけた天才的な装飾画家のシマとミュシャだ。彼らがつくったタイル画のうちの一枚はトゥルヴィルに、もう一枚はヴィル＝ダヴレに保管されている。三枚めはアレゴリーをこめた二つの部分からできていて、四枚めは一八七〇年にフランスが失ったアルザス＝ロレーヌ地方［ドイツとフランスの国境に位置し、二国間でたびたび領有権が変わった地域。普仏戦争の敗北によりドイツに割譲された］を象徴する絵が描かれていた。〈ブラスリー・モラール〉は一八九五年九月十四日に開店した。パリじゅうの著名人が、ロレーヌ地方サルグミーヌの輝きできらめくアール・ヌーヴォーの中心地を見にやってきた。

〈ブラスリー・モラール〉の開店から一年が経った一八九六年、ラ・ファイエット通り五二番地に実業家を呼び寄せるビールの聖地ができる。ラ・ファイエット将軍［フランス革命時代の軍人、政治家］ゆかりの地に誕生したこのブラスリーは、壁の板張り、金箔、羽目板、やわらかい革、バロック調のエスプレッソメーカーで名を馳せた。夜になると、店の客は街区の実業家から、近くの劇場の喜劇俳優たちや、一七七三年に建てられた近所のフリーメイソンフランス中央本部会員に変わる。真理《ラ・ヴェリテ》を探し求め、「悩みの素材」——つまりカデ通り一六番地の〈ラ・ヴェリテ〉でフリーメイソンの教えとは関係のない心配事を取り戻してから、夜遊びをする人やアブサン愛好家や女性の助言者を求めてバーをはしごする孤独な伊達男に交ざりにやってきた。第二次世界大戦後に初めてギネスの樽が二つやってきたとき、そのうちのひとつを開けたのもここだった。

パリジャンのなかには、〈ラ・ヴェリテ〉が十九世紀後半に非常に流行した神秘主義のおかげで賑わったと思っていたものもいた。当時のパリには不思議な情熱が広がりつつあったのである。アメリカから伝わったスピリティズムだ。信者は数え切れないほどやってきた。そんななか、アメリカに渡ったリヨン出身の三十五歳の会計士がパリで数千人の信者からあがめられる教祖になる。彼の名はドゥニサール＝レオン＝イポリト・リヴァイユ。リヴァイユはラップ現象［霊が家具や壁をたたいて、生きている人間になにかを伝えようとする現象］の秘密を説き、心霊術師のフォルティエと友人のカルロッティと回転テーブルを囲んだ。彼は自分の前世であるケルトの吟遊詩人の名から「アラン・カルデック」という筆名を名乗り『霊の書』を記した。『霊の書』は飛ぶように売れる。見事な王政復古様式の天井とガラスの額に入ったアレゴリーの絵画に囲まれた店、〈ル・ヴェフール〉で生まれた『ロータス』という雑誌にならって、神秘主義の集まりが何冊も雑誌を創刊する。こうした動きを率いていたのは、とりわけ錬金術に関心を寄せていた若い研修医のジェラール・アンコースだ。彼は「パプス」という筆名で後世に名を残している。パレ＝ロワイヤルのアーケードには、スタニスラス・ド・ガイタ、ジョセファン・ペラダン、ヴィリエ・ド・リラダン、カチュエル・メンデスといったパプスの友人が列をなして歩いていた。パプスは彼らと〈ル・ヴェフール〉に集まって、秘教の教えを説く雑誌『リニシアシオン』（一九一四年まで刊行）や週刊新聞『ル・ヴォワル・ディシス』をつくっていた。

パリは常軌を逸した、神経質で無分別な時代を迎えていた。この時代に、あらゆる出来事が前代未聞のスピードで進化を遂げている。一八八六年にはパリ＝ブリュッセル間の電話が開通し、一八八九年にはガソリン式レシプロエンジンが実用化された。一八九五年には電動路面電車が誕生し、一九〇〇年には地下鉄が開通した。同時期にフランス全土ではすでに千八百台の自動車が走っていた。一九〇三年にはアメリカでライト兄弟が有人動力飛行に成功し、一九〇九年にはルイ・ブレリオが初めてドーバー海峡横断飛行を達成した。一九一三年にはベルリエ社とド・ディオン・ブートン社とルノー社とプジョー社とパフール社の工場から、合わせて四万五千台の自動車が出荷された。人々はキュリー夫妻やブランリ［無線通信に使われる検波器を発明した物理学者］の大発見や、トマス[18]式の方法を使いふたたび注目を浴びた金属工学の話題でもちきりだった。イタリア人のマルコーニは初めて無線電話で大西洋を越えて声を届けることに成功した。人々はどのようにしてこんな突飛な考えを思いついたのだろうと頭をひねった。

しかしその一方で、作家は泣き言を並べ、詩人はアブサンにおぼれ、若者たちは精神衛生と肉体的な健康の対極を行き、世のなかを攻撃していた。若者たちが大局を見ていたのに対し、ブルジョワ階級はわずかな節約や金利や小さな家などの「小さい《プティ》」ものに夢中になった。プティ・サン・トマ、ボンマルシェ、ガーニュ＝プティ、ホーヴル・ディアーブルなどのデパートや、プティ・パリジャン、プティ・ジュルナル、プティート・ジロンド、プティ・マルセイエーズなどの新聞も、こうしたブルジョワ文化から生まれた。

ペギーは時代を読んでいた。たしかに当時の人はもう神も国家も信じていなかった。科学ではなく、コントが説く実証主義が全能の存在に取って代わりはじめる。人々は自由を求めて戦争への準備を始めた。

実のところ、一九一四年六月二十八日にオーストリア＝ハンガリー帝国のフランツ＝フェルディナント皇太子とその妻がサラエボで殺されたことだけが第一次世界大戦の理由ではない。一八九一年からフランスはロシアと同盟関係にあった。当時ロシアは黒海とアドリア海のあいだにあるバルカン半島［十四・十五世紀からオスマントルコ帝国の支配地域で住民によって自治がなされていた］を管理下に置こうとしていた。バルカン半島と隣り合うオーストリア＝ハンガリー帝国もこの地域の支配を目論んでいた。ところが、ブルガリアとロシアはオーストリアと同盟を結んでいる。また、ロシアはルーマニアとギリシャとセルビアとも同盟を結んでいた。そしてフランツ＝フェルディナント皇太子を暗殺したのはセルビア人だったのである。これ以上ないほど複雑だ！　結局、一九一四年六〜七月のこの騒動は、その後十年間続く国際的な緊張状態を引き起こした。ヨーロッパ全土が戦争に向けて動きはじめた。国境付近でも、陸でも海でも植民地でも、フランスとドイツ、ドイツとイギリス、ロシアとオーストリア、オーストリアとイタリアのあいだで無数の衝突が起こった。

そうした情勢の下、パリでひとりの男が策を弄する戦争のやり方に異議を唱える。社会党党首のジャン・ジョレスだ。一九一四年七月三十一日の晩、ジョレスはいつものようにモンマルトル通りの〈カフェ・デュ・クロワッサン〉へ出かけた。ジャーナリズムの中心の街区にあるカフェだ。カフェではジャーナリストたちが顔を寄せ合って、ヨーロッパがだんだんとはまっていく悲惨な情勢について話し合っていた。その日の午後、ドイツ皇帝ヴィルヘルム二世がドイツで「戦争状態」を宣言した。戦争の脅威が迫っているということである。過去四十年でこれほど全面戦争の危機が高まったことはなかった。夜の八時頃、アヴァス通信社からジョレスのもとに急ぎの知らせが届く。政治家のランドリユーとルノーデルに挟まれて長椅子に座っていたジョレスは紙を受け取って「それで？　アスキス［イギリス自由党党首で当時のイギリス首相、ハーバート・アスキス］の声明かね？」と尋ね、アスキスがなんと言ったのかを知ろうとして急いで手紙を開けた。「サンクトペテルブルクからではない。ドイツからの知らせだ。ロシアが陸軍と海軍に総動員令を出したらしい。ドイツではそれを受けて戒厳令が敷かれたそうだ。ロシアが軍を総動員するなら、ドイツも同じようにするだろう」

色を失ったジョレスは、静かに政治記者に意見を語った。向かいでは椅子に座ったデュブルイユがメモを取っていた。夕食も終わりにさしかかろうというとき、隣のテーブルにいた『ボネ・ルージュ』誌の記者、ルネ・ドリエが立ち上がってランドリユーにカラー写真を見せに来た。

「孫娘なんですよ！」

「私も見てもいいかね？」ジョレスは微笑んで尋ねた。

彼は写真を受け取って見つめ、年齢を当てようとしていた。

気温が高かったのでカフェの窓は開けてあり、外と内を隔てていたのは窓の下半分にかけられた薄いカーテンだけだった。

写真を覗こうとしたモーリス・ベルトルとポワッソンが興味津々でジョレスに近付く。カフェの外にいた人もカーテンを押して、カフェのなかで何が起こっているのかを見ようとした。

「何をしてるんだ」覗く通行人を見てポワッソンが言った。

するとそのときカーテンが勢いよく分かれた。ピストルをもった手が現れる。一発、一秒後にもう一発。

皿の割れる音と耳をつんざく女性の悲鳴がした。

「ジョレスが死んだわ！　あいつらが殺したのよ！」

ジョレスは左側に倒れていた。カフェにいた人は全員立ち上がって手やからだを動かして叫び、店は大変な混乱状態に陥った。医者を呼びに走るものもいた。偶然居合わせた薬剤師がジョレスを助けようとして脈を確かめ、彼のシャツのボタンを外した。そして大理石のテーブルを二つつなげて彼を横にするようにと指示をした。店の周囲は警察が取り囲んでいた。そこへやっと野次馬をかきわけて医者がたどりつく。

数分診たものの、結局「亡くなりました」と言うしかなかった。翌日の朝刊で、『ユマニテ』紙のジョレス支持派の記者は次のように書いている。「もし戦争が始まれば、人間の奥底に眠っている野獣のような欲求が目を覚ます。街角で殺されることのある日が来るのである」。暗い予告だ。しかし記事は楽観的に締めくくられている。「平和的解決のチャンスは、すべて消えたわけではない」

犯行をおこなったとして、三日前にランスからやってきたラウル・ヴィランという男が捕まった。なんとも皮肉だが、逮捕されたことで彼はあらゆる戦争の危険を免れた。そして一九一九年に無罪判決を受けて刑罰を逃れる。しかし一九三六年、スペインのアナーキストがカナリア諸島で偽名で暮らしていたヴィランを探し当てた。彼らも武装するつもりで、ジョレスならきっと認めなかったであろう処罰を下そうと考えていた。なにはどうあれ、ジョレスの死は武力衝突こそが現在の緊張状態の唯一の解決法だと考える好戦派の勝利を表していた。少なくとも政治家と次第に裕福になっていった投資家たちは好戦派だった。一九一三年にポール・ヴァレリーが言った有名な言葉を引用しよう。「戦争は、互いに理解し合い殺し合わずに済むことが人間の最も優れた点だと知らない勇敢な人間によって始まる」

第一次世界大戦が始まる数年前のパリのカフェでは、まだこれほどおかしな状況が切迫しているなどと誰も想像していなかった。左岸でも、作家の才能とペンによる同胞どうしの争いが頻発していた。〈カフェ・ド・ヴェルサイユ〉近くのレンヌ通りにある〈シャレ・デ・ボワ〉ではシャルル・クロが慣れた様子でジューティストの会を開いていた。ヴォジラール通りとメディシス通りの角にあった〈ラ・コート・ドール〉というカフェには、セヴリーヌやジュール・ヴァレスをはじめとする多くの客が出入りしていた。詩人のジャン・モレアスはここで食事をしたし、シャルル・モリスもこの店で予言をしたし、エドゥアール・デュビュもここで逆理を書いたし、ジュリアン・ルクレルクもここで星を占った。「赤い肌《ポー・ルージュ》」とあだ名をつけられたゴーギャンは、この店で数学者のコルビエと哲学者のマイヤーソンに遠い島々がいかに美しいかを熱く語った。その隣ではモーリス・デュ・プレシイと、ギリシャ学者でリール出身の「ル・プティ・カンカン」という歌の作者の息子であるデルッソーを連れた作家のシャルル・モラスが、モーリス・マンドロンと言語学について議論している。ときどき、誰にでも喧嘩をふっかけるので皆が遠巻きにしているアドルフ・ルッテを避けつつ、コレットとウィリーがポール＝ジャン・トゥーレやルベやジャン・ド・ティナンと語らっているのも見かけることができた。

パリは彼らのような天才が生んだ作品に彩られている。なかでも作曲家のクロード・ドビュッシーはパリで失敗を繰り返した。彼がオーケストラを率いて自分の曲を演奏したときの反応は、嘲笑と口笛と罵声だった。批評家は辛辣な言葉と決定的な打撃を食らわせた。なかでもある批評家は、ドビュッシーの音楽は波のように曖昧で色彩と特徴に欠け、躍動感も生命力も感じられない、それどころか退廃と死の気配さえ感じさせるとこきおろした。〈ラ・コート・ドール〉で友人の詩人ポール＝ジャン・トゥーレの横に座ったドビュッシーはトゥーレの顔に驚いた。高く出た額、少しうねった黒い髪、薄いあごひげ、少し厚ぼったい頬、甘くいたずらっぽい光を秘めた褐色の瞳。彼はいたって自然な調子で甘い声で話した。ゆっくりとイメージを彷彿とさせる言葉を選んで語る。トゥーレはマラルメやジュール・ラフォルグやヴェルレーヌの才能をほめたたえた。あまり世間の評価は求めておらず、批判してくる人に対しても肩をすくめる以外の反応はしないトゥーレは、何も気にせず彼にできる最高の音楽を聴かせられるようにすればいいのだとドビュッシーに請け合った。仲間たちと同じくトゥーレはエスプリを愛する男だった。皮肉屋で毒舌を好み、世の人間や上流気取りの人々を面白おかしく描き、芸術と同様に人生も真実がなくてはならないと考えていた。〈コート・ドール〉の地下にあった部屋にはエコール・ロマン［一八九一年にジャン・モレアスとシャルル・モラスが立ち上げた政治団体］

のメンバーが集まって夕食を楽しんだ。アイルランドの詩人のオスカー・ワイルドは、初めてパリにやってきたときにモレアスに誘われてこの夕食会に参加した。エコール・ロマンにはエルンスト・レイノー、モーリス・デュ・プレッシー、レイモン・ド・ラ・テレードが参加している。レイノーは著書『象徴派の対立』のなかで、ワイルドについて「からだが大きくのろまで下唇が厚く歯が汚くて魅力的とは言えない男だった。しかしそんな第一印象は、眼差しから感じられる知性ややわらかい物腰や魅力的な言葉で消えていった」[19]と書いている。

ワイルドはパリに夢中になった。彼が息を引き取ったのはボーアール通りの小さなホテルだ。一九〇〇年十一月三十日の夜一時四十五分、ワイルドは偽名を名乗ったまま身内に看取られることもなく孤独のうちに亡くなった。友人でジャーナリストのロバート・ロスだけがいまわの際に立ち会ったといわれている。こうして、型破りで類のない当代一の才能にあふれたワイルドは不名誉な死を遂げる［ワイルドは同性愛をとがめられて収監され、出獄後まもなく死亡した］。ワイルドが最期のときを過ごしたホテルの紫檀づくりの小さな部屋には、死後も長いあいだワイルドが使った部屋番号が刻まれた燭台とブロンズのライオンの形の置き時計が置かれていた。

創立当初、エコール・ロマンはダンテ通りとサン＝ジャック通りの角にある〈ブラスリー・グリュベール〉で集まっていた。数学者のコルビエは、ポリニャックやポーカーで大金を失うことが多かった友人のモレアスが羽目を外しすぎないように定期的に会議を訪れていた。しかしコルビエは心の弱い男だった。口がとがっていることが悩みで、自分の容貌が悪いのを非常に気にしていたのである。そして一八九三～一八九四年のある冬の晩、気を病んで意気消沈したコルビエは絶望してセーヌ川に身を投げる。コルビエが死んでからというもの、モレアスは〈ブラスリー・グリュベール〉に足を運びたがらなくなり、ソルボンヌ広場とヴィクトール＝クザン通りの角の〈カフェ・デュ・ラン〉（のちの〈ラ・ヴァシェット〉）に通うようになった。モレアスの横柄な態度と毒舌と反論の余地のない意見は、彼を取り巻くルネ・ボイルス、アンリ・アルベール、ワイルドの「マネージャー」的存在だったスチュアート・メリル、ジャン・ド・ミティ、ジャック・デ・ガション、デオダ・ド・セヴラックなどの当代一鋭いエスプリの持ち主たちを楽しませた。

モレアスは節度なく酒を飲むので有名だった。アペリティフも彼にとっては食欲を掻き立てるだけではなかった。ある晩モレアスは友人にこう語っている。「これでアペリティフは五杯めだ。まったく、こんなつもりじゃなかったんだよ。聞いてくれよ。一軒めのカフェに入ってシャンベリーを頼んだんだ。そうしたらそのシャンベリーがえらくまずくてね。口直しにビターキュラソーを飲んだ。ところがそれが一杯めよりまずかったんだ。だから三軒めでマンダリン・シトロンを頼んだ。こんなひどい気分を引きずらないようにな。マンダリン・シトロンはくそみたいな味でアブサンを頼まずにはいられなかったよ。ところがそのアブサンときたら胸が悪くなるような味だったんだ。だからこうしてたったいまもってきてもらったジンを飲んでいるというわけさ」

「それでどうだい？」友人は尋ねた。

「どうやって家へ帰ったらいいか分からなくなったよ」

また、ある晩友人のレオ・ラルギエといっしょにいたモレアスは、カフェのギャルソンのイシドールにいつもより絡んでいた。

「コーヒーはいかがですか？」とイシドールに訊かれたモレアスは答えた。

「おまえの店のコーヒーなんてくそくらえだ。それよりカルヴァドスをくれ。……いや、マール［ブドウの搾りかすでつくるブランデー］にしよう」

イシドールは微笑んでモレアスに従った。これから起きることはお見通しだったので、彼は瓶をもって戻ってきた。

「これがこの店のマールか？　ひどいな！」

「しかしムッシュー……」

「しかしではない！　栓を見せてみろ」

「どうぞ」

「なんてこった！　これが栓だと思ってるのか？　短すぎるだろう。瓶に栓をするとはどういうことかをもっと勉強しないとだめだ！　酒が空気に触れて変質してるぞ。もう二度と来るもんか……。ふざけたカフェだ。〈アルクール〉か〈バルザック〉にでも行くとしよう」

彼はラルギエを証人にして生活ができなくなったと主張した。

〈カフェ・ド・ラン〉のモレアスの近くのテーブルには『二十項目の講義で学ぶ文学』を出版して以来世間から少し馬鹿にされている作家のアントワーヌ・アルバラ、音楽家のデュブルイユ、アルフォンス・ドーデが小説『ヌマ・ルメスタン』のモデルにした大臣の息子であるヌマ・バラニョン、ピラミッドに昇る朝日などきっと一度も見たことがないであろうエジプト学者のブザク、シャルル・ドゥレンヌ、レイモン・ド・ラ・テレード、エミール・デスパ（一九一四年に殺害される）などの詩人がいた。別のテーブルでは、文芸批評家のエミール・ファゲがモレアスと彼の取り巻きの議論やエスプリのきいた言葉にあまり興味のない様子で新聞を読みながら葉巻を吸っていた。

ある日、〈カフェ・ド・ラン〉を気に入らなくなったモレアスたちは〈コート・ドール〉に戻ると決めた。不当だが今日では忘れ去られている『聖灰』の著者で昆虫学者のモーリス・マンドロンは、典型的なドイツ風の店である〈スタインバッハ〉の常連だった。マンドロンは、水曜日と土曜日に〈スタインバッハ〉で夕食会を開いていた。夕食会には哲学者のマイヤーソンやルイ・デュミュールや音楽家のデュブルイユや建築家のテリエなどが集まった。〈スタインバッハ〉には有名人が多く通っている。例えばビールとザワークラウトを愛する役者のムネ＝シュリ、作家のポール・スデイ、政治家のルイ・マルヴィや、「入れ墨は好かない」と言ってレジオンドヌール勲章の受賞を拒否したパリ古文書学校の教師であるウジェーヌ・ルロンなどだ。

なかなか眠れない人はほかの店を求めて夜の散策を続けた。そういった人々が訪れたのは〈カフェ・デ・ドゥー・マイエ〉やレ・アール地区やパンテオン地区やカルティエ・ラタンの居酒屋だった。そういった店の地下で、作家のジャン・ド・ティナンはアンドレ・ルベイと生涯最後のウイスキーを楽しんだ。次第に、パンテオン周辺の居酒屋には、ポール・レオトー、アンドレ・ジッド、ガストン・ド・ヴィル、ピエール＝フランソワ・ブシュ神父、ルイ・デュムール、アルフレッド・ジャリなどの『メルキュール・ド・フランス』誌［十七世紀に発刊された文芸誌。一時休刊されていたが十九世紀末にアルフレッド・ヴァレットによって復刊］の作家たちが集まってくる。アナーキストはパンテオン周辺の店を低俗だとみなして、サン＝ジャック通りの〈アカデミー・デ・トノー〉に通った。伝説的な袖なしのケープコートにマスクを身につけたヴェルレーヌが、毎日詩を書いて発表した店だ。

ヴェルレーヌは〈ラ・スルス〉と〈プロコープ〉でコニャックを数杯楽しみ、カザルやギュスタヴ・ル・ルージュといっしょに締めのアブサンを飲んだ。ひとりでいるときは何枚もの紙と羽根ペンとインクを古い鞄から取り出して、インク瓶を片側に、アブサンをもう片側に置いて詩を書きはじめた。はっきりとした声でつぶやきながらどんどん書き進めていった。

瓶にペンを浸していまいましそうにテーブルにペンをぶつけ、手をこすりあわせて病的に震わせ、苦しそうな顔の憂鬱な特徴を際立たせる声なき笑いを漏らす。そうかと思うと酒ではない飲み物を飲み干して仕事に戻る。周囲のものは何も目に入らない様子で、まるで熱に浮かされたように絶えず身体を動かし、いらいらしていた。狂気のせいかアルコールの飲み過ぎだということは明らかだ。正気を取り戻すと、ヴェルレーヌは自分の状態を嘆いてひ弱さを悔やみ、ひどい言葉で自分を卑下した。それでも創作の手をとめることはなかったが……。ヴェルレーヌは規則的な生活と持続的なリズムが、生来の才能により大きな充足感をもたらしてくれるということを知らなかった。月並み極まる常識的なこともこなしながら、ヴェルレーヌは禁断症状が出ながらも初めて「緑の妖精《フェ・ヴェルト》」ことアブサンと絶縁した。撲滅はできないまでも、政府が多額の税金をかけざるを得なかった狂乱や犯罪や愚行や恥辱の元凶となったアブサンとだ！[20]

しかし、悪魔のような「詩の時間」の五時〈アペリティフの時間〉になると、ヴェルレーヌはアブサンを求める欲求を抑えられなかった。

ある晩、リヴォリ通りの〈カフェ・デュ・ガズ〉でヴェルレーヌの友人であるクロが数行の詩を書いて彼を待ち構えていた。詩の題名は「緑の時間《ルール・ヴェルト》」[21]。

ハンモックに揺られるかのごとく
思考はさまよいただよう
この時間になると
胃袋はアブサンの波に呑まれる
アブサンは空気へ混じっていく

エメラルド色のこの時間になれば
食欲は嗅覚をとぎすませる
ただようアブサンを吸ったバラ色の鼻から（以下略）

クロやヴェルレーヌなど、多くの「アブサン中毒者《アブサンティエ》」は、「残虐な緑の魔女」から呪いの印をつけられていた。自由気ままな芸術家が好んで飲んだこのアペリティフは、多くの人に輝かしい光をもたらした、文学的な栄光の象徴でもある。

ヴェルレーヌが陥った貧困は若い理想主義者に強烈な哀れみをかきたてた。彼の窮乏ぶりは不当な兆しを見せていく。飲酒癖は熱情的な酔いに変わっていった。精神倒錯と色好みは素晴らしい威信に輝きを添えた。しかしもてはやされれば、苦しみ内なる敵との戦いの不安のなかで自分自身と戦うことになる。意に反して「デカダン的」流派の象徴になってしまった哀れなヴェルレーヌは、最後の二冊の選集を精神病院のガラスのなか、さまよいながら記す羽目になった。これが一八九二年に出版された『内なる祈禱の書』と一八九六年の『罵倒』だ。ヴェルレーヌには変わった見舞い客が訪れることが多かった。エキセントリックな服装をした風変わりな浮浪者に見える喜劇役者、アンドレ＝ジョセフ・サリスもそのひとりだ。「みじめなビビ」という愛称で呼ばれジャック・ヴィロンやスタンランに肖像画に描かれたビビは、ジュアン・リクトゥスとラウル・ポンションによって歌に歌われている。

あの情けない男を知ってるかい？
青白くて小便くさくて服はぼろ

悪魔のような顔してる
セルフエット［片側が鍬、反対側が歯鍬になっている農耕具］で傷をつけられたように

世間を賑わせた浮浪者のサリスは長いあいだヴェルレーヌに深い愛情を感じ、彼の付き人をしていた。ヴェルレーヌは『献書詩集』のなかでサリスに次のような詩を献呈している。

みじめなビビ
すばらしいやつ
おまけに面白い！

神は君をつくりたもうた
粋なやつにもかかわらず
皆に好かれるやつ

ヴェルレーヌが亡くなったとき、サリスはわずかな金と引き換えに多くのヴェルレーヌの持ち物を愛好家に売っている。一八九三年、ベリー地方の本屋の息子であるテオ・ベルフォンが、見捨てられていた〈プロコープ〉にふたたび光を当てる名案を思い付いた。〈プロコープ〉を所有していたテナール男爵は、往時のカフェの雰囲気を維持するのを条件に破格の値段でベルフォンに店を貸した。学があり愛想もよかったベルフォンは、ポール・トーマスという男に頼んで〈プロコープ〉を元の姿に戻した。二階には小さな

劇場をつくって、一階の中央にはストーブの管を復活させた。そしてゾッピにならって年季の入った蔵書棚を置き、文学サークルが戻って来やすいようにした。

一八九三年十月に歌手のフリムリラの呼びかけで人が集まったのは、〈ル・グランゴワール〉［〈プロコープ〉の二階にあったキャバレー］だ。同じく芸術家と作家も〈ラ・リアーヌ〉に集まった。リアーヌの二階のホールでは国立装飾美術学校初の舞踏会がおこなわれた。これは記憶に残る舞踏会になった。開店以来、店を訪れた著名人を描いた看板や絵画を復元して飾り、〈プロコープ〉は息を吹き返す。詩人や芸術家が次々とやってきた。ジャン・リシュパン、ポール・アレーヌ、アナトール・フランス、アンリ・ピーユ、シャルル・クロ、ガブリエル・ヴィケール、ピエール・ルイス……。作家のユイスマンスは主人のベルフォンに手紙で「ここ〈プロコープ〉は、人の神経を逆なでする大きな度量の店だ。今日ではクリーム色の壁と、滑らかな長椅子と、広告を載せたマッチ箱と、醜悪なガラス屋根がある。少なくとも、興味深い改装の方針が馬鹿どもを刺激しなかったことは誇りに思っていいだろう」と書いている。

しかし改装に大変な労力をかけたにもかかわらず、新生〈プロコープ〉は一九〇〇年のパリ万国博覧会前につぶれてしまった。まるで、パリ最古のカフェの運命に呪いが襲いかかったかのようだ。しかし誰かに不幸が訪れれば、別の誰かに幸せが訪れる。〈プロコープ〉が息を引き取っても、セーヌ通りとブッチ通りの角にあった〈カフェ・デ・トロワ・ポルト〉の客足は途絶えなかった。アポリネールやアルフレッド・ジャリが、ときどき『イソップの饗宴』誌［アポリネールが編集長をつとめた文学誌］の共同執筆者であるニコラ・ドゥ・ニケールとアンドレ・サルモンとマックス・ジャコブを連れて夕食に訪れた店である。どの店も一八九九年二月十六日にエリゼ宮でフェリックス・フォール大統領が急死した話でもちきりだった。死の間際、大統領は甘え上手で色の白い茶髪の美女のスタインヘル夫人と何をしていたのだろうか？　大統領は彼女の腕のなかか膝の上で、いずれにせよ愛し合った状態で息を引き取ったと言われている。大統領の手は強い力でスタインヘル夫人の暗い色の髪を握って息絶えていて、彼女の声を聞いて駆けつけた副官は大統領の手から彼女を離すのに髪の毛を切らなくてはならなかったらしい。

スタインヘル夫人は隠し扉を通って急いで大統領の部屋を抜け出した。非常に信心深かったフォール夫人は司祭を呼びに人を走らせた。エリゼ宮の門にいた衛兵が、通りを偶然歩いていた司祭を連れてきた。「司祭さま、早く来てください！　大統領閣下が亡くなったのです。秘跡を授けてほしいのです」。司祭は慌てて言った。

「なんということだ！　まだ意識《コネッサンス》があるんですかな？」

「いいえ、愛人《コネッサンス》は階段から逃げました！」

スイス人作家のルイ・デュムールは、セーヌ通りにあった〈ル・ペール・ジャン〉の静けさを好んだ。一方、モーリス・ブシェとジャン・リシュパンとウジェーヌ・モンフォールは、レンヌ広場のモンパルナス駅の向かいにあった〈カフェ・ド・ヴェルサイユ〉を好んだ。ジレが〈カフェ・ド・ヴェルサイユ〉を開いた一八六九年当時、この店はカフェ兼軽食堂《ビュヴェット》だったが、一八九〇年に新しいオーナーのラヴーニュとカッサベルによってビリヤードカフェに改装された。一九〇一年になると、詩人のポール・フォールがスチュアート・メリル、画家のエドワード・ディリク、クリスチャン・クローグなどの友人といっしょに足繁く通ってくるようになる。一九〇八〜一九一四年のあいだには、スカンジナビア半島出身の画家が多く集った［前述のディリクやクローグもノルウェー出身の画家である］。そして第一次世界大戦後には、流行りのダンスホール兼カフェレストランに生まれ変わる。〈カフェ・ド・ヴェルサイユ〉にほど近いモンパルナス大通りの〈カフェ・ラ・ヴォージュ〉では、詩に夢中な青年たちがフランソワ・コッペの連れに見えるのを期待しながら彼の到着を待っていた。

パリの時計の針は、外国と異なる速度で進んでいた。一九一四年までパリジャンは十九世紀を引きずっていた。遅れてやってきた前時代の名残を生きていたのである。些細な対立を除けば、人々は重要なことなど何もないかのように自分の快楽や仕事に時間を費やし、これといったものを生み出すこともなかった。愚かな争いの決着をつけるために、時折決闘という前時代の方法が使われた。例えば一九一〇年、ロシア貴族のニコライ・ユスポフ（のちにラスプーチンを暗殺するフェリックス・ユスポフの兄）がオテル・モーリスのバーで起こした悲劇的な事件が挙げられる。彼は弟と、軍隊の同僚マントゥッフェル男爵の婚約者である若い女性の三人でパリに遊びに来ていた。三人は怒ったマントゥッフェル男爵がすぐ近くから尾け回していたのにも気がつかなかった。男爵は三人のいたバーに入ると、婚約者をたらしこんだユスポフにロシアへ帰って決闘に応じろと言った。ロシアでならば自身の名誉を回復し、ユスポフが将校として属していた近衛騎兵隊の名誉を失墜させる自信があったからだ。しかし、ことは起こった。マントゥッフェル男爵がユスポフの頭を撃って殺してしまったのである。ニコライ・ユスポフの母親は息子の死に動転し、その遺体を入れた水晶の棺といっしょに三ヵ月間も部屋に閉じこもってしまう。兄の代わりに弟のフェリックス・ユスポフが相続したユスポフ家の貴族世襲財産「称号とともに長子にのみ譲られる財産」は五百万リーブルにのぼった。

大戦前最後の平和な時代だったこの頃、決闘は苛立ちのはけ口だった。懐古趣味の人々のあいだでは、決闘はまだ過去の遺物ではなかったのである。相手の顔を手袋で叩くのが始まりの合図で、それぞれフロックコートを着た立会人を二人ずつたてる。次にシャツを着てフェンシンググローブをはめた二人が、決闘にふさわしい見物人の前で戦った。相手の手の甲に刺し傷をつけると勝利となった。この方法によって名誉を回復することができたのだ。

さいわい決闘は血を流すよりもインクを使うほうが多かった。作家のアルチュール・メイエと、同じく作家のエドゥアール・ドリュモンのあいだの戦いがいい例だ。『我が古いパリ』の作者のドリュモンと『ゴロワ』紙の編集長メイエは議論になり、メイエは相手をひどい言葉でなじった。二人の出会いは、すぐに芝居がかったおかしなものになっていく。実地であまり経験をつんでいないメイエが剣を下手に振り回すのに対し、熟練のフェンシングの使い手であるドリュモンはメイエが彼を突けるようにわざと隙をつくった。すると夢中になったメイエは、ドリュモンの刀をぐっとつかんで脇腹を突こうとした！　これではもはやフェンシングではなく殺し合いだ。事態を重く見た決闘立会人たちは、メイエに厳しい失格調書を記した。やや滑稽なこうした逸話は、ブルヴァールのカフェにあふれていたと考えられる。

メイエは『ゴロワ』紙を率い、アドリアン・エブラールは『タン』紙を率い、ガストン・カルメットは『フィガロ』紙を取りまとめてまずまずの成功をもたらした。カルメットがこの地位を得たのは必然ともいえる。だが財務省大臣で急進社会党党首だったジョゼフ・カイヨーに対する『フィガロ』紙のプレスキャンペーンに腹をたてたカイヨー夫人は、新聞社に乗り込んでピストルでカルメットを撃ち殺した。夫のジョゼフ・カイヨーは大臣職を辞職し、勇敢にも妻を弁護した。そして一九一四年七月に彼女は無罪放免になる。口さがない連中は、カイヨー夫人［カルメットの死後、彼が反フランス的運動にかかわっていたことが分かり、カイヨー夫人は英雄として称えられることになった］が関わったのは決闘ではないと主張した。カイヨー夫妻は、カイヨー氏が詐欺師側に有利な証言をしたロシェット事件という昔の詐欺事件について検察官のファーブル将軍との関係を記された出版物が出るのを恐れていた。

少し回り道をして異国気分に浸ってみよう。サン＝ベルナール通りにあったかつての王立薬草園［現フランス国立自然史博物館内のパリ植物園］に入ってみよう。プラタナスや赤ブナやカエデが中国から来た桃と共生し、多くの種類の樹木が交じり合っている見捨てられたエデンの園だ。

国立自然史博物館のガラス窓の向こうでは、ギャラリー・ビュフォン［十八世紀の博物学者ビュフォン伯ルイ・ルクレルの名を取った展示室］に飾られたディプロドクス［ジュラ紀の巨大な恐竜］などの原始生物の骨格が眠っている。感激から正気に戻るためには、オピタル大通り二番地の〈ラルク・アン・シエル〉でコーヒーを飲んで時空の旅にピリオドをうつのがおすすめだ。アルフォンス・ド・シャトーブリアンやレオン・ブロワがかつて座っていた席の隣で昼食を取るのもいい。夢想家は長い散歩の締めくくりに椅子か長椅子に座って目を閉じ、緑のヤシの葉が刺繍されたテールコートを着たジョルジュ・キュヴィエ［博物学者。緑のヤシの葉がついたテールコートはアカデミー・フランセーズ会員の印である］と語らう博物学者のベルナール・ド・ジュシューや、銀のバックルがついたブーツを得意げにはいたビュフォン伯爵を想像してみてもいいだろう。

一九〇〇～一九〇五年、ロワイヤル通りに居酒屋〈ウェーバー〉という上品な店があった。〈ウェーバー〉では豪華な内装と静かな雰囲気が客を出迎えた。この店にはフォラニ、毛皮のコートを着たマルセル・プルースト［作家。代表作に『失われた時を求めて』がある］、明るい色の上着を着て鋭い目をしたカランダッシュ、レオン・ドーデいわく「からかい好きな細い男できらめく横目で人を観察し、あごひげをいじりながら伸びをするかのように見せかけて手を震わせ「ウイスキーソーダ」のグラスをかたむけていた」詩人のポール＝ジャン・トゥーレが通っていた。数十年後の一九三四年二月六日、より正確にはコンコルド広場の交差点でデモが行われた夜、〈ウェーバー〉はけが人の救護所に変わった。ナプキンは包帯に使われた。一九〇三年、そこからさほど遠くないオペラ座近くでは、正式には前年に発足したゴンクール・アカデミーが賞を授与しはじめる。この賞はエドモン・ド・ゴンクール［ゴンクール兄弟の兄］の発案によるもので、一八八四年に彼が書いた遺書に詳しく書かれていた。

十人の文学者からなるゴンクール・アカデミーは毎年ひとつの作品を選び、十二月上旬に発表しなくてはならない。名誉と歴史のあるガイヨン広場にある〈シェ・ドゥルアン〉が、賞を決める会議の場所に選ばれた。〈シェ・ドゥルアン〉ではパリの名だたる美食家《グルメ》を見かける。例えばピエール・マッコルランは、花柄の内装をした素晴らしい花の間で食事をした。一九二〇年代の典型的な内装である。

賞を取った作家と常連客のあいだでは嫉妬心が芽生えた。作家は、知的エリート層と同じように発行部数の多い作品をさして重要ではないとみなしていたが、それでも嫉妬の対象にはなった。そして一九二四年には数々の文学カフェで争いが起こった。「面長の十字軍」という名で語り継がれている争いである。はからずも喧嘩の原因をつくってしまったのは、アンリ・ベローが『カイエ・ドジュルドゥイ』誌の記事に書いた文章だった。『カイエ・ドジュルドゥイ』誌はその道に通じた人専用の雑誌で、当時の知識人たちの魁《さきがけ》として出版された。「外国に輸出すべき作家」と題された記事は、偏った数人のフランス人作家の作品だけがヨーロッパへ輸出されていることを告発していた。興味深いことに、こうしたフランス人作家はすべて同じ出版社に属していた。ベローはオルセー通りに「外国におけるフランス文学の事務所」があることを知っていた。ここは外交手腕に長けているが少し偏った思想の持ち主であるひとりの作家が指示し、権限を越えて自分の好みを強要していた。

ヘボ作家たちの小競り合いは、大衆紙の紙面でベロー＝ジッド論争と呼ばれる論争に発展した。きな臭い歴史がある古くからの政治紙、『エクレール』紙がベローに反論の場を与えた。ベローはシャトードゥンの交差点にあるブラスリーで、『エクレール』紙の編集長であるエミール・ブュレと会った。

「給料はいくら欲しい？」ブュレが尋ねた。

「一銭もいらない」

「ようこそ！　『エクレール』紙は君の家だ」

「ただか?」

「そりゃあもう空気と同じくただだよ」

「一面も?」

「なんてこと聞くんだ。社長のトレイシュに話をつけさえすればいいのさ」

ベローとジッドの決闘介添人は、危険に身をさらすことなく、満足できる妥協点を見つけることで騒動に蹴りをつけた。

一方、「大衆」も快楽や娯楽を求めていた。彼らはバスティーユにほど近い細い通りに集まった。カフェとナイトクラブで有名な通り。ラップ通りである。一九〇三年、ラップ通り一三番地にオーベルニュ出身のアントワーヌ・ブスカテルが、〈ル・バル・デュ・シャレ〉という小さなカフェを開く。目新しいものはない店だった。一八七九年六月二十四日の警察の記録によると、当時パリには百三十のバル・ミュゼットがあった。そのうち多くが、十七世紀からオーベルニュ人が集まるバスティーユ地区にあった。

バル・ミュゼットという言葉は、かつて田舎者が踊っていた羊飼いの楽器である「ミュゼット」や「キャバレット」(オーベルニュ方言ではキャブレータ)に由来している。鼻にかかった音を出すヤギの革の切れ端を使ったコルヌミューズ〔フランスで用いるバグパイプの一種〕の一種だ。非常に広く普及した楽器である。クリスマスソングの冒頭を見てみよう。

聖なる子どもが生まれた
オーボエを吹こう、ミュゼットを鳴らそう

ブスカテルのカフェでは、イタリア人アコーディオン奏者のペグリ兄弟を雇っていた。のちにペグリ兄弟は時代に先駆けてパリで「ミュゼット」を使い、ナポリのワルツを演奏して踊り子を魅了した。一九一〇年、ブスカテルはコルニオーという男に店を譲った。〈シェ・ブスカ〉の常連客は去っていった。しかしコルニオーはそれを不満には思わなかった。彼は商号を「ブスカ・バル」に変える。ラップ通りには、あまり感心できない人々が集まる〈レ・バロー・ヴェール〉、〈ラ・ブール・ルージュ〉など、この種のナイトクラブが数十軒あった。「アパッシュ」［二十世紀初頭パリの暗黒街で抗争の中心人物だった娼婦アメリー・エリーのあだ名］と同様、こうした店に出入りしていた不良少年たちも「カスク・ドール」事件によって名を後世に残している［カスク・ドールをめぐって男性二人が殺しあった事件］。カスク・ドール［金色の兜の意］とは、若き娼婦、アメリー・エリーのあだ名だ。髪が豊かで明るい色だったことからこの名前がついた。一九五二年、映画監督のジャック・ベッケルは、エリーの役をずば抜けた美貌の女優、シモーヌ・シニョレに演じさせその名を不滅のものにした［映画原題 *Casque d'or*、邦題は『肉体の冠』］。戦間期には、下層民《ポプロ》が狭いラップ通りのダンスホールに心酔した。一九二〇年代にはジャヴァ［三拍子の大衆的なダンス］がこうした店の中心的なダンスになっていく。

人々は〈ル・ミュゼット〉や〈シェ・ノイグ〉、〈ル・ヴレ・ド・ヴレ〉、〈シェ・ヴェルネ〉にダンスを踊りに行った。〈シェ・ヴェルネ〉は一九三五年に〈ル・バラジョ・エ・レ・トロワ・コロンヌ〉に名を変え、売春婦《ココット》とその女衒で品位を落とした店だ。「カスク・ドール」と彼女が象徴であるごろつき《アパッシュ》たちは、〈ランジュ・ガルディアン〉にも我が物顔で居座った。レ・アール地区にあるサントゥスタッシュ教会の近くにあったピルエット通り［一区にあった通り。現在は存在しない］の角に看板をかかげていたいかがわしい酒場だ。ここはちんぴら《シュリヌール》にとっての〈マキシム〉といえるだろう。カスク・ドール事件が落ち着く頃になると、ごろつきたちはときどきエスカルゴを食べ、シャンパンを飲みに〈ランジュ・ガルディアン〉へやって来た。髪をなでつけた不気味な客は〈ランジュ・ガルディアン〉で大騒ぎをする。ここでは盗んだ品やゆすりとった品が売りさばかれていた。〈ランジュ・ガルディアン〉はレ・アール地区の恥の象徴で、目新しさはなかった。ピルエット通りは、かつてこの場所に立っていたレ・アールの処刑晒し台《ピロリ》から名付けられた。晒し台はアーチ型の細長い窓がある八角形の高い塔で、中心の空間にはごろつきや殺人犯や神をも恐れぬ人など、罪人の頭と腕を固定する穴が開いた鉄の車輪が置いてあった。毎日二時間ずつ市《いち》がたっている三日間、罪人はここで罰を受けた。三十分ごとに台は回され、角度が変えられる。ピルエット通りの名前は、実は晒し台《ピロリ》ではなく、一回転《ピルエット》からつけられたのではないだろうか。

カスク・ドールがいた時代には、果物売りと娼婦がピルエット通りをわけあっていた。通りからは、果物屋の匂いと、腐った惣菜の吐き気を催させるような臭いがしていた。匂いは螺旋階段が古い家をくりぬくように上っている売春宿の入り口にも漂っていた。老人たちのあいだでは、まだある男のことが会話にのぼった。リアブフという男だ。残忍で猟奇的な殺人犯のドラマチックな逮捕劇は、いまだに人々のあいだで語られていたのである。カスク・ドールの女衒だったリアブフは、ある日三人の罪のない人がビストロから出てきたところに襲いかかってナイフで殺害したが、その罪をごろつきのひとりに密告された。悲劇の舞台となった場所は現存している。だが、ここが殺害場所であるのを表すかのように、大衆酒場のよどんだ日陰の歩道で空の瓶を抱きしめて寝そべっている浮浪者はもういない。

第七章　モンパルナス――世界変革の場

通りの命名法に注目してみると、モンパルナスはモンパルナス通り（*rue du Montparnasse*）とモンパルナス大通り（*boulevard du Montparnasse*）という同じ名前の道が直角に交わる場所だ。縦のモンパルナス大通りは、詩人のレオン＝ポール・ファルグが息を引き取った建物から、〈ラ・クロズリー・デ・リラ〉という店まで続いている。横のモンパルナス通りは進むうちにガイテ通りと名を変え、マリー・ド・メディシス（一五七五～一六四二）の旧居の脇まで続いている。

ここは、かつてオラニエ公ウィレム一世とサラセンの巨人イゾレが戦った場所だ。このあたりはヴォヴェールの領地で、ロベール二世［十～十一世紀のフランスの王］の荒れ果てた城があり、ごろつきどもが夜遅くに出歩いている人から金品を巻き上げて悪行を尽くしていた。「遠く離れた場所で迷わないように」という意味の「ヴォヴェールの悪魔の手に落ちるな」という言い回しがあるのもこうしたところからだろう。王政復古期にルイ＝フィリップによって、街区をはっきりとわけるための土地の区画整理がおこなわれてやっと、こうした状況が改善された。革命以前のモンパルナス通りは、まだ風車の並ぶ畑のあいだを通る細い道に過ぎなかった。モンパルナスが栄えはじめるのは、一七八三年にのちにガイテ通りと呼ばれる未舗装の道に並んだキャバレーのあいだに〈ラ・グランド・ショミエール〉というダンスホールができてからのことだ。一八〇〇年には、スイスの山々を模した公園「ジャルダン・ド・モンターニュ・スイス」の近くに、わらぶきの小屋に沿って高さ六十五メートルまで上る風光明媚な遊覧鉄道ができ、〈レルミタージュ〉、〈ラルク・アン・シエル〉、〈レリゼ・モンパルナス〉など、ほかにもダンスホールが開店した。この通りが、以降も長くモンパルナスの繁栄の中心地になった。そして少しずつ、カンパーニュ＝プルミエール通りと同様に一本のぬかるんだ道としてはっきり姿を現してきた。まず、一七九七年にドイツ国境の町であるヴィサンブールに初遠征を果たしたことで知られるタポニエ将軍（一七四九〜一八三一）によって土地が区画整理された。のちに、ヨハン・ヨンキント、ジェームズ・ホイッスラー、ポール・ゴーギャン、エドゥアール・マネらが通ったグランド・ショミエール絵画学校もここに開設された。学校の名前は、かつてティクソンというイギリス人が古い空き家に開いた、人気のダンスホール〈ラ・グランド・ショミエール〉から取られている。

二十世紀初頭まで、モンパルナスはあまり絵画や物語に登場しない場所だった。例外はシャルル＝ルイ・フィリップの小説『モンパルナスのブブ』と、アリスティード・ブリュアンというシャンソン歌手の歌のひとつに悪がきどもが駅の周りとモンパルナス墓地の壁沿いをうろつくシーンがあるくらいだ。ところが、二十世紀初頭になると数人の画家がここを拠点にした。ホイッスラーはダサス通りに、ヨンキントはモンパルナス大通りに居を構える。カンパーニュ＝プルミエール通り九番地には、一八八九年の万国博覧会後の解体資材を一部使用して変わった巨大建造物ができた。ここには、オトン・フリエス、ジュール・フランドラン、シャルル・ゲラン、マルヴァル、リュック＝アルベール・モローなど、アンデパンダン展に出品した芸術家が住んでいた。この頃、カウンターのそばに自動販売機があることで有名な〈ラ・ロトンド〉はまだ大衆的ダンスホールに過ぎなかった。しかしまたたくまにパリの芸術家を引きつける中心になり、モンパルナス地区の人々にとって文学サークルとの出会いの場になっていく。象徴派の詩人たちは〈ラ・クロズリー・デ・リラ〉に集まった。『ラ・レヴュ・ド・モンパルナス』[1]誌のグループは、〈ル・パルナッス〉に集まった。外国人たちはドイツ人にならって〈ル・ドーム〉に集まった。さらに、強い刺激を求めたパリのブルジョワ階級もこれに加わる。いくつかの店が歴史的事件と結びついている。

まず、モンパルナス大通り一七一番地の〈ラ・クロズリー・デ・リラ〉から始めよう。店の歴史は一八四七年に始まる。〈ラ・グランド・ショミエール〉のランプを灯す仕事をしていたフランソワ・ビュリエという男が、夜になると悪名高い「カルトゥジオパーティー」が行われていた古いカルトゥジオ修道会神学校の跡地の牧草集散地を改装しようと決意した。神学校跡にできた、露出の多いダンスを踊る舞台には東洋趣味の装飾がされており、舞台の周囲は庭で取り囲まれていた。スペイン＝イスラム風のファサードは、なんとグラナダにある有名なアラブ人の城、アルハンブラ宮殿を模したものだった。「エコロジスト」だったビュリエは、庭を堂々たるユリの花々で飾ることにした。こうしてできたダンスホールは「ユリの舞踏場《ラ・クロズリー・デ・リラ》——ビュリエの庭」と呼ばれた。ここで踊っていた踊り子には、クララ・フォンテーヌ、シガル、ポリーヌ・ラ・フォル、オリンプ、モガドール、ローズ・ポンポンなどがいる。常識知らずのふしだらな踊り子たちは、やがてダンスホールの〈キャッザール〉や、『クーリエ・フランセ』誌に描かれるダンスホールを彩った。

〈ラ・クロズリー・デ・リラ〉では、マズルカやスコティッシュといったダンスが生まれた。一八六三年になると、シャルル・グレール［スイス生まれの画家］の授業を受けていたパリ国立高等美術学校の生徒が数人、昼間から当時の主人であるカベイの郷里のワインを飲みにやってきた。こうした「世間一般の形式的な考え方」に反抗するもののなかには、フレデリック・バジーユ、アルフレッド・シスレー、オーギュスト・ルノワール、クロード・モネがいた。こうした雰囲気は数年続く。カベイのあとを継いだコンブルは、店にキッチンとビリヤード場をつくった。

二十世紀初頭、常連客に好まれていた〈ラ・クロズリー・デ・リラ〉の牧歌的な雰囲気が変化しはじめる。芸術家が店を根城にするようになったのだ。かつてダンスフロアだった場所は、文学と政治が語られるカフェになった。ドレフュス事件が起こったときは、ベルギー人画家のアンリ・ド・グルーと、批評家のレオン・ブロワが議論を戦わせた。詩人のポール・フォールは、〈ラ・クロズリー・デ・リラ〉に惹かれて〈カフェ・ド・ヴェルサイユ〉を捨ててやってくると、一九〇三年からこの店を拠点にした。毎週火曜日には詩の朗読会も開かれた。モレアスやファルグやシャルル・モリスやポール・レオトーらが参加した「ラ・プリュムの夕食会」のひとつでは「詩のプリンス」が選ばれた。雑誌『詩と散文』によって詩の影響力を広げるのに貢献した象徴派の熱烈な愛好者であったポール・フォールは、〈ラ・クロズリー・デ・リラ〉の名を世界に広めた。レオン・ドーデも数人の友人とともにこの店に通っている。ドーデは著書『私の暮らしたパリ』に、「私たちは〈ラ・クロズリー〉でビールかレモネードを頼んだ。客は学生と街区のブルジョワ、そしてなにか企てている様子で隅のテーブルで小さい声で話している革命派のロシア人だった。そのなかにカルムイク人［オイラート系ロシア人］らしい顔つきの禿げた男で、暗い色の瞳のきらめきが印象的な男がいた。レーニンだ。私たちもあとで肖像画を見て分かったのだが……。キクイムシに似た哀れなこの追放者は、なんとも驚くべき運命を背負っていた。彼は皇帝《ツァーリ》の権力の座にふりかかる大きなうねりに乗って、エカテリンブルクで皇帝一家を全員殺害する命令を出したのである！」[2]

一九二二年十一月、詩人と音楽家だったボワイエ兄弟は、パリとオルレアンをつなぐ乗合馬車の中継地としてまだ心地のいいダンスホールの風情を保っていた〈ラ・クロズリー・デ・リラ〉を改装した。兄弟は店を「芸術家とインテリの集まる居酒屋《タベルヌ》」にしたのである。

一九二五年七月二日、〈ラ・クロズリー・デ・リラ〉で開かれていた「偉大なサン＝ポール＝ルー［象徴派の詩人］の宴会」の最中、作家のラシルド夫人がグラセ社から出版されたばかりのアンドレ・ラマンドの小説『あなたの国はいつか私の国になるだろう』を読んで、フランス人男性はドイツ人女性と結婚すべきではないと主張した。すると、それに対してシュールレアリストが主導するとてつもない騒ぎが起こった。シュールレアリストたちは「ドイツ万歳！」と叫び、反対派は「フランス万歳！」と熱く叫んだ。店の外に集まってきた人々も、店に侵入しようとしてきた。この騒ぎでロベール・デスノスが怪我をし、ベンジャマン・ペレ［デスノス、ペレはともにシュールレアリズムの詩人］が窓から転落した。店の損害も大きかった。

モンパルナスで有名なもうひとつの店、〈ラ・ロトンド〉は一九〇三年にモンパルナス大通り一〇三番地に開店した。一九一一年にヴィクトール・リビオンが店と隣の肉屋を買い上げてひとつにまとめ、翌年にはテラス席を拡張した。のちに有名な芸術家たちの出会いの場となったテラスである。画家や彫刻家や作家や音楽家やジャーナリストや政治家がここで待ち合わせをした。レーニンとトロツキーが二人でカフェオレを飲んでいる姿を見かけることもあった。ブレーズ・サンドラール［スイス出身の詩人、作家］、マックス・ジャコブ［キュビスムの詩人］、オスカー・ワイルド、フェルナン・レジェ［キュムズムの画家］、ピカソ、リベラ、アンドレ・サルモン［キュビスムの詩人］、モイズ・キースリング［ポーランド生まれの画家］らが通ったバーカウンターもカフェを彩った。しかし彼らは戦争の時代になると姿を消した。一九二一年、主人のリビオンは店で常に展覧会を開こうと考えた。「リーダーのなかの至高の助言者」フェルナン・デュボワを筆頭とする「ラ・オルド」と呼ばれた若い画家のグループが、ここを拠点に展覧会を開いた。「ブルジョワ化」した〈ラ・ロトンド〉は、十年前に足の不自由な主人のリビオン自ら作家や画家や地区の犯罪者キュビスムの忘れがたい時代を経験したことをもはやすっかり忘れてしまった。一九二三年十二月のある午後のこと、〈ラ・ロトンド〉は店を拡大し、それを祝う盛大なパーティーを開いた。パーティーでは詩人で芸術評論家のギュスターヴ・カーンがスピーチを述べた。客たちは店が無料で出した料理と酒を味わいにやってきた。人々が祝福していたのは〈ラ・ロトンド〉だけではなく、新しいモンパルナスだったのだ。〈ラ・ロトンド〉はまるで巨大なギャラリーであるかのごとく、どの階にも、階段にまでも芸術作品が展示されていた。二階にはレストランとジャズオーケストラとグリルルームがあり、タキシードと美しいドレスに身を包んだ男女が踊っていた。

　モンパルナスはモンマルトルに取って代わった。そして、芸術家が君臨する場所になった。アトリエでは金が動き、彫刻家や画家は見境なく金を使った。なかには大いに羽目を外して生の喜びを存分に表現するために歌を歌い、狂った笑いの溢れる騒ぎを起こしてぜいたくで無邪気な道楽をするものもいた。例えば、挿絵画家のガストン・バレットの集団は、画家というよりもまじめな役人を連想させる滑稽な態度をとった。バレットの得意な芸はベリーダンスだった。彼は毎晩ベリーダンスを披露して喝采を浴びていた。黒い口でわざと醜い顔を描いた太いからだを震わせて見事な踊りをするバレットは奇抜だった。しかも太いからだの上の血色がよくつやつやした顔と口のなかに折りこんである口ひげは、なんの表情もなく動じていない。いちばん華々しかったのは、ダンスホール〈キャッザール〉で踊るときだった。エジプトの踊り子の扮装をして、だいたいが即興で歌われる歌に合わせて小刻みにからだをゆすってベリーダンスを踊った。彼の両脇にはムーランルージュの花形の踊り子だったラ・グリュ［本名ルイーズ・ウェーバー。人気のフレンチカンカンの踊り子だった大食い女」の意］とグリーユ・デグー［フレンチカンカンの踊り子で振付家。下水の格子の意］がいた。

　一九二〇年代初頭、〈ラ・ロトンド〉のテラスで面白い出会いがあった。後年、ジャン・コクトーはこのときの話をテレビ番組で事細かに語っている。コクトーが作曲家のジョルジュ・オーリックと作家のレイモン・ラディゲと座って親しく話していたとき、ロシア人の年取った画家が前を通りかかった。彼の作品が凡庸なものであることは、口には出さないが皆が知っていた。老画家はコクトーに気がつき、声をかけた。

「コクトーさん！　お会いできて光栄です！　どうか私のアトリエに来ていただけませんか？　最新作をあなたに見てもらうほど光栄なことはありません！　アトリエはすぐそこです」

勇敢な画家が好意的で陽気なので、誘いを繰り返し断るのは気が引ける。コクトーは友人二人を楽しませられるのではないかと思い、オーリックの耳元でささやいた。

「行ってみないか？」

「ぜひ行ってみようじゃないか」と若いラディゲも言った。

そこでコクトーは答えた。「じゃあ、行かせてもらうよ」

数分後、彼らはへぼ画家のアパルトマンで駄作の程度を確かめることになった。話を盛り上げようとして、老画家はひとりでしゃべりつづけた。

「こんなのもありますよ……ほらこんなのも……」

ひとつまたひとつ、三人は注意深く絵の前を進んだ。最終的に彼らの視線は特になんともいえない「あるもの」にとまった。

「ああ！　これはよくできた作品のひとつなんですよ。でも残念ながらまだ完成していないんです」老画家は、彼らがちらちらと見ていたものを人差し指で指して言った。

ラディゲは絵に近づいて、コクトーに皮肉っぽく話しかけた。

「我々が完成させなくてはならない作品がかなりあるな！」

道楽にふける人もいれば倹約する人もいた。昔はなんの価値もなかった一メートル四方弱の土地が強い所有欲の対象になり、隣の店の拡張にともなって小さな店はしばしば姿を消していった。〈ラ・ロトンド〉と隣接していた小さなカフェの〈ル・パルナッス〉がそうだ。〈ル・パルナッス〉は、パリで大洪水が起きた一九一〇年にクラマジローという男が開いた店だった。オーヴェルニュ出身のクラマジローは、店に来る情熱的で宴会好きな画家たちを愛していた。彼は思い切って店で展覧会を開いた最初の人物だ。一九二一年の時点ですでに『モンパルナス』誌のメンバーは頻繁に〈ル・パルナッス〉で集まっていた。しかし〈ラ・ロトンド〉の拡大に抗うことなく、一九二四年にリビオンに買収された。

作家のアンドレ・ヴァルノは、一九二五年に出版した『若い画家を育んだ場所――モンマルトル、モンパルナス』でモンパルナスの雰囲気について彼の受けた印象を書いている。「弁舌巧みな人や『よそもの遊び』をしていると非難された国立高等美術学校の学生の喧騒に苦しみながら、皆ボナパルト通りで使われている表現を用いるために奮闘していた。モンパルナスのカフェで作品を展示していた画家の多くは、こうした芸術家のなかから出てきた[3]」

〈ラ・ロトンド〉の向かいのモンパルナス大通り一〇二番地には、一九二七年にオーヴェルニュ出身の二人組、エルンスト・フローとルネ・ラフォンが開いた〈ラ・クーポール〉があった。パリでいちばん大きなブラスリーを開きたいと思っていた二人は、古い炭焼き工場を豪華なダンスホール兼ブラスリーにつくりかえようと考えた。そしてバリレとル・ブクという二人の建築家が、モンパルナスのもろい石切場に四層造りの建物を建てる技術的快挙を実現する。地下にはダンスホール、一階にはブラスリー、二階には〈ラ・ペリゴーラ〉というレストラン、屋根の上の屋上にはペタンクの競技場があった。大聖堂のような千平方メートルの立方体型の建造物を支えるために深く埋め込まれた二十四本の正方形柱の装飾は、アールデコの巨匠であるソルヴェ兄弟によるものだ。祝祭、女性、自然の三つのテーマを表現した不思議な空間の装飾には、藤田嗣治、アイザック・グリューヌヴァルド、マリー・ヴァシリエフ、アンドレ・ドラン、モーリス・ド・ヴラマンクなど、三十三人の芸術家が参加した。

〈ラ・クーポール〉は、またたくまに才能と知性ある人が絶えない店となった。画家や詩人や大臣や、とらえどころのないオフィーリアである、かの有名なキキをはじめとする絵のモデル、それに作家や物見高い人々がひっきりなしに出入りした。キキは本名をアリス＝エルヌスティーヌ・プランという。彼女は、一九〇一年にごく普通の市民として生まれた。一九一六年にスーティン［エコール・ド・パリの一員であるロシア生まれの画家］の目に止まって絵のモデルとなり、一九二〇年には藤田嗣治のモデルになった。少年のように短くカットした髪と派手な化粧と自由奔放な振る舞いで、にわかにこの時代の美しさを体現する存在になる。ある晩など、裸になって〈ラ・クーポール〉の中央にあった噴水の水盤で水浴びをした！　思いがけない大胆な行動には非難も起きなかったという。

〈ラ・クーポール〉は夜遊びにふける芸術家だけでなく、強い刺激に飢えた旅行者や社交界の女性も受け入れてきた。〈ラ・クーポール〉の評判は日増しに高くなっていった。

作家のピエール・ラブラシュリは、〈ラ・クーポール〉を「情報に疎い政治家やロシア風の冷製肉と卵を好むジャーナリストが、まるで蝶のように天井から降ってくる光のシャワーに引き寄せられてくる。彼らは大手の新聞にまだ掲載されていない広い世界の最新情報をもってくるのだ[4]」と評している。

長年のあいだ、〈ラ・クーポール〉は世界じゅうのインテリや芸術家を迎え入れてきた。彼らは、最初はカウンターに立ち寄るという慣習を遵守した。客は大通りに面した回転扉を通って店へ入ってくる。カウンターではボブという男がうやうやしく振舞っている。アンドレ・サルモンは自身のエッセイ『モンパルナス』で、ボブについて「彼はバーテンダーの鏡だ。皆が彼の比類なきサービスを誉めそやす。海を渡った外国のクラブでも話題にのぼるほどだ」と書いている。カウンターでは画家たちのミューズでブリュネットのキキと、藤田の恋人でブロンドのユキが、ときには白熱するいっこうに終わらない議論を繰り広げていた。キースリングやペール・クローグ〔ノルウェー人画家〕やマリエット・リディ〔オーストリア人画家〕やカルロス・ガルデル〔アルゼンチンのタンゴ歌手兼俳優〕やラウル・デュフィ〔野獣派のフランス人画家〕が話に交じることもあった。カウンターでは、アメリカ人の小説家であるヘンリー・ミラーがインスピレーションに任せて数枚の紙を文字で埋めている。最新作の『北回帰線』を書き上げていたのだ。小説家のジョゼフ・ケッセルはもっと露骨だった。ガラスを飲んでいたのである！　ある晩など、前にいるキースリングがあっけにとられているうちに、ケッセルはガラスごとビールをジョッキ一杯飲み干した。キースリングはからかってグラスの足を差し出した。「いちばんおいしいところを忘れてるぞ！」ふざけた口調にいらだったケッセルはもう二度としないと心に決めた。

〈ラ・クーポール〉を語るうえで忘れてはならないのが、ボリシェビキによる革命が招いた大きな人の波だ。ロシア人がエスプリの利いた言葉と冗談のセンスといっしょに、店にやってきた。のちに『イズベスチヤ』紙〔ボリシェビキ派のロシアの新聞〕のパリ特派員になるイリヤ・エレンブルグが、検閲局に上映禁止にされた映画『戦艦ポチョムキン』の宣伝のためにやってきた映画監督のエイゼンシュテインと会ったのはこの店だった。エイゼンシュテインのそばには、アンドレ・マルローやボリス・パステルナーク〔ロシアの詩人〕や五年間にわたってモンパルナス劇場で『三文オペラ』を上演させた劇作家のベルトルト・ブレヒトがいた。エレガントなツイードのスーツに身を包み、口にパイプをくわえたオシップ・ザッキン〔ベラルーシ出身の彫刻家、画家〕は、エレンブルグがソヴィエト〔革命運動のなかで自然発生的に生まれた労働者・農民・兵士による評議会〕のスパイではないかと疑って、探るような視線を向けていた。

〈ラ・クーポール〉は、第一次大戦末期から、当時すでに足音が聞こえはじめていた報復戦争のあいだにパリが経験した熱狂の時代を生きてきた。人々は各人の悩みの種に応じて、しばしばくだらないまがいものの人生を数時間過ごしにやってくる。慌ただしい快楽のなかでエスプリは活気を帯びることになった。ありがたいことに、エルンスト・フローは紛糾した議会のあとでレストランの部屋で下院議員たちがまだ罵り合いつづけているときに、その張り詰めた雰囲気をほぐす術を知っていた。当然ながら、フローは彼が通う美食の聖地を政治的闘争の場にはしたくなかった。当時の人々は「政権は〈リップ〉で動いている。そして〈ラ・クーポール〉の議会へ指示が下りてくる！」と揶揄した。

公然と不満を表明したのは代議士だけではなかった。このゲームには喜劇俳優も大喜びで参加した。ある晩〈リップ〉のカウンターで、フェルナンデル［俳優。一九四八年のカルロ・リム監督作品『空飛ぶキャビネット』で主演を務める］はカルロ・リム［脚本家、映画監督］と殴り合いになる寸前まで争った。リムは、フェルナンデルが成功したのは何よりも自分のおかげなのだと繰り返しきつい言葉で批判したのである。「夜の訪問者」［一九四二年の映画マルセル・カルネ監督］で強烈な印象を残した悪魔役を演じたジュール・ベリーも金を借りていた相手からののしられている。だが非常に奇抜だったベリーはまったく動じず、馬鹿にした口調でこう言った。

「あなたに白状することがあるんですよ」

警戒した相手は、ベリーが何を言うのかとじろじろと見つめた。

「毎週土曜日にはね、金を借りている人たちの名前を小さい紙に書くんです。それを折って帽子に入れて混ぜる。そしてでたらめに引いて返済する相手を決めるんですよ」

「それで？」いらいらして混乱した相手は尋ねた。

「それと、もうひとつ白状しなくちゃいけないですね。次の土曜日はあなたの名前を帽子に入れないでおこうと思ってるんです」

作家のピエール・ブノワが、メンバーとして選ばれたアカデミー・フランセーズを見捨て、よそで食事をして体力を回復させるためにぶらぶらと散歩していた。ブノワは女性と二人きりで食事をすることが多かった。彼のおだやかな愛情はときに騒ぎを引き起こす。例えば、ある晩ブノワの公認の愛人で「私の兵士」を歌っていた歌手のマリー・デュバは、彼が大衆演劇女優のアンドレ・スピネリーといっしょにいるところに出くわした。かっとなったデュバは嫉妬を抑えられなくなる。彼女の対応は容赦がなかった。セルツァ炭酸水の瓶を手に取って、スピネリーの頭をびしょびしょにしたのである。デュバを落ち着けるのに、調停者としてルネ・ラフォンが介入しなくてはならなかった。この騒ぎに心乱された隣のテーブルに座っていた政治界の異端児であるフェルディナン・ロップ［作家、ジャーナリスト、第四共和政下で大統領選挙に出馬］は、喧騒のなかで自分の「支持派」か「反対派」かを判断しようとしていた。ちなみにロップの主な選挙公約はサン＝ミッシェル大通りを北海まで延ばすことだった……。初期からの客であるコクトー、ナプキンをメモやデッサンで埋めずにはいられないジャコメッティ、『禿の女歌手』の作者のイヨネスコ、ジャン＝ポール・サルトルも店にいた。ルイ・アラゴンがエルザ・トリオレ［のちにアラゴンの妻になるロシア出身の作家］と出会ったのもこの店だ。男を悩殺するトリオレの瞳のきらめきは、一九四二年に『エルザの瞳』という作品を生んだ。

アールデコの真の傑作だった〈ラ・クーポール〉は、世界じゅうに名をとどろかせる。照明からタイル張りや家具や皿にいたるまですべてが独特だった。そうしたものであふれていたのだ。スプーンとソーサーの触れ合う音とグラスがテーブルに置かれる音がする店のなか、客の低い話し声に交じってギャルソンを呼ぶ声が響きわたる。店は真の奇跡の巣窟［社会に適合できない人々が集まってくる場所を指す。中世のパリで身体の不自由な者を装って物乞いをしていた人々がここへ入ると奇跡のように治ってしまうことから生まれた表現」の様相を呈してきた。大きく開いたカラフルな襟のシャツや毛皮の縁取りがついたコートに短く刈った頭をした人もいれば、巻き毛のもじゃもじゃ頭の人も同じくらいいた。そうした人々は、たいてい顔に化粧をして派手な色で飾り立てている。店には細いのっぽもいれば、眼鏡をかけた太った男もいた。おかしな集会にあつまる変人たちがどんどんやってきた。一九三〇年代初頭、ナルボンヌ「南仏カルカソンヌの東方にある町」生まれの、音楽や詩のあふれんばかりの才能をもった青年がいた。彼はよくコクトーやジャコブと同じテーブルについていた。昼間はジョアンヴィル＝ル＝ポン「パリ東郊」の映画スタジオで小道具係として小遣いを稼ぎ、夜はジョニー・ヘスと二人で自分の曲「辻馬車」を歌った。二人はラジオで宣伝をうち、ラジオ・シテ局やポスト・パリジャン局のリスナーを楽しませたこともある。青年はやがては何百という歌をつくって世界じゅうを回る。この青年がのちに歌手で作曲家になるシャルル・トレネだ。

〈ラ・クーポール〉は、生きるためにわずかな金を求め、「ロドルフ・サリス風」の黒い帽子をかぶり、蝶ネクタイをしめて乗馬風のズボンをはき、木炭をもったクロッキー画家のようなあらゆる類の独創的な芸術家を惹きつける店になった。彼らはごくわずかな金を手にいれるために、肖像画描きに才能を浪費した。旅行者の男女を取り囲んで観察し探し当てると、インスピレーションが沸いたふりをしてウインクをし、女性の横顔を褒める。結局、芸術家に注目されたことに満足した「被害者」の女性は、連れの男性がもう邪魔者を追い払えなくなって引きつった笑顔で財布を開くまで、できるかぎり自分を美しく見せようと微笑むのだった。午後、〈ラ・クーポール〉のダンスフロアではわずかな金しかないにもかかわらずぜいたくな趣味の若者たちが、ダンス以外の遊びに熱中していた。奥様然とすました女性を落とす遊びだ。こうした「若いツバメ」たちは皆同じような格好をしていた。きちんとプレスされたズボンと上品な曲線を描いた明るい色のジレを着てうねった黒い髪をしており、やさしい瞳を輝かせている。すました女のほうは大金持ちか暇をもてあましたブルジョワ階級だった。一方、他の理想を追求するものもいた。芸術を通して自分を表現しなくてはならないという理想だ。そうした人々は、自分たちの作品が世界に変革を与えるのだという確信をもって、アトリエで仕事をし、カフェで休憩時間を過ごす生活を送っていた。

一八九七年当時、モンパルナス大通り一〇八通りにあった〈ル・ドーム〉は、まだフライドポテトをかじりながら赤ワインで一杯やる板張りの大きなバラックに過ぎなかった。第一線の画家たちが街区の小商人とカードゲームをしているあいだ、店では手押し車を貸し借りしたりしていた。しかしその一年後、ポール・シャンボンという男が店を改装する。最初はおもに奥の広間にビリヤード場をつくることで、煤けた空気のなかを散歩するのが好きな人々の興味を引いた。シャンボンの経営者としての手腕のおかげで、店には徐々に芸術家や職人や音楽家やあえて危険を求める人々が押しかけ、次第にぜいたくになっていく装飾に包まれて豪華さと貧しさの奇妙な調和が生まれた。一九〇三年には、ここでプラハ出身の画家であるヴァルテール・ボンディとミュンヘン出身の芸術家であるルドルフ・レヴィが友情を育んだ。この出会いから、画家とパリの客を連れた画廊経営者が半数ずつ集まって友情で結ばれたグループができる。グループのメンバーは店の名前を取って「ドミエ」と呼ばれた。ドミエの会合はテラス席でおこなわれた。

レーニン（一八七〇～一九二四）とトロツキー（一八七九～一九四〇）も〈ル・ドーム〉の常連だった。レーニンは画家のマリー・ワシリエフ主催でおこなわれた芸術家の夕食会で食事をとったが、食事の席でも既存の秩序を転覆しようという情熱的な演説をぶつ厄介な癖があった。警察に監視されていたために、〈ル・ドーム〉の女主人はレーニンをときどき箒で追い払わなくてはならなかった。一九〇五年一二月二十四日、ブルガリア出身の風刺画家であるジュール・パスキン［本名はユリウス・ピンカス。一九〇五年にパリに移住しモンパルナスで華やかな社交界生活を送る］を迎えに行った代表団は、〈ラ・クーポール〉を出発して東駅へ向かった。パスキンはオリエンタル・エクスプレスでミュンヘンを出発し、いつか大きな成功を収めようと考えてパリへやってきた。気の向いたときに肖像画やイラストを描いたパスキンの表現力豊かな絵と洗練された色使いは、しばしばエロチックな印象を与えている。

苦楽あった戦争の時代にこうした客の多くが世を去った。一九二一年、〈ル・ドーム〉には北欧とイギリスとアメリカからの客が訪れた。一九二四年にはチェコとロシアとポーランドからの客が増えた。だが、〈ル・ドーム〉の従業員のなかにも時代に迎合しないものがいた。例えば禿げ頭のギャルソン、セザールは、一見ではない客にしかサーブしないので有名だった。彼にサーブされた客のなかには、藤田、デスピオ、キースリング、ザッキン、踊り子のスタシア・ナピエコスカ、〈ル・ドーム〉のロゴ入り便箋でローマ教皇に手紙を書いた哲学者で『法律の法』の著者であるギー＝フェリックス・フォントナイユがいた。

〈ル・ドーム〉による芸術の喚起も困難な時代の騒乱を隠すことはできなかった。一九二九年の世界恐慌は、アンシアンレジーム期やフランス革命終末期や第二帝政期と同じような社会の変動を引き起こし、密売人や実業家や無免許の仲買人や泥棒を生んだ。カフェではパーティーが次々に開かれ、しばしば快楽が続く生活に価値が置かれた。そうした生活に没頭し、囚われていることに泣き言を言う人も珍しくなかった。そうした人々は日中の大半を夜の疲れを取るのに使い、余った暇な昼間の時間は昨日の幻影を思い出して次の日の陶酔に備えて過ごす。芸術家たちは互いを中傷し罵倒し対立した。熱狂状態のエスプリが突飛な理論を育てた〈ラ・ロトンド〉、〈ラ・クーポール〉、〈ル・ドーム〉、〈ラ・クロズリー・デ・リラ〉で、変化に富んだ運動が生まれた時代だ。それぞれが自分の理想を守り、「俗物」や老いた画家やアカデミー・フランセーズの会員や気取った作風の画家やアトリエの主をこき下ろし情熱的な意見を交換した。人々は飲み食いよりも会話に熱中した。第一次世界大戦から帰ってきた詩人のジャン・ペルラン[5]——帰還後まもなく彼はこの世を去るのだが——が書いた詩に描かれているように、こういった人々の精神は理想や熱情で満たされていたが財布はきわめて軽かったのである。

消し去ることのできない不気味な恐怖
大地はその表面から
その長い髪を冷淡にも押しのける
この世のなかはいまも昔も変わらず続く
たった一杯で十二スーもするなんて！
大きいグラスにはいったいいくら払えばよいのか？

〈ル・ドーム〉では、ジャン＝ガルティエ・ボワッシエールがつくった『クラプイロ』誌の夕食会をはじめとする文学に関する夕食会が多く開かれるようになっていた。

コンサート喫茶のような雰囲気の中で、参加者はそれぞれ歌を披露した。飛行機事故で亡くなった通信員のクロード・ブランシャールは、「仕事熱心な機械工（*le Vaillant mécano*）」という歌を歌った。サーカスの絵を専門に描いていた挿絵画家のセルジュは、「アーティーチョークの芯、サン＝タマンのバラ冠の乙女（*Cœur d'artichaut, La Rosière de Saint-Amand*）」を歌った。作家でジャーナリストのアンリ・ジャンソンは、なんともメロドラマ風の「愛の噂の詩（*Le Ver d'échos d'amour*）」を歌って観衆を驚かせた。デュノワイエ・ド・スゴンザックは田舎風の歌が得意で「マリー・ロビケット（*Marie Robiquette*）」や「判事さん、彼女が美しいと知ったなら（*Si vous saviez c'qu'elle était belle, monsieur le juge*）」を歌った。ジャン・ガルティエ＝ボワッシエールは、「愛人よ、ここは下級娼婦をたらしこむ男が集まる街区だ」と低い声で口ずさんだ。ピエール＝マック・オルランは、軍歌と「アフリカ軽歩兵の戦い（*Bat' d'Af*）」という曲で対抗した。画家のアンドレ・ディニモンは、「エルンスト、手を引いてくれ（*Ernest, Éloignez-vous*）」と「妻とパイプ（*Ma femme et ma pipe*）」を歌って圧勝した。ファルグとルネ・フォショアとアンドレ・ヴァルノとジャン・オベルレ［フランスの画家］とポール・ポワレ［フランスのファッションデザイナー］の、水兵の歌や写実的な歌や愛国的な歌やポール・デルメ［作曲家。モンマルトルのキャバレー〈シャ・ノワール〉で活躍した］の声楽曲やハリー・フラッグソン［イギリス出身の歌手］の軽い歌や、ベネックとデュモンのメロドラマなどの交ざったレパートリーは尽きることがなかった。

アレクサンダー・アーキペンコ［キエフ出身の彫刻家、グラフィックアーティスト］がアトリエで始まった騒々しいレセプションの締めくくりに使ったのも〈ル・ドーム〉であり、映画監督のリッチォット・カヌードがボタン穴に刺した蔦の葉で人目を引いたのも〈ル・ドーム〉だった。初めてのエジプト旅行から帰ってきた画家のキース・ファン・ドンゲンが、上半身裸で青とピンクの小さなリボン飾りをあごひげに結んでやってきたのも、この〈ル・ドーム〉だった。店からそう遠くないペレル通りに住んでいた税官吏ルソー（画家のアンリ・ルソー）は、長い夜の最後に〈ル・ドーム〉へやってきた。戦争から軍功章を持ちかえらないまま、「片腕男」と呼ばれていたブレーズ・サンドラールも〈ル・ドーム〉で小説の草案を練った。

モディリアーニは、モンマルトルの丘を降りて、〈ル・ドーム〉で歓声をあげてユトリロ［エコール・ド・パリの画家］を迎えた。その後もこの店では波乱に富んだ出会いが続いたが、酒を危険なくらい供したので最後はしばしば警察沙汰の揉め事になった。

〈ル・ドーム〉は少しずつ国際化していく。一九二四年にははじめて「アメリカ風バー」を備えた店のひとつになり、ジャズの愛好家の出会いの場となった。それでも画家たちは変わらずに出入りしていた。「ラ・

ボワット・ア・クルール」という芸術家の集まりを主催していたルイ・ウーリー――俳優で映画監督のジェラール・ウーリーは彼の息子にあたる――は、ここで展覧会を開き成功を収めた。詩人も好んで〈ル・ドーム〉を使った。「レザン・エ・レ・ゾートル」という詩人の組合も〈ル・ドーム〉を拠点にしている。

イタリア人は〈ル・ドーム〉の向かい、モンパルナス大通り九五番地にあった〈ル・プティ・ナポリタン〉に好んで通った。一九一四年からティヴァン夫妻が営業していたカフェだ。モディリアーニとジョルジョ・デ・キリコ［シュールレアリズムのイタリア人画家、彫刻家］は、この店で彼らの作品を買い求める客と値段交渉をした。一九〇八年から一九二五年には、ロザリー・トビアという女性がカンパーニュ＝プルミエール通り三番地に古い店を営んでいた。古い大衆食堂を買って、〈シェ・ロザリー〉という店に生まれ変わらせたのである。もともと、この美しいイタリア人女性は一八八五年にフランスへやってきて、カロリュス＝デュランやエミール・バヤールやウィリアム・ブグローやダニャン＝ブヴレのモデルとして働いていた。

トビアは親交のある画家たちには非常に安い値段で食事を出そうと考えた。こうして〈シェ・ロザリー〉は、モディリアーニやスーティンやピカソやユトリロのひいきのレストランになった。トビアの慈善的な商売は、一九三〇年に彼女がアメリカ人画家のテオドール・バトラーの妻に店を譲るまで続いた。

狂乱の時代には、こうしたカフェが昔ながらの商店に取って代わった。トビアが大衆食堂を芸術的な魅力のある場所に変えたように、ロンディッシュ夫妻も古いワイン商店を文学カフェ、のちにキャバレーに変えた。一九二一年、ロンディッシュ夫妻はモンパルナスナス大通り一四六番地に〈ル・カメレオン〉という店を開いた。〈ル・カメレオン〉は詩人のダニエル・タリーや彫刻家のド・ルヴェや「モンパルナスのソルボンヌ」という自由大学を開いた詩人のアレクサンドル・メルスローらの拠点の店になる。一九二三年にはモンパルナス大通りからラスパイユ大通り二四一番地に店を移し、一九二七年まで営業した。〈ル・カメレオン〉が去って空いた土地はすぐにヒレールという男に買われる。ヒレールはアメリカ出身のジャーナリスト、画家、装飾家、ジャズ音楽家で、元ジョッキーのミラーに開店準備を手伝ってもらった。そうしてできた〈ル・ジョッキー〉は評判になった。カフェだった〈ル・ジョッキー〉はまもなくナイトクラブに姿を変え、アフロアメリカンの音楽愛好家が集まるようになった。ヒレールは同じアメリカ出身のアーティストであるアーチボルド・モトリーに外側のフレスコ画の手入れを頼んだ。作家のフランシス・カルコは一九二七年に著作『パリの夜』のなかで、〈ル・ジョッキー〉について次のように書いている。「〈ル・ジョッキー〉には驚くような光景が広がっている。右手にはピアノがあり、そのピアノの上では身軽な黒人男性がドラムを長いスティックでたたいて爆音をさせている。台の上に陣取ったジャズバンドは割れるような音をさせて騒いでいる」

北欧出身者はおもにふたつの店に出入りしていた。一九二六年にノルウェー人のカール・F・レムがつくったヴァヴァン通り三一番地の〈レ・ヴァイキング〉と、一九二一年にユイガン通り四番地にできた〈ル・ストリックス〉だ。〈レ・ヴァイキング〉にはニルス・ダルデル[スウェーデン出身の画家]やペール・クローグ[ノルウェー出身の画家]やマン・レイ[アメリカ出身の画家、写真家。両親はウクライナとベラルーシの出身]やミシャ・セール[ポーランド出身のピアニスト]が通っていた。〈ル・ストリックス〉という店名は挿絵画家のフレッドリクソンがつくっていた風刺雑誌の名前から取っている。〈ル・ジョッキー〉のあとに北欧人が多く集まったのは、一九二四年にアメリカ人のルイス・ウィルソンがデランブル通り一〇番地に開いた〈ル・ディンゴ〉、そして一九二五年にモンパルナス大通り九九番地にジャルベールが開いた〈ル・セレクト〉だった。〈ル・セレクト〉はモンパルナス界隈でいちばん高い評価を受けるアメリカ風バーのひとつだった。昼も夜も開いており、ヘンリー・ミラー[アメリカ出身の小説家]やアーネスト・ヘミングウェイといった著名人が集まった。

『老人と海』の著者であるヘミングウェイは劇的な人生を歩んだ。一九一八年に看護兵として従軍し、一九一九年一月二十一日にはアメリカ人初の負傷者として数々の手柄を土産に帰国する。ヨーロッパを見たいと熱望していたヘミングウェイは、コントルスカルプ広場とムフタール通りで旅を終える。『トロントスター』紙特派員の職を利用して容易に、苦難に満ちた世界を見てまわっていた。自分の境遇に満足していなかったヘミングウェイは、モンパルナスのカフェのテラスをよく訪れた。ヘミングウェイはこう記している。「この呪わしい新聞〔トロントスター紙を指す〕は私を徐々に破壊していく。自分の心の糧の一部を、すぐに消えてしまうこんな新聞に委ねるなんて。石盤に書くかのごとく、記憶を水に流さなくてはならないのだ」[6]

静かだったか、グラスの割れる騒がしい音がしていたかは分からないが、ヘミングウェイはそうしたカフェで、イギリス文学に衝撃を与えた『ユリシーズ』の作者、ジェイムズ・ジョイスと、アメリカ文学一門の「寡婦資産を受けた公爵未亡人」的存在だったガートルード・スタインと出会った。画家のマティスやブラックやピカソの助言者だった女性だ。ヘミングウェイとフランシス＝スコット・フィッツジェラルドとウィリアム・フォークナーによってアメリカ文学が世界へ進出しはじめた。一九三七年、ヘミングウェイは従軍記者としてふたたびマドリッドへ赴く〔当時スペインは内戦中。ヘミングウェイは人民戦線政府側の記者として従軍した〕。このときの体験をもとにして一九三九年に『誰がために鐘は鳴る』が生まれている。一九六一年四月十七日、ヘミングウェイは、その映画化で主演した友人のゲイリー・クーパーが俳優のジェイムズ・ステュアートから三度目のオスカーを受け取っているのをテレビで見て、いまにも泣きそうな様子だったという。取り乱したヘミングウェイは死の床にあったクーパーに電話をかけて言った〔クーパーはオスカーを受賞した翌月に癌で死去した〕。

「ゲイリー、君よりも私のほうが具合が悪くなってしまったよ！」

クーパーは答えた。「心配するな。ぼくは君よりもぼくのほうが早く神様のもとに行くと賭けてるんだ」

同年七月二日、年老いたヘミングウェイは長い孤独の末に、自ら拳銃の引き金を引き人生の幕を下ろした。

モンパルナス大通りからそれほど離れていない、この界隈で明らかにいちばん賑わっている通りのひとつにガイテ通りがある。ガイテ通りにはダンスホールやカフェやキャバレーや快楽を提供する店が並んでいた。繁栄は、一八一九年にセヴェストという男がモンパルナスに劇場をつくろうと決めた頃から始まった。〈バル・ド・レレファン〉や〈ル・ヴォー・キ・テット〉［十六世紀に開店したレストラン］や〈レ・ミル・コロンヌ〉［一八三三年にできたレストラン］があった時代のことだ。ガイテ通りにはアカシアが植えられていて、むしろ田舎風の景観だった。日曜日には手頃な値段のアルジャントゥイユ産ワインにひかれて労働者が集まった。セヴェストの劇場もそれに魅力を加えた。初期の客はおもにモンパルナス界隈の住人だ。ここでは一晩にメロドラマ二本とヴォードヴィル一本が上演されていた。夜の六時に幕が開き真夜中に終わる。観客は劇場の真ん中の大きなストーブで夕食をあたためることができた。そして幕間には伝統的なキャベツのスープを楽しんだ。一八八六年、ガイテ通りにモンパルナス劇場が建設される。セヴェストが劇場を建ててから一世紀後に、演劇人のガストン・バティがここを各国の芸術家や詩人が出会う場にするなどと誰が想像しただろうか？ガイテ通りには、かつてフルーリュス通りにあった〈リュクサンブール劇場〉にあたる〈ガイテ・モンパルナス劇場〉もあった。この劇場をつくったのは曲芸師兼道化師兼口上師兼歌手のボビノ――本名を「サックス」という――だ。彼はのちにメーヌ通りが突き抜けることになる空き地［ガイテ通り二六番地。現在まで続くガイテ・モンパルナス劇場の敷地］に建てられたバラックを拠点にキャリアをスタートさせた。

第八章　「大ボラ」の時代

モンパルナスから離れ、アルマ橋を通ってセーヌ川を渡ってみよう。セーヌ川を渡るなら一九一〇年の氾濫の話は避けて通れない。この年には有名なズアーヴ兵、アンドレ゠ルイ・ゴディの彫像のあごひげまで水につかった〔アルマ橋の上流側の橋桁にはズアーヴ兵の彫刻があり、水位をはかる目安になっている〕。ナポレオン三世は閲兵式でグラヴリーヌ出身の北フランス出身のゴディという兵を見てその毅然とした表情に惹かれ、彫刻家のディボルトに彼をモデルに使ってほしいと頼んだのである。感激したゴディは、水位の上昇具合を確かめるためにいまもアルマ橋に立ちつづけているというわけだ。

当時、世界で最も美しい通りであるシャンゼリゼ通りからは、四輪の無蓋馬車や辻馬車が姿を消しはじめていた。しかし昔ながらのリズムで回る木馬のメリーゴーラウンドと、一八八一年につくられた本物の「ギニョール」〔リヨン発の指人形劇〕は残っていた。童話作家のセギュール夫人が好んで描いた情景だ。子どもたちはキャンディの入ったカップの前でカラフルなビー玉の連なった輪や紙でできた風車を手にもって、いつの日か何百という風船のついた屋台ごと空へ上がって天国に飛んでいくのを夢見ていた。レオン゠ポール・ファルグが「迎え入れられたような気分になる」と評した〈ル・フーケ〉を除くシャンゼリゼ通りにあるカフェの大半は寄港した大型客船のようであり、シャンゼリゼと交差する道々に腰を据えたバーはそれに従う小型船団のようであった。ここは露天商が絶えず見世物を繰り広げる場所だった。物見高い人は洋服屋から不意に現れるモデルの行列を見たり、もぐりの歌手のリサイタルを聞いたり、ひとりでいくつもの楽器を演奏する出し物を見たり、曲芸師や軽業師の芸を見たりした。

こうした見世物は突然始まったわけではない。一八四五年に初のコンサート喫茶が現れたのはこのあたりだった。初期のコンサート喫茶ではカフェの経営者に認められて店の前の隅に建てた芝居小屋のような演壇が置かれていた。デビューした頃から律儀に通ってきた観衆を沸かせるために、叙情詩人たちが勇壮な行進曲や軍楽曲や面白おかしい歌を歌い、さまざまなジャンルを交代で演じた。

当時モンテーニュ通りはまだヴーヴ通りと呼ばれていて、沿道では、作物がエン麦からキャベツへとゆっくり移行していた。小説家のウジェーヌ・シューは著書『パリの秘密』に登場する不吉な「キャバレー・デュ・ブラ＝ルージュ」をこの通りに置いた。フランクリン・ルーズヴェルト通りがまだダンタン通りと呼ばれていた頃、この通りには〈ル・バル・ディシス〉、〈ラドノー〉、〈ル・プティ・ムーラン・ルージュ〉といったダンスホールが多くあった。

〈ル・カフェ・デュ・ロンポワン〉はもともとワインを売っていた店だったが、見世物や、毎年春にパリ市立美術館で開かれていた「子ども展覧会」のような流行の見本市を見に行く客や、展覧会帰りの客にアイスやフルーツジュースを提供する店のひとつになった。〈ル・カフェ・デュ・ロンポワン〉のテーブルでは展覧会の話がはずんだ。人形や兵隊やピンク色の丸い頬をした赤ちゃんの絵といったおもちゃは人々を若返らせた。反対に六歳を超えているのに、着ればいい子に見えるスコットランドの糸で織った靴下や白黒のスコットランドシャツやバスク風ジャケットや銅のボタンや金のベルトを見てだだをこねる子もいた。

夜が更けると、シャンゼリゼ通りには物見高い人や旅行者を脅かす怪しげな泥棒が集まってきた。警察のパトロール隊でさえ、襲われるのを恐れながら明かりを掲げて暗闇を進むほどだった。すでに一七八九年十月の時点で、シャンゼリゼ通りから大規模な野菜畑や泥道はなくなり、ショッセダンタン通りのゴミを押し流すむき出しの下水道はほとんどなくなっていたのに、パリ市庁舎そばの警察署には「シャンゼリゼ通りとシャイヨ通りの照明に苦情が出ている。確実にそして安全にパトロールを遂行するため、迅速にこの通りに街灯を設けてほしい」という請願書が出されていた。一八一七年には、椅子を借りる特権を認められていたムレという男が「占拠によって壊された照明をふたたび置いてほしい」と頼んでいる。そして希望通り、街灯が設置された。奇妙なことに、ガス灯を発明したフィリップ・ルボンが殺されたのは、このシャンゼリゼ通りの路上だった！　一八三九年に千二百本あったガス灯は、一八五一年には百三十本も増えた。街灯ができるとシャンゼリゼ通りはすぐ、気軽に野外のカフェを訪れ、シーソー、ブランコ、ダンス、コンサートなどの好きな娯楽を楽しみに来られる場所になった。辻馬車でさえ衝突することも急ぐこともなく澄み渡った水のなか進んでいくようだった。十九世紀末、辻馬車の御者は、ルイ・フーケが一八九九年にシャンゼリゼ通り九九番地を買い上げてつくった〈ル・クリテリオン〉に集った。

この頃、シャンゼリゼ通りが明るくなったことで徒歩で外出する人が増加した。人々はかつて〈ラ・コリセ〉［一七七一～一七八〇年にシャンゼリゼ通りのそばで営業していた店］があったカフェやレストランやダンスホールが集中していた地区を横切って歩いた。エトワール広場を過ぎると、地下の印刷所の窓から漏れてくるインクの匂いを感じる。大理石に当たる小石の音交じりのライノタイプ［新聞・雑誌などの印刷版をつくる鋳植機］を打つ音と、流しの音楽家の演奏が近くのカフェのテラスから聞こえてきた。

勇気ある人々はマドレーヌ寺院のほうへ散歩を続け、ときどき〈ル・ナポリタン〉まで出かけた。マドレーヌ街区は右岸の文学家の根城で、芸術家やジャーナリストや政治家のひいきの場所だった。つばの広い黒いフェルト帽をかぶった若き日のレオン・ブルムと、シルクハットをかぶったアルチュール・メイエはここで語らっていた。レオン・ドーデは、ここで『ジル・ブラ』を書いた地理学者のピエール・モルティエに正式に決闘を挑まれた。カチュエル・メンデスとエルンスト・ラ・ジュネッスの亡霊もまだテラスのソファー席へ足しげく通っていた。だが次の世紀には常軌を逸した軍人の行進が繰り広げられる。あいも変わらず経済的覇権争いにあおられ、民衆は殺し合いの渦に巻き込まれていった。一九一四年六月二十八日にボスニアのサラエボで起こったオーストリア＝ハンガリー帝国皇太子暗殺が、大殺戮の口実となったのだ。

　戦争の数年後、あたりのカフェのいくつかはふたたび戻ってきた生きる喜びを体現していた。ボワッシー・ダングラ通りにルイ・モイズによって建てられた〈ル・ブフ・スュル・ル・トワ〉がそのひとつだ。店の名前は、ジャン・コクトーがシャンゼリゼ劇場のために書いた劇から取られている。劇の音楽はダリウス・ミヨーが作曲し、舞台装置はラウル・デュフィが担当した。店の歴史は一九二二年一月十日に始まる。開店以来、〈ル・ブフ・スュル・ル・トワ〉には、エリック・サティ、フランス六人組（ミヨー、フランシス・プーランク、ジョルジュ・オーリック、アルチュール・オネゲル、ルイ・デュレ、ジェルメーヌ・タイユフェール）などの音楽家や、ポール・モラン、アンドレ・ジッド、ポール・ブルジェ、ブレーズ・サンドラール、コクトーなどの作家が集まった。さまざまな人々がここで出会った。バレエダンサーのセルジュ・リファールと歌手のイヴォンヌ・プランタンが話しているとき、バーカウンターではピアニストのアルチュール・ルービンシュタイン［ポーランド出身のピアニスト。ショパンの演奏で名声を博した］がガストン・ガリマール［ガリマール出版社の創始者］に挨拶をしていた。ピアニストのジャン・ヴィエネルとクレマン・ドゥセは交代で、人々の話し声にバックグラウンドミュージックをつけていた。そこへときどき、キキが陽気な歌を歌いにやってきた。
当時の風俗を映す独立した鏡である風刺的な雑誌『ラ・グランド・ギニョール』誌は、〈ル・ブフ・スュル・ル・トワ〉のカウンターの落成式について独特の視点から描写している。

ジャン・コクトーの親しい友人たちから〈ル・ブフ・スュル・ル・トワ〉と新しく名付けられたバーのコクトーによる落成式には、パリにいる社交界と芸術界の著名人が出席していた。パーティーはくつろいだ雰囲気で品のよいものだった。たしかにくつろいだ、ごく内輪のパーティーだ……。それでいて品はいい。いわばベッドサイドのようにくつろいだ雰囲気である……。店にはガルサイエーズというあだなのマルト・シュネル［オペラ歌手］とテーブルの近くに立ってグラスと皿を叩きながら猥談をしているジャン・コクトーがいる。彼の周囲で「生きていること」をおおいに楽しんでいる人のなかには、ナポリ王ミュラ、ウラジミール大公、スツォ、エティエンヌ・ド・ボーモン伯爵［デザイナー］、ココ・シャネル、グルー夫妻、ポレル、ルイ・デリュック、ハリー・バウア、アンドレ・ド・フキエール、エティエンヌ・ダランソン、フェルナンド・キャバネル、ピカソ、フランシス・ピカビア、アベル・エルマンなどがいた。四時になればもう誰も遠慮しなかった。公然と安酒を飲む人もいる。オデュッセウスの連れとなった詩人たちは、彼らを豚に変えるキルケ［ギリシャ神話に登場する太陽神ヘリオスの娘。オデュッセウスの部下を豚に変える］の元にいた。そのなかにとても若いマルセル・R．V．Lがいる。彼の父は財界を牛耳るひとりだ。トイレでシェネルとエキセントリックなダンスを踊ったあと、臆面もなく左岸風の俳優の夫をもつ有名なピアニストにキスをしようとし、いい気になって別の場所へしけこもうとした。朝の七時頃になると、男女はひどい酔いによろめいていた。カーペットは汚れ、椅子は壊れ、乱痴気騒ぎの痕跡はそこかしこに残っている。

この記事を読むと、いまだかつてない大きな規模で危険な物質が流行していたのが分かる。麻薬である。阿片に始まった流行は次第にモルヒネやコカインに移っていく。カフェでもミュージックホールでもサロンでも、人工的につくられた天国に皆夢中になっていた。白い粉による冷たい酔いが、第一次大戦後の羞恥心のない時代の空気に合致したのである。こうして快楽は薬物と切っても切り離せなくなっていく。光にきらめくカフェでも煙でいっぱいのバーカウンターでも、流行りのダンスホールでもいかがわしいホテルでも、ナイトクラブでも違法阿片窟でも、芸術家が泥棒と接触し文学者が売春斡旋人と交際し「不法滞在者」が絶えず道徳的な価値を変革していた。尻軽な女工が貴婦人になり、高級娼婦は廃れていく。薬物はひどい被害を与えた。幻覚にとらわれ堕落し陶酔した社会は、悪行に便乗した店の経営者やボーイや欲深い薬剤師などへ利益を得る人であふれていた。彼らはほとんど法律によって処罰されないことにあぐらをかいていた。裁判の件数は増えていたのだが……。一九一七年に五十二件あった逮捕件数は、一九一八年には八十二件、一九二〇年には百五十七件、一九二一年には三百件にのぼった。

一九一四年から一九一八年の悲惨な戦争によって若い男性の人口数に大きな空白ができ、大きな民族・言語・精神・習慣の混合が起こった〔激減した労働力を埋めるため、フランスは第一次世界大戦後にヨーロッパから移民を広く受け入れた〕。一九一四年に田舎から出征した兵士たちは、欲求を抱き都会人としての振舞いを身につけて帰ってきた。そして田舎では女性が自らの人生を自らの手で決めるようになる。つまり大戦後、男性は女性と権力を分け合わなくてはならなくなった。都市部の生活はよりせわしなくなっていく。誰もが時間を惜しむようになった。自動車が小型四輪馬車に取って代わり、御者や辻馬車は過去の遺物になる。人々はスポーツの試合や政治集会に集まって熱狂した。都市部へ人が流れ、田舎では人口減少が始まった。百万人近い農民が、だんだんと農業をやめてパリに出ていった。伝統的な家族は崩れつつあった。そして決定的な影響がすでにアメリカからやってきていた。以後、発展は購買意欲によって表れるという考え方が広まったのである。つまり金は使わなくてはならないというわけだ。銀行はおのずと貸付能力を越えて危険な賭けに出た。技術の遅れ、進歩に反する考え方、投資拒否は家庭的な事業を一変させた。多くの会社が破産申告をしたり、他の会社に買収されたりしている。ある社会のあり方が失われ、その陰で、かつてないほど強く金の力を信仰する社会の形ができつつあった。余暇を重視していたフランス文明のもとで新しい経済体制が始まった。証券取引業はオペラ座近くの金融事務所や、事務所だけでなくブラスリーでも取引をおこなった。シャンゼリゼ通りのカフェは映画市場の恩恵を受けた。プロデューサーと映画監督と芸術家がそうした店で会い、世界じゅうの言葉のなまりのフランス語や英語で議論した。朝はカフェオレ、夜は酒を飲みながら、彼らは資金やスタジオやロールフィルムや利益やシナリオや配役について話し合った。

〈ル・フーケ〉はこうした集まりがおこなわれた先駆けの店で、新しい産業の拠点となった店である。その才気と芝居中の存在感から「世界一偉大な俳優」と評され、ライムと呼ばれた「アメリカの映画俳優・映画監督。『第三の男』で演じたライム役からそう呼ばれる」オーソン・ウェルズは、たいていの夜を〈ル・フーケ〉で過ごしていた。数年後の一九三九年九月一日の夜のアペリティフの時間に、ウェルズが忘れがたい友人の「パニッス」ことフェルナン・シャルパン「フランスの俳優。マルセル・パニョールの演劇『ファニー』での役名を取ってこう呼ばれた」に会ったのも〈ル・フーケ〉だ。いつも水玉模様のネクタイ、前を開けた上着、パナマ帽を身につけていたシャルパンは、老いた親友に憤慨した口調で尋ねた。

「行ったのか?」

「分かるだろ……」

「いや、ぼくが言いたいのは戦争に行ってないのかってことだ」

シャルパンはさらに続けた。「ジュール、ぼくらは同世代だぞ！」

ウェルズは傲慢な様子でシャルパンをじろりと見て、ユーモアをこめて彼を指さして反論した。

「そうだな、でもきみは行かないと。下級士官だからな」

国際情勢では、一九二〇年代初頭から各国の代表が気力を失くすような態度を表明していた。第一次世界大戦に勝った同盟国側諸国は仲間割れをして敵対関係になる。まだインクが乾ききらぬうちに、ヴェルサイユ条約は会議や深刻になっていく確執に効力を失った。イタリアでは議会政治が弱体化して、ムッソリーニの黒シャツ隊［ムッソリーニが率いたファシスト党の民兵組織］がローマを闊歩するようになっていった。ドイツでは、アドルフ・ヒトラーがインフレによる貧しい生活に苦しむ民衆の共同体意識を鼓舞しはじめる。一九一四年には一ドルは四マルクだったが、一九二四年十二月には四京二千億マルクになった……。フランスでは、フランの価値が下落し続けて衝撃が走る。政府は次々と交代し、為すすべもなかった。政権交代は一九二六年七月末にレイモン・ポアンカレ首相が、急進社会党員が幅を利かせていた連立内閣の代わりに、前首相のエドゥアール・エリオ、アンドレ・タルデュー、アリスティード・ブリアンと敵対する統一内閣を構成するまで続いた。絶望的な額の賠償金を押し付けられ道徳的にも混乱したドイツは、想像を絶するほどの政治的混乱のなかで格闘していた。そんなとき、今度は極東で動乱が起こる。日本が中国を攻撃したのである。

第一次世界大戦の悲惨な数年を経験したことで市民の道徳観が向上したと信じていたお人好しは、すぐにその浅はかさに幻滅し後悔する羽目になった。劇作家と小説家はこの風俗の乱れをインスピレーションの種にした。今日では大部分が忘れられてしまっているが、当時数十万部売れた本のタイトルをいくつか紹介しよう。クロード・ルメートルの『経験豊かなおぼこ娘』、フェリシアン・シャンゾールの『ウーハ』、アンドレ・バラボーの『放蕩女』、オデット・デュラックとシャルル＝エティエンヌの『無性愛者』、それに『色欲の悪魔』、『快楽の囚人』〔ルネ・ラフォン著〕、『悪徳の表情』〔ファブリ・マルセロ著〕などが挙げられる。

第一次大戦後の時代はパリが、とりわけモンマルトルの麓の「女つきの」ブラスリーと大衆酒場が栄えた。すべての客がひとつのホールにいる形式の店で、いちばん多く酒を飲みそれ以上に飲ませる人が最も注目を浴びた。

ときどき店は薄い木製の仕切り壁のみで分けられ、完璧にプライバシーが確保されていない状態で営業することもあった。店の女たちは煮え切らない貧乏な客を誘って愉快な仲間といっしょに一杯飲ませるために、興奮を隠そうとしなかった。

この時代は、アメリカからジャズやチャールストン〔サウスカロライナ州発祥のダンス〕やレヴュ・ネーグル〔ジャズとヨーロッパの黒人文化が融合してできた音楽劇〕が入ってきた時代でもある。レヴュ・ネーグルにはジョセフィン・ベーカー〔アメリカ出身のジャズ歌手、女優。「黒いヴィーナス」と呼ばれた〕がバナナのついた腰巻ひとつの姿で出演した。反対に当時の映画は上品ぶっていて、例えばメイ・ウエスト〔アメリカの女優〕は念入りに色気を見せまいとしていた。以後、映画は大衆的な芸術になっていく。熱狂的な民衆は、一九二六年のルドルフ・ヴァレンティノ〔イタリア出身のハリウッド俳優〕の死を嘆き、一九二七年にはアル・ジョンソン主演の初めてのトーキー、『ジャズ・シンガー』に熱狂した。フランスでは映画俳優のギャバンの青い瞳とアルレッティ〔映画女優。特異な声と演技力で人気を博す〕の声とプレヴェールの美しい言葉が非常に流行した。客たちは暗い部屋を出て庭の園亭の下で白ワインを楽しんだ。ちなみにこれはアメリカの影響ではない。当時、アメリカでは酒が完全に禁止されていて、アメリカ人は喉を締めつけられていたのだから〔アメリカでは一九二〇～

一九三三年のあいだ禁酒法が出されていた］。こういった大衆文化はすでに消費社会の到来という大きな動きを告げていた。

移動映画車［一九三〇年代まで普及していた映画の上映ができる大型車］は革新的な技術だった。他にも多くの新しいアイディアが生まれた。女性誌は、コルセットをブラジャーに着替え、シニョンに結った髪をボーイッシュにカットし、腰のふくらんだドレスをスレンダーなラインに替えて、ワルツからフォックストロット［一九一〇年代中頃に流行した四拍子の社交ダンス］を踊る近代的な女性像を推奨した。また一九二七年におこなわれた第一回家事見本市で展示されていた新しい家電製品が日常生活に入ってきたことによって、女性は家事から解放された。

多くの著名な外国人がパリに流入してきたこの時代を独特の流儀で表現した店がある。その店はドヌー通り五番地にあった。ニューヨーク出身のクランシーとジョッキーのトッド・スローンが共同経営でつくり、ハリー・マック・エローンが巧みに経営した。クランシーはアメリカから船で、縦溝が入った柱と菱模様のガラスの赤茶色のファサードを輸入することを考えついた。店の暗い色のマホガニーの壁にはイギリスのおもなカレッジの校章とアメリカの大学の旗章と価値がなくなった銀行券が飾られていた。店の名前は〈ハリーズ・バー〉だ。

最初のうち、〈ハリーズ・バー〉には競馬関係の常連客が数人いるだけだった。しかし第一次世界大戦中になると、栄光あるラファイエット飛行中隊に志願したアメリカ人飛行士が集まってくる［対独戦線ではフランス空軍のラファイエット飛行中隊にアメリカ軍から義勇兵が加わった］。ギヌメール［フランスの軍人。第一次大戦中にこうのとり隊を率いて活躍するが、ベルギー上空で戦死］のような英雄たちも〈ハリーズ・バー〉に通っている。

「最後の一杯」を飲んだあと、飛行士たちは作家や音楽家に席を譲った。〈ハリーズ・バー〉では、スコット・フィッツジェラルドがヘミングウェイやイギリス皇太子の隣でドライマティーニに酔った。ジョージ・ガーシュウィンは、ここで『巴里のアメリカ人』のメロディーを思いついた。「インターナショナル・バー・

フライズ」という「秘密の」組織もこの店で誕生した。ドワイト・アイゼンハワー［アメリカの軍人、のちに大統領］もメンバーだった、バーの常連による国際組織だ。メンバーは角砂糖にのったハエのバッジをボタン穴にこれ見よがしにつけていた。〈ハリーズ・バー〉には、ワックスをかけた木に肘をつきアルパカの毛の帽子をかぶったイギリス人老貴族、ワイヤーの入ったチュールの高い襟に身動きが取れずにいるイギリス人女性、山高帽を目深にかぶったイギリス人紳士が集った。スポーツ関係者も歓迎された。ボクサーのジョルジュ・カルパンティエやジャック・デンプシーやプリモ・カルネラ、パリ滞在中の女子テニスチャンピョンのスザンヌ・ランランが通っていた。パリのイギリス人やアメリカ人は、〈ハリーズ・バー〉にそろった四十二種のウイスキーに惹かれてやってきた。よその店と同様、客は酒を飲みながら一九二〇年二月十八日にフランス大統領職に就任したポール・デシャネルに最近起こったこっけいな話を面白おかしく冷やかして話した。デシャネルの事件はフィクションを越えている。公然の事実として、特にデシャネルの警備をしていた警察官のあいだでは、彼は突飛さと心配になるほどの浪費癖で有名だった。なかでも最新の事件は面白く滑稽で思いがけないことだった。五月二十三日土曜日二十一時二十分、デシャネル大統領を乗せた列車はリヨン駅を出発した。翌日に、戦死した飛行士で上院議員でもあったレイモンの記念モニュメントの落成式をモンブリゾンで執り行う予定だったのである。

二十三時四十五分、理由は不明だがデシャネルはモンタルジ近くで列車から落下した。幸運なことに、彼が落下したのは工事区域を通るために列車が速度を落としていたときだった。大統領は粗忽な男だったのである。ちょうどそのとき、勇敢な鉄道員のアンドレ・ラドーは規則で決まった角灯で暗闇を照らしながら線路の砂利の上を歩いていた。すると突然、暗闇のなかに白いシルエットが見えた。パジャマ姿でうつろな目をした男が石ころの地面の上を裸足で歩いているではないか！　男はラドーを見て言った。

「失礼、驚かれると思うんだが……信じてくれないだろうが……私はフランス大統領なんだ……」

ラドーはこの男は頭がおかしいのだと思い、何も言わずに小屋に向かってふたたび歩きはじめた。ところが男はまた繰り返す。

「聞いてくれ。私はたしかにフランス大統領なんだ」

「ああ、そうですか！」保安係のラドーはいらいらして答えた。

家に帰るとラドーは妻を起こして、小さなランプの霞がかった炎だけが照らすほのかな明かりのなかで、おかしな男の手当てをさせた。

翌日、大統領を迎えにやってきた機動隊にラドー夫人はこう語っている。「私には大統領閣下だとすぐ分かりました。とてもきれいな足をしていましたから！」

こうして、シャンソン作家の恰好のネタになる大統領の壮大な旅は終わった。

同時期、ある裁判が民衆を沸かせ、カフェのカウンターを多くの論評で賑わせている。この裁判は一九二二年十一月七日にヴェルサイユ重罪裁判所で開かれ、たちまち文学界や演劇界の著名人の関心を集めた。[2] 彼らが注目したのは、アンリ＝デジレ・ランドリュ［一九一五年から四年のあいだに女性と婚約を繰り返しては殺した連続殺人犯］という男だ。彼の気の利いた言葉はパリのカフェで流行する。ランドリュは二十人近い女性の失踪に関与した罪で訴えられていた。ジルベール裁判長の尋問に対して、彼はこのように釈明している。

「私は一九一四年から捜査されていました。彼女たちにはいつかきっと会えるでしょう……」

潔白を強く主張しながら、ランドリュはユーモアに満ちた表現を繰り返していった。

次席検察官がランドリュの首が賭けの対象になっていることを指摘すると、面白そうに彼は答えた。

「あなたはいつも私の首の話をなさいますね。あなたにプレゼントするために頭がいくつもあればよかったのになあ！」

道端では露天商がランドリュの「遺言書」を売っていた。

「足が痛い人たちに私の秘密を教えてあげましょう。私のように足のタコを消すことができるでしょう」

厳しい非難が浴びせられていたにもかかわらず、民衆のなかではランドリュを愉快な男だととらえる風潮があった。

ガンベ［パリ郊外の町］の家の台所で煙となって消えていったランドリュの婚約者たちの痕跡は、彼女たちの名前と失踪後に回収できる金額をメモした黒い手帳しか見つからなかった。

一九二三年二月二十五日の早朝、陪審員のサインを得て有罪申し立てがされる。にもかかわらず、検事代理人のベガンは「がんばれ！」と言いながら彼の部屋に入ってきた。

ランドリュは身なりを整えて手紙を整理し、ロワゼル神父を最後の毒舌で拒絶した。「失礼、あの人たちを待たせないほうがいいと思うんでね！」

ランドリュが死刑を見に来た観衆にふざけて深々とお辞儀をしている頃、フランスの外では民衆がふたたび熱狂していた。一九一九年と一九二〇年に締結された条約では、第一次世界大戦の敗戦国に非常に厳しい容赦のない対応が決められた。オーストリア＝ハンガリー帝国とオスマン・トルコはばらばらに分割された。ドイツは植民地を奪われアルザス＝ロレーヌ地方のフランスへの返還を要求され、莫大な賠償金の支払いを命じられた。敗戦による屈辱はあちこちで先例のないナショナリズムの高揚を引き起こす。さらに、行き過ぎた自由経済による過剰生産が引き起こした一九二九～一九三三年の世界恐慌が貧富の差を広げる。その結果、日本では帝国主義に逸る軍部が権力を握り、ドイツでは一九三三年にアドルフ・ヒトラーがトップに上り詰め、イタリアでもムッソリーニがドイツに続いてヴェルサイユ条約を破棄した。

西ヨーロッパの民主主義社会は、日本による満州侵攻（一九三一年）やイタリアによるエチオピア侵攻（一九三五年）・アルバニア侵攻（一九三九年）やドイツによるラインラントの非武装地帯侵攻（一九三六年）・オーストリア侵攻（一九三八年）・チェコスロバキア侵攻（一九三八〜一九三九年）を黙って見ていた。国際連盟の無力さも露呈した。そしてアメリカは完全な不干渉主義を取っていた。

実際の第二次世界大戦は、日本が中国侵略を開始した一九三七年に始まる。ヨーロッパでは一九三九年三月十五日にドイツがボヘミア［現在のチェコの西部・中部を指す歴史的な地名］とモラヴィア［チェコ東部の地方］に侵攻し、イギリス首相のチェンバレンに内政介入の必要性を突きつけた［チェンバレンはチェコの内政に干渉し、チェコに対するドイツ側の要求をすべて呑むことで戦争を回避しようとした］。フランス、次いでイギリスがポーランドと相互援助条約を結んだ。その結果、一九三九年九月一日にポーランドがドイツから攻撃されたときに両国はドイツに宣戦布告した。一九四〇年五月十三〜十六日に、ハインツ・グデーリアン大将率いるドイツの機甲師団はアルデンヌからフランスの国境に侵入してアブヴィルまで進み、ベルギーの援護に来ていた英仏軍の行路を分断した。六月五〜十五日には、ウェイガン［フランス軍の総司令官］がソンム川とエーヌ川のあいだに引いた脆い防衛線が陥落し、パリが占領された！　フランス軍は敗北したのである！

パリ占領は四年間続いた。そのあいだもカフェやレストランは細々と営業していた。種類ごとに値段を課せられた配給券が、次第に厳しく監視されるようになったカフェやレストランには不利に働いた。ぜいたくな宴会をしにやってくる占領軍を除けばだが……。例えば、一九四一年にはかの有名な〈マキシム〉でワインなしのドレッシング和えポワローねぎとカリフラワーのグラタンと冷えたいちごが五十フランで出されている。茹でた麵とカブとルタバガ［北欧やロシアで栽培されるカブ。厳しい気候条件でも育つため食糧難のときにはよく食べられた］の食事から逃れるために、人々は配給券がなくても奥の部屋で料理を食べられるもぐりのビストロの住所を秘密裏に伝えていった。

そうした店では、ルールに違反していないキャベツの葉に隠された鴨のコンフィや上質な牛肩ロースが食べられ、おまけにＢＢＣの放送を聞くこともできたのである……。偉大な俳優のジャン・ギャバンとブールヴィルが出演したマルセル・エイメ原作、ミシェル・オディアール脚本、クロード・オータン＝ララテ監督の映画『パリ横断』（一九五六年）は、この暗黒時代のカフェの雰囲気を見事に伝えている。

第九章　サン＝ジェルマン＝デ＝プレの爆発

古きパリはもはやない（街の姿はあっという間に変わりゆく。
ああ！　死すべき人間の心よりも速く）。（中略）
パリは変わる。しかし私の郷愁のなかではなにひとつ変わりはしなかった。新しい宮殿、工事現場の足場、石材、古い市外区、すべてが私には寓意になる。私の大切な記憶は岩よりも重い。
シャルル・ボードレール「白鳥」『悪の華』

長いあいだ、サン＝ジェルマン＝デ＝プレ地区は、サン＝スュルピス教会とリュクサンブール公園の裏にあるかつて貴族が住んでいたサン＝ジェルマン街の隣接地区に過ぎなかった。かつては広大な畑に恵まれた修道院が集まっていた地区であり、パリの最も洗練された区のひとつにあって小さな村のようになっていた。サン＝ジェルマンとサン＝ジェルマン大通りは、いまも若者と芸術家と気まぐれな人が特に好んで集まる場所だ。しかしサン＝ジェルマン＝デ＝プレ大修道院は消えた［フランス革命期に大修道院は廃止され破壊される］。いまでもエショデ通りには囲われていた畑の境界線だけが残り、サン＝ブノワ通りには周囲の壁の風車跡が判別できる。ピエール・ド・モントルイユの傑作だった聖母マリアの小聖堂は、公園にわずかな廃墟が残っているだけだ。かつてボナパルト通りからバック通りと、セーヌ川岸からサン＝ジェルマン大通りまで広がっていた名高い牧草地［サン＝ジェルマン＝デ＝プレ大修道院のプレは牧草地の意］は、この数百年のあいだに家と屋根と屋根裏部屋に変わった。

プレ・オー・クレールは、もはや細身の長剣を脇にさし理解しがたい名誉に関わる事柄を守るために決闘した人を忘れてしまった、魅力的で静かな通りの名前でしかない［プレ・オー・クレール通りはパリ七区にある道。もともとはこのあたりに広がっていた野原の名前］。かつての修道院の鐘の近くには、いまでもサン＝ジェルマンが誇る高等美術学校や、フランス学士院、パリカトリック学院、造幣局がそびえている。サン＝ジェルマンの真の奇跡が始まったのは、おそらくパリの中心にあって、何にも邪魔されない静けさを保ったこの地である。ここは平穏で安心できる場所を探し求めてやってきたインテリ層には欠かせない場所となった。インテリたちは職人の屋台や本屋の陳列窓のあいだにあったサン＝ジェルマン大通りの有名なカフェや、あまり知られていないカフェのあちこちに陣取っていた。

サディ・カルノーがまだ大統領だった頃［一八八七～一八九四年］、ユニヴェルシテ通りとサン＝ペール通りの角に、芸術家や政治家が集まる静かなこの地を象徴する小さな店があった。〈カフェ・キャロン〉だ。常連客のひとりだった詩人のジョリス＝カルル・ユイスマンスは、〈キャロン〉について愛情をこめて次のように書いている。


（中略）時代を先んじるカフェ、不動のカフェ、今世紀のざわめきのなかでパリのセーヌ左岸に存在するカフェ。こうしたカフェは聖職者が多くくつろいだ、古く心地よい雰囲気の街区にあった。〈キャロン〉は聖職者や製本職人や宗教版画家や出版社が集まっていた六区の境界線上に位置していて、常連客はここに集まってあまり遊ばずほとんど話さない大衆酒場の雰囲気をつくりあげた。人々はまるで時代がとまった年老いた男やもめのサロンにいるかのように振る舞った。[1]

〈キャロン〉末期の客のひとりで、ここをオアシスや避難所のように思っていたレミー・ド・ゴーモンも店を生き生きと描き出している。

> 〈キャロン〉は何から何まで古風で、カフェというよりもサロンのようだった。パイプは禁止されていて、吸えば店から締め出される。大きな声での会話も許されていなかった。（中略）〈キャロン〉はかつて栄光の時代を経験したが、赤いベルベッドのソファーに座っている客はもはやほとんどいない。ひとりで座って顔をしかめている『リュニヴェール』紙編集者のコキーユ。テーブルの上にたくさんの油染みた紙を広げてヘブライ語文法をまとめているポーランド系ユダヤ人のラビノヴィッツ。正午にやってきて真夜中に出て行くまでずっとぶつぶつと文句を言っている新聞特派員のイタリア人伯爵。目を上げずに『ル・タン』紙を読みながらアブサンを飲んでいるディド社のなんでもこなす編集者で、快活で抜け目なく肌が黄色っぽくひょろ長いルイジ。聖職者や慈善病院から追い出されたやぶ医者もいれば、稀に軍人もいたし、このあたりの商人も数人いた。当時アルフォンス・ドーデと張り合っていた物語作者のポール・アレーヌ。鋭い目つきで太い葉巻をふかしたウジェーヌ・ヴイヨ［フランスのジャーナリスト］。こうした非常におとなしい客たちは、ほとんどからだが効かないのにもかかわらず馬鹿丁寧で気まぐれでもったいぶった様子で馴れ馴れしいたったひとりのギャルソンのサービスを受けていた。〈キャロン〉では、皆正真正銘のリキュールを、とりわけユイスマンスが愛したオランダ風苦味酒［現在のカンパリにあたる］を飲む。これを飲むと私はいつも胃が荒れるのだが……。〈キャロン〉に通う客たちは皆、過去の記憶をもちつづけていた。だがある日〈キャロン〉は閉店した。破産したのだそう

だ。[2]

サン＝ジェルマン地区にあったこのつつましい〈カフェ・キャロン〉からそう遠くない場所に、最も有名なカフェのひとつがある。〈レ・ドゥ・マゴ〉だ。一九一九年、オーヴェルニュ出身のマティヴァ一家がここを安く買った。アナトール・フランスは『回想録』のなかの物語で、かつてここにあった絹・メリヤス商店について新しい製品の店と描いている〈レ・ドゥ・マゴ〉の店名が、この店のシンボル〔店名ドゥ・マゴは「ふたつの中国陶器人形」を指す〕から取られていることは指摘しておくべきだろう。いまでも東アジア風のどっしりとした人形がふたつ、象徴的にカフェの柱の上についている。詩人のレミ・ド・グールモンと作家のポール・レオトーは、装飾の二人の中国高官のうちのひとりが経営者に違いないと考えた。人形の人物像は文芸誌『メルキュール・ド・フランス』の編集者を楽しませた。アルフレッド・ジャリ〔小説家、劇作家。カフェで酒を大量に飲み退廃的な生活を送った〕や有名な作家のアルフォンス・アレーといった〈ドゥ・マゴ〉の常連客の口からは、気の利いた言葉があふれでた。ギュスターヴ・コキオの「ギャルソン、ビールをジョッキで！ それから新鮮な空気を少しくれ！」という言葉が、彼がユイスマンスや神秘主義に夢中になったスタニスラス・ヴォードワと夕食を食べていたマホガニーのテーブルで響いていた。

〈ドゥ・マゴ〉の栄光時代に、アルフレッド・ジャリが窓に向けて空砲を撃ったことがある。ジャリは撃ってすぐに隣の女性のほうを向いて、「さあマダム、ガラスは割れましたよ。話を続けましょう」と言った。ほかにも〈ドゥ・マゴ〉で主人に共同経営者の近況を無邪気に何度も尋ねたという冗談話もある。

戦間期に、散文詩理論家で詩人のギュスターヴ・カーンが哲学者のジュリアン・バンダと〈ドゥ・マゴ〉で酒を飲んでいた。そばの赤い革の長椅子には、エッセイストのアンドレ・シャンソンとジャーナリストのエマニュエル・ベルルとシュールレアリズムの七賢人（アンドレ・ブルトン、ベンジャマン・ペレ、ロベール・デスノス、ロジェ・ヴィトラック、レイモン・クノー、ジョルジュ・バタイユ、アントナン・アルトー）がいた。ブルジョワ社会に抵抗して、シュールレアリストたちは前時代の支配者を拒否した。〈ドゥ・マゴ〉ではピエール・ロティやモーリス・バレスやアナトール・フランスに反対する激しい意見が聞かれた。ある晩、ブルトンは彼らの意見にこう言った。「今年を象徴するすばらしいものに注目しよう。今年は不吉な三つの野郎とともに終わった。馬鹿、裏切り者、ポリ公の三つだ[3]」

　これはグループのなかでもとりわけ非常識な挑発だった。ほかの客たちは反対に静かな様子だった。名画家シュザンヌ・ヴァラドンと夫のアンドレ・アターが、友人で医者のロベール・ル・マスルに挨拶をしに〈ドゥ・マゴ〉へやってきた。夏のテラス席では、アンドレ・ジッドやトリスタン・ドゥレムやフランソワ・モーリアックが、辛口のノイリー・プラット［フランス南部産のドライ・ベルモット］を前に座っているのを見かけることもできた。アンドレ・ビリーやレオ・ラルギエ、建築家のル・コルビュジエや画家のフェルナン・レジェ、ジャック・シャルドンヌ、ピエール・マッコルラン、エルザ・トリオレ、ピエール・ルヴェルディ、ジャック・プレヴェールは毎日欠かさずやってきた……。

　レイモン・クノーは『思い出』に、〈ドゥ・マゴ〉にいた変わった人々のエピソードをいくつか書いている。隣国の王の弟、イギリス皇太子は、十時頃に店に現れるとすぐに飲みはじめ、ペルノー［水で割ると白濁するアニス酒］とジョッキのビールを交互にあおった。彼は昼間〈ドゥ・マゴ〉で過ごし、眠りに落ちて横にいる客の肩にぶつかっては目を覚ましてギャルソンを呼んだ。

「いま何時だ?」

「十一時半です。ムッシュー」

「朝の十一時半か？　それとも夜の十一時半か？」

「朝です」

「そうか、ペルノーをもう一杯くれ[4]」


ある日、イギリス皇太子はトイレで倒れて服を汚した。ギャルソンは布巾で手をくるんで、親切にも悪臭を放つ客を受け入れてくれたタクシーまで皇太子を運ばなくてはならなかった。これは大きなスキャンダルになった。

一九三三年、作家のマルティーニュ・ヴィトラックとロジェ・ヴィトラックは白黒の服を着たギャルソンにサーブされたアペリティフを飲みながら、友人十三人からなる審査委員会で選考する「ドゥ・マゴ文学賞」をつくるアイディアを思いついた。第一回の受賞作品はレイモン・クノーの小説『はまむぎ』である。翌年に受賞したのはジョルジュ・リブモン＝デセーニュの『ムッシュー・ジャン、或いはゆるがない愛』だった。その後の賞賛の批評記事によって、ドゥ・マゴ賞は一九〇三年以来授与されているゴンクール賞に「匹敵する」賞だと認められる。第一次世界大戦後になると文学界の著名人が〈ドゥ・マゴ〉の評判に逐次貢献しにやってきた。ジャン＝ポール・サルトルと、からかい好きの人から「サルトルの聖母《ノートルダム・ド・サルトル》」や「偉大なるサルトル夫人《ラ・グランド・サルトルーズ》」と呼ばれたシモーヌ・ド・ボーヴォワールもその一員だ。サルトルとボーヴォワールは近くにある〈カフェ・ド・フロール〉を捨て〈ドゥ・マゴ〉に来ると、テーブルを寄せ合って絶えず文章を書きながらひっきりなしにたばこを吸った。〈カフェ・ド・フロール〉は、彼らの信奉者がいるせいで非常にいづらい店になってしまったのである。

店の前にカナリア諸島のニンフで春の女神フローラの像があったことから「フロール」［フローラのフランス語］と名付けられた〈カフェ・ド・フロール〉は、第二帝政末期にサン＝ペール通り七二番地に開店した。若々しさと祝福を感じさせる名前だ。だがその後、女神像は魔法にかけられたかのごとく消えてしまった。おそらくサン＝ジェルマン大通りが開通したときだろう。最初、このカフェを好んだのはおもに文学関係者だった。一八九八年にはドラゴン通りに住んでいたシャルル・モラスがここでアンリ・ヴォージョワやモーリス・プジョやルイ・ディミエやジャック・バンヴィルやポール・スデイと出会った。その翌年には二階でモラスとヴォージョワが『アクシヨン・フランセーズ』紙をつくる。ローマ教皇のピウス十世からも祝福された新聞だ。『アクシヨン・フランセーズ』紙第一号は、カゼット通りにあったルヴェ印刷所の出版社から出版される。この実験的試みについては、モラス自身が著書『フロールの印に』で詳しく語っている。レミ・ド・グールモンは、〈カフェ・ド・フロール〉でお気に入りの苦味酒を前に「エピローグ」［一九〇三年に文芸誌『メルキュール・ド・フランス』に掲載されたエッセイ］と小説『アマゾンへの手紙』の大部分を書いた。象徴主義の作家のなかで最も人気があり、繊細で疑りぶかく学識豊かなグールモンは、〈フロール〉に忘れられない思い出を残した。一九一二年には、アブサンを前にギヨーム・アポリネールとアンドレ・サルモンとアンドレ・ビリーとアンドレ・ドゥデスクとルネ・ダリーズが、面白そうにレオン＝ポール・ファルグが見ているなかで『レ・ソワレ・ド・パリ』誌を出版した。

一九三〇年代初頭、〈カフェ・ド・フロール〉は徹底的な改装をおこなった。主人のポール・ブバルは、店にオーケストラを置くことにした。しかしシャルル・モラスなどの王党派が二階に小さい部屋があるつくりを嫌ったので、ブリッジをする人や、ティエリー・モーニエやロベール・ブラジャックといった数人の作家やジャーナリストのための場所は残しておいた。彼らは、かつてドミノ遊びや、『タン』紙や『ジュルナル・デ・デバ・ポリティック・エ・リテレール』紙を読むのに使われていたテーブルで記事を書いた。だが最終的にこうした秩序だった世界は、戦争によってひっくり返る。他の思想の波はアペリティフの時刻に本領を発揮した。国土解放［第二次世界大戦中、ドイツに占領されていたフランスは戦況が好転するにつれて順次解放されていった］がされるやいなや、スイス・オクトブル派がここを拠点にし、ジャック・プレヴェールの周囲でギー・ドゥコンブルやマルセル・デュアメルやポール・グリモーやレイモン・ビュシエールが息を切らせて激しい批判をしていた。〈カフェ・ド・フロール〉はかつてない流行りの店になる。映画関係者も流行にのった。評判の芸術家も店に押し寄せた。マルセル・カルネ、イヴ・アレグレ、ジャン・グレミヨンなどの映画関係者が、ジャン・ヴィラールやロジェ・ブランやオデット・ジョワイユーやレイモン・ルローらに注目されながら意見を交換しあった。不穏な時代であったにもかかわらず、野次馬の集団やにこやかな若者たちはカラフルなシャツ、ぼさぼさの髪、黒いセーター、女性向けの男性風パンツに濡れ髪という変わった格好で〈カフェ・ド・フロール〉に集った。インテリは〈カフェ・ド・フロール〉で会議を開くようになる。プレヴェール兄弟［兄はシャンソン歌手のジャック・プレヴェール、弟は映画監督のピエール・プレヴェール］やジャック・オーディベルティ［劇作家、詩人］やアルベール・カミュやボリス・ヴィアンは、このカフェは再興中だったフランスの社会通念をひっくり返そうとした。サルトルはこう言っている。「自由への道は〈フロール〉を経由している」[5]

　薄暗い照明の下で快適なソファーにゆったりと腰かけ、人々は突飛な行動を楽しんだ。五十年前、店の主な客はデカダン派だったが、この時代には実存主義者が多かった。アンドレ・サルモンは「型破りな古着と、ズボンの外に出しっぱなしのシャツが風に揺れる時代だった」[6]と書いている。この時代、異端派になったシュールレアリズムの時代遅れの伝道者、ブルトンとペレは、新しく現れた長髪の人々に心乱され、ジレと白いエプロンをつけたギャルソンの冷たい視線に幻滅して〈カフェ・ド・フロール〉を去り、大通りを渡ってレーヌ・ブランシュ通りの狭いバーに集まるようになった。サルモンいわく「大きな交差点にある人気の街角。規則正しい星々が重い瞳を閉じる時間まで店を渡り歩かなくてはならないと考えている勇ましい解釈学者にとっては、バーへ行くために細い道へ列をつくって入っていくのはとてもおしゃれなことだった[7]」

フランシス・フォスカ［筆名。本名はジョルジュ・ド・トラック。小説家兼画家］はカフェに創作意欲を刺激された。「カフェにいると個人の価値だけが働く。しかしサロンでは、社会的地位・交友関係・財産というほかの要素が個人の価値を打ち消してしまう。裕福だがつまらない男や間抜けな男は、カフェではすぐに侮蔑の対象になる。しかしサロンでわざわざ彼を制止する人がいるだろうか？　皆、心のなかで悪口を言うだけで満足してしまう。カフェのルールである社会的平等のおかげで、個人が意見を言えるようになる。そして自由も認められる。（中略）私はただカフェに通っているだけではない。見識を深めに行っているのだ[8]」。この考え方には、〈ボナパルト〉の常連客も賛同した。〈ボナパルト〉は近くのサン＝ジェルマン＝デ＝プレ教会の鐘の陰にあったヴェルレーヌの愛した小さなカフェである。この店には文学を学ぶ学生や、高等美術学校の学生や、『カフェ・ド・フロールの苦悶』の著者であるリリアン・ガシェが主宰していた若い詩人のグループ、「ラダー」のメンバーが集まった。詩人で「ケルト派」創始者のフランソワ・ミルピエールも、〈ボナパルト〉で会と同名の不遜な雑誌をつくったコンパニョン・ド・ラ・リュカルヌ［屋根窓の会］の会議をおこなった。

サン＝ジェルマン大通りの反対側には、常に客足が絶えない〈ブラスリー・リップ〉があった。〈リップ〉は一八七〇年にドイツ併合時代のアルザスから逃れてきたレオナール・リップというアルザス出身の男によって開かれた。当初、店は〈ブラスリー・レ・ボール・デュ・ラン［ライン川の岸辺のブラスリーの意］〉という名前だったが、ギヨーム・アノトーの次のような文章がきっかけで新しい看板を掲げるようになった。「子どもだった頃、私は〈ブラスリー・リップ〉と、懐中時計のリップ社を同じものだと考えていた。時計型の丸い看板が私に誤解を植え付けたのだ。そう、間違いだった。父がビールを飲んでプレッツェルを食べるのに連れて行ってくれたカフェは、時計会社のリップとは何も関係がなかったのである」[9]。詩の父であり名高い陶芸家でもあったレオン＝ポール・ファルグは、エキゾチックな花と植物が描かれた〈リップ〉のメインサロンで自身のスタイルを確立した。そして建築家のルイ・マドレーヌが一九二五年に店を改装する。伝説はここから始まった……。改装以後、世界じゅうの著名人が〈リップ〉の常連になった。アヴェロン県の名家だったカゼズ家がここをパリの著名人たちにとって避けては通れない食事を味わえるブラスリーにしたのである。カゼズ家の家長だったマルスラン・カゼズは浴槽とお湯のタンクを必死に背負って家に風呂を運ぶ仕事からキャリアを始めた［当時、浴槽と湯を家まで運ぶ水運び人という仕事があった。この職にはアヴェロン県出身者が多かった］。一九二〇年に、彼は〈リップ〉を創業者から引き継ぐ。そして一九三五年、〈リップ〉の歴史に刻まれる日がやってきた。カゼズ賞［リップ賞とも呼ばれる文学賞］の創立だ。創立以来、賞の授賞式には主人が生まれ故郷のルエルグ地方［南仏の旧地方名、ロデスの西南部に当たる］に最上の材料を探しに行き、腕によりをかけたごちそうを出すようになった。〈リップ〉の一階は、芸術家や作家や政治家や演劇関係者や詩人やラジオ界の人間などで賑わっていた。その他の野次馬は二階か、歩道にある狭いテラス席に追いやられた。ファルグは次のように書いている。「ここはパリで唯一、ジョッキ一杯の値段でパリの一日の正確なレジュメを書くことができる場所だ」[10]

　マルスラン・カゼズは客をよく分かっていた。どんなに目立たないスターにも一目で気づき、常連のなかでも「特別な上客」だけが座れるソファー席の革に艶を与える存在であるかどうかを見極めた。戦間期にその席に座った人物には、ビール好きだったポール・パンルヴェとポール・ヴァレリー、それにジャン・シアップ［フランスの政治家、警視総監を務める］や議会を終えてサン・ルイ島にあった自宅に帰る前にザワークラウトを食べに寄ったレオン・ブルムがいる。ほかにもカゼズの長い顧客リストには、ロベール・デスノス、アントワーヌ・ド・サン＝テクジュペリ、ガストン・バティ、ジャン・ジロドゥー、女優のマルグリット・モレノ、アルベール・ティボーデ、ルイ・ラザルス、ダラディエ、ラマディエ、エドゥアール・エリオなどがいる。夜の十二時になり芝居が終わると、マドレーヌ・ルノー、ジャン＝ルイ・バロー、ベルタ・ボヴィ、ピエール・デュック、ルイ・ジュヴェ、ルイ・セニェ、ジャン＝ピエール・オモン、ピエール・ブランシャール、ヴィクトール・フランサン、ピエール・ブラッスール、アンドレ・ルゲなどの有名人が多く現れた。しかし第二次世界大戦によってこうしたお祭り騒ぎは姿を消してしまう。夜間外出禁止令が出たため、いたるところで十時に店を閉めなくてはならなくなったからだ。国土解放の日、にこやかな顔をしたひとりのアメリカ人兵士がジープから降りてきたときのことは、強烈な記憶としてマルスラン・リップの心に残っていただろう。

「こんにちは、カゼズさん。私のことが分かるか？　アーネスト・ヘミングウェイだ。ところで喉が渇いて死にそうなんだが……」

カゼズは缶を取ってその有名な作家に差し出した。

「ムッシュー・ヘミングウェイ、赤ワインはいかがですか？」

「いや、赤ワインよりもコニャックをくれ！」

ヘミングウェイは空になった缶を差し出し、上質な三つ星コニャックのマーテルの大瓶を探しに行くと、連れといっしょにあっという間に空にしてしまった。

国土解放後の数年は非常に苦しい時期だった。フランスは国土解放による幸福感のただよう時代から、最も悲惨で重苦しい危機の時代に移りつつあった。危機は戦争によって経済システムが疲弊し人口が減少していた国を襲った。経済を立て直し国土を守るためにアメリカの援助に頼るのを余儀なくされたフランスは、被援助国・被保護国の立場に落ちぶれる。アメリカは非常に長いあいだ、フランスにとって親切な庇護者だった。政治機構の混乱の影で、無所属の政治家は信用を失う。虚言を繰り返す政治家による無惨な争いにだんだんと注意を払わなくなっていった世論を前に、共産党員はラ・マルセイエーズを歌って三色旗を振り、社会党員はカール・マルクスを忘れ、急進党員は保守主義に走り、左派共和党員は右派の自由主義者になった。

一九四五～一九五三年は急速なインフレーションが起こった時期だ。社会的な困難から、世論は不満で溢れ政治界では左派が台頭した。第四共和政の政体は政党間の争いにおいて脆弱さと無能さを露呈した。ヴァンサン・オリオルとルネ・コティが大統領を務めていた一九四六年一月二十日から一九五八年五月二十八日のあいだに、首相は二十四回変わった。アメリカとソ連とイギリスの圧力の下では植民地帝国が激しい声を上げはじめる。この動乱は一九五四年のインドシナ独立に至り、のちにモロッコ、チュニジア、マダガスカル、そしてアルジェリアの独立へとつながった。そもそもフランス政府にはアルジェリアで起こった独立運動を解決する能力がなく、この戦争はフランスの敗北に終わった。

サン゠ジェルマンのカフェのテラスや、若者が通った〈ル・タブー〉のような「地下居酒屋《カーヴ》」では話題が尽きなかっただろう。「カーヴ」とはグリニッジ・ヴィレッジ［ニューヨークの一地区］を模した雰囲気のなかで流行りのアメリカ音楽を楽しむ場所だ。下水で悪臭を放っていたドフィーヌ通りの小さなバーの湿っぽい地下室をクラブにつくりかえようというアイディアは、一九四七年四月にフレッド・ショヴロという若いギャルソンの頭のなかで生まれた。ショヴロは、ここが左岸のインテリたちに提供する排他的な空間に理想的な場所であると考えたのである。そして賭けは成功した！

〈ル・タブー〉は作家とガリマール出版社の幹部たちが合う場所になり、サルトル、ジャック・プレヴェール、レイモン・クノー、カミュ、レイモン＝レオポルド・ブリュックベルジェ、ロベール・シピオン、ロジェ・ヴェラン、アレクサンドル・アストリュク、ボリス・ヴィアン〔詩人、ジャズトランペット奏者としても知られる〕、ガストン・ガリマールなどが訪れた。客は珍しい、当時ほとんどもぐりの飲み物であったコカコーラを味わった。作家に加えてジェラール・フィリップとカルメン・アマヤなどの演劇関係者も集まった。〈ル・タブー〉で女祭司のように振舞っていた、茶色い髪で黒い目をした優美な若い女性がいた。ジュリエット・グレコだ。グレコは、友人で儚げな痩せた赤毛の若い詩人、アンヌ＝マリー・カザリス抜きではほとんどそこから移動しなかった。

　夜になると、ジャズオーケストラと組んだボリス・ヴィアンや、ジャック兄弟〔四人組の音楽グループ〕やアンリ・サルヴァドールやイヴ・ロベールやダニエル・ゲランとマルセル・ムルージなどの愉快な友人たちが〈ル・タブー〉を賑わわせた。店の名前は意味なくつけられたわけではない。ポリネシア語で「聖なる」という意味の単語「タプ」から来ている。聖なる店は庇護者の役割を果たしていると考えられ、この店への侵入は天罰をもたらすとみなされていた。〈ル・タブー〉はもはやカフェではなく、ある種の秘密結社で、人々は宗教的な集まりや禁じられた儀式に参加するかのように店に通った。歴史を詳しく知らない多くの人は、カーヴを新しい形の店だと思っていたが、こうした場所はインテリ層がいた街区に前から存在していたのである。

　レンヌ通りの〈ラ・ローズ・ルージュ〉やサン＝ブノワ通りの〈クルブ・サン＝ジェルマン＝デ＝プレ〉などのサン＝ジェルマン地区のカーヴは、カルティエ・ラタンの古い家屋を一新させた。カルティエ・ラタンは「水治療派」が集っていた場所であり、ロドルフ・サリス〔〈ル・シャ・ノワール〉の創始者〕が〈ル・シャ・ノワール〉や〈ル・ソレイユ・ドール〉の着想を得た場所でもあり、『ラ・プリュム』誌［一八八九年にレオン・デシャンが創始した文学芸術誌］の創立メンバーがパーティーを開いた場所でもある。一九二五年に、サン＝ジェルマン大通りにあったカフェのカーヴでピエール・ラブラシュリとルネ・ジョリヴェがつくった「ジレ・ルージュ」というグループも忘れてはならない。〈カヴォー・ド・ロシェ〉と名付けられた地下酒場《カヴォー》は、詩人のトリスタン・ドゥレムや俳優で詩人のアントナン・アルトーや作家のアルフレッド・モルティエを引きつける。彼らはここで自身の作品を朗読した。カルナヴァル博物館の維持管理者で気の向いたときに詩を書いていたアルカンテ・ド・ブラームも〈カヴォー・ド・ロシェ〉の常連だった。ブラームは「イロニー符号」［イロニーや反語の用いられている箇所を示す符号］の発案者で『葬儀屋の行進』や『ドイツ歩兵の歌』を翻訳して成功した詩人である。ラブラシュリは、一九四三年にジャーナリストのジャン・プラストーにイロニー符号を復活させるアイディアを与えた。かくして手近なものを飾った〈カヴォー・デ・カルカムッス〉というカーヴが生まれる。内装には地下鉄から盗んできたポスターが目立った。天井はジョルジュ・アラリーの絵が添えられたアルフォンス・アレーとプラストーの引用文で埋め尽くされていた。〈カヴォー・デ・カルカムッス〉は、パリで初めてジャック・プレヴェールの詩が人前で読み上げられた店でもある。しかし、アンヌ＝マリー・キャリエールや映画俳優のベルナール・ラヴァレットやシャンソン歌手のカトリーヌ・ソヴァージュやルイ・ベルリアなどの陽気な人々は、一九四七年に〈カヴォー・デュ・ロリアンテ〉へと移動してしまった。

　ときが経つにつれて、サン＝ブノワ通りにあった〈クルブ・サン＝ジェルマン＝デ＝プレ〉は〈ル・タブー〉にとって深刻なライバルになっていった。片方がお祭り気分のパーティーを開けば、もう片方も独創的なパーティーをおこなう。一九四九年には、店同士の争いと作家のライバル意識から小競り合いが激しくなった。〈クルブ・サン＝ジェルマン＝デ＝プレ〉でおこなわれた「無垢の夜《イノサンス》」というパーティーに対抗して、〈ル・タブー〉では「色欲の夜《リュクスュール》」が計画される。ボリス・ヴィアンは「無垢派」の筆頭だったが、弟の作曲家のアラン・ヴィアンは「色欲派」の指導者的存在だった。冗談話はまだ続く。「クプ・デュ・ペール・フランソワ」［「フランソワおじさんの一撃」から派生して「首締め強奪」を指す言い回し。父が作家のフランソワ・モーリアックだったため］と呼ばれた作家のクロード・モーリアックは、父親がサルトルに「怖気付いたおべっか野郎」と言われたのを受けて一族の名誉を挽回すると心に決めた。そこで彼はボーヴォワールにサン＝ジェルマンの華というあだ名をつける。「色欲派」がボーヴォワールを「放蕩女」と呼ぶと、「無垢派」は「うぶな娘」と呼んで応酬した。

〈ル・タブー〉はあらゆる期待の上をいく成功ぶりを見せた。「放蕩女」といわれたボーヴォワールが評判を傷つけられた恐喝事件を契機に〈ル・タブー〉で新聞を書きはじめたのである。ニュースに飢えた大衆は、実存主義者と反実存主義者の有名人に会えるのを期待してすぐにこれらの「カーヴ」に押しかけた。サン＝ジャック通りの〈カヴォー・デ・ロリアンテ〉では、クロード・リュテ率いるジャズオーケストラの演奏の下で、若者が「生きることとは行動することだ」というサルトルの学説を野性的ともいえるダンスで祝いにやってきた。

一九五〇年代末期は、カーヴやカフェで「実存主義者」の波が絶頂に達した時期である。実存主義思想の評判は国境を越えて遠くまで届いた。チリのサンティアゴやニューヨークやサンフランシスコからもサルトルの気配を感じに人がやってきた。店の経営者や実務家は金儲けの匂いを嗅ぎとり、おめでたい客を集めてレジを満たすためにサルトルに瓜ふたつの人物を用意した。このアイディアはたちまち広まり、社交界の著名人を集めた闇市ではサルトルだけでなくジッドやプレヴェールに似た人物も高い相場がついた。コクトーの偽物ときたら本当のピカソと同じくらいの値段だった。サン＝ジェルマン地区はかつてない好景気を経験する。映画界がこれに注目した。映画監督のジャック・ベッケルはここで『七月のランデヴー』を撮り、カーヴの暗い部屋に実存主義の精神を吹き込もうとした。

純粋に店を愛する客はこうした騒ぎに腹を立てた。周囲にひしめく上流階級気取りの野次馬にうんざりしたジャズの愛好家は、〈ル・ヴィユー・コロンビエ〉か、ラ・アルプ通りの〈ラ・ローズ・ルージュ〉に逃げた。ジャズの魅力を伝えるパーティーを開くために、アフリカ系のアメリカ人がこうした店をねぐらにする。レンヌ通りに移った〈ラ・ローズ・ルージュ〉［一九四七年にラ・アルプ通りに開店したが翌年にレンヌ通りに引っ越した］は、グルニエ＝ウスノ・カンパニー［ジャン・グルニエとオリヴィエ・ウスノがつくった映画会社］と、それぞれ違う色のベストと全身タイツ姿で歌いながらマイムをするジャック兄弟の聖地になった。細いユシェット通りにあった、通りと同じ名前の〈カヴォー・ド・ラ・ユシェット〉と、プレ・オー・クレール通りのサントマダカンホテルの地下にあった〈ル・コリベ〉を見てみよう。〈ル・コリベ〉は年輩の財務監察官で賑わい、哲学家や片手間の歌手や好人物だったフランシス・クロード［一九〇五年生まれの俳優］が通った店だ。サン＝ジェルマン大通りのカフェやカーヴにいて急に腹を空かせた客は〈ラ・グルヌイユ〉に向かった。主人のロジェはカエルの腿をプロヴァンス風に料理して出した［店名のグルヌイユはカエルの意］。カエル以外の料理は長方形の部屋の奥の壁にかけられた巨大なスレート板に書いてあり、客はテーブルからテーブルへ回っていく双眼鏡を使ってそれを読んだ。〈ラ・グルヌイユ〉には客が途絶えなかった。ロジェは店をパリでいちばん独特で面白い店に仕立て上げたのである。

かなりの変わり者だったロジェは、コニャック風味のコック・オ・ヴァンを食べに来たアメリカ人の老女の唇にキスをした。ロジェは自分の人生の話を語るのも好きだった。なかでもいちばん面白かったのはネクタイのエピソードだ。ロジェが〈マキシム〉で昇級したばかりの頃のことである。彼は三年間皿洗いをつとめたあと、ボーイとして働きはじめたところだった。ちょうどその日に〈マキシム〉でごちそうを食べていたのは、ベルギー王のアルベール一世だった。ロジェは上役から一皿めの豪勢なザリガニのビスクのサーブを任される。皿をもっていって順番に出したロジェは、すぐに客たちの反応に驚いた。彼らは全員このおいしい料理を断ったのである。ロジェが奥に戻って狼狽していると、上役が声を枯らして叫んでいるのが聞こえた。「ロジェ、ネクタイが……。おまえ、ネクタイがないぞ！」ロジェは狂ったように首元をさわった。実は彼の蝶ネクタイはほどけていた。あろうことか、黒い蝶のようにビスクの真ん中に鎮座していたのだ。これにしょげてしまったロジェはセーヌ川を渡り、自分の裁量で才能を生かせる場所を求めて、サン＝ジェルマン＝デ＝プレ地区へ向かった。

　強烈な刺激を求める好き者なら、サン＝ジュリアン＝ル＝ポーヴル通りとガランド通りの角にある〈トロワ・メレッツ〉という看板の出ているビストロを通って奇妙な地下室へ行くといい。二十フラン払えばかつてプティ・シャトレ監獄だった地下に入ることができる。ここには拷問博物館があり、四隅に四肢を結ぶベッドや、とげのついたタイヤや、下で火を燃やす穴の空いた椅子や、拷問対象の人物の足を溶けた鉛や煮えたぎった油の入った長靴に入れる姿などが展示されている。

　魅力的な店のなかでも特に、ジャコブ通りにあった〈レシェル・ド・ジャコブ〉と〈レ・トロワ・ザササン〉と〈ラ・キャトリエーム・レピュブリック〉の名を挙げておこう。グラン＝オーギュスタン通り（quai des Grands-Augustins）の〈シェ・ルイゼット・ラ・バスケーズ〉でもいい。ときどき、人々はこの街区で流行りの最新のビストロのひとつに向かった。演劇関係者で最も繁盛していたのは、ヴィユ・コロンビエ劇場のそばのクロワ＝ルージュ交差点［現在のミシェル・ドゥブレ広場に当たる］にあった〈ル・カルフール〉という店だ。文学誌『オスモス』の作家たちが待ち合わせに使ったのは、サン＝ジェルマン大通りのディドロ像のお膝元にあった〈ル・サン＝クロード〉だった。〈ル・サン＝クロード〉は生粋のオーヴェルニュ人のマリネットがやっていた店で、朝の四時まで開いていた。そのため〈ル・サン＝クロード〉に閉店までいた客は、四時になるとフール通りにあった〈ラ・ショプ・ゴロワーズ〉へ逃れ、チーズスープかカフェオレを飲みに行った。オニオンスープが飲みたい人は、フール通りの〈シェ・シャルロ〉かバック通りの〈ル・バルバック〉に行った。〈ル・バルバック〉では主人のイヴォンヌとブランシュが空腹を抱えた宵っ張りの人たちを迎えていた。歌手のレオ・フェレはこの店に愛情を抱いていた。フェレはパレ＝ロワイヤルのシェ・ミロール・ラルスイユというキャバレーでコンサートをしたあと、ジャック兄弟といっしょに〈ル・バルバック〉でときどき夜を過ごしている。

また、映画スターがひいきにしていた〈ラ・レーヌ・ブランシュ〉や、評判の作家たちがうろうろしていた〈ル・マビヨン〉や、その向かいのアフリカの村風の〈ラ・ペリゴーラ〉も忘れてはならない。〈ラ・ペリゴーラ〉では、ムール貝のカソレットとイタリア料理のパスタを食べる客を前に、黒人がスピリチュアル［アフリカ系アメリカ人がアフリカの音楽のリズムとキリスト教の教えを融合させてつくった黒人霊歌］を歌いに来ていた。

一九五〇年代のサン＝ジェルマン＝デ＝プレ地区のカフェやビストロを考えるとき、パリで最後の真の店の主人に触れずに済ませるわけにはいかない。ボナパルト通りとフール通りの角に店をもっていたキレおじさん《ペール・キレ》である。ペール・キレの不思議な居酒屋はいつも閉まっているように見えた。入れるのは顔なじみだけで、それも裏口からだった。しかもここでは蒸留酒もアペリティフもパスティスもフルーツジュースもミネラルウォーターも出てこない。ただアンジュー産ワインを二種類置いているだけだった。白ワインはサヴニエールのピノ・ブラン、そして赤ワインはカベルネ。どちらもアンジェ近くのロッシュ・オー・モワンヌという村のワインだ。ペール・キレの店には、レオン＝ポール・ファルグや詩人のラウル・ポンションや出版者のジョルジュ・サレや製版師のエビュテルヌたちが出入りしていた。十九世紀最大の美味なワインの当たり年である一八七六年の三月に生まれた元ブドウ栽培の達人であるペール・キレは、

「豊かに暮らす」伝統を愛していた。彼は根っから陽気な性格《ラブレジアン》で、煙っぽい古い部屋にテレームの僧院〔ラブレーの『ガルガンチュア』に登場する「なんじの欲するところをなせ」という規則の元に成り立っている共同体〕のような自由の神殿をつくる術を知っていた。ペール・キレの店の常連客は、暗い実存主義の隠れ家で朗読する人たちとは正反対の忌憚のない意見を述べていた。サルトルとボーヴォワールの支持者は多くの人の合意を得るところからは遠いところにいた。サン＝ジェルマンは文学運動が盛んで、流行りのカフェがある地区として知られていた。〈カヴォー・ド・ラ・プリュム・ドワ〉では、キレの店の常連客のような思想の老人たちが、チェックのシャツを着た青年たちに取って代わった。〈カヴォー・ド・ラ・プリュム・ドワ〉の優れた経営者だったマダム・ヴァラニャックも典型的な実存主義反対派で、こうした人々はサルトルとその一派の思想にとらわれていた芸術家を呪いから解き放った。二十三歳だった『女の力学』の著者、イシドール・イズーは「文字主義《レトリスム》」をうちたてる。イズーは弟子のガブリエル・ポメランと二人で実存主義を打ち倒そうとした。

　ピエール・オトリーやアンリ・ペルショやエルヴェ・バザンに取り囲まれた作家のジャン・レヴェックは、周囲を取り巻くペシミズムに反旗を翻す「エピファニズム」という運動を起こす。エプファニズム派は人間が不快感なく自らを取り戻し、死ぬ前に救われることができるという考えの作品を書きはじめる。ジャーナリストのイヴァン・オドゥアールは、友人で挿絵画家のソロと「セマフォリズム」をたちあげる。オドゥアールとソロは弁論術を使わずに会話していた。武勲詩〔十一～二世紀のフランスで現れた叙事詩〕を朗読して気晴らしをしていたのである！　開店以来、男性客よりも女性客の方が多く、半島《プレスキル》のメンバーが集まったクラブも挙げておこう。まもなくこの店は〈クラブ・デ・女性優位《プレスケル》〉と呼ばれるようになる。こうした運動はすべて不条理を越え、現実の戦争の苦しい時代を忘れようとしている若者の深い苦しみを覆い隠すものだった。カーヴやキャバレーで演奏される歌が、たいていプレヴェールとコズマの『枯葉』のような寂しげな曲であったことがそれを証明している。

音楽だけが時代の寂しさを表していたわけではない。カフェも同じだ。非常に豪華なカフェは流行らなくなっていった。〈プロコープ〉はふたたび姿を消す。例えばアンドレ・サルモンは〈プロコープ〉について次のように書いている。

> 私はアンシエンヌ・コメディ通りの〈プロコープ〉を知っているほど年老いてはいない。インテリ層の中心地たるこのカフェの歴史にとって重要なのは、物静かなヴェルレーヌが何度もここで食べたということと、彼がその忘れがたい味にひかれていたことである。今日〈プロコープ〉は姿を消し、店の一階だった部屋にはクルーニー出版が置かれた。二階は知的障がい児や恵まれない子どもの学校に姿を変え、初歩的な読み方をヒステリックにわめく声で『艶なる祭り』［ヴェルレーヌの詩集］のささやきは永久に聞こえなくなってしまった……。人生はこんなものだ。そしてそんなものだと受け入れなくてはならない。[11]

〈プロコープ〉は姿を消したが、その数年後にはもうひとつの〈プロコープ〉が誕生した。以前の〈プロコープ〉とは確かに別の店なのだが同じように豪華だった。しかし〈プロコープ〉が一時期姿を消していたことは、〈ル・マビヨン〉や〈ル・サン・クロード〉や〈ル・タブー〉や〈ル・モワノー〉のカウンターに出没していた好奇心にあふれた男や彼の突飛な思想にはまったく影響しなかった。男の名はアンリ＝ガラール・ド・ベアルン。一九五〇年五月、ベアルンは彼の意見に注意深く耳を傾けていた人々を驚愕させ呆然とさせた。非凡なベアルンの言うところによれば、彼はエッフェル塔爆破を目的として五十キロの火薬を手に入れようとした。警察はすぐにそれを聞きつけ、新米のアナーキストを彼が住んでいたジョゼフ・グラニエ通りの安宿で逮捕して尋問に連行する。ベアルンは尋問相手のクロット警視を相手に、アンドレ・ジッドと無償の行為の概念を引き合いに出して自身の無実を証明した。

一九四〇年代末期のサン＝ジェルマン＝デ＝プレ地区は、朝十時に目覚めていた。十時になると、ブキニストがゆっくりと陳列台の準備をしはじめる。箱を開いて葉書や版画を並べ、折りたたみ椅子に腰を下ろす。オテル・ド・タランヌから出てきたばかりの男性が書店のショーウインドウの前で足をとめた。詩人のジャック・オディベルティだ。彼はキオスクで新聞を買うと〈ドゥ・マゴ〉に入っていった。いつもの朝と同じようにコーヒーとクロワッサンをいくつか頼み、コズマとレイモン・クノーが話しているテーブルの隣に座った。

サン＝ジェルマン大通りを渡ってレンヌ通り八六番地にある自分の書店に向かう壮年の男性は、編集者のジャン・ポルソンだ。ポルソンは浮かれていた。ポルソンが出版したいと夢見ていたシャルル・ペローの『昔話』の多くのオリジナル作品に挿絵画家のヘンリー・ルマリエが挿絵をつけるのを承諾したからだ。十一時近くになると、しだいにカフェのテラスは人で賑わってくる。〈カフェ・ド・フロール〉や〈ドゥ・マゴ〉や〈カフェ・ド・クルニー〉や〈ブラスリー・ルテティア〉や〈ラ・リュムリー・マルティニケーズ〉に人が山のように押し寄せた。それから三十分するとアペリティフの時間だ。アペリティフは聖なる儀式だった。シュールレアリストのアントナン・アルトーが、俳優のロジェ・ブランや劇作家のアルチュール・アダモフや弟子のアンリ・ピシェットなどの友人と、ジャコブ通りの〈ル・バー・ヴェール〉にいる。〈ル・ロワイヤル・サン＝ジェルマン〉の赤い革張りの大きな馬蹄型のカウンターには、画家のピエール・デッサンがバンデラとウォルスといっしょにアニス酒を飲んでいる。同じ儀式はサン＝ジェルマン大通りの

〈ル・サン・クロード〉でも、クロワ＝ルージュ交差点の〈ル・カルフール〉でも、フール通りの〈シェ・シャルロ〉でも、バック通りの〈ル・バルバック〉でも、サン＝ブノワ通りの〈ル・モンタナ〉でもおこなわれていた……。

正午になると、すべてのカフェが人でいっぱいになる。ファスケル出版やティスネ出版やドゥブレッス出版やニケーズ書店やガダン書店の近くにあった〈ラ・リュムリー・マルティニケーズ〉で、アントワーヌ・ブロンダンは今日初めてのパンチを飲んだ。昼食の時間になるとカフェは空になり、人々は自分の財布に応じてレストランに向かう。選択肢は多かった。エペロン通りの〈アラール〉、オデオン広場の〈ラ・メディテラネ〉、グラン・オーギュスタン通りの〈ル・ルレ・ド・ポルケロール〉と〈ラ・ペルーズ〉。より安い店がよければダントン通りの〈ラ・ショプ・ダントン〉、ゴズラン通りの〈ラ・プラルド〉などがあった。昼二時頃になるとカフェに人が戻ってくる。地下室のネズミも目を覚まし、カフェに朝飯をあさりにくる。ジャン・ティシエやフランソワ・ペリエやピエール・ブラッスールやイヴ・アレグレやピエール・フルスナ［ティシエ、ペリエ、ブラッスール、フルスナは一九四〇年以降のフランス映画黄金期に活躍した映画俳優。アレグレは映画監督］など、すれ違う有名人のあいだをネズミたちは気取って歩いたことだろう。

午後になると彼らは散歩に出かけ、ヴェール＝ギャラン公園［シテ島の西端にある緑地］やリュクサンブール公園にわずかな緑を求めに行った。そしてボナパルト通りやシェルシュ＝ミディ通りやボー・アール通りやサン＝ペール通りの骨董屋で珍しい版の書籍を探しまわった。

午後も終わる五時か六時頃になると、足が重くなった散歩好きの人々はサン＝スュルピス広場の〈カフェ・ド・ラ・メリー〉や〈ブラスリー・リップ〉でビールを前に休憩する。ソーヴィニョンを飲みたければ、ペール・キレの店や〈シェ・リフォー〉へ行き、辛口の白ワインであるサンセールを樽から直接大量に飲んだ。カオールのワイン愛好者はセーヌ通りの〈シェ・ル・ペール・コンスタン〉に通った。また ムシュー・ル・プランス通りの〈ル・プランス・ポール〉に通うものもいた。〈ル・プランス・ポール〉は、ベルスやソロやペイネやエッフェルなどの挿絵画家と映画監督のジャック・タチの溜まり場だった。〈ル・プランス・ポール〉のカウンターの内側では旧型の蓄音機が音をあげ、その横では主人が酸味を帯びたガイヤック〔トゥールーズ北東のA.O.C.ワイン〕の瓶をグラスに垂直に突っ込んで大量に注いでいた。若者はワインよりもパリ風の飲み物のディアボロを好んで飲んだ。彼らは靴底に当たり、頭に熱をこもらせるアスファルトから来る疲れに負けない薬として、レモネードにほんの少しのミントシロップやザクロシロップやスグリシロップを落としたディアボロを愛飲したのである。もう夜の八時。おなかが空いてくる時間だ。ふたたびレストランに人が押し寄せる。〈ル・プティ・サン＝ブノワ〉にはあまり裕福ではない人がやってきた。客たちはボー・アール通りの角にある〈シェ・レミ〉や、ボナパルト通りの〈ル・ヴィユ・カスク〉や、グレゴワール・ド・トゥール通りのギリシャ料理屋に急いだ。

演劇が始まる時間になると、演劇愛好者はヴィユ・コロンビエ劇場とリュクサンブール劇場とポッシュ劇場の三つから選ぶことができた。ダンスや音楽のほうが好きな人は、ボリス・ヴィアンのオーケストラが楽しめるサン＝ブノワ通りの〈クルブ・サン＝ジェルマン＝デ＝プレ〉や、クロード・リュテが演奏していた〈クルブ・デュ・ヴィユ・コロンビエ〉や、グレコやジャック兄弟が喝采を浴びていた〈ル・タブー〉や〈ラ・ローズ・ルージュ〉に向かった。眠ることを知らない反抗的な人や若い人や思慮分別に欠ける連中は、〆の一杯を飲みに〈ラ・ショプ・ゴロワーズ〉へ行くか、芸術橋《ポンデザール》を渡ってレ・アール地区あたりで夜遊びを終えるのだった。

第十章　パリ、もうひとつのパリへ

パリは天国から最も遠い場所だが、それでも私を失望させる唯一の場所であることにかわりはない。
エミール＝ミシェル・シオラン『苦しみの三段論法』

一九四五年、永久不滅のフランスを祝う挨拶の音に合わせて、パリに新たな夜明けが訪れる。フランス帝国が崩壊したのである。植民者や植民地は過去のものとなった。インドシナが立ち上がり、インドの古い商館は閉じられ、マグレブが唸り声をあげ、アフリカは権利を求めて声を上げはじめた。一九四〇年の敗北［ナチスドイツによってフランス第三共和政府が崩壊した］によってフランスが弱体化しているのではないかという憶測が広がり、植民地のいたるところで独立を求める抵抗運動が起こったのだ。しかし、フランス人はこうした植民地の解体にあまり驚かなかった。フランス人は、どの政治体制においても以前の政治体制の業績を非難するという反骨精神を発揮する。彼らは秩序の力にも無秩序の力にも腹を立てることなく政体が代わるのを見届けた［戦後、フランスの政体は第四共和政となる］。パリからすると、植民地での動乱は遠い出来事のように受け止められたのである。

この時代を理解するうえで何より大切なのは、ゆっくりと細部に気を配りながら大通りを散歩して、カフェのテラスで自由に足をとめ、鉄のテーブルに囲まれた籐の椅子に座り、サイホンとアペリティフの並ぶなかで、通りを舞台に演じられる見世物を見ることだ。こうした通りでは、政界の劇よりもたいへん魅力的な見世物が繰り広げられていた。

大通りでは、爽やかにぱちぱちとはぜる淡色ビールのタンクを前に座ったパリジャンたちが、国民議会の幻を売る人よりも、甘言を繰り出す流しの口上屋の話を聞くのに夢中になっていた。しかし、通りは静かで人気《ひとけ》もなく、幾度もの戦争や革命や流行をものともしなかった、何の変哲もないのにそれでいて永続的なパリの不変性は失われてしまっていた。第四共和政は終わりを告げた。そして第五共和政が誕生する！死者の世界に入ってしまった政治家たちは、まるで壮大な墓地に暮らしているようであった。今度こそ自信をもって言えるが、フランスはやっとすばらしい政体を手に入れたのである。大統領の権限を強化し、内閣を安定させた第五共和政は、フランス国家を救った！　いいときも悪いときもあったものの、エリゼ宮［フランスの大統領府］には、シャルル・ド・ゴール将軍、ジョルジュ・ポンピドゥー、ヴァレリー・ジスカールデスタン、フランソワ・ミッテラン、ジャック・シラクが入り、それからニコラ・サルコジ、その後フランソワ・オランドを経て現在はエマニュエル・マクロンが住んでいる。そして一九五八年九月二十八日、憲法が発布されフランス帝国は制度的にも終焉を迎え、共和国大統領の選挙が普通選挙でおこなわれた。その後、一九六八年五～六月の社会的混乱や学生問題を受け、また上院及び地方行政制度の改革案に関する国民投票をおこないノーを突きつけられたド・ゴール大統領は辞職した。さらに、フランスはエネルギー問題、インフレ、失業問題、左派への回帰、緊縮政治、国民戦線［フランスの極右政党］の驚異的な躍進、緑の党の台頭、共和党の没落と事実上の消滅を経験した。そして「ヨーロッパ」と呼ばれる存在が出現する。フランの発行が停止されてユーロへ移行し、フランスは最後の特権である貨幣鋳造権と関税を課す権利を失った。イギリスの漁師が獲ったエビを売るときの関税を、ブリュッセルのEU本部に尋ねなければ決められなくなったのである。有権者の意見にこびへつらって、政治家は守れない約束をした。

ブルヴァルディエの反抗的な性質はどこかへ消えてしまった。第二次世界大戦後、レオン＝ポール・ファルグは自分の馬車をコンコルド広場に置いていた。ファルグが書いているところによると、カビの生えた革と濡れた犬と温まった尻の匂いがする馬車だ。モンマルトルとグラン・ブルヴァールのカフェは、もはやデュマ・フィスのドゥミ・モンド［社交界に寄生する素性の知れない女性たちをめぐる世界、デュマ・フィスの同名の戯曲から広まった言葉］や、モーパッサンの愛人や、ポール・ブルジェが描くヒロインたちのエスプリに満ちた言葉で沸き立つことはなくなった。習慣も以前とは変わってしまった。各国の王族はあまり旅をしなくなり、王子たちは疲弊し、正装をした給仕頭は無表情で夕食の時間を待つようになった。並木通り《アヴェニュー》は優美な散歩道としての姿を失い、大衆や田舎者がそぞろ歩きをすることもなくなる。もはや以前のパリは、年老いたパリ愛好家の記憶にしか残っていない。石を見てその声を聞き取ることができる人に、石は話しかけてくる。石は自らの上に、絶えずエスプリに刺激を与えつづけた歴史を積み重ねている。目を閉じて、もう消えてしまった景色を思い描いてみよう。もやもやとした線が記憶のなかの物静かなスクリーンに描かれはじめる。音、形、色合い、匂い、往時の通りは永久に虚無のなかへ薄くなって消えていってしまった。

　ジャン・コクトーはこう書いている。「外国人は我々よりもパリをよく知っている。彼らはパリに新しい視点をもたらした。外国人は習慣に惑わされて、見世物を見逃しはしない。我々の周囲にある秘密を、外国人から教えてもらうこともよくある」。第二次世界大戦後の数年間、流行の発信源となったのはパリの大きなホテルにあるバーだった。著名人たちは前時代と同じようにバーを訪れた。そうしたバーのうち、数軒の雰囲気を見てみよう。オペラ座の近くにあった〈カフェ・ド・ラ・ペ〉はイベントを演出するのに長けていた。一九四八年六月に、レイモンド・モルガンというアメリカ人プロデューサーが、このカフェからアメリカに向けて初めて生放送でラジオ番組を中継するというアイディアを思いついたのである。「Ｔｈｉｓ　ｉｓ　Ｐａｒｉｓ」という番組を三十分生放送するために、九時間半もリハーサルをしなければならなかった。アメリカのラジオ局への中継を引き受けたのは、「ニューヨーク相互ブロードキャスティングシステム」だ。カプシーヌ大通りでは、多くの警備員が、にわか仕立てのスタジオの窓ガラスの前に押しかけた群衆を抑えるのに苦労した。一方、大西洋の向こう側では、テキサス州からミネソタ州まで、七〇〇〇万人の聴衆がパリからの放送に耳を傾けた。

「This is Paris」は、ラジオ越しにフランスの歌を広める役割をもっていた。喜劇俳優のモーリス・シュヴァリエやクロード・ドファンやアンリ・サルヴァドールやイヴ・モンタンの歌が放送されたのだ。当時モンタンは、エディット・ピアフに続いてアメリカツアーに向けて準備をしているところだった。ツアーは大成功を収める。当時、〈カフェ・ド・ラ・ペ〉のテラスで一杯飲むのに憧れないアメリカ人がいただろうか？　四十二メートルもあるパリでいちばん長い〈カフェ・ド・ラ・ペ〉のテラスには、客足が途絶えなかった。

夜になると、カスティリオーヌ通り三番地にあったコンチネンタルホテルの〈ニュー・コンチネンタル・バー〉には、このバーの常連だった外国の著名人に会えることを期待してカクテル好きが集まってきた。オペラ座を設計したガルニエによってつくられた、この古い宮殿の愛好者には、映画俳優のオーソン・ウェルズや、劇作家のサシャ・ギトリの盲目的な崇拝対象だった喜劇女優のひとりであるポーリーン・カートンがいたのである。カートンは一年じゅう近くの大きなホテルに住んでいて、夜になると映画女優で友人のマルグリート・モレノに会いに〈ニュー・コンチネンタル・バー〉を訪れた。

カートンとモレノは、映画や演劇世界について気の利いた批評をした。例えば、アンリ・ド・モンテルランの小説『ポール＝ロワイヤル』で、いかにも「フランス」人的な俳優のジャン・ドビュクールが大司教の役を演じていたとき、ドビュクールは「ポール＝ロワイヤルの沼で鳴いているカエル《グルヌイユ》がいるな」と言わなければならないところを、ある晩の公演で「ポール＝ロワイヤルの沼で大酒を飲んでいる《グルヌイエ》ばばあがいるな《グロニャッス》」と言ったのを、カートンが聞いたというのだ！　心ならずも原作者、モンテルランの意図を裏切ってしまったドビュクールは、おそらく目の前に見えている光景を口にしてしまったのだろう。

　カンボン通り三八番地では〈ル・カンボン〉が、リッツホテルのバー〈ル・バー・デュ・リッツ〉に生まれ変わった。ベネチアングラスで飾られたインテリア、漆がけの壁、緑がかった水のテーブル、空のような青色の天井。〈ル・バー・デュ・リッツ〉は、ヘミングウェイが好んだひっそりとした魅力を保っていた。フランソワ・プルミエ通り三七番地にあった〈ル・バー・ド・ロテル・ベルマン〉は、スコットランド製の布で覆った壁に馬術の光景を描いた版画がかかっていて、とりわけ温かみのある雰囲気だった。このバーには、この界隈にあるクチュールブランドのモデルや、近くにあったふたつの大きなラジオ局「ユーロプ・ニュメロアン」と「ラディオ・リュクサンブール」の司会者がたむろしていた。服飾デザイナー《クチュリエ》や俳優や女優やジャーナリストや国際的な実業家は、コンコルド広場一〇番地にあった〈ル・バー・デュ・クリヨン〉に集った。〈バー・デュ・クリヨン〉の控えめでくつろげる雰囲気が、パリの喧騒を忘れさせたからだ。ここは魅力的な創作や、洗練された発想や、人生を豊かにするのに夢中な突出した才能がある人たちの架空理想郷だった。彼らは〈バー・デュ・クリヨン〉で決め手となるものを多くつくりだし、常に流行を変革していった。

　ジョルジュ・サンク通り三一番地にあった〈ル・バー・デュ・ジョルジュ五世《サンク》〉は、パリの美しさと魅力に花を添えた店だ。丸天井の上に張り出したベージュ色の壁は、マスタード色のフリンジがついた分厚いカーテンに覆われ、ところどころにアルコーブが掘られている。アルコーブのひとつには、リュシアン・クートーのタピストリーがかかっていた。アルコーブの座面も花柄だ。まわりを重々しいガラスのバラスター［欄干をささえる小柱］でできたファサードで囲まれた黒漆の塗られたバーでは、長々とまだ誰も見たことのない観客を驚かせる映画の話がされている。映画プロデューサーと配給者と役者は、制作費を何百万フランも集めたいという野心から罵り合っていた。

モンテーニュ通り二一番地にあったホテルプラザ・アテネに隣接する〈ル・ルレ・プラザ〉は、アメリカ風スタイルとすばらしい年代ものの家具と絵画と骨董品がある店だった。ここには選ばれた人が集まった。当時の客には、ロックフェラー一族やヘンリー・フォード［フォードモーターの創設者］やイラン王パフラヴィー二世やヨルダン王フセイン一世がいる。反対に、ニル通り二番地にあったホテル・ニルのカフェはまったく違った雰囲気だった。ここにはレオミュール地区のジャーナリストや輸送会社「ヌーヴェル・メッサジュリ・ド・パ・プレッス・パリジエンヌ」のトラック運転手や印刷業者やジャーナリズム関係者が、夜十一時半から朝の八時まで出入りしていた。

目に涙を浮かべた年寄りの懐古主義者は、まだかつて名をはせたカフェの話をしていた。カンボン通りとサントノーレ通りの角にあった〈ル・ヴォワザン〉、オスマン大通りとショセ＝ダンタン通りの角にあった〈ル・ペラール〉、それにモーパッサンに敬意を表して、彼が言及した〈ル・トルトーニ〉と〈ル・カフェ・アングレ〉も話にあがった。懐古主義者たちはブルヴァールやオペラ座やサン＝マルタン門のパリの人混みで悲しみを紛らわせ、小人数の楽団が流行りの音楽を演奏するテラスをさすらった。懐古主義者はいい場所を知り尽くしている。ドビュッシー、ジュール・ヴェルヌ、プルースト、ニジンスキー、ストラヴィンスキー、セリーヌなど多くの人が愛した豪華な内装と、内に秘めた魅力のあるシャトレ広場の〈ル・ズィンマー〉や、元平底船の荷揚労働者で店を所有していたアルシード・ルヴェールが何年もかけて収集した珍妙ながらくたをまだ預けていた、サン＝メリ通りの〈ル・カフェ・キュリユー〉。〈ル・カフェ・キュリユー〉では、映画俳優のフランソワ・ペリエやジャン＝クロード・ブリアリやヌーヴェル・ヴァーグ［一九五〇年代にフランスで始まった映画運動］の生き残りが、職人や浮浪者と交流をもっていた。彼らは「ポピュリズム運動」を育んだサン＝ミシェル大通り六五番地の〈ル・マユー〉にも通った。学生はソルボンヌ広場三の二番地にある〈レスコリエ〉、〈ル・スフロ〉、〈ル・セレクト・ラタン〉と、サン＝ミシェル大通りにある〈ラ・スルス〉へ好んで通った。彼らはムフタール通りとサン＝メダール通りの角にあった、流木の古い浅浮彫り《バ・レリーフ》でできた壁の面が魅力的だった〈カフェ・デ・キャトル・セルジャン・ド・ラ・ロシェル〉へも足を運んでいる。このレリーフは下級兵士の兵師団の冒険を象徴していて、不吉な力をもっていたという。かつてマランドラン［中世に街道を荒らした強盗団］が、司法官に対してお決まりの陰謀をくわだてるためにその前に集まった。口さがない人たちは、この不吉な慣習は今日でもまだ残っていると言っている。学生たちはいまでもラグランジュ通りとファアール通りの角にある〈レ・クロッシュ・ド・ノートルダム〉や〈カフェ・ギナール〉で不良仲間と交流する。〈カフェ・ギナール〉には長さ十四メートルのカウンターがあり、モーベ広場の浮浪者（親しみを込めて「モベ」と呼ばれる）が集まった。

〈バール・デュ・ケ・ヴォルテール〉に行くと、運が良ければ小説家のアルフォンス・ブタルドと脚本家のミシェル・オディアールと小説家のジャン・ブルディエとジャン・ブリュエルを連れた『冬の猿』の作者、アントワーヌ・ブロンダンと会うことができた。ジャン・ブリュエルは、一九五〇年にかの有名な「バトー・ムーシュ」［セーヌ川の遊覧船］をつくってセーヌ川に人を呼び戻した人物だ。ブリュエルは、ガリオット船や平底船や川船を、側面をすべて見ることができるように、葉の形にカーブした屋根が船体の上にせり出した、広いデッキが特徴的で上部が大きい現代的な船につくりかえた。

ブリュエルは数年前に亡くなったが［二〇〇三年没］、彼のつくった船団はパリジャンや旅行者を楽しませつづけている。信念の人で行動派だったブリュエルは、しばしば政府と対立した。あるとき、「バトー・蠅《ムーシュ》」という名前をあまり気に入っていなかった市職員が、ブリュエルに名前の載った看板を変えるように強いてきた。新しい看板をつくるには二万フランという大金がかかる。そこでブリュエルは想像力を発揮する。まず、彼は一隻の船をジャン＝セバスティアン・ムーシュと名付けた。そしてパリの観光船をつくった、オスマン男爵の偉大なる協力者のジャン＝セバスティアン・ムーシュに敬意を表してこの名をつけたのだと主張し、同時に彼の社名を正当なものだと認めさせたのである。

　ジャン＝セバスティアン・ムーシュという人物を生み出したことで、取るに足らない市の職員がブリュエルに会社の名前を変えさせるように強要させることはできなくなった。同時に、ブリュエルは、とりわけ迅速な情報捜査官の組織を示す密告者《ムシャール》という言葉もジャン＝セバスティアン・ムーシュに由来すると言った。実際のところ、この有名なムーシュは、ブリュエルの友人の豊かな想像のなかにしかいない架空の人物である。だがそれも、うるさい人々を船に誘い込む方法のひとつだった。〈ル・バール・デュ・ケ・ヴォルテール〉は、ルイ・マル監督の映画「鬼火」の撮影場所としても使われている。

　コニャック・ジェ通りのフランス・ラジオ・テレビ放送局本社は、すぐ近くにある〈ル・カフェ・ラフォン〉を別館のように使っていた。テレビ界の関係者は、古い馴染み客の羨望に満ちた眼差しにさらされながら出入りしていた。客たちは、当時の有名人の目にとまるのを期待していた。一方、『パリ＝マッチ』誌の記者は、ピエール・シャロン通り四九番地にあったアメリカ在郷軍人会［一九一九年にパリで組織された第一次世界大戦に参加したアメリカ人軍人による団体］で、アメリカから来た観光客が目を丸くしている前で記事を書き終えるためにやってきた。アメリカ在郷軍人会は、もっぱらインテリア目的で壁沿いに置かれた古いスロットマシンでも有名だった。

　またあるとき、記者たちはピエール・シャロン通り五三番地の〈ラ・ベル・フェロニエール〉に通った。

午後遅くになると、角にあった〈ラ・ベル・フェロニエール〉には近所のクチュールブランドのモデル、美容師、マッサージ師、シャンゼリゼにある店の売り子、「パトロン」や行きずりの関係を求める美女を気取った女が訪れた。こうした女たちは、熱烈な愛の証を刻んで、捕まえた男の関心をそらすまいと工夫をこらした。

　そこからほど近いパンティエーヴル通り二九番地の〈ル・キャップ・ホルン〉には、年老いた音楽家と往年のミュージックホールのスター女優が集っていた。フレッド・アディソンもこの店を賑わせたひとりだ。〈ル・キャップ・ホルン〉では、あるピアニストが、財布に優しい店の値段設定よりもなお優しい音楽を奏でていた。カウンターの近くにあるスレート板には、コーヒー：一フラン二十五セント、ボッス：一フラン八十セントというように値段が記されている。「ボッス」とは、ラムもしくはマール［ブドウの搾りかすでつくるブランデー］を少し加えたコーヒーだ。

　役者たちはモンテーニュ通り六番地の〈バール・デ・テアートル〉を待ち合わせ場所に使った。二回の稽古の合間と混沌とした幕間には、役者とサインを求める観客がモリエールとフレデリック・ルメートルの後継者を魅了する情熱的な言葉を交わしていた。「演劇風《テアトレスク》」の店にたむろする人々に人気だった店のひとつに、アルマ広場七番地にあった〈シェ・フランシス〉のテラスがある。第二次世界大戦後の〈シェ・フランシス〉では、演出家のルイ・ジューヴェと外交官のジャン・ジロドゥが定期的に会っていた。しかし店には、哀愁ただよう悲しい歴史がある。数年間休まずに働いた〈シェ・フランシス〉創業者の夫婦は、しばらく休暇をとって旅行に出かけようと考えた。店が繁盛しているのを祝う意味もこめて、彼らは人生で初めて飛行機に乗った。だが、乗った飛行機が墜落するという災難に見舞われる。

　区を変えて、ガイテ通り二一番地の〈ラ・ベル・ポロネーズ〉へ行ってみよう。当時、ミュージックホールに通っていた客は、フランスだけでなく世界の大スターになる人物のショーを見ることができた。〈ラ・ベル・ポロネーズ〉では、ダリオ・モレノ、エディット・ピアフ、マルセル・アモン、フェルナン・レイノー、ボビー・ラポワント、バルバラ、ジョルジュ・ブラッサンスが歌を歌った。彼らに続いて、ほかの歌手もショーの殿堂の看板に名を連ねた。〈ラ・ベル・ポロネーズ〉は、第二帝政期にガイテ通りにあったモダンな民芸調のダンスホールの貴重な名残である。ここには芸術家が長居して、熱心なファンと親しく交わっていた。

ガイテ通りをさらに進んだドランブル通りには、文学界の著名人が〈ル・薔薇のつぼみ《ローズバッド》〉へ締めの一杯を飲みにやってきた。店名はオーソン・ウェルズの『市民ケーン』に由来する［主人公ケーンが最期に「薔薇のつぼみ」と言い残す］。〈ル・ローズバッド〉では、薄暗い照明の下で板張りのインテリアと艶のある革に囲まれ、マルグリット・デュラスやウジェーヌ・イオネスコやジャン＝ポール・サルトルが親しく話をしていた。

ジョルジュ・ブラッサンスの友人が、アルバレート通り一〇番地で〈レコール・ビュイソニエール〉という店を経営していた。俳優のポール・プレボワ、ジャン・アロルド、スザンヌ・ガブリエロ、アニー・フラテリーニなどの、肩書きをつけるのが難しい芸術家が姿を見せた店である。この友人とは、「赤毛のジュリー」という歌を書いたルネ＝ルイ・ラフォルグだ。ラフォルグの破壊的な思想と激しい非難と半順応主義は、キャバレー喫茶だった〈レコール・ビュイソニエール〉にも吹き荒れる。だが残念なことに、スポークスマンだったラフォルグが早世したため、〈レコール・ビュイソニエール〉はあっというまに落ちぶれてしまった。

最後に、ビール好きの客が押しかけたジュリアン・フォレの店、サン＝トゥーアン通り七五番地にあった有名な〈バール・ベルジュ〉を見てみよう。フォレはワロン地域［ベルギー南部のフランス語圏］の出身で、もともとはオペラ歌手だった。その後、レ・アール地区で肉屋を開くが、趣味で配っていた自作のセルヴォワーズ［古代・中世の方法でつくられた大麦のビール］が有名になった。フォレはベルギー大使館の元給仕頭の手を借りて、あるパーティーでブーローニュ産の四角い腸詰めや、アルデンヌ産の豚肉加工品《シャルキュトリ》や、オランダ産のチーズに、自作のビールを添えて出した。するとパーティーが終わる頃には、喜劇俳優のロジェ＝ピエールや俳優のジャン＝マルク・ティボーをはじめとする多くの芸術家がフォレのところへやってきた。彼らは、この利き酒の大家に導かれて、それぞれに最適な温度で、形の違うグラスに入れられた「レッフェ修道院のトリペル」［ワロン地方の修道院でつくられたストロング・ペールエールのビール］や「シメイのトラピストビール」や「アルシデュック」の風味を初めて知ったのである。

ジャック・ブレルに「おじいさんやおばあさんが馬車の天井席に座っていた頃は、まるで星空に包まれていたようだっただろう」と歌われたブルヴァルディエの時代から変わらず、セーヌ川は橋の下を流れていた。多くのカフェが店名を変えたか、完全に姿を消した。しかし幸運なことに、いくつかのブラスリーは破壊の波にしつこく逆らい、ブルドーザーの貪欲なあごから逃れて趣のある姿を残している。ミュシャが描いた花に囲まれた女性、ナンシー派［ガレを中心とするアール・ヌーヴォーの工芸家団体］による日本趣味の家具、古いコロニアル様式のガラス、クロームと鏡で縁取られたアルザス風の板張り……。〈パンタン〉の入り口は、スタンランやブリュアンに描かれて不滅の存在になった、シルクのズボンをはき、耳当て付きのハンチング帽をかぶった使い走りのボーイがいた宴会の時代を思わせる。ここはもともと一八六五年につくられた〈エドン〉という古いレストランで、一九三二年からは〈ル・ブフ・クロネ〉として営業していた。一方、一八八九年にモンマルトルの丘の麓のアベス通り五二番地に一軒のカフェができて、あっというまに活気ある場所になる。カフェはオペレッタが上演される見世物小屋になった。だが一九三四年に、店は見世物小屋から本来のカフェに戻る。以来、この〈幸運のお守り《ラ・マスコット》〉というカフェは、名前にたがわず艶のある革の心地好さを提供し、大きなアイスクリームを出す店として知られている。

もともとはアルザス出身者が創業したが、いまはアヴェロン出身者が主人をつとめるクリシー広場の〈ラ・ブラスリー・ウェプレール〉は、主人であるミシェル・ベッシエールの手腕のおかげで、いまでも文学界と映画界の関係者を集めつづけている。店の前にある多くの人が行き交う広場の中心には、かつてクリシー柵を防衛したモンセー元帥像が厳しい表情でこの地を守るように立っている。一八八五年、〈ラ・ブラスリー・ウェプレール〉を創業したウェプレールは、有名な「ジョアンヌの臓物料理《トリップ》、フライドポテト添え」を売り出した。近所にアトリエがある若い絵描きたちにとって、土曜日に〈ブラスリー・ウェプレール〉に来る以上に楽しいことはなかった。土曜日は結婚式が多くおこなわれ、庭で夕食会を開いて招待客にデザートをふるまっていたからだ。画家たちは新婚夫婦と握手を交わし、新婦にハグをしてカドリーユを踊らせた。

〈ブラスリー・ウェプレール〉のライバルで、向かいにあった〈ル・ペール・ラチュイル〉は、当時の自由気ままな人々が通っていたクリシー柵にあるダンスホールだ。客たちは〈ル・ペール・ラチュイユ〉のユリの植え込みの下で、陽気に、ワインや酸味の強い地酒を添えたうさぎのソテーやうなぎの赤ワイン煮を味わった。彼らは甘いワインを飲みながら、キーユ［ボウリングに似た九本のピンを倒すゲーム］に興じた。〈ル・ペール・ラチュイユ〉が生まれたのは一七六五年である。そして、一八一四年三月三十日のクリシー防御線の英雄的な攻防［パリを包囲したロシア軍とパリ警備隊がここで衝突し、パリ警備隊は武装解除を余儀なくされた］のおかげで名を知られるようになった。軍の司令官だったモンセー元帥が、フランスからの亡命者だったランジュロン伯爵将軍率いるロシア軍の正面にあった〈ル・ペール・ラチュイユ〉に司令部を置いたのである。〈ル・ペール・ラチュイユ〉の主人は、「皆さんがた、食べて、飲んでくださいよ！　敵に負けちゃだめですよ！」と言ったという。だが店は一九〇六年に姿を消した。店が閉まる前に来ていた有名な客のひとり、デュパンおじさん《ペール・デュパン》は、クリシー広場に隣接した畑でいちばんいいうさぎを殺したときの話を語った。主人のラチュイユは彼の意見を取り入れた。それまで店の看板をかけていた小さな切妻壁を、大きい建物の正面に代わりに置いたのである。

第二次世界大戦終結後の数年間は、キャバレーが花開いた時期だった。オペラ通り五番地にジャン・メジャンがつくった〈ラ・テット・ド・ラール〉は、ディナーショーのスタイルを初めて確立した店のひとつだ。〈ラ・テット・ド・ラール〉では、ジュリエット・グレコやフェルナン・レイノーやロジェ・ピエールやジャン＝マルク・ティボーや、まだほんの駆け出しだったバルバラやナナ・ムスクーリを見ることができた。J．P．ロンバールが盛り上げたオテル・ド・ヴィル通り八〇番地の〈ラ・マンディゴート〉には、ポリーヌ・カルトンやメアリー・マルケ、エディット・ピアフの最後の夫であるテオ・サラポ［本名はテオファニス・ランボウカス］が出演していた。サン＝ジャック通り一六三の二番地にあった〈ル・ポール・デュ・サリュ〉では、主人のジャン＝ピエール・モーリが、客の有名人の顔を石膏像にして飾った。〈ル・ポール・デュ・サリュ〉は、ひげづらの名優、ボビー・ラポワントが、呆気にとられた観客を前に、音節を細かに区切ってリズムをつけた詩の音読のレパートリーを披露してデビューした店だ。ジャン＝マリー・リヴィエールが経営していたマザリーヌ通り六二番地の〈ラルカザル〉は、女に扮した男性歌手や羽根飾りをつけた女性やコメディアン・シャントゥール［俳優兼歌手］を売り出した。カサノヴァとポッツォ・ディ・ボルゴが経営し、盛り立て役のムスタッシュが料理を出したサン＝ブノワ通り一三番地の〈ル・ビルボケ〉は、サン＝ジェルマンで夜遊びをする人たちを引きつけた。そうした夜の帝王のひとりであるカステルは、プランセス通り一五番地にクラブをもっていた。カステルが、ボディーガードのマナーがなっていないのを理由に、ヨルダン王フセイン一世のクラブへの入店を断ったのは語り草だ。

ジャン＝マリー・プロスリエは、ディナーショーの一環として、サン＝ペール通り一〇番地の〈ル・ドン・カミロ〉にパリでいちばんの歌手を出演させた。このショーにはセルジュ・ゲンスブールと連れだったブリジット・バルドーのような当時の大スターがしばしば訪れている。ゲンスブールは、ここから近いヴェルヌイユ通り七番地にある目立つ邸宅の幸運な所有者だ。ジャコブ通り一〇番地にあった〈レシェル・ド・ジャコブ〉では、作詞家で作家のジャック・ブレルや、コメディアンのレイモン・ドゥヴォや、俳優のピエール・ドリスなどがキャリアを開始した。グラン・オーギュスタン通り一五番地の〈レクリューズ〉は、おそらくパントマイム役者のマルセル・マルソーや歌手のピア・コロンボやバルバラや俳優のピエール・ヴァネックを有名にした、最も古いキャバレーだろう。セーヌ通り五五番地の〈ラ・ギャルリー〉は、フランシス・ブランシュ、ジャン・ポワレ、ミシェル・セロー、ジャン・ヤンヌ、ジャック・デュフィロ、ジャック・ファブリ、ジャック兄弟などの俳優が大成功を収めた滑稽な見世物で有名になった。エトワール広場の近くにあった〈ラ・ヴィラ・デスト〉は、ジャック・ブレルが初めて歌い、アンリ・ギャラが最後に歌った店である。ここで、ジョルジュ・ブラッサンスとジャック・ブレルが、彼らの社会観念について意見を交わした。モンマルトル大通り一四番地の〈ル・マクセヴィル〉は、パリのカフェ・コンセールのあり方を固く守りつづけていた最後のブラスリーだ。ここでは、ジャン・ムランの指揮の下で、リス・ゴーティとピアフとアンドレ・クラヴォーという三人の音楽家が客の求めに応じて演奏した。エドガー・キネ大通り六〇番地にある「ほかとは違う」〈ル・モノクル〉というキャバレーは、女性によるオーケストラのテンポに合わせて踊るスリーピースを着た女性を優先して迎え入れていた。

ピガーユ広場にあった、カラーリトグラフと素朴で大衆的な絵画を飾った小さいイズバ［東欧やウクライナに見られるモミを用いた丸太作りの小屋］づくりの〈コーチマー〉というカフェは、ロシア料理好きに黄色や赤や白のウォッカを添えたボルシチやピロシキやシャシリク［肉の串焼き］や、ワトリュシュカという有名なチーズケーキを出した。モンパルナス大通り一二四番地では、レジヌという男が〈キャバレー・ヴェヌス〉を〈ニュー・ジミーズ〉という店に改装する。騒ぎ好きの客からは、単に〈シェ・レジヌ〉と呼ばれていた。〈シェ・レジヌ〉へ行く客たちは、ロシア人や浮浪者や尻軽な女に扮装をした。ビストロの主人の伝統は、ひっそりと生きながらえていた。店の女主人は〈シェ・レジヌ〉を、著名な実業家や女主人の友人たちが赤ワインを飲みながら軽い食事が食べられる店につくりかえる。元バレエダンサーのマスロワは、マルティル通り七五の二番地に有名なキャバレー〈マダム・アルチュール〉を開く。ここでは毎晩マスロワによる見世物がおこなわれ、幕間には、彼女の羽根飾りをつけた格好にふさわしい小話や冗談や、芸人によるストリップショーや音楽が上演された。同じくマルティル通りにあった〈シェ・ミシュー〉には、世間の移り変わりを忘れるためにパリの著名人が毎日やってきた。ミシューのキャバレーでは、ミシュー自身が全身青い色の服を着てテーブルからテーブルへと渡り歩き、冗談を言って、この辺りの名士や街区の高齢者などの質素な客を大いに喜ばせた。店には人造宝石をちりばめた小さい舞台があり、最盛期の〈ムーラン・ルージュ〉を思わせる雰囲気で、高齢者を元気づけ慰めるために、ミシューが自分の金で彼らを招待していた。

　この頃、パリにビストロが増える。フォブール＝デュ＝タンプル通り三二番地にある〈ラ・ボヌ・ビエール〉というビストロには、パリじゅうの金属彫刻師が集まった。ダゲール通り六番地の〈ビストロ・ド・ベルナール・ペレ〉は、すぐ近くにあったエメ・メーグ［画商、美術出版者］のアトリエへ石版画を組み立てたり運び出したりしに来た芸術家たちに、サンセールワイン［ロワール川流域でとれる辛口の白ワイン］とブルゴーニュワインを出していた。最先端のモンパルナスの画家たちは、ドランブル通り二九番地にあった〈レ・カーヴ・デュ・ブルボネ〉にサンセールのピノロゼとルイイ産エスカルゴを味わいにやってきた。デシャルジャール通り七番地の〈ラミ・ピエール〉は、懐古主義者にボジョレーをふるまっていた。ドフィーヌ広場一七番地の〈レイモン・マルタン・オ・プティトゥー〉は、ボジョレーとモルゴンとシルーヴルとソーヴィニョンで有名だった。マルシェ・サン＝トノレ通り一〇番地にあった〈ル・ルビ〉のグワンは、ブルグイユワインを選びに自ら生産者のもとへ足を運んだ。イノサン通りの〈ル・バール・デ・BOF〉、ピエール・レスコ通りの〈ル・グラン・コントワール〉、レアル通り［五区にあった通り。一九七四年まで存在していた］の〈ル・モンテイユ〉、モントルグイユ通りの〈ラ・グリーユ〉、ジョフロワ＝サン＝ティレール通りの〈ラ・ボンヌ・カーヴ〉、リール通りの〈レノテック〉、サン＝ニコラ通りの〈シェ・マルセル〉、ニエル通りの〈シェ・ペトリッサン〉、メニルモンタン大通りの〈ル・プティ・ポ〉、アムステルダム通りの〈ル・ミラン〉など、パリにある多くの小さい店が、ワイン好きの客にカーヴを開放していた。ルピック通りをのぼった先にあった〈ル・ズィンク〉は、モンマルトル人の最後の砦で、画家のウジェーヌ・ポールや作家のアンドレ・ヴァルノやマルセル・エイメが集まっていた。

次から次へ、パリは絶え間ない時代の変化にさらされた。あらゆる街区が変わっていった。カフェは新たな来訪者の慣例と風習に合わせるようになる。インテリ層の世界は、競合の危険にさらされた。

パリのカフェの歴史を締めくくる前に、最後にもう一度、変わりつづける今日のパリを歩いてみよう。現在のパリでは、皆がそれぞれ好きなカフェのリズムに心を震わせ、感動を分かち合い、記憶を思い出すためにカフェへ通っている。例えば、落ち着きがあり魅力的な内装で、伝統が生き永らえているカンパーニュ・プルミエール通り二四番地の〈ラ・メール・アジテ〉を見てみよう。客たちは皆、店の雰囲気を楽しみ、量が多く素朴で田舎風の料理を食べて、おいしいワインを飲んでいる。〈ラ・メール・アジテ〉の夕食には、時折恋の歌を歌うモンジョワの声が聞こえていることもあった。モンジョワはフランスの最も美しい歌を反響させるために地下室をうまく利用し、少しのあいだモンパルナスタワーの下にいることを忘れさせた。天国へ去った友人たちの元へ行きたいと願っていた勇敢でもの静かなモンジョワは、あっさりとこの世を去る。セーヌ川へ戻って、ドミニク兄弟とジャン＝ジャック・ベナールが拠点にした〈レ・ロンション〉があるトゥルネル通り五五番地へ行こう。〈レ・ロンション〉では、小ぎれいにクロスのかけられたテーブルの上に並べられた洗練された料理が出迎えてくれる。客たちはあちこちで熱情を発散させ、この場にいない人々のことを思い起こしている。ときどき、古きよき時代のように著名な人物が不意に入ってこないかと期待して、憂鬱そうな顔で外や入り口を振り返った。

パリで最も美しいブラスリーのひとつに行くために、セーヌ川を渡りバスティーユ広場へ向かおう。バスティーユ通り三番地にある〈ボファンジエ〉だ。一八七〇年に店を創立したフレデリック・ボファンジェは、この質素なカフェで、生まれ故郷のアルザス地方産のシャルキュトリにパリで初めて圧力をかけたビールを添えたメニューにこだわっていた。

当然、店は繁盛する。一九二〇年代初頭に新しく〈ボファンジエ〉の主人になったアルベール・ブリュノーは隣の店を数軒買収し、かなり広い店の工事に着手した。ブリュノーはデザイナーのミルトゲンと建築家のルガイに工事を任せた。ガラス職人のロワイエとヌレは、花のモチーフで飾った楕円の丸天井を考案した。〈ボファンジエ〉の丸天井を覆うガラス窓には、ガンブリヌスの刻印が入っている。ラウンドアバウトの中心にそびえていた不吉なバスティーユ牢獄はもはや姿を消し、灰色のアスファルトに敷かれたタイルにかろうじてふたつの半円が残っているだけだ。バスティーユ牢獄はバスティーユ広場の七月革命記念柱に移された。今日では、〈ボファンジエ〉に予約を取れるならば、バスティーユ牢獄へ投獄されても構わないと思う人もいるだろう。バスティーユを越えてロケット通りを上ると、ペール・ラシェーズ墓地の角からガンベッタ通りがポルト・デ・リラまで上っており、ベルヴィル通りに突き当たる。この辺りは長いあいだ、〈ル・バル・デ・バロー・ヴェール〉のようなパリの職人が愛人探しにやってきたダンスホールが多くあった。

十八世紀、緑あふれる小川が流れる谷、ラ・クルティーユ［パリ北部ベルヴィルの一画］と呼ばれたこの地域には、キャバレーが多く立ち並んでいた。一七五〇年にはすでに、バーレスクの歌手で「ポワッサール」［魚屋風文学の意。魚河岸の商人の言葉をそのまま用いた十八世紀後半の写実的庶民文学[2]］というジャンルを生み出したジャン＝ジョセフ・ヴァデが、ラ・クルティーユを礼賛している。

愉快な人々がひしめく場所
ラ・クルティーユ抜きにパリを観光するなんて！
陽気なやつらの行くお店
〈ポルシュロン〉へ行かないなんて
そんなのローマへ行ってローマ法王に会わないみたいなものさ
見逃したくない人は
リュクサンブール公園をあとにして
フォーブールへ遊びに行こう
ダンスホールのスペクタクルを見に
クルティーユ、〈ポルシュロン〉、そしてヴィレット！

ラ・クルティーユには、百五十年間ものあいだ、レストランやダンスホールや野外で東屋の下に座る形式のロティスリ（焼肉屋）や、ワイン商人のジャン・ランポノーが開いた大衆酒場があった。ラ・クルティーユ地域は、〈ル・タンブール・ロワイヤル〉ができたことにより、工場労働者やあらゆる社会階層の賑やかな人々の注目の的になる。〈ル・タンブール・ロワイヤル〉は、〈キャバレー・デ・マロニエ〉と呼ばれていた摂政時代［ルイ十四世没後、オルレアン公フィリップが摂政として統治していた一七一五〜一七二三年］からすでに、オルレアン公フィリップやプリー侯爵夫人［ルイ四世アンリの愛人］やパラベール夫人［オルレアン公フィリップの愛人のひとり］といった快楽を求める食わせ者の関心の的だった。パリジャンは、今日のベルヴィル通りとロマンヴィル通りの角にあった〈ローベルジュ・デュ・ラック・サン＝ファルジョー〉にも好んで通った。サン＝ファルジョー湖《ラック・サン＝ファルジョー》の近くにあり、ルイ十四世の時代に、ルプルティエ・ド・サン＝ファルジョー伯爵が所有していた土地の一部に建てられた店である。

現在この街区は昔よりもごちゃごちゃとしていて、通りも賑やかだが、もてなしは変わらず温かい。それは〈ル・メトロ・デ・リラ〉の入り口をくぐった途端に、ピエール・エイラルという感じのいい店の主人が証明してくれる。アヴェロン県出身の美食家、エイラルは、選び抜かれたクリュのワインを添えたこの上ない繊細な料理を出している。店の奥の角にある壁には、墨で描かれた素描が数枚飾られている。このすばらしい絵は彼の父であるミシェル・エイラルの作品で、エスパリオンとその近郊という画題はエイラル家の故郷を思わせる。この辺りにあるペール＝ラシェーズ墓地の歴史を研究しているロジェ・シャルノーは、ここで次に出す本の草案を練った。非常に想像力に満ちたジャン＝ポール博士は、彼の前で時勢に関する最新の洒落を言った。ここにはファルスタッフと、コメディアンのショロン教授（製造年が記されたワインをたくさん飲んで健康を維持していた）も来ている。才能あるイラストレーターのディミトリ［本名ギー・ムニヌー。作家兼漫画家］も、彼の漫画『アルト・ア・ラ・ヴィセール』のなかで主人公のひとりである「ブッシュトゥルー博士」をこの店に来させている。ここは、幽霊の姿でまだポルト・デ・リラをさまよっているブラッサンスの曲が好んで歌われたリトル・オーヴェルニュだった。あるときブラッサンスはノートとパイプとギターを捨てたいと思い、彼は十五区にあった自分の家の周りをぶらぶらと歩いていた。そして不意に、ブランシオン通り七五番地で〈ル・カフェ・デ・スポール〉を開いている友人で元ボクサーのヤネク・ヴァルザクに会いに行こうと思い立つ。ブラッサンスは、心の優しい名ボクサーのヴァルザクが語る、伝説的なマルセル・セルダンとの試合についての細かな話や、かの有名なレイ・シュガー・ロビンソンをどうやって数秒でノックアウトしたかという話に耳を傾けた。ブラッサンスは、ヴォジラール食肉加工場が、自分の名前のついた公園に整備され、毎週末古本を愛する人たちが集まるようになるとは想像もしなかっただろう［食肉加工場は一九八五年からジョルジュ・ブラッサンス公園に改装され古本市が開かれている］。現在の〈ル・カフェ・デ・スポール〉では、年老いたレオンの元で、ヤネクやジャン＝ルイ・ヴァルザクの羨望をこめた眼差しに見守られながら、家族の伝統を守る女主人が、父の熱意と交流を守りつづけている。〈ル・カフェ・デ・スポール〉には、自由気ままな人や芸術家や美食家などのあらゆる人々が、ルノーにならっておいしいワインと田舎料理を囲んで真実を手に入れにやってくる。

サン＝ウスタッシュの近くの、リヴォリ通りからさほど離れていないプルヴェール通りにある〈ラ・トゥール・モンレリー〉で、いったい何度私たちはブラッサンスとすれ違ったことだろう。ここは栄光の三十年［一九四五年から三十年間続いたフランスの高度経済成長期］のパリの生活とは切っても切り離せないジャックとデニズという二人組で、数年間賑わった趣のある店である。ジョゼフ・ケッセル、レイモン・モレッティ、アルフォンス・ブダールなどの友人たちや、歴史に残るこの場所ですばらしい昼や夜を過ごした多くの人に加わりに、ジャックは〈ラ・トゥール・モンレリー〉にやってきた。新聞やテレビや文学や演劇や政治や芸術界の人間は皆、少なくとも一度は〈ラ・トゥール・モンレリー〉の長椅子に座ったことがあった。

プルヴェール通りを去って、かつて凱旋門として使われていたサン＝ドニ門に戻ってみよう。この門は王たちの壮大な墓地へと導く門で、一六七二年にルイ十四世によるライン川流域の征服を記念して建てられた。門は堂々とした様子で、同じ名前のついたフォブール・サン・ドニ通りを下に通している。フォブール・サン・ドニ通り一六番地にある〈ブラスリー・ジュリアン〉は、十九世紀末にエドゥアール・フルミールがつくった店で、非常に純粋なアールヌーヴォー様式の内装をしており、時の流れを感じさせない安らぎの場だった。ルイ・トレッツェル作の、やわらかいオレンジ色とパステルグリーンの花と女性で縁取られた鏡が、革の長椅子の上にかけられている。鏡は目印となるものがゆがむような距離感と違和感を与える効果を演出し、つかみどころのないもやもやとした空間を生み出していた。ナンシー派の有名な家具職人であるルイ・マジョレルは、ゲンヌガラス社によってつくられたガラス屋根を通った光を浴びることができる外国産の木でできたカウンターにサインを刻んでいる。ゲンヌガラス社は、色絵の具をかけた透明のカテドラルガラスと七宝を施したガラスを発売したガラス屋だ。

長年の侮辱に耐えて生き延びた豪華な内装のカフェは、以後パリの財産になっていく。そのうちの数軒は、主に十九世紀末期と二十世紀初頭の陶磁器タイルでできた内装のおかげで、歴史的建造物の追加目録に記録されるという栄誉を手にした。目録に載っている店のなかでも、一九〇〇年からモンマルトル通り一五番地の十八世紀の建物の一階で営業していた〈ル・コション・ア・ロレイユ〉を挙げておこう。また、〈オール・バール〉と〈サンジュ・ペルラン〉は、ベル・エポック時代のレ・アール地区での暮らしを彷彿とさせる、ジョワジー＝ル＝ロワにあるイポリト・ブランジェ社の陶器を隠しもっていた。二百メートルほど離れたエティエンヌ＝マルセル通り三番地にある〈ラ・ポテ・デ・ザール〉は、本場の陶器でできた内装を守り抜いている。オーギュスト・サンディエが製作した作品を無限に増殖させる鏡に囲まれたタイル張りの壁には、コーヒーとビールを象徴する二人の女性が描かれている。サン＝ドニ通り八九番地にあったかつての〈カフェ・デ・ドゥー・サリュ〉、〈ル・ルノー・バー〉は、一九一〇年頃にできた装飾が特徴的だ。カフェになる以前、ここはタトゥー屋だった。店の外では、いまだにガラス額に入った看板が店の昔の生業を強調している。だが内側のタイルはもうほとんど残っていない。陶器は、手入れが楽で変質しないことを理由に内装材に選ばれていた。内装用の陶器の製造技術は十九世紀以前にさかのぼる。有線七宝の装飾があるサルグミーヌ陶器でできた四枚のパネルが飾られていたタンプル通り一〇五番地の〈ル・プティ・モンモランシー〉は、おもちゃ屋に店を譲った。おかげでおもちゃ屋の棚には、まだ昔の内装が隠れている。リヴォリ通り一四六番地にあった〈ル・パラス・バール〉も同様で、現在は既製服を売る店になっているが、四本の柱とふたつの階段がある玄関広間が隠されている。

　アムロ通り一一四番地にある〈ル・クラウン・バール［クラウンはピエロの意］〉の店名は、近所にあるシルク・ディヴェールというサーカスに着想を得ている。〈ル・クラウン・バール〉は、一九〇七年にジャン＝バティスト・メメリーの下絵を元にしてつくられたピエロのパレードを描いた陶器製の長いフリーズ［間仕切り壁の上にある部分］のおかげで後世に名を残している。このバーのすべてが、多くの人々に夢を与えてきた見世物を見せる非移動式サーカスを思い起こさせる。シルク・ディヴェールの曲芸師、にこやかな曲馬師、猛獣使い、一張羅をかちっと着込みふざけて失敗したピエロに威厳ある動きでむちを一発くれる団長がいた日々は忘れがたい。見世物のバリエーションが少ないときは、観客を定期的に入れ替えたので、同じ出し物のピエロの百面相でも先ほどと同じ大きな笑い声で迎えられた。

一九一〇年、あるイタリア人がサン＝ドニ通り一四三番地にの〈ル・ロワイヤル・バール〉を〈ル・ピンツァローネ・バール〉に変えた。〈ル・ピンツァローネ・バール〉の店内には、サルグミーヌ陶器でできた昔の看板が保存されている。看板のモチーフは創設者の生まれ故郷を思わせる。ピエモンテ州とロンバルディア州とリグーリア州とヴェネト州を象徴する伝統的な服装に身を包んだ四人の若い女性が、レモンの木とオレンジの木の小枝に囲まれた柱のあいだに姿を見せている看板だ。この手の寓意は二十世紀初頭に非常に流行した。例えば、かつての〈カフェ・デュ・カルフール〉で、ルドリュ＝ロラン通り一一六番地にあった〈ル・ビストロ・デュ・パーントル〉の寓意は、四季をテーマに描かれている。残念なことに秋と冬は失われてしまったが、グルネル大通り三番地の〈ル・ルレ・デュ・メトロ〉には、一九〇〇年以来、メルーがキャンバスに再現した「四季」が壁に掲げられている。また同じテーマで一九一〇年にベルギーのジリオ社がつくったヴォジラール通り三四五の二番地〈ラヴィアティック・バール〉のタイルには、木や花や村や城塞がいっしょに描かれている。

セーヌ通り四三番地にある〈ラ・パレット〉も忘れてはならない。ここの陶器は一九三〇年代の生活を描いている。遠くからでも木の枠でできた正面でそれと分かるメニル通り五番地の〈シェ・マルセル〉というカフェ＝バール（現在の〈ル・プティ・レトロ〉）は、店内に一九二〇年代の陶器のタイルを残しているので有名だ。また、シャンゼリゼからすぐのところにある誰もが知っている〈ラスプーチン〉というキャバレーは、ひさしと店の正面と階段とクロークの美しさで知られており、その内装はすべてがまさしくパリの博物館だといえる。

パリのカフェの世界に成功をもたらした人々の話をしよう。彼らを語らずにパリのカフェを解説したとはいえない。パリにやってきたオーヴェルニュ地方出身者である。作家のルイ＝セバスティアン・メルシエが書いた『タブロー・ド・パリ』にオーヴェルニュ人が出現したのは、十八世紀だ。彼らはsをch［シャ、シュ、ショといった発音の子音］の音で発音する聞き取りにくい方言を話していたので、「シャラビア」と呼ばれた。シャラビアたちは労働を厭わなかった。からだが丈夫だったオーヴェルニュ人は、水運搬人や配筋工などの過酷な仕事に就いた。

その数十年後、石炭商《ブニャ》からとって、オーヴェルニュ人は「ブニャ」と呼ばれるようになる。「ブニャ」という単語は、方言の「石炭商《シャルブニャ》」に由来するという説もいれば、商品を売りさばくために彼らが道で「石炭だよ《シャルボン・リヤ》」と歌ったフレーズに由来するという説もある。十九世紀の終わりには、石炭商はだんだんと移動式の販売から、営業を認可された小さな店での商売へ移行した。愛想がよくもてなし上手だった「炭屋《シャルボニエ》」のおかみさんたちは、注文と注文のあいだに、客たちに酒や赤ワインを一杯すすめた。この方策は商売に効果てきめんだった。オーヴェルニュ地方の料理がおいしかったのも役に立った。

まず、パリにいるオーヴェルニュ地方、とりわけドカズヴィルとミヨーとサンタフリクとラギオール村のあいだにある狭い地域、アヴェロン県［オーヴェルニュ地方南部］出身者を知るところから始めよう。アヴェロン県は中央山塊［フランス中央部にある山岳地方］の中心部と、オブラック山地の火山台地にあるカンタル山塊の支脈に位置し、昔のルエルグ地方［ロデス西南部の旧地方名］とほぼ一致する。マルスラン・カゼスやブバルやタファネル一家やリシャールやベルトランやラドゥーは、二十世紀初頭にここから、より正確にいうとアヴェロン県のミュールー＝ル＝バレッツという地域からパリにやってきた。カゼスは〈ブラスリー・リップ〉、ブバルは〈カフェ・ド・フロール〉を有名にした人物だ。他の人たちもパリのカフェの繁栄に尽力している。

店を開いたオーヴェルニュ人に生活必需品を供給するために、同じくオーヴェルニュ出身の食品卸売商人はあらゆる商品の売買に通じていた。そして仕事を求めてやってくる友人や同郷の若者を引き入れる。

交渉は仲間うちでおこなわれた。すべてが信頼に基いた口約束で決まり、書類は必要なかった。事業を立ち上げるための融資をするのには握手で充分、助けてもらったのと同じだけのお返しをすればいい。成功の鍵を握るオーヴェルニュ人のなかだけで店の運営を取り仕切り、成り行き上オーヴェルニュ人自身が彼らの帝国をより繁栄させられる状況にあったのだ。彼らは倹約家や働き者や情熱や隠れた才能をもっている人たちに、金を貸した。作家のジュール・プティ＝サンの古い格言の言う通りだ。「おしゃべりな人に意中を打ち明け、浪費家に金を貸す人は、自分の秘密をあちこちで耳にして、金を失うだろう」

なかでもリシャール家の歴史は典型的な成功モデルだ。十九世紀末からパリにカフェを開いたリシャール家と混同されがちだが……。一八七五年、ピエール・ファイエルという人物が、クリシー広場にほど近いアペナン通りに〈カフェ＝シャルボン〉を開いた。ファイエルはアヴェロン県北部のナイラック出身である。彼は最初の貯金で、クリシーのカイヨー通り一一番地に倉庫を買って、そこにワイン樽を保管した。そして、倉庫から手押し車で運んだワインの売り上げをのばした。十九世紀のうちに、彼は倉庫を娘と娘婿のフランソワ・ベリエールに譲った。その二十年後、事業はベリエールの義理の兄弟オーギュスト・ファイエルの手に渡る。

オーギュスト・ファイエルはわずか二十二歳の従兄弟、アンリ・リシャールをパートナーとして事業に参加させた。仕事は簡単ではなかった。商売のために四頭の馬と一匹のヤギと三頭の引き馬の世話をしなくてはならなかったし、一年に百万リットルのワインを輸送しなくてはならない。幸いにも、時代の進歩が有利に働いた。自動車が大規模に普及して配達が容易になったのである。事業の儲けはまもなく倍になった。しかし一九三八年に、ファイエル家をひどい悲劇がおそう。オーギュストが事故で亡くなったのである。オーギュストの会社はアンリ・リシャールが継いだ。リシャールは当時四十歳で、勇気と知性にあふれていた。リシャールの就任以来ずっと、事業はうまくいくようになる。そこでリシャールは一九四五年にカッス社を買い取り、ミネラルウォーターとフルーツジュースと炭酸水を販売するスルス・ド・フランス社を創業する。一九五〇年には、きょうだいのジョルジュといっしょにアルジェリアへ移住し、クリシーの倉庫を拡大して、瓶詰めの卸売業組合を整えて、在庫を置いておくための新しい倉庫をベルシーにつくった。時代は瓶から樽での保存に変わっていた！　一九五五年、アンドレ・リシャールが社会に出て、アニエール［パリ北西の郊外］にコーヒーの焙煎所をつくる。そして一九六〇年から、リシャール家はローヌ渓谷とボルドーとボジョレーのワインのドメーヌを多く買うようになった。その結果、一九九〇年頃には六百ヘクタール近い畑を所有していた。若者が先祖たちに加わり、実直さと仕事と才能に基いてつくられた家族経営は成功を収めたのである！

　多くのカフェの常連客が、リシャール家の未来の地図から自分自身でワインを選ぶためにパリの東に通うようになるにはまだ数年がかかる。彼らが「へべれけになるまで飲みに」行った店はパリ植物園のそばにあった。現在はなくなってしまったが〈レ・アール・オ・ヴァン〉という店だ。店を取り囲む自然には、ブドウの苗木の香りが漂っていて、もはやパリにいるとは思えない。人々は、ワインの生産者であり卸売業者でもあり、じきに客に小売まで始めるリシャールの店へワインを味わいに来た。小売業を始めても、しきたりは変わらなかった。縦形のポケットがついた黒いエプロンのなかにあるトゥーレーヌワインとブルゴーニュワインとボドレーワインは、ゆっくりとリシャールの倉庫や半ば秘められた暗い穴倉から運ばれていく。リシャールは、持ち手のとがった手燭で照らしながら、どのワインが使えるかを判断し、大樽の蓋に木槌を打ち込む。ナイフを使って、樽を削って飲み口を開け、蛇口を取り付ける。すると、果実の香りをさせた、ピンク色の気泡の沸いたワインが吹き出る。ワインはグラスに注がれて客に出され、客たちはそれを口のなかでやさしく転がしてから味わうというわけだ。どのワインを扱うか、最終的な判断に至るまで、リシャールは何度もブドウ園を変えた。人々は、伝統的な雰囲気が帝政時代からあまりかわっていない〈ビストロ・ド・ラ・アル〉へ、お望みの品を実際に飲みに通った。〈ビストロ・ド・ラ・アル〉のミネラルせっけんで磨かれた長いカウンターは、常連客で賑わっていた。醸造室のトップと〈ビストロ・ド・ラ・アル〉のトラック運送業者と樽を転がす人は、昼食を食べに行く前に、空の樽と栓を浸している盥だらけのカーヴのアーチ型ドアの影でボジョレーを数杯飲んで、少し英気を養った。しかしほかの多くの場所と同じく、ワインを出していた〈ビストロ・ド・ラ・アル〉も、今日ではパリの発展と不動産の貪欲な開発欲による大工事の波に呑まれて姿を消してしまった。

もはや懐古主義者が過去を懐かしむ気分に浸る場所は、リシャールの店に似た小さな「ビストロ」しかない。「ビストロ」という言葉は、こうした店の壁がしばしば濃い茶色《ビストル》で塗られていたからだという説もある。またコサック兵が一八一四年にパリに攻め込んだとき、料理を急かして言った「早く」というロシア語「ビストロ」に由来しているという人もいる。

光沢がありカーブを描いたカウンターと、大理石のテーブルと、おが屑をまぶしたタイル敷、ハム、天井から吊るされたサラミ、テラスの鉄製テーブル、歩道にあるケース入りの木炭、待ち合わせに使われるこの場所は、あまりないタイプの店で、細い通りに奥まったところにあった。人々は投げやりな口調で店の噂話をした。「あそこにある小さいビストロを知ってるぜ……」。人々はあらゆる種類の、どちらかといえば「濃い」酒を飲みにビストロにやってきた。壁に目をやると、たいてい公共の場での酩酊状態を罰する標語が額に入ってかけられていたのだが……。「ビストロ」という言葉は、擬音語を取り入れたり、ある種の方言のなまりを受けたりして、「トロケ」、「ビストロケ」、「リストロケ」と呼ばれるようになった。

そしてビストロの主人は「ビストロキエ」や「ビストロット」と呼ばれるようになる。常連客はこうした言葉を用い、かつてはならず者が使っていた隠語に由来する、活発で自由で豊かな言葉を使って話した。こうした独特な言葉遣いは、ブリュアンやリクトゥスやユイスマンスやカルコやセリーヌやオディアールやブダールやフレデリック・ダールなどの作品の中の貴族の書簡にも見られる。こうした隠語では、ビストロに入ることを、「ミサに行く」や「役人を起こす」と言い表した。ひとりきりで飲むことは「スイスで飲む」。一杯しか飲まないことは「一本足で歩き、片道切符をもっている」。二杯飲むことは「往復切符」という。注文することは「色を知らせる」。酒をほとんど飲まないことは、「冷やかす」や「ベルトを締める」と言った。

大酒飲みは、酔っ払った状態を指す「呑んだくれ《ブランドジィング》」、「酩酊状態《ビチュレ》」、「シコレ」、「黒くなる《ノワルシ》」、「火がついた《アリュメ》」、「もうろうとしている《ダン・レ・ヴァップ》」と呼ばれる。酔っ払う前の状態は、「身の危険を感じる」と表現した。酒飲みは、あいつはべろべろに酔っ払っているという意味で、「鼻を刺された」や「いい酒盛りを過ごした」や「樽のようにいっぱいだ」や「うちのめされた」や「シャベルの先のように丸い」や「帆に風が吹いたせいで、歩いて床までたどり着くためにロッキングソールの靴で帰らなくてはならなかった」という表現を使った！「シャベルの先のように丸い」は、名曲「ル・トール・ボワイヨ［曲と同名のビストロについて歌った歌。転じて安くて強い蒸留酒を指す］」の作者であるピエール・ペレの表現から引用された言葉だ。酒を頼むときは、グラスを「椀《ゴデ》」や「壺《ポ》」や「瓶《ブタンシュ》」のように言い表した。グラスが空になることは、「死体になる」と言った。赤ワインの一リットル瓶は、酒飲みのインスピレーションによって「キル」［重さの単位キロの略］、「杭《ピウー》」、「キルビュス」、「兵士《レジオネール》」、「赤ワインの瓶《ネグレッス》」などと言い換えられた。

客たちは「停泊地《ラード》」（カウンターを指す隠語）の周りで、「安ワイン《ピクラート》」、「酸っぱいワイン《デカパン》」、「ブランデー《ブリュタル》」、

「赤ワイン《ルカン》」、「ビロードの舌触りの」、「火酒《プッス・オ・クリム》」、「安物の赤ワイン《グロ・キ・タッシュ》」を飲んでいた。そしてお代わりを頼むという意味で、ギャルソンや主人に「パスティス」や「半ズボンの尻」〔スーズとカシスを使ったカクテル〕や「スズカッシス」を「ペダルを漕いで補充してくれ」と言った。「半ズボンの尻」とは、スーズとカシスを使ったカクテルと、座ることですり減る《スズカッシス》半ズボンの尻をかけた呼び方だ。ほかにも、ミカンとザクロシロップとビールのカクテルは「コサック」、ラムの水割りは「ロメオ」、ピコン〔マルセイユの苦味酒〕とザクロシロップとビールのカクテルは「棺《セルキュイユ》」、トマトジュースとウォッカのカクテルは「売春婦《マリー・サロープ》」、シロップ入りのレモネードは「ディアボロ」、冷たい牛乳とザクロシロップを混ぜたものは「日本風《ジャポネーズ》」と呼ばれた。ザクロシロップを混ぜたパスティスは「トマト」、ミントシロップとパスティスならば「おうむ《ペロケ》」、アーモンドシロップとパスティスならば「ムーア風《モレスク》」、水で割ったパスティスは「税官吏《ドゥアニエ》」と呼ばれる。少量のパスティスはシングルなら「小娘《モミネット》」、ダブルなら「どんでん返し《キュビュテ》」と呼ばれた。

全体的に見て、からかい半分で若干の哀愁を帯びたこうした話し方や表現は、生活に対する不安や心配を表象しているといえる。そもそも「パスティス」という単語は、オック語で厄介事、面倒な状況、不愉快な局面という意味だ。アニスを原料にしたパスティスの味は別段新しいものではない。古代ローマ人はすでに植物が混じったアニスワインを飲んでいた。アルジェリアではアニゼット、ギリシャではウーゾ、トルコではラキ、レバノンではアラク、名前は異なるが、地中海地域の人は現在もアニスの酒で喉を潤している。フランスのアニス酒、パスティスは、一九一五年にパスティスの元になった危険な酒、アブサンが医療的な理由から禁止されたことから生まれた。実際に、アブサンは狂乱をもたらした酒として知られている。一九三〇年代まで、パスティス愛好家はいまよりも薄いリキュールしか飲めなかった。しかしその後、よりアルコール度数の高いアニス風味の飲み物の製造がふたたび法律で認められる。そこでパスティスで成功を収めたのが、ワインの卸売商人だったポール・リカールである。リカールが、繊細で南仏の植物やカンゾウやシキミが混じった自身のレシピを元に、自ら蒸留器を使って入念につくりあげた「真のマルセイユパスティス」を売り出すと、そのパスティスはアニス飲料市場に革命を引き起こした。このパスティスは最初、リカールが自分の名前をつけた自信作を知ってもらうためにカフェやビストロを回ったマルセイユで広まり、次にリヨンへ、そして一九三九年にパリで知られるようになる。以後「リカール」は大ヒットし、会社と創業者の評判は世界じゅうに広まった！

　少し立ち止まって、有名な「トネ」という椅子に腰掛けてほしい。木を曲げる技術で巨匠と呼ばれた、椅子と同じ名前の家具職人がつくった椅子だ。トネの技法は樽職人の技法を彷彿とさせる。木材を小幅板にカットして蒸気にあて、押し型に入れて乾燥させて機械で加工する。これらの椅子は安い値段で製造でき、しかも容易に重ねることができた。この頃、ビストロのなかで支配的になった常連客によっておこなわれたゲームに魅了されない客はいなかった。サイコロを用いたダイスゲームとトランプは、暇をつぶして、次に誰がおごるかを決める遊びだった。こうしたゲームはいまに始まったわけではない。十八世紀のチェスから今日のロトまで、カフェではカウンターでも表広間で奥の広間でも、ここでできるあらゆる種類のゲームを見ることができた。ビリヤード、一八五〇年以後は避けて通れない卓上サッカーゲーム、４２１〔フランスのダイスゲーム〕、ブロット、マニラ、ダブルのできるマニール、ポーカー、一八八〇～一九〇〇年にはルーレット、こま、一九三七年に禁止されるまではスロットマシン、三連勝式勝馬投票法、四連勝式勝馬投票法などの競馬レースへの賭け、スクラッチなどだ。

　今日、カフェの特徴は、かつてないほどに主人が選んだ建築家の才能と密接に関係している。例えば一九八四年にできた〈ル・カフェ・コスト〉は、新たなアヴェロン県出身の一家のパリ移住を迎え入れる店であると同時に、フィリップ・スタルクというデザイナーの才能によって有名になった店だ。以後、新しい世代の趣味を代表するデザインのスタイルが重視されるようになった。建築家やカフェのデザイナーがつくりあげたイメージがアイディアになる。例えば、ランヴァンが開いた〈ル・カフェ・ブルー〉は、世間ではもっぱらデザイナーのヒルトン・マッコニコの作品だと言われている。ほかにも、建築家のクリスティアン・ド・ポルザンパルクによる〈ル・カフェ・ボブール〉や、かの〈コレット〉に携わってその名を不滅にした建築家、アルノー・モンティニーによる〈ル・ウォーター・バール〉などがある。こうした店は、インテリアに気を配ってブランドイメージを高めている。一方、より実用的な店は、客のコミュニケーションツール関係の新しいニーズに合わせるのを重視している。例えば一九九五年に、パリに「インターネットカフェ」が出現した。インターネットカフェでは、客がインターネットネットワークにアクセスできるように、店にパソコンを置いている。パリ初のインターネットカフェは、リュクサンブール公園の正面にある〈ル・カフェ・オルビタル〉で、インターネットへのアクセスと……カプチーノを売っていた。〈ル・シベルバーズ〉、〈ル・ヴィラージュ・ウェブ〉、〈ル・ウェブ46〉、〈ル・デクリック・ウェブ〉などの店もそれに続いた。

かつて人と出会ったり、思想や意見を戦わせたりするのに使われていた時間は、少しずつ、ほかの余暇や趣味に費やされるようになった。テレビやラジオや映画、とりわけ現在ではインターネットが現代人の息抜きの大半を占めている。二十一世紀初頭には、仮想の世界が現実世界に取って代わった。いまや、多くのカフェは昼食を取る短い時間を過ごしたり、電車を待つあいだや買い物のあいだに休憩したりするための場所でしかないが、玄人や哲学者や芸術家などの小さなグループはまだ伝統を維持している。集団から逃れた教養ある愛好家たちは、たまたま道で見つけたり、歴史が染み込んだ街区の奥の方にあったりする、「哲学的な」カフェや「精神的な」カフェや「演劇の」カフェや「デザインの」カフェに集まった。そうしたカフェは魅力的でおかしな世界で、ときどき休息を妨げもするが詩情が欠けることは決してなく、パリの悠久の歴史に根を下ろしている。

古いカフェの石は、新しい装飾をされてはいるが、変わらずそこにあり、違う雰囲気のなかで生き続けている。どれほど多くの冒険や災難が、私たちの永遠なる「おしゃべりの店」で待ち構えていることか！モンテーニュはこう書いている。「変わった人たちが通い、たむろする広場の眺めは、彼らの冒険譚や物語を読むことよりもずっと私たちを感動させるのではないだろうか？」[3]

パリが滅びない限り
陽気な世界は滅びないだろう
ノストラダムス『諸世紀』一五五五番[4]

訳者あとがき

本書の原題は *Histoire insolite des cafés parisiens* です。訳せば「パリのカフェの数奇な歴史」とでもなるでしょうか？　しかし、邦題が『パリとカフェの歴史』となっているように、これは正に、カフェを通して見たパリの風俗、政治、社会、芸術の歴史です。というのも、パリのカフェに足を踏み入れ、ホールの中を見渡せば、その時代のあらゆる層の市民の様子が手に取るように分かるからです。居酒屋、キャバレー、大衆酒場、カフェ、ブラスリーと呼び名は違っても、カフェはその時代の縮図そのものなのです。

日本では、コーヒーが飲める店は喫茶店と言われたり、カフェと言われたりしますが、法律上のカフェと喫茶店の違いは営業許可の違いだそうです。つまり、「飲食店営業」の許可を得ている店は「カフェ」で、アルコールや食事の提供ができます。一方、喫茶店は「喫茶店営業」許可を得ている店で、単純な加熱以外の調理を要する食事やアルコールの提供はできません。この定義はフランスでも同じようです。カフェは、友人とおしゃべりをしながらコーヒーを飲むだけでなく、アルコールも飲め、美味しい食事もできる場所です。

本書によれば、フランスにコーヒーが初めてもたらされたのは十七世半ばのことで、やがてコーヒー（フランス語では「カフェ」）が飲める店が「カフェ」と呼ばれるようになり、十八世紀初めのパリには三百軒以上のカフェがあったといいます。
カフェが登場する以前は、庶民がくつろいで語らう場所は居酒屋やキャバレー、そしてエスタミネと言われる大衆酒場でした。

歴史に造詣の深い編集者で作家でもある著者、ジェラール・ルタイユール（一九五二〜）は、読者をタイムカプセルに乗せて、ガリア一帯がローマに支配され、パリがまだ「ルテティア」と呼ばれていた時代に連れて行ってくれます。そこから時代を下りながら、その時々の庶民の生活様式、記憶に残る出来事、通りの様子、居酒屋やキャバレーやカフェの雰囲気、そこに出入りする有名無名の客たち、彼らの服装、そこで交わされる会話の内容までも見たり聞いたりしながら、ゆっくりと、そしてときには足早に歩く、長い長いプロムナードが始まります。あたかも、ムソルグスキーの『展覧会の絵』を聞きながら、カンバスに描かれた情景を思い描くように……。プロムナードの案内人は、その時々の情景を、まるでその場に居合わせたかのように微に入り細にわたり、生き生きと描写し、読む者の空想を膨らませてくれます。例えば、十五世紀のパリの通りで行商人たちがどんなものを売っていたか、十七世紀のパリのキャバレーはどんな看板を掲げていたか、十八世紀のカフェの内装はどんな風だったかなどなど……
その語り口はなめらかで、ときに寄り道をするものの、糸を紡ぐように軽妙洒脱に話が綴られていきます。その洒脱さゆえに、本書は刊行の翌年（二〇一二年）に、ユーモアに富んだ軽妙な作品に贈られるラブレー・アカデミー賞を受賞しました。

翻訳は序文から第四章の終わりまでを広野が、第五章から最後までを河野が担当しました。

本書にはその時代時代の居酒屋などの情景を具体的に紹介するために、当時の文献（とくに詩）が数多く引用されていますが、なかでも古語で書かれている近世以前の詩については、青山学院大学文学部フランス文学科の久保田剛史准教授より丁寧なご指導、ご助言を頂きました。ここに深く感謝申し上げます。また、たくさんのご助力を頂きました。株式会社リベルのみなさん、金子伸郎氏、原書房の編集者大西奈己氏にお礼申し上げます。

二〇一八年一月

広野和美

原注

はじめに

1. *Lectures pour tous*, Paris,Hachette et Cie, 1902, vol. 17, p. 256.
2. Tite Live, *Histoire romaine*, *in*E. de La Gournerie, *Histoire de Pariset de ses monuments*, Tours, Mame,1860.
3. *La Légende dorée* (*Legendaaurea*) rédigée en latin entre 1261-1266 par Jacques de Voragine.
4. Jules G. Janin, *L'Été à Paris*,L. Curmer, 1843.
5. H. Gourdon de Genouillac,*Paris à travers les siècles*, *Histoirenationale de Paris et des Parisiensdepuis la fondation de Lutèce*, Paris,F. Roy, 1881.
6. F. Caradec, J.-R. Masson, *Guidede Paris mystérieux*, Tchou, 1966,p. 363.
7. *Journal de Charles VII*, *in*H. E. de Witt, *Les Chroniqueurs del'histoire de France depuis les originesjusqu'au xvi e siècle*, Paris, Hachette etCie, 1886, p. 69.

第一章　カフェの前身——居酒屋、大衆酒場、キャバレー

1. Édouard Fournier et FrancisqueMichel, *Livre d'or des métiers. Histoiredes hôtelleries, cabarets, courtilles,restaurants et cafés*, Paris, AdolpheDelahays, 1859, tome I, p. 209.
2. 同上 , p. 195.
3. *Livre d'or des métiers*, 前掲書 ,p. 198.
4. *Li Diz de l'Universitei de Paris*,*in OEuvres complètes de Rutebeuf*, parAchille Jubinal, Paris, E. Pannier,1839, tome I, p. 155-156.
5. Eustache Deschamps, *Poésiesmorales et historiques*, d'après lemanuscrit de la Bibliothèque du Roi,Paris, Imprimerie Crapelet, 1832,p. 163.
6. Montaiglon, Rothschild, *Recueilde poésies françoises des xve etxvi e siècles*, Paris, Pierre Jannet, 1876.
7. *Franches repues. « La manièrecomment ils eurent du vin »*, in *OEuvrescomplètes de François Villon*, La Haye,Adrien Moetjens, 1742, pp. 16-17.
8. 法規範秩序に関する規約。
9. *Livre d'or des métiers*, 前掲書 ,tome II, p. 8.
10. 同上 , p. 70.
11. *Chanson nouvelle des tavernierset tavernières*, in *Fleur des chansonsnouvelles*, Lyon, Benoît Rigaud,1586.
12. Ronsard, *OEuvres complètes*,par P. Blanchemain, Paris, LibrairieA. Franck, 1866, tome VI, p. 293.
13. *Les Serées*, de Guillaume Bouchet, sieur de Brocourt, in *Livre d'ordes métiers*, 前掲書 , tome II, p. 52.
14. Pierre de Bourdeille, seigneurde Brantôme, *Mémoires*, Luxembourg,chez André Chevalier, 1735,tome IV, p. 45.
15. Le Marino, in *La Revue desDeux Mondes*, 1840, vol. 3, p. 475.
16. Auguste de Caumont, duc deLa Force, et Gabriel Hanotaux, *Histoiredu cardinal de Richelieu*, Paris,Librairie Plon, 1932, p.

194.
17. Tallemant des Réaux, *LesHistoriettes*, Paris, Alphonse Levavasseurlibr., 1834, tome III, p. 12.
18. Ernest Thoinan, *L'Entretiendes musiciens par le Sieur Gantez,maître de chapelle*, Paris, chezA. Claudin, 1878.
19. ベアティーユは家禽の肝臓や鶏の砂袋を煮詰めたパテ。
20. *Parodie de Cadmus*, in *Nouvellesparodies bachiques*, recueilliespar Ch. Ballard, Paris, 1714, p. 33.
21. *Livre d'or des métiers*, 前掲書 ,tome II, p. 326.
22. *Recueil de pièces en prose lesplus agréables de ce temps, par diversautheurs, à Paris*, chez Charles deSercy, 1661, *in*-12, 2e partie.
23. Chanson 35, *in* « Concert deschansons de Bacchus », *Le Parnassedes Muses, ou Recueil des plus belleschansons à boire*, tome I, p. 71.
24. *Livre d'or des métiers*, 前掲書 ,tome II, p. 297.
25. Nicolas de Lamare, *Traité dela police*, Paris, Michel Brunet, auMercure Galant, 1719, p. 708.
26. Charles Vion de Dalibray,« L'Auberge » in *OEuvres poétiques*, àParis, Toussaint Quinet, 1647.

第二章　ルイ十四世、コーヒーに出会う

1. *Lectures pour tous*, Paris,Hachette et Cie, 1902, vol. 17, p. 409.
2. Colletet, *Les Tracas de Paris*,cité *in* Théophile Lavallée, *Histoire deParis depuis le temps des Gauloisjusqu'en 1850*, Paris, Hetzel, 1852,p. 44.
3. *De l'usage du caphé, du thé etdu chocolate*, à Lyon, chez Jean Girinet Barthélemy Rivière, 1671.
4. セヴィニエ侯爵夫人が娘に送った1676年5月10日および11月8日付の手紙。
5. *De l'usage du caphé...*, 前掲書
6. *Correspondance complète deMadame, duchesse d'Orléans, néeprincesse Palatine, mère du Régent*,trad. M. G. Brunet, Paris, Charpentier,1857, pp. 128-129.
7. P. E. Lemontey, « Articles inédits »des *Nouveaux mémoires de Dangeau*,à Paris, chez Deterville, 1818, p. 189.
8. Cité par Héron de Villefossedans *Histoire et géographie gourmandesde Paris*, Éditions de Paris,1956.

第三章　摂政時代からフランス革命まで——政争の渦中にあったカフェ

1. J. A. Dulaure (1755-1835), historien, *Nouvelle description des curiositésde Paris*, 2de éd. corrigée etaugmentée, Paris, chez Lejay libraire,1787, 1re partie, p. 106.
2. Joachim-Christoph Nemeitz (1679-1753), *Le Séjour de Paris*, Francfortsur-le-Main, 1718, rééd. Leyde, chezJean Van Abcoude, 1727, p. 112.
3. Jean-Baptiste Rousseau (1671-1741), poète (la célèbre *Ode à laFortune*), auteur de comédies dont *LeCafé*, en un acte et en prose, 1696.
4. *In* Voltaire, *OEuvres complètesavec notes et remarques*, Paris, Delanglefrères et Cie, 1827, tome XXXV,p. 213.
5. Alain René Lesage (1668-1747),*Le Diable boiteux*, Paris, chez laveuve Barbin, 1707.

6. L. Lurine (sous la direction de),*Les Rues de Paris*, Paris, G. Kugelmann,1844. vol. 1, p. 288.

7. François et Claude Parfaict,*Mémoires pour servir à l'histoire desspectacles de la foire par un acteurforain*, Paris, chez Briasson, 1743.
2 vol.

8. 燃やしたブランデー、砂糖、甘いフルーツジュースを合わせたリキュール。

9. *In Voyage de l'Arabie heureuse*,à Amsterdam, chez Steenhower etUytwerf, 1716, p. 337.

10. Abbé Bertrand de La Tour(~1700-1780), prédicateur, écrivain,*OEuvres complètes*, J.-P. Migne, éditeur,1855, livre III, chap. V, p. 309.

11. *Dictionnaire de la conversationet de la lecture*, sous la directionde M. Duckett, Paris, Michel Lévyfrères, 1852, tome III, p. 354.

12. M. Artaud, *Études sur la littératuredepuis Homère jusqu'à l'écoleromantique*, Paris, éd. Henri Plon,1863.

13. E. Colombey, *Ruelles, salons etcabarets*, Paris, éd. E. Dentu, 1892.

14. D'après *Mélanges extraits desmanuscrits de Mme Necker*, Paris,Ch. Pougens libraire-éditeur, 1798,tome II, p. 244.

15. J.-L. Dugast de Bois-Saint-Just,*Paris, Versailles, et les provinces auxviii e siècle*, 2de éd., Paris, chez Nicolleet Le Normant, 1809, vol. 2, p. 193.

16. Louise Bénédicte de Bourbon-Condé Maine, *Lettres de Madame laduchesse du Maine et de Madame lamarquise de Simiane*, Paris, LéopoldCollin, 1805.

17. *OEuvres complètes de Voltaire*,1785, vol. 57, p. 109.

18. Abbé Morellet, *Mémoires,*Paris, Librairie française et deLadvocat, 1821, tome I, pp. 131-132.

19. Stéphanie Félicité Genlis(comtesse de), *Mémoires de Madamede Genlis*, Paris, Firmin-Didot frères,1857, vol. 1, p. 25.

20. Antoine-Denis Bailly, *Choixd'anecdotes anciennes et modernes*,Paris, chez Roret, 1828, tome IV.

21. E. Colombey, *Ruelles, salons etcabarets*, 前掲書, tome II, p. 102.

22. *Le Pauvre Diable*, in *OEuvresde Mr de Voltaire, Mélanges de Poésie,1775*, tome XII, p. 122.

23. François Fosca, *Histoire descafés de Paris*, Paris, éd. Firmin-Didotet Cie, 1934, p. 63.

24. *Éloge de Fréret par Bougainville*,in *OEuvres complètes* de Fréret,Paris, éd. Dandré et Obré, 1796,tome I, vol. 23, p. 314.

25. Charles-François Panard, *Théâtreet oeuvres diverses*, Paris, chezDuchesne, 1763, tome IV, p. 263.

26. In *Mémoires secrets de M. deBachaumont*, 前掲書, tome III, p. 69.

27. L.-J. Larcher, *La Femme jugéepar les grands écrivains des deuxsexes*, nlle éd., Paris, Garnier frères,1854, p. 365.

28. *Mélanges extraits des manuscritsde Mme Necker*, 前掲書, tome III,p. 82.

29. Diderot, *Mémoires, correspondanceet ouvrages inédits*, Paris,Garnier Frères et Fournier aîné, 1841,vol. II, p. 201.

30. *Le Palamède*, 1846, revuemensuelle des échecs et autres jeux,Paris, S. Dufour et Cie.

31. De M. J. A. Jacquelin, *in* LouisCastel, *Nouvelle anthologie*

ou Choixde chansons anciennes et modernes,Imprimerie H. Balzac, Librairieancienne et moderne du Palais-Royal, tome II, p. 130.

32. Charles-Yves Cousin d'Avallon,*Pironiana,* Paris, chez Vatar-Jouannetet Pigoreau, 1801, p. 143.

33. Gustave Bord, *La Franc-Maçonnerie en France des origines à1815*, Nlle Librairie nationale, 1908,Slatkine, 1985.

34. Louis Guillemain de Saint-Victor, *Recueil précieux de la maçonnerieadonhiramite*, à Philadelphie,chez Philarèthe, 1787, p. 27.

35. *Théâtre de M. Favart*, Paris,chez Duchesne, 1763, vol. IV, p. 15.

36. Élie Fréron, *L'Année littéraireou Suite des lettres sur quelques écritsde ce temps*, Amsterdam, chez MichelLambert, 1762, vol. VI.

37. Grimm, *Correspondance littéraire,philosophique et critique depuis1753 jusqu'en 1769*, Paris, Longchampslibraire, 1812, partie II, vol. I,p. 68.

38. M. de Labrousse-Rochefort,*Trente ans de ma vie (de 1795 à1826) ou Mémoires*, Toulouse, imp.
d'A. de Labrousse-Rochefort, 1846,tome VI, p. 46.

39. D. J. Garat, *Mémoires historiquessur le xviii e siècle et sur M. Suard*,Paris, A. Belin, 1821, tome I, p. XXVII.

40. Briffault, *Paris à table*, Paris,J. Hetzel, 1846.

41. Menon, *La Science du maîtred'hôtel-cuisinier, avec des observationssur la connaissance et les propriétésdes aliments*, Paris, Paulus-du-Mesnil,1749.

42. Vincent de La Chapelle, *LeCuisinier moderne*, 1742.

43. P.-L. Lebas, *Festin joyeux ou laCuisine en musique, en vers libres*,Paris, 1788.

44. Sébastien Mercier, *Tableau deParis, critiqué par un solitaire du pieddes Alpes*, Nyon, en Suisse, Nattheyet Cie, 1783.（『18世紀パリ生活誌ータブロー・ド・パリ』L. S. メルシエ著、原宏訳、岩波文庫、1989年）

45. Montesquieu, *Lettres Persanes*,nlle éd. stéréotypée, Paris, Didot etFirmin-Didot, 1803, tome I.

46. OEuvres de Montesquieu, nlleéd., Paris, Bastien libraire-éditeur,1783, tome I, *Préface*, p. xiii.

47. OEuvres de Montesquieu, Paris,Lefèvre éd., 1839, tome I, p. 15, *Noticesur la vie de Montesquieu*.

48. Restif de La Bretonne, *LesNuits de Paris, ou l'Observateur nocturne*,Londres, 1789, tome I, partie 8,pp. 149-150.（『パリの夜ー革命下の民衆』レチフ・ド・ラ・ブルトンヌ著、上田裕次訳、岩波文庫、1988年）

49. Restif de La Bretonne, *LesNuits de Paris, ou le Spectateur nocturne*,Londres, tome VII, 13e partie,pp. 3213-3214.

50. パレ＝ロワイヤルのマロニエの並木道にリシュリューが植えた木。分厚い葉の生い茂る下に、新分屋たちが集まっていた。

51. F.-A. Mignet, *Histoire de laRévolution française depuis 1789jusqu'en 1814*, Paris, Firmin-Didot /Ladvocat, 1874, p. 62.

52. Louis Mayeul Chaudon, *Dictionnairehistorique, critique et bibliographique*,Paris, Menard et Desenne,1822, tome XXI, p. 21.

53. D'après les *Mémoires secretsde Bachaumont de 1762 à 1787*,nlle éd. J. Ravenel, Paris, 1830,tome IV, p. 8.

54. オペレッタ *Laure et Pétrarque* 中の歌、1780年、Fabre d'Églantine 作詞、Louis-Victor Simon 作曲。この歌のタイトルは *Le Retour aux champs et L'Orage*（田舎に帰ろう、嵐の中を）。このタイトルは1787年につけられた。

55. Antonin Carême (1784-1833),*Mémoires,* 1833. *Les Classiques de latable*, Paris, Firmin-Didot, 1855, tome II.

56. アントナン・カレーム（1784-1833）、「シェフの王、王のシェフ」はシュークリームを組み立てたピエス・モンテの発明者である。

57. Chamfort, *OEuvres complètes*,Paris, Chaumerot jeune, 1824, tome I,p. 439.

58. Pierre Pic, *Les Heures libres*,Paris, G. Steinheil, 1910, p. 398.

59. Grimm et Diderot, *Correspondancelittéraire, philosophique et critiquedepuis 1753 jusqu'en 1790*, Paris,Furne et Ladrange, 1830, tome X,p. 7462. Marquis de Ferrières (1741-1804), *Mémoires du marquis deFerrières, avec une notice sur sa vie,des notes et des éclaircissements historiques*,2e éd., Paris, BaudouinFrères, tome I, pp. 6-7.

60. Citoyen Mercier, *NouveauParis*, à Brunswick, 1800, tome III,chap. LXXXIII, p. 23.

61. *In* Sébastien Mercier, *Tableaude Paris*, nlle éd., Amsterdam, 1783,tome X, pp. 62-63.

62. Brillat-Savarin, *Physiologie dugoût, méditations de gastronomie transcendante*, « Méditation XXVIII, Beauvilliers», Paris, Just Tessier libraire,1834, tome I, p. 186.

63. Adolphe Huard, *Mémoires surCharlotte Corday d'après des documentsauthentiques et inédits*, 2e éd., Paris,Léon Roudiez, 1866, p. 85.

64. 同上

第四章　ナポレオン時代、そして……カフェ、政治の場からスペクタクルの場へ

1. Georges Duruy, *Mémoires deBarras*, Paris, Hachette, 1895, p. 244.

2. Théophile Lavallée, *Histoire deParis depuis le temps des Gauloisjusqu'à nos jours*, 2e éd., Paris, MichelLévy Frères, 1857, p. 222.

3. Paris, Dubrochet, Hetzel, Paulin,1842, p. 82.

4. Jacques Hillairet, *Évocation duvieux Paris*, Paris, Les Éditions deMinuit, 1953.

5. Jean Richepin, *Les Étapes d'unréfractaire, Jules Vallès*, Paris, 1872.

6. カーニバルでグロテスクなダンスを披露する人物。

7. Eugène Labiche, en coll. avecMarc-Michel, *Un chapeau de pailled'Italie*, 1851年8月14日にパレ＝ロワイヤル劇場で初演された五幕のコメディー・ボードヴィル , Paris, éd. Michel LévyFrères, 1851.

8. Alexandre Dumas, *Mes Mémoires*,Paris, Michel Lévy Frères, 1867,vol. 5, p. 312.

9. Charles Monselet, *Almanachdes gourmands*, Paris, Librairie duPetit Journal, 1865.

10. Patrice Boussel, *Les Restaurantsdans « La Comédie humaine »*,Paris, Éditions de la Tournelle, 1950.

11. Brillat-Savarin, *Physiologie dugoût ou méditations de gastronomietranscendante*, 前掲書 , p. 108.

12. Comte Rodolphe Apponyi,Ernest Daudet, *Vingt-cinq ans à Paris(1826-1850)*, Paris, Plon, 1913.
13. Jules Claretie, *La Vie à Paris,1907*, Paris, bibliothèque Charpentier,1908.
14. Jules Vallès, *La Rue*, Paris,Achille Faure libraire-éditeur, 1866,p. 23.
15. H. de Balzac, *Scènes de la viede province*, 4 vol., Paris, AlexandreHoussiaux, 1855, tome IV, *Illusionsperdues*, p. 156.
16. Armand Fouquier, *Causescélèbres de tous les peuples*, éd. illustrée,Paris, Lebrun et Cie, 1858,tome I, p. 78.
17. Aristide Bruant, chanson *Aubois de Vincennes*.
18. *Cahiers Jean Cocteau*, Sociétédes amis de Jean Cocteau, Paris,Gallimard, 1981, 9-10, p. 133.
19. P. Mayer-Ledoyen, *Histoire du2 Décembre*, Paris, 1852.
20. *Revue hebdomadaire*, Paris,Plon, 1929, vol. 38, p. 442.
21. Georges de Wissant, *Le Parisd'autrefois. Cafés et cabarets.* Paris,J. Tallandier, 1928.
22. Maxime Rude, *Tout Paris aucafé*, Paris, Maurice Dreyfous éditeur,1877.
23. 同上
24. 同上
25. E. Littré, *Dictionnaire de lalangue française en 6 volumes*, LibrairieHachette, 1873.
26. Citée *in* Charles Nisard, *Deschansons populaires chez les Ancienset chez les Français*, Paris, E. Dentuéditeur, 1867.
27. Louis Veuillot, *Les Odeurs deParis*, Paris, Palmé éd., 1867.
28. Alfred Delvau, *Les Plaisirs deParis*, Paris, chez Achille Faure, 1867.
29. Emma Valadon (chanteuseThérésa), *Mémoires de Thérésa écritspar elle-même*, 6e éd., Paris, E. Dentu,1865.
30. Cité in *Le Ménestrel, musiqueet théâtres*, journal du monde musical,Éditions Minkoff, 1848, vol. 16-17,p. 93.
31. Gérard-Georges Lemaire, *LesCafés littéraires : vies, morts et miracles*,Paris, éd. de la Différence, 1997.
32. Louis Schneider, in *La Revueillustrée*, 1er avril 1896, Paris, LaLibrairie d'Art L. Baschet.
33. 同上
34. Maxime Du Camp, *Paris, sesorganes, ses fonctions et sa vie dansla seconde moitié du xixe siècle*, Paris,Hachette, 1875, tome VI, p. 187.
35. Villemer, Delormel, Ranc,*Les Chansons d'Alsace-Lorraine*, chezBathlot, Marpon et Flammarion,1885.
36. 1870年9月4日から1871年2月8日までの国防政府の公文書。Librairiedes publications législatives, 1876,p. 177.
37. Daniel Amson, *Gambetta, ou lerêve brisé*, Paris, Tallandier, 1994.
38. Jules Claretie, *Histoire dela révolution de 1870-1871*, Pa-ris,G. Decaux, 1875.
39. 同上
40. 同上

第五章　モンマルトル、パリのキャバレー

1. *OEuvres de J.-F. Regnard*, Paris,Auguste Desrez éditeur, 1837, p. 426.
2. Gérard de Nerval, *La Bohèmegalante*, Paris, Michel Lévy Frères,1855, p. 235.

3. Georges Montorgueil, *Parisdansant,* Paris, éd. Théophile Belin,1898.
4. *Les OEuvres libres*, recueil littérairemensuel, librairie ArthèmeFayard, 1932, vol. 135.
5. Louise Delapalme, *La Ceinturede Paris : récits anecdotiques, ce quifut, ce qui est*, éd. de La Revuemoderne, 1962.
6. Montorgueil, *Les Demi-Cabots,le café-concert, le cirque et les forains*,éd. Charpentier et Fasquelle, 1896.
7. 同上
8. Jean Lorrain, *La Ville empoisonnée: Pall-Mall Paris*, éd. Jean Crès,1936.
9. J.-K. Huysmans, *Certains :G. Moreau, Degas, Cheret, Whistler...*,Tresse et Stock, 1894, p. 58.
10. Jules Lemaître, *Les Gaîtés duChat Noir*, éd. P. Ollendorf, 1894.
11. André Billy, *L'Époque 1900*,Paris, Tallandier, 1951.
12. *Les Annales politiques et littéraires*,vol. 84, Adolphe Brisson, 1925.
13. Dominique Bonnaud, *La Findu Chat Noir, ou les Derniers Mohicansde la Butte*, Les Annales, 1925.
14. 同上
15. Laurent Tailhade, *Plâtres etmarbres*, éd. E. Figuière, 1913.
16. Joseph Place, *Chronique desLettres françaises*, Paris, éd. H. Floury,1925, tome III, p. 184.
17. *Action française*, 22 mars 1933.
18. Francis Carco, *La Bohème etmon coeur*, Albin Michel, 1939, p. 156.
19. R. Dorgelès, *Bouquet deBohème*, Albin Michel, 1947, chap. XI.
20. *Max Jacob, Une étude*, parAndré Billy, P. Seghers, 1956, p. 25.
21. Francis Carco, *Mémoires d'uneautre vie*, éditions du Milieu duMonde, 1942.
22. Pierre Mac Orlan, *Villes :mémoires*, Gallimard NRF, 1929.
23. Rodolphe Darzens, A. Willette,*Nuits à Paris*, Paris, éd. E. Dentu,1889.
24. Anonyme, *in* Théophile MarionDumersan, *Chansons nationales etpopulaires de France*, 1845, vol. 2,p. 201.
25. Yvette Guilbert, *La Chansonde ma vie, mes mémoires*, Paris,Bernard Grasset, 1927.

第六章　黄金時代——「パリ狂乱の時代」から「第一次世界大戦の勝利」まで

1. E. littré, 前掲書
2. Cité in *La Revue hebdomadaire*,Paris, librairie Plon, 1901.
3. Aurélien Scholl, *Les Coulisses*,Paris, Victor Havard, 1887.
4. André Billy, 前掲書
5. Auguste Lepage, *Les Cafés poli-tiques et littéraires de Paris*, éd. E. Dentu, 1874.
6. Francis Carco, *Montmartre àvingt ans*, Paris, Grasset, 1938.
7. Ernest La Jeunesse, *Les Nuits,les ennuis et les âmes de nos plusnotoires contemporains*, Paris, Perrimetet Cie, 1913.
8. Gabriel Astruc, *Le Pavillon desfantômes, Souvenirs*, Paris, Belfond,1927.
9. *Maurice Maeterlinck, MesMémoires*, par Gérard Harry, Paris,J. Lebègue et Cie, 1927.

10．Maître Hugo, *Vingt ans maîtred'hôtel chez Maxim's*, Paris, Amiot-Dumont, 1951.

11．Georges Méliès, *Mes mémoires*,1938, in *Georges Méliès, mage. « Mesmémoires »*, Édition du Centenaire(1861-1961), Bessy, Duca, Méliès.

12．Hervé Lauvick, *Le MerveilleuxHumour de Lucien et Sacha Guitry*,Arthème Fayard, 1959.

13．Léon Daudet, *Au temps deJudas*, B. Grasset, 1933.

14．Caradec et Masson, *Guide deParis mystérieux*, Tchou, 1966.

15．Article publié dans un numérodu *Mot d'ordre* de février 1871.

16．Henri Rochefort, *La Lanterne,1868*, n° 11 à 20, p. 38.

17．Léon Daudet, *Écrivains etartistes*, Paris, éditions du Capitole,1929.

18．1876年、イギリスの冶金学者トマスは鋼鉄の鋳造術を向上させた。

19．Ernest Raynaud, *La Mêléesymboliste (1870-1890), portraits etsouvenirs*, Paris, La Renaissance dulivre, 1918.

20．Jean-Paul Crespelle, *Montmartrevivant*, Paris, Hachette, 1964.

21．Poème paru dans la revue*L'Artiste* en 1869.

第七章　モンパルナス——世界変革の場

1．1914年6月に創刊された月二回刊絵入り雑誌。

2．Léon Daudet, *Paris vécu, 1929-1930*, Paris, Gallimard-NRF.（『わが戦場』レオン・ドオデエ著、堀田周一訳、牧野書店、1940年）

3．André Warnod, *Les Berceauxde la jeune peinture : Montmartre,Montparnasse*, Paris, Albin Michel, 1925.（『絵画の揺り籃』アンドレ・ヴァルノ著、幸田礼雅訳、美術公論社、1981年）

4．Pierre Labracherie, *Petite histoiredes cafés de Paris*, article parudans *Le Crapouillot*, numéro spécial,février 1951.

5．Jean Pellerin, *La Romance duretour*, Paris, NRF, 1921.

6．Georges-Albert Astre, *ErnestHemingway par lui-même*, Paris, éd. du Seuil, 1968 ; *Correspondance*.

第八章　「大ボラ」の時代

1．Louis Merlin, *C'était formidable*,Paris, Julliard, 1966.

2．In *France... Demain !...*, par JeanLagardère, Paris, P. Téqui, 1917.

第九章　サン＝ジェルマン＝デ＝プレの爆発

1．J.-K. Huysmans, « Les habituésdes cafés », in *De tout*, Paris, Plon-Nourrit, 1908.

2．Remy de Gourmont, *Promenadeslittéraires. Le symbolisme*,Paris, Mercure de France, 1963.

3．André Breton, *Point du jour*,Paris, Gallimard, 1970, p. 31.

4．Queneau, *Mémoires*, in *OEuvrescomplètes*, Paris, « La Pléiade », Gallimard,1989.

5．Sartre, *Les Chemins de laliberté*, Paris, Gallimard, 1965.（『自由への道』（全6巻）サルトル著、海老坂武、澤田直訳、岩波書店、2009年）

6．André Salmon, Maurice deVlaminck, *Rive gauche, Quartier latin,Plaisance, Montparnasse, les quais...*,1951.

7. 同上

8. François Fosca, *La Peinture enFrance depuis trente ans*, Paris, éditionsdu Milieu du Monde, 1948.

9. Guillaume Hanoteau, *L'Âged'or de Saint-Germain-des-Prés*, Paris,Denoël, 1965.

10. Cité in *La Revue du Rouergue*,Rodez, P. Carrère Imprimeur-Éditeur,1965, vol. 19-20.

11. André Salmon, Maurice deVlaminck, *Rive gauche, Quartier latin,Plaisance, Montparnasse, les quais...*, 前掲書

第十章　パリ、もうひとつのパリへ

1. *Cahiers Jean Cocteau*, Sociétédes amis de Jean Cocteau, Paris,Gallimard, 1981.

2. Alphonse Rabbe, « Album d'unpessimiste » dans *OEuvres posthumes*,Paris, Dumont, 1836.

3. Cité *in* Pons-Augustin Alletz,*Encyclopédie de pensées, maximes etde réflexions sur toutes sortes desujets*, Paris, au Lys d'Or, 1761.

4. « Ce qu'on a dit de Paris » in *LeDiable à Paris, Paris et les Parisiens àla plume et au crayon par Gavarni,Granville, Balzac...*, Paris, Hetzel, 1868,tome I, p. 75.

◆著者
ジェラール・ルタイユール　Gérard Letailleur
主にパリの歴史を研究している書評家、作家、編集者。著書に *Saint-germain :le maitre secret du temps*（サンジェルマン：時代の隠れた主人公）、*Noels de la sainte Russie*（サンタルチアのクリスマス）などがある。本書は2012年に「ラブレー・アカデミー賞」を受賞している（フランソワ・ラブレーにちなみ、陽気で洒脱なラブレー的エスプリをもっている作品に与えられる賞）。

◆訳者
広野和美（ひろのかずみ）
フランス語翻訳者。大阪外国語大学フランス語科卒。長年、実務翻訳に携わる。訳書に『末梢神経マニピュレーション』（共訳、科学新聞出版局）、『とびだす　まなべる　せかいのいきもの』（パイ インターナショナル）ほか。

河野彩（こうのあや）
フランス語翻訳者。学習院大学フランス語圏文化学科卒、一橋大学大学院言語社会研究科博士前期課程修了。訳書に『MONUMENTAL 世界のすごい建築』（ポプラ社）、『人生を変えるレッスン』（サンマーク出版）がある。

カバー画像　ルイ＝レオポルド・ボワイ《カフェ・ランブランでドラフツのゲーム》（写真提供　Erich Lessing／PPS通信社）

パリとカフェの歴史《れきし》

●

2018年2月26日　第1刷

著者……………ジェラール・ルタイユール
訳者……………広野和美《ひろのかずみ》
河野彩《こうのあや》
装幀……………村松道代
発行者……………成瀬雅人
発行所……………株式会社原書房
〒160-0022 東京都新宿区新宿 1-25-13
電話・代表　03(3354)0685
http://www.harashobo.co.jp/
振替・00150-6-151594
印刷……………シナノ印刷株式会社
製本……………小高製本工業株式会社

ISBN 978-4-562-05485-5, printed in Japan